上野霄里とその筆跡　岡田精一撮影

わたしは火薬を抱えて香り高い油の海に漂う盲人である。

〔筆跡訳〕

単細胞的思考

上野霄里

PENSEE UNICELLULAIRE

La série des mythologies modernes le numero I　les maximes etroites ou les idées pénitentiaux
par K.UENO　préface Henry Miller　MEISO SHUPPAN Imprime en Tokyo Japon

明窓出版

献　　辞

DEDICACE

ヘンリー・ミラーに献ぐ

Henry Miller

人生の師であり、言葉の新しい時代を
造った作家であり、自分を自分らしく
生き果てた十九世紀から二十世紀の大
半を生きぬいた人物にこれを献ぐ。
ウィリアム・カルビンが言う人間仕様
の装置として生きる現代人とは違って
自然の男（超人）である彼はどれ程私
にとって励ましの存在であったことか。

平成十三年一月

上野霄里

■復刻の辞
――原生のリズムに魅せられて――

中川和也

本書『単細胞的思考』の初版が世に出たのが昭和四十四（一九六九）年、今年でちょうど三十年目になる。以来数回の増刷がなされたが、今では日本中どこの古本屋を探してもおそらく見つかるまい。理由は簡単、これを手にした人が、生きている限り、それを手放さないからである。大切に、本書をまるで聖書のように読み返している人もいる。

この書物を読んで、人間そのものの存在価値に目醒めた人、永遠の意味に気づいた人、神の声を嗅ぎ分けることのできた人たちが、実際に多く存在していることを私が知ったのは、今から十年ほど前のことである。

衆多ある組織宗教が、真実に人間を救い得ないことを実感し、それらの宗教から離脱し、唯一個の人間として、宗教性のみを探求しなければならないという決意を、私が孤独と苦悩と悶絶の中で決心したのもその頃であった。これは、私の中で、すでにある程度予定されていたことなのかもしれない。

初めて上野霄里という名を知ったのは、一関にある行動社という小さな出版社から出されていた『誹謗と瞑想―反宗教入門への序論―』によってである――二十数年前、それを古本屋で手にしたときのことであった――。宗教とは何なのかという素朴な疑問と、聖なるもの、真実なものへの切実な憧れに道を求めていた私にとって、この書物との出会いは衝撃そのものであった。それを小脇に抱え、そそくさと四畳半のアパートに帰り、さっと目を通す。それは、巷に溢れるいかなる宗教書とも異なっていた。限りない宗教性に裏打ちされた「人間」の、生の言葉。空恐ろしくなるような直言。それまでに接してきた如何なる宗教書とも、あまりにもかけ離れていたのである。それは、自己回復、人間復活を、読者の魂に直接迫る、真っ赤に燃えた鋼の鉄槌であり、著者の心の砥石で丹念に研ぎ澄まされた諸刃の剱でもあった。ただならぬ気配に圧倒され、読むことを何度も躊躇したことを鮮明に記憶している。そして、その『誹謗と瞑想』の巻頭に掲げられた次の警告文によって、私は一旦、この書物を未決処分とすることに決めたのである。

警告

これは真実に平安を得るための書物である。本当に宗教的になるためには、一たんは、どうしても反宗教的にならなくてはならない。この地上にのさばっている、およそ宗教と名の付く宗教はすべて偽物である。すべて虚妄の存在である。伝統と形式といった形骸の中で、肝心のものが干涸び、委縮してしまっている。いたずらに権威と儀式を重んじているのが、その何よりの証拠だ。

宗教に親しもうとしている微温湯派には、この書物は読んでもらい度くない。宗教は修養でなく激烈な革命であるからだ。彼等が読むことを厳禁する。あまたある宗教の間で、それらが何一つ、真実に人間を救い得ないと実感し、それでいて、尚、宗教を求めている人々には是非読んでもらい度い。現代人は、ヨーロッパ北極圏内の旅ねずみ《レミング》だ。集団をつくって大移動をする。死滅の道に向かって大移動をしている。現代文明の未来が絶望的だと実感する人々に是非読んでもらいたい。愛をいわず、正義をいわず、平和をいわず、政治を忘れ、常識を忘れ、ひたすら己の内側の叫びにおろおろし、うろたえ、戸惑い、苦悩している人々に是非読んでもらい度い。

言葉と思想をもてあそぶ人間は本書に近づくことを厳禁する。言葉と思想を、日々二十四時間の中で実行する人間には是非読んでもらい度い。行動力に欠けたおしゃべり屋は読むことを禁じる。

著者

当時、私は宗教というものが分からなかった。キリスト教や仏教等、そこで行われているマスゲームという意味すら皆目解らなかった。信仰がもたらす恩恵、集団を組み、徒党を組んで行う社会改革、そういった理念が、私を誘惑して止まなかった。孤高の精神を抱いていた父の信条は「弱肉強食」、「自然淘汰」であり、宗教臭の全くない生活。私は、ある種の甘い香りとして捉えた宗教を求め、縁した宗教団体には、ブラックバスのように片っ端から喰いつく決心をしていた。その中で本物を見出そうというわけである。そういう時期であったから、私はこの書物を書棚に封印し、それを読むことを自らに禁じた。しかし、何らかの予感はあったのだろう。それは常に、私の書棚の特等席に陣取っていて、封印の解けるのを待っていたのである。

その後、私は幾つかの組織宗教において信仰生活というものを体験し、出家もした。どれもこれも総て、真剣であった。一時は、これで満たされたと思ったことも事実である。しかし、あることがきっかけで還俗を余儀なくされ、袈裟を着けない裸の自己に戻ってみて、はじめて恥多き自分に気がついた。正にここ五千年ばかり続く、地上二メートルの呪縛に薄々気づきながら、形あるものに安住しようと企てていた自分にである。そして、いかなる組織宗教にも救いがないことにはっきりと気づいてからも、なお、宗教的に重大な罪を犯したような気になって、いいしれない恐怖にさいなまれ続けた。あの、形容しようもない頭痛や下痢は、一体何だったのだろう。『誹謗と瞑想』を読み返す。反省と懺悔は形式を離れた原生の地平に向けられ、私は発狂せずに済んだ。不思議なものだ、精神に覆いかぶさるように漂っていた黒い霧は徐々に払われ、青空を見せはじめた。理解できたからではない。超常的なものではない、ひじょうにまともな「神秘」を感じたからである。

私にとっての最大の救いは、何よりもこの書物を書いた上野霄里という人物が、まぎれもなくこの地上に実在しているということであった。宗教家でもない、哲学者でもない、人生との、素朴にして、単純な、真向からの対決を行動で示す、ひじょうにまともな神秘家——私にはそう映っていた。そして、初めて著者に手紙を書いた。さまざまな思いを込めて…。それはその書物を手にしてから十五年近くの歳月を経た年、インドでのことであった。帰国してみると、著者からの書翰とエッセイなどが、段ボール箱に詰められて届いていた。エッセイなどの文章は、何人かの有志によって原稿用紙に清書され、輪転機にかけられたものだった。筆圧の強い、ボールペンのインクの張り付いた手作りの便箋とわら半紙の匂い、愛情溢れる文面は、揺らぐことのない、確かな人間信頼を感じさせるものだった。その後送られてくる手紙はすべて、私にとって、ズバッズバッと的をついてくる天啓にほかならなかった。私が言葉にもならず、思っていること、考えていることの、数歩先のヒントが、常に照準を外さずに書かれてくるのである。

上野書翰と、現在も書き続けられているその文章に接している人たちが、三年前、東京で行われる講演会に集った際、私は上野師に初めて面会した。威圧的な、ゴツゴツした岩のような人物を想像していたのだが、全然違う。つまり写真から受ける印象とは違い、書翰を通じて受ける印象どおりの人物であった。集まった人たちは、誰もがふんわりとした温かさに包まれている。講演後の会食で、参加者の一人ひとりが話をしたが、その時、ほぼ全員が、この『単細胞的思考』に最も感銘を受けたと語った。もう絶版になって久しく、再版を望む声が続く。その声は、昨年も同様であった。その間、『離脱の思考』を初めとする何冊かの書籍が千葉の新行動社（これは一関にあった行動社と同じく、上野師の書物だけを出版している）から刊行され、『単細胞的思考』も分冊による復刊が予定されていると聞いた。私は以前、本書の初版本を友人から借り、一度斜め読みしただけで次の希望者に渡していたのだが、もう一度じっくり、それを手元に置いて読みたいと思っていた。私は昨今の出版事情を鑑み、電子製版ならば費用も安く済むし、本書を未来につながる形で復刻できるのではないかと考えていたが、本年正月に例年どおり行われた講演会の折、気がつくと本書全文をパソコンに入力すると口走っていたのである。先にも書いたように、復刻を希望する声は大きくこだましていたので、上野師の同意を得てから実現に向けての動きは速かった。明窓出版の増本氏、本書を最初に世に出した佐藤文郎氏、本書の第四版を貸して下さった名久井良明氏等のご協力と励ましのうちに、サッとつくってサラサラと、復刻となった次第である。

これで本書もアナログからデジタルになった。ＣＤか何かに焼き付けて宇宙空間にバラまくことも、インターネットで世界中に配付することも可能となった——。さて、このことと、文明を批判して止まない本書との関係は？　それは読者が考えればいいことである。私自身は嬉々として本書をパソコンに入力した。

私は喜んで、本書をこの絶望的な文明に、一デナリで売り渡そう。それによって、原生のリズムが未来に、永遠に伝えられるならば……。悪びれることなく文明に本書を売り渡すユダ、原生人間として復活するユダ、私はこの輝くばかりのビジョンに酔いしれている。

私が今、校正に使用した第四版の見開きには、著者のサインとともに、次の文が書き込まれている。

名久井君
この書を書いたのは、私の中に
汚れたままであった宗教性を洗いおとすためだった。
一九八九年十一月二十九日

上野霄里

あゝ、私も、確かにそれを実感するためにしたのだ。心ある読者も、本書を読み、それを如実に実感するに違いない。

この天啓を発する言霊の巨人、上野霄里の言葉は、今後文明と対峙する人間の、永遠なるものを希求してやまない文明人間の、内なる思念における国際語《ロゴス》の基盤となることであろう。私は、このような人間が存在することを、この文明に刻み込んでおく。今後、この大地から湧き出すように現れてくる魂の勇者達のために。個人にかえり、個人から始める人たちのために。

一九九九年七月

【序文】

上野について
——超人間《スーパーヒューマン》の体質——

ヘンリー・ミラー

上野と私の間には、現在に至るまで、幾年間か、文通が続けられてきている。そして、その量は膨大なものとなっている。彼からの便り、しかもかなりの長文の書翰だが、それを私が一、二通受けとるのに一週間と間をおくことは、殆どない。私は、彼と彼の家族の写真を、全部手元に持っている。彼は、彼の日常生活、原稿、絵画、教育、その他のことについて私に知らせてくれる。私には、彼の日常生活が手にとるように鮮明に想像することが出来る。

彼の書翰から受ける、もっとも衝撃的な印象は、彼が人間発電機《ヒューマンダイナモ》であるということだ。彼は、殆ど、超人間《スーパーヒューマン》とも呼ぶべき活力《エネルギー》と生命力《ヴァイタリティ》を所有しているようにみえる。彼は、幼児のように好奇心に燃え、熱中する。何と不思議なことだ。彼の写真を見るにつけ、わが国の大統領、(A)セオドア・ルーズヴェルトにひどく似ていると思う。この大統領は、体育や、活動的生活《アウトドアライフ》の擁護者の一人であり、特に、自分の敵に関しては、絶対に妥協を許さず、言葉に衣を被せない発言の主唱者であった。もし、上野が、権力を掌中に納めるようなことでもあれば、セオドア・ルーズヴェルトのように、「大きな棒」を振りまわすことをためらわない人間になるとおもう。或る意味において、上野は、日本映画によくみかける革命的な武士《サムライ》、いや、もっと正しくは、悟道に足を踏み入れた武士《サムライ》達を私に連想させる——つまり、無意味な斬り合いに嫌気がさして剣を棄て、確信に支えられ、その日その日の生活を素朴に過ごしていく人間だけに与えられている賢さをもって、殆ど愚者と見まがわれるばかりの素朴な生活に入っていこうと努力する武士《サムライ》ということなのである。

上野は、自分の行っていること、努力していることに就いては、「芸術家」という言葉を使うことを好まない。だが、彼こそ、私が、長らく、人生の芸術家と呼んできている型の人間なのだ。つまり、芸術の最高の形式は、生き方を通して表現されるということをわきまえている人間であるといいたい。

勿論、これは、日本においては、新しい概念ではない。禅《(B)》僧達は、何世紀にもわたって、これを身をもって示してきた。生活のために、教育にたずさわらなければならない家族持ちの人間には、困難がつきまとう。上野には、熱狂的な何かがある。それに加えて、彼は、アナーキストだ。それでいて、足は、しっかりと大地についている。彼は断崖のふちに立っている。彼は、自分自身のためのみならず、他の人々のためにも、純粋無垢な人間の、全面的な解放を望んでいる。しかし、彼は、単に社会構成員の一人でいるためだけに、その代償として一ポンドの肉塊を要求する社会機構の中に捉えられてもいる。それは、余りにも惨酷なことだ。だが、その立場は、魅力にあふれ、周囲に勇気を与える。一体彼は、どのようにして、この問題を処理していくかと戸惑う人もある。

上野には、卓越したもう一つの面がある。それは教師であるということだ。そして、私が、教師という時、

「教育者」を意味していない。むしろ、啓蒙家《アウエクナー》であるということになろうか。ギリシャの偉大なる詩人アン(C)ゲロス・シケリアノスは、その『教育論』を、「めざめに導く殴打」と呼んでいるが、これは、残念ながら、まだ一度も、外国語には訳されていない。上野の中には、(D)説教家が依然として、強く存在する。彼は、言(E)葉の力というものを信じていないのかもしれない。だが、それでもなお、その力に捉えられている。彼は、自己の解放のために闘っている。だが、それに反逆しようともしている。或る意味では、彼は、ひどく非日本的である。彼は、自国の人間の弱さを看破し、それらの欠陥や短所をあばきたて、自己をそれから分離させようとする。しかし、奥深いところでは、彼は、日本人のままでいる。(F)私が、アメリカ人であることが不可避なことであるように、彼もまた、日本人であることは止むを得ないことなのだ。もし彼が、日本人を、一層日本人らしく仕向けていくことが出来るとするなら、彼は祖国のために、奉仕をもって報いるだろう。

私の拙見としては、日本が、上野のように誠意があり、一切の組織から離れようとすることにつとめている人間を生んだということは、日本人にとって、彼等に対して向けられた名誉であり、威信であり、充分に誇ってよいことだと思っている。

昭和四十四年五月二十七日

(3.)

There is another side of Ueno-San which is
also very prominent, and that is the teacher.
And by teacher I don't mean "school teacher"
but rather the "Awakener". "A Knocking to
Awaken", as the great Greek poet Angelos Sikelianos
called his book on education, which un-
fortunately has never been translated. The
preacher in Ueno-San is still strong. Though
he may not believe in the power of words
he is still a slave to them. Though he
is struggling for self-liberation he is still
a rebel. In a way, he is very un-Japanese.
He sees through the weaknesses of his
country men, he exposes their faults and
shortcomings, and endeavors to set himself
apart. But deep down he remains Japanese.
He can't help it, any more than I can
help being American. If he can make
the Japanese more Japanese than they
are he will be rendering a service to his
country. The Japanese have much to be
proud of, and it is to their honor and
credit, in my humble opinion, that
they can produce a faithful, devoted renegade
such as Ueno-San.

Henry Miller
5/27/69

ヘンリー・ミラーの序文筆跡の一部

――註――

（A）セオドア・ルーズヴェルト

アメリカ合衆国二十六代大統領。マッキンレイ大統領の暗殺後、副大統領から昇任。トラスト狩りの魔人といわれ、その強硬な手腕は、外交政策にも卓越したものを示す。日露戦争、モロッコ問題の解決は彼の手腕に依る。ミラーは、父の仕立て屋の仕事を手伝っていた頃、ルーズヴェルトの家に、服を一着届けに行き、彼の顔を垣間見ている。『ランボー論』の中で、「ランボーが政治家になっていたらチャーチル、ルーズヴェルトといった政治家は別格として、ヒットラーやスターリン、ムッソリーニなどは大根役者にしかおもわれないくらいに大きな働きをしたはずだ」とも書いている。

（B）禅

ミラーは、常々、「私は日本に住む無名の禅僧に会ってみたい」といっている。英文学者、奥村治は『ミラー序説』の中で、ミラーと禅の類似性に就いて次のように書いている。

There seems to be a striking resemblance between Miller's thought and Oriental Zen.

（C）アンゲロス・シケイリアノス

千八百八十四年―千九百五十一年。ギリシャのレフスカ島に生まれる。哲学抒情詩人。哲学四部作『人生への序章』などの詩集がある。

（D）説教家

これは日本的発想では、殆ど掴みにくいことばである。単なる宗教家のイメージを与えない。ドストエフスキー、D・H・レンスなどの中にも、この型の説教家はうかがえる。説教家とは、現代文明の中で、文明の妄想のうろこを払い落とすことに努力する人間のことである。上野は、一切の宗教的伝統と形式を、文明の最悪の要素として踏みにじる。そこに、万事に関わる彼の行動の第一歩がある。こういった立場で、彼は、聖書を熱烈に信じる。彼の聖書講義を通して多くの若者が人生に生まれ変りを体験している。彼は、ニーチェやミラーの中に、理想的な宗教人のイメージをみつめる。

（E）ことばの力

上野は、しばしミラーへの書簡や、これまでの作品の中で、次のように力説する。「一体文学作品に、良いとか悪いとかいった区別が出来るものだろうか。少なくとも、私には出来ない。もし文学に、等級がつけられるとするなら、それは、力強さの度合いに従ってだけである。」

（F）私がアメリカ人であることが不可避なことであるように

ミラーはアメリカ人の生き方に激しく嫌悪の念を示すが、それでいて、彼の生き方は、典型的なアメリカ人のそれである。彼自身、もっとも正しい意味でアメリカ人を代表しているともいえる。

目次

CONTENU

CONTENU

CONTENU

CONTENU

第三章 めざめよ、阿呆共！

CONTENU

第四章 悪魔も故郷に帰ると天使になる

CONTENU

CONTENU

第八章　芸術的傾向の試論

CONTENU

第九章　アフォリズム

CONTENU

装画　新井光信
装幀　島田拓史
企画構成／明窓出版編集部

1章

原生人類のダイナミズム

——原始的人間復帰への試み——

私が苦しみの末悟り得たものを
いま人に説いて何の得るところがあろう
貪欲と憎悪とにうち負かされた人々にとって
この法を悟るのは容易なことではない
常識の流れに逆らい
精妙で　深遠で　理解しがたい
微妙なこの法を
貪欲に汚され
幾重にも無知の闇におおわれている人々は
決して見ることがない

〈原始仏典〉

ゴンチャロフの水晶体
(万葉集のポエジーをメデアとして)

とても寝ていられないくらい嬉しいのだ。この感動、この興奮、この新鮮な気分はどうだ! 長らく求めていた真の友に出遭ったよろこび……まさにこれだ。

今朝は、外はまだ薄暗いというのに起きてしまった。とても寝ていられないくらい嬉しいのだ。何という心の軽やかさだ。何と快適に血液がかけめぐっている体だ。何と心臓の調子がいいことよ! まるで、天国のパスポートを手に入れ、ヴィザを手に入れたような幸せな心境である。

万葉集! 万葉集の中の短歌は、以前にも、何度か読み、暗誦し、歌人の名前のいくつかも口馴れていた。だが、こういったものが、今までは、一寸も私の実生活には結び付かなかった。

山部赤人と口ずさんでみても、紀郎女と口ずさんでみても、それは全く私個人とは無関係であった。第一、万葉の歌を教え、講義する教師の表情や言葉が、実にやつれ、しなびたものであった。どうしてこんな面倒くさいものをやらねばならないのだろうと、不平不満のみがつのっていった。

万葉集は私にとって、ひどく退屈きわまりないもの、難解なもの、いやに乙にすました、気取ったものとしか映らなかった。王朝時代の朝廷貴族が行った文化大事業として編纂されたものであって、それも長年の歳月が費やされ、四千五百首にものぼる歌があつめられているという程度にしか理解してはいなかった。

貴族達がうたった歌となると、当然それは、今日流に置き換えて考える時、ひ弱で、理くつっぽく、むやみに権力をかさにきた、インテリどものあそび事のように想像してしまう。私も長らくそう考えていた。王朝時代のあの大らかさ、自由さと口では言っても、それには、決して、実感がこもることがなかった。

たまたま、地方の歴史にまつわる、みじかいエッセイを書くので、引用しなければならない短歌を、万葉集の中にさがしていた。目次がなく、索引がないので、上下二巻に分けられている万葉集を一頁一頁丹念に開いて、目を通していかなければならない羽目になった。しかしそれが大いに幸いした。エッセイを書くことに対する熱意もさることながら、思わず知らず声を大にして、向かいに座っている妻に読んで聞かせ、その大意を、私流の激しい口調と、洪水のような量の単語の数で表現する始末だった。

実に一つ一つの短歌が激しさに溢れているのだ。貴族が編纂したとは言え、それは決して貴族のあそびではなかった。乞食さえ、堂々とうたっているではないか。自分のはらわたが、死んだ後、塩辛になって天皇の口をたのしませるとうたっているのだ。これが、きれいごとの、うわべをかざった御上品な作品と言えようか。夫を流罪にされた犯罪人の妻も、まるで、紅海のほとりに立ったモーゼの姉ミリアムのように、何らはばかることなく胸一杯にうたっている。夫を取り去られた妻の怒りと悲しみが、その歌の、印刷されている頁が破れんばかりの激しい口調でうたわれている。

万葉の歌人達は、恋にも情事にも、何ら、言葉に衣を着せなかった。堂々と心のたけを歌にあらわした。実にすばらしい時代だった。そして、これを書いた文字は、大陸の文化を盛った漢字であって、当時の一般庶民には手のつけられない代物であった。さしずめ、今日に例えるなら、日本人が、フランス語かラテン語で作品の一切を書いて出版したということになろうか。

大衆性などといった問題は一切眼中になかった。そこに、万葉集の永遠性が見られるのだ。

もし、万葉集が、当時、誰にも彼にも分かるものであったとしたら、今日、全く無意味なものになり果てていたことは間違いない。そういった大衆へのアピールは全くしていない。

今日、真の実験的文学や、他の諸芸術、諸宗教が一般的でないとしても、この意味で考える時、充分、そこには正当性があると言わねばならない。結局、目の前の死人にわからせようとして、その意図に当てはめられて書かれる文章は、各時代を通じて、生きている人間に納得させる力を放棄しなければならない運命を負っているのだ。

敏達天皇以後の、仏教に熱中し、狂気した時代は、日本が若々しく成長し、たくましく生い立っていく時期であった。日本全体は、特に、為政者達は、急進的な開国論者であり、国際的視野の持主であった。明治維新のそれよりも、比較的に言えば、その度合は、はるかに上のはずだ。一体、どうして、あの時代の人達はあのように自由で、言葉が心と直結していたのだろう。現代の人間が、何事も控え目で、言うことが心と裏腹で、すべてが仮装行列のようになっているのは、どうしてであろう。いつ頃から我々は、万葉時代の素朴さを失ってしまったのか。もし、今日、万葉の貴人達、それも乞食も犯罪者の妻も含めてのことだが、彼等と同じ生き方をするなら、大馬鹿者と罵られ、単純過ぎるとわらわれるだろう。事実、世界中の偉大な魂の持主は、古い時代の自由さを失わずに生活してきたので、このような不当なそしりと待遇を、ほとんど一人の例外もなしに受けている。

私は、今迄ずっと日本人であることを拒否しつづけてきた。本当に生きるために、自分が自分の主人として、最も自分らしく生きるためには、日本人としての美徳は害であることを悟っていた。だから、文明の最悪の反逆者、伝統の最大の不隠分子として自らを任じてきた。だが、今、私の考え方は、少しかわった。万葉集の自由なたましいの息吹きに触れてかわってきた。私は最も日本人らしく生きようとしているのだ。私は、最も伝統を重んじる理想的な保守主義者なのだ。いや、ずーっと前々からそうだったのだ。私は万葉時代の素朴で大らかな精神と、燃えるような魂の躍動と、煮えたぎるような感覚の自由な振るまいを身につけている。私は、万葉集の素肌に、こうして触れることに依って、日本人であるという事実に、限りない誇りを抱けるようになった。私は、生まれながらにして、万葉の歌人達の、あのセックスの強烈な匂い、感情の自由奔放さが身についていた。不幸にして、死人で埋まっている現代にあって、私のそういった美徳と長所が、調子のよ過ぎる私の良心の不注意であやうく摘まれてしまうところであった。

私自身、私の全生涯を通して、四千五百首の熱烈な歌を、大らかに、口を大きく開いてうたわなければならない。私はそのために生まれてきたのだ。それ以外に、私に生まれてきた目的と意味はない。私は、私なりに生きようとすれば、どうしても、万葉歌人の狂乱と人生謳歌におち込んでしまうことは火を見るより明らかなことだ。私は、それをひどく喜んでいる。これは私に与えられた特権だ。私は、これを大いに誇らなければならない。

万葉集の一つ一つの歌を味わいつつ、私は、思わず知らず、ポロポロと涙をこぼしてしまった。何というダイナミックな情感だ！　何という美しい人間の感動だ！これらがすべて、歌の端々に溢れ、漲っている。この尊いエネルギーを、当時の一般人達に分からせようとして、少しでも減らしてよいという理由がどこにあったろう。私もまた、今日、私の時代に在って、私の書くものの中に濃縮されている人間回復、死人回生のエネルギーを減らしてまで、大衆にもてはやされるものにさせようとは毛頭考えない。私が万葉歌人と、その編纂者達と同じ心境に立って悪いという理屈がどこにあると言うのか。心のままに、万葉の歌の一つ一つを、想いのたけを尽くして語り、詠み、味わっていくつもりだ。心ある読者ならば、私とともに泣け。生きたいと願っている人ならば、私とともに、心洗われよ。真理を尊いものと信じている人ならば、力を与えられるがいい。人生に意味を持たせたい人は、何かを掴みとるがいい。自分が自分自身でありたいとねがっている人は、ここで、万葉の言葉の魔力にふれて、奇蹟に近い体験をするがいい。

我々が、従来誇っていた、日本人の誇りが、単なる幻影に過ぎなかったと自覚する勇気が唯一の前提となって、初めて万葉集が正しく詠まれ、味わわれる、そうでないかぎり、これらの厖大な量の歌に含まれた過激な言葉の一つ一つは、或る時代の、得体の知れない人間経験を経て生み出された、極く特殊なもの、例外的なもの、非現実的なもの、人間生活の限界をはみ出したものとしてしか受けとれなくなってしまう。

万葉集を、本当に血をわきたたせるものとして味わうためには、先ず、その人間が、自殺をして果てなければならない。今迄の日本人としての抱負の一切をすてさらなければならない。これは激烈な進歩、向上の歩みだ。

おそらくは、江戸時代の始め頃からであろうが、万葉時代の日本人の心は、大きくゆがめられてしまった。群雄が各地におさまって、創造的な政体と、独創的な支配力を示していた前江戸期には、まだ、万葉の心が残されていた。徳川家康というあの男の示した人格は、現代社会を構成している大半の要素に通じていて、それは、集団をすっきりと、うまい具合に指導し始め、集団体操を続けさせていくことが出来るが、そのために、個人はどれほどの被害をこうむったことか。つまり、個人の創造的な生き方と、集団のすっきりとした在り方は、決して両立することのないものなのだ。畳の上に、四角張って座り、上座と下座が定まった時、人間は、個人の姿を、そのまま露呈することを怖れるようになり、個人の言葉を語ることを罪悪視するようになった。個人はもはや、そのままでは、何ら正当化されず、どのような美徳も生み出したり主張したり出来ないものとなっていった。個人は、どの方向から見ても、間違いなく悪であり、不届きな存在としてその身を甘んじるよりほかに仕方がなかった。

そうした〝個人〟というものに対する理解の在り方は、徐々に、個人にまつわる一切の価値を罪悪視するようになっていった。個人は弱いものといった最初の感覚は、遂に、個人を核とする一つの巨大な悪魔をつくっていった。個人は、もはやどのような立場から見ても正当化されることはなくなってしまった。個人は、れっきとして存在しながら、決して表面にあらわしてはならないもの、絶対にほのめかしてはならないものとして扱われてきている。

誰もが、個人を持って生まれてきていることは事実だ。そして、それが例え、死の様相を呈していようとも、そうでないとしても、とにかく、日々の生活の中で、身の内に感じとっているものなのだ。これは否定出来ない。その事実を認識する心が人間を一層暗くする。日本人の暗さはここにある。そしてこれは、世界中どこに行っても同じであるかも知れない。

そういった、個人を犠牲にして成り立っている伝統や正義、文化を、一体、何故、誇りにしなければならないのか。これは重大な問題だ。これが納得出来ない限り、人間は、決して、他のどのようなことにも、まともな思索や議論、そして行動をする資格はないのである。

個人の欠如を見事に正当化しているのが文明一般の働きである。しかも、それを何ら疑わずに信じ込んでいる人間が、今日大半を占めている。

〝個人〟は傷つき、亡び、風化してしまっていて、その屍が、累々と人間の精神の内壁にこびりつき、うずたかく堆積している。沖積世、洪積世代の物悲しげな歌が、低く淀み、氷河のペースで流れる流れがある。ひどく緩慢で、同時に、限りなく激しい流れ。

しかし万葉集の中では、個人が無傷のままで遺されている。傷だらけの人間が無傷なものを眺めてもいたずらに溜息がもれるばかりだ。全く自分とはかけはなれた別天地の生物を眺めるようにこれを眺めている。彼等は、自らが日本人の原形質であることを、歌の言葉に託して、今日の我々の胸に向かって証言しているのだが、我々の胸の真空管もトランジスターも、とうに切れてしまっている。出力は大きいのだが、肝腎の配線が狂っている。だが一度この社会から葬られ、この世代の最大の敵となり、この世の最低の愚か者となり果てる瞬間から、元通り配線がなおり、真空管が働き始める。常識家にとって万葉集は何の意味ももたない。

徳川三百年の鎖国の歴史、これは、トインビーやウエルズ始め、多くの外国の歴史家達が、戸惑い悩む不思議な事件であった。この地上に、三百年もの長い期間にわたって、何千万人（当時の人口）かの人々が独裁政治の下で、何も言わずにじっとうずくまっていた例は他に見られない。思えば、何とも納得のいかない事件であった。この三百年間、日本人は、陽の当らぬ牢獄にとじ込められて服役していたわけだ。何ら正当な理由と罪状なしに、無理矢理に、このじめじめした牢獄に幽閉されていたのである。ロシヤ人、ゴンチャロフが、会ってその異様さと無表情さ、形式張った中味のない立居振る舞いといったものに、驚き呆れかえったのはほかでもない、三百年の囚人生活ですっかり人間本来のうるわしい姿と、たくましい機能と、生きているにふさわしい溌溂とした精神を麻痺させられてしまっていた幕末の日本人だったのである。彼は、日本人のなれの果てに出遭った。腰を抜かしておどろいたのも無理はない。三百年の流刑を了えて戻ってきた囚人が、その時代の感覚をそなえているはずがあるまい。三百年前の生活を、化石のように反復してきた罪人にとって、三百年後の新しい時代が恐ろしく、しかも油断のならないものとして、思わず知らずさっと身構えるのも至極当然のことではないか。

ゴンチャロフは、そういった、三百年の重労働をつとめあげて、悪魔島から戻ってきた、世にも奇怪な囚人に出遭ったのだ。ハリスもビゴーも、日本人に出遭って度胆を抜かれたことを、だらしないと責められないはずだ。自由に生きていた人々にとって、当然、思わず示してしまう反応であった。

徳川三百年の牢獄生活で、日本人はどのように変わっていったか。恋愛感情を表現することは男子として恥ずかしいことと思うようになり、愛し合って連れ添った仲であっても、妻が、その五十年の夫婦生活の中で納得することは、夫が一、二度しか愛情を、それとはっきり示すことはなかったという事実である。そして、その一、二度の愛情表現さえ、おそらく亭主本人にとっては、どうかしたもののはずみで、心にもなく取り乱してそうしてしまったのであって、それさえ大いに恥じるといった具合だ。

男の誇るべきことは仕事だとか、大義に殉ずることだとか、そんなご大層なことを言って、結局は非人間に変貌していったのだ。

西洋人が、日本人は我々と違って、肉体の感覚が薄いのかと勘繰りたくなるほど、平気で、しかもあっさりと切腹をした時代がつづいた。その実、実際に腹など切ってはいない。四十七士の時には、短刀の代わりに、三方に載っていたのは扇子だったと記録されている。そして、切腹人が、儀礼的に、作法に従って扇子を短刀に擬して、押しひろげられた腹に突き立てる瞬間、背後に立っている介錯人の大刀が素速く宙を走り、首を打ち落した。全く痛みを感じない瞬間的殺人法。

例え本物の短刀で切腹の座についたとしても、短刀が腹に当てがわれる瞬間に、タイミングよく首が打ち落とされた。武士の情。いい言葉だ。武士は相見互いと固く信じて彼等は互に助け合ったのだ。痛くて苦しいだろうとよく分かっていたのだ。だから、武士の情がこの上なく美わしいものとして、さむらい達の心を締めつけていた。武士道のリリシズムがここにある。

だが、この武士の情は、決して口外してはならないものであった。切腹の実状は、つまり、短刀が実際には腹をえぐりとることをせず、死の苦しみにもだえさせないように、介錯人が気を利かしてしまうといった事実は、決して口外されなかった。切腹とは、従って、人間以上の不思議な力に支配された儀式として、部外者の印象に残される結果となった。

それにしても、死ぬということ、身も心も転倒していて自殺して果てていく者は別として、堂々と、死んでいる切腹人の心境は、大きな謎だ。単なるさむらいの意地だけが仕向ける業であろうか。単なる純粋な忠誠心だけであれだけのことが出来るのであろうか。単なるお家大事といった、今日のサラリーマン意識があれほどの大胆さを与えるものだろうか。いや、決してそうではない。

そう考えることは、余りにも感傷趣味に流れた、日本人以外の人間にのみ許される解釈の仕方である。我々日本人には、こういった見方が、どのような理由からしても、決して許されてよいはずがない。私は、ここで、はっきりとそのことを言わなければならない。

武士達の、あの切腹とか、それに類した他の大胆不敵に見える生き方も、よくよく観察して見れば、三百年の不自然な緊張の連続である生活の中で、当然心に感染しなければならないはずの、ヒポコンデリー症状の一面でありヒステリー症状の側面であった。

仇討ち、自決、出家して世捨人になる行為、これらは、直接的に武士の健康な行為、深い宗教的行為とみなされていた悪夢の三百年は別として、今日、我々は自由な眼でもって、悪質な病気の末期症状と見なければならない。夫婦は決して離婚してはならぬものと信じ込み、愛してもいず、尊敬してもいないくせに生涯連れ添うなどといった生き方も、ノイローゼの重症患者のしそうなことである。社会的義務のために自己を葬り去る。

自由人にとって、夫婦が一生連れ添っていられるのは、生涯二人が互いに相手に魅力を発見し合い、新鮮な気持で愛し合っていける時のみに限られなければならない。そうでなかったら別れるべきだ。自分を殺してまで夫婦になっているなど、牢獄生活よりも辛いものとなる。ましてや子供が可哀想だからなどといって行われる不義は赦されてはならない。愛情もないくせに、別れることもせずにじっとがまんしているような、自己のない両親などいない方が、子供は、孤児にはなるとしてももうすこしは、ましな愛情と誠実さに囲まれて育てられる環境に入っていくはずである。親としての妙な思い過ごしはきっぱりと捨てて、もう一度自分を見つめてみるべきだ。

こういった偽善の夫婦は、今日いくらでもいる。いや、大半の夫婦が多かれ少なかれこういった要素を皮膚一枚の下にはらんでいる。いつそれが爆発するか予断をゆるさない。

そういうわけで、現代人の表情に生気がなく、何をやらせてもびくついた態度になるのも当たり前のことである。三百年の牢獄生活の痛みと歪みは、今日、我々の身心に歴然としてその痕を残している。

ヒステリックに、腹に短刀を突きたてたノイローゼ気味の主君の仇を討つ時、彼等は、「あなうれし　心は晴る

る　気は晴るる　この世の月にかかる雲なし」

　とうたえたのは、分かり過ぎるほどよく分かる心境だ。切腹して果てる瞬間、打首にされる瞬間、仇を討ちとったその瞬間、彼等は、生まれてからずっと緊張のしずくめであった状態から解放されて、思わず知らず、ほっと深い吐息をもらしたのである。心の底から、あなうれし——と嘆声をあげることが出来た。

　その点、比較的自由に、自分をさらけ出して生きた町人の一部や、職人達はひどく死を怖れ、土壇場の、打ち首になる瞬間まで、助けてくれえーと悲鳴をあげ、もがきつづけた。緊張のしどおしの役人達は、何とあさましい根性の奴だと、こういう未練がましい罪人を軽蔑の目で眺めたことだろうが、彼等の心境には、矛盾の渦が逆巻き狂っていたはずである。

　切腹や仇討は、現世の緊張して生きる非人間的な作法に叶った生き方のつらさからのがれる手段であって、これを縦糸とし、愛情や、その他の感情をむき出しに出来ないつらさ苦しさからくるヒポコンデリー症状を横糸として織りなす、人間束縛の物悲しくも悲愴きわまりない錦であった。

　それは、土佐の絵師、絵金の描いた生首や、血の吹き出る斬りとられた腕、はらわたの飛び出した屍人、幼児をさらわれていくのを狂乱して見守る母親の、世にも例えようのない引きつった表情の怖しさ、悲しさ、悲惨さを充分含んでいる。

　絵金の絵画は、人間の特殊状況における異常体験の描写である。たしかに、あの三百年は異常体験だ。この期間を経て日本人は、すっかり万葉の精神構造と体質を歪め崩してしまった。この三百年の悪夢の時代以前の人間と、以後の人間とでは、これでも血のつながりのある同一の民族なのだろうかと疑いたくなるくらい大きな相違がある。江戸氷河期は、同時にそこに堅固に築き上げられていた社会の脆弱さを、そこここに露呈していたことも事実であった。間歇的に吹き出た心ある人々の危機感は『自然真営道』のような出版されることのない著作となって結果し、狂歌となって巷に落書きされた。丸山真男が『日本政治思想史研究』の中で、「いかなる盤石のような体制もそれ自体に崩壊の内在的な必然性を持つことを徳川時代について実証することは、当時の環境においてはそれ自体大袈裟に言えば魂の救いであった」と書く時、かくれたラディカルな思想や、アンダーグランドの思想としての狂歌の担った役割を、期せずして彼は説明したことになる。人間が個人としての次元で凍結していた江戸三百年が人間の手に成るものすべてに危機の状態を招来して来たことは想像するに難くない。社会が安定していればいる程、人間の個人としての次元は荒廃の度合いを増していく。社会がその秩序を強めれば強めるほど、個人の領域は絶望的に乱れていく。社会の堅固さは人間個人の脆弱さの証である。確かな個人、即ち、『旧約聖書』が繰り返し［昼は雲の柱、夜は火の柱に導かれる］という自然の気道に直結した「私」を抱いた人間は、どのような文明社会の虚飾におおわれた人間をもその仮面を剥ぎ取って脆弱な本質を洞察してしまう。己が目撃した事実を率直に表白することの許されていなかった当時の人々は辛うじてそれを狂歌に託したのであった。

この三百年の呪と傷の痛みは、この宇宙時代に入っても、今なお、日本人の生活の中にたくましく息づいている。伝統とか、日本人の誇りとして、我々が高く掲げ、誇らしく抱いているものは、三百年の冷たい流刑地で身についた習慣であり、歪められてしまった体質であり、いじけた心で信じようとする不具者の意識なのである。しかしわたしは、今ここで、日本人が、この三百年の悲惨な経験を御破算にして、その彼方に健全に存在している、万葉の伝統に立ち返らなければならないことを主張したい。王朝時代も、戦国時代も、その政治形態が何であろうと、その文化の進展具合がどうであろうと、そのようなこととは無関係に、当時の人間個人は、かなりゆとりをもって生きていた。

牛乳を飲み、床板の部屋に靴のまま出入りし、筒袖の着物、つまり、上衣とスラックス乃至はニッカボッカー型のズボンをはき、椅子に座り、観音開きのドアの付けられた部屋に、みすと呼ばれるカーテンを張りめぐらし、玄関に当たるところは、西洋の家屋のそれと同じで、ステップ（入口の階段）があり、ドアまたはカーテンの内側には床板が敷きつめられていて、パッセージ（玄関の内側の部分）があった。

当時の帽子は、ハンチング、ベレー帽、三角帽などをたやすく連想させてくれるし、男女の愛の表現などもすっかり今日の西洋のそれを想わせてくれる。我々が今日、日本的なものだと、考えているものは、そのほとんどすべてが、徳川三百年間の異常体験という悲惨さの極限状態の中で身につけ好むようになったものばかりである。床の間の位置と、上座と下座の関係は幾何学の公式よりもはっきりしていて、これを破る勇気のある者はいないし、畳に座るという、人体の骨格や筋肉の仕組みから言えば最も不自然で健康のためにも良くない姿勢が、日本人の美徳の一つになっていることは、泣くにも泣けないほど悲しい事実だ。三百年の悪夢の中で培われたものではなく、それ以前のものである茶道の自由さ、千利休の自由さ、独創性に富んだ人間らしさは、徳川の世に入って、化石化して、最も緊張度の激しい、恐ろしい環境をくりひろげていった。

自由人が、生活人のあそびとしてやるならよいのだが、そのような、人間を生かすことのない立居振る舞いの作法一切が、一糸乱れずに行われなければならないというところに傷の深さがある。外人が、あぐらをかき、左手のおや指と人差指の先で、茶碗をひょいとつまみ上げて、一寸にがいね、と言ってごくんと飲む態度の中になら、茶も生きてくるが、ゴンチャロフが見て腰を抜かしてふるえ上った能面のような面してお茶の作法をやられたんでは、みじめで仕方がない。どいつもこいつも、蝋人形のような表情をして茶の作法をやるところにこっけいさは尽きないとも言える。

私自身、茶道は大好きだ。茶杓さえ自分の手で、これはと思った竹でつくり上げる私である。だが、だがそれは利休の独創的な生き方の中でのみ受けとめるものであって、伝統と組織をつくっている茶道の連中とは、屁の匂いさえはっきり違っている。三百年の悪夢に関係しないものなら、すべて良いものばかりだ。

山鹿素行や大村益次郎が目撃した武士達の在り方は、あの時代の人間崩壊のバロメーターであった。土を耕すこともせず、物を造り商売することも、教えることも戦うこともしない武士達の生活は、文明の痛みをそのまま具現した生き方であった。先祖代々定められた禄高にしがみついて、為すこともなく一生を了る武士達の日々の暮らしは否応無しに形式化しない訳にはいかなかった。社会が生み出す非人間的なしがらみに囚われて、窒息寸前の状態に置かれていた精神の息衝き。形式の重みに耐え、しがらみに囚われて苦しむ悲劇は江戸期を克明に特徴づけている。文明が陥った人間悲劇の極限の一つとして武士階級の生き方を見ることが出来る。今日、社会保障制度のほとんど完備した環境の中で生活が安定している市民の生き方は、武士階級の禄高制度とその悲劇的本質において一脈相通じている。生活が社会保障に依って安定すればする程、人間本来の宿命である冒険や実験的要素を孕んだ行動から遠ざかり、予め用意されていた道を、地図を頼りに無難にたどることになる。無難であるということは、人間が己の内奥において自我を放棄したことを意味しているのだ。生活の不安を背負い、汗を流して働き、果敢に挑まなくてはならない未知の前途がある限り、人間は堕落しないでいられる。危機感を失った人間は精神のリズムを乱している。人間の最も肝心なところで重大なものを失っている。武士階級に生きた人々のあの不幸を私は二度と繰り返すつもりはない。全く保証されることなく、ひたすら力の限り生き抜く素朴な人間でいるつもりだ。それ以外に、人間はどんなに頑張ってみたところでまともに生きられはしない。野の生物たちに、一体どのような生存の保証が与えられているというのか？　そこには何一つそういった気配は見られない。保証がないからこそそれはひたむきに雲の柱と火の柱を見つめて生きる。それより他に生きられる道がない。どれほど精巧なコンピューターも、渡り鳥やホーミングの本能を具えた鳥や魚の機能を凌駕することはない。自然に服従することではなく、自然の気道を己の生命体の中に取り込むことによって、文明が見失っている安定に入ることが出来る。

万葉の人間の大らかさ、自由な精神と、生き生きとした情感、あふれんばかりの語調のなめらかさと炎のような激しさ——私は今、彼等の人間像の中に日本人本来の姿を見出している。

箱舟の神話
（万葉集のポエジーをメディアとして）

特に東北地方の人間の口の重さ、人の目を盗み見る態度、知っていても知らぬふりをし、出来るだけ事を起こさないようにと努力する、何事につけても消極的な態度の中に、三百年の流刑地での傷の深さを思い知らされる。

東北人の心と肉体の中に日本人全体の弱さ、悲しさ、痛さ、苦しさ、恥ずかしさが見られる。九州や関西の旅行者ですら、東北に来ると、東北人のうつろで、干涸び、何か不安をかこって無意識的に身構える物腰に冷え冷えとしたものを身の内に感じるはずだ。そして、そういった印象は、彼等に、東北人を軽蔑する気持を抱かせるのではなくて、むしろ、彼等自身の血の中に奥深くひそんでいた、はるか三百年間の苦しい想い出につながる劣等感を呼び起こさせるのである。

東北人の恥の感覚は、日本各地のあらゆる人間の心の底に沈澱している魂の滓である。東北というこの環境は、三百年の悪夢を最も忠実に温存している唯一の場所と言わなければならない。東北の人々の間にうたわれる古謡、民謡のあのもの悲しさに包まれたメロデーはどうだ。

彼等は顔一杯に笑っていても、眼の中だけは、万年氷にとざされていて、いっかな溶け出しそうにない。彼等が怒り狂っても、やはり眼の中は、うっすらと白々とした霜におおわれている。流刑地で、すっかり身についてしまった歪んだ性格、傷だらけになってしまった精神が、そっくりそのまま、東北という特殊風土の中で、今日まで伝えられてきている。東北人の権威好みは一寸やそっとではない。病的なくらいである。東北の偉人が、芸術家や宗教家の間によりも、むしろ、軍職や政界に輩出しているというのも、こういった理由からである。個人を持たず、権威に弱く、集団の中で模範的に過ごせる性格が極端に一方に傾いていった場合、大将や大臣が生まれてくる。しかしこの現象は程度の差こそあれ、どの地方でも似たりよったりである。

こういった精神的凍土である東北の地で、全く自由で、万葉時代の大らかな発言と行動をしようとする時、当然のことながらひどい圧力を受ける。しかし、凍土の最も下層部にしか、新しく生き生きした芽は萌え出てはこないのだ。

創世紀第十章十八節から二十七節のエピソードを読んでみよう。

「箱舟から出たノアの子らはセム、ハム、ヤペテであった。ハムはカナン族の先祖である。この三人はノアの息子達で、全世界の人類は、この三人を先祖として、広がっていったのだ。さてノアは農夫となり、ぶどう畑をつくり始めたが、彼はぶどう酒を飲んで酔い、家の中で裸になっていた。カナンの父ハムは裸の父を見て、外にいる二人の兄弟にこれを知らせた。セムとヤペテは着物をとって肩にかけ、うしろ向きになって歩みより、父の裸をおおい、顔をそむけて父の裸を見なかった。やがてノアは酔いがさめ、末の子が彼にしたことを知った時、彼は言った。〝カナンはのろわれよ。彼はしもべのしもべとなって、その兄弟達に仕えなければならない〟また、つづけて言った。〝セムの神、偉大なる創造者はたたえられるべきだ、カナンはそのしもべとなれ。神はヤペテを繁栄させセムの天幕に彼を住まわせるように。カナンはそのしもべとなれ〟」。

もし私が従来通り、牧師稼業にせっせと精を出し、何ら心に疑念を抱かず、悩まず、何事も割り切って考えているならば、この聖書の記述を次のように解釈し、説明し、説教するだろう。「ノアは、酒に酔いつぶれて大変な失態を演じた。ハムは、そのような父を見て直ぐさま行動に出ず、外にいる二人の兄弟に告げた。この場合、行動とは、信仰を持つという行為を指している。それに反し、セムとヤペテは、知らせを聞いて、直ぐさま着物を持って屋内に飛び込んだ。父の醜態を見て父を辱しめてはならないからと、肩に着物を担い、うしろ向きに近づいて父の裸体にこれをかけた。

こうした二人の行動は、神を信じて、信じた通りに生活する人間の典型として、ノアが後になって賞讃し、祝福しているのであり、ハムは、一番最初に事実を目撃し、必要な行動に入れる特権にあずかりながら、唯、これを二人の兄弟に告げただけであった。彼はこの際、実行の伴わない信者の典型であり、心に信じようと努めながら、結局、生活全般を通じて信じきれない不信仰の人間のイメージをほうふつとさせる。

わたしたちは、セム、ヤペテの立場にいなければならない。見ていながら、これに対して適切な処置のとれない人間は、常に敗北者である」

こういった論旨は、私にとって、まさに、古い自分の写真をのぞくような気分でしか見られない。いささか照れくさいし、多少の恥かしさ、気まずさ、心苦しさのまじり合った妙な感覚が私を支配する。

だがこの論旨のおわりの部分は正しいと思う。一番最初の目撃者でありながら、実行において、後からくる者に先んじられてしまう人がこの世にはなんと多いことであろう。一番最初に思いつく頭や、一番始めに発見するめぐまれた感覚と機能とチャンスを与えられていながら、それが一寸も実行出来ない。いや実行するにはするのだろうが、多くの人々がやりふるしてからである。こういう人間は、眼があっても、本当にものを見るよろこびを味わえない人であり、耳があっても本当にものを聞くことの許されていない人である。

彼の口は、美味なものを、うまいとは味わえず、彼の感覚は、快感さえも、その通りに感受することが出来ない。生きていながら死んでいるとは、こういう人間のことをさして言うのである。しかも、この世の中が、この類の人間で埋まっているということは、否定出来ない事実である。

ノアと彼の三人の息子達と、彼等の妻が箱舟から出て地上に立った時、彼等につきまとっていた一切の伝統はなくなっていた。すべては全く新しくつくり出されなければならない状態におかれていた。これは、創造的に生きようとする人間にとって、必須の条件である。今日、果たして我々は、箱舟から降り立った状態で、一切の伝統と、歴史の死滅した純粋環境の下で生活を始めているだろうか。

昨日の恥を今日まで引きずっていることはないのだ。それは致命的な傷となる。昨日の名誉を、今日なお誇っているような人間もまた、足下がひどく不安定になっていて、新しいことを敢行するに足る力はないのだ。

ノアは、ノア自身の先祖とならなければならず、三人の息子達も、今後あらわれるであろう民族の先祖とならなければならなかった。一切の前例を失ったのだ。すべてのモラルや美徳もそれと一緒に消滅した。すべての規準はなくなったのである。

そこから出発する時、一切の行為は、創造的なもの以外ではないはずだ。何もあたりをキョロキョロ見まわして、人の顔色や、手つきを盗み見する苦労はいらなくなる。自分の言葉で自分の考えを語る自由こそ、唯一の美徳となる。心が裸のまま、言葉と直結して語られる時、どんな人間でも、最大の文学と、至高の宗教、哲学が表現出来るのだ。技巧でない。才能でもない。裸の魂が、何ら飾られず、前例や常識で化粧されることなく言葉に直結するなら、その人間の最も美しく、力にあふれた個性が発揮出来るのだ。

ノアは、今、この立場に立たされていた。この環境こそ人間を生かす。人間は、どんなに重傷で苦しみ、不治の病で絶望していても、この環境に入る時にこそ、回生の機運にのることが可能なのだ。

こうしたおどろくべき環境の中で、人間は、誰でも酔うようになる。感動が連続して彼をおそう。彼は、こおどりしながら喜びに満たされ、涙を流して感謝し、嘆き、火を噴くような激怒に支配され、甘さこのうえない情緒に溶け込んでいける。酔うとは酒に酔うことではない。人生全般の事柄に、常識を超えた異常さで感動することなのだ。ぶどうづくりに精を出したノアは、そのことに依って、人生の苦悩を身をもって味わったことを示している。しかし、彼が飲んだのは、無責任に、祭りや集まりの際に口にする、いわゆる酒ではなかった。祭りや集まりは、もうどこにもない。それらは、大洪水ですべて姿を消してしまっている。彼は、自らの内部の神聖な感動に酔わなければならなくなってきている。そして、そういった感動は、日毎に彼の味わっているものであった。

酔うとは昂奮することである。感動が、大きく活動し始めることであり、魂が、やわらかく解きほぐされていくことである。人生が劇的になるところには、かならず魂が砕かれて、周囲に美しく華やかに飛散してかたちづくる華麗な徴候が、はっきりと見られる。

ノアは、歴史を失っためぐまれた人間として、昂奮し、発奮しないわけにはいかなかった。先祖をなくした者、親と縁を切ったものとして、どうしても、一種の創造者、一種のゼウス、一種の大先祖にならないわけにはいかなかった。彼は、激しく昂奮のるつぼにたたきつけられた。何一つ、既成のモラルに捉われない人間として、自由自在に酔わないわけにはいかなかった。純粋この上ない人間となったのだ。何一つ、良心にとがめを抱くことなく行える、名実ともに自由な人間になった。

中国に名僧がいた。彼が、名僧と呼ばれ、衆人の信望を一身に集めているのには深いわけがあった。彼には、常に模範とし、手本として仰ぐことの出来る、この世のものとは思えぬほどずば抜けた高僧の師がいた。名僧は、もしこの師がいなければ、言うこと、語ることに、長い間には種が尽きてしまっただろうが、高僧のあふるるばかりの言葉を耳にしているので、いつも語ることに不自由することがなかった。

名僧は女色を断ち、もんもんとして体のうずきに苦しみながらも、衆人の模範として規則正しい生活をしていた。だが、この名僧をこのように励まし支えていた高僧は、毎夜、女を替え、それが生娘であろうと人妻であろうと、幼女であろうと何ら気にせずに抱いていた。激しく女達を喜ばせ、自分も充分にたんのうするのだが、それでいて、一寸も良心に責められるところがなかった。弟子の名僧は、もしこんなことをしたら心が苦しんで、とっても名僧の地位に甘んじてはいられなかっただろう。

二人の間にはこれだけの違いがある。高僧こそ、本当の自由人であって、名僧の方は、自由な人間の真似事をしている、いわゆる無理をした人間だったのだ。一寸でも気をゆるめると凡俗に戻ってしまう、といった頼りない人間であった。高僧は、例え何をやっても、根っからの高僧であった。何をしても、一寸も自分の資格や権威が傷付いたり、失墜したりすることがなかった。何かすることで、失墜したりしてしまうような人格など、もともと、あってもなくてもよかったのである。悪や不義が怖いようでは、どこか心の底で、悪や不義を慕っている証拠である。金の話はきたないという奴に限って、金銭にひどくこだわっているから面白い。

このようにして、ノアは、自分の手でつくったぶどう酒に酔った。人間は誰でも、自分の生活の中で霊感し、感動しなければならないのだ。感動する者が自己開顕的になるのは当然の理である。ミラーの私小説風の内容は、あきらかにこのような経緯を経て成ったものである。自分を顕わせない人間は、真に感動してはいないのだ。秘密のある人間は、かげりのある生活を送っている証拠であるし、魂の素肌が汚れていて、見せるに耐えない状態であることを裏書きしている。創造的になった人間は、すべてを堂々と顕わせる。ノアは裸になったのだ。裸になれるほど霊感に酔いしれ、感動に溺れきったのである。

ところが何ということだ、三人の息子達の態度は！　三人は、少し前まで地上を襲っていた大洪水のことを忘れてしまったのか。洪水が地上のすべての生きものを絶滅させてしまった事実を忘れてしまったのか。それとともに、すべての人間的約束、規則、基準、といったものが消滅してしまったことを忘れていたのか。裸でいて悪いとか恥かしいといったモラルはとうに亡んでしまっていたのだ。罪とは、本居宣長に依れば「都々美《つつみ》」の訛ったもので、都々美とは、「都々牟《つつむ》」からきている。包むこと、即ち、つつみかくすことは、日本的な意味でも罪であったのだ。

彼等こそ新しい彼等なりのモラルをつくり出していかなければならない唯一の存在であったのである。しかし彼等は、すべてのモラルの根源、すべての規則の基準である自分を、うかつにも忘れて大失態をしでかしたのだ。いや、これをうかつなどという言葉で簡単に言ってしまっては、余りにも無責任過ぎるかも知れない致命的な失態であった。もはや取り返しのつかない過失であった。子孫代々呪われるべきあやまちであった。裸こそ、罪の消滅を意味するものなのだ。彼等は、洪水と共に亡び去っていった旧来のモラルにがんじ絡めにされて、一歩も身動きならなかった。

三人の中の一人、ハムは、父の裸を見て、外にいた二人の兄弟に告げ口した。最もひどく呪われなければならないのは、このハムという男だった。旧来の死滅したはずのモラルに依って、何かと非難したり批評したりする人間は、真っ先に呪われる。二人の兄弟は、おそらく父のそういった羽目を外した昂奮ぶりを知っていながら、敢えて外にいたのではあるまいか。しかし、ハムの忠告があったものだから、仕方なしに父親の体に着物を着せた。

二人の兄弟は、この場合、自己は持たないが、創造的な人間の言葉を聞く耳があり、これに感激し、ついていくことの出来る人間の姿を象徴している。だが、それでも、聞く耳のない人間に何とか言われると、仕方なしに、予言者の口をふさいで見たり、見者の目をおおったりして迫害者の役割も演じる。

しかしこの世は、これら二人の兄弟のような人間で埋めつくされている。だからノアは仕方なしに、批評し非難する人間よりはましだとして、彼等を一応は祝福しておいた。だが、真実の意味で祝福されたのは、ノア一人をおいてほかにはいなかった。ノアこそ、洪水によって絶滅された人類の生まれ変りの大先祖となった。三人は、このドラマのほんの脇役でしかなかった。

自分を裸にしている者を目撃して、それがまん出来ずに罵り、走っていって誰かに告げ口をするのは、自己を、豚の飼にまぜて喰わせてしまった〝人間〟だけである。自分のある人間なら、必ず、或る面において、わずかではあっても、裸の意味に納得がいくものである。裸になることほど力強く、そら恐ろしい生き方も他にはあるまい。それは、技巧の外された純粋さであり、邪念を払った澄みきった心境でもある。

万葉の人間は〝ノアの裸体〟を体験した者ばかりであった。心の肌を、何ら包みかくさず、そのまま陽光の下にさらけ出したのである。これだけの人間だ、これ以上でもこれ以下でもないと、堂々と自己をさらけ出せる時、その人間は、世のすべてのゲームに勝ったのだ。世の試練はことごとく、自己の内部をかくす度合に比例して、敗北をつきつけて迫ってくる。

自己開顕の道を行く人間にとって、世の試練は、尊く有意義な教訓であって、決して不幸のたねや、卑屈な根性を形成していく悲しい動機とはならない。例え、眼の前の試練が苦痛を与え、厳し過ぎることがあっても、王者のゆとりを持って、ゆったりと生きていくことが出来る。

本能の倫理
（万葉集のポエジーをメデアとして）

日本人の、何事についても、斜《しゃ》に構えるくせはどうだ。日本家屋の中で最も落ち着付ける場所である風呂場の中でも、褌や、腰巻をして入った日本人のことだ。最もくつろげるところでも、これだけは決して脱げないというものがどこかに残っている。それは、人間性の神秘さという、巨大な人格にのみ見られる独特な個性とは全く関係がない。

巨大な人格の、神秘に包まれた個性とは、すべてを開放していてなお凡人には計り知ることの出来ない要素が多いものだ。勇気に欠けた卑屈な人間の、斜に構えた態度は、それとは全く別な、敗北のポーズなのである。

江戸時代の公衆風呂の構造を考えてみたまえ。浴槽は、脱衣場からは勿論のこと、浴室からさえも見えないように、すっぽりと囲うようなかっこうで、ざくろ口というのが設けられていた。これで、人々は、湯舟につかろうとする時、素裸の姿で浴室の人々と顔を合わせなくてもすむ。

それに加わえて、一層御丁寧なことは、このざくろ口に、〝湯が冷めてしまわないため〟という理由をつける。ここでもまた、斜に構えている人間の心が目先に浮かぶようだ。茶道の佗びに通じる仄暗さではなく、勇気がないだけで、それでいて、けっこう名誉欲などばかりが発達した人間が好んでとる卑怯な態度なのだ。

我々が、風呂屋や理髪店にいって、帰りがけにとり違えてくる傘やはきものなどは、大抵の場合、自分のよりも良いものか新しいものである。勿論、本当に間違うということは、意識してやることではない。無意識ながら、よりわるいものや、一層古いものをとり違えてくるケースは割合すくない。ここに、人間性の悲しさがある。自分の心の願いさえ、かくし立てしようとする。

もっといいものを欲する気持が、れっきとして自分の内側にありながら、その気持を自分自身にさえかくしだてするこの根性だ。西欧の誰かは、この状態を、適確にも、自分の良心との鬼ごっこだと言ってのけた。

誰にも欲するものがある。それを、他人にそうと悟られまいとするだけにとどまらず、自分自身にも分らないように遂行しようとするずるさがある。これをはっきり看破って、その首根っこを締め上げてやるのだ。

女性が示す、あの、女特有の態度は、男性にも充分見られる。男に犯されたいという気持が充分ありながら、全身全霊でもってこれを拒ばもうと必死に逆らう。そして、ついに抱きすくめられて犯され、けっこう自分もいい思いをするくせに、その最中にさえ、だめっ！　だめっ！　と叫び、呻きつづける。最後まで、あたしには責任がないのだわ、といった、無意識の作為がありありとしている。俺はやる気はなかったが、つい魔がさして、と男達は言いわけする。

このようにして、我々は、自分自身とも真正面から対決出来ない不幸な存在となってしまった。卑怯この上なく、下劣極まりない。

それでいて、そういった自分の汚れさえもまともに見ようとはしない。見なければ、ないも同然と信じているらしい。

だから、年下の男と姦通する女は言う。「嘘のほうが、本当のことよりずっと美しいことだってあるのよ。私達は、一生そうやって死んでいきましょうね」

何という卑怯な態度だ、こういう態度でもって現代人は、仮空の、偽善の模範人となりきる。本当のことを決してあらわせないのは当然ではないか。本当のことがうさんくさく、憎らしくなるのも当たり前だ。万葉時代の人間が気の毒に見えてくるのもうなずける話しである。すべてが舞台の上のせりふである。

現代の模範人は、とりすました表情でうそぶく。

「私たちは、芝居よりも、もっとうまく演技しなくてはならない。一生そうしていかなくてはならない。本物よりもっと美しい演技というものがあるのだ。そうやって、死ぬまでがんばれる人間が立派な人格と呼ばれなければならない」

徳川三百年の流刑生活で得た貴重な体験なのだ、これが！

すべてを斜にかまえて眺める習慣が、半ば体質化してしまってきている。それを取り囲んでいる外的条件が、長い期間の経験を経て、いつの間にか内的条件となってしまうことは万事について言えることである。

鯖の背中の、ゆらゆらとゆらめく海草の模様の濃紺しまは、まさしく、この魚が長らく棲息していた海域の様子をほうふつとさせてくれる。飼犬の顔を見れば、飼主の顔が大体のところは見当がつくし、夫の顔を見れば、この男にくっついている妻の顔がほぼ見当つく。

その存在の定着している地域の外的条件は、例外なく、そのものの内的条件なのである。三百年の鎖国の状況下で生きつづけなければならなかった人間には、当然、その歪められた状況が、内的条件となっていった。我々は、個人個人、その生き証人として、今立たされている。我々は、自分の心を両手で抑えて見て、そこに息づいているものが、この三百年の外的条件の内面化したものであることを確認しなければならない。

そこには何らの妥協があってはならない。恐れずに勇気をもって、真正面から眺めて見るのだ。正しい視察態度とは、常に真正面から対決する時にのみ成立する。そして、そういった悲しみに満ちた内的状況が納得出来たら、勇気をもって、それを自分の手で粉砕してしまうのだ。

三百年の流刑の思い出は、もはや担わなくてもよい。いわゆる〝時効〟の時代に入っていることを信じてそうしなければならない。いや、むしろそうすることに依って、三百年の悲しみに満ちた、追憶の彼方に控えている至極健康な時代の子としての自分を発掘しなければならない。我々は、あの健康そのものの精神と意識にあふれた万葉人達と、血のつながりが、いささかもないということは有り得ないのだ。

柿本人麻呂の体臭は、我々の中ではっきり匂っており、山上憶良の口臭も我々の口中から発散している。我々の周囲の女達の髪の毛の匂いの中に、万葉の女性達の愛の激しさ、怒りの厳しさ、憧れの烈しさ、恋心の熱っぽさが一寸も見られないと言うのか。

私は今、すべての人間の中に溢れ漲っている万葉人の大らかさを、この手でもって発掘しなければならないと信じている。

もしこのプロセスを経ないで、我々がどれほどがんばってみても、それは所詮、徒労というものだ。学問、技術、思想といったものに支えられ、何とかとりつくろおうとしているのだろうが、何一つ進展することはない。

先ず自分の中にくくりつけられている自分の屍体を、生きている自分から切断して、捨て去ることから為されなければならない。これは大手術だ。痛みは限りなく激しい。不安は途方もなく大きい。緊迫感は異常に激しい。だが、生きのびるためには、この人生を意義あるものにするためには、どうしても一度はやってみなければならぬことだ。

屍体をズバリと切りはなして見ろ！　さっと、屍体から、生きている身軽な自分を遠ざけて見ろ。その瞬間、屍体は、炎天下の氷のように、見る間に溶けて消滅していくにきまっている。

貴様の体にくっついている限り、腐り果てているにもかかわらず、屍体は決して消滅していくことがない。そのような馬鹿でかい屍体を背負っている限り、どんなにがんばってみても、その人間の言っていることには意味がないし、語り口には生気が感じられず、書くものは、手先のざれごとに了ってしまう。

自分の屍体と、勇気をもって訣別した者だけが、アブラハムのように生命あふれる生活を送ることが可能となるし、語る言葉に、相手を目覚めさせずにはおかない力が伴うこととなる。

人体の力は技術的な裏打ちがいらない。常に生きている魂だけが必要なのである。人を動かす言葉は、学問と直接関わり合いをもたない。自己に徹している人間のみが、これを語り出す資格がある。人を目覚めさせるような生活態度とは、固苦しい生き方のことではない。自由に、最も本能的に生きる時に、初めて約束されるものなのである。

本能が、危険で当てにならないものと考える態度は、最も反人間的な姿勢である。法律や、モラルや、伝統にしばられている人間であってみれば、そうした束縛されている生き方が自然で健康なものでない以上、一寸気をゆるめれば、必ず例外なく悪をしでかし〝人間〟にとって不利なことをしでかすということは事実であろう。しかし、それとこれを混同してはいけない。

或る程度、自主的に生活している人間にとって、本能的に生きるからといって、それがすべて破壊的に行われると考えることは大変な誤りである。むしろ、それは逆の傾向を示す。人間が本能的に願うことは、平和であり、相互共存の美しい生き方である。

聖書の言う性悪説的な考えや、仏教で語る煩悩といった言葉は、これとは別だ。社会の中で身動きならない人間であればこそ、名誉がほしくなり、肩書に憧れ、金が必要になってくる。

自由人は、名誉や金銭にこだわるはずがないではないか。自由とはそういうことを超越することでもある。この種の、超越者にして本能のままに振る舞うことを、不安がるのは一寸おかしい。世間の凡俗的な些事に、妙な未練と色気を持っている者であるからこそ、本能を不安がり、怖れ、恥に思うのである。

戦争も、宗教裁判も、個人的な殺人劇も、その原因を考えてみれば、何のことはない、すべて、金銭や名誉にこだわる非創造的な気持に絡んで発生したものである。これら人間の流血の悲劇は、人間という呪われた、地表の青苔にもひとしい有機物にのしかかっている物理現象に過ぎない。

人間が人間らしくなっても、青苔であることにはいささかも変わりがない。どう見ても、それ以上のものであるはずがないからである。だが、青苔なら青苔らしく、夢を見たり、広くあちこちに自由にはばたくことが出来てもよいはずではないだろうか。

万葉時代の人々は、実に生き生きとした青苔であった。笑い、怒り、悲しみ、喜び、走り、うずくまり、あらゆる生き方をして、みずみずしく生えそめた発育のいいものだった。

苔は雪の下、水の下だからといって、決して凍死してしまうことはない。ますます、その青味を鮮明にして春の来るのを待ちわびる。春には太陽の光の下で氷は溶けていく。何一つ苔の方であがいたり、もがいたり、デモをしたり、技巧に依って努力する必要はない。必然性に裏付けられた運命が否応なしにやってくるのだ。苔は、それを心豊かに、しかも大王のゆとりと落ち着きをもって堂々と待っている。待つゆとりのあるものは、生きる資格のある存在であることを自ら実証している。

屍体をひきずっている人間は待つことが出来ない。一見して、彼等は毎日待っている様である。だが何一つ待ってはいない。待つことは、彼等にとって絶望と同じことであって、その時間の中で自滅していく。

未だ手中に納めないものを、既に納めたように、実感をもって喜べるのは、行動力のある創造的な人間だけである。観念的にあれこれ気の利いたようなことを言いながら、眼付は、絶えずキョトキョトと周囲をうかがい、かくれ場所と逃げ口ばかり探している人間には、到底出来ない相談である。

二十《はたち》やそこらの若さで、家がどうのこうのと言っているようじゃ、人間もおしまいだ。三十面して、一族一門の内輪の悩みや問題で一喜一憂するようじゃあ、人間もおしまいだ。七十面して、まだ金が欲しくてたまらないようじゃあ、人間の尊厳もあったものではない。

行動力のある人間の行為は、すべて正当化されてくる。観念的な言葉に酔っている不健康な人間は、指先を一寸動かしただけでも、それが大それた罪となり、そのつぐないとして、一週間ほども、苦しみもがくという情けない結果となる。

万葉時代の人間は、すべて、自己流の生き方や考え方を、そのままそっくり一つの権威とし、美徳とし、誇りとすることの出来る、幸せな人々であった。彼等は、一首詠む毎に心が大きくふくらみ、一首うたう度に傷が癒されていった。どの人間をとってみても、一様に激情の持主であり、人間性を生かして余りあるような、感動の純粋な要素でもってその存在と生活の一切を溢れ漲らしていたようだ。

彼等は、悲しんでうずくまると、岩になってしまえる人間達であったし、怒ると、天から火を降らすことも出来る人達であった。一たんそうと思い込んだら、例えどこに去っていっても、見失った、恋する相手を探し出して、取り戻さずにはおかない執念深さとひたむきさが見られた。

彼等は自由であるだけに、その魂はひどく傷付けられ易かった。徳川三百年の、無感動で娯楽の多い時代の人間のように、冷えきり、自分の子供さえも、大義（？）のために見殺しに出来る時代の、石ころのように硬質な魂の所有者ではなかった。

くだかれた魂――これこそ、聖書の神が人間に求めているものなのだ。それなのに、現代人の魂はどうだ。こちこちに凝り固まったセメントのかけらである。このかたまりが爆発したりする可能性は全くなくなっている。

セメントの魂にとって、川の流れは理解出来ないのだ。万葉集は、現代人にとって、ひどく不可解な奇人達の歌集であるとしか映らないはずなのだが、それとは別に〝裸の王様〟的な喜劇が起こっている。

誰も彼も、一寸も分かってはいないくせに、さも分かったようなふりをしている。これが分かるのは、そして自分事として納得がいくのは、何ら現代社会の流れに足をとられずにいる極く限られた人達だけである。社会や時流がどのような方向に向かおうと、それには関わりなく、つまり、自分の方向に進んでいける人間のことを私は言っているのだ。自分の肢で立っていられる人間とでも言おうか。

ニーチェが言っているように、もはや、神の戒律に依って生きる時代は過ぎ去った。しかし、教会や寺院が今なお、それに固執していることは何とも残念なことである。「自分の欲するところを行え」と、教会内で、ラブレイが叫び出してから、時代はかなり久しく経過しているのだ。自分の欲するところが出来るということ、しかも何ら悪びれることなく、良心に責められることなく出来るという生き方が我々に示してくれることは、理想的な意味での人間性の尊重ということであろう。

自分の欲することが立派であり、権威に満ちている人間でなくて、どうして、創造的生活ということを口に出来よう。

自分の内部からのものが、神の意志に裏打ちされていると確信出来ない人間が、どうして独創性に立って充分に生き抜くことが出来ようか。

現代人は、この点に関する限り、すっかり自己を失くしてしまっている。自分以外から出てくることなら何でも出来るが、自分の内部からの声だけはとても信じられないというわけだ。こういう歪んだ内部構造の中では、同じ人間の皮をかぶった姿をしていても、全然、人間本来の機能を発揮することがない。死の鎖につながれて、鎖の長さが許す範囲で自由の真似をした踊りを踊っているだけに過ぎない。自由とは鎖から解き放たれることであって、自由そうに踊ることとは別なのである。

世のインテリや、一寸ばかり気の利いた考えを持っている人間は、この自由踊りの方をやらかしている。だが、悲しいことだ。彼等には一寸も鎖から解き放たれている徴候は見られない。文壇や各種芸術、宗教サークルに集合している人々の、あの、堂に入った自由踊りを見給え。実にうまく踊っている。そのように踊っているだけ、鎖からは解放されてはいないのだ。

自由ぶった生き方をしているかぎり、それは、自由になっていない証拠である。創造的な生き方、独自の生き方とは、言葉ではなくて行動そのものなのである。万葉集もまた、言葉のあそび、観念のあそびではなく行動そのものなのであった。万葉時代の精神と、今日のそれがまるで違っているのは、両者の間に越えることの出来ない氷河が横たわっているからなのだ。

彼岸に帰るということは、最も典型的な東洋式自己救済法である。人間の本源、人間の魂の源泉に立ち返るということなのだ。

その際、業に追い飛ばされることなく、業を尽して死なねばならないと説く。業を尽すということは、最も行動的に生きるということではないのか。そして、地上の誇りの一切に対して、すっかり絶望することをも意味している。死ぬとは、そのことなのだ。

宗教家の馬鹿者どもが〝科学と宗教の一致〟などといったくだらぬ遊びに時間を無駄にしている間に、私はますます自由に生き抜く生活を満喫しよう。

本能の姿は、人間本来の姿である。理性の姿は、歪められた人間の病める姿である。本能は永遠性のものであるが、理性は暫時的なものである。本能は人間の内部からあふれ出てくるものであるが、理性は、作為をもって外側に貼り付けたものに過ぎない。

従って本能は、人間固有のものであって、その人間から取り除くことは不可能だが、理性は没固有のものであって、取り外しは自由である。固有の存在である本能は人間を表象するが、理性は共通の存在である故に、時代を反映し、集団と、それに関わる思想や公式を説明する役割を担う。

本能には個人の言葉があるが、理性は、時代の約束事であふれている。神の声は、本能を通してのみこの世に顕われる。理性を通して、人間は、何一つ真理を見ることは許されていない。理性とは、常に人間を臆病にし、非行動的な生活に追いやってしまう。

本能とは観念ではなくて、行動そのものである。それに対し、理性とは行動ではなくて観念そのものである。本能は常に現実性に支えられてのみ、その存在を明らかにするが、理性は、抽象的観念でしかない。理性は、常にマイナスの働きかけと使命を担っている。如何にして騒ぎをしずめ、狂乱を抑え、爆発を防ぐかということには多少の効力を発揮する。だが本能は、プラスの働きかけをする。

本能は、しずまってうずくまり、絶望している者を励まし、生命を賭けるまでに発奮させる。本能とは、本来戦闘的な激しい意欲であって、目の前のものを撃ち砕き、押し倒し、奪い取り、自己の内部に相手の全存在を吸収せずにはおかない激しいエネルギーである。

理性に依っては、何一つ事は成就しないが、本能に依って、人間は生きたり死んだり自由に出来るのである。本能に支えられない本格的な友人関係は成り立たず、本能に裏打ちされていない永遠の愛もまた、存在したためしがない。

本能とは、百パーセント責任あるものなのだ。

理性とは、百パーセント無責任なものである。

本能に依って死地を脱出出来た人間は数知れない。理性に固執して敗北した人間もまた数知れない。

本能に従うということは、正直になることだが、理性に従うということは、嘘をつくことである。本能とは、自己と真正面から、何ら悪びれることなく対決出来る人間にとって、欠くことの出来ないものであるが、理性とは、弱くて、無責任で、気力のない人間にとって、どうしても必要なかくれ蓑なのである。本能は、あらゆる体験を自己のものにしてしまう、つまり、吸収してしまうのだ。それに対し、理性は、すべてのものを理解しようとする。本能は徹頭徹尾、感じることが出来る存在だが、理性は、決して感じることが出来ない。感じられないかわりに、何事によらず、分析し、秩序立てて理解しようとする。理解ということは、どこまでいっても観念上のあそび以上には昇華出来ないものなのだ。

本能は、あらゆる意味での解放に通じているが、理性は、あらゆる意味での束縛に通じている。本能に自らを位置する限り、その人間は個人的責任を全面的に追求されるが、理性に身と心を置く限り、人間は、個人的責任に対する正当（?）な言い訳が成り立つ。

つまり、理性は個人的責任を追求する最終的な権限を持ってはいない。理性の領域において生活している限り、人間は、個人において発言することが出来ない代わりに、個人で何かを担うべき義務も放棄出来る。そしてこの、最も下劣極まりない責任の放棄という行為が堂々と正当化出来るのである。

現代的な自己を見失っている人間どもにとって、理性とは、また何と、便利でありがたいかくれみのであることか。自分というもの、自分自身の意見、自分自身の言葉、自分自身のフォルムというものが、最も恥かしいもの、いやらしいもの、みじめなものと考えている現代人は、もうそのことだけで、充分、束縛されている奴隷の状態を告白している。

奴隷に、意見や観察力は禁物である。奴隷に創造性は害悪だ。奴隷にむき出しの自己をみつめる行為は、とても怖ろしくて出来ることではない。〝自分はない〟と納得している限り、奴隷の生活は安泰である。

「そう言われると、どうも何が何だか分からなくなってくる。私がそう考えていても、他人はこの事をどう考えているのか分からないですからね。自分でもさっぱり分からない」

と現代人は言う。そして、こういう発言をすることに〝人間的罪悪〟を一寸も、身にしみて感じないのである。人間は、自己を前面に打ち出して生きようとしない限り、殺人にもまさる大罪悪を犯しているのだ。

自分を常に、没個性的な理性の彼方に追いやり、世間ではこう言うとか、人々はこう言っているとうそぶく。こういう人間は、もうそのことで、決して信用出来る一人の人間としては取り扱うことが出来ない。一人の人間とみなすことが出来ない。一人の人間としてみなされないような生き方をしているから、女は力ある本当の男性に愛されることもないし、男は、美しく愛に満ちた女性達の尊敬を一身に集めることも出来ない。

自分を失うか、または、敢えて、どこか裏の納屋の方にかくしてしまっている人間は、常に暗闇の中を当てもなく這いまわる。何としてでも自分が前面に出ることは、阻止しなければならないという悲愴な意識が常に全身を支配している。

今日も一日、何事も起こらないようにと、びくびく、おずおずと暮す。自分自身の心は、一番みっともないもの、最も汚れているものと決めつけているから、何一つ自分の責任で行えるものはない。自分の責任で何も出来ない人間は、そのことで、存在していて、していないのと同じである。

私は、このような状態から脱け出そう。最大の悪であってもいい。それが自分の名のもとに行えるとするなら、敢えてそれをやろう。もしそれが、自分自身のものでないなら、私は、きっぱりそれを拒否しよう。

不幸でもいい、それが自分の名の下に行われるなら敢行しよう。幸福であっても、自分のものでないなら、それを、勇気をもって拒否するのだ。

信じる信じないの問題が、宗教的態度そのものなのだ。たとえ共産主義者でもいい、無神論者でもいい、アナーキストでもいい、もし、その人間に、信じる何かがあれば、それでその人の生活は、充分宗教的であり得るのだ。人間そのものが既に、最も自然な生き方において宗教的であるからである。

たとえキリスト教徒でも、仏教の道にいそしむ者であっても、もし心の中心に信じる気持がなかったら、それは宗教的であるとは言えない。信じる心がないと言ったが、それは、聖書の言葉をそのまま信じる態度や、経文を暗誦したり、礼典を実行し、教義を熟知することとは直接関係がない。もっと奥底の問題だ。人と人との間の約束を守ったり、交通規則を守ったりすることとも、更々関係がない。規則など平気で破った大上人がいくらでもいるし、モラルをすっかり忘れ果てた聖者も沢山いるではないか。そんなことではない。もっと奥底の問題なのだ。

宗教的な約束事はちゃんと守れても、人と人の約束は果せても、なお、決して打ち開けることの出来ないといった、心の内部を見せることこそ、是非すべきことなのだ。もし、これが出来ている人間なら、何一つ心配は要らない。それで充分本格的な宗教であり得る。こういう人間同士が二人出遭えば、仏教徒とキリスト教徒が互いに宗派を忘れて手を握り合えるし、無神論者と宗教人が、心から信頼し合えることとなる。

　人間の上に被《き》た何かで、人間同士が結び合わされたり友人になれると思ったら大間違いだ。中味だ。人間そのものだ。宗教的な外部の条件や、無神論的なイデオロギーなどその気になれば色事師が女をとり替えるくらいに簡単に取り外しが利くものだ。だが、人間性はそうはいかない。死ぬまで決して取り替えの利かないものなのだ。

　私は人間を求めて、この文明化されたジャングルを熱病やみの男のように、ふらつく足どりでさまよう。

ああそれにしても　〝人間〟はいないなあ！
ああそれにしても　〝自分で生きている人間〟
はいないなあ！
ああそれにしても　〝生きている人間〟はいな
いものだなあ。
ああそれにしても　〝自分の顔〟を出している
人間はいないものだなあ。

アイデア万点行動ゼロ
（万葉集のポエジーをメデアとして）

フロイド派の心理学者やキリスト者は、気の利いたふりをして、人間教育はせいぜい三歳どまりだとか、六歳位までで一生が決まるなどうそぶいている。自分でもそんなこと実行していやしないくせにそのようにうそぶいているのだ。このお調子者奴！

　人間の一生が五、六歳迄の教育に依って決まってしまうと考えるところに、その後の人生には、進歩発展、成長などが見られないということを肯定している心がある。冗談ではない。人間は本来、死ぬまで成長をやめないものなのだ。人間は、最も健康な生き方において、臨終の間際まで、絶えず変貌し、進化し、巨大化していく、恐ろしいまでにエネルギッシュな存在なのである。
　五、六歳までは成長するが、その後の人生は、ただそれまでに培われたものの温存にあるとしたら、何と情ないことだ。
　しかし、残念ながら、今日周囲を見まわすと、こういう人間だけで埋まっている感じである。今日と昨日とが、一寸も変わっていない人間で埋まっている。一年前のことを、まるで、出来たての料理のようにぱくつく阿呆どもで満ちている。二時半と、二時三十五分過ぎの思想や信念や、生き方や、エネルギーの量に微妙な変化が見られる人間であって、初めて生きていると言えるのだ。それ以外は、間違いなく死んでいる。

はっきりしていることは、彼等には、自分の生命というエンジンの回転に、正確にギヤが入っていないということだ。エンジンは、成程、加熱し、汗だくになって回転している。これは、思想や願望、要求、アイデアということに置きかえて考えられる。ギヤが入っていない自動車は、エンジンのフル回転にもかかわらず一寸も動き出す気配は見られない。死んだようにしずまりかえっている。行動力のない現代人の姿がここによくあらわれている。

考えは深い。アイデアは一杯。考えだけの領域では何度も、コロンブスにまさる大壮挙を決行している。エジソンにまさる大発明をしている。だが行動には一寸もあらわれない。これが現代人の姿だ。私は、こういう人間と何の関わり合いも持たない。

このような行動欠如の生き方の枠に、すっぽりと押し込められて、もはや、出ることも脱け出すことも許されなくなっているから、いたずらに頭だけが小器用に働く。いくら小器用に働いて、相手の思想の中に欠点を見付け、相手のアイデアの不備な点を指摘しても、結局、どちらも、何一つ実行されることのない幻影に過ぎない。期待的観測に過ぎない。「どうだ、あの山買って一儲けしてみないか」「とんでもない、あんなでっかい山、第一金がないよ」「どうして君はそう心が小さいんだろう、金なら、何とか頭を働かせてつくるさ」「どうするんだい」「いいか、あの山は既に俺達のものだと、買いたがっている奴の前で言うのさ。そして、頭金で、山を買うって寸法だ」「ううん、成程、君は考えもでっかいが頭もいいね！　大した回転のはやさだ」「だが一体あの山を買う奴がいるかな？」「いるとも、君のおじさんなんかどうだい？」「あの野郎？　あいつはだめだよ、そうはうまくひっかかる相手じゃない」「それじゃあ、ほら、あそこの○○ちゃんは？」「うんうん、あいつならきっといい」「じゃあひとつ当ってみるか、ところで誰れが行く？」「おれが行ってもいい、だがおれはこの家の者だ、おれはかまわないが家の者がいい顔しないと思うんだ」「ああそうか、分かる分かる。よく分かるよ、じゃあおれが行くか。でも、おれ、今、ほれこの通り、肢が悪くて、あそこまで歩いていけないかも知れない」「ああ、そうだったね、わかるわかる。よーくわかる。そりゃあ、君だって行きたい気持は山々あっても、それじゃあね。とっても無理だ。おれだって行って交渉してみたいよ、だがね、周囲を考えるとね。そうだそうだ。だが、いいことを教えてあげよう。物事、何でも焦っちゃあいけない。いまにいい時期がやってくるから。そうしたらズバリと儲けてやろうじゃないか。君もここは、つらいところだがしばらくは待とうじゃあないか」「ああ、君はいいこと言うね。どうしてそう頭が働くんだろう！」

これで、この二人の間抜けどもの話しはおしまい。おしまいだが、同じくだらなさが、手を変え、品を変えて毎日つづいている。くたばるまではくり返されているのだ。

すべては架空のこと、架空の発見、架空の発明に過ぎない。実行する瀬戸際までは、かなりうまく、事が運んでいく。だが、そのあとがいけない。実行となると、難問続出で、結局、何も起こらない。そういう人間同士の話し合いは、言葉に酔いしれ、言葉の無責任なあそびであり、言葉のあやとりであって、暇つぶしにはもってこいだ。しかし、行動力ある生活者にとっては有害である。言葉では何とでも言えるし、恐ろしいことでも何でもない。一番いいゲームである。だが、古来、予言者や仙人は、これを一番嫌ったのだ。

アポロに愛され、予言する能力を与えられた、パリスの妹カサンドラは、アポロの愛を受け入れるという行動を迫られた時に敗退した。アポロの愛を拒否して殺された。言葉のあそびは、神の前で大罪となる。あそびのための言葉は、聞いていて快い。忠告されて、容易に納得出来るような種類のものだ。ところが、それとは反対に、行動に密接につながる言葉は、聴きにくくなかなか理解しにくい。

そのよい見本が、聖書や経典や、名の埋れた予言者、賢者の言葉である。どれもこれも角張っていて、胸につかえ、むかつき、神経をいらいらさせる。しかし、その苦しさの彼方に、生命を燃えたたせ、力を増し加えてくれる秘力が存在する。

激しさの美徳・過激の魅力
(万葉集のポエジーをメデアとして)

萩原朔太郎は『恋愛名歌集総論』の中で、万葉集にふれている。それに依ると、万葉集は、青春の元気にあふれ、熱と力に充ちた情熱的歌集であると言う。詩想の雄大豪壮さは、その後二度と比較出来るものがあらわれないくらいに確かなものであった。上古万葉時代の日本人のみが雄大な世界的気宇を抱いていたと言う。

万葉集は、興国新進の気運に乗った上古人達の、大胆にして率直な、情緒解放の歌集であった。歌風は、自然直截で力強く、詩想は奔放不羈で活気に溢れ、そのリズムは荘重剛健で威風は充実、情感は水々しさに漲っている。

だが、この万葉集も、その後期の作品となると、こういった力強さが薄れてくる。つまり、大伴家持等、後期の名歌人に依る作品は、余りにも意識があり過ぎ、狂えるような情感の渦に溺れ込むといったすざまじさが不足してくる。考えてからうたっているのだ。客観的にものをみつめる態度がそこにある。飛び込むことをしていない。こまかい神経と、細部にわたる技巧は充分に出ている。しかし、情緒が一寸も解放され、発散されてはいない。情熱よりも、知恵の方が前面に大きくクローズアップしてくる。

朔太郎に言わせれば、万葉の六十年間は、明治維新から昭和初頭に至る六十年に置きかえて考えることが出来ると言う。六十年の期間の後に、万葉集は、その初期の純粋性を失い始めたが、明治維新の爆発的なエネルギーの発散も、昭和初頭に至って、人心は、最初に示した潑剌とした活気を失い、倦怠が、生活の全面に芽生え始めてきた。

明治初頭の、情熱と私観に支配された考えは、昭和初頭に入って、客観性と静観的態度に変質していった。明星派の歌に依っては、その情熱と、ごつごつとあらびた、きめの荒さが万葉集に通じるものを思わせ、アララギ派の意識的で技巧的な歌風は、万葉集後期の弱々しい作品と古今集の全体に底流している特徴に通じている。

万葉集の初期の作品に見られた、あのダイナミックなうたいぶりが解体した時、原始日本人の理想的な精神構造も崩壊していった。

万葉集に集まった歌人達を見たまえ。あらゆる階層の人間達だ。真の民主主義の姿が、その当時の日本にはあったのだ。古今集にあらわれている社会構成は、権威主義の、ひどく押しつぶされた卑屈な人間達の寄り集まりとして映る。歌とはインテリのするものといった偏向が、既に、この時代に見られる。

今日、文学は学問と混同して考えられているのと同質な、誤まれる考え方として受けとれる。古今集とは、行動の欠如した、頭と口先ばかりの、いわゆる倦怠族の退屈しのぎの、御上品ぶった作品の寄せ集めに過ぎない。それだけに、どの歌も、立板に水といった具合いにスムーズなリズムがそこにある。だが、生命に支えられた人間の発言が一寸もない。蝉の脱け殻同然のくだらぬものばかりである。そこには、いきおい、特定のパターンが成立し、貴族達は、気力のない生活の中でも、けっこう、うたの文句じゃないけれど、すいすいと、心にもない美しい歌が読めたわけである。

本当に痛みを感じて呻《うめ》くことができるのは、間違いなく傷を負っている人間だけである。傷もないくせに、呻くふりをするから芝居になってしまう。

古今集の歌人達は殿上人の一族であって、彼等は禁裡の、狭くて、ひどく不自然に整えられた庭の中でしか自然に接してはいなかった。生活様式も従者達がいて、誰も彼も一定した暮しの中で生きていた。個人はどこにもない。誰もが同じ歌しかうたえないのが当然であった。何の発展も、どんな変化もない。夕飯を食えば、その後は、型通りの月見や、ゲームをやり、その後は床につく。明日もまた、今日と一寸も変わりがないのだ。明日一日の暮しが手にとるように分かる。むしろ、変わった新しい生活を明日に期待する方がずっと難かしい。

来る日も来る日も、どんぐりのような表情をして一生を了えてしまう。

彼等は、荒々しい風の吹きすさぶ、不如意なことの多い自然の山野に出たことがない。彼等の歌は、ままごとの歌だった。土をこねくって造った鷲だった。決して大空にはばたくことも、餌物を狙うこともない。もしそれらの歌の中に、苦しみや、愛や、悩み、怒り、涙といったものがうたわれているとしたら、それらは、張子の虎に過ぎない。本当の苦しみではないのだ。

心がひりひり痛む苦しみではないのだ。生命を薄切りにして、一枚一枚、泣きながら、奥歯で噛み締めていく愛ではない。骨をけずりとっていくような苦しみではない。心臓が爆発しそうな、あの失神にも似た怒りではない。血液となって流れ出る涙でもない。常に何かを意識していて、一寸でも辛いことや、恥になるようなことがあれば、「そんなことまでして何も……」と、するりと変身出来る類の怒りや苦しみや愛なのだ。本当の怒りとは、一切の、そういった意識がなくなって初めて成立する。本当の愛とは、悪鬼のように自我のとりこになること、相手を愛してやまない自分の心に忠実になることである。女は、自己を、愛の炎で燃焼させていくような激しい体験を夢見ている。条件付きの愛など、女にとっては侮辱としか受け取れないのだ。

自分の腹に、自分の怒りや愛の刀をズブリと突き立てられる男こそ、女を精神的に失神させられる力に満ちた人間なのだ。自分自身を安全なところにおいて愛を語ったところで、一体何が起こるというのか！　自分の身を、実弾の飛びくる戦場から避けながら人間の苦悩を語るな！　実戦の激しさを説明しようとするな！

自分の心臓に五寸釘が打ち込まれた時以外にどうして痛みが感じられると言うのか！　自分の息子や妻が、目の前でたたき殺されることを知らずにどうして怒りが込み上げてくると言うのか！　ようく聞け！　私の心よ、上野の心よ、よく聞け！　いいか、ようく聞くのだ！

怒りも、愛も、苦しみも、痛みも、炎となって燃え上がり、その炎は、石よりもダイヤモンドよりも硬く具体的なものでなければならないのだ！　この炎を足の裏で踏みにじってみろ。それでもつぶれないものでなければならない。いや、それだけではない。足の方が砕けてしまう位に硬くて頑固な炎なのだ。この炎なしに、人間は決して、まともには生き抜いていくことは出来ない。炎は、いくら硬いからといって、石ころのようには、みじめで敗北的な同じ形をしてはいない。石ころは、ただ同じ形でいるばかりか、徐々に磨滅して、みじめに変形をしていく。

世の中で、長らく会わなかった友人同士がきまって言う「ずい分変わりましたね！」は、この敗北の変わり様を指して言っているのだ。炎は、一瞬一瞬、めらめらと形を変えていく。これは勝ち誇っている者の変わりようだ。決して一つの姿のままではいようとしない。昨日と今日が同じであるはずがないのだ。生きている生命は、一瞬でも蠢動をやめることのない、真っ赤な溶岩なのだ。大爆発の前兆を見せながら、たえず沸き返っている。それは恐ろしい姿だ。危険この上ない状況だ。危険性のない責任のある生き方など、この地上には存在したためしがない。

安心して接することの出来る人とは、生まれてこなくてもよかった、つまりは存在価値のない人間のことである。彼等は人間の皮を被った物質なのだ。形式だけは、それ故に整っている。形式を重んじるのはそのためである。中味の充実した人間に限って形式を重んじない。創造的で、自己に信頼を置いている人間は、常に極端な性格を具えている。責任のある人間で、中庸の性格の持主は一人もいない。好きと嫌いがはっきりしている。好きか嫌いか分らないと言う人間には気を付けるに限る。全く無責任な人間であるからだ。

あの激烈な男、ハーワード・ヒューズを考えてみろ。彼が生まれた時、石油を掘り当てる仕事をしていた彼の父は、事業に失敗して無一文でいた。彼は二十三歳になった時に、自分で調達した金でもって、空中戦の戦争映画をつくった。本物の戦闘機を飛ばして、本物そっくりの大立ちまわりをやらせたので、六人の人間が生命を落とした。そして、彼は、この映画で四十五億円を稼いだ。

彼は今、透明人間とか、幽霊人間と仇名されている。ここ十五年ばかり、親しい人間以外には決して姿を見せていないからである。汽車旅行の時は客車を二台借切り、十二人の屈強なボディガードと同乗して、車掌すら彼の姿を見てはいない。ホテルに入る時は、担架にのり、顔を布でくるんで行く。ホテルでは、二階のすべての部屋を借り切って女中さえ近付けないという。彼の家は厚いコンクリートで固められ、何十とある彼の子会社の社長や重役ですら彼の顔を見たことがない。

ヒューズは、自分の小遣いでつくった情報指令所を通して一切の命令をする。彼の持ち株は、彼の株を処理する会社が一つ出来ていて、情報司令部からの指令で、コンピューターのように正確に動く。

彼はまた、ずば抜けて強健でもある。或る取り引き先の実業家と商談するのに、二人っきりで砂漠のまん中に行き、炎天下、冷房装置なしのボロ車の中で、窓をきっちりと閉じたまま、何時間も話し合うという。大抵は、実業家の方がまいってしまう。彼は、いつも数十年も前のボロ服を着ている。彼の祖父の着たものだと言う。儀式や形式の大嫌いな男でもある。

或る時、ラスベガスにやってきた彼は、二百五十億円の買物をした。この町の主要な機関を、そっくりそのまま買い取ってしまったのだ。とばく場のある大ホテル四カ所、航空会社一つ、テレビ局一つ、といった具合だ。翌朝の新聞には、「ヒューズ、ラスベガス市を買い取る」と大見出しで載った。

アリストテレス・ソクラテス・オナシスは、カナダ海軍から駆逐艦一隻を購入し、それに十二億円かけて、大型ヨットに改造した。アメリカ大統領の後家を嫁に貰って、この船に乗せた。モナコのモンテカルロのとばく場を全部買い占めた彼は、豪然とうそぶく。

「ばくちで金をなくすほど馬鹿げていることはない」

そして、彼自身は決してとばく場に入ったことはない。

アメリカの船舶王ラドウイックは、机一つと電話一つで一杯になってしまう小さな事務所から指令を出している。彼の持ち船の総トン数は、日本の全船会社三十四社の持船全体の総トン数二百三十三万トンを上まわる二百五十万トンである。彼は二十以上もある子会社の社長や重役と会議一つ開いたことがない。すべて、古びた手帳のメモ通り、彼の指示によって動かされている。

カーネギイ音楽堂をアメリカ文化の発展のために寄付した鋼鉄王は、工場のストライキを、軍隊を動員して弾圧していた。自宅の垣根には高圧電流を流し、大邸宅の厚さ一メートルの壁の銃眼には、常時機関銃を据えつけていた。

アメリカの石油王、ポール・ゲッテイは、一日一億円の収入があるのだが、展覧会に行く時には、割引料金になる時間まで、近所を散歩しながらねばって待つという。そして、百円儲けたと言って喜ぶ単純な面があった。

これら大物は、ひどく単純な性格の所有者であることが分かる。大人っぽく、利口な人間は一生貧乏して、死ぬまで金が欲しくて窮々としている。大物は、でっかい事と小さなことを同時にやってのけられる長所がある。予言者や仙人は、色事と神との対決が、どちらも、しかも同時にだが、実に理想的に首尾よくやってのけられる。

小さな人間は、一方づいていて、しかも、その一方づいたものすら充分にやり抜くことは出来ない。すべては中途半端。食欲も、愛情も、欲情も、信仰心も、ひどく中途半端である。だから、すべて生殺しの不徹底さでまのびしている。

神が叱咤してきたのも、こういう優柔不断な人間達であった。熱いのか冷たいのかさっぱり分からない人間。徹底してアウトサイダーなのか、それとも、この世のものなのか、旗色を決定しない人間でうようよしている。彼等には自分の顔がないのだ。誰の顔でもいいのだ。常に、その境遇に合う、誰か他人の顔を能面のようにつけて他人と対決する。決して自分の顔を見せようとはしない。そうしてきた人間は、三十代四十代にしてすっかり自分の素顔を失くしてしまう。他人の顔を借りなければのっぺらぼうの人間となっている。自分の好きなものが何であるか分からないというのは、まさしく顔のない者の証拠である。顔のない人間のもう一つの特徴は、神と科学の両方に対して、徹底した信頼心を抱けないことである。彼等は、全く何の根拠のない無責任な人々の噂だけには、ひどく熱中して心を傾ける。何という皮肉だ。

現代人の失われた顔の回復の神話は、孤独から始まる。人間は、予言者か天使になりきるためには、これからしばらく、難破船の中での孤独に耐えなければならない。決して船出することの出来ない、水上に浮かぶことのない船の中でしばらく耐えなければならない冬がつづく。北の果ての長い氷の歴史がそこにある。

人間の社会は最果ての北の町だ。雪と氷の中で一度亡んでしまった冷たくさみしい町だ。ここから、もし何か人間のドラマが始まらなければならないとしたら、それは、凍え切った荒廃の町を汚すという行為から始めなければならない。

生きるということは、死んだ町にとってはとてもがまんならない憎むべきものなのだ。

万葉人が抱いていた、神秘、限りない言霊（ことだま）の意識は、古今集に至ってはもう見られない。ギリシヤ人が抱いていたロゴスの意識もまた、ラテン人達の中には見られなかった。明治維新の、あの激しい、誕生にも似た息吹は、昭和に入ってすっかり姿をかくしてしまった。言葉は、万葉人にとって、神秘な威力と霊力を具えている存在であった。その言葉を、彼等は、口から自由に吐き出した。つまり、ものを活かすことも、殺すことも自由自在な言葉は、人間の意志次第で自由にあやつれたのである。

夫を配所に連れて行かれた悲しみの妻が、天よ火を降らせ、とうたう時、それは、今日的な感覚で受けとめられる感傷的なあそびごとではなかった。こんな悲しみの中ででも、まだうたをよむぐらいの余裕はあるといった心境を、周囲に見せるためのものでもなかった。

火よ、天より下れ！　と叫ぶ時、それは予言者エリヤの姿である。火は天より下ったのだ。私は確くそう信じている。

恋人よ、わが胸に帰れ！　と呻く時、恋人は、異常な超物理的な精神作用に依って、その悩める乙女のところに引きずられてきたのだ。

言葉は、すべて奇蹟そのものでなければならない。言葉は、最も責任あるものなのだ。言葉が始めにあったのだ。従って言葉は言霊であった。万葉人は、生命を賭けて言葉を大切にあつかった。彼等は名誉よりも、言葉を汚すまいとした。

言葉が生きている限り、その人間はたしかに生きている。厖大な財と権力をほしいままにしながら、話す言葉の死んでいる人がいくらでもいる。

そういった人間は、とても不幸だ。あらゆるものを持っていながら、すべてを失っている自分を意識しないわけにはいかない。一寸した町の名誉や、技術に対する必賛や、学識に対する尊敬を一身に受けても、それが一体どうしたというのか。心の中は死に切っていて、不安この上ない。言葉が死んでいるからである。言葉が生きてくると、死に絶えていた人間が生きてくる。甦りの奇蹟がそこに起こるのだ。

万葉人は、日常生活の中で、言葉の霊力を知っていた。日常茶飯事は、すべて言葉の力に依って進行していくことを認めていた。痛くても、悲しくても、愛にのたうっても、怒りに五体が爆発していても、その念いを、奇蹟を期待する心でもって言葉に託した。言葉で祝福する時、祝福された相手は見事に力を得た。言葉で呪われた相手は、見事に亡んでいった。言葉で愛を囁かれた相手の乙女は、それまでは、一寸も美しくなく、心のいじけた女であっても、その時を期して、俄然美しいニンフ、妖しいヴィーナスの魅力に満ち溢れ始めた。

最近の男には、ヴィーナスを作り出す言葉の力を具えている者が少ない。最近の女性には、恋する男を引きつけ、巨大にしていく言葉の力を持っている者がいない。その理由ははっきりしている。言葉が、行為そのものと化していないからである。金銭や名誉の方がとても大切だと思い、集団の中で下痢している方が、孤独な世界で健康に生きるよりもよいと考えているからである。

万葉時代の女性は、男を求めた。肩書きでも、学識でも何でもない、男自身を愛することが出来た。当時の男性は、女のなりふりや性格ではなく、女そのものに生命と引きかえの愛をさしむけた。万葉時代の男性がしあわせになれたのも、極度に不幸になれたのも、よく分かるような気がする。あの時代の女達が、極端に、美しく悩みに打ちひしがれたのも、その理由はひどく明白だ。

現代人は〝幸い〟というものが、はっきりとは分かっていない。悩みさえ本物ではないのだ。それ程苦しむことなら、あきらめてしまえばよいのだと言う、最後的な逃げ道を用意してから悩むという器用さがある。これが命とりになっている。愛するということ、信じるということ、知るということ、受けるということ、与えるということ、これらは、すべて生命を賭けてやらなくては嘘になる。罪悪になる。

もらったような与え方、憎んだような愛し方、損したような喜び方、ねたんでいるような祝福の仕方の中では、人間は到底浮かばれることのない、生きながらの亡霊である。言葉は言霊であり、言霊とは、人間の全存在を意味し、人間の全存在とは、人間の行動を意味している。万葉人は、手や肢でするよりも、歌を通して行動が出来た。言葉に依って、自分や他人を生かし、言葉に依って自分や他人を簡単に殺せた。言葉に依って病をいやし、悪人をこらしめた。

ピカソは、今日、絵画に依って、世界の人々の行動を、ソ連やアメリカの指導者よりも効果的に左右している。リンカーンのゲッテスバーグの名演説よりも、酔いつぶれながら描いたレンブラントのスケッチの方が人間を大きく動かせた。

ミラーは、言葉に依って、今日、どのような大学や思想団体が行ったよりも効果的な教育を行っている。

キリストやシャカやマホメットの言葉は、数千年間、人間を、あらゆる意味でもって励ましつづけてきた。

言葉は神であった。言葉は言霊であった。言葉は行為であった。言葉は人間そのものであった。言葉は金銭そのものであった。言葉は、名誉そのものであった。言葉は万有の源であった。そして今日なお、それは真理なのである。ただ人間が、どうしたわけか、ひどく機能がいかれてしまって、それと気付いていないだけである。科学的なものは、ひどく発達しているようだが、大局的に見れば、それさえかなり疑わしい。科学の進歩が人間の生き方に一寸もプラスになっていないということなのだ。

かつて語学は、教師と膝を交えて教えられなければならなかった。私は、たった五分間、英語の発音をたしかめに教師の家に行くのに、忙しかったため、心臓が止ってしまうほど、ひた走りに走り、往き帰りそれぞれ二十分の行程を出掛けて行った。

だが、今ではテープレコーダーやソノシートが売られており、その気になりさえすれば、テレビやラジオで、かなり容易に語学は習得出来る。だが、こういった、学問にとっては好ましい環境の中でも、依然として言語のマスターはむずかしいものとされている。

生活様式が便利になることと、行動が容易になされるということとは全く別の事柄であって、決して相乗効果は持っていないのである。現代の交通機関の発達の中で、人間はどれ位、世界の状勢を見通しているだろうか。

ソクラテスやデモステネスは、新聞やラジオのなかった、歩くだけの生活の中で、全世界を見通せた。

ターレスやアナクシマンデルは、肉眼でしか大空を仰がなかったのに、今日の学者達よりも、はるかに広範囲にわたって宇宙を眺めることが出来た。こうしてみると、結局、人間は、科学の進歩に依って、何らその行動範囲は拡げられてはいないということになる。

人間は、言葉の霊力を放棄して、もうどの位の歳月が経っているであろう。霊力乃至人間の生命の込められていない言葉は、楽器が、つんぼの人間の集団の前で演奏されているようなもので、何らひびくことがない。

デモステネスが一時間名演説を行っても、聴衆は退屈さを感じるだけで、一寸も彼等の心にはひびかない。現代人の小説や詩や会話は、一寸も心にひびかない。そういった環境の中で、一寸でも、心の中にひびくような言葉が書かれたり話されたり歌われたりすると、ひどく警戒し、怖れ、時には憎しみさえ抱く。現代とはそういった歪んだ世代なのだ。地獄の時代なのだ。地獄の季節なのだ。

言葉は、この地獄の領域で、腐敗し、蛆虫がわいている。腐臭はたまらない。その悪臭が現代の文学や哲学、そして思想の中から発散している。この悪臭が感じられないと「これは文学ではない」などと言ったり、一流の哲学ではないと感じたりする弱さが、現代人の発想形式と性格の一部になっている。

文学をする人間の、あのだらしなさ。酒に弱くて、女遊びも責任をもって行えない卑怯さ、生活力のなさ。いじけ切って、倦怠の波に溺れていくざまはどうだ。それを本物の文学だとする阿呆どもでこの世の中は満ちている。

ヘソ曲りで、かみそりの刃のように鋭い神経を具え、胃腸が弱く、いつも蒼白な表情をしていて、金銭のことなど問題にはしないなどといった発育不全の人間像を、哲学者の理想的な人間像として捉えている。とんでもない話しだ。鋭い神経は、巨大な土台に支えられたものでなければならない。

ロックフェラーは、巨万の富と、小さな国なら一つや二つ小遣いで買うことの出来るスケールの大きい事業をやっていながら、一方では、石油缶に使うハンダの量を、四十滴から三十八滴に減らせと従業員に注意した。三十八滴でやったら、油が漏れたので三十九滴にした。それで充分だった。一缶一滴づつ節約したハンダの金額を考えるこまかさと、百億円の資本のある会社を合併する意識とが一つのものとなっている。でっかいことだけでもいけない。小さいことだけでも困る。極端な双方が、一つのものとして合わさっていなければいけない。大きければ大きいほど、小さい方はますます小さくなる。

ロックフェラーの邸宅は、その屋敷の中が、自動車で走っても何時間もかかる広さであった。だが、工場の電灯が、必要のない部屋に灯っていやしないかと、自ら丹念に見回ったと伝えられている。或る時は、どうも、それが気になって、一晩十回も見回ったと言う。百億円の金の計算が出来る人間で、しかも、一円玉を丹念に十枚づつ重ねてちり紙に包み、十円をつくる人間でなければ本物とは言えない。

宗教も文学も、哲学も、すべて極大なスケールと、極微なスケールに支配されている。魂の微妙なひだの影と、広大な宇宙の気を感じとる力が必要なのだ。困ったことに、一円玉や十円玉の計算をしている人間に百億円を持たせると、発狂するか、手にふるえがきて、みじめに落としてしまう。でっかいことばかり考えている人間には、一円玉が見えない位に水晶体の解像力が粗雑になっている。

顕微鏡の視力と、パロマー山頂の天体望遠鏡の視力が、同じ水晶体の中に組み入れられている超高性能なズームレンズでなければならない。焦点距離が無限大に、無限小に、どこまでも広げられていくものでなければならない。そこには限界というものがない。限界がない時、権威もなくなり、中央と周辺の区別も消え去り、内部と外部の違いもなくなる。

万葉時代の六十年間と、明治の初年以降の六十年、とまではいかなくても、せいぜい三、四十年間は、ひどく共通していた。溢れ漲る熱狂的な感動において相通じるところがあった。萩原朔太郎が「雄大な世界的気宇」と言ったのは、この溢れこぼれる熱狂の様相をさして言った明治的表現にほかならなかった。あらゆる時代を通じ、に人間が、長い眠りから目覚めようとする時、必ず万葉人の生き方が引き合いに出されてくる。それは当然のことだ。

万葉集には、我々日本人を日本人本来の特性を具えた、行動的で多感な人種に戻していく効力がある。日本人が、長い風雪の中で失い、幾星霜の間に忘れかけていた日本人のダイナミズムを回復する糸口がここにある。手編みのセーターをほどくのはなかなか困難なことだ。だが、一たん糸口が見つかればあとは一気にほどいていくことが出来る。

万葉集のポエジイは、日本人の原初的特性に戻っていくためのいくつかの可能性に満ちた糸口の一つである。

2章

御詠歌ノクターン

一篇の詩が生れるためには
われわれは殺さなければならない
多くのものを殺さなければならない
多くの愛するものを
射殺し、暗殺し、毒殺するのだ

〈田村隆一〉

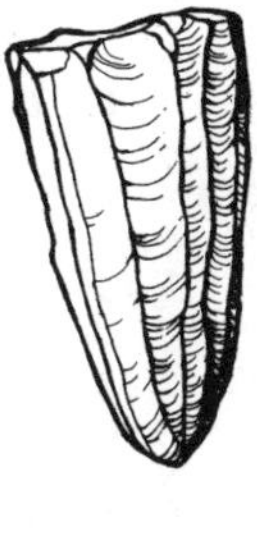

未来は悪夢の湖の中

K・ボールデングに依れば、二十世紀の人類には、二十一世紀に到達するのに四つの危機があると言う。

第一の危機は戦争であり、第二のそれは人口増加と、それに伴って生じる食糧問題、第三には技術の発達に伴って生じるエネルギー不足の問題、第四には人間性の退廃であるとする。

しかし、ボールデングは、こうした危機をのりきる為には、学習、知識の正しい修得が必要であると主張する。それはそうだろう。こうした四つの危機は、すべて物質的なものにつながり、社会的なものにつながっていて、人間のより厳粛な個人というものには、いささかも接触することが出来ないからである。こうした、物質面と、集団面において、宗教や、イデオロギーは、完全に無力であるか、一部分の改良にしか役立たない実力を、暴露してしまっている。そして、目の見開いている者にとってこれら四つの危機は、危機でも何でもないことは、歴然としている。その様な危惧は、十年先の失業の心配をしてくよくよしている、働きのない大抵のサラリーマンが抱くものであって、自ら立つ者には、決して起こり得ないものである。

原水爆のテストが、次から次へと行われていく。それで、やがては、大気圏内という、この限りあるスペースに、人間にとって致死量の放射能が、充満するようになるかもしれない。しかし、それをくよくよしたって始まらない。恐らく、死ぬ者は死ぬ。その為に泣く者は泣く。しかし、運よく、体力があって生き残れた者には、耐性がついて、その子孫は、放射能の中で生きていくようになるだろう。

こうした体質の大幅な転換が、どの様にして起こるかは予断することを許されてはいない。しかし、そのようになって当分は、人間が存続していくことは事実だろう。

百パーセントの殺虫力を発揮したＤＤＴも、戦後数年たったら、その威力を発揮しなくなってしまった。虫は、耐性を得て復活したからである。われわれは、一次関数の直線グラフの延長線上にわれわれの未来を見つめたところで、所詮、それはナンセンスな話でしかない。抛物線のあの一定の累乗に従って定まる約束も、そこにはない。未来は、過去の一切の在り方に反逆して、新しい方向に、新しい約束に基づいて進展していく。予断は許されない。歴史はくり返すかもしれない。しかし、そのくり返し方は、完全に前回のそれと一致しているわけではない。ラセン階段を昇っていくように、同じ位置をぐるぐるまわっているには違いないのだが、少しずつ上がっていって、決して元の位置に戻ってくるわけではない。

人間の危機は、むしろ、精神の中にある。私事の中にあるのだ。この危機は、一定の形を持ってはいない。現象としては、千差万別のあらわれ方をする。これを解消することに、世のあらゆる宗教とイデオロギーは、もろに失敗をした。宗教を離れた神、イデオロギー的集団を離れた信念は、それでもなお、可能性を残している。ボールデングの様に、真理を、しかも、普遍的真理を捉える為の知識が、人間を危機から救おうとする考えは、文明に酔いしれている現代人の、大半が肯定するところのものである。何と悲しいことだ。人間には、集団や、民族や、国家や、歴史を考え、憂える資格は、二百五十万年前から、一度として与えられたためしはなかった。人間は、そもそもここに間違いがある。

人間は、同胞の行く末よりも、今日自分の身にまとう衣服のほころびを気にする方が、はるかに自然であり、健康的な生き方なのだ。しかし、実際にはその逆を誰しもが考えている。自分の服装や、弁当のおかずのことを考えるなどということは、大変な恥であると決めつける。そしてそうした健康な考えを、極力抑え付けてしまおうと努める。

手工業は、十九世紀の中頃迄、メカニズムにその座を奪われるが、この手工業こそ、しかも、メカニズムにとって代られる運命を目前にした時期における手工業こそ、技術が、芸術において最も貢献し得た状態がつくり出されていた。

つまり、技術と芸術の混同が最も大きな割合で行われたのである。これら二つのものは、マンフォードの言葉を借りれば、純粋芸術と、純粋技術であるということが出来る。技術は手段の極に立ち、芸術は概念の極に立つ。そして、ここで言う技術には、一切の文明的手段、つまり科学が含まれ、芸術には、一切の精神性、つまり、宗教、哲学、生活一般がこれに含まれる。概念とか精神性といったものに、生活、しかも日常生活といったものが加えられてよいものかと、いぶかることはない。

私は、精神性の方が、はるかに現実に即したものであると信じる足場に立っているからである。

ともあれ、純粋な技術と、芸術の両方は、最も理想的な伝達の様式としてあらわれているのだ。つまり、現実とは、伝達以外の何ものでもない。こうしてものを書き、話す時、それが実用的な伝達の為の、便利で、かつ効果的な手段である前に、情緒的な、交わりの基本的な機関であった。交わりとは、この場合、表現することではなく、接触することである。親子、愛人同士の間で交わされる言葉は、話されるものであれ、書かれるものであれ、かなり抽象化してしまう。昂奮する時、女が口にする、意味のない、思想的まとまりのない、現況と何ら係わりを持たない言葉は、あれはあれで充分にその音色、リズムから汲みとれるものがある。本格的に熱しきった作家や、予言者の、書き、語る言葉は、まさにこの類なのだ。それは、どこまでも詩情に溢れ、音楽的な要素に満ちている。それは接触して感じとるべきものであり、口から発散する口臭、体臭、手筆のくせ、インクの色、誤字、脱字に依っていやが上にも情緒性が高められていく。しびれる為に必要な行為は、摩擦することである。肉と肉の摩擦のし合い。それを、言葉には、行う権利と資格がないというのか。

人間のあらゆる芸術、思想、文明の生み出していく機械も、元をただせば、人間の五体の行動、しかも素朴な行為にその端を発している。この複雑多岐に分化した文明社会という環の中にあって、人間のイマジネーションや、創造的な生き方は、すべて、間違いなく機械に依るか、さもなければ機械的に動かされている。しかし、その様に動かされているものは、文字や、数字、またそれに類した記号の配列や撰択の場合だけであって、そのこと、つまり、書くこと、計算すること、マークすることは、文学、哲学、宗教、その他の形而上学的な分野においては、いささかも参与することがない。これらの分野に在っては、それが本来の役割と機能を純粋に発揮するならば、徹頭徹尾、非メカニックな混沌の中に流動していて止まない精神の中で行われる。しばしば、高度な精神が、意識したり分析したり出来ないのは、至極当然のことなのだ。こうした精神の持主、それはカーライルに依れば、女性の具えているやさしさと情熱と、英雄の示す、あの、生命を賭ける程の熱意をもって表わされる、誠実さを兼ね具えた人間なのである。そして、彼は更に続けて言う。そういった人間の眼には、金持や、高慢な者、王侯達の誇り高き鼻っぱしをへし折るのに、充分な炎があふれていると。

坂本龍馬、あれ程のすきだらけの人間が、どうして、あの様に、歴史上にクローズアップされるようになったのだろう。ところで、数年前のあの悪夢、東京オリンピックの聖火ランナーが女と一緒に死んだ。オリンピックと、情死と比べて、どっちが恥だというのか。文明は、何と人間の心の水晶体の屈折率を変えてしまったことだろう。自分の産んだ赤児を砂浜に埋めた十代の娘の魂と、畠に赤児を捨てた女の涙と、幼い兄妹を、人気のない家に鍵をかけてとじ込め、飢えと寒さで殺した男の意識が織りなす、つづれ織りの模様が眼に痛い。それを身につける時は、不安が骨の髄までしみわたる。

ひらめ、まぐろ、たこ、うに、すじこ、赤貝、あわび、ほたて貝等をたねにした寿司が匂う。いや、匂うのは、寿司にする飯の中に混ぜられた酢の匂いだ。

波止場で別れのテープをにぎる時に、人間は心のどこかで、本当の出遭いを体験する。日本の易者が、未来を言い当てるのに、全部が全部嘘をついたといきまく馬鹿野郎がいる。何ということだ。それは、その人次第だ。受け取り方次第だ。

誰にでも予言は出来る。誰にでも未来をはっきり掴むことが出来る。心がけ次第、信じ方次第でそう出来る。

恋は、二度目が素晴しいと言う。病気は、入院二十九日目が最も哲学的だということは当を得てはいないだろうか。

二十一カ国語をフルに理解出来る三十前の青年がいる。彼は通訳の仕事をしている。しかし何百カ国語を話したり、書いたり、聞きとることが出来ても、それだけでは、カナリヤや、九官鳥と余り大差がない。予言者になる為に用いられるなら、たどたどしい一カ国語の能力で充分である。私もまた、九官鳥の様に、通訳をしていたものだ。まるで、間抜けの代表のような顔をして、やっていたものだ。さすがの間抜けでも、二十五、六歳を過ぎた頃から、それを恥に思うようになってきた。今では死にたくなる程、つらいことである。私は私自身の言葉を、自由に書き、話す権利のあることを知った以上、それに一切の時間と条件を投入して、活用しなければならないと分かっている。

久し振りに会いに行ったら、入院している私の次男は、一寸見違えてしまうほどに、丸々と太ってしまった。食欲が出て、太る副作用を起こす薬を与えられているからだという。二人でババ抜きをしたあと、

「何か描いてやろうか?」

「うん、ええと何がいいかな? 飛行機」

「ようし描いてやろう、色鉛筆は?」

「ここだよ、ほら」

カーチス・フォークを描いた時は、アメリカの空軍のマーク、ムスタングもグラマン、ヘルキャットや、ボーイング・B二十九にも同じアメリカ空軍のマークだ。ユンカースには、クロイツハーケンのマーク、幼い日、戦時中、ドイツ映画に出て来た急降下爆撃機のイメージが、ほうふつとしてくる。スピットファイアーには、蛇の目の英空軍のマーク。零戦《ぜろせん》や、疾風《はやて》には日の丸。疾風は、八四《はちよん》と呼ばれ、学徒として私は、エンジン架や、機関砲の部分を作らせられた。分組の次の、集成という現場で、機関銃の様な音をたてて、リベットを、エアハンマーで打ちつけて言った。

「これでいいかな?」

「うん、すごいなァ」

「今度は何を描く? ロボットは?」

「うん、いいよ」

「よし…… じゃあこういうやつな」

歯車が噛み合い、重なり合い、ベルトや、チェーンが交錯しあい、ピストンや支柱やスプリングが張り、突進し、圧縮し、エンジンが活動し、バッテリーが充電し、配線が複雑に乱れ合い、循環作用のモラルを固く守る。

電子頭脳は、ピンクのマジックペンで描き、目や耳は高周波電流の配線と連結している。かかとの部分に突き出ている開口部は、内蔵したブースターからガスを噴射する。これに依って、ロケットのように空間を飛んで行くのだ。

「これで、いいかい?」

「ああ、すごく立派だな。名前は何ていうの?」

「名前か?、…そうさなあ……アルファⅢ号ってのはどうだい」

「いいね、まずくないよ、それにしよう」

「ようし、それじゃこの辺に書くよ」

画用紙の右上の隅に書く。それからまた、一枚画用紙をめくると、

「もう一枚、こんどは宝島の地図だ」

四隅がよれよれにめくれ、ところどころ四方の辺が切れている羊皮紙を先ず描く。こういったものに限って古めかしければ古めかしいほど、何かしら権威があり、信じられそうに見えるのはどうしてだろう。伝統や老人や、経験がものを言う、という現代に生きている感覚から推測出来ることは、この文明が、宝島の地図と同じように、一つの仮定、空想の上に立っているということである。

義経の、ジンギスカンになったという説や、ロシヤの農民達に、ボルシェヴィッキ革命前まで長らく受け継がれていた、ステンカラージンの再来説、そして教会の権威の下で、おごそかに言われるキリストの再来説等と、寸分も違わない仮説がここにある。

キリストは、われわれの心の中に精神性という現実の領域において、既に再臨している。私はそう信じている。既に選ばれた者と、選ばれない者の間には、どうしようもない溝が出来てしまっていて、両者間の交流は、不可能となっている。

既に、見ることの出来る人と、見ることの出来ない人間は、歴然としている、どんなに学ぼうと、修練を積もうと、知性を養おうと、そんな事で、ごまかしたり埋め合わせのつくものではないのだ。教えたり、教えられたり出来ないものがあるという事実は、まさしく、キリストに依る、人間の選びが完了しているからにほかならない。再臨のラッパは一度、地表の全面において高らかに鳴り響きわたったはずだ。それを聞いた者の数が少ないということは、地上の悲劇性を一層深めている。

「どうだい、こんな形の島」

「ああいいよ」

無雑作に、ひょうたん形の島の輪廓を描く。ボッブ・ナッシュの線の様に、くねり、うねり、けいれんし、おどり、あそび、勢いづき、うたたねし、まどろみ、確信し、怒り、怖れ、憧れ、絶望し、苦しみ、安らぎ、痛み、しびれ、うたい、泣き、笑い、欲情し、つつしみ、歩き、走りながら、やがて、源流をさかのぼり、水源地に至る。

「この辺は、山が多いんだ。ほら、こんな具合にね」

「これは何?」

「これ?　これは、まむしのいる草原さ。そしてこっち

は人喰い土人の住んでいるジャングル。ここに、ほらこういう具合に、土人の小屋を描き入れよう。野獣に襲われないように、床が高くしてあって、入口には、はしごがついているんだ」

「二つじゃあいやだ、もっと描いてよ」

「このくらい」　私は四つばかり描き込むと、

「うん、それでいい」

「黄色いマジックペンで、小径を描こう。始めは、河口から川沿いに北上する。そうしたら、この辺で川を渡らなければならない。川の左岸の方が、進みやすい草地になっているからだよ。ここを渡らずに進むと、大変なことになる。いおうのガスを噴き出す死の谷があって、この谷に迷い込んだら、二度と帰ってはこられないんだ。

そこには、象やライオン、土人達の白骨が散らばっていると言われているんだよ」

「ふーん、恐ろしいんだね」

「そうだとも、……そして、ここには悪夢の湖水がある。いつも霧が漂っていて、ここを通る人に、不思議な音楽を聞かせるんだ。それを聞いた者は、必ず意識不明になってしまって、倒れたまま恐ろしい悪夢を見る。霧の間から時折、わずかにもれる太陽の光りに当たる迄は、決してさめることがないんだ。だが、ここはどうしても通らなければならない。右側は、ピラニアの住んでいる川だし、左側は断崖絶壁になっている。ここを通る時は、耳をしっかりと押さえて音楽を聞かないようにするんだ。ギリシャのユリシーズのようにね。

ここを無事に、通過しさえすれば、あとはずっと楽になる。向こうに見える山の裏側にまわって、小さな洞穴をみつける。ここに入れば、出口は山の中腹になっていて、目の前にある三本のやしの木の根元に、宝の箱が埋められているんだ。宝の在りかは赤で描こうな」

「うわぁ、すごい、本物の地図みたいだね」

次男よ、はやく病気が癒えるように。奇蹟は既に起こっている。私は、その日、その決定的時間さえ、はっきりと分かっているのだから。

人間・この悲劇的存在

支配者には、涙は不要だという。それなら、人間は、まともな人間は一人として、支配者にはなる資格がない。

人間は、誰も、支配者の存在を激しく憎悪しているはずだ。人間は、友を求めている。一人の熱意と誠と、尊敬の念に満ちた青年が、やくざの親分に盃を返して、一人の男の前に座った。

「ねえ親分、あんたを親分と呼ばして下さい。この通りお願いしやんす。私は、あんたにほれているんだ。好い度胸だ、好い男だ。何かこう、胸がスーッとするような生きっぷりだ。ねえ、御願いしやんす。私を子分と呼んでおくんなせえ」

「馬鹿野郎！　妙な格好をするない。俺はやくざでもなんでもねえ。やくざは大嫌いだよ。そんな、素っとんきょうな真似は、よしてくれ」

「やいやいやい！　素っとんきょうとは何だい！　聞きずてにはならねえ。手めえやる気か」

「何を抜かす。この儘兄弟でいいじゃあないか」

「………」

「なあ、いいだろう」

「有難うさんに御ざんす。手前生国は………」

「おいおいよしてくれ、またそんな、妙ちくりんな、口上は」

「あっ、そうですかい。誠に失礼さんに御座んした」

二人は心から協力し合える仲間となった。

世良正利の、日本人の心理の研究に依れば、日本人は自己否定性というものに支えられているのだそうだ。

自己否定は、あらゆる集団の特性であって、何も日本人に限ったことではあるまい。

〝話さなくても分かる〟意識は、日本人にとって固有のものであって、同じ東洋人である中国人や、朝鮮人、タイ人、ビルマ人、印度人には決して見られないものである。

こうした意識は、いわゆる腹芸として、われわれに取り扱われているが、島国という地形から端を発する、固い同胞意識の裏付けとして考えられる。しかし、腹芸もまた、自己否定の一端を担っていることには変わりなく、責任の回避も、わずかながらそこには匂っているようだ。

〝話さなくては分らない〟意識の復活こそ、人間としての復権を意味している。

同様に、世良は、日本人の笑いの中に、自己否定性を見ている。われわれの笑いは、自己の主張するもののほこ先きを、引っ込めて妥協することに、つながってはいまいか。笑いは怒りの反対の極に立つ。笑いの瞬間に、怒りの緊張はとけて、精神はすきまだらけとなり、あらゆる風当たりに対して抵抗する力を失う。日本人的な御世辞笑いとは違う。腹の底からの豪傑笑いなら別だ。それは、人間をますます健康に導くだろう。

御世辞笑いをしていかなければならず、自分の境遇を心から嘆き悲しめない人間の為に、私はひとしきり、涙を流して上げたい。

「お早よう御座居ます、うふふ。今朝はどちらへ？　うふふ。大変なことでしょう。うふふ。ではまたあした、うふふ。皆さんによろしく、うふふ」

このうふふが、私にも根強くつきまとっていてはなれない。何という負担だ。無心とか、無情の念いが、こうした弱々しい日本人の、逃げのびるかくれ家である。その意識は、分限意識によって枠付けられ、序列主義的意識によって安住しようという意欲を起こさせる。

こうした一連の意識は、日本人に、責任の回避の行為を正当化する可能性を与えている。外国人の眼に映る、恥を覆いかくす手段としての日本文化は、それで至極当然のことなのだ。

失敗しない為に、日本人は出来るだけ、行わないことを美徳とするようになっていった。見ざる、聞かざる、言わざる、は美徳であった。しかし、これをくつがえす事に依って、日本人は、もう一度、火炎の中から、よみがえることが出来る。

見るのだ、聞くのだ、言うのだ！　何でも見たらいい。水晶体が、いろいろなイメージで飽和状態になって、変質したってかまわない。遠慮せずに、どしどし見るのだ。聞くのだ。鼓膜が、ひどく雑多な音響に依って、振動し続けている余り麻痺してしまう迄、耳を傾けるのだ。しゃべり出すのだ。無限に油の出てくる魔法の壷のように、尽きることを知らぬ気に語り続けるのだ。

一言として、無意味に、空間に消滅してしまうことはない。生きるということの本質は、精神にあるのだが、それの外的現象としては当然、目撃すること、聞きとること、饒舌にしゃべりまくる行為として、あらわれてくる。失敗を恥とする考えから、恥をかくまいと、出来るだけ見ないようにうずくまり、聞くまいとして、耳を両手で押さえ、話すまいとして、痛めつけられた断層のように口を引き締めてうなだれる。これが日本人の、御めでたい時の表情だ。

一時間前に、百万円なくしたばかりの老人の、しょぼくれた面がそこにある。二十前の青年にしてこの面だ。結婚を今後に控えた娘にしても、また大差はない。

失敗は、恥ではなく、一つの経験として受け止められるようになるのは、一体、あと何万年の風化作用が必要なのだろう。そして、この恥意識という負担と同じく、家意識が、日本人を何とも印象の悪い生き物にしている。

家柄が、父親が、兄弟が、義母がと言っては、人生の最も大事な時間とエネルギーを家の為に注いでいる。何たる愚行だ！　家は、ねこいらずにまぶして、毒マンジューを作る材料にしてしまえ！「家」に私は、百回は放火している。家が焼けていくのは、みものだ。私の肩から、みるみる重荷がとれていく。私は、家を、日本人の悲しみの歴史の大きな犯罪者として、告発しているのだ。

つまり、私の書いている文章は、その為の論告文である。家が生きている限り、個人は生き始めない。家の中に個人が生き始める可能性は、全くない。家が全焼した瞬間に個人は、一月一日を迎える。そうした不運の中で、人間は、「人間」を科学しようとしきりに力み返る。人間的な都市生活というテーマに取り組む人がいるとすれば、彼の意識には、都市生活の中で崩壊していく人間生活を、はっきりと目撃する体験があったからだ。

日本人の自殺というテーマと取り組む人がいるが、恐らく、これに取り組んだ大原健士郎には、甦えらねばならない日本人の現況を、強烈に意識する何かがあったからだろう。宮本又次が、大阪人という題で人間を科学する論文を書くからには、明らかに、大阪人がまともな人間でなくなってきているという意識を、どうしても拭い去り、無視することが出来なくなったからであろう。

東京感傷生活というテーマと取り組んだ渋沢竜彦は、ロボット化した東京人の復権の悲歌を口ずさみながら書いたはずだ。

新都市人の誕生というテーマを選んだ男は、都市生活者が、まだ、まともな状態では生まれて出てきてはいなかったことに自信があったはずである。都市改造と人間改造とは、一つのものなのか。一つの行為に依って刺戟され、連動して作用し、変化し、現象を起し、結果していくものであろうか。それとも、都市とは、人間の欲望の幻影なのであろうか。

ドリュ・ラロッシェルは、時代の悲劇を一身に受けて短い生涯を了えたフランス人でありながら、ファッシズムに望みをかけた作家であるが、都市とは、一般的に言って、人間の運命を、体全体で具現する悲しい存在であるという事が出来よう。人間に、一切の望みをかける都市の悲しみに満ちた心境は、ラロッシェルがドイツ協力に賭けたことと、一面においてよく似ている。そして賭ける人間には、いつもきまって、死の匂いがただよっている。ヘミングウェーの死、サン・テグジュペリの死、アムンゼンの死、信長の死、義経の死、死体の、決してみつかることのなかった雪山での遭難者の屍、これらは、どれも謎に満ちている。

ヘミングウェーのショットガンは、故意に発射されたのか、それとも暴発だったのか。サン・テグジュペリの搭乗したライトニングP-38型機は、ドイツ空軍に襲われたのか、それとも故意に上昇した高空での、酸素欠乏によって墜落したのか。アムンゼンの屍体はどこにあるのか。信長を殺したのは、果たして光秀か、それとも忠臣であった秀吉の、巧妙な策謀に依るものか。義経は、果たして平泉で殺されてしまったのか、それとも大陸に逃れるチャンスはあったのだろうか。謎は疑惑を生み、その疑惑は星空の秘密を知り得ない以上に、もはや、絶対に知ることを許されていないものとなっている。

現代人は、一つの幻覚の中で呻き苦しみ、のたうちまわる。どんなに小さな声で、やさしく誠意を込めて愛をささやこうとしても、それは、電気仕掛けの増幅器にかけられ、巨大なヴォリュームの声となって、スピーカーから流れる。

一たん拡声機を経た声は、既に、肉声とは全く別のものになり、そらぞらしい文明のロボットの信号音となり果てる。ほんのわずかに指先きを押しつけただけで、大聖堂の中にこだまする音響となってひびくパイプオルガンの前で、小さな人間はたじろぐ。上手も下手も、天才も凡人も、勇敢も臆病も、良いも悪いも、三角も円もあったものではない。ボタンをひと押しするだけで、途方もなく大きなメカニズムの歯車が動き出して、本人は、そうした必然性とも、期待とも決して結び付いていない行為におどろきあわて、怖れちぢみ上ってしまう。文明的な意味での巨大でしかあり得ない小っぽけな人間は、自分に戻ることの不可能である事実を知って、絶望する。

現代人は、誰も彼も、或る意味では、英雄となっている。自己のない英雄、内的必然性、乃至は、そういった運命を負ってはいない。不運であり、偽の英雄として立つことを強いられている不幸者である。

自己の決断とか、欲情とか、我儘とは全然結び付くことのない行為の中で、英雄であることを強制させられている。しかし人間は、誰でも、欲情するまま、純粋な我儘の出来る凡人であることの方が、ずっと幸せであると知っている。知っているからこそ、現代人は、悲劇のヒーローであるのだ。

すべては、本人の意思とか欲望とは無関係な理由に依って仕組まれ、予定され、スケジュール通りに行う時、その結果は、集団と組織と伝統と権威という増幅器を通して、百万倍にも千万倍にも拡大されていく。そして、多少脳の弱いわれわれは、それが自分の行為の結果なのだと信じ込み、いささかの安堵と、自負心に支えられて、生きるのぞみを明日に託す。この巨人、文明に捉われた現代人という巨人は、自己の欲求のままには、何一つ行ったり、努力したり、熱狂したり出来ないという、奇妙な弱点を具えている。

文明という、一つの完成した機械の歯車として、前後左右の運動に合わせて回転していなければ、歯はボロボロにこぼれてしまい、その為に、機械全体の機能が駄目になったとして、その責任を問われ、死刑になるのが常である。目をえぐられ、粉ひきのくびきにつながれた巨人サムソン、くさりにつながれたプロメテウス、神通力を失った久米の仙人は、まさしく現代人の象徴として、ぴったり当てはまる。

停止は死である

キエルケゴールの言った、心の病で死んでいく人々のイメージを明確に捉えながら、ローレンス・ダレルは、『アレキサンドリア・四重奏』を書いた。

音楽は、人間の孤独をたしかめるために発明されたのだというクレア。それだけじゃあないと私は言いたい。宗教も、文明も、文学も絵画も、パンツや月経帯でさえも、本来は、人間の厳しい孤独の確認のために発明されたのだと。本郷新のつくった、ブロンズ〝鳥を抱く女〟

は、その肌合いが、ジャコメッティのそれと非常によく似ている。ぶつぶつした肌合い、それは宮城道雄が、ノンコウ茶碗を手で触りながら、なつみかんに似ていると言ったことがあるが、その肌ざわりがこれにもある。

しかし、ジャコメッティの作品が、垂直に伸びている、いわゆる縦の力を強調しているのに対し、本郷新のそれは、水平に流れて、横のただよいをアクセントにしている。両者併せて、セザンヌのサン・ヴィクトワールの山の遠景から出発しなければきりのつかない対立を見せている。これら二者の作品は、それでも、明らかに孤独な人間の、何よりロレツのまわる証人となっている。顔は双方とも砕かれ、押しつぶされ、美しさの片鱗もみられない。鳥を抱く女という本郷のテーマに対し、マリーニの馬上の人のテーマは、何か類似した感覚、乃至は執念を持っているようだ。

体のぴんぴんした三十一歳の男が、妻に売春行為をさせてつかまった。

「気の利いた奴なら、ポン引き位はやるんだが、それさえやらないで、妻に客をとらせて大威張りしてやがる」と警察の連中が言いたくなる程のなまけ者である。そして、この妻が現行犯でつかまると、その留守の、たった一週間という間に、妻の友人の女と関係して、これにも売春をさせるという腕はあった。

捉えて事情を聞くと、のっぺりとした、さも頭のよさそうなこの色白の男は、ポロポロ涙をこぼして、

「私は大学中退でして、それでこれといった特技も持ち合わせてはいませんから」と言う。

「それなら、どうしてこの会社をやめたんだ」

と係り官が、口述書の中に記載されている会社名を指さして聞くと、

「つぶれたんです。営業不振でつぶれたんです。私達は一度、身を落としたわけですけれど、ね、聞いて下さい。私は泣く程、子供にはすまないと思っています。子供だけは親の二の舞いはさせたくないと願っているんですよ。教育も受けさせ、実力で成功の出来る芸能界に進ませようと考えているんです。ですから週に二回は、児童劇団に通わせてもいるんです」

あっはっは、何ということだ。母ちゃんが男を抱いて金をかせぎ、父ちゃんが、その金を月謝袋に入れて、子供を児童劇団に通わせる様を考えると、笑いがとまらな

い。現代人は、みなこれなんだ。営業不振な会社のサラリーマンなのだ。心の中では、いつ倒産するか分らない会社の、しがないサラリーマンになり切っている。国家公務員も、実業家も、自由業に就いている人間も、精神的には、みな、大学、高校の中退者であり、これといった特技のない状態なのだ。そして妻を売春させている。そうでないと言い切れる現代人は、一体どれ位いるというのか。真面目で、真剣で、責任感にあふれ、自由の精神に満ち、人生を謳歌している男に出遭うと、忽ち、着物の裾を開げて性器を見せてくる女達で、埋っているのだ。

現代人の平均的家庭というものは、そして、芸能界が能力で勝負することが出来る場所だと考え、本気でそう信じ込む程度の、ちゃちな精神レベルは、大学教授や、大臣達の脳細胞の中にさえ、活発に生きている。何ともおめでたい話だ。

妻に売春をさせながら、息子には、やがてテレビタレントになってもらおうと期待する程度の軽卒さが、現代人の凡ての心の中に、恐ろしい病根となって巣食っている。本当に、人間としての威厳をもう一度、回復したかったら、大胆に、自分の足で立ち上がってみるのだ。自分自身に夢を託してみるのだ。

私も、息子達にピアノを習わせたりしている。しかしそれは、やがて、自由に創造的に生きていこうとする彼等が、創造的で独創的であればある程、味わうであろう倦怠感の日々の中で、それを埋めつくしてくれる手なぐさみとして、おぼえさせておきたいと考えているからだ。

私には分かっている。この世の中が忙しく、あわただしいのは、集団と因習の中で、自己を忘れてマスゲームに興じているからであって、もし、シャカのように、自分自身に生き始めようとするならば、無人島に泳ぎついた人間のように、ありあまる時間をもてあまして、倦怠の氾濫の中で戸惑うはずだ。いつの時代でも、集団の中に生きている人間は忙しかった。エジプト、ギリシャ、ローマの市民でさえも、二十世紀の今日の社会と一寸も変わってはいなかった。ただ、自分自身に〝依って立つ者〟は、アルキメデスのように、ターレスのように、暇で暇で仕方がない。それは今日でも変わりがない。暇の度合いでも、その人の創造性の程度が分かる。

猿の時代——私は現代文明をこう呼びたい。誰も彼もが、二十を過ぎ、学校を了えれば、何々の専門家、何々の商売をしている、といった肩書きが付かないと、一人前ではないように考える。そして集団の中で、一人前の人間として待遇されなければ大変だと、何かの専門家になり切ろうとするが、その実、専門家になるのではなしに、専門家のふりをするだけである。つまり猿真似をするわけだ。

厳密に言って、この地上に、専門家等一人も居やしない。work としてではなく role として、job としてではなく calling として、その分野を受け持つ人間ではあっても、完全な意味において、専門家ではない。何故なら、医者は医者でありながら、同時に、絵画をものにする可能性も、スポーツをやる可能性も充分あり、医学という、この未完成なもののすべてを知りつくしているわけではないからである。魚屋であっても、投薬をする能力はあり、菓子屋であっても、電気の修理はしているはずである。人間は、正直で純粋である場合、生涯、何かになりそうな、複数形の可能性をはらんで生きる。何かの専門家ではなく、あらゆることを、自由に、素人として、しかも、かなり高度なレベルにおいてやってのけるという生き方こそ、最も健全なものなのだ。

専門家ぶる人間は、高い金を出して性転換手術を行い、自分の方は、穴だけはあるが、少しもオルガズムのない性行為を金銭のためにだけする人に似ている。ペニスを除去したあとに、たとえどんなに腕のいい外科医の手を借りても、女の性器らしいものが魅力的につけられる筈がない。私の中の「男」を引きつける女の性は、生まれながらの割れ目でなくてはならず、そういった自然の割れ目でなくてはならず、そういった自然の割れ目であるからこそ、あのかぐわしい匂いを発散して、男をふらふらにしてしまうのだ。名医の手による、芸術作品である、端整で毛の生え揃った割れ目など、虫ずが走る程の嫌悪感を与える。そんな膣口に唾液かワセリンを塗りつけて、ハアハア男臭い息を吐きかけられることを考えると、それだけで私などの様な男は、消化不良になってしまう。現代文明の中に棲む、ありとあらゆる専門家とは、間違いなくこれなのだ。教師とか、米屋とか、警察官といった、性転換手術を受けた連中なのだ。

人間は、何かの専門家になったら、涙を流して絶望するがいい。その人は、もうそれで人間らしさの最も主要な機能を失ってしまったのだから。専門家という、集団の中でのみ通用する、この幻覚からさめない限り、われわれは、自分の能力をフルに発揮することは出来ない。

人間誕生は、肉体的には、遠い昔、水辺から始まった。そして、人間の現実性である精神の誕生は、空間にその誕生を体験している。しかも、それは今頃になって、ようよう行われようとしているのだ。そのきざしは、はっきりとあらわれている。夜半の突風は、もう嘘のように止んでいる。カタリともしない雨戸が、それをよく示している。

午前五時、オルゴール時計が、ふすま一枚へだてた部屋から流れてくる。〝禁じられた遊び〟。背中がしんしんと冷え込んでくる。胃がさしこむように痛いのはその為だ。夜明けの徴候は歴然としている。誕生は空間から始まる。お早よう、上野君、ずい分長い間眠っていたものだね。もう、あれだけ眠れば、今後は眠る必要はないだろう。オルゴールの音が大分遅くなってきた。ゼンマイがゆるくなったのだ。もう止まる。極めてゆっくりだ。

止まった――。

一滴の水がショックを与えると言ったのは、ミロであった。アスファルトの亀裂に、宇宙のリズムを感じることの出来たのは、ヴォルスであった。あらゆることに専門家でない、真実の人間として誕生した者には、周囲のすべてのものが、強烈なショックとなる。これは、何ともけっこうな徴候である。ショックを受ける毎に、その人間は、巨大な自分自身になっていく。蛆虫が、雲を呼び、嵐を呼んで、龍に変っていくプロセスがそこにある。

石油はパンに劣らない
……もしも穀物が不足したら　　餓える
しかし　それは　まだ死ではない
もしも石油が不足したら
それは停止であり　　停止は死である

とうたったのは、シルビオ・ガイであった。私は、この詩の中の三つの言葉を変えてみたいと思う。「石油」を「創造的な生き方」に、「パン」を「文明的な生き方」に、「穀物」を「知識」に変えてうたってみよう。

創造的な生き方は　文明的な生き方に劣らない
もしも知識が不足したら　餓える
しかし　それは　まだ死ではない

もしも創造的な生き方が不足したら
それは停止であり　停止は死である。

心象デッサン

夜明け。エル・ポージョ・リカルド。レ・ファ・シ。マランボ。バンドネオンの嘆き。ノクトゥルナ。ガージョ・シエゴ。パリのカロナ。ならず者。阿片。ア・ラ・グラン・ムニェーカ。根なしかづら。酒宴の一夜。ラ・パジャンカ。ジーラ・ジーラ。レペティド。エル・モニート。センティミエント・ガウチョ。エル・チョクロ。淡き光。何時もタンゴを踊ろうよ。うるわしのクリオージャ。ラ・タブラーダ。良き友。エル・ガブレ。レティラーオ。何が欲しいの。なつかしのアウローラ。パーハ・ヴラーヴァ。ブエノス・アイレスのミロンガ。ラ・プニャラーダ。昔のミロンガ。ヴィクトリア・ホテル。チケ。ラ・モロチャ。パーラ・フェルテ。ボヘミオの心。エネ・エネ。セギーメ・シ・ポデス。ラ・ジュンバ。ウニオン・シヴィカ。ラ・カチーラ。エル・エンブロージョ。マーラ・フンタ。七月九日。スイハーチャ。アタニーチェ。ドン・ファン。カラン・カン・フウ。サン・ファンとメンドーサの間。ノーヴィア。

ラ・クンパルシータが激しく、沈みがちな空気の中に流れあふれてくる。演奏は、メキシコのサッソーネ・デルマンコ楽団で、編曲と指揮は、イタリヤ生まれでブイノス・アイレスで活躍している、スタンペニース、歌は、スペイン生まれのドシータ・キンターマである。メロディは、精液の匂いを漂わせて、昂奮度を高める。

この様な部屋の中では、いつも、神秘主義的傾向にある数学者、ジームス・ベルヌーイが悩み始める。彼は渦巻き線をじっと見つめていて、その中の、個々の輪が、くり返し、くり返し甦ることを目撃した。この不思議な性質は、彼の心を捉えた。数字で埋った頭脳は、自分の墓の碑銘を次のように刻むことを決心した。

例えこの身は変わっても、わたしは同じものとなって復活する。

Eaden mutata resugo

これは、今日まで、バーゼル大寺院の中にある彼の墓碑に刻み遺されているエピタフである。理髪店の、あの渦巻の看板。ぐるりぐるりと微風に回転するちょうちんの骨。そこには終りも了りもありはしない。安心して、行く末のない現実を見ることが出来る。ユークリッド幾何学の、線と点の会話がそこにある。ああ、人生とはいいものだなあ。ますますこれを熱愛せずには、いられなくなる。

二十三万個の石。これは、ギゼーにある最大のピラミッドを構成している石の数だ。この石を、国道にびっしりと敷きつめるならば、サンフランシスコから、ニューヨーク迄敷きつめても、なお充分に余るはずだ。

道はどこ迄も続く。追分けの宿から安中の宿まで。浅間山の噴煙は、白く低く山腹にたなびく。すすきは、南米のパンパスに生える草。英語では、それでパンパスグラスという。ガウチョのギターに合わせて、追分け宿の辺りでは、地蔵の眼に涙。信州の夕暮れは、特に秋の夕暮れは鋭い。びりびりと鋭く厳しい。星が中天にきらめく頃、西の空は未だ、茜色だ。浅間山が黒いシルエットをつくり、反対側の農家の土蔵の白壁には、まばゆい余光が一杯だ。やがてだんだんと地面から、闇が這い寄ってくる。始めは、地面から五十糎位迄のところ。それから七十糎、一米、一米二十糎と這い上る。

この頃になると、枯草のうなだれる中を流れている小川の水は、コールタールの黒さと重さだ。もはや、水が流れているのではない。黒い闇の歌が流れている。白壁の面を這い寄る闇は、徐々に軒に迫る。やがて闇の深渕が、すっぽりと土蔵をのみこんでしまう時、白々と、干大根の匂いが、鼻先をくすぐる。それに比べて、北陸の冬は鈍い。どんよりと曇った重い空は、全体から暮れていく。日中の暖かさで溶け出した雪が、夕暮れの冷え込みの中で、溶けかかった儘、パリパリと凍結していく。

幼い日、風呂に浸りながら、上気した体で眺めた宵闇の中の雪が、必ずこういう時には甦って来る。糸魚川の砂浜の夕暮、キリスト教の伝道をしていた若い私の前で、着物の裾をなびかせながら、涙をうるませていたのは、三人の二十才前の遊女達だった。風が強かった。ジョアンナという、十一歳の、金髪の美しいアメリカ娘の家に泊って、海兵隊の夢をみた。北海道は、倶知安駅のホームの水の冷たさ。羊蹄山の頂きから麓までが、澄みきった空気の中で秋を謳歌する。札幌まではまだかなりある。蓄膿症のように骨にこびりついた膿のかたまりは、ガリガリとけずりとり、こそぎとらなければならない。

人間にこびりついている名誉もまた、これと同じだ。容赦なく、ガリガリとこそぎとれ！

「いやぁ、そう言われても、偉大な何かを持っていればこそ、偉大だと言われた人々は、名誉などといったものを捨て去ることが出来たんじゃあないのでしょうか。私には、どうもそうとしか思えないんです」

「いや、それは違うな。何一つ残らなくたっていい。ひたすらに、名声なんてものの一切を捨て去れる行為が続けられる時、その行為に依って、その人は偉大だと言われるんじゃないのですか。満腹だから食べるのではなしに、食べるから満腹するのでしょう。違いますか。偉大だから偉大な事が出来るのじゃなくて、偉大なことが出来るから、偉大と言えるわけです」

太陽が南西の方角に、仰角わずか三十度位の高さを保っている。一寸も見映えのしない夕暮れが始まろうとしている。全く、一寸も変わりばえがしないのだ、東北の夕陽は。明日の晴天が期待されないから、じめじめと絶望気味に暮れていく。

私は、もう二度と、どの様な意味においても、建設的な意見や言葉を吐くまいと、心に決めている。建設的であるものにかぎって、百パーセントそうであったためしがない。人間の文化意識的良識という計器盤の文字と針の動きは、完全に狂ってしまっている。人間の誠意のゲージ管は、遂にその用を足さなくなってしまった。計器飛行は不可能となった。タンクをたたき割って、中から吹きこぼれる熱湯か、可燃性の液体を見るまでは、決して安心がならない。

「完全」という妄想

完全犯罪とか、完全善行といったものが、正確な意味において成立するものであろうか。前者は、自分以外の誰にも知られずに遂行する悪事であり、後者は、他人だけではなく、自分でさえそれと意識することなしに行う善行である。

完全犯罪を目論む人間は、練りに練った計画をたてることに依って、大抵の場合はそれが成功すると考える。しかし、或る推理作家に言わせれば、完全犯罪を狙った犯行程、容易に摘発出来るそうだ。計画の綿密度と、犯罪の完全性は比例しないのだ。むしろ、そのように意識的に練られた計画程、刑事にとっては、匂うものを強く感じるらしい。

もし完全犯罪があるとすれば、たった一つの条件の時においてだけ可能のようだ。即ち、全く動機のない犯罪、これである。行きずりの犯罪ですら、犯行直前に、むらむらと沸き起った衝動に依って行われる。そして、犯行の衝動は、常に、歴然とした動機によって支えられている。もし、何一つ不足することなく、犯行の衝動も起こさずに遂行する犯罪があるとするなら、これは、決して足跡や、その他の犯罪の手がかりを残さない、完璧なものとなる。それを追跡出来る刑事は、一人も居ない。

何らの動機もなく、衝動だけを起こす精神異常者もまた、最もつかまり易い人間である。そして結局、何らの動機と衝動のない犯行を遂行する人間は、先ずいないのだ。たとえいたとしてもその人間は、裁かれるべきではない。いや、裁かれる前に、つかまることはないから、これをわざわざ言う必要はない。

或る意味から言って、犯罪の動機と犯行の衝動は、創造的に、英雄的な人間として生きるという、建設的な衝動が、横道に外れてしまったものだと考えられる。

機関銃で、近所の人々を皆殺しにしてしまいたいと呻きながら、タイプのキーを、熱に浮かされたように叩き続ける作家の手に成った作品を読んで、多くの人間が、創造的で人間味のある人生に入ることが出来るという、何とも奇妙な事実を誰も否定することは出来ない。

反逆的な行動を示しながら、着実に、人間の復権を実行している宗教人や芸術家の姿は、各時代の過度期において、いつも見られるものである。

私の書く行為は、この完全犯罪に近いものであるという証拠をほのめかしている一面がある。これは否定出来ない。風化作用のように恐ろしい程の権威に満ちた動作であるのだ。

現代は、個性や、社会派の喜ぶような英雄の時代ではない。一人の人間が、念入りに工作し、修練した結果としての業を見せる舞台はどこにもない。つまり個人の技術など、教養など、どうでもよいことなのだ。

現代は、集団の時代である。グループサウンズや、集団芸術、個性の欠けた青写真芸術の盛んな時代である。しかし、それでも個人は、回復されなければならない。技術や修練の一切を無視した次元において、個人が大きくクローズアップされなければならない。社会的ではなしに、宇宙的な真の英雄は、古来、技巧的要素が一寸もなかった。

所詮どの様に甘く見ても、軍人や政治家は、集団に支えられているものである以上、絶対に英雄になることは出来ないのだ。要領のよい奴は、将軍や、政治家になることは出来たが、予言者や哲人にはなれなかった。

女が踊る時見せようとする、無意識的な仕草は、はっきりと分かる。予言者もまた、意識したり、企てることなしに、人々に絶大な感化を与えていくのがよく分かる。子供は、全身を力ませて話をする。これは原初的な人間の姿の名残りであって、大人達には、それがすっかり失われてしまっている。ポケットに手を突っ込み、口先きだけでペチャクチャと話す。どれ程重大な事を言っても、一向に行動にはあらわれない。

一億円の話や、ベトナム和平の話をしながら、百円の買物をする勇気がなく、同僚に対するうらみをはらす心の大きさがない。それに反し、予言者らしい風格の持主は、何も持たないように見えるが、必要に応じては、一千万円の買物をちゃんとやってのけるし、自分自身の安息の問題で苦闘しているように見えて、一国、一民族、一時代に、大きな希望と安息を与えている。

現代人は、一つの行為をする時、体全体を動員することは、恥だ、ぐらいに考えている。文字を書く時は、右手首と三本の指だけしか使わず、物を見る時は、水晶体だけしか用いない。

だから彼らは、肩がこり、心臓が弱くなり、脚気になるのだ。

しかし、力ある内容を書こうとする時、人間は、当然全身全霊で書きなぐるだろうし、物の中にひそむ永遠性を見定めようとするならば、皮膚の表面全域で、そうしなければならないはずだ。

肢のない鳥

建築のより充実し、一層深く人間に語りかけてくる部分は、建築の構造そのものに関係のある構築性でも、美学的問題でもなく、内部の空間にある。竹輪の穴の煮込みは、非現実的な話となる。しかし、建築に関する限り、内部の空間は、竹輪の穴と同意義に取り扱ってよいものであろうか。人間に関わる真実について語る時も、また同様であって、宗教についても、芸術についても、スポーツ、文明全体についても、それらの構造そのものよりも、内部空間という実体、本質に触れるべきなのだ。

かつてローマのポリオは、建築に関し、構築的問題と、美的問題の間にはさまれて、矛盾相克に苦しんだ。しかしそれらは、真実の建築意識から言えば、幻影に過ぎない。それ以上に、内部空間は重大なのだ。それには、材質も、色彩も、技術も、青写真も、フォルムも何も彼も、応用することは出来ない。

私が文明を罵倒する時、そして憎悪する時、それは明らかに、構築的美的問題であって、文明の心であり、体である内部空間のことではない。内部空間は、それが文明のものであれ、家屋のものであれ、都会のものであれ、集団の中にみられるものであれ、私にとっては、ひどく心のひかれるものばかりだ。それらは手の業に依って、改良されたり、塗り替えられたり出来ないものである。一つの運命、宿命、自ら在るもの、自ら然《しか》あるものなのだ。

こういった意味からは、私は恐らく、文明の最良の友であるということが出来る。私は、そういったものを、心から信頼しているからだ。

一つの仕事に徹している人は、外見、いかにも律義者のように見えるが、そしてまじめ一方の人間として感じられるが、その実、最も人間尊重の精神に欠けている人間である。マラソン選手の、円谷という男と、チェコスロバキアのサッカーチームの選手、ジーン・ホフマンと、イランのレスリング選手、ゴラム・タフチが、それぞれ一日おきに自殺している。オリンピックの選手である前に、人間であることを忘れた不幸な奴等だ。競技という集団のゲームの重圧に抗し切れず、孤独でもなお生きられるということについて、とうとう考えつかなかった哀れな奴等だ。更には、人間である以前に、一つの運命、宿命、神話の歌声であるという自分に、遂に確信の持てなかった、悲劇の人間どもだ。

しかし、こうした結果としてあらわれなくとも、こういった可能性をはらんでいる潜在的人口は、厖大なものだろう。十年に一回位、五百円ぐらいの施しものを、貧しい人にしてやって、その百倍、千倍の金額をちょろまかしている事実を、われわれは、胸に手を当てて、恥じるよりも先に、おかしさの余り、腹の痛くなる程、笑い転げなければならない。

真のヒューマニストとは、先ず、何よりもかによりも、人間であるという原初的な存在の自己を、しっかりとみつめて歩む人のことだ。有り金全部すられても、地位のすべてを失っても、能力の一切を失くしても、なお、生きる意味のある人間が、本当のヒューマニストだ。負けたら白旗を掲げ、手を上げて降伏するヒューマニズムが、われわれ東洋人には特に欠けている。自決するほどのプライドは、ヒューマニズムとは最も程遠い存在である。

左手首の動脈を、安全カミソリの刃で切って自殺した男の家族の心境と、心臓移植に成功はしたものの、心臓が小さ過ぎて、わずか七時間しか生きなかった患者のいきどおりの関数式をつくり度い。定数項は、どのような数値が当てはまるだろうか。比例定数の値は何か。いたずらに心電図がゆれ始める。

私の書くこと、考えること、主張すること、昂奮すること、怒ること、怖れること、悩むこと、喜ぶこと、誇ること、信じることは、文明人、特にそれぞれの分野において、プロフェッショナルな人間にとっては、彼等の専門職意識の可聴範囲と可視範囲をはるかに超えた、周波数を持っているので、彼らの目の前に立っていても、私を認めることは出来ないのだ。私がどれ程声を大にしても、彼らには一寸も聞こえない。私がどれ程巨大に成長していっても、彼等には、それが全く見えないのだ。だから、私は、誰にも、今のところは期待しない。私の生活を分かってもらおうなどとは、期待してはいないというのだ。人間が改良され、新しい機能を持ち始める迄、私は何事も期待すまい。

日本最古の米つぶが、板付で発掘された。土器の中にこびりついていたのだ。日本の文化も、悲しみも、怖れも、この米つぶに集約されるようだ。

極楽鳥は飛びつづける。ヨーロッパに標本として持っていかれたこの鳥には、どれにも肢がついていなかった。ニューギニヤの原住民達は、捕えると、逃げられないようにと、容赦なく肢を断ち切ってしまったという次第だ。しかし、干物にされ、はく製にされた極楽鳥は、何も語らない。ヨーロッパ文明圏には見られない、余りにも珍らしい鳥であった。肢のないという事実も、それ故に、一つの神話としてつくり上げられた。この鳥はパラダイスに住んでいる王様に違いない。パラダイスから、この汚れた土地に下りてくる必要の全くないこの鳥は、生まれ落ちる瞬間から、死ぬまでずっと飛び続けているのだ。

彼等はまじめにそう考えた。生まれながらにして、血のこびりついた、断ち切られた肢で飛び続ける鳥。それは決して地上に降り立つことの出来ない運命に支配されていて、飛び続けることが、生きることを意味しているのだ。何と厳しい仮定であろう。しかし、これはパラダイスの王鳥に、こじつけられた伝説とばかりは言い切れない。現代人は、まさしくこれなのだ。余りにもきらびやかであり、けばけばしく、誇り高く、自負心に満ち、企てにあふれ、野心に満ちているが、決して休止することが許されない。初《う》ぶ声の第一声とともに、絶えず飛び続けることを余儀なくされている。美しく、長い尾があるということは、悲劇性を一層大きくしている。この悲劇の人間を、われわれは何と励ましてやったら、いいのだ。

ヨーロッパの人々は、この鳥を、"the king bird of Paradise"「パラダイスの王鳥」と呼んだ。極楽鳥という日本語はここからきている。

不安が限りなく、私の内側からわきおこってくる。それでも、この頃は、一向にうなされたり、金縛りに会うことがない。幼い日のあの怖れに満ちた日々は、もうかなり遠のいてしまったらしい。あの頃は、金銭問題に悩んだわけでも、社会の厳しい風に吹きまくられていたわけでもないのに、どうして、あのように悪夢にみまわれていたのだろう。不思議なことだ。

でも学校生活、あのいまわしい集団生活は呪いであった。あれさえなかったら、どんなに幸せな日々であったろう。講堂の底冷えのする片隅で、校長の訓話を聞きながら、うららかな春先の陽射しを浴びている畔道をなつかしんだ念いが、まざまざと甦ってくる。登校の時間と、始業時間を知らせる鐘の音は、恐ろしかった。あれよりは、空襲警報のサイレンの方が、よほどやさしく、甘く聞こえたものだ。

グラマン・ヘルキャットが、ずんぐりとした胴体にロケット弾を抱え込んで、怒り狂った酔っぱらいよろしく突込んでくる時でも、機関砲弾が、ピシッピシッと近くの石材に当たってはじけ、はね返る音を聞いている時でさえ、心はひどくゆったりと自由を楽しんでいた。

防空頭布が、髪の毛しみついている匂いを発散させる頃、雪解けの田舎道に、四肢をピンとつっぱらせて死んでいた馬。野球場は、全く人気なく、雑草さえまともには、生い茂りそうには、見えなかった。昭和二十年の夏。ニューギニアで戦ってきたアメリカの海兵隊が、宇都宮に進駐してきた時、何の理由もなしに、ジープやスリーコーター、大型車にのっている赤ら顔のアメリカ兵を、校庭の柵のところで眺めて大つぶの涙を流した。

彼らは、ウイスキーをのみ、ガムを噛み、ヘルメット姿で、如何にも陽気であった。彼等は、若い女がひどく好きらしかった。いかめしい服装をしているわりに、若い日本の女に出遭うと、ピイーっと口笛をふきながらも、女に見られると、真っ赤になってしまう。

飛行場の若い技師の妻であった美しい女が、一と言二た言、三、四人の米兵に英語で何か言っているのを聞いた。それから一カ月も経った頃、この女は、夫をすてて家出をした。飛行場の相当の高官の娘であるということだった彼女は、いかにもつつましげな暮らしをしていたが、何処か気のおけない様子は、前々からあったのだ。

リーダーズダイジェストという雑誌の名前を、初めて聞いたのも、この頃であった。中学で漢文を教えてくれた老いた教師が、厳粛な表情をして、チリ取りに馬糞を拾って歩いて行く。その傍を、アメリカの兵隊が、人参を片手に持って噛りながら歩いていた。それは何とも強いコントラストを示していた。

終戦の前の月の十二日に、空襲で焼けおちた刑務所の匂いが、高いコンクリートの屏の中から、何カ月も死臭をただよわせていた。

配給になる芋を、リヤカーで引いてくる母や妹に、手も貸さない私は、五十枚程の原稿を、わけの分からない言葉で埋めつくしていた。好きで好きで仕方なかった向かいの家の、二つ年下の娘の色白で、ふっくらとした顔が、突然に、悪魔の形相に見えてきたのは、彼女が、何とも下らぬ不良少年に心ひかれていったと分かった時である。それ迄は、彼女の手のぬくもりは、女神の歌であり、青空の匂いであった。

宇都宮が全焼したその翌日、町中は、暑さの中でしーんとしずまり返っていった。その夜がこないうちに、今夜は、もっと激しい空襲があるそうだというデマがあたりに広まった。人々は、夜具を担いだり、なべ、かまを下げて、ゾロゾロと、砥上と呼ばれていた村里近くの山の中に避難していった。おっくうがっていた母をうながして、山に行った私は、その翌朝、ぼんやりした頭で家に戻るまで、ずーっとある奇蹟を信じていた。あの娘に、ひょっとしたら会えるかもしれないという期待だった。彼女の家族は、砥上とは全く反対の山に避難したということは、それから一週間もたってから分かった。とうもろこしが、珍らしくなり、カボチャの食い過ぎで、子供達の指先が黄色くなる頃、それはジリジリと太陽の照りつける午後であった。

突然ドカーンという音が、極く近くで起きた。私の家から、二、三軒離れたところに建っている家の陰から、白い煙が同時に立ちのぼった。焼夷弾の処理をしていた二、三十人の兵隊達が、この辺で朝から作業をしているのを知っていたが、彼等の中の一人が、不発弾を転がして、うかつにも、雷管を押してしまったのだ。ゼリー状の油が先ず飛び散って、その家の壁にへばりつき、次いで引火した。屈強な兵隊達の敏捷な動作で、火は難なく消えたが、その家の四十がらみの女は、ふるえ、昂奮していて、まともに口が利けないでいた。彼女とそっくりの娘が私と同年でいたが、私にとっては、何の興味もなかった。

私より一つ年上の少年が、郊外の川で泳いで帰る途中、線路の傍で拾った焼夷弾の雷管をいじっていた。突然それが暴発して、左手の親指、人差し指、中指をきれいにつけ根から吹きとばしてしまった。若い技師の妻が、こともあろうに、自分の家で夫の留守の間に、真っ赤なパンツをはいたアメリカ兵といちゃついているのを、曇りガラス越しに目撃して、ペニスをピンと立てたのも、この頃だった。

ダンスホールから流れてくる音楽は、ジーラジーラ、カプリの島、水色のワルツ、夜来香、ラ・クンパルシータ等であった。十八歳の少年兵、トーマス・タウンゼント二等兵と友人になったのもこの頃で、彼は、いつも若い日本の女に夢中になっていた。痴話げんかになると、女は言う英語に事欠いて、シャールアップ！　シャールアップと連発しながら、男の頬をひっぱたいていた。

彼に貰った故郷の住所は、ニューイングランド地方だった。メリーランド州ボルチモア市であった。彼の母と妹宛に、手紙を書き送ったら、折り返しに、分厚い返事の手紙が届いた。文面に依ると、息子は日本に行ったきり、一度も便りをよこしていないが、元気でやっているのだろうか、どうか息子に便りするように言ってほしいとのことだった。それを彼に話すと、真っ赤になって、アメリカ人は、そう簡単なことには便りはしないもんさ、と大見栄を切った。そしてガムとチョコレートを、どっさりと私の手に渡した。少年の私は、その時、宝物を貰った様な気がした。その瞬間のタウンゼント二等兵の仕草は、西部劇に出て来るガンマンの決闘シーンのクローズアップされた画面を連想させた。

この頃、少年の私に、ドイツの少年から手紙が舞い込んでいた。イタリヤに巡礼旅行をしたその記念ですと、フランサン・ピエトロ寺院の夜景の絵ハガキも届いた。フランスからハガキ送って来る少年は、ピレネー山近くの小さな村の学生で、更にもう一人、ドイツの師範学校の女生徒が加わり、これらの少年少女のうち、誰一人として、一、二年前に了ったばかりの戦争について語る者はいなかった。誰もが、タウンゼント少年兵ですら、軍服を身につけていながら、まるで生まれて一度も、戦いを知らないような口振りと目の輝きであった。

私から離れて行った女は、ヒロポン注射で狂った少年のものとなったが、やがて、その少年から逃げるようになって、しきりと私に色目を流してきたが、私の心は、憧れつつも、ひどく非情になり切っていた。

「あたし、ダンスとっても好きよ」

そう言って、

「あんた若いのに偉いわね、ダンスだってあんたみたいに一生懸命習えば、本当は面白いのよね」

私と一緒に踊りながら、そう言ったのは、土建屋の妾をしているという噂のある三十女であった。この女の性器が異様に匂ったのを実感したが、私は一寸も昂奮することはなかった。

青空に飛来する翼の折れまがったヴォートシコルスキー戦闘機や、曇り空に、低く飛ぶカーチスフォークは、いかにもゆったりとしていた。

戦時中、無断で突入し、攻撃してきた飛行機の、あの焦ら立ち、怖れに満ちた敏捷な動作は一寸もない。玉音放送と称して、初めて耳にした天皇の、女性的な頼りない声は、こわれかけたラジオのキャビネットの印象と強く結びつけられていて、離れることがない。勝ち誇った国の少年兵が、敗戦国の少年である私にくれた本は、何とかいう特派員の書いた『東条とその魚達』という題名の戦争記録小説であって、日本海軍潰滅の物語であった。「真相はこうだ」という、週一度のラジオ放送で聞く前に、既に私は、たどたどしい読み方ながら、この本を読むことに依って、ミッドウェー海戦で、日本側がどの様に惨敗したか分かっていた。それと、ポケット版の『ガリバー旅行記』、『スターズ・アンド・ストライプス』紙の一束をくれたこの少年兵、タウンゼントは、やがて帰国した。

数年して、彼の母親から、久し振りに手紙があった。息子はおかげで元気で働いている。市役所の運転手をしていて、最近、結婚をしたという内容であった。そのことを、彼がかつて仲よくしていた娘の家に行って、なにげなく話したら、自転車屋をしている彼女の父親は、

「なぁーんだ、帰ってしまったのか。じゃあ今頃、うちのやつはどこに居るんだろう」

彼は、娘がてっきりこの男と結婚して、アメリカに行くものだとばかり思っていたのだ。その落胆の仕方は、傍で見ていてもはっきりと分かった。娘は、父親を心配させまいと、一言もこのことをもらさず、基地かどこかで働いているに違いない。そこで、思わず知らず、私は一言、言葉を付け足して家を辞した。

「タウンゼントさんのお母さんが、よろしく言っていましたよ」

センチメンタル・ジャーニィを歌うのはドリス・デイ。セントルイス・ブルースは、マウントバニー楽団の演奏だ。電気ドリルと、風防ガラスで作った三角定規と、ミクロンノギスと、マイクロメーターと、電蓄の大きなキャビネット。白米の匂いのする田舎道をたどる時、それは、霧深い朝か、霜柱のさくさく足下にくずれる午前中か、たなびく煙がちっとも動かずに低く野辺にたれこめている秋の夕方であった。食い物があるというだけで、わたしの目にかなり裕福に見えた田舎の人々は、それだけに、根は貧しさがこびりついていたのだ。セメントの様に固められた搾り滓を、なたでけずるように、田舎の親類の家で頼まれた。親指に大きなまめが出来るまで、それをけずった自分が、馬鹿に見えてしかたがなかった。その夜遅くなってから、かび臭い納戸の夜具の中でそれに気付いた。しゃくにさわったから、翌朝田舎を去る時、

手当たり次第そのへんにあったものをポケットにねじ込んで出た。そして、一つ林を越した沢の小川の中に、思い切り、力をこめて投げ捨てた。親指の痛みに対する、充分な御返しであった。

その農家、つまり、母の実家であったが、そこには、心のやさしい、柔和な飛行士が一人、下宿していた。近くに飛行学校があって、彼はそこの教官をしていた。そして何度か、この農家を訪れているうちに、彼の姿が見えなくなっているのに気付いた。

「吉本中尉、何処に行ったの？」

「ああ、吉本さんかい、あの方は死になさった。ほんとにいい人だったのになあ。箱根の上空で、事故死じゃったそうだ」

彼は重爆撃機の搭乗員であった。飛行機は、練習中、どうした訳か、箱根上空で突然火を吹き、山腹に激突して全員死亡したということだった。戦事ニュースで埋まっていた当時の新聞には、こうした事故は、記事にすらならなかった。

この近くにある飛行場の滑走路は、私の祖父の時代、大野原と呼ばれた、淋しいところだった。狐にだまされた古老達の話は数限りなくあった。昭和に入り、狐やたぬきを、旧式の村田銃で撃ちとったり、原始的な方法で捕えることがだんだんとなくなってきたが、それは、そうしたけものの数も激減していたからだったろう。私が幼い日に訪れた頃は、ねぎ坊主《ぼうず》頭が大きく、肌寒い夕暮れの宵闇に浮き出ていた。どこかで、何かを燃やしているきな臭い匂いが漂っていて、狐の出るような気配は全くなかった。

ひょいと、小さな農家の内側をのぞくと、十五、六の少年が、古びたラッパをいじくっていたりした。

ドイツに真似て、落下傘部隊が日本に出来た頃、天皇陛下を招いて、この飛行場で、その模範演習が行われた。数機の爆撃機が、東の空から飛来して来た。一番機の先頭の落下傘兵は、全軍の指揮をとる大隊長であった。しかし、彼の落下傘は、彼の体が地上に激突するまで遂に開かなかった。天皇陛下とは、損な職業だ。これを、一寸顔をしかめたくらいで、平気で紙人形の様に見ていなければならないのだ。それにはかまわず、爆撃機は、機首を再び東に向けて姿を消した。その時から二十年程前、同じ東の空は、三日三晩真っ赤になっていたそうだ。東京の大震災の時である。

第二次大戦中、英国の科学者は、ドイツから発射されるV一号の電波をキャッチしながら、はるか天空のカシオペア座からの電波をキャッチした。私は、小説を書こうとしながら、人生の深い部分に触れてしまった。カシオペア座からの電波を捉えた男には、周囲に炸烈する、V一号の猛威も、全然恐れではなくなった。はるか彼方の一層厳しい現実に酔いしれてしまったからだ。

私は、小説や、文学そのものの在り方や、技法がどうのこうのという問題は、全然気にならなくなっている。そんなくだらぬことより、はるかに厳粛な現実、人の一切を含めた存在の鼓動が、はっきりと聞こえてくるからである。私は、人生そのものに夢中であり、酔いしれている。私は、この人生を、一輪の花の如くに、散らせないようにと細心の注意を払って大切に扱っている。ほんの一吹きで、ハラハラと散り果ててしまう、束の間の淡い夢、はかない幻影である人生。

私は、このはかなさの中に、すべてを賭けて生きているとしたら、これを敬虔な気持で取り扱わない訳にはいかない。私は、幸運な科学者のように、数百万年前に発信された星雲からの電波を傍受している。遠いということは、はるかに過去のことだという意味と一致している。自分の身のまわりだけでも、それだけ幾分かは、現実である。否、身のまわりだけが、現実である。過去なのだ。自分自身だけ、それも、属性ではなしに、純粋な部分だけが、現在なのだ。眼に映るもの、舌に感じるもの、手に捉えられるもの、指先に触れるもの、舌に感じるもの、これらはすべて、私の純粋な心からの間隔だけ、過去であるわけだ。

時間と距離が一つのものであるという事実、これは、私に、地上の計算の一切が無意味であるという確かな印象を与える。すべては、かなり異った次元で処理されている。大野原の狐がどこかで、コンコンと鳴いたようだ。そして東の空からの爆音。隊長は飛び下りるな！　農家の少年よ、お前のラッパは永遠に鳴らないのか？

サンフランシスコに旅行した岩倉具視は、日本は、世界の一流国は勿論、二流、三流国にもとうてい太刀打ち出来ない、という事を実感した。

当時の金、百万円を旅費に費やして、一年と十カ月かかって得た体験としては、上出来のものであった。

妄想するが何一つ夢を見ない

一日灌水を怠ると、竹や菊はとたんに駄目になってしまう。竹は色艶を失い、菊は黄ばんでくる。充分に前々から準備しておいた土でもって、手まめに育てていかなくてはならない。葉一枚々々の埃を、筆の先で丁寧に落してやる心がなくてはならない。

こうした手数のかかる植物のまわりを、ゆっくりと泳いで往き来するのは、アマゾンのピラニアである。

おじぎ草や、ねむの木の葉をたたいてやると、まるで動物のように、葉が内側にしおれ、うなだれる。私は、それで、これらの草木に話しかけてみたい気持になる。それだけではなく、それが話しかけてくる言葉を聞きたい。神の言葉を聞く体験をしている私に、この望みが不当であるというのか。

元来、耳が、聴覚よりも、平衡神経として、重力を判別するために発達してきたという事実は、考えさせられることだ。内耳とは、重力の判別のため、中耳は聴覚のためにある。魚の味覚は体全体に均等に分布している。

創造的な人間の皮膚全体には、宇宙のあらゆる意思、思考の潮流をキャッチする器官が、均等に分布して拡がっている。小さな昆虫には、大気中の極くわずかな分子を判別する嗅覚が与えられている。蛾は、十億の分子中一つだけの異分子を嗅ぎ分ける能力がある。犬には、一卵性双生児の匂いを別々に嗅ぎ分けられるという。

私には、これと非常によく似た直感のあることを信じている。ほんの一寸した異常であっても、そこから出発する巨大な現象まで、確実に感知する。ローソクの光の中で、三百米先の餌を見分けるふくろう。鷲の眼は、倍率六倍の望遠鏡の能力を持っている。これらは、創造的な人間の精神と一致する。

黄河の上流に、龍門峡というところがある。両岸が険しい断崖で囲まれている急流である。下流に多くの鯉が住んでいるが、この急流を越えるものは、龍になって天に至ると信じられていた。何事につけ、祝宴には龍門の鯉が供された。死んだ鯉には、誰も手を出さない。鯉は生きた儘料理するからこそ、芽出度いのだ。破傷風菌は摂氏百二十度の高温に耐えることが出来る。零下二百七十度まで生存出来るヴィールスもいるという。コンドルは、〇・一気圧の高空を、ゆうゆうと飛ぶ。

坂本龍馬が言っているではないか。海賊は、海軍が見習うべきものであり、泥棒の生き方は、人生の教訓になると。チョムスキー博士の文法が、われわれの視野をぐっと広める。アメリカの或る言語研究グループが、米国憲法を電子計算機にかけたところ、文法の不備が、いくつも発見されたという。「世話をする子供がいない」という時、これだけの構文では、世話をしてくれる子供がいないという意味か、世話をする子供を持っていないという意味か判別しにくい。われわれは、こういった、文章の話されたり、書かれたりする環境からこれを容易に判別してはいるものの、一たん環境を離れてから、役割を果たさなければならない場合、大変不利となる。憲法、法律、文学等は、この種類に属していることは明らかだ。

だが、そういった意味で、或る特定の表現と主張だけを期待するものなら、この理論に沿って改善する必要もあろうが、憲法でも法律でも文学でもない何か、それらから、かなりの大きな隔りをもって位する文章であるとするなら話は全く別となる。あらゆる特定の意味を定着させないことが、有利であり、より真実に近いとも言えるのだ。一つの表現に、二十、三十の意味を持たせることは、現代的なエチケットなのである。

われわれ個人の内的、外的体験といったものは、果たして、どれ程の特定の意味に縛り付けられているのだろうか。絶えず視点は移動し、感覚は移り変わり、昂奮の度合いは、上がり下がりする。私的体験は、他者のそれと共通のものを持たないばかりか、常に変化して止まないのだ。私は、万人に依って万様に納得され、百の時代に百の観念と人生の意味を与えるたった一つの文章を書きたい。それをよくあらわしているのが、聖書であり、ブレイクやミラーの作品である。方丈記などもその類であろう。文章のあいまいさは、従って、創造的な人間にとっては有利な武器となる。チョムスキーの文法は、死者の言葉の為にある。私は生きているので、これを受けつけない。私にとって、人生のあらゆる生き方は、それが遊びの要素で占められる度合いによって価値が定まる。芸術にしたところで、遊びの度合いが百パーセントに近い時、価値がますます高まっていく。

人間は、原初の姿において、ホモ・サピエンスであるよりは、明らかにホモ・ルーデンスである要素が圧倒的に多い。遊興人には、何一つとして、社会奉仕的な気配は感じられない。ストラコフはドストエフスキーを評して、あ奴は一生悪意に満ち、野心に燃え、絶えず感情的に昂奮し続けていた、不幸で、嫌味のある男だと言った。そしてこれこそ、遊興人の美徳である。社会奉仕人どもの感覚には、どうしてもピンとこない筋合いのものである。

あの偉大で、人格者だったシラーに、もう一つの極端な弱々しさの認められていたことを、われわれは否定出来まい。創造性に満ちあふれていたベートーヴェンに共存していた、途方もない傲慢さ、疑い深さ、余りにも変わり易い情熱といったものを、無視してはいけない。雄大な美の創造者、ミケランジェロが同時に、極端な同性愛的欲求を抱いていたということも忘れてはならない。

ルソーの思想と彼のマゾヒズム。フランシス・ベーコンの哲学と、役所の金を横領して何らの良心的苛責を感じなかった彼の性格。ヴォルテールの哲学と、彼独特な、無類のけちんぼとの関係。これらは、とうてい、社会奉仕的な人間どもに分かることのない謎であり、高天原の神事であり、オリンポス山頂での神々の愛のドラマなのだ。

真実を見る眼のたたきつぶされている社会の集団人、乃至は、マスゲームのメンバー達にとっては、創造的な人間の抱いている真実を、妄想と区別することが全く出来なくなっている。妄想ということ、それ自体、現代人の致命的な傷なのである。妄想はするが、何一つ夢をみない。

ベートーヴェンの冷酷さ、ニーチェの大食らい、ソクラテスのゆううつさ、ボードレイルの反逆心、バイロンのヒステリー、ドストエフスキーの野心、ポーのコンプレックス、ランボーの気まぐれ、コロンブスの古めかしいことに固執する頑迷さ、ボッカチオの淫猥さ、ミラーの清純さ、ルソーの臆病、マルクスのひねくれた性格と狂信性、オーデンの迷信に頼る態度、ストリンドベルヒの猜疑心、ゴッホの孤独、ゴーガンの逃避、サンドラルスの放浪、漱石の精神異常等は、私の内部にみられる苦しみの性格のそれぞれの側面である。

この苦しみ故に、私は、限りなく強くもなれる。

私は、一日生きのびれば生きのびる程、自分が何であるか、分からなくなって来る。そして、それはそれで結構なことだと考えている。私は何であるか、一向にはっきりしない自分を強く感じるという事は、それだけ自分自身になり切って生きていることであろうと信じられるからである。

　同じ場所に生きていることは、最大の不幸なのだ。ランボーもそう書いているではないか。

火星人・脳梅毒

　或る人は、私は「火星人と話をした」と証言し、彼等が火星人と話をした時に使った、火星語なるものさえ披瀝《ひれき》している。

　或る人は、宇宙人の円盤に招待されて、内部に招き入れられ、食事をともにしてきたとも証言している。

　宇宙人をカメラにおさめてきたと言って、それを焼き付けて、本に発表した人もいる。私は二千年前に生きていた記憶があると言って、周囲をおどろかしている娘もいる。

　これらは、スピロヘータ・パリーダに依ってひきおこされた、慢性の脳の変化の結果であると主張する科学者もいる。つまり脳梅毒によって、口がもつれ、記憶が薄れ、誇大妄想や、幻覚におそわれる結果であるとするわけだ。

　そうなら、私は一寸も梅毒には、犯されてはいないが、既に充分、脳梅毒の症状を呈している。絶えることがなく、ずーっと妄想と幻覚の中に生きているからである。

だが、私は実際は、何一つ身につけてはいないのかもしれない。自分の力のおよばないことを、見たり、聞いたり、おぼえたり、学んだりして、際限なくしゃべりまくって、あたかも自分がそうなったように、錯覚しているだけなのかもしれない。それならそれで結構なことだ。

　私は生涯、そういった錯覚の生き方を続けよう。能力や才能なんてものは、実際問題として不要なのだ。要するに、生きられればいい。生きるということは、夢を見続けることだ。それ以外の何でもありはしない。

　フランスの心理学者であるデルマとボルに言わせれば、情緒が極端に強まるか、弱まるかしていき、その結果社会的に都合のよい場合と悪い場合に別れていくという。そして、社会的に都合の悪い場合が、病的であるとする。何ということだ。公式の場所に出られず、常に道ばたの地面にものを書きながら話をしたギリシャの哲人達と同じように、数千年たった今日でも、反社会的な、責任ある、誠意ある人々は、日陰者としての取り扱いを受けている。あの時代から今日まで、本質的なものは、何一つ変ってきてはいないのだ。

腕時計をはめ、車を運転し、計算機を使っていても、決して現代人は、ギリシャの哲人達に及ぶことはないのだ。今後、他の惑星に人間が住むようになっても、私の書いていることが、誰にも、そう簡単に分かるというものではない。

私は、顔型からいけば、栄養型、知覚型、運動型のいずれも充分に具えている。栄養型の特徴である、丸くて下ぶくれは、私においてあきらかである。これは、躁鬱質の型であって、バイロンの特徴である。実際、活動に疑いを抱かず、一面においておだやかな性格だともとられがちであり、線の太い点で、特に個性的である。従来の芸術家の、あの線の細さ、弱々しさは、私と無縁である。

知覚型の場合は、やせ型であるということは、全然似ていないが、額が広いという点では一致する。そして、理想を追い求める心に満ちてはいるが、忍耐力に欠ける点、同情心に富む点は、まさしく私である。

あごが張っているということでは、私はまた、運動型にも属し、革命的であり、不撓不屈の反逆精神は、私のものである。私は、極端に弱くて、極端に強い。私はひどく賢明であって、同時にひどく愚鈍でもある。恐ろしく誠意に燃えていて、恐ろしく無責任だ。呆れる程活発であって同時に、呆れる程観念的である。

パイプでもってタバコを喫む人は、充分次の事に注意したらいい。煙をぐっと大きく、一杯吸い込んで、頭の芯からクラクラとこなくては我慢出来ないような人は、パイプは捨てた方がよい。もっぱら、吐く息を、薄紫の煙の中に楽しむ人のためにパイプはある。それに、すぐ口中に、唾液のたまる人も駄目だ。ぐちゃぐちゃと吸口をぬらして吸う人には、パイプの妙味は分からないと言われている。いわゆる、ドライ・スモーカーでなければならない。火をつけたらパイプ全体があたたまるようにしながら、ゆっくり吸うことだ。それから、唇の分厚い人間も、パイプはよしなさい。ますますホッテントットに似てきて困るから。

私は、タバコは喫まないが、パイプの色艶と、杢目を見るのは大好きだ。ああいった杢目には、伝説が深く滲み込んでいて、何度見ても飽きることがない。

ジュラ山脈に深くすっぽりと抱かれた雪のサン・クロードでつくられるパイプの匂い。これを、イタリヤのフィレェンツェの地酒、キャンテのつとに包んだビンと並べたら、一幅の絵になる。十七世紀頃の味わい深い絵となる。

「われわれの生活そのものが芸術であるような、そういった世界をめざす」と予言しているのは、マクルーハンではなかったか。しかし、これは厳密に言って予言ではない。予言が未だ起こっていないことを、予め確信することであるなら、マクルーハンの言っている事は、予言ではない。何故なら、芸術を生活の延長として生きることを企てる芸術家が、既に、あちこちに現われてきているからだ。

フーテンもヒッピーも、高速道路も、建築も、光と音の芸術、ハップニング、コンピューター、ドリッピング、地下映画、といった環境芸術の一面を形成してきている。それに依って、同時に個人は失われ、集団性が強く前面に押し出されるようになってきた。

だが私は、この様な、ほとんど個人の証明と生き方の不可能になってきた現代において、悲愴感に満たされながら、この証明をやろうと企てている。

私は自分を取り巻いている環境を信じる。これを、否定はしない。だがそれに巻き込まれることもない。

現代の潮流は、煮ようと焼こうと、どれ程の火力を用いようと、如何に長時間火の上に置こうとも、決してやわらかくならない腐りかけた部分がある。結核を患って死んだ人間のように、いつまでもジクジク焼け切れないでいる。そこが私にとって、何よりの望みであり、力である。

私は太古の村落の酋長のように、或る意味で、自分を神とみなしたいのだ。

現代の怒り狂える芸術が、その作品といわず、作品を延長した環境といわず、すべてが一種の呪詛行為となっている。ミショーの悪魔払いが、どんな些細な行動の根底にも、うかがえる。

そして、それを行う動機は、オーデンやルソーなみの恐怖心と強迫観念以外の何ものでもない。一切は、突発的であり、その終末は予定されないどころか、終点といったものさえありはしない。すべては同時性の中で薄々感じられる。ミニスカートの中のパンティの匂いの強烈さも、ロングスカートのフレヤーに匂う夜間飛行も、この際、意味がない。過去二千年間失っていた原体験をとり戻せと、早口な洗者ヨハネのように、異様な形相で叫ぶ人は、今日いないわけではない。専門家という大罪悪人達に依って、しかも悲しいことではないか、そういった人々の誠意と人間愛でもって、ここまで築き上げられてきた牢獄をぶちこわす為に、再び専門家が、それ以前の「人間」に戻らなくてはならないのだ。

私は、私を縛りつけている文化が、私自身であると判り、私を縛りつけている社会が、私の内部からほとばしる毒液であるとよく承知している。人間は何をそんなに恐れているのだ！　何も知らなくたっていいのだ！

思想を、イデオロギーを、哲学を、宗教をめちゃめちゃに叩きつぶしてしまえ！　千々に砕き去ってしまうのだ。その時こそ、自分自身に戻れる。

そして、ぎりぎりの低次元の厳しさの中で、素朴に、素直に、一切を持たない者の気軽さで感じたらいい。感じることが、人間としての根本的な条件を回復する動機となる。

われわれは、何も知らなくてもいい。どんな思想を生み出す必要もないのだ。ただ、ひたすら全身で受け止めればいい。英雄は、ここから、その栄光に包まれた生涯を始めるのだ。限りない孤独の道、栄光に包まれた黙殺の銃口の前で、閲兵する道、自分を自らの手で祝福し、月桂冠で頭を飾らなければならない道が、眼前に展開する。

沈黙は、何処までも粘っこく続く。一たん足を突っ込めば、抜きさしならない泥んこの水田。どれ程心がはやり、熱意にもえ、力を込めても、一向に動作は速くならない。まるで高速度撮影のフイルムのように、水銀の中のピラニアのように緩慢な動作である。「礼儀正しくせよ」「御行儀よくなさい」「まじめになれ」「非行少年になるな」「はっきりあやまりなさい」「何と傲慢なんだ！」「人に悪く思われたことを恥じろ」「社会のためになるように努力しなさい」「良心に恥じないよう」「何事も、常識に従って、誠意を込めなさい」

ああ、何という雑言だ！　私は、こういう言葉を聞くと、いまわしい幼い日々が、心臓の裏側あたりから甦ってきて、息苦しくなって仕方がない。

モラルはもうけっこうだ。礼儀は私にとって害毒でしかない。これに中毒すると、アルコールやニコチンの中毒の比ではない。瞬時もこれから離れられなくなる。文明人の不幸は、まさに、この中毒症状にほかならない。

コサイン1の神秘

病院というところは、何とも不思議な処だ。私は、あのクロロホルムと、クレゾール液の匂いの混り合った空気を吸っていると、数十分で頭痛がしてくる。

それは恐らく、私の幼い日の、病院通いの想い出につながっている筈だ。余りにも長く病院に通い過ぎた。それも、体のひ弱な子供ならいざ知らず、大食漢で、太っていて、全く何一つ健康については心配のないような子供であったが、左右の耳が、それぞれ、中耳炎と、外耳炎をわずらって、頭にはいつも十文字に包帯が巻きつけられていた。聴覚を奪われた子供の目と、考えは、極度に鋭くなるのが当然だ。そして、鋭化した視覚は、赤、黄、茶、白、クリーム色の薬品の色彩に、傷痕をつけられ、ピカピカ光る金属の各種の医療器具、中でも耳鼻咽喉科で使う器具は、意味の全く伴わない恐怖を、精神の動脈に与えてしまった。

ところで、よく、人々が、耳鼻科というが、私はこの言葉が嫌いだ。はっきり、耳鼻咽喉科と呼んでもらいたい。恐しいものに対するせめてもの敬意であろうか。鼻や、耳や、喉の手術、それは直接生命に関わることはないと、分かっているのだが、それでもこういった頭部の諸器管から溢れ出てくる血液は、色が濃く、ぼってりとしているように思えて、その感じが私の身をすくませる。犬の血、猫の血と同じ印象を私に与えるのだ。純白の制服も帽子も、ああした看護婦の身にまとわれると、世の中で最も汚いもののように思えてくる。

しかし、考えてみればおかしな話だ。私の家族の一人として、現代医学の恩恵なしに、今日まで生きながらえてきている者はいない。私は、十七の年に盲腸炎から腹膜炎を併発して死んでいたろうし、妻は肺結核で、やはり十六、七歳で死んでいるはずだ。長男は二、三歳でヘルニヤで死に、次男は六、七歳でネフローゼで死んでいる。

医学の発達は、地上の人間の全体的な割合において、かなりの人命を救っている。しかし、それにもまさって、昔なかった交通事故死や、その他の文明事故に依って死亡する人の数は多い。つまり私の家族は、今日生まれてよかったというわけだ。選びの中に入っていることが明らかである。

結局、私は自分の妻や子供達が、傷付いたり、病んだりしていては、決して人生に意味を感じない、いとも単純にして非文明的な人間なのだ。私は何も不要だ。彼等が健康で当たり前に生きていてくれるなら、他に何も望まない。その証拠に、どれ程無視され、黙殺されても、喜々として、原稿を山程書ける男なのだ。

私は家族が健康で、太く長く生きているのを見ている限り、不平は何もない。例え、今のところ、次男が入院していても、しかも長期の療養の必要のある病気に冒されていても、それは一寸も気にはならない。根が健康この上なく、丈夫な子であって、もりもり食べ、少し控えると、周囲から注意される位だから安心なのである。

友人を病院に訪ねた時、そのベッドは二人部屋で、カーテンで仕切られていた。いつものように、しばらくすると頭が重くなり、体がだるくなってきた。

「ねえ、ちょっと横になって話をしたいね」

私は、そう言いながら、ベッドの下にある、ビニールカーペットをひろげ、

「じゃあこれを枕代りにさせてもらうよ」

と座布団を二つ折りにして頭の下に入れた。ずっと楽になった。

そうして話をしているうちに、私の目は極く自然のことだが、目の高さの位置で、水平に前方にはしった。仕切りになっているカーテンは、ベッドの高さより少し下ったところまでしかなく、ベッドの下は素通しであった。

私が見たものは、四本の太い肢であった。一人は横向きだったが、もう一人は真正面をこちらに向けていた。茶色のストッキングが見え、白い靴下どめが見え、それから奥は、薄暗く、モナリザの背影のようにぼかされていた。その間、話は間断無く続けられていた。視線だけが、止むことなく、あの一点に吸いつけられていた。だんだんと目が馴れてくると、驚いたことに、パンティをはいていなかった。黒々としたものが繁っていて、時折膝を立てて、立ち上ったり、座ったりする時に、そこが

大きくひろがる。見知らぬ女性であって、初対面があの部分であり、しかも三十分はそれと向き合っていた。やがて帰る時間になって、立ち上った私は、ドアを開けながら、五糎ほど開いていたカーテン越しに、その女の顔を見た。肢のストッキングを先ず確認してから見たのである。二十五、六の娘だった。ハーフコートを身に付け、ブルーのスカーフをつけていた。何と神秘なものに見えたことだろう。彼女の顔は、犯すべからざる性の象徴として映った。その顔の真中で、下手に塗りつけたルージュの口が、馬鹿でかく開かれ、ミカンをむしゃむしゃ食べていた。

海岸の出来事。からからに渇いた砂地と、太陽の光ですっかりぬれきった空気。私はあお向けに寝そべりながら、うとうとしていた。ふと視線を右側に移すと、四、五米のところに、林立し、移動して行く肢の林の向こう側に、頭だけを出した女がいた。首から下は、すっぽりと乾いた砂の丸みある山に埋まっていた。ところが、その傍に、一人の男が立て膝で座っていた。丸味のやや中央部分で、右手が砂の中に入っている。始めは気付かなかったが、その手はどうやら動いているらしかった。

女は暑さでハアハアしているのではなかった。丸味が大きく胸元から、つま先にかけてうねる。きつく目を閉じて頭を左右に振ったかと思うと、女はビクッとしたまま動かなくなった。一瞬の沈黙があたりを押し包む。

私の視線と、女の表情の間には、相変らず肢が移動し、ながれている。男は右手を砂から抜き出した。人差指と中指の第二関節あたりまでが、黒々としたしめりけのある砂にまみれていた。ビキニスタイルの水着の中に入りこんだ砂の量は、どれくらいだろうか。

重量感を人間が感じるのは、加えられた重さが、始めの重さの四パーセントに達してからであるとされている。それ以前の一パーセント、いや、〇・一パーセント、〇・二パーセント、〇・五パーセントの加量は、感覚外にあるのだ。しかし感じないからと言って、それらは、加量されたこととして認めてはいけないものだろうか。視覚においても、一を最大値とする、sin と cos は、その最大値、一をとる時、果してあの形は三角形であろうか。少くとも、実質的には、三角形であるはずだ。斜辺も、底辺も、一という値でれっきと存在し、隣辺は零として在る。しかし視覚的には満足することはない。一つの線分しかそこには描かれていないからである。

一億トンの行為の際に、四百万トン以内の行為は、すべて感じないとしたら、たったそれだけの理由で、この行為を認めないというのか。

私は、四パーセント以内の行為、加量に正当な位置を与えることに努めたい。私の書いているものは、この範囲の仕事なのだ。本気になって目を凝らして探し、求めなければ、所在をつきとめることの出来ない性質のものなのだ。一パーセントでも、加量したことには変りない。一つのドラマに相違ない。歌であり、神話なのだ。

人間は、すべて、誰彼を問わず、躁鬱《そううつ》性、テンカン性、倒錯性、激情性、空話性、偏執性といった傾向を、多少に拘らず内在させている。これをおおっているのは、ほんのオブラート一枚ぐらいの、社会との協調性の必要から生まれた、いわゆる役割的性格である。

教師らしくあったり、医師らしかったり、牧師らしかったり、商人らしかったりするのは、人間の最上皮層の、一枚の、とけ始めているオブラートに過ぎない。そのオブラート一枚をはがしても、その下には真の自分はない。習慣的な態度や、性格が、ぞろぞろと腐ったはらわたのようにあらわれてくる。日本人らしく、アメリカ人らしく、キリスト教徒らしく、仏教徒らしくふるまうといった、もう一枚の化けの皮が、オブラートの様に薄く、まつわりついている。

それをめくると、その下にもまた、真実の自己はない。思想や、信念といったものに依って形造られてきた、更にせまい意味での人格や、性格のオブラートがこびりついている。思想や信念がなかった時代には、人間は存在し得なかったか。時間と、地図と、思想のなかった時代に、大きく、健康に息づいていた人間を想像出来ないくらいに、現代人は痛めつけられ、傷を負い、目がつぶされてしまっているのだろうか。これを非情な手つきで、むしりとるのだ。そして血みどろの自分を、掴み出すのだ。妊娠三カ月の胎児を引っぱり出すようにしてでないと、真実の人間は生まれ出てこない。

この真っ赤な血にまみれた「自分」は、その人間が誇ってよい「人間」であって、これは、どれもこれも躁鬱症、テンカン症、倒錯症、激情症、空話症、偏執症等の末期症状を呈している。

私はそれで、貪欲性の高じた偏執狂になり果てることこそ、その危険を通して、一つの奇蹟を、激しく期待出来る最も正しい方法であると、納得する。それとはおよそ正反対の極に立つ無気力さは、刑法にひっかかる罪を犯すことはないが、これ以上は考えられないほどの、人間軽蔑の姿を露呈せざるを得ない。

私はまた、極度の激情性に身を任せよう。そうした白熱化した精神燃焼の中で、真実の自己と対決してみたいからだ。それとは反対の極に立つ無関心は、典型的な人間の死であって、悲しみは限りない。私は更に、空話狂、誇大妄想狂の患者になり下ろう。どこまでも夢想的であり、饒舌であり、社交性は、呆れる程の活発さを示す。

深海に住む貝のような、閉鎖された生き方は、人間侮辱である。

また私は、倒錯症の犠牲者にも、喜んでなろう。あらゆることを、倒錯した感覚でもって、こよなく愛し、信じ切って生きることに徹しよう。

それが、刑法に追いまわされても、なお必死に、そうなりきることに、努めるつもりだ。お人よしの、常識的な無気力な生き方は、私にとっては、気の遠くなる程恥かしいことなのだ。文化人が、知覚性、乃至は受容性とみなしているあらゆる行動を、私は自分の内側において は拒否しよう。処刑してしまうのだ。

私は、すべて自分自身の行動に関する限り、はっきりと、自発的だと断言したい。性欲や、食欲のように、私の哲学や、思索行為のすべては自発性に基づき、何らかの動機となるように、イデオロギーを負うことをしない。他からの刺戟なしであらわれるといった点で、自発的なのだ。

反応性とも呼ばれている、つまり、環境に支配されて生じる行動は、アメーバーでさえ拒否している。

われわれ人間は、一二百五十万年間の修業と、労苦と、待望の時間を、忘れてしまったとでも言いたいのか?

文明に飼い馴らされ、これの味を覚え込み、すっかり捉われてしまっている人々には、セザンヌ以来の絵画の在り方を、気障っぽいこけおどしや、安っぽい反逆としか、映りはしないかもしれない。しかし、マクルーハンが、その著書『グーテンベルク星雲』の中でも書いている通り、セザンヌ以来、人間は視覚偏重から、複層した感覚の交錯を回復してきているのだ。

人間は、線的な論理と秩序から離脱することに依って、混沌と交錯の中から、真の人間性を復元しようとしている。人間は、誰もがひどく涙を流している。人知れず、片隅で泣いている。そして、表向きは、一様にほがらかで、格式ばったような表情と、仕草を、デモンストレートしている。

誰も彼もが、弱さにおびえている。そのくせ、表向きは、いかにも無難で、強そうだ。

みんな、一様に達者そうな素振りだ。汽車は、スチームを白く吐きながら勢いよく進む。

正午を知らせる拡声器からのオルゴールは、威圧的にひびきわたる。自動車は、排気ガスをまき散らしながらつっぱしる。外科医の手に握られる、鋭く冷たく光るメスは、何の屈託もない。それでいて、ビルの鉄骨と、コンクリートのどこかの裏側で、誰かが、一千人が、百万人が、銀河系の五線紙の上で、アリアを奏でながら泣きむせぶ。

明治二十七、八年戦役のどさくさの中で、一人の飴屋は、線路伝いにてくてくと旅しながら、我が世の春を楽しんでいた。尾道は美しくて、静かなところだ。この頃、ヘンリー・ミラーは、三歳の誕生日を記念して、写真を撮ってもらった。その他のロストジェネレーションの作家達は、生まれたばかりであった。十二、三歳のピカソは、スペインの片田舎で、いたずら盛り。私の曾祖母は、大平洋戦争の中頃まで生きたが、その頃は、四十数歳の女であった。彼女は、近藤勇や、高杉普作等と、その気なら充分恋愛が出来たはずだ。

吉原では拍子木までがうそをつく

私は、長期の療養に耐えている、次男、吉一の枕許に貼ってやる地図を、マジックペンと、インクのペンで、交互に持ち替えながら描いている。一関の市街区である。

「ねえ吉一くん、早くなおれよ。そうしたら一緒にうまいもの食いに行こうよ。駅前の夜なきソバ、やきとり、あれはきっとうまいよ。それから開けごまの店でもね」

「開けごま」とは、自動開閉ドアのある食堂に対して、子供達がつけた仇名であった。

地図には、珍山居という台湾料理店、雲竜という名の朝鮮料理の店、ニュー・コックという西洋料理店、直利庵という日本そばの店などを書き込む。食堂はみな赤のボールペンで記入する。台湾料理といえば、ばーつぁん、ぱいかる、めいくいる、らおばー、つーと焼きといった言葉が浮んでくる。朝鮮料理といえば、ホルモン焼き、なむる、たん焼き、とにかく、あらゆる内臓を鉄板の上で焼きながら、独特のたれをつけて食べる。このたれは実にうまい。

妻を一度この店に連れて行ったら、その次には、ほとんど同じ味のものを家で作って、私を喜こばせてくれた。吉一くん、とにかく早くよくなり給え、そしてこれらを、片っぱしから平らげに行くのだ。容赦はいらない。とにかく早くよくなれよ！　そしてだ、健康な青年に成長するのだ。そしてパリの一流どころ、マキシムや、トゥール・ダルジャン、リッツといった店から、ずっと庶民的な、いわゆる紙ナプキンを使っている、ビュッフェ・フロワ、セルフ・セルヴィスといった看板の出してある店で、たらふく食ったらいい。

いや、それより、日本人の舌に合うイタリヤ料理を、フレエンツェとかローマといった、古い都の路地裏の小きな店で食ってみるのだ。

ケチャップと唐辛子と胡椒のよく聞いた米料理に、パスタとよばれるマカロニや、スパゲティの料理。マカロニは、イタリヤ語で正しくはイル・マッケローネと言うんだぜ、念のため。

魚や、えび、いかの料理は、まさしく、イタリア人のためにあるといった感じがする。だからはやくよくなれよ。イタリア娘に、可愛い声出して、ポッソ・キエドレ・エル・スオ・ノーメ？　と早口に言われたら、それは君に気がある証拠だ。そうしたら、うえのよしかずと野太い声で返事してやれ。その時、ウィンクすることも忘れるな。

カルフォルニヤ州の、ナバホインデアンの予言者が、アメリカに偉大な黒人の指導者が出現することを予言している。しかしそれは、世界のどこかに偉大な人間が出現するという、予言の誤報ではないのか。

チベットの、一ラマ僧は、ヒマラヤ山脈に大地震が起こり、エベレストよりも高い山が、不気味に出現すると予言している。しかし、既にアメリカの飛行士は、アムネ・マチンという幻の巨峯を、第二次大戦中、この地方で目撃しているのではなかったか。

英国のグロスターという婦人は、英国に世界最大の、脱獄事件があるだろうと予言している。予言は、厳正に言って予言ではない。予言は、願いであり、夢を実現させるための、白熱化した呪詛なのだ。予言というものの内部に秘められた主観性の激しさ、徹底ぶりは、他と比較することが出来ない。

予言は、霊感や、水晶球の中や、トランプに依って見るものではない。それらは単に、言い訳けに過ぎず、そのようなものなしでも、充分予言は出来る。予言は、直感の激しい渦の中に溶け込んだ、欲望の豊かな放出であり、爆発なのである。予言は確信の極度に昇華したものだ。「華氏四百五十一度」、これは紙の発火する温度である。アメリカに、これと同名の題で書かれた空想小説があらわれた。

人間は本を読むと、偉くなったつもりになって、そのことは人間平等の精神に反するから不都合であると言う。それで、書物を焼却してまわる専門のパトロール隊が出来るというストーリーである。どんな人間でも、書物を所有していると、それは違法になって処罰される。だから人々は、自分の好きな本の内容を、すっかり暗記しているという現象が起こると言うのである。グーテンベルク環境が終末を告げ、電子時代に入りつつあるという、マクルーハン理論の影響を受けては、いまいか。

「赤ちゃんは、どこが痛いと言ってくれません。人間は、何が必要であり、大切であるか告白してくれません。時間は、人間の在り方と決して妥協してくれません」誰か女性がかった、ちっぽけな、皮膚のすべすべした男が、黄色い声で叫んでいる。コップの底程の太さの、ぶよっとしたペニスをぶらぶらさせながらの熱弁ぶりを見せているが、一寸もしまりがない。女達は一寸も心を引かれることがない。

現代の環境は、人間を、内部の声に対する難聴患者に仕向けている。それで、そういった症状を呈している現代人達は、内側の声といったようなものは、ないのだと信じ込むことに依って、病気から解放されようとする。盲人が、周囲には何もない、ただ闇のみが広がっている、この世は音のみの世界だ、触覚だけの世界だと信じ切れる時、彼はもはや、盲人でなくなるのと同じ理屈である。だが、その様な企てが、どうしても完全行為とならない周期的な時間が、誰にでもある。眠りがそれだ。或る特定の人間は、立ちながら、目を大きく見開いたままで、歩きながら、現実の映像を薄めて、第二の、しかも、より一層鮮明にして実質性のある現実として夢を目撃出来るが、一般人は、どれ程、物質的であれ、数字的であっても、間違いなく睡眠中には夢見る人となる。そして、内部の声に対しての難聴度は、一瞬にして回癒し、はっきりと、一層現実的な声を聞く。いや、聞かざるを得ないのだ。

それは、半ば強制的でもあるかもしれない。そして、それ故に、内部の声などありはしないという考えは一挙につぶされてしまう。病状は明らかだ。健康人であるはずがない。

人間の悲しみは、こうした夢の中の出来事の、余りにも鮮烈であるために、それを忘れようとして、意識前の何かが焦りに焦る。それに加えて、夢の中の状況は、余りにも真実過ぎて、物質に氷づけになっている身動きとれない覚醒時の現実とは、へだたりがあり過ぎる。どちらか一方の世界にのめり込んでいる時、他方は、ほとんど想い返せないくらい程遠く、信じられない世界となる。

人間の悲しみは、内部からの声を聞きながら、夢を目撃しながら、実際に行う行為は、それらを、すっかり忘れた時点から出発させているということだ。現代人にとって、夢とは、常に、到達することのない、彼方の光として在る。それに向かって悪あがきをして焦ることも、最近ではすっかり忘れてしまい、放心したように、空虚なモラルと社会の流れに身を任せている。その表情には、客に抱かれている娼婦の顔が浮かび上がってくる。自分には、何の気力もないのだが、それでいて、クライマックスには、のけ反って陶酔する。

テレビの画面に写し出されてくる、原子力空母入港反対デモ隊の乱闘、脱線転覆した電車、負傷者の入院した病院名と電話番号が、何十となく続いてあらわれる。

これらは、すべて娼婦の絶頂感だ。そのあとには、何一つ生まれてはこない。空しい行為なのだ。いや、行為というよりは、事故といった方が正しい。国会という、痛ましい事故、教育制度という悲しみに満ちた事故、戦争という色っぽく激しい事故、オリンピックという、何とも恥多い事故、Expo.70という、馬鹿さ加減を宣伝しているような事故選挙という、いまわしい事故、葬式という、念仏と線香の匂いと、遺族の涙がしめっぽく淀んでにごる事故、ノーベル賞や、ピュリツァー賞や、芥川賞を受賞する無責任な事故、あゝ私は、とてもこれらには耐えられない。余りにも悲惨だ。余りにも激し過ぎる。余りにも非人間的だ。私は、これらから目をそむけよう。そして女の性器のうるおった匂いと、fuzzの中に顔をうずめ、幼い子供の歌う舌たらずの軍歌に溶け込み、狂人が涙ながらに告白する、彼自身の二千年前の身の上に、心打たれよう。プラトン、アリストテレス、スピノザ、スペンサー。こういった人間の名が浮んでくるのは、この際、私の感情状況から言って、至極当然のことである。

主観的な快楽規準といったものは、それ自身においては、十分な価値規準ではないとうそぶく奴らは、果たして何を考えているのか？　誰にも共通の快楽といったものが、一つでもいい、この地上に存在するとでもいうのか。とんでもない話しだ。快楽は、極めて主観的であり、極度の孤独がそこにある。快楽の絶頂は、死の匂いさえ発散するほどの、張りつめた孤独の境地だ。

人間は、文明に手なずけられ、飼い馴らされてしまっているので、そうした絶対孤独の境地に入っていく勇気も意志もない。だから、彼らには、本当の快楽といったものを味わう機会がないのだ。現代人は、すべて、或る意味においては、貞操帯をくくりつけられた女の情事に似ていて、好きな男に抱かれながら、肝心なところが、さっぱり昂奮してこないのだ。それはそうだろう。一寸も触れられることがないのだから。熱したフライパンの中に投げ込まれたバターのように、どろどろに溶け始めている体の、あの肝腎な部分には一寸も触れられないという悲劇が起こる。

カントが言っている天才についての定義、これは今日、人間らしく、人間として保証される最低限の条件、といったものに移ってきている。カントの定義とは、天才とは、しばしば、その時代の考え方から離れた考え方をするので、社会には認められず、冷淡に処遇されるのである。

セルヴァンテスが、『ドン・キホーテ』の様な作品を書くのも当たりまえだ。彼はその人生の大半を、牢獄と奴隷船の中で過ごしたからだ。

私は、もし、もう少し前の時代に生まれていたら、浪人か海賊の首領になっていただろう。たくましいあごひげと、口ひげと、三角帽に、ノルウェーの貴族から奪った銀製の、エメラルドとルビーが五十も埋められている長剣をぶらさげ、スペインの王女から贈られたネッカチーフを首に巻き付け、ザクセンの太公から奪ったピストルをベルトにさし、ウェールズの貴族の持ち物であった望遠鏡を手にしている。船影が見え始めたら、全員配置につけの命令を下す。右舷の、六門の大砲に、砲手全員が集る。左舷には誰もいなくていい。

マストの下には、屈強な隻眼の男が、黒いどくろの旗をひるがえそうと待機している。その他の者は、手に手に手斧、剣、槍、フリント銃を構えて、右舷に身を伏せている。船は大きく左に舵をとって、船体を、相手の船と平行にする。彼我の間隔は百米そこそこだ。首領の命令で、一斉に右舷の砲門がバタン、バタンと開かれる。海賊旗がスルスルと上る。これで相手の船から、降伏の信号が送られてこなければ、一瞬にして六門の砲は火を吹く。相手の船は大爆発をして轟沈する。だが、大抵は、速やかに降伏の信号が送られてくる。接舷する。美女達や、金銀財宝を、全部こっちの船に移してしまってから、男達をボートに乗せて追いやる。

無人の船から三百米も離れたところで、こんどは、大きく面舵をとって、左舷を相手の船の方に向ける。そして、左舷の大砲六門が、開かれた砲門から顔を出す。見習いの若い砲手達に一切を任せる。いわば、実習である。三百米先の帆船は、船首や舷側から火災を起こし、マストを吹き飛ばされて、徐々に、みじめな恰好で波間に消えて行く。

山賊と違って、海賊には行動性がある。一つのほら穴に住んでいるのと違って、海原を自由自在に何処へでも進んで行くことが出来る。首領は常に、英語、スペイン語、ポルトガル語、オランダ語等のたんのうな、文学好みの思想家である。あらゆる船に飛び移ると、キャプテンや貴族達に、それぞれの言葉で流暢に話す。奪ったものの中には、各国の文学書や、哲学書も山とあって、それは、首領の部屋に隣り合わせた書庫にぎっしりと、つまっている。

キャプテン・キッドは、日本にも来ていた。琉球列島の小さな島、「宝島」に財宝をかくした儘、再び戻ってはこなかったと伝えられている。

昭和十二年二月四日、日本の外務省に、米国のコネチカット州から、手紙が舞い込んで来た。差し出し人は、サウレント市に在住する一私立探偵であった。文面には、海賊のキッドが、自からの手で書き残した地図に依ると、台湾と日本々土との間に位する、西南諸島に、三千六百億円に相当する財宝が埋められているということであった。そしてキッドの地図の写しが同封してあった。十七世紀頃、キッドが東支那海を縦横に荒してまわったことは、西洋の文献にちゃんと記録されている。

コネチカットの探偵は、この地図もまた、千七百年頃のものだと断定している。普通の地図には載っていないが、聞くところによると、火山島で、東側はさんご礁で囲まれているという。それでこの島に上陸することは至難の業で、よほどよい天気の日を選ばなければならない。島の所在は、飛行機でゆっくりと丹念に探さないと、見付からないそうだ。

キッドの書いたと言われる地図は、まさしく、宝島の地形とぴったり一致していた。そして、その宝は掘り出された形跡もみられるという噂が伝えられている。

周囲わずか、八粁米ばかりの小島である。

首領の船室には、ポルトガルのワイン、スコットランドのウイスキー、スペインのマラガや、シェリーといったワイン類が並んでいる。これらのワインやウイスキーは、一と飲みするごとに、首領の心を大きくする。男らしさに一層みがきがかかり、ロビンフッドの敏捷さで、森から森を馳けめぐる代わりに、海原を走りまわる。

バラクーダの男意気は、陸上に住む美しい女性の心を惑わし、しびれさす。ひとときもじっとしてはいないのだ。

常に嵐に向かって進み、危機に向かって帆を大きく風にはらませる。例え、重武装した正規の戦艦があらわれても、この首領は、躊躇することなく、攻撃準備にとりかかるよう命じるだろう。周囲に鉄板を厚く張りめぐらした戦艦とは比較にならないほどの、もろい木造船であっても、それを忘れる位にひどく上気している。常に酔いしれている。常に心がふつふつと煮えたぎっている。

首領は命じるだろう。

「船首に油をかけろ。火をつけるのだ!」

戦艦が、この気狂いじみた行動に、あっけにとられている間に、勢いよく、船首を戦艦の方に向ける。そしてその儘突っ込んで行く。大音響とともに海賊船は火だるまになって沈み始める。しかし、そのショックで戦艦も大きくぐらつき、乗組員は皆、戦意を失なう。間髪を入れず、リスのような早業で、火だるまの海賊船から飛び移ってくる海賊達は、当たるを幸いに斬って斬って斬りまくり、突きまくり、たたきまくる。三十分程して大勢はほぼはっきりと決まってしまう。艦長以下生き残りの兵士達は降伏して甲板に集まる。これらの正規兵は、一人も逃がしたりはしない。艦長は、首領の補佐、参謀として、主に作戦の責任をとらせられる。

水兵達は、それぞれ砲手や、操舵手の仲間入りをさせられる。逃げようとしたり、抵抗したりする素振りの見える者は、甲板で撲殺して海中に投げ込んでしまう。今迄何年もかかって集めた書籍や、ワイン類の一切は、海賊船とともに海中に消えてしまったが、それにまさる新しい所有物が手に入った。この鉄板におおわれた戦艦の前にあらわれて、餌食となる豪華帆船の数は限りないのだ。しかし首領は、この戦艦さえ、手放すようなことも、将来にはあるに違いない。より大きなものに脱皮するためには、一たん、どうしても死を経なければならないのだ。

より多くのものを得る為には、今、手にしているものを、捨て去らなければならない。アリストテレスは言っている。「狂気をまじえない偉大な魂があるとでも言うのか」と。パスカルは言っている。「極度に発達した知力は、極端な狂気によく似ている」と。宮城音弥は言っている。「真の創造は社会的適応性と逆相関する」と。マクルーハンは言っている。「芸術家とは、水の中にいながら、水が何であるかを知るように、置かれている環境の中で、知性と直観でそこを支配し、占有している原理を客体視出来る人である」と。

水の中にいて、水が何であるかということや、闇の中にいて、闇の性質を知るということは、どの様な科学をもってしても、出来ないことなのだ。ただ、直観と、内側に渦巻いている、激しく、熱い感情の昂奮のみが、これを感知し得る。

クロチェアの軽騎兵は、出陣の際、妻や母や恋人から手渡された布片を、首に巻きつけ、勇壮な姿で故郷を去った。風になびく布片に、心を引かれたのはルイ十四世だった。彼は自ら布片を首に巻き付けて、粋なところを見せたが、これはやがて、ネクタイに変わっていった。

科学の偉大な祖の一人である、ラヴォアジェは、その偉大さの故に、パリの市場で絞首刑に処せられた。

今日の化学や生理学が、どこかしら、いかにも弱々しく、うしろ暗さに満ちているのは、明らかに、こうしたいまわしい過去があるためである。

真に創造的にして偉大な人間は、その時代に受け入れられないが、才能のある、目から鼻に抜ける程に気の利いた、小さくて、生後十年位ですっかり完成してしまう小動物的な人間は、時代の流れに便乗して、器用に社会の人気者になる。

徳川三百年の歴史を生きてきた人々にとって、維新の志士達の唱えた新時代は、どの様に映ったろう。荒唐無稽なものとしか映らなかったに違いない。しかし、その徳川は、一夜にして崩壊し去ってしまった。実際には一夜の瓦解ではない。既に、かなり前から、その徴候は、幕政の内部に、癌細胞のようにはびこっていたのだ。それを見通せた志士達は、いわば、或る意味での芸術家であり、予言者であったのだ。三千年の人間の文化が、そうたやすく崩れるとは考えられない現代人の心境であるが、それが突然にして、一夜明ければ、一切が瓦解して見るかげもなくなってしまうのだ。私は、それをはっきりと見ることが出来る。

拍子木が鳴る。この素朴な打楽器、二本の角材だけの楽器だ。それでいて、われわれの心に深く、痛くしみとおってくる音色を出す。この音色を、オシログラフに描いて見ると、一体どのようになるだろうか。かつては、催馬楽（さいばら）や久米舞、五節舞（ごせちのまい）等の拍子をとるのに使われていた。始めのうちは、笏を二つに割って、これを割り笏と呼んでいた。大陸文化の伝えたものの一つでもある。しかしこれが、一たん、人形浄るりや、歌舞伎に使われ出すと、俄然日本情緒のあふれたものとなってくる。大きな歌舞伎座の舞台を前にして、拍子木の、たった一回切りのパンという音で、役者の泣きくれている心を（音ではない）、観客に、はっきりと暗示する効果を持っている。

宿場町の新富座という小屋から打ち出される、チョーン、チョーンという拍子木の音。どさまわり役者の芝居がもう始まろうとしている。国定忠治の大立ちまわりのいでたちをしている女は、下足番が、水っ鼻をすすりあげている傍で、余り顔色のよくない赤ん坊に乳をふくませていた。私は、悲しくなって、急いでかぶりつきに走って行った。拍子木は、チョチョーン、チョチョチョーンと淋しく聞こえた。

……吉原では拍子木までが、嘘をつく。アメリカの女と結婚し、やがて彼女と離婚し、中年過ぎてから日本の女と結婚した日本の男が、冬の寒い夜、寝た時に、掛け布団の四隅をとんとんと叩かれて、ふと、幼い日、母にそうしてもらったことを想い出して涙を流した。

しつけ糸を口にくわえながら、仕立て下ろしの着物を着せてもらった日々は、葬り去られた私の遠い神話である。紅色の大きな月が、大和田橋の向こうに昇った情景は、すっかり伝説となってしまった。

チョチョチョーン、拍子木が響いてくる。ラグーザ・お玉はイタリヤの彫刻家の愛を一身に受け、モルガン・お雪はアメリカの大富豪の寵愛を受け、体の利かなくなった晩年のロダンを、かいがいしく面倒みたお花は、名古屋在のどさまわりの旅役者上がりの女ではなかったか。クーデンホフ・光子の結婚と、五十年の愛の生活とウィーンでの死はどうだ。ヘンリー・ミラーの最後にして、最大の愛をかち得たホキ・徳田はどうだ。彼女達の勇気と、栄光と、愛に祝福あれ！

谷崎潤一郎も高橋義孝も、異口同音に言っていること

だが、日本の家屋には、暗さがあるという。この暗さは、日本人の心のひだである。そして開放されない「人間」の痛みだ。伝統と因習のかび臭い暗さが、厠でまたぐ時は、膝元から、じわじわとしのび寄ってくる。エレキギターとスチールギターとマラカスとエレクトーンの音で消毒しなければならない程、着物の裾の方から汚れてくる。手水鉢（ちょうづばち）という言葉、これは何とも清潔さと汚れとが混り合った、妙な感動を私に与える。

俺は死んじまっただ
俺は死んじまっただ
俺は死んじまっただ

黄色い川が流れて行く。肢も足もある川だ。ムード音楽にのって、漂よう波間に怒りがほとばしる。辞表を出す人間と、願書を出す人間が、それぞれの殻の中で富士山を眺める。「お友達まだいるの？」「今年の冬はいやあね」「何故私から目を逸らすの、どうして、どうして、おしえて！」

聖書のたとえ――
また言われた、「ある人に、ふたりのむすこがあっ

た。ところが、弟が父親に言った、『父よ、あなたの財産のうちでわたしがいただく分をください』。そこで、父はその身代をふたりに分けてやった。それから幾日もたたないうちに、弟は自分のものを全部とりまとめて遠い所へ行き、そこで放蕩に身を持ちくずして財産を使い果たした。何もかも浪費してしまったのちその地方にひどい飢饉があったので、彼は食べることにも窮し始めた。そこで、その地方のある住民のところに行って身を寄せたところが、その人は彼を畑にやって豚を飼わせた。彼は、豚の食べるいなご豆で腹を満たしたいと思うほどであったが、何もくれる人はなかった。そこで彼は本心に立ちかえって言った、『父のところには食物のあり余っている雇人が大ぜいいるのに、わたしはここで飢えて死のうとしている。立って、父のところへ帰って、こう言おう、父よ、わたしは天に対しても、あなたに向かっても、罪を犯しました。もう、あなたのむすこと呼ばれる資格はありません。どうぞ、雇人のひとり同様にしてください』。そこで立って、父のところへ出かけた。まだ遠く離れていたのに、父は彼をみとめ、哀れに思って走り寄り、その首をだいて接吻した。

むすこは父に言った、『父よ、わたしは天に対しても、あなたに向かっても、罪を犯しました。もうあなたのむすこと呼ばれる資格はありません』。しかし父は僕《しもべ》たちに言いつけた、『さあ、早く、最上の着物を出してきてこの子に着せ、指輪を手にはめ、はきものを足にはかせなさい。また、肥えた子牛を引いてきてほふりなさい。食べて楽しもうではないか。このむすこが死んでいたのに生き返り、いなくなっていたのに見つかったのだから』。それから祝宴が始まった。ところが、兄は畑にいたが、帰ってきて家に近づくと音楽や踊りの音が聞こえたので、ひとりの僕《しもべ》を呼んで、『いったい、これは何事なのか』と尋ねた。僕《しもべ》は答えた、『あなたのご兄弟がお帰りになりました。無事に帰ったというので、父上が肥えた子牛をほふらせなさったのです』。兄はおこって家にはいろうとしなかったので、父が出てきてなだめると、兄は父にむかって言った、『わたしは何か年もあなたに仕えて、一度でもあなたの言いつけにそむいたことはなかったのに、友だちと楽しむために子やぎ一匹も下さったことはありません。それだのに、遊女どもと一緒になって、あなたの身代を食いつぶしたこのあなたの子が帰ってくると、そのために肥えた子牛をほふりなさいました』。すると父は言った、『子よ、あなたはいつもわたしと一緒にいるし、またわたしのものは全部あなたのものだ。しかし、このあなたの弟は、死んでいたのに生き返り、いなくなっていたのに見つかったのだから、喜び祝うのはあたりまえである』。

御詠歌ノクターン

「私」とは、自己を主張し、「私」とは万事の規準となる極めて純度の高い現象そのものである。

「私」とは、自己をあらゆる行為と生き方の動機とする、異常に緊張したエネルギーそのものである。

「私」とは、自己を全過程として、万事を徹底的に変質させていく、感度の高い能因そのものである。

女が、自分の男や夫をさておいて、他の男に熱中し、恋こがれるというのは、女性の色情の所為ではない。それは、厳しく純粋な「女性」の内側の衝動に依って、促され、表出した外的現象に過ぎない。女性は、抜きさしならない、より良い種を得ようとする願いと、よりすぐれた子孫を遺そうとする欲望に、支配されている。例えどれ程の道徳教育や、宗教教育、思想教育を施されていても、それさえ打ち破ってしまう激しい衝動となって、前記の欲望はあらわれる。何と恐ろしいことだと言わずに、何と崇高にして尊厳にあふれた事実だと、脱帽して賛辞をおくらなければならない。だから、どれ程厳しい法律でとりしまろうとも、夫婦の近くに現われた、神秘的にして強力な、男性の吸引力はどうしようもないことなのだ。

人妻の心の中では、さしも尊厳にあふれた社会の法律も、チリ紙一枚分ほどの価値もなくなる。これは絶望的なことではない。奈良の鹿を見よ。一頭の獰猛そうな牡鹿は、角を切る時期になっても、逃げまわり、職員に噛みつき、とうとう彼等に角を切ることをあきらめさせた。他の牡鹿は、ことごとく角を断たれて、牝鹿とごろごろ雑居している。どちらも適当に薄汚れていて、牝鹿と牡鹿の違いがほとんど分からない位である。

それに反し、反逆の牡鹿はどうだ。びろうどのようにすべすべした、艶のある、いかにもやさしさにあふれ、優雅に満ちた十頭程の小柄な牝鹿に囲まれてあたりをにらみまわしている。その体は泥にまみれ、荒々しい肩巾や、あごの出張り具合いは、牡の特徴の典型である。

女性は男性の中の限りなく広がる可能性と力に憧れる。間口と奥行がすっかり分かるような男性にはいささかも魅力がない。それは男性側についても言える。一ヵ所も神秘性のない女性など、石ころも同然である。こういった女性に対しては、ボアズや、ローリイのようなフェミニストですら、アラブの盗賊のような冷酷さを示す。男に冷酷に扱われた女は、そのことで、自分にその原因のあったことを反省すべきだ。女性に冷酷に扱われる男もまた、同様である。

ルツは、ボアズの愛と、暖かい心を受けたが、それは、それだけの女性の神秘性という、香しい匂いが、ボアズを虜にしたからである。ローリイが十六世紀中葉に、エリザベス女王の足下が泥んこだったというので、自分の身につけているマントを脱ぎ捨て、パッと地面に敷いたという行為もまた、エリザベス自身に、その動機のあったことを忘れるべきではない。運命は、その人の在り方の反映である。宿命は、その人の意志の反映である。運命を自らの手でつくりだせ、宿命に打ち克つのだと言って叫んだところで、おかしな話だ。人間は最初から、自らの手で、運命をつくり続けている。

宿命に打ち克っていることは、前意識の領域でさえも理解不可能なくらいに、人間のつきつめた根源において、絶えず行われている。オーリニャック期からマドレーヌ期にかけての人間達の家屋は、神秘に包まれている。単なる風よけだったのだろうか。遊牧民達の仮の幕屋だったのだろうか。それとも、彼等の愛すべき死者をまつった、記念の場所だったのだろうか。

佐渡の海が冬空の下に荒れ狂う。粉雪に埋まったほこらの前で、眼に涙の老女、中年女、皆、可愛い孫や幼い子を失くした女達だ。石ころが、こごえる手で一つずつ積み重ねられていく。巨石が、ごろごろと幾重にも重なり合って転がっている荒海の海岸である。こんな淋しいところまで幼い者の死霊は、母親や祖母を招くのだろうか。御詠歌と鐘の音が吹雪をついて聞こえてくる。おもちゃの野球帽が転がっている。涙がながれてくる。老婆の顔のしわが、幾重にも深い。

大工の名刺は、自分の手で建てた家そのものであるという。あそこにも、ここにも私の名刺があると、彼はうそぶく。五、六糎の長方形の紙に印刷された名刺につけられる肩書や名前、住所は、何ら現実性をおびていない。人間の本当の名刺は、その人の行動そのものなのだ。印刷出来るような肩書なら、捨てた方が都合がよい。

誰かが、沖縄の精神病患者の取り扱いを見て、「檻の中に生きている死」と呼んだ。これはまた何という適切な表現であろう。唯に沖縄の狂人達ばかりにではなく、現代文明のエーテルの張りつめた中で、辛うじて、死をまぬがれるために呼吸している人間全体についても、当てはまる表現である。檻の中に生きている死。ブロックと、錠前をかけられた樫の戸、ところどころに打ちつけられた釘が錆びついている。やっと手の入るくらいの窓が一つ。中は臭気に満ちている、中の空気はすっかり湿り、かびと闇で汚されている。一人の男が、眼だけを異常に澄まして窓の外を見る。まるで信じられない別の次元の世界をのぞき見るような仕草で、こっちを見るのだ。大小便はたれ流しだ。くぼませてある溝を伝って、小屋の片隅の穴からしみ出して外に流れる。その周囲に銀蠅が、たまむしの厨子のように群がり、まつわりついて、きらきら光っている。現代文明の中に力強く、臭気とかびの中に生き続けている死。

伝統、習慣、権威、これらは、まさしく大小便の臭気以上の、強烈な、生命を縮め、血液をにごし、肺を腐らせてしまう臭気だ。集団、組織、社会、マスゲーム、祭り、これらは、明らかに空気本来の持ち味と誇りを失わせてしまう極度の湿気である。私はこの中に生きるのは、もうこれ以上はごめんだ。小屋をぶち破れ。錆び付いた釘をへし折れ。錠前を叩きつぶせ。怒りに燃えたって、大小便のぐちゃぐちゃした中に、思い切り顔を突っ込むのだ。そして、その儘、汚物のべっとりついた顔でこわれた小屋を出て行け。太陽に、正々堂々と挨拶しろ。

五千年間、一度も浴びることのなかった太陽に対して、思いっ切り雑言をあびせて、最大の敬意を払え。どんな人間も、その異様な姿を見て近づくことがないだろう。糞が、顔のすべての穴にこびりつき、ぶらさがっているからだ。

洗者ヨハネのように、フランケンシュタインの怪物のように、お岩のように、中尊寺のミイラのように、文明人にとっては、これ以上あるまいと思われる恐れであり、嫌悪であり、苦痛であり、不安であるのだ。死んでいる人間にとって、生きているという事実程、真正面から向き合って苦しさを感じるものはない。学生運動の小数派の教祖的な存在となっている三十代の教授は、イデオロギーや思想は不要だと言っている。こういったものがあれば、セクト的な従来の政党と質的に変わりなくなってしまう。とにかく、学生は単純に自分の否定するものに体当たりしていけばいいと言っている。そして更に彼は、こういった行き方は、前衛芸術の在り方に一致するともつけ加える。

政治は、政治から離れ、芸術は芸術からはなれ、宗教は、宗教から離れない限り、新しい出発は不可能である。過去に属するものや、従来のものを否定することは、悔改めるという態度に通じ、一度死んで甦る行為と同義である。

死ぬ前に人間は、ダイナミックに絶望しなければならない。猛烈に飢え、渇き、苦痛にもだえ、居心地の悪さに悲鳴をあげなければならない。一種形容仕難い恐怖に襲われる。それでいいのだ。新規の出発、甦りの準備が、万事順調にいっている証拠である。すべては行為で確認される。

書く、書かない、そのどちらの行動も、或る意味においては、行為の確認にほかならない。

樹木ですら、乱反射してくる光を網膜に感受する時、それが人間を確信に導いていく。

私はかつて、ミラーに次のように書き送ったことがあった。

「ヘンリーさん、ホキさんに対するあなたの愛の方法は、例え彼女がどのような女性であれ、実にすばらしく、純粋であり、決してあなたを失望させ、裏切ることはないでしょう。この愛を通して、あなたは、自からを亡ぼしてしまうのではなく、ますます豊かにしていくはずです」

そしてその後、奇蹟を狂気のように口にするミラーであり、彼の愛を涙をもって記録する私であった。やがて、二人は新婚旅行にフランスに旅立った。二人が送ってくれた旅先の絵葉書には、セーヌの流れが秋の紅葉した木立にはさまれて、青く流れていた。あと三カ月もすれば、二人は日本にやってくる。

私の耳に男の声が聞こえてきた。台所の方からだ。ソバ屋が丼をとりに来た。ついでに玄関の方にまわったら、ビッグ・サーの写真集が転がっていた。ジョージ・ポーレイ君からだ。さては、ビッグ・サーにとうとう行ったか?。私は一寸ねたましい気分で、一たん、ずーっと十四枚の写真集に目を通してから、再び消印に目をやった。ストックトンの文字が読めた。やっぱり行ってはいない。途端に、涙がこぼれて来た。「おい兄弟、君の気持分かるような気がする。君は絵葉書で、精神的なビッグ・サー詣《もうで》をやったのだ。それでいいじゃあないか。ビッグ・サー、そこには、かつてミラーが住んでいた。怒濤さかまき、孤独が何処までも迫ってくる太平洋岸のパラダイスだ」

『ビッグ・サーの女』を書いたのは、何という作家であったろう。

冷静で客観性に満たされている学者の眼の前で、雌の性を発散する誘引物質のまわりに、狂った様に走りまわるごきぶりの雄の姿がある。彼等科学者の目には、性的誘引物よりも一層根本的な、ごきぶりの何かを引きつける化学物質があることが薄々見え始めてきた。人間が狂ったように引きつけられるものは何か。人間のセックスが、どろどろになるまで、脳味噌がとろとろになるまで、足がくたくたになり、唇がこわばり、声がかすれるまでに興奮し、引きつけてやまないものは何のせいか。これを本能のせいにするには、余りにも無責任過ぎる。

小島正雄というテレビの司会者が急死した。俺は世界一のなまけ者になり度いと、若い頃から言っていながら、一分、一秒を争うテレビの司会者になっていた。俺は、誰もが書いたことのないようなものを書いてやるんだ、と大志を抱きながら、中年頃までには、どこにでもごろごろしている作家になり果て、大事業を起こしてやるとうそぶきながら、小さな店を経営している洋品店のおやじにおさまってしまい、詩を書いた青年時代がありながら、四十代には、測量士の事務所でこせこせ働いている姿に私は、ヘドの涙をさめざめと流したい。

偏執性は個人を豊にする

スターリンは、常に落ちついていられない性分であった。何処の別荘に行っても、必ず、何度となくくり返して改築をやった。二階を増築したかと思うと、突然に取り払わせ、テラスを作り、窓をふさぎ、部屋を更に小さく区切ったかと思うと、二つ三つの部屋をぶち抜いて広間にするといった具合であった。

一つの大発見をする。深呼吸。

ごきぶりは異性の匂いに引きつけられるが、更に一歩前進させた研究によれば、雄雌問わず、ごきぶりは、自分達の糞の中に含まれている未知の物質によって引きつけられる。つまり、どんな生きものでも、自分の最も内奥の、最も醜悪なものに共鳴し、憧れ、慕い求め、安息出来るものなのだ。自分の内奥の声にしびれ、満足する度合は、異性にしびれるより、はるかに激しいものである。それが事実でない限り、われわれ人間は、どうしてまともに生きられるというのか。ごきぶりでさえ、自分の糞の中の誘引物質にひきつけられる時、異性などはすっかりそっちのけで、昂奮し続ける。

われわれは、自分の中に、全人類を、超時代的な領域において引きつけてやまない物質のあることを、確認しなければならない。これはむしろ、物質、元素というよりは、精神であり、エネルギーそのものなのだ。スターリンは、広大な邸宅を持って、そのあちこちの改造に余念がなかったにもかかわらず、実際に使用した部屋は、その中のたった一つだけであった。話し合うのも、考え込むのも、眠るのも、くつろぐのも、全部一つのソファで行い、ソファの横のテーブルには、電話が乗っており、部屋の中央の大きなテーブルには、書類、書物、切抜き、ノートその他が、雑然と山のように積まれていた。このテーブルの片隅の空いたところで食事をし、その脇には食器や薬品等をしまっておく場所があった。何も彼も、この一つの部屋で行われた。

ピカソの部屋は、あらゆるものが、雑然と置かれている。曲がりくねった木の根や石ころ、植物の標本、化石などで足の踏み場がなく、その間に、奇蹟的な発見をしたかのように、イーゼルが立てられている。いくつもの箱には、新聞、雑誌の切り抜きがぎっしり詰められ、別荘の方から送られた儘、一度も開けられずに、縦横に縄をまわしたまま放置されている大箱も転がっていた。別荘滞在中に、散策のおり集めておいた石ころ、化石、植物、木の根がぎっしりと入っているのだ。一つの部屋ですべてを行うという生き方、これは、妙に私をふるい立たせる。私の書くものは、これでなくてはならない。

ミラーの家の便所も、まさしくこれだ。ありとあらゆる新聞雑誌、それもあらゆる国々の、あらゆる種類のそれの切り抜きが、壁面一杯に貼りつけられてある。もともと、純粋な存在は、何らかの形式で、鮮やかな雑居性を示している。一種で統一されたり、一色で塗り込められたり、一面的なものであったりするものは、すべて、あとから人間がこじつけたものに過ぎない。無限に近い多様性、多色性、多面性は、ダイヤモンドのように多くの面がキラキラ輝く。この輝きの中に、生命は益々力強く息づくのだ。私の書くものは、あらゆるものが雑然と入り込んでいて、もはや、そこでは御上品に踊ることも歌うことも出来なくなっている。礼儀も挨拶も全く抜きだ。文学も芸術もへちまもない。

せっぱつまって生きる以外に、全く余裕のない状態が、そこに濃厚に展開する。北緯三十一度の佐多岬から、北に向って神経がズキンズキンと痛む。瀬戸内海の凪の海に微熱を感じ、丹波の山の凝りと、プラキストン線の鬱血が気分を重くする。しかし、羊蹄山麓の澄んだ空気の下で、多少の望みと興味が湧いてくる。稚内のごみごみした家並に、薄っすらと積っているワンタンのような雪の白さが、旅情の歌を促がす。

北陸新港の家並のすぐそばに、白い波しぶきを浴びていた防波堤に、ほんのわずか、夕焼の茜が映えるようなことがあったが、あの赤々とした光影は、終生私の心から消え去ることはあるまい。伏木港の、松並みの砂浜に、決して想い起せない追憶を抱いている。小学生が五、六人、一列縦隊になって向こうに歩いて行ったことは確かだったのだが。

芥川龍之介の『薮の中』がこの地方の風土とぴったりくっついていてはなれることなく、私の胸にこびりついている。

構造の変換という言葉の与える概念は、情報の科学から出発している。構造の交換の行為は、一つのリズムにのっている。生きているものの呼吸でもある。目先きの事を予測しようとする時、現代の科学は、周期の探索ということをする。一定の周期があるだろうか？　同一の関係が一定間隔で中断しているだろうか？　周期内と周期間にどの様な関係があるだろうか？

aabbccddee と並んでいる時に、これは人間にとってもコンピューターにとっても、容易にそのリズムをつかみとることが出来る。そしてこの先には、ffgg という未来が予測出来るようになる。

しかし、mabmcdmefmghmij

となる時は、m だけを抜き取れば、やはり abcdef となるのでその先には、mklmmmopm と発展していく事が予測される。

だが万事が、こういった一定の方向のリズムであるわけではない。

例えば、edfcgbh と並んだ文字の周期を探索しようとする時、コンピューターは、これに遂に答が出せず、人間には答が出せたという例がある。つまり、人間には、コンピューターに備わっていない、記憶のまつわりついた、視覚的思考があるのだ。

といった渦巻きのリズムであることが分かった。コンピューターには、こういった回転のリズムに思い至ることは、人間がプログラミング（情報処理）をしてやらない限り期待出来ない。では一体、人間は、どういった方法でこういった、とっさの閃きがあらわれるのだろうか。それは、誰にも分からない。コンピューターには、絶えず、人間がこういった閃きの断片をもってプログラミングしてやらなければならない。

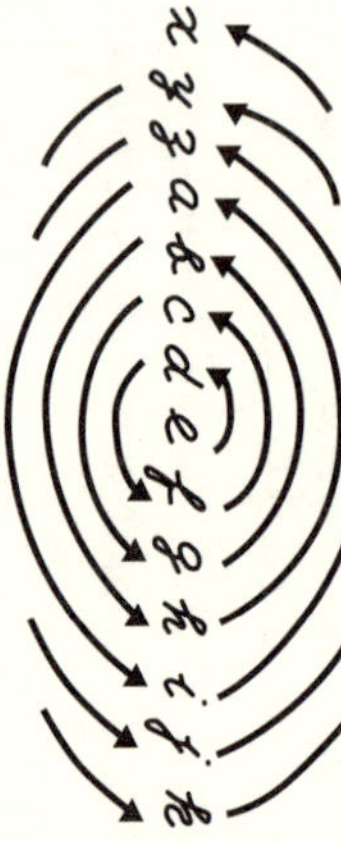

一万人の人間が、相撲をして勝負を決めようとする時、トーナメント表を作らずに、幾試合やればよいかという事を、知る方法はあるだろうか。一組の方を消して、別の組の一人と合わせて、更にまた一方を消すといったリズムがある以上、当然、一寸時間をかければ、公式がつくれるはずだ。公式は、この場合伝統的なのっぴきならないものや、因習、権威といったものとは全然違う。一つの抽象であり、雑然とし、多岐にわたり、入りくみ、

絡み合ったものの単純な骨組であるという事が出来る。

芸術家がしばしば口走る、熱狂的にして短かい言葉や、一刷毛の線や行動は、明らかにこれに相違ない。だが、こういった数理心理学の枠内で人間を確かめ、測り、未来を予知されることはとてもたまらない。数字がなくても、人間は、充分人間であり得るのだ。

そこで、edfcgbh の後には、aizjykx と続いていく事実を予測するように予測してはもらいたくない。これは予測であって、いささかも予言である徴候は見られない。前記のように、予言とは、あふれ吹きこぼれる程の白熱化した願望であり、熱狂である。この熱狂の前に、数字は溶解して、その元の形を崩して面影を止めなくなる。

爬虫類が、気の遠くなるような長い年月を、真暗な地中で過ごした結果、蛇となっていった。人間は、この騒騒しい社会にあって、何と長い期間、暗い心の中に閉じ籠ってしまっていることだろう。既に、心の手も足も退化してしまっている。精神は一歩も歩き出せない。すべては麻痺してしまっている。もとをただしていけば、爬虫類だって、両棲類がいじけてしまった、悲しみに満ちた姿ではないのか。そして、あの巨体を誇り、もてあましていた両棲類ですら、水辺にひたひたと洗われて転がっていた、純潔な単細胞ではなかったか。

私の目の前にあらわれる、どの様な植物も、生物も、すべて、かつて純粋であったものが病に犯されて、ゆがんでしまったものであるように思えてならない。菊の花も、犬も、山の稜線も、杉の枝振りも、人間の鼻の形も、すべて病気そのものなのだ。どうせそうなら、人間という病のかたまりの中に、雄々しく活路を見出そう。誰にでも、情報処理の自由はあるはずだ。それなら、同じ話を聞き、同じものを見ても、それぞれ異った受け取り方をしてもいい訳だ。誤解ということは、それで、この地上には存在しないということになる。すべての種類の納得は、正しい理解なのだ。

もし一方の理解に立って、他方の理解を誤解だと主張する時、その態度の中に、百パーセントの純度を持つアンチヒューマニズムの原形質を目撃する。すべての理解は、誤解であるとも言える。すべては、等質であり同格である。それらの間に区別はない。好き嫌いは、それを正邪のカテゴリイに入れる充分な動機とはならないし、その人の知能程度に叶う叶わないのは、それを善悪のいずれかに分類する正当な理由とはならない。三十億人の顔かたちは、それぞれ独特なものであって、他との共通性がないにも拘らず、人間は、互いに同等の権利を持っている。

十八世紀の半ば頃、繁栄と隆盛を誇るトルコのサルタン王が一通の親書を書き送った。「お前達は、我が文化圏からそれ程離れてはいないのに、何とみじめな暮しをしていることか。それは、わたしの支配下に入っていないからだ。ここに絶大な慈悲と恩恵をもって、お前達を我が国土に統合してやろうと思う。ゆめゆめこの千載一遇の機会を逃さず、すみやかに帰順するように。わたしは、お前達哀れな者どもの、幸せになる姿がみたい」といった具合にしたためられた親書が手渡されたのは、ソビエト、ウクライナ共和国領内にある、ドニェプル河流域に住む、ザポロジェのコザック達であった。

コザック達は、その時どの様な態度を示したか。それは、文明の恩着せがましい態度に反抗する、創造的な現代人の在り方に似ていた。余りにも傲慢過ぎ、怒り狂い、自信に満ち溢れているのだ。彼等コザックは、酒に酔いしれ、青痰を吐き、ごつごつした手でもって、使い馴れないペンを握り、あちこち薄汚れた紙に向って、これ以上ないような悪筆で返事を書いた。

「おめえの言っていることぁ、さっぱりわからねぇ。おらたちぁドニエプル河の申し子でござる。てめえのような、とんちき野郎に頭を下げる筋合いは、ちっともねえだ。うわさによると、おめえ、えらく助平だってはなしだな、あまっ子を、百人も千人もかかえてよ、おめえ、それでよく体がもつだなぁ。おらたちゃぁ、ふしぎでなんねぇよ。もしよかったら、千人とやらのあまっ子をどんなにしてかまっているのか、返事もらえねぇかな。おらぁ達、てぇくつで、てぇくつで死んじまいそうだ。たのむ、おもしれえ話聞かしてくんろ。もしなんだったら、おめえもおれたちの仲間になったらいかんべぇ。のんきでいいもんだ、はあ、その決心がついたら、あまっ子だけは、連れてくること、忘れんなよ」

そしてコザックは、今日なお、コザック人として存在している。一方、トルコのサルタンは、とうに姿を歴史上から消してしまっている。

庭はどこでも不満だらけだ。この木陰にねそべって書物に親しんでみても、あっちの芝生に長椅子を持ち出して昼寝をしてみても、やはり他の場所に移りたくなってくる。一体どうしてだろう。移動は限りなく繰り返される。そうした状況下にあっては、いきおい、カール・マルクスの特徴であった、途方もない虚栄心や、下らぬ仕事を飽きもせずに、次から次へとやっていく、言わば、単なる仕事の量だけで何様かになろうとしている人間にならざるを得ない。しかも、この様になることは、堕ちることではなくて高揚されることなのだ。仕事の量、何と素朴で、単純さに満ちた言葉だろう。

しかし、これがイデオロギーに依って枠付けされる時、数あるセクトの中のもう一つの新種のセクトとなり果て、ノルマなどという言葉に還元される時、それはターミノロジィのしでかす拷問でしかない。きりきり舞いしながら悲鳴をあげている、本来の概念の苦しみが如実に感じられてくる。

人間の歴史において、記念碑と銅像と汚名を遺しているのは、すべて、かなり創造的だった人達である。

自分自身を、他者に対してではなく、自らに対して、何様かと確信し続けていられる人々でなくては、俗っぽい言い方でも、天才とか狂人とはみなされない。

躁鬱病的である時、言葉の尻取り遊びのように、次から次へと、物事が連想方式であふれてくる。犬の尾が震える。震えている人間の心が不安である。不安は、誕生を予測させる。予測は予感と願望の二つの支柱で支えられた人間の前意識的意志である。意志は固い、固い地殻をうち破ってマグマがほとばしり出る。ほとばしる感情は、常に不安感に裏打ちされていて、四方にはびこる意識の胞子は、限りなく多岐に絡まり合っていく。多岐に交錯するハイウエイは、道路標識に依ってリモートコントロールされる。

サブカルチュアという言葉に妙にとりつかれる。サブが接頭語となれば、すべての言葉が生きてくるような気がする。

サブリタルチュア、サブオーム、サブノーヴェル、サブワード、サブソウト、サブライフ、サブエックスプレッション、サブリーズン、サブアブストラクト、サブアクト、サブリアクト、サブオブジェクト、サブアート、サブデレクション、サブフィクション、サブナンバー、サブヒストリィ、サブラヴ、サブティチング、サブジャパン、サブペインテング、サブライテング、サブコンピューテング等々、これらは、どれもこれも、実に大きな内容を含んでいそうな気がする。サブを付けることによって、不純で変形してしまっていたものが、再び本来の純粋な力あるものに戻っていくような気がする。ライフと言う時、それが提示してくれる概念は、汚れ切り、疲れきった生活のそれであり、干涸びてしまった、何ら創造と夢の弾力性のない生命のそれであり、文明に不当に、残酷に弾圧されている人生のそれなのだ。

しかし一たん、サブライフ（人生、生命、生活の原始的、基本的なイメージを与える）となるとこの言葉には、一切の悲劇と、不本意な宿命の垢が、すっかり取り払われている。

二歳の時、両親に死に別れ、世間から見捨てられた子供が、それから三十年余、野獣の間に生き抜いていた。発見された時、直立することも、言葉を話すことも、料理したものを食うことも出来なかった。一度に、生肉や固いものを、文明人の弱い脳が失神しそうになるくらい平らげると、そのあとは、二日でも三日でも、空腹を訴えずに過ごすという。狂暴性と、激情と、鋭い目、それも、生きた獲物のみを狙って注がれる氷のような眼、これらはすべて、人間が、文明とはおよそ反対方向の道に進んで行った結果なのだ。

文明人も、おおかみ少年も、人間本来の位置に引き返していかない限り、人間としての復権は考えられない。しかし、文明人と野生人とを比較して見るなら、ヴァイタリティに富んでいる点において、後者の方が多少ともましなように思われる。

ミラーが言う、その人間の行為と思想と言葉が、何ら矛盾なく一致する状態とは、この「本来の位置」に立ち戻ることを意味している。本来の位置に戻るということは、一度死に切ることであって、その百パーセントの絶望、無、一切の御破算の中から立ち上がることを意味している。この立ち上がりは、無から有を生む行為であり、甦りの行為に等しい。この行為には何一つ教えられたり、学び取れるものはない。

トマス・ハックスレイの孫であるジュリアン・ハックスレイは生物学者であった。そして、彼は、鳥達の飛行能力を、練習の結果であるにしても、決して親達の指導や、それらを模倣しようとするひな鳥からの努力に依ってはなされないことを指摘している。親鳥が、ひな鳥に巣立つことを教える美談は、すべて仮空の物語りであることが分かる。

　親鳥が出来ることは、ひな鳥に、巣から身を空間におどらせる勇気を与えることだけだとも、ハックスレイは言う。その勇気の与え方もまた、言葉ではなく行為でだ。ひな鳥の背中を突き飛ばして、苦しまぎれに、バタバタ翼をばたつかせて、巣から大きく身をのけ反らせる。そして、バランスを崩して、巣から身を落とさせる。そのあとは、ひな鳥の力と機転次第だ。運命も、その際大きくその存在価値をあらわしてくるに違いない。

　運命と真正面から対決して、樹下の地面にたたきつけられるまでの三秒間に、一切を決めなければならない。厳しい三秒間である。生きものには、いや、すべての存在するものには、こうした、極く短かく厳しいテストの時間があるものなのだ。この時間の中で、テストを受けるものは、自らの宿命を、最も強く感じる。生と死、有と無との間に立たされる審判の座である。このテストにおいて失敗しながら、なお存続している存在もかなり多くある。そういった存在は、本来在るべき状態とは全く異った何かになることに妥協して、歪められた生き方をする。

　本間雅晴や川口清健といった将軍達は、本来軍人になるはずではなかった。彼等は、軍人になることに依って、その生涯を出発点から恥多いものにしていった。彼等は余りにも知性溢れる頭脳を特っていた。ヒットラーやムッソリーニは本来政治家になるべきではなかった。恐らく、ダダイスト、シュルレアリスト、サンボリストといった芸術家になった時、彼らの出発は、栄光に輝いたものであったろう。彼等の熱狂性、彼等の偏執性は、創造的な芸術家にとって必須の条件であった。

3章

めざめよ、阿呆共!

昼とは青空が嘘をつく
夜が本当のことを呟《つぶや》く間
私達は眠っている
朝になると　みんな夢をみたという

〈谷川俊太郎〉

洞穴の中の哲学

　私は、今、こうして、日本にいて、実質的にはモンゴルの空気を吸って生きている。日本の四倍はあるステップが果てしなく広がる。このあたりは、土地がすべてただである。

　私は、日本の政治や、モラルや、法律の間に、ひそかに、あたかも仮定の様に、そして幻のように存在する。私は神話の中の主人公のように生きたい。そこでは、すべてが無料である。書類作成は不要だ。そして、コーカサスの老人達に与えられた、他の文化圏にあってはほとんど信じられそうもないような長寿と、のんびりとした空気を、充分に味わう。

　雪が降ったり止んだりの冬の朝、車のはねとばす雪と泥を避けながら歩く。何処とて目的はない。時間が早過ぎるのだ。時間をつぶす為に、こういう朝は、あてどなく歩き続けるほかはない。この辺りにしてはひどく人通りの少ない路地をみつけて、そこに入る。そこは下水道の上に鉄道線路の枕木を敷きつめた袋小路である。ところどころ、枕木が中央のところでへし折れている。女の尻は生暖かい。

「よしてよ、誰かに見られるから」

「…………」

「だって、どうしようもないじゃない？　だから駄目。このままでいいのよ、ズーっと平行線のままで」

　袋小路のどんづまりのところで、私は、もう一度同じ危っかしい道を引返すのかと思うと、しばしの安息が体を駆けめぐる。しかし、一度来た道は、案外と、みじかく感じるものだ。再び、地下の喫茶店に入ってみる。まだ開いていないことは承知の上だ。そして、階段を下りてみる。何の感動も与えることのない油絵の作品が十号、十二号の大きさで、壁面に何点も並んでいる。まだコーヒーの匂いさえしない。雪は、多少の気温の上昇で、泥水のしぶきにかわる。何ということだ。

　二人の間では、こういったムードの中で、何一つ話し合うことなんか出来やしないのだ。それでいて、妙に引かれ合う、何かしら、見えない糸に依ってたぐられているような錯覚の中で、意志を失くした男のシルエットが、足を重く引きずる。泥んこの道と斑点のように、ところどころ雪の残っている通り。そして、散歩とはおよそ縁遠い、時間つぶしの散策。だが、妙なものだ。こういう寒い朝でも、このつまらない薄汚れた町が、詩となって、美しい感情を私の中によび起こしてくれるのだ。

トルストイの小説に出てくる、北国の雪の通りが連想されてくる。だが、自動車の多いのには閉口する。これからは、ますますこうなっていくのだろうけれど。

机の上の反古紙や原稿、メモした紙片等をかたずけている時、ふと、一つの言葉が頭のわきをかすめ去る。

〝集団〟これがその言葉だ。集団は複数である。人間の苦悩も、罪も、不安も、間違いなく複数形でもって大きくのしかかる。これらの重圧に耐え忍ばなくてはならないものは、集団という集合体の、体ではなくて、その構成員である一人一人なのだ。集団は、一箇の存在として、一つのものを狙うことは出来ない。しかし、それは、どうしても、集団にとって、狙うべきものなのだ。結果としては、すべての集団がそれを狙っている。それは、あらゆる歴史においてはっきりとしていることである。負担を、集団の中の全員が等分に担うことが不可能であるとしたら、それは、一人二人の少数者に依って担われなければならない。百人の痛みを、一人が担い、千人の苦悩を一人の人間が味わい、万人の悲しみを一人の人間が負い、百万人の怒りを一人の人間が噛み締め、千万人の失敗を一人の人間が身におび、一億人の悲運を一人の人間が受けとめ、百億の人間の、過去、現在、未来一切の罪を、一人の人間が負わなければならない。

十字架のキリストのイメージは、あらゆる集団の中にみられる、犠牲者の極点を示している。そして、一人の人間の十字架の故に、九十九億九千九百九十九万九千九百九十九人の人間は、人生を安易なものと考えてしまう。

しかも、そうした楽観的な態度の背後には、罪悪意識が強く働いているので、暗さは、人間性にとって、ほとんど固有なものとなる。一人の人間が生きる為には、その陰で死ぬ者がいなければならないと信じている人がいる。そして、それは本当だ。われわれは、多くの死をおびて、今生きている。死こそ、生命の源流なのだ。苦悩こそ、安らぎの源泉なのだ。痛みこそ、喜びの保証なのだ、私は、深くその死や痛みを味わおう。

地球の果ての何処かで、私の為に味わっている、誰かの悩みを。そして、今直面している一切の問題については、生き方についいては、あらゆる意味において集団を拒否しよう。私の陰にいる誰かの痛みを、じっくりと噛み締めよう。

だが私は、私自身の負担だけを負うために、集団を拒まなければならない。私は、人々に私の負担を負わせず、私も人の負担を負わないですむためである。いや、私が尊敬し、好きであり、愛している相手なら、こちらが負うことに関しては、不平や文句を言うまい。喜んで負ってもいい。そのために身が亡びても本望かも知れない。それは美しい神話なのだ。私の好みに合う生き方なのだ。

私は限りないロマンチズムの中に身を浸す。人間が自分の罪を負う時、それは、確かに厳しさはあるだろう。しかし、それは、生きている者の生活の実感をたしかなものにしてくれる。一人の武士の切腹に依って一藩が救われる。彼等には裃《かみしも》の固苦しさの中で、家族をよろしく頼むと言いのこして切腹して果てた友の面影がちらついてはなれない。

明治の新しい日本には、幕末の武士達の死の匂いが満ちていた。彼等の声は、日本中のどこでも、こだまとなって響きわたっていた。それを聞きながら、為政者達は、無闇と、ひげを長く伸ばして威厳を保った。しかし、彼等の目は明らかに泣いている者のそれである。泣く者は常に気前がよくなる。何でも人にくれてやりたくなる。そういった意味で、泣く女は、男にだまされ、捨てられるけれども、純粋である場合が多いのだ。明治の人間ががむしゃらなのも、感情的な女が、尻軽でありながら、男達に、深い示唆を与えることが多いのも、至極当然のことなのだ。

それにひきかえ、大正、昭和の初期の冷たさ、固さはどうだ。彼等には、涙がない。たとえ泣いたとしても、それは人間の涙ではない。眼病をわずらう犬の涙であり、尻を丸太ん棒でたたかれて流す、馬の涙と同質のものでしかない。

彼等はそれ故に、充分なあばれ方が出来なかった。すべては型通り、規則通りに行った。物を食べるにも、左右の奥歯で噛む回数を意識し、公式化し、毎週の性交の回数を、年令との関数式に仕上げ、浮気をするＴＰＯさえ、念入りに計算して考えなければならなかった。にわとりの穴にペニスを差し込んだあげく、サーカス小屋の隣りにかかっている見世物小屋の中の、グロテスクな生き物のホルマリン漬けを見て、おれには、かたわの子が生まれるんじゃないかと恐れた男が私の知っている範囲にいる。そういったコミカルな悲劇は、あの時代には稀にしか起こらなかった。

ばらばら髪にサンダルばきといった格好でテレビのステージに馳け上がり、楽団を指揮するようなまともな人間は、その当時めったにいなかった。余りにも整い過ぎ、余りにも意識し過ぎ、余りにもつくり過ぎていたのだ。

人間は、どうしても集団から分離しなければならない。そうすると、初めてその人間は生きはじめるのだ。法律とは、如何にして、集団の罪を、一人の人間に負わせようかということに熱意を示す。それを、正当なものとするために最大級の罪を犯すのは法律そのものである。そして、例え、法律の中に積極的な意味があろうとも、それは、最低限の線から脱落する者を監視するという立場において、なお、消極的な役割の負担から脱け出ることは出来ない。平均的な人間と、彼等の生き方を、ずば抜けて高度なものにすることは、法律にとって出来ないことである。「過ぎたるは及ばざるが如し」という格言がまだ存在を許されている限り、真にダイナミックな生き方は期待出来ない。

真に充実した生き方は、常に溢れだし、煮えたぎってふきこぼれ、枠をつき破ってはみ出し、ズボンの前のジッパーは、肥満した腹のために、金具がこわれて二つに分かれ、余りにも熱中した心でもって読むために、本の綴目が外れてばらばらになり、余りの格式張った儀式に耐えきれずして、突然立ち上がってあたりかまわず駆けめぐる白無垢姿の花嫁を想起させるものでなければならない。すべては、行き過ぎ、はみ出し、定義を打破してしまうものでなければならない。こういった要素にあふれている人間には、一切の法律が無意味である。

すべての予言者にとって、法律は、一種の、極めてあいまいな仮定でしかなかった。キリストやマホメットの様な極端に創造的な存在にとって、法律、乃至律法といったものは憎むべきものであった。聖書において、律法は、きたるべき本体の影に過ぎなかった。法律を破ることに最も勇敢だったのも、キリストであり、マホメットであった。法律を守ることに依って自らを正当化しようとする態度は、一種の無責任さ以外の何ものでもない。真実に正当な自分を掴み取ろうとする者は、先ず、徹底した罪の中から出発を試みるはずである。何ものに依っても正当化されることを願わず、自ら正当化することが本当に正当なものなのだ。或る意味では、正当でないから、法律に依って正当化しなければならないとも言えそうだ。真に男らしい人間は男らしさをふりまわさないものだ。真に女らしい人間は、強いて、女性らしいしなやかさをまき散らすことがない。存在そのものがそうである時、一切の外的な保証を不要と思うようになる。太陽の様に、自らの存在が、正当であることの何よりの証拠だ、という自信にあふれる。

自分自身が、自分の進むべき道すじの道標となる迄は、本当の創造的な生き方は出来ない。自分の、極めて利己的な印象や直感が、六法全書の中の項目以上に、その人にとって権威あるものとならなければ、その人は、自分自身のすることに安心と誇りがもてない。狂気にも似た自尊心は、自分を甦らせる人間にとってまさしく美徳に違いないのだ。

アメリカという国、あれは、二つの要素を異常なまでに発達させた、人類史上稀にみる個性の強い国である。富と貧困、この二つが、あの国においては、驚くべき度合において発達した。アメリカの国家予算や、個人の所得額は他の国の追従を許さない。またアメリカほど自国を礼賛し、同時に絶望する人間の多くいる国もまた、他に比較出来ないのだ。アメリカは、恐らくは、国家、民族といったものが、一つの不文律として長らく認めてきた性格、内容というものをことごとく御破算にした。従来の国家観や、民族が抱いていた、国土のイメージというものから大きく外れてしまっている。

旧大陸の諸国が、どれ程、それぞれ、自国、自民族の特性を誇っていようとも、なお、どこかに共通する面があるものだが、アメリカはそれさえ拒絶する。また、西洋と東洋という大きな谷間さえ、人間同士であり、文化国家同士であるという最後の一点において、一つの共通点を持つものなのだが、それさえ拒絶しようとする激しさがアメリカ人の中にある。それは、全部のアメリカ人が平均的にそうであるというのでは決してない。彼等の九十九パーセント迄は、死に絶え、生まれそこなっている点で、他の諸民族とは変りない。彼等が引きずられていく運命の大きな力が特異なのだ。それが事実であり、可能性に満ちていればいる程、真心があり、自己に生きられるわずかな彼の地の在住者は、アメリカを軽蔑し、絶望し、或る意味においては発狂してしまうのだ。

私は、この日本というなまぬるい民族の中に生まれ、育ち、教育され、成長してはきたけれど、敢えて、これらの一切に反逆する。その手はじめとして、五、六歳頃、両親のもとから逃亡を企てた。そして、十八歳にして、キリスト教に帰依することに依って、日本の一切の伝統や風習と訣別した。二十五歳にして、キリスト教という組織から離れることに依って、集団と分かれ、自らのペースで、自らの流儀で、自分自身になった者にふさわしく、自ら生きようとした。三十三歳にして、エマーソンのいうように、真の牧師になるために、心気一転、牧師であることをやめたのだ。いや、真実の人間となるためにそうしたのだ。教団組織から足を洗ったのである。

これと相前後して、実験誌『新限界』を創刊した。はじめは、名称こそ同人誌であったが、中味は大いに違っていた。この雑誌をはじめるに当たって、私は、離陸を試みたのだ。背中に翼が生えていることを信じることに依って、これをはじめたのだった。翼が生えているこの事実は、手をうしろにまわして触れて見ても分からない。ただ飛んでみればいい。そうしさえすれば、空中に浮かぶことに依ってそれが分かる。そして、私は、足が両方とも地上から離れるのを実感した。

思えば長い歳月であった。私は、地上にべったりとへばりついた足と地面の間で、苦悩し、痛み、子を失い、病みほうけ、欲情し、盗み、学び、与え、助け、賞を受け、熱弁をふるって聴衆の涙をさそい、働いてきた。だが、どんなにがんばってみても、地面と足の裏の間には新鮮な風が吹いてこなかった。年毎に、腐り果てていくばかりだった。悪臭は、その度合をますます激しくして、私はその中で激しくめまいする。

離陸するということは、集団が、種々の美名の下に行っているチーチーパッパを、最大級の誠意をもって軽蔑することである。ありとあらゆる文化の行為は、結局お祭りに過ぎない。むなしい祭りの太鼓が鳴りひびく。それに依って前進するものは、創造性を弱め、独創性を殺していく激しい疲労に全身がおそわれるだけである。孤独と疲労の中で、いたずらにマスゲームに興じることが、人間の偉大であることのバロメーターと考えている。疲労の度合と、物事を合理化していく度合は等しい。これら両者には何かしら連動している要素があるに違いない。

　それとは逆に、充実する度合と神秘化していく度合もまた一致している。豊かな人間こそ神秘化していく。部分的な豊かさは、合理性の中で適当に処理されてしまうものであるが、全体的な豊かさは、常に神秘化の道をたどる。天祐、神助、奇蹟、神秘といったものを、笑えるだけ、現代人は貧弱なのだ。私は、いつものことながら、突如として襲ってくる言いしれない感動に身ぶるいし、涙をはらはらと流す。その感動とは、悲しみではない、喜びでもない、怒りでも口惜しさでもない。それらを超えた、総合的に自己を実感する態度なのである。俗っぽく言えば、自分自身の在り方に感動することなのだ。うぬぼれることであり、自分と姦通することである。

　すべての芸術家が、傑作をものにしたとすれば、それは間違いなく、自己との姦通に完全な意味で成功したことを示している。偉大な作品とは、その人間が、自分に向って流す涙の系譜である。この種の涙は熱い。極度に熱している。それだけに、多く涙を流す者は熱されていくのだ。

　書いたり描いたりする者は、一切が順調にいく。書こうとしながら、「俺は本当のことを書くのだ。それだけに、一寸やそっとでは容易にペンが運ばないのだ」といって苦しむ人間も多い。そのくせ、飯を食う時や脱糞する時は、しゃあしゃあと簡単にやってのけている。書くことが、その人間にとって本腰を入れたものであるなら、食べることと同様、簡単に出来るはずである。本物とか、本当のことは、気負っては決して書けない。

　描くについても同じだ。描くという行為そのものは厳しくても、それを促がす精神は、実に楽々としたものである。万事、創造的で、しかも独創的なものはそうでなければならない。「余りにも真実過ぎ、赤裸々過ぎて、とても人にみせられるものではない」という人がいる。私は、それに真っ向うから反対したい。そうした真実は、公にすることに依ってその人が責任をとることとなる。その責任のとれないものを考え、意識するということは、その人にとって、悪というより、何にもまさる害であると信じている。

　盗む者が、俺は盗んだという時、十年の刑務所生活を了えるより、罪と過去を帳消しに出来る度合ははるかに大きい。心に抱いていて、つまり、実質的にそう生きながら、それを公開出来ない時、その人の救いは全くない。その人は、大胆に一切を吐露するか、十字架の負い目の様に背中に負って、一歩一歩、悲しみの道を歩むかどちらかの道を選ばなければならない。

私は、一切を吐き出してしまうつもりでいる。そして、吐き出せない様なもので、なお実質的に存在するものが私の内部に在るなら、それは、非存在のものとして一蹴し、黙殺し、ひそかに処刑してしまうつもりでいる。邪魔者は、ひそかに消してしまえばいい。その際、あらゆる意味で、同情や戸惑いは禁物だ。冷酷さ、蛇の冷酷さで処刑台の押しボタンに触れればいい。それを処刑せずに、その考えや意識に捉われている限り、その人は、厳しい十字架の重味に、体はくの字にねじ曲るし、激しい痛みの故に、人前も忘れてみにくい絶叫を続けることになる。

自分にとって実在するものはすべて公開するのだ。低脳であること、嘘付きであること、欲情のかたまりであること、いたずらに絶望し易いこと、軽蔑の念いに満たされていること、誇りにあふれていること、何一つまともには知らないこと、あらゆることについて知っていること、憎悪に満たされていること、愛に満たされていること、不安におびやかされていること、自信に満たされていること、これ以上あり得ないと思われるほど正直であるということをそのまま公開するのだ。公開するということは、書いてあらわし、人に読ませるということだけではない。人々が、成る程あ奴は馬鹿だ、助平だ、といっても、それを、はいその通りですと受けとめ、この弱虫野郎！　嘘付き！　と呼ばれたら、ハイ！　と張りのある返事が出来なくてはならない。そうなる迄、その人は救われることは決してないのだ。

人に知られたくなかったり、それを仇名にして呼ばれるのがいやさに公開出来ない私事なら、それは、実在させてはならないものだ。すみやかに葬り去ってしまうに限る。

その様な、自分に実在する内面性の何かのために、物質生活に不利になる様にことが運んでも、周囲がその様に厳しく迫ってきても、その人は後悔しないはずである。その人には、そういったものには代えられない心の安息と、創造的な生き方がある。

初代キリスト教会に属していたクリスチャン達は、すべてこういった人達であった。今日、クリスチャンは、真実の意味においては一人もいない。そういった責任を果す勇気に全く欠けているのだ。いたずらに教会堂の中でひしめき合い、同病相憐れむ心境から、お互いに物質生活の不本意な現状をなぐさめ合い、涙を流し合っている。神はとうに教会内では死んでいるのだ。

自分の傷をかくしおおせるところが教会であると、今日のクリスチャンは信じている。牧師の不健康そうな顔色を見給え。彼は、一切の奇蹟を信じる心の豊かさに欠け、夢を見る者特有の、ヨセフのそれのような輝きがない。アーメン、アーメンを連発しながら、信者の数のふえることや、金銭問題のために必死に祈っているうちは、奇蹟は決して起こることはない。人間がパンなしで生きていけるという秘密を彼は知らない。人間が精神の豊かさの中で、一切のものの満たされるという事実を信じようともしない。高速自動車が二台、ハイウェーで反対方向にすれ違うとき、一瞬、激しい風が起こる。これは極度に圧縮された空気のかたまりであり、歪んだフォルムで迫ってくる波動なのだ。

この一瞬の中で体験する、あの純粋にして厳しい時間こそ、精神が最も浄化され、高揚される。この瞬間が持続される時、その中に生きる人間は、無条件で予言者となれる。予言者とは、常に緊迫した、白っぽい空気の中で生を体験する者のことだ。百万円盗んだ者が七年間の刑期を満了しても、その罪を帳消しにすることは出来ないが、百万円を盗んだと書くなり、談話として発表するなり、いわゆる公表するならば、それでその罪は消える。

しかし、その様に公表することが、自分の立場を全く駄目にしてしまうとするなら、のこる方法は一つしかない。その盗みの行為を、自分のすべて、自分にとっての正当な行為、自分の存在を成り立たせている主要素であると信じ切ってしまうことだけである。つまり、しぼり出せない膿というものも、時にはあるものなのだ。膿の中に心臓が含まれ、頭脳が含まれ、肺臓、腎臓が含まれているということもあり得るのだ。そうした場合、その膿こそ、存在のすべてということになる。こうした膿はしぼり出すべきではない。むしろ膿を濃くし量をふやすために必要な栄養と環境をつくってやることである。膿こそわが生命と、信じて、悪びれることがない生き方がよい。

それ以外に人間が自からの呪縛から解放される道はないのだ。オーストラリアのホルト首相が昨日、潜水中行方不明となった。そこは、遭難者の死体が決して上がってこない危険な海域だ。さめに食われたのか、底知れない海溝の水圧で、こなごなに押しつぶされてしまったのか、岩と岩の間の洞穴の中に押し込められてしまったのか、或いは、潮流の速い流れに乗って、予想もつかない海域に運び去られてしまったのだろうか。

もし、ホルト自身に、死んだ後、なお、意識といくばくかの観察力がのこされていたならば、彼の今迄のどの様な生涯においても味わうことのなかったドラマを見るはずだ。誰にも予想することの許されていないドラマ。私は、このドラマにひどく熱中する。三年間も、遂に見出されなかった四歳の坊やの屍体。殺人犯自らが白状するまで遂にみつからなかった幼児の体は、誘拐されたその日の夜に、既にくびり殺されて、墓地の墓石の中に捨てられていた。この三年間、幼児の見たドラマは一体どんなものであったろう。私は、こうしたひそかなドラマにひどく心をそそられて仕方がない。

ヨハネやパウロが、アラビヤの砂漠で過した数年間のドラマは一体何だったろう。もう一人のヨハネの過したパトモスの島の体験も、キリストやモーセの四十日四十夜の断食の生活もまた、誰にも想像することの許されていない、ひめやかにして厳粛な期間であった。

女の体の中に芽生える生命の、十ヵ月の期間にも比すべきこの期間こそ、私が好奇の眼を注ぐドラマなのだ。こうしたことがらに眼を注ごうとする以上、もはや、従来の眼は何の役にもたたない。もっと違った、全く別の眼を用意しなければならない。この次元は、微分していく領域をはるかに超えてしまっている、平方根も、乱反射も、モーメントも、比重も、複素数も、それらに準じたどの様なものも遠退いてしまった処から、ようやく出発する何かなのだ。

この領域は、素領域を超えた、一層うらさみしい、亡者ども達でさえ寄りつくことのめったにない処である。幽気さえ、すっかり消滅してしまっていて、虚無が飽和状態になっている処だ。私は、そこに何か実体を求めて毎日うろうろする。雌犬の入れられている檻の周囲で、尾を振る発情期の雄犬の姿に似てもいる。

ああ、いつになったら虚無の飽和状態の中に充分なものをつかみとることが出来るだろう。その女は、人一倍美しく、健康な肢体を持ち合せていながら、人一倍回転のはやい頭を持ち合わせていながら、そのなめらかで透き通る程に白い皮膚の下で、悲しみを大きくふくらましていく。

出逢う男性にはことごとくふられ、だまされ、そのくせ、あの瞬間に、この男以外には何一つ確かなものはこの世の中に実在しないような幻覚におち入る。激情の嵐の中に溺れる。それが容易に出来るのだ。ありとあらゆる芸事、素養を身につけていながら、むなしいプライドは、どこまでもみにくく、限りなく連鎖反応のぶすぶすとした黄色い硝煙をまきちらし続ける。あらゆることについて、かなりの理解力と判断力を持っていながら、全体的に見て、何一つまともには理解したり判断してはいない。その上、最も悲しいことに、感じることがほとんどなくなってしまっている。

彼女が身に帯びている宿命は、現代人が負っている宿命の象徴化されたものである。いたずらに誇りだけが高くなっていくが、何一つ手に入れることは出来ない。男との出逢いの後には、毎回、失恋の悲哀がつきまとう。あらゆることを知っている。それでいて、何一つ自分の幸せにつながる道を知ることは出来ない。

ニューヨークのマンハッタン島とパリのシテ島。マンハッタンは、かつて、オランダ人が、インデアンから小銭で買いとった頃、深々とした陰毛の様なジャングルにおおわれていたが、今では、無数の陰核のそそり立つ世界最大の乾燥地帯となってしまった。ブルックリン橋も、マンハッタン橋も、自由の女神も、欲情の、自然で、正常で、健康な働きを阻止している。シテ島はずっと小造りながら、その両わきや上下には黒々としたものが生えのこっている。二人の女の性器のイメージの前で、ほんのりとそのにおいを嗅ぐ。アメリカの六月は結婚の季節。フランスの六月は自殺の季節。ブダペストやプラハの六月は半陰陽の人間の季節。オランダのフィリップス電気カミソリと、ドイツのブラウン電気カミソリの音の間で、『モルドウ』をきく。香港で話される英語と、コンゴで話されるフランス語と、台湾で話される日本語が混り合ってつくりだすハーモニー。

三ヵ月間も何も食わずビンの中に入れておかれたまむしが冬の最中に、まだかま首をもたげる気力を失わないでいる。強烈な焼酒に浸けてやれば、恐らく、ペチャンコの胃袋の中にたらふく飲んで、狂気の酔いにふりまわされ、八年間の幻覚の世界に沈んでいくだろう。八年目には、精力の減退した人間が一飲みすることに依って、ペニスはまむしのかま首となる。陰唇の内側には、毒液の様に、生命を生かし、殺してやまない分泌物がどろどろと溜まるようになる。

ギンナンの実を焼いて、くるみ割りでパチリと殻を割り、とり出した実を、熱いうちに、ふうふう吹きながら、塩うにと卵の黄味を半々に混ぜて練ったものをつけて食べる。イカどっくりに、多少熱いくらいに燗をした特級酒にとてもよく合う。しかし、こうした、酔に任せてぐちをこぼしたり、世迷言を言うようじゃあいけない。そうしたほろ酔いの中では、むしろ、高度に厳しい哲学に身を委ねるのだ。宗教するのだ。同情や、うっぷん晴らしは、しらふの時にせよ！

凹凸を平坦にする野心

私は、時折、自分の書いたもの、それも、原稿のままではめったにないが、一応は印刷されたものを、ゆっくり心を込めて読み通して見る時がある。そして、妙なことだが、自分が書いた文章に依って、自分自身が幻惑され、魅了されていく。

ギリシャの若い男性の神のように、水鏡に映った自分の、余りに美しいのにうっとりとなって入水してしまうというあの話、あれは、私にとって間違いなく本当なのだ。しかし、その様に一種の神秘性をただよわせて迫ってくる力は、私が激情に浸って書いた箇所だけであって、その他の、意識したり、綿密に調べ上げたりして書いた箇所にはあらわれない。私の知らない大きな力が、激情の瞬間に、しのびやかに私の原稿に流れ込んでくるものと見える。換魂の業、錬金術の業にも匹敵するものだ。今後も、自分の書いたものに泣ける幸せ者であり度い。

一切、自分が知りつくした事だけで埋めていく原稿など、一体どれほどの価値があるというのか。巨大な神の極く限られた一角、片鱗そのものになりきる。それを支えている全体は、宇宙全体であって、その声は、私の書くものに如実にあらわれていなければならない。

私は全体の一パーセントを語る。一パーセントを意識し、欲望し、盗み、知り、誇り、怒り、笑い、脱糞し、嘔吐し、射精する。残りの九十九パーセントは、宇宙の全存在がやってくれる。私は、一枚の包装紙の裏に書き込まれた四百字の原稿を単位にものを書き綴っていくが、それが発言することは、宇宙の総体という巨大なスケールにおいて納得されなければならない。

巨大な動力を支配し、それを自由に操作して、しかも私のやり方に全面的に賛成し、利害関係の全く一致する何かがこの宇宙の意志の中に在ることを私は疑わない。それが天祐と呼ばれようと、才能といわれようと、神と考えられても、悪魔と思われても、精神力と信じられてもかまわない。とにかく、そういった、とてつもなく大きな力が背後にあるのだ。それだから、私は、ちっぽけな自分の教養や、知識、能力に頼って何事もやるつもりはない。一切を委せ切ってあるのだ。

私は、感じ、欲し、願い、望み、信じることをそのまま率直に生き、書き、うたえばいいのだ。

第二次大戦で従軍しフランスに渡った十九歳の青年がいた。彼の名はジャック・マーチコフスキーといった。三代前にポーランドから移民してきて、アイダホ州の田舎でなかり広く農場を経営している。長男の彼は大学を途中で止めて陸軍に志願した。学業も余り悪くなく、体格のいい彼は、幹部候補生として訓練を受け、フランスのノルマンデーに上陸の際には中尉となって一小隊の指揮官となっていた。奇蹟的に、いくつものドイツの堅固な陣地を突破して、部隊内にその勇名をはせた。パリ入城の二日前、小さな村で白兵戦の後、三十名ばかりのドイツ兵を捕えてそこを占領した。

その村はサン・ミシェルといってまずしい処だったが、十七になる娘マリアンヌに出逢って彼の人生は一変した。ブロンドの髪をした彼女は、継ぎはぎだらけのエプロンをかけ、かさかさした顔をしていたが、美しさが、彼女の物腰の中にどことなく、あらわれていた。

ジャックはその時二十二歳になっていた。ルテーナント・マーチコフスキーというところを、フランス語の訛りが入って、リュートナン・マルシコフスキーと、彼女は言った。ウイ、ウイ、ジェ、シュイ、マルシコフスキーと、彼は下手なフランス語でいいながら相好をくずした。

ジャックは彼女にとってジャコであった。彼女こそ彼にとって、唯一の女であるとジャックは確信した。アイダホの家族に短かい手紙を書き送って、この地に、この女と永住する決心をした由を知らせたのは、ドイツ降伏後間もなくであった。しばらくの間アメリカ兵は、フランスの住民達にとって英雄であった。

帰国命令が出された日、ジャックは、現地除隊願いを出してそれが許可になった。彼等の結婚式を村中が祝福してくれた。ジャコ・マルシコフスキーは、身も心もフランス人になろうとしていた。アメリカ陸軍中尉ジャック・マーチコフスキーは、もはやそこにはいなかった。彼はマリアンヌの家で、一諸に農業に従事することになったが、仕事のやり方は、多少の違いはあれ、アイダホでやっていたものと大差はなかった。しかし二カ月もたたないうちにどうしたわけか、さっぱり仕事に精を出さなくなった。例のフランス訛りの英語で「アイダオに帰りたくなったんでしょう、ジャコ？」とマリアンヌがきくと、「ううん、そんなことないさ、こんないいところほかにないよ」

「ならどうしてふさぎ込んでんのよ、元気出して」

それから二人の間にどの様な話し合いがあったか知れないが、その後彼女の、彼を笑顔で送り出す姿が毎朝見られた。誰も、彼が何処に行くのか知らなかった。彼女の両親や兄弟達は、それを見送っている彼女をなじった。しかし、彼女は、「ほんとに大丈夫なのよ。私のことも信じて。ほんとに心配ないんだから。あの人、あれは大物よ。百姓なんかさせておくのほんとにもったいない」

家族の者も、彼が大学で勉強していたということを知っていたし、陸軍の中尉であったということにも一目置いていた。だがそういうインテリであっても、一諸に住み、家族の一人となると、畠仕事をしないことは何としてもがまんのならないことであった。しかし、マリアンヌが、「あの人は大物よ」と、むきになってくると、家族の者も口をつぐまないわけにはいかなくなり、「その代わり、私が働くわよ」と必死になって畠の仕事に精を出す姿を見ては、誰も何も言えなくなってしまった。

冬がきて、また春がきた。ジャコは相変らず町の方に通いつづけた。

「いつ迄亭主にあんな真似させておくんだい。いいかげんにして働かせたらいいのだ」と誰かに言われると、

「あの人は余りに才能があり過ぎるんですよ。大物なん

です。だから、一寸やそっとでは動き出さないんです。でも、今に見ていて下さい、動き出したら大きなことをしますから。ええ、きっとしますとも」

マリアンヌはどこまでも底抜けに明るかった。或る日の夕方、血相変えて飛び込んできたジャコに
「どうしたのよ、そんなにあわてて」それから水を飲ませたり背中をさすったりしてやってから、「お金が欲しいんじゃやない？　ねえ、そうでしょう？」マリアンヌは、のぞき込む様にしてジャコにたずねた。

「実はそうなんだ」

家族の者は、呆れてものが言えないといった顔付でお互いに視線を交わし合った。

「ねえ、父さん、兄さん、母さん、それに、ギョーム、ポール、みんなお願いだから、あるだけのお金全部貸して、後生だからこの通り」

マリアンヌは両親や、まだいたずらざかりの弟達に十字を切って、ちょこんと腰を低めて哀願した。そして、自分では、首から下げていた大きなロケットの中から、小さくまるめた札を三枚とり出した。周囲の者が誰も金を出してくれそうもないと分かると、ジャコの方に向き直って、「ねえ、これじゃあ不足？」

「うん、だめだ。もう少しなくちゃあ」

「そう、こまったわ」

再び父親の方を向いて、

「お願い、この人、決して遊びに使うってんじゃないのよ、いよいよ大物が動き出したんだわ、だから助けてちょうだい」

何とも不思議な家族だった。兄と二人の弟達は、それぞれの小遣いを持ち出してきて、一言もいわずに姉に手渡したし、父親は、何やらぶつぶついいながらも、母親のポケットから何枚かの札と三枚の銀貨が出されるのを横目でにらみ、自分でも、かなりのへそくりを出した。

ジャコは、「メルシイ、モンペール、マ、メール、エ、メ、フレール！」と言いながら、マリアンヌにキッスをすると、横っ飛びに家を出ていった。六人の視線がポカーンと開けた口とともに、畠の中の小道を走っていく大物の後ろ姿を追った。

その夜遅くなってジャコは、何やら機械を載せた荷車をがらがら曳いて戻ってきた。ドイツ製の映写機と、二、三巻のフイルムを彼は買ってきたのだ。これを見て喜ん

だのはマリアンヌだけであった。彼女は、

「あなたって、まあ何て頭がいいんでしょう！　大学で勉強しただけあるわ」

翌日マリアンヌは、村中に、映画会のことをふれてまわった。今度、彼女の夫が、この地方の田舎をまわって映画を見せる計画だということ、先ず手はじめに、この村では無料で皆に見せるということを、さも誇らしげに話して歩いた。バスで三十分もゆられて行けば、パリのテアトルで最新の映画が見られるという事実に関しては一寸も気にする様子はなかった。

その日のマリアンヌの家の庭には、大きなシーツが張られて、二、三十人の村人達に、古くて映りの悪い映画を見せた。途中、にわか雨になって、大半の人達は姿を消したが、それでも、ジャコは必死になって、馴れない映写機の操作を続けた。

ポール・ヴァレリーは、サンボリズムの詩の流れにあって、一つの最盛期をつくった。一切の散文的、叙事的要素を否定して、それらを超えた処からはじまる新しい詩のいのちを確認した。私もまた、一切の小説的特徴を否定した処からはじまる何かを期待する。コンピューターでは決してつくり出せぬもの、つまり、一作ごとに、一文章毎に、一句毎に、それまでの過去を否定し、反逆していく、飽くことのない闘いの作文態度を実感していくつもりでいる。それは、もはや、文学と呼ぶには余りにも巨大過ぎ、怪奇過ぎ、乱れ過ぎ、熱し過ぎ、陰部が露出し過ぎるものだ。

あらゆるモラルは、かんかんに怒り出すか、絶望して尻込みするかのどちらかである。文明は、糖尿病と高血圧で蒼ざめる。

ジャコとマリアンヌが村を出て、あちこち、附近の村々を巡回して映画を見せて歩いたのはそれから間もなくであった。余りに古い映画であり、未熟な機械操作だったものだから、しきりと村人達はやじり、まともに金を払って帰る者は、全体の三分の一ぐらいなものであった。しかしマリアンヌは、一寸も不平がましいことはいわなかった。アメリカ生まれの青年ジャコは大物だと信じきっているのだ。しかも、力と富のある夢の様な豊かな国の大学にさえ行っていたのだ。多くの同じ年頃の、いかすアメリカ兵を指揮した中尉殿でもあった。

そういったマリアンヌに輪をかけた様に、ジャコものんびりとしていた。遠い祖国アメリカにいた頃には、一寸でも困っている人がいると、周囲の者が、どっさりと金や物を集めて持ってきてくれるということがあったが、もし、本当に困るようなことがあれば、このフランスの田舎だって、誰も黙って見てはいまいと考えていた。それに、この機械を買った時だって、マリアンヌの家族は、あれ程反対していたにもかかわらず、ぽんと金を揃えてくれたという、この事実が彼を力強く支えていた。

だが、どうだ！　一カ月ほど巡回していた或夜のこと、泊っていた家が火災になって、映画の道具一式はすっかり焼けてしまった。そして、マリアンヌがどれ程熱心に、ジャコの大物であることを説いてみても、誰も口をつぐんで、協力しようというものはいなかった。たまりかねたジャコは、アイダホの両親に手紙を書いた。パーソナルチェックでかなりの金額が折返し送られてきた。二人で、直ぐアメリカに戻ってこいというのである。二人は一たんドーバー海峡を渡り、英国からニューヨークの波止場に立ったのはそれから間もなくだった。

大学に戻った夫を支えて、両親の農場で働いていたマリアンヌは、それから五カ月して男児を生んだ。ケネスと名付けた。ケネスが六歳になった時、家族三人は再びフランスに戻った。今度は、バプテスト派の宣教師としてであった。マリアンヌは、夫以上に熱心にキリストの福音を村人達に伝えはじめた。旧教の根強いこの地方で冷たくあしらわれながら、それでも、いつも明るさを失わず、「あの人は大物なんだから」と口ぐせのように言っている。

真の友人に会って語ったあとは実に気分がいい。自然と歌が口を衝いて出てくる。寒さに凍え切っている師走の時期なのに、一寸もゆううつにならない。とてつもなく身が軽い。飛んで歩きたい位だ。

「余程いい話をしたのね」

「いいや、別に」

「それじゃあ、よほどいい考えでも話しの最中に浮かんできたんでしょう?」

「まあ、そういうところかな」

この言葉がいい終らないうちに、歌が溢れて出てくる。とにかく、とても気分が楽なのだ、金が不足していても、家主が変な顔付しても、われらの実験誌、『新限界』が無視されていても、一寸も気にならないのだ。

私はきっと、やがて、あらゆるものを許容出来る人間になると思う。戦争も、宗教も、私への批判も、賛辞も、盗みも、殺人も、すべて結構なことだといい切れる人間になるだろう。こうして、黙殺されている今は、一切を否定し続けているが、やがて、その逆に、一切を受け入れ、肯定出来る時がくると思う。いや、もしかすると、私にとって書くことは、今年あたりで終りになるかも知れない。後年、研究家達が、私の重要な作品のすべては、千九百六十七年迄のものであって、それ以後のものはさほど大した意味を持ってはいない等と言うんじゃないだろうか。今後は、むしろ、しゃべりまくり、活動して、世界中を飛びまわるようになるのかも知れない。そして、アフリカにでもベトナムにでも飛んでいき、今迄、誰もが書かなかったような厳正中立の眼、いや、私自身の利害のみに結び付いた眼で、かなり異ったものを書くだろう。そして、戦争も、平和も、同時に否定し、しかも肯定するといったやり方をする。

恐らく、どの様な平和運動よりも、私個人のそういった作品の方が、戦争をやっている当事者達に戦争をやめさせる力があるはずだ。戦争を止めるというより、やる張り合いを失わせてしまう、力に満ちたものをきっと書くと思う。それに、あらゆることを、世界中に同時放送が出来る通信衛星を使って、人々のあらゆる行為を肯定してやる。

「殺人？　けっこうじゃあないですか、大いにやって見て下さい。銃殺や電気椅子で処刑されるまで、責任を持って、とことんやり遂げたらいい。戦争？　けっこうです。戦死する迄大いに励みなさい。死んだら、遺された家族のことは全部引受けてやるから心配せずに。私に反対するって？　いいですとも、大いにやりなさい。なかなか独創的でいいじゃあないですか。何なら、その活動資金を二、三百万円援助してやってもいいですよ。どろぼうをしたっていいじゃないですか。ひとつ、充分にやってみてください。何なら、トラック一台も寄附しましょうか。何でもいい、それに徹しきれたら、それはすばらしいことなんですね。しかし、こう言われて、はいそうしましょうって言える人間は、そうざらにはいないはずだな。大抵は、意地みたいなものに追い立てられて、惰性でやっている。やれって言われて、はいそうですか、それなら御言葉に甘えて、させて貰います、と言えるものが本物なんだな」

私は、一たん、この地上の人間の集団に対して発言力を持つようになったら、この様に一切を肯定していきたいと思う。そして肯定することは、一切を否定することと全く同じことなのだ。一切に超越する態度がこれなのだ。一切を肯定するか、一切を否定する人で、不安になっている奴はいないはずだ。何かこう、大きな事件が間近かに起ころうとしている予感が刻々と近づいてきている。私にはそれがよく分かる。

充分単純な思想に発展していった。恐ろしい位緊張している考えだ。来年には大きく私の生き方が変わってくるだろう。とにかく従来のものとは大きく変わってきている。厳しさがあふれているのだ。

そう、まさにその通りだ。今年は、あますところあと十日しかない。しかし、今年は偉大な年であると思う。そう信じる私の気持には一寸も変わりはない。今年中に、とてつもない大きなことが起こるはずだ。見ていてくれ、きっと起こるから。われわれは、もう、書くだけのことなど今年限りで止めていいと思う。世直しをダイナミックにやらなければならない。社会改革でも何でもない。地球上の凸凹を平らにし、地球の自転と公転を変えるような何かをしなくてはならない。

人間は、金環蝕の時の、あの美しいコロナに驚いた。コロナ……。ラテン語で〝花環〟という意味のこの言葉は、まさにうってつけのものだ。あの輝き。それは地球上では決してその存在が考えられない別種の元素の輝きである。そして、この元素はコロニウムと名付けられた。しかし、その実、コロナの輝きは、鉄やニッケルの出す光であることが分かった。そして、単なる鉄やニッケルではない。多くの電子を失った鉄とニッケルであった。そうだ、われわれ人間も、何か偉大なことを為すには、附加的な才能がなければならないのではなく、一つだけ、何かが決定的に欠けている者こそ偉大な行為が出来るのだ。

私は、人間社会が、文明の名の下に持っている常識を自分の中から取り出して捨てよう。私は、徹底した非常識な人間になるのだ。今迄、誰一人として出したことのない光を発するために是非そうしなくてはならないのだ。文学者は、文法を失う時、数学者は数字を失う時、宗教人は神々を失う時、最も偉大な力を発揮することが出来る。力士は脚気になる時に、最も力士のよさを発揮出来るし、マラソン選手は夢の中で、一番快適にレースをすることが出来る。兵士は降伏する時点から、最も勇気を発揮しなければならないし、文明人は、風葬の野辺から、真の生き方をしなければならない。

地球にせまってくる太陽熱エネルギーは、太陽表面から発する際の二十億分の一に減殺されている。太陽の本来の味わいをした者は、従って、地上には一人もいないということだ。一人の人間が他の人間に向かって自己表現をしようとする時、その人から発する際の印象は、二十億分の一以下に減少して他の人に伝えられる。二人の人間の間の五十糎という距離は、悲しみに満ちた光年単位で計られねばならない間隔である。人間は、決して自分以外の人間を、その在りのままの姿で見ることはない。

そして、自分を見る上でも、やはり、一たんは鏡を通して他人との距離の二倍の間隔をおいて眺めている。自分自身は、それで、四十億分の一以下の微弱な電波に依ってキャッチ出来る、星雲の彼方のSOS信号である。絶望は分かっている。しかし助け出す術はない。既に何万年か、何億年前の遭難が伝えてくる過去の電波だ。この広大な宇宙で、人間は、自分自身と向き合う時も、過去と対決しなければならなくなっている。

子供が、買ってもらったばかりのクレヨンを、一生懸命に、もとの箱に入れようとしている。十二色である。しかし二本足りない。汽車を黒で描いてやる。客車は藍色、窓ガラスは水色、車は黒だ。山は緑、川は水色、線路は黒、雲は白、空は水色、クレヨンの溶けるような匂いは、私の小学校一年の夏を思い起こす。二つの峯を端正に持つ筑波山と、黒い三十年代の自動車。これは箱型であって、車のうしろに補助タイヤがつけられている。道は、いつも遠近法の単純な現象で、孤を描きながら、徐々に手前に近づくにしたがって大きくなっている。玉を失ったソロバン、カーソルのない計算尺、パイロットが催眠術にかかっている性能のいいジェット機、羽根のないトンボ、尾のないリス、ひげの切られた猫、鼻かぜと中耳炎をわずらっている警察犬などが楽しく遊ぶ世界。私の亡くなった息子もきっとそこにいるのだ。私のもとに遺していった一つかみほどの骨は、決して、息子ではない。息子は、あそこであの通り元気でいる。ハレルヤのうたをうたいたい。雅一君元気かい？

宇都宮のオリオン通りから、一寸ばかりさびれているユニオン通りに向かい、そこから左に折れれば材木町通りである。反対側の突き当たりは裁判所で、陰気な一角だ。これといった理由もなく、ただ女学生の下校時に、その通りを何度か往き来したくて家を出たのは十七歳の頃であった。ニキビが顔中に吹き出していた。

この通りにあるダンスホールの裏側にいた骨相術師を、こっそり訪れて頭を両手で押さえてもらったことがあった。「君は文学をやる以外に道はないよ」と、中年のその男は、私の頭をかかえたまま目を閉じて言った。私は彼の手の下から上目遣いに彼の表情をうかがっていたのである。この男の、鼻下にひげをたくわえた顔は、西尾末広に似ていたし、台湾で水産学校の校長をしていた私の叔父にもよく似ていた。終戦の丁度一カ月前に、この通りは、町全体の運命と同じく、夜間空襲に依ってあとかたもなく焼け果ててしまった。骨相術師に会ったのは、戦後二、三年目のことであったと思う。

「ああ、ディック・ミネという具合いにね」

バラックの郵便局で、中年の局長は私がクリスチャンネームで受けとった為替か何かを見て、しきりとうなずいていた。そういえば、ディック・ミネの歌声が、雑音の入るラジオを通して街に流れていたのもあの頃だった。

終戦でつぶれてしまった航空機会社が、戦闘機の尾輪を利用して、ラビットという名のスクーターを造って売り出していた。はじめは何とも奇妙に映ったものだが、だんだん馴れてくるにつれて、あの時代を象徴する一つの風物になっていった。カーキ色の軍服を着、軍靴をはいてスクーターにのる姿があちこちに見られた。

小平義男が十何人もの女性を強姦し、そのあげく殺したことが、映画『きけわだつみの声』と交互に街を流れ、若者の性感帯をしきりとくすぐった。

そうした事実に目をつけて、小平の犯行を現代風の講談に仕立てた若い男が、頭にテカテカとポマードをぬりつけて宇都宮の劇場にあらわれた。われわれは、強姦のシーンの、かなりきわどい描写だけに昂奮し、その他のことはすっかり忘れていた。それから二、三日は、ずうっとそのポマード頭ときわどい場面が頭にちらついて、国文の蘆花の文章も、英文も、まともに身に入らなかった。

他人の心臓で生命をとりとめた男が十八日目に死んだ。

生体拒絶反応という手強いやつには、心臓移植の医学もまだ打ち克ってはいない。だが、この拒絶反応という作用――一体、これは何と厳粛な力だ。いや、力というよりは、生きているものの誇りとか意志としか言いようのない何かがそこにある。拒絶反応を持たないでまともに生きられるものは皆無である。生きるということは自分以外の要素の一切に反対し、これを拒絶することである。例え、あらゆる条件からいって、自分と寸分違わないものであっても、自分自身ではないという事実だけで、これを拒絶する様でなければ生きているとは言えないのだ。生きるとは、自分と他者を明確に区別することである。

自分とは、質の問題ではない。位置の問題である。自分の内側に、はじめから置かれていたか否かの問題である。真実な人間の生き方は、常に、純粋であるという証拠に拒絶反応を示し続ける。自分と全く同質のものであっても、自分と他者は、はっきりと区別する。そして、自分の内側に奥深く他者を迎え入れることはあっても、それを、自分自身と同一視はしない。

それに反し、死んでいるものは、自分の外側のかなり遠くの方に位置しているものであっても、そして、かなり異質であっても、自分の一部として認めてしまうことがある。集団や組織の中で、自分を、その中の一分子と認める人間は、明らかに死んでしまっている。われわれ人間には、肉体が、他のどの様な異物でも体内に許容出来ないのと同じように、人格においても同様の厳しさが与えられている。あらゆる病原体の侵入を防ぐために必要な拒絶反応は、アフリカの白人にとっては生命とりとなった。

予言者や詩人がたどる苦難と殉教の道もまた、これとすっかり同じだ。余りにも個性が激しく、豊かであり、枠からはみ出ている故に、社会や時代との協調がほとんど不可能となってしまう。頑迷なほどに、外部の一切を拒絶する彼等予言者の態度は、当然、社会や、その時代の権威の憎悪と怒りを買った。それにしても、そうした拒絶反応の中で守りぬいた自分というものは、どれ程素晴らしいものだったろう。今になっても、彼等の考えや生き方は、われわれの心を打ってやまない。拒絶反応とは、自己防衛のための基本的な、そして、意識前の自律本能であり、生きているものが、生きていることを立証する唯一の機能である。

誰も立証することの出来ないような真実はあるはずがないとは、誰も言うことが出来ない。これは、もはや機械に依存しない、生けるもののみの直感に頼らなくてはならない能力、つまり信じきる力に依ってのみ確認しなくてはならない。私はそれを固く信じよう。製図の技術と、トレシングペーパーと、デバイダーと、コンパスと、烏口と、計算尺と、ミクロンノギスと、マイクロメーターと、分度器と、T型定規に依って作られていく図面の中の真理ではなく、ミラーが感嘆の声をあげた、ボッブ・ナッシュのスケッチの様に行われる。

それは、子供が中途で飽きて投げ出した、半ばほぐれた凧の糸巻であり、風化作用に依るローム層の亀裂であり、謄写印刷の際、原紙のしわに依って生じるジグザグの線であり、なめくじがたどる道にあらわれる、銀色のボディプリントであり、山羊の腸の解剖学的な位置であり、性毛のちぢれ具合であり、古代の遺蹟の崩れかけた城壁のひび割れであり、怒りくるう者の額にあらわれる青すじである。

この種の真理は、数字を拒否し、量と質を拒否し、方向を拒否している。常に交錯し、乱舞し、ごちゃごちゃに書きなぐり、酔いに任せてしゃべり続け、おかしさをこらえきれずに笑い続ける。

全射手に告ぐ、戦闘配置につけ!

狼の乳房にすがりついて育ったロムルスとレムス。フィレンツェの美術館にある像は、幼児の可愛らしさをはっきりとあらわしている。

ローマの平原に遺されている水道は、半ば崩壊しながらも、羊の群の草を食《は》むなかに冷え冷えと立っている。中央アジアの草原の歌に絡んで、ベネチアのメロデーが響いてくる。アッピア街道に、今なお敷きつめられている丸石の石畳。黒々として、当時の戦車のわだちのきしむ音をかすかに伝えている。

大理石の像から判断するに、シーザーというあの老人は、ずい分貫録のない男だったらしい。毛は薄く、ひげなど生やしたくとも、ひょひょろとしか生えなかったのだろう。顔はのっぺりとしていて、やがて、初代の皇帝となる養子のアウグストスの父とは思えない。秀でた額といっても、この様な型のものは、貧弱さ、ひ弱さ、精神の弱さが前に出てきてしまって、せっかくの頭脳タイプの能力も生きてこない。

とにかく、貧弱な男である。三十年こつこつと働いて、やっと課長か係長になって退職するといったサラリーマンにこういうのが多くいる。もっとも、大臣達の中にもこういうタイプがいないでもない。どんなに良い服を着せても、どこかしらよれよれに感じさせる損なタイプだ。声音の方は、恐らく、平均よりはかん高く、口先で話をするという型だろう。利口ではあるが、浅はかさ、下品さのかくしおおせることの出来ない品性がそこに歴然としている。

アウグストスは、それに比べて、お坊ちゃん風といった若々しさと軽快さに満ち、いわば永遠の青年のイメージを強く訴えてくる。だが、どこか豪快さという点で一枚欠けているといった印象は、養父シーザーゆずりであるらしい。

五代目の皇帝ネロは、大理石の像では確かなことは分らないが、恐らく、色白の、垢抜けた青年であったはずだ。だが、どうにも鼻持ちならないごうまんさが、その小柄な体に満ちあふれていたことだろう。あの鼻や、下唇のつき出た形は、それを如実に物語っている。あの髪の毛から判断して、性毛は丸形に生え広がり、ペニスは、生白く、だらりとしていたはずだ。向こう気ばかり強く、小才はあったかも知れないが、何処か決定的な面において、脳の弱さを暴露する不幸な男であった。金貨にレリーフされている彼は、そういった鼻と唇の特徴を、かなり極端にあらわしているが、これを造った職人は、この事に関する限り、マリオ・マリーニやロダンやマイヨールをしのぐ彫刻家であった。

私は詩人でなくして彫刻家であると、声をふるわせて叫んだのは高村光太郎であったが、それよりは、明らかに偉大な彫刻家であったはずだ。無名の偉人、万歳！

金貨の中のネロは、狂ってはいないがあきらかに泣いている表情を示している。頭と首の太さがほとんど同じぐらいというデフォルメの仕方も、悲劇性を一層激しくリアルなものにしている。

ネロは恐らくは、政治という、つまらないものの最大の犠牲者であったようだ。ネロの犯罪よりも、彼が負わなければならなかった犠牲の方に、私は、強く心がひかれてならない。

十三代目のトラヤヌス皇帝、これは全皇帝の中では最も頭脳的であったことが、その像から歴然としている。冷徹なスパイ、本格的なインテリ、詩人、貴族という言葉がこの人物にはぴったりと当てはまる。彼の目は、精神的なものを見るには一寸弱いが、現実生活の問題に関する限り、一切を、かなり正確に見抜く力を具えている。彼の口は、知性を漲らせ、語り出す時、きく人は処刑されるか、一躍大臣にとり立てられるかのどちらかである。

彼は、本当なら、音楽家として、十九世紀あたりで、交響楽団の指揮をすべきであった。彼の耳には、あらゆる要素と要素のハーモニイを巧みに組み合わせていく才能がこびりついている。中耳炎の様に深くこびりついている。彼の治世に、ローマ帝国の版図が最大になったという事実も、決して単なる偶然からではなかった。彼の顔の中には、ローマを中心に放射状に伸びている、あらゆる道路のブループリントが薄っすらと浮び上がっている。

二十一代皇帝のカラカラは、浴場と結び合わせて考えてはならない。彼はその容貌から、はるかに活動的であり、商売気のある男であった。アメリカに移民していたら、同胞のアル・カポネよりも、もっと大成した、ボスの大物になっていたはずだ。彼の巻毛は、計算に強い男であることと、打算的な性格の持ち主であることをはっきりと示している。どんなに不義理をした人でも、彼の前では恐れる必要はない。彼は決して不満や怒りを表面に出すようなことはない。その代わり、後になって、金銭問題で充分かたきをとられる。それでいて、一寸も憎めない男である。部下を統卒することにおいては、軽業師に近い腕の冴えを見せ、いつもきれいな花束を若い娘に贈っては、「とってもいいおじさまよ」などと言われて気をよくしている。だから、一寸事業に失敗したぐらいでは、そういった女達のヘソクリを元手にして忽ち失地を回復出来る男である。

四十二代のコンスタンチヌスは、トーテムに彫刻してもらえば、最もよく真価を発揮出来る、何とも眼のでっかい男である。この皇帝ぐらい不器用な男は、世界にもそうざらにはいないはずである。あの大きな眼、あれは彫刻家の不手際のせいであろうか。まるっきりそうでもあるまい。彼はキリスト教をローマ帝国の国教と定めた男でもある。彼は大勝して引き揚げてくる時、キリストの十字架を空に仰いだというのだ。

それにしても、個人的な体験としてのキリスト、私的な真理としての十字架はあっても、社会全体や、集団につながるようなものは何一つないのだ。真の宗教は、常にプライベートなものである。コンスタンチヌスの顔は、凡人という感じを最も強く抱かせる。そして、どこかデフォルメされた彫刻の特徴を漂わせてもいる。カラカラ帝の肌が大理石そのものの固さを思わせ、シーザーのそれが鋼鉄を思わせ、ネロのそれが、水分を多少多めに含んだドロドロの粘土を思わせるのに対し、コンスタンチヌスのそれは、ぼろぼろに風化していく木彫を思わせる。

それにしても、私は、また何と誠実な男であろう。親兄弟や、社会の規則や、義理人情の一切を忘れ、足蹴に出来るくらいに、実にまじめ一本の男なのだ。遠い親戚と、いつまでもだらだらと無責任な付き合いをしているより、私という男と、社会的には何の関係もなく、それでいて、私を一卵性双生児の様に信じ、助けてくれる友に、情熱をもって接近していける。親に一通の手紙を書くよりは、こういった友に数多くの手紙を書く。私は、余りにも、事実を事実としてそのまま受け取り過ぎるのだ。そして、それ故に、私は誠実であるために迫害され、祝福される人物であることを実感する。

義理人情に縛られ、肉親の絆から生涯離れられず、社会の規則の中にとじ込められ続ける人間は、一度として、真の誠実さなど持つことはでき得ない。そういった人間に無条件で信頼を寄せてくる人間もまた、いようはずがないからだ。何十組のカップルの仲人をつとめ、世話役をやり、代表となり、保証人となりながら、彼等は、一度として、どんな人間にも無条件で信じられることはないのだ。そういった、穏健でまじめで義理固いといわれる社会人で、たった一人の人間にでもいい、生きる力と、人生の大きな転換の動機を与え得たものが一人でも居るだろうか。

私は今、ひどく希望に満ちている。間もなく私の時代がやってくるのだ！

ああ、何という解放感だ。私はもう少しで、怒り、わめき、涙を流し、感謝し、喜び、神を見、悪魔と対決し、甦り、奇蹟を食うことになるのだ。そうなると、もう文学なんかでは納まりきることのない、巨大な何かに誕生していくのだ。二十世紀後半から展開していく、神々のドラマのはじまりである。もう、その時期がやってくるのだ。足音がはっきりと聞こえてくる。

やがて間もなく総司令官の地位につくはずの青年は、町のならず者の強要に応じて彼等の股をくぐった。股をくぐったあとでも、彼の表情は何と明るかったことだろう。後光がさしていたかも知れない。私は、今、誰か、高名な手相見か人相、骨相の占師に自分の未来を占わせてみたい気がする。一体、彼等はどの様に私を見るだろう。私の人相の中に虹を見ないだろうか。私の目に光を見ないだろうか。私の口元に、勝利の言葉が溢れていやしないだろうか。私の額には、漂白された精神がとろとろと燃え上がってはいないだろうか。私の髪の毛は、ゴッホの糸杉の様に激情に狂ってはいまいか。

私は一切を知っているのだ。いや、感じとっているのだ。もし占師が、くどくどとたわ言を言ったら、たわけ奴！　と叱咤してやりたい。私には分かっているのだ。私には、爆発寸前のダイナマイトがくすぶっている。いつ大音響とともに四方に飛散するか分からないのだ。私には分かっている。私はもう少しで変貌するのだ。私はもう少しで怪物になるのだ。私にはよく分かっている。私は、間もなく死ぬのだ。新しい何かになるために——。

「さあ離陸だ。B二十九の出撃だ。全射手に告ぐ。離陸位置につけ！　戦闘配置につけ！」

本当に未来を予告出来る占師なら、私の人相や手相を見て、一瞬たじろぐはずだ。そして、私の前途におそろしく大きな未来があるというか、さもなければ、こんな何の徴候も全く見られない顔や手相など今迄に見たことはない、雲を掴む様な話しでさっぱり訳が分からない、見料はいらないから帰ってもらいたい、と言うなら本当の占師だ。それをくどくどと、もう少し努力すれば何とかなるとか、心掛け次第で来年はいい年になる等とほざくなら、横つ面を張りとばしてやろう。

坂口安吾の言葉を引用する。

「いわば、事実において秀吉の精神は〝天下者〟であったということが出来る。家康も天下をにぎったが、彼の精神は天下者ではない。そして、天下をにぎった将軍達は多いけれども、天下者の精神を持った人は秀吉のみであった。金閣寺も銀閣寺も、およそ天下者の精神からは縁の遠い所産である。金持の風流人の道楽であった。秀吉においては、風流も、道楽もない。彼のなす一切合切のものがすべて天下一でなければおさまらない狂的なあらわれがあるのみ。ためらいのあとがなく、一歩でもひかえてみたいという形跡がない。天下の美女をみんなほしがり、くれない時には千利休も殺してしまう始末である。あらゆる駄々をこねることが出来た。そうして、実際、あらゆる駄々をこねた。そうして、駄々っ子の持つふとどきな安定感というものが、天下者のスケールにおいて、彼の残した多くのものに、一貫して開花している。……」

以上の文章を読んで、坂口が昭和十七年という、こういった内容のことを書いて発表するには、余りにも場違いの時代に、既に、創造的な人間についてこれだけのことを言うことが出来た事実に一驚する。昭和十七年の夢と幻影は、斯くして、やっと昭和四十二年の暮に至って一つの現実となるのだ。

むち打ち症は、今のところ謎の病気。現代医学もついていけない、一層複雑な、神経組織の中にひそんでいる謎をテレビは追求する。そして、この同じテレビの画面に、ニューヨークのヒッピー族の生態が写し出される。ハップニングに生きようとする若者達の意欲が、一つの反環境的な形をとって芽生えている。それは、どの様な既成の枠からもはみ出していて、社会は、これらを断罪するための何ら正当な理由がみつからずに、窮地に追いやられている。疲労を科学的に追え！　といったスローガンの下に、まじめな労働者（？）である科学者は、ひたすらに、研究ノートをとり続ける。凶悪犯をつかまえるために、敢えて凶悪犯と対決しながら、凶悪犯は決してつかまらない。何故だ？

「ねえ、名作にはじめて接する時、いつも、何かこう、絶望に近い感じにおそわれませんか？

パリで、ボナールの教室にいた頃は、どうしてもルーヴル美術館に行く気になれなかった私ですよ。そこにあるものは、すべて私に恐れを与えました。たしかに、それらは目を見張るように素晴らしい傑作ばかりだった。しかし、結局、私とは何のかかわりもないものでした。」

これはデュフィの言葉である。創造的な人間は、もはや過去の傑作とは何の関わり合いもなくなっている。彼には、傑作は不要である。彼には、彼を社会的に高める価値のある名作も全く要らない。彼には、彼の声と、リズムだけが必要なのだ。創造的な人間は、伝統も、既成のものも、完成しているものも要らない。彼自身の意志と、本能の色彩と、造形だけが重要なのだ。伝統は、こういった創造的な人間を、きまっておじ気づかせる。こういう人間にとって、完成とか既成の枠の中で、一つの公式を保っている者にとっては、常に生成してやまない創造的な生き方や発言が猛毒となる。世間が、予言者に対して死刑をもってのぞむのも、それ故に当然のことである。

西ドイツの政府の動きなどを知ろうとするには、必ず「フランクフルター・アルゲマイネ」紙を調べなければならない。「フランクフルター・ツアイトング」紙の支流であるこの新聞は、創刊されてまだ二十年にもなっていない。こちこちの硬い新聞である。この新聞を、小さく折ってオーヴァーのポケットに押し込んでみたまえ、西ドイツの紙特有の白さ、それは、北海道の新聞の紙質に似ているが、小さなしわになって、アデナウァーの老衰した皮膚を想わせる。

マダガスカルの主都、タナナリーブで発行されているフランス語の新聞「フーリュ・ド・マダカスカル」は、創刊されてまだ五年目である。新聞を読む層が非常に薄いこの小独立国では、アナウンサーの声は、オリンポス山頂から響いてくる神の宣託に等しい。

ニューヨークのグリニッチ・ヴィレジを散策してみたまえ。六番街、これは、別名、「アメリカ通り」とも呼ばれているが、これを北に向かって進むと、先ず、右手に直角に延びている西番街の通りに気付く。先ず、右手に北西の方向にのびているブレッカー通りと西四番街の延長道路が平行に走っている。とにかく右手に折れるのだ。直ぐ左手にワシントン広場がある。トラヤヌスやエリゼ女地主に見せたら恥かしくなるようなアーチがあって、その周辺にはヒッピーの若者達がたむろしている。

前衛文学誌『グリーン・レヴュ』の広告欄に〝グリニッチヴィレジの声〟という雑誌の宣伝が載っていた。これは、ワシントン広場とは反対の方に、六番街を越えて西四番街を行くと七番街に突き当たるが、この交叉点がいわゆるシヤリダン広場であって、ここに事務所を持っている雑誌社である。グリニッチ・ヴイレジ内の動きを細部もらさず伝える本場の雑誌だ。シヤリダン広場から真直ぐ北上する通りは、七番街である。やがて、この通りは、斜めに交叉しているグリニッチ通りに行き当たる。はるか東方に、五番街、そして、その彼方に大学通り、更に彼方にはブロードウエイの匂いを嗅ぐ。

Not the Village that's bounded by 14th Street and two polluted rivers, but the Village that's a state of mind-alive, exciting, trendsetting.

でっかく誕生！

戦艦武蔵と大和は、極秘裡に造られていった。三百メートルに近い長さと、四十メートルに近い幅とをもったこれら巨艦を、極秘裡に造り上げるということは容易ではなかった。しかし、どれ程の巨大な人格も、或る期間は、誰にも知られずに造られていくのだ。

隣りに住んでいた働きのない若い男が、四十七士の一人であるということは、討入りの終ったその翌日まで隣人には分からなかった。これら巨大な戦艦を、張りめぐらしたおおいの中で造り上げるべく、厖大な量の棕梠の繊維が買いあつめられた。これを必要としているのは、漁具をつくり養殖をやっている海岸地方の漁村であって、南紀、四国、九州の漁業組合は、突然に市場から棕梠が姿を消したことを、一儲けをたくらむ悪質な買い占め屋の仕事と疑った程であった。そうした訴えに基づいて、当局は厳しく調査の手を伸ばしたが、遂に買い占めの黒幕は判明せずじまいだった。

この様な徹底した手ぬかりのなさのうちに、巨艦誕生の下ごしらえが出来上がっていった。巨艦が、真実に巨大であればある程、それを内密にしなくてはならない度合がますます大きくなる。巨大であるものは、そうざらには人目につかないものでなければならない。

巨大な鉄のかたまりは、斯くして秘密裡につくられていった。それは、当時の常識からいって、とても信じられない程に大きなものであった。戦艦の枠をすっかりはみ出たものであった。これら武蔵と大和は、それ自体で、充分一つの都市や、国家や世界であり得た。これらの巨艦は、本当なら、戦場になど赴くべきではなかった。巨大なものにふさわしく、一つの神話、激励そのものとして、はるか背後の山頂に、ノアの箱舟の様にとどまっているべきであった。

しかし、あらゆる手段を使い果たした日本海軍は、これら二艦に、のこのこと戦場に出ていくことを命じた。ゼウスに肥料担ぎをやらせ、ヴィーナスに道路工事をやらせ、ピカソに夜警を命じ、ミラーに出納係をやらせ、ニーチェに宮内庁の門番をさせ、ジャン・ジュネに弁護士をさせ、ブレイクに代書人をさせる類の愚行に似ている。巨大なものは、ちゃちなものの行動に加わると、何とみすぼらしくなってしまうことか。

エヂソンは、死にものぐるいであったにもかかわらず、遂に小学校さえも卒業出来なかった。マホメットやシャカは、電気冷蔵庫一台を買う友人の、月賦の連帯保証人になることさえ認められないだろう。キリストには、恐らく、まともな選挙権さえ、この社会は与えはしないだろう。

真に偉大であり、巨大である人物は、そういった無意味な行動半径においては全く無力としか映らない。まともなサラリーマンや、官吏になれる人は、そのことで、もう充分に、巨大でないことを証明している。この様にして、戦艦武蔵と大和は、のこのこと戦場に出ていくはめになった。戦艦とは、その誕生から既に、戦うためにあるのだと承知している人間の何と不幸なことか。事実はそうでない。真の戦艦は、戦いを拒否するためにある。あたかも、真の人間が人間社会を拒否するようにである。それのみか、人間であろうとすることにおいて百パーセント絶望するように、巨艦は、巨艦であることを否定する。人間が神話の主人公になりきる迄は充分な平安がないのと同じく、巨艦は、アララト山頂に据わった箱舟になりきるまでは、決して怒りをしずめることは出来ない。

武蔵が建造された第二船台の周囲には、三メートルの高さに、トタン板が張りめぐらされ、その上には、十メートル位の高さに、棕梠でつくった大スダレが張りめぐらされた。

中国人街の住人達は、幼児をのぞいて全員が武道館にとじ込められて、二カ月間の拷問を受けた。長崎の高台という高台、街路という街路に、憲兵と警官が立ったのは、いよいよ進水式という日であった。その総数、千八百人と伝えられている。市民もまた、防空演習という理由で、すべて屋内にとどまっている様に命じられた。外国人の家には、家族調査の名目の下に、警官が一斉訪問を行った。造船にたずさわった二千五百人は、機密保持の宣誓をしていた。

午前八時三十分、伏見宮の臨席のもと、所長の銀の斧が振り下された。かすかに艦の巨体はふるえた。見守る誰の眼にも、果たして、この船台は、巨大な船体を支えられるだろうかと不安につつまれていた。滑りどめのために舷側に固定されていた大きなクサリが、すべり落ちていく船体の速度の増加とともに轟音を放ち、摩擦熱を生じ、果ては火花を散らした。武蔵は船台を離れて海中にのめり込んだ。そのあおりで海水は一米二十糎の津波となって対岸の民家を襲ったほどであった。そのわずか一分三十秒のため、長崎は、死の静けさの中にうずくまっていた。巨大なものの誕生。それはまさしく、周囲に死を呼び、絶後の沈黙を招く。

巨大なものの誕生の一瞬は、すべてクリスマスの聖誕と一致する。それは、最も単純にして、卑しめられた羊飼達だけが聞くことの出来る聖誕の告知と、天使の群れに依る天上の合唱である。家の中の、ぬくもった床にもぐっている奴には聞く権利がないのだ。義経がジンギスカンであっても、色男の業平がアジア全土を広く精力的に探検してまわった英雄であっても、そんなことは、未来の人間をいささかも昂奮させることはない。英雄は、その人のふところの中に、みみずの様に眠りこけているのだ。

若いミニスカートの娘が、『恋のハレルヤ』をうたっている。十二人の子供をかかえた家族がテレビに出演する。

巨艦二隻の水路は余りにも情けないものであった。あいつらは、戦場になど、のこのこと赴くべきではなかった。

西暦千百二十五年、四十五歳の留学僧、円仁は、不運にも、二度渡航に失敗した。その後、苦心の末、遂に唐についた彼は、憧れの天台山へも長安にも行くことが出来ず、失意のうちに帰国の途についたが、真理を求める念いを押しころすことが出来ず、船から逃亡を企てた。それは南太平洋で船から脱走したメルヴィルに似ている。苦しみの旅を経て、彼は遂に長安に着くことが出来た。その地で勉学にいそしんでいた彼に襲ってきた再度の不運は、排仏の運動であり、そのあおりをくらって彼は国外追放の身となった。

円仁の生き方、それは今日でもわれわれの心を妖しく昂奮させる。活動性は、彼において充分である。誠実さもまた、充分だ。彼の合掌する手の輝きと、ペニスの硬直度は比例している。ライシャワーは、円仁という、この日本人の中に、現代においては、決して見出すことが出来ないような開拓精神と、冒険心と、好奇心と、わがままさと、あくなき活動力を見出している。彼は、円仁を、宗教と文化のパイオニアといっているが、それは誤りだ。彼は、人間の復権のパイオニヤなのだ。

マックス・ピカートに依れば、都会の人間達の言葉は、もはや、彼等自身のものとして彼等に属してはいないように思われる。彼等の言葉は、都会を覆っている喧噪の一部に過ぎないのであって、あたかも、彼等の言葉は、人間の口に依って形成されたものではなく、都会という機械装置から発せられた単なる軋りに過ぎない。そして、これは、何もピカートだけに聞こえてくる現象ではない。すべての現代人にそう聞こえてよいはずだ。そして、それは何も、都会人の声に限らない。町でも村でも家庭でも、日本語であってもスペイン語であっても、その様なことには区別なく、すべては、人間の個人の言葉ではなく、一つの巨大なメカニズムの吐き出す排気ガスの様な非個人的、没個人的な騒音である。

騒音であることは、言葉の内容の論理性からよくわかる。合理的な筋からよく分かる。人間が人間の言葉を失ってしまった今、人間は、自らの手でつくりあげた文明の前で敗北を味わわなければならない。こうした混乱の中で、もし、自らの言葉を吐き出す誠実な奴は、大悪人としか映りはしない。私は、今、その大悪人となり切ることにうつつを抜かしている。

そうした騒乱の中で、ピカートは、ひたすら沈黙をさがし求める。しかし、われわれは、そのような消極的なことではいけない。沈黙ではなしに、個人に直結する、人間自身の言葉に依る、限りない饒舌の言葉を聞くことを期待しなければならない。

もう一度、キリストの言葉を聞こうとするのだ。もう一度、マホメットの叫びを耳にしようと焦ってみるのだ。もう一度、シャカのつぶやきを聴き分ける勇気を回復してみるのだ。

蛇は水なのか？　蛇は本当に液体なのか？　流動してやまない分子を構成しているのか？　だからあの様に、

小さな穴から、水が漏れるようにくぐり抜けることが出来るのか？

鳥は気体なのか？　だからあの様に、飛び立つあとに航跡を歴然と残すことがないのか？

馬はボイルの法則の下にしばられた存在であろうか？

人間は機械であろうか？　だからあの様に論理的であり、矛盾というものが恐ろしいのか？

もう一度、私は、何かに向かって、きびしく問いつめなければならない。人間とは、それ程、整然と共通点を互いに持ち合わせている既製品なのであろうか？　傷だらけの山河で中国の詩人は、美しい春の宵の詩をうたう。老酒がきなくさい。ふしぎな繁栄だ、文明というものは。

明治のはじめ、はじめて街角に立てられたポストによじのぼって、あの穴に小便をしたまじめな人間がいたという。郵便という字を、どう間違えたか、便垂れ（ベンタレ）と読んでしまったのだ。

自然や人間が騒ぐ時、神は沈黙を守り続けるという何ともありふれた真理は、実際、今日においてもなお間違いのない真理なのだ。そして私は、私自身の声を、神の声として、混同して信じ込む特権を、しばしば、事ある毎にくり返している。しかし、料簡のせまい教会の様には、神は一度もそれを責め立てるようなことはなかった。神は明らかに私の側に立っている。私は、もう一度、アフリカのウガンダの奥深いジャングルの中に身をひそませよう。そして、この辺りの部族に名をひびかせる魔法医になるのだ。私の声は、病気を癒し、不能な男に回春の体験を与え、コレラの病人を一瞬にして立ち上がらせる。私の手には、いつも秘薬、エキチュムチュムがある。これは胃の病気を癒す薬草だ。この植物の葉を燃やし、灰をつくり、それを、おもむろに患者の腹の上にのせてやるのだ。これで病気は癒される。

オムジョジョワという薬草も私の手にある。これを塗ると、毒蛇に噛まれても直ぐに元気をとり戻す。そして、これらの薬草は万病に利く。

ビュッフェの、あのとげとげしいデッサン、あれも、こうしたジャングルの薬草の一種ではないのか。あのとげとげした薬に依って、現代病のどこかが一時的に癒されたことは事実である。ニグロの顔が、純白のYシャツ姿で私の眼前に大きくクローズアップしてくる。オリエント時計の広告が新聞に載っている。

「たとえば、時計は君自身だといったら
驚くだろうか
時計は、きみ自身の主張だ。
表現だ。きみは象徴だ。きみのロマンだ。
時計はもはや、単なる時計ではない。
さて……
きみは、時計にきみ自身を
語らせているのか?」

私は、この中の〝時計〟という言葉を〝文学〟と書きかえてみた。そうしたら、ヌード写真の下腹部に、太く黒々とした鼻毛を、五本ばかり抜いて置いたような、妙な興奮におち込んでいった。しかし、それも、遠くの家から春風に乗ってきた胡椒の匂いで、くしゃみを一つした時に、四方にばらばらと散ってしまった。あっけない幕切れであった。

個人という言葉のラテン語はペルソナ(Persona)であって、これは、役者の用いる仮面という意味である。人間は、文明がはじまっていらい、何らかの形で仮面を被ってきた。そういう意味では、私は、仮面の一切をかなぐりすてた以上、ラテン語的個人を失ってしまっているのだ。文明社会からはそう見られている。私の持っている個人は、全く新しい意味でのそれであり、文明以前の最も原始的なそれでもある。

仮面こそ、現代の社会と、その中にでんと構えている権力が、文学、絵画、宗教と称しているものであって、それらは、私と何らのつながりもない。仮面である人格乃至は人間をむしりとってしまったあとには、一体何が残るのか。そこにhumanなものだけが沈澱しているのに気付くだろう。humanという言葉は、本来二つの意味の経路から出来上がったものである。一つはアングロサクソン人達のhumitis(卑下したもの)であり、もう一つは、ラテン民族の使ったhumus(大地)である。大地に属する、最も卑しめられたものが、あらゆる属性をとり払って、最後に残される人間的なものだ。

文明人とは、この観点に立つとき、余りにも非人間的であり過ぎる。余りにも大地から離れ過ぎてしまっている。大地とはほとんど何のかかわりもないと思われるような時代はもうそこまでやってきている。ショパンが、小箱に祖国ポーランドの土を入れて大事にしていたように、早晩人間は大地のしるしとして、一つかみの土を黄金の小箱に入れて大切に保存するようになるだろう。そして、こけざるの壺の奪い合いのように、それを奪ったり奪われたりして、喜んだり絶望したりすることになるはずだ。

一つかみの土くれだが、人間らしさの最後の一片として、涙にむせびながらこれを抱き締めるはずである。今日、既に人間は余りにも高められ過ぎている。神や天使のようにでなく、ロボットのようにである。すべては計器に示される指針に従って行われ決定されている。能力ですら、それぞれの人間は知能指数で計られている。千CCの自動車、十二気筒のエンジン、マッハ二・五のジェット機、十メガトンの水爆等と同じ様に扱われてきている。人間が人間らしい時、どのような意味からも、数字で表わせるようなものは一つもないはずである。卑下されているというのは、文明の目から眺めた場合に、神もまたこの視点では、卑下されたものの極致としてしか映ることはない。卑下された立場とは、神秘的な存在なのだ。

ジュネのホモ・セックシュアルの方が、彼の文学的才能などといったものより、はるかに人間らしい権威にあふれている。ジイドのホモ・セクシュアルな品性の方が、彼の宗教性よりはるかに人間的であり、真実さにあふれている。私の辞書より不可能という言葉を取り除けといった時のナポレオンより、海上で嵐に遭い、神様！　と思わず知らず叫んでしまった瞬間の彼の方が、はるかに人間味が豊かにあふれている。

私は、高くそびえ立つビルであるよりも、長々とよこたわる巨大な吊り橋であるよりも、半ば腐りかけた老樹でもいい、大地にしっかりとうずくまった根になりたい。私はもう既に、そういった根になりつつある。根は何一つ実を結ばないからといって、周囲は軽蔑して笑うだろう。文明とは、つまり、空しい実なのだから。

しかし、どれ程の大樹も、一切の重要な部分を根に依存しているということを忘れてしまっている。何ということだ。

想い出は華麗なる灰色

京都が古都であり、王朝文化の名残りをとどめているというのは、京都市内にある何かに依ってではない。余程想像力の豊かな人間でない限り、東山通りには、八王子の裏通りのイメージしか湧いては来ず、四条河原町通りには、札幌の繁華街のわびしい美しさしか感じられず、先斗町の薄暗い路地には、新宿の場末の匂いしか嗅ぎとれない。

本当の古都は、電灯もやっと最近つくようになったばかりの北山の奥や、南の方にある日野山にしかない。本格的なおしゃれは、木綿のYシャツを着ることであり、電気カミソリで

に、ゾリンゲンの西洋カミソリを使うことである。そして、この人間性（human）は、ユーモア（humor）に通じ、本来、これは、ラテン語やフランス語で湿気や、しめり気のあるものを指す言葉であった。真実の人間は、常にユーモアに満ちあふれているということは、厳粛な意味において人体の八十パーセントが水分であるということと、地下の水脈を通じてつながっている。おそろしく卑しめられ、大地にしっかり根付き、ユーモアにあふれた人間でない予言者や大芸術家が一人でもいないというのか。

乾燥したものが合理であり論理的であるのに対し、湿度の高いものは神秘性を含み、奇蹟を匂わせ、無限をほのめかす。乾燥したものは機械である。公式だ。定義だ。見えるもののすべてである。湿気のあるものは生命であり、流動してやまない運動であり、成長してとどまることを知らない進化であり、同時に退化なのだ。完全な肯定と拒否は、斯くして同一の時点で行われる。このくり返しと流転は、成生期の地球の表面にも似て、轟く雷鳴の中に夕立が起こり、にえくり返るマグマの渦の中に降りそそぐ水蒸気である。

冷気と熱気は同時に起こり、同時に消化し合い、飽和し合い、愛し合い、憎み合い、裁き合い、妥協し合って、一つの全く新しい何かに移り変わっていく。芸術の実存とは、自我に対する信頼度をテストする一方式に過ぎない。

信じるということは印象の確認ではない。緑色の太陽を心で見たのなら、どうして信じる必要があるのだろう。見たり感じたりするものは、すべて、このテストの出題項目からは除かれている。何一つ、見たり感じたりしないものを信じる時、テストにいどみ、かつ、及第することになる。この態度は、潜在意識の模索であり、前意識

への憧れにほかならない。この模索と憧れこそ、芸術と宗教の母胎であって、これに触発されて生じる幻影こそ、絶対的な現実となる。

天使が丹念に織り上げた衣をまとうのは、きまって予言者だけだ。社会のあらゆるコーナーからはみ出し、モラルのあらゆる席から転げ落ち、文明のあらゆるハイウエーから迷い出している予言者のみがまとえるものなのだ。亭主の赤烏帽子。白い烏を肯定する家来。これは、屈従する人間の姿ではなく、むしろ、何かを信じ切ろうとする人間のイメージとして捉えるなら事情は一変する。すべては心の中の問題であって、外部の状態はここ百万年間、さほど変わってはいない。

地球の出現という、宇宙内の小事件から今日迄の時間を一年に例えるなら、人間の歴史など、除夜の鐘をきく前の数分間でしかないのだ。文明史は、おそらく、数十秒ぐらいのものではないだろうか。ロバが納屋の戸に泥をはねとばしても、それは、ポロックのドリッピング絵画と同じではない。ロバの尾が壁面に泥水の線と点を描いたとしても、それはトビーや、マチューの作品と同一のものと断定するわけにはいかない。しかし、そのロバの傍に一人の人間がいて、ロバの背中に手をおいて、これを見守り、そうした、ロバの動作の結果としての戸や壁の面にぬりつけられた泥のフォルムに、造形を信じきる時、これらは、まぎれもなく一つの芸術となる。創造性がそこにあるからだ。つくられるもの、想像されるもの、夢見るものの、どれ一つとして、信じられるもので非創造的なものはないのだ。そして、信じきれるのは人間だけであって、動植物は、本能のリモートコントロールに依って、こうした信じる行為の穴埋めをやっている。そう言えば、人間の信じきる行為でさえ、厳密には、本能の働きとかなり接近している。いや、同一のものなのかも知れない。

人間は信じきること、本能の赴くままに委せることに依って、一つの夢を見る。夢がなくては、狂乱状態におち込んでしまうという人間の性格の一面が、最近ようよう、一アメリカ人に依り、実験の結果証明されている。つまり、人間は、日中の覚せい時と、夜間の睡眠中には、それぞれ、はっきりと異った種類の脳波を出していると いう。しかし、くわしい調査の結果、睡眠中でも、或る一定の間隔をおいて、目覚めている時の脳波に似たもののを出すことが判明した。この脳波があらわれると、すぐにその人を目覚めさせるということをくり返したら、その人は夢を見ることがなくなり、何週間目かには狂乱状態におち入ってしまった。

夢を見るということは、実質的には、眠っていながら、昼間の活動中と同じ脳波を出しているわけだ。このことは動物においても同じであるといわれている。動物もまた、それなりの夢を見ているのだ。そして、山も川も、岩も空も、すべてが夢を見ている。何らかのかたちで夢を見ている。こういった表現は、もはや詩人の口から出る神秘な言葉ではなくなってしまった。科学者が、蒼ざめ、不健康な表情して、そう言えるものとなってきている。あらゆる生きている瞬間が、夢であっていいはずなのだ。夢がなくては死んでしまう。生けるもので、自我を百パーセント黙殺し、押し殺してしまうことは不可能である。思ったこと、願ったこと、欲情したこと、これらは、間違いなく夢の形式でもって実行されている。例え、その人の周囲のモラルや常識や、歴史が何であろうと強引に実行されてしまう。真実に生きているものにとって、実質的にタブーは存在しない。タブーが在ると思われる領域だけに生きている限り、その人は、まともに生きてはいないということになる。そして、モラル、タブー、常識、公式、通念、律法、義務で埋めつくされている文明社会は、明らかに生命のない領域なのだ。この領域に在って、なお生きながらえる秘訣は、誰もが、知らずに日々実行していることなのだが、それは、夢を見ることである。

しかし、何という不幸だ。文明に洗脳されてしまっているわれわれは、夢を、非現実として取り扱い、生活の面で、これをほとんど最低の要素として片隅に転がしておく。足跡は、そのままで、芸術作品ではあり得ない。タブローに足跡がつけられ、しかも、それを信じきるという行為が、当然それに付随している。

夢は百万ボルトの電子顕微鏡である。フランスの国立電子光学研究所がつくった高さ二十二メートルのものと、日本電子がつくった、高さわずか七メートル、重量二十トンという顕微鏡がこれである。七オングストロームのものを分解する能力と十五万倍のフィルム撮影倍率を持つ。つまり、七糎の一億分の一の間隔をおいて並ぶ二点を明確に二つのものとして識別出来て、これを撮影すると百万倍までは引伸ばしが出来る能力を持っているのだ。この顕微鏡の下では、今迄絶対に捉えることの出来なかったものを、はっきり捉えることが出来る。

原子炉用材の合金であるインコロイ八百の分子の移動の軌跡であり、転位構造がはっきりと見えるこの顕微鏡の中では、ヴィールスどもは、恐龍の様に巨大な存在であって、とても大き過ぎて視野に入らない。それは、東京タワーの頂上から、地上を真下に見下して、地球の輪かくを見定めようとする愚行に似ている。余りにも巨大過ぎ、近過ぎるのだ。夢は、肉眼や知識、小才に依っては決して見ることの出来ないものをはっきりと見る。しかも、その様にして捉えられたものは、巨大な全存在を支える根本的な鍵となっているのだ。そのためにエネルギーは大量に消耗されなければならない。

普通の顕微鏡は、太陽の光線さえ当てればそれでいい。この巨大な力を持つ〝目〟は百万ボルトの電力を消費する。人間の場合は、疲労度が限りなく大きい。予言者が年若くして老いこむのも当然だ。そして、芸術家が年寄ってなお若々しさを失わないものも当然のことだ。限りなくエネルギーを消耗する人間は、極度に老い果て、極度に若返える。

小学校三年D組の教室。うしろの壁に生徒達の作品が貼ってある。切り貼り絵である。ピカソのコラージュは、当たり前のこととなってきている二十世紀の後半。

「ねえ、先生、こうして遠くから眺めると、やっぱり、あそこに犬が見えてきますよ、ほら」

父親参観の日、一人の父親が、私に向かってそういう。私の長男もこのクラスで学んでいるのだ。彼は大真面目になって、顔をくしゃくしゃにしたり、片目をつむったりして、しきりに、作品とその題名を一致させようとしている。だが子供達の方が、外形をはなれて、はるかにもう一歩先の、精神の領域に飛び込んでしまっている。

『お花』、『うろこ雲』、『鳥達』、『猫』、『ふしぎな世界』、『海』。題名は、既に、作品の外見上の特徴から遊離している。私は、こうした子供達の在り方に、多少ほっとする。ランボーが叫ぶ。オカマの声で叫ぶ。

「詩はもはや、行動を韻の中にうたいこむものではなく、先鞭をつけるものなのだ！　わかるか、めくら野郎ども！」

私の内側から、くすぐったささを伴ってランボーがわめき散らす。私の肩が妙に重苦しく感じられる。私のつま先がはれぼったい。何かが分泌しはじめているのだ。私には、それが何であるかはっきり分かっている。私の言葉だ。私の生命がこびりつき、とりのガラについた肉の様に私自身のうたと欠点と弱さと怒りがこびりついていて、けずりとってもきれいにはとれない、私自身のうたとリズムのこびりついた、私だけの言葉が分泌しはじめているのだ。幼い子供がたわいなくうたう声。

おかねは
かぞえきれない
ほどのかずまである。
でも、　ぼくは
千円でも
たいきんだなあとおもうけど
おとなの人は
どれだけあれば
たいきんなんだろう
ぼくはおとなのひとの
たいきんは
いくらだろう

ぼくはふしぎにおもう

ギュンター・グラスは、あの特徴あるヒゲをたくわえた顔で、メキシコの盗人の様な風情でいう。

「その通り、ぼくは気違い病院の住人です。ぼくの看護人はぼくを見張っていて、ほとんど目をはなすことがない。じゃまな覗き窓からなど、ぼくを知ってもらいたくはない」。

私は、そこで、一切の文明の覗き窓を取り払うことを決めた。これを覗いている限り、まともなものは何一つ見ることは出来ない。誰が一体あらゆる正義を行い果たすことが出来るというのか。誰にもそんなことは出来るはずがない。誰が一体、神を百パーセント証明出来るというのか。誰にもそれは出来ない。人間は、知ったり、努力したり、納得したりしたところで、何程の変化もこの地上には起こりはしないのだ。

覗き窓は取り払え！　そうすることに依って見ることが出来ないものなら見なくてもいいのだ。目を固く閉じても見ることが出来るということを、一度も考えてもみたことがないのか。

私にとって、街並は、いつも死んだようにうずくまっている。あれ程私を苦しめ、黙殺した、無責任な人々の住んでいるところとは一寸も思えないのだ。永い眠りの中にいつ迄も眠りこけている。小さな煙突から立ちのぼる青い煙だけが、さかんにさわぎ立てている。要するに目覚めているのだ。人間は、どこ迄も果てしなく、探し求め、たずねあぐみ、解決しようと焦り続ける。

もうわずかで、人間は水底に住みはじめるだろう。月や火星に、人間が住みつくのも、もう間もなくのことである。そして、水底人や他の惑星に住む人間の子孫は、徐々に、地球上の、しかも陸上の人間とはかなり異った存在となってくることは明らかだ。そして、そうした人間の生活環境の違いは、もともとは同じ人間でありながら、共存出来ないものになってしまうはずである。

戦争は、地球上のものとは違って、はるかに苛酷なものとなっていくだろう。人間は、世界連邦政府を樹立しながら、まるで、熊に襲われた炭焼小屋の中の貧しい三人の親子の様に、不安にふるえ、うずくまるだろう。人間同士なら、何かで理解し合えるという希望はその時は、棄てなくてはならない。文明の発達は、あらゆる人間の生き方に分化を生じさせ、多岐に分かれる。それぞれの分野は〝人間〟を忘れた、高度に発達した技術に依って占められる。そして、それぞれの分化したものとの間には交渉し合えることのない溝が出来る。水底人と陸上人の間には、決して、相容れないへだたりが生じてくる。火星上の人間と地球上の人間とは、憎悪のプレゼントを交換し合うことに最大の名誉を意識する。そして、こうした危機に当たって、それぞれの人間集団の中に、狂った様な予言者が出現するはずだ。

彼らは火星の片隅から、月面の片隅から、水底の片隅から、地上の片隅から、声をからして叫び続けるだろう。その声にまじって、あちこちで、人体を焼くあの特有の匂いが青い煙の中に漂うだろう。それは人間同士の平和と、共存を叫んで火刑にされたテロ行為の名残りだ。人間は、常に文明の流れに流されながら分化していき、それと同時に、総合的にならなければならないことを、予言者を通して促され続けている。

あと二、三世紀もたってから、完全に分化してしまった人間が、今日のわれわれの様な状態に戻るには、何人程の予言者が、どれくらい叫び、タイプのキーをたたき続けなければならないだろうか。こういった、総合的なものに立ち返ることを人間に教えたのは、神であった。しかし、それに先立って、分化を人間に促したのもまた神であった。人間は常に分化しようという意欲にわき立つ時、創造的であるといわれる。そして、原始の総合の状態に戻れる時、甦るといわれるのだ。分化することと、総合に復帰することはジレンマだ。

父清盛と朝廷の間に在って苦悩した重盛は、あらゆる人間を象徴している。しかし、反面、このジレンマは生命の持続する上になくてはならない原動力をともなっている。十年一日の様に過ごせる人間は、とうに生命を失っている。毎日が、毎分が、分化と総合の相克とくり返しでなければならない。しかも、分化は限りなく新しいものをつくり出していき、総合は、限りなく巨大なものになっていく。

分化は発見の行為の別名であり、総合は甦りの奇蹟の別名である。分化は誕生であり、総合は変化である。

バベルの塔に群がっていた人間は、神の手に依って言葉を乱され、止むなく四方に散っていった。ここに分化があったのだ。そして、現在、人間はあらゆる面で総合的な人間として甦ることを命じられている。

マクルーハンの言う様に、同時に何十という仕事が出来るようでなければならないのだ。私は医者ですとか、私は何丁目何番地に住んでいますといった紹介だけでは、人間には〝自分〟を活かすことは不可能なのだ。

人間には、人生の段階において、一定の周期があるといわれている。そしてそれは、人相見などのいうようには、あらかじめ前もって分かるようなものではない。ただ、生き方を活発にして、そうした上がり下がりの波にうまく乗れる時、その人の力がフルに働くことになる。或る意見に依れば、細面の人は一般に、三年が周期であり、角型の顔は十年、丸型は六年といわれている。私の顔は角型に近いのだが、こう指折り数えてみると、どうやら六年型に近いようだ。そうすると、私は潜在的に丸顔なのだろうか。

六歳迄は、ほとんど個性のあらわれてない幼児期、七歳から十二歳迄は、小学校という環境での苦悩と孤独と、集団に対する反感の時代、十三歳から十八歳迄は、無闇に学問に憧れ、むやみやたらに勉強に励んだ灰色の季節、空にはやたらと飛行機が群がっていた。十九歳から二十四歳迄は英語とキリスト教の渦の中で溺れ、嘔吐を続けた、めまぐるしくしゃちこ張った時代。この時代の熱意は、今にして思えば何とも茶番劇であった。

二十五歳から三十歳までは、結婚から出発して、ややもすると凡俗な生活に引きずられそうになりながら、それでいて、何かとてつもなく大きなものを暗中模索していた。三十一歳から三十六歳までは、宗教の死に絶えた屍殻から脱け出し、文学にことよせて、人生に大きく飛躍した時代であった。

この期間を境にして、私は、一年ごとに若返りはじめている。

雪駄をはき、蛇の目の傘をさし、つむぎの着物で、錦町通りをゆっくり歩いてみたくなる季節だ。凍てついた通りに降りしきる粉雪をはらいのけながら歩いてみたい。除夜の鐘は何処で鳴り響く。十銭白銅をにぎり締めてくぐった映画館でやっていた、美しく貧しい女の物語。除夜の鐘の響く頃、雪は激しく降っていた。女は、かんざしで胸を突いて自殺した。十歳頃の想い出。

あれは何という題名の映画だったろう。明け方の梵鐘はコーンと響き、宵の鐘はボーンと鳴る。同じ音色の鐘を造ることは絶対に出来ない。鐘の音色は、出来上がってからはじめて分かるのだ。名優のアドリヴを聞くまでは、脚本家は、自分の作品の全貌がつかめず、窯から取り出されるまでは、焼物の出来具合いは陶工にも分からない。カナダに在る教会の鐘が五十キロメートル先迄響き、福井県のお寺の鐘の響きは十五キロメートル彼方の村落にも伝わったそうだ。

人間の悩み、一体これは何だ？　文化人の悩みは簡潔で明瞭であり、なおかつ即物的であって、平和をしきりと願ったり、文化生活に意気込んだり、社会の在り方、民族の在り方にうつつを抜かしたりしている。それに反し、文明に疑いと怒りと不信を抱いている人間は、その悩み方が複雑であり、混沌としており、暗く、限りない倦怠感と堕落意識と荒廃感に押しつぶされて、どうにも身動きがとれなくなっている。主義主張は、もはや問題解決の鍵とはならず、宗教の権威や、歴史的な事実も、単なる幻覚でしかなくなる。今後、あらゆる形で、全文化圏の中の人間を襲うであろう無気力を全身で予感し、恐れおののいている。

十二月二十八日。午後九時四十二分。そして、一瞬にして、二十九日の午後四時五十九分になってしまった。

ひときわ激しくなった雪の午後、裏手に、どこ迄も続く水田が広がっている家で、今迄元気に遊んでいた私の末の息子がいなくなった。いなくなって三十分はたってている。雪がひどく降っている。水田がはじまる溝のところに来て、ぞっとした。背中まで凍りつく思いだった。こんなところで、もし一時間も立ちつくしていたなら、間違いなく死んでしまう。大声で呼んでみたくなった。あの小さい子が雪の中に一人たたずんでいる姿を想像してみる。何という光景だ、二本の桐の木よ、抱き上げて頬ずりしてやってくれ。それでも私は、背後の人々に気がねして叫ぶのを止めた。

「じゃあ、君はここで働いているのか?」

私は近くの建築現場で働いている青年に声をかけた。しかし、眼はその向こうにある枯草の崖下の方に向けられていた。

「はいそうです先生」

私は家並の方に駆け出した。からっぽになった冷凍の心臓をかかえて走り出した。絶望に近い念いと、祈る様な必死な気持で、目的のない方角に走り出した。二歳の息子は居た。何処かの子持女の手に引かれて雪の中を向うに行く息子の姿を見た。着ているものは見覚えのあるものだったが、手を引かれていく様子は、まるでよその子の様であった。私の声に、子供はふり向きざまに奇声をあげて走り寄ってきた。雪の粉は、突然暖かくなった。

宮本顕治は、三十四年間裏切り行為を続けたという。では一体、裏切り行為をしていない人間が一人でもいるというのか。ボーヴォワールがアメリカ全土をまわって、アメリカ文明を批判する痛烈な文を書いた。私はこれを読んではいない。しかし大体のことは想像出来る。一寸も面白くないにきまっている。それは、彼女がれっきとした文化人であるからだ。文化人に文明を批判させることは、牛に、近江牛の霜ふりのいいところをすき焼きか何かにして食わせるようなもので、決して賞味することはない。私は文化人の言う、異口同音の寝言に飽き飽きしている。もっと新鮮な言葉が聞きたい。もっと張りのある言葉を耳にしたい。もっとつやと輝きのある思想や考えを読みたい。もっと暖か味のある女の肌に接しなければ男になりきれない。

ボーイッシュな表情、とくに口元がそうである娘が、ギターを抱えてマイクの前でうたい続ける。一寸も美人ではないし、歌そのものも美しいメロディーではない。だが、リフレインのところで「二人のために世界はあるの、二人のために世界はあるの」と歌う。私は、この言葉に心をひきつけられる。一体、現代に生きる人間の何パーセント位が、「私の為に世界はあるのだ」と確信しているだろうか。

自分は、巨大な歯車の一つ、総体の部分、集団の一構成員、人類の付属品、歴史という巨大な怪物の属性、自然現象の一つ、運命の流れの中に生じるさざ波の一つくらいにしか考えてはいないのではないか。

一体私はどうしてしまったのだろう。一寸したきっかけで、すぐに涙がポロポロとこぼれてくる。テレビの画面で女が色恋沙汰で泣くのを見ても、子供のオモチャが走り過ぎて、食卓の端から落ちるのを見ても、北海道の地図を広げて見ても、涙が熱っぽくこみ上げてくる。顔がくしゃくしゃになる。奇妙な感じだ。しかし、私は決してためらわない。充分に泣こう。私の体の中の何処からか吹き上げてくる情感が、甘美に私の心を押しつつむのだ。この涙が涸れ果てない限り、私は大丈夫。生命を絶やしてしまうことはない。涙は魂の潤滑油。最高に急速な回転と前後運動とジグザグ運動を続けながら、それに伴って生じる摩擦熱は、この油に依って適度に抑えられていく。

ボールベアリングにさえ、厳密に言えば、摩擦熱は生じるのだ。摩擦が呼び起こす熱、痛み、傷、快感、激情。そして、これらが人間構造の破壊能因となる迄に高まっていく時、涙は実に重大な役割りを担う。常に、生命にとって適度な快感を与え続けるために、サーモスタットの働きをする。

仙台の夕方の街並。私は、午後八時以後に仕事から解放されるという設定。自転車で、かなり通い馴れている通りを、あまり考えもせずにすいすいと曲って広瀬川に架かっている大きな鉄橋を渡る。アーチ型の鉄骨は、鉄道のそれとそっくり同じである。ビルがびっしりと立ち並んでいるところも、実際の仙台とはかなり違う。真直ぐ通りを進むと、やがて、ごみごみした家並が左右に続き、次の十字路で曲ろうとするところには、すっかり古風な軒の低い家の並ぶ風景となってしまった。その辻を、自信をもって左に曲る。

「きみ、これが例の通りだ」

「成る程」

「分かるかね、このひなびた趣き?」

「ああ」

「べんがら塗りの、せまい格子戸等のないところが京都のそれとは違っているが、でも、なかなか風情のある通りだろう」

通りはゆったりとくねっていて、百米先は家並みにかくれてしまう通りである。そこには一軒の古本屋があった。古本屋であると同時に、若い女店員が二、三人いる洋品店でもあった。私はその奥で、守銭奴の老人から安物のライフルを買った。たった一万五千円という値段のライフルだ。それがどうしたわけか、刀を入れるような箱に入っていて真新しい。この銃に合う実包を五発ばかり、私は書斎の机の上に持っているはずだった。ところが、帰り途、鉄橋を渡りきった辺りで、ふと一つの忘れかけていた記憶が甦ってきた。それは、これと同じライフルの新品を、しかもこれと同じ箱に入っているのが、たったの七千円の正札を下げて売られている店頭の記憶であった。私は、突然、こみ上げてくる怒りに耐えられず自転車を下りた。一たん家に帰ったが、それはかえって私を苦しめた。老人に向かってどなりつけるいろいろな雑言が、あとからあとから頭の中で生まれていた。

再び店に行ったのは、その翌日の夕方であった。川が流れているところに母が立っていた。私のヒゲをたくわえた顔が余りに変わってしまって、息子とは思えないと笑いこけていた。背中に赤ん坊をくりつけていた。幼い日の妹を背負っている母の淋し気な表情が、古本の並ぶ棚の傍らで私を見ていた。

「ねえ、ずい分ずるいことするじゃありませんか、これは、ほかで、七千円ですよ」

「そうですな」

「それなら何故あんな法外な値をふっかけたんです」

「それは、こちらの腕というもんです」

「ああそう、それが商売の腕ね。それじゃあ私は、あんたを信用しませんよ、これから」

この老人と私にはどの様な関係があったのか分からない。しかし、何か、神秘なつながりのあったことは事実らしい。信用しないと私に言われた時、この男は、急に蒼ざめていった。

「いいですとも、引きとりますとも」

私は五千円だけとって、あとは、とっておけと老人にたたきつけてやった。真冬の夢である。

ノーベル賞阿呆論

最も非個性的な作品で、しかも伝統に裏打ちされた作品がノーベル賞の対象となる。大体が、ノーベル賞の選考委員達の頭の中味以上の作品が選び出される気遣いが絶対にないだけに、面白味は半減する。お祭りさわぎといえば、最も低級で無責任な祭りがここにある。原住民達の、夜毎の踊りと、中央にたかれているかがり火がここにある。

もし、選考委員達が、毎年誰かを選び出さなければならないという任務を忘れて、惚れ込み、熱中し、夢中になり、生活までが変えられたという事実にもとづいて選ぶのなら、私とて、ノーベル賞の価値を認めるのにやぶさかではない。だが毎年のことだ。文学者だけでも、第一回の受賞者であるフランスのシュリ・プリュドム以来六十人以上をかぞえている。一人の人間の人生に、そんなに多くの意味ある人間との出逢いがあるものではない。いきおい、客観的に、仕方なしに、無理して、とり合えず、間に合わせに誰かを選んでしまうことになる。そのような選び方には熱気と感動がないから、どうしても、政治的配慮やその他の、およそ文学とは、否、ノーベル賞のその部門とは無関係にひとしい要素の介入を許してしまうことになる。それらを拒む力はひどく弱い。

熱意と激情だけが、不純な要素を人間精神に持ち込むのを防ぐ効果を持っている。そして、本賞の受賞者は、純文学の中でも、特に大衆性のつよい作家達であることに気付く。ノーベル賞は常識作家にしか与えられてはいない。常にうしろ向きの姿勢で過去につながっている作家しか選ぼうとはしない。未来につながっている者は、彼等にとって不安なのであろうし、恐ろしい存在なのだ。

川端康成が受賞すると聞いて、それまでは、さほどとは思っていなかったこの賞が、ますます下らないものだということが分かった。彼の作品が文学なら、私にとって文学とは、薄馬鹿な女を何の興味も抱かずにひっかける対象以外のものではなくなってしまう。何とも抒情的な内容だ。何とも日本人の弱味を露呈している筋ばかりである。だが、それらは〝つま〟のようなものであって、刺身そのものではないそれは、。ごくわずか添えられていてはじめてその存在価値があるものであって、これだけをどっさりと大皿に盛られたんではげんなりして食欲を失うのは当然であろう。文学とは小娘の遊びではないのだ。そんな風であるから、文学を志す者が、女性がかっていてどこかひ弱だと言われてしまうのも無理はない。

生来、体が弱かったので文筆生活に入ったなどという作家のうようよしている文学など、私とは全く無縁である。「余りにも力と意気込みがあり過ぎて、とても実業界やスポーツ界、戦場などでは使いものにならないので、それ以上のはげしさ、たくましさ、激情、熱意、反逆の精神、怒り、無礼、生き死にの問題が、ごく当たり前のこととして正当化される次元の文学に私は飛び込んでいった」という人間を、本当の文学者と言いたい。

宗教人が、青白い表情して、偽善的な猫なで声で話すのと同じくらい、文学のひ弱さは悪であり、害であり、猛毒ですらあるのだ。がつがつと金を儲け、五体をすり減らすまでにもみ合いながらも、適度の八百長をやっているプロレスラーのような生き方をする人間にとっては、時として、川端の小説も息抜きにはよいであろう。だが、人生と激しく対決し、しかも、二十四時間ぶっつづけに対決している人間にとっては、全く何の価値もない。私はここで訊きたい。はっきりとした答を訊きたい。川端の本は読まれてはいるだろうが、果たして、何人ぐらいの読者に対して、その生活態度ががらりと変わるような影響を与えているだろうか。これは単なる読者の数と違って、はっきりと指折り数えて分かるはずである。

私にはよく分かっている。一人もいないはずだ。私にはよく分かるのだが、それが何主義であっても、そんなことにはこだわらず、ああいった内容の作品が、人を心の底からゆさぶり変質させることは不可能なのである。ああいった作品は、読者が無責任な心境にあればある程いい気分を与えるだろうが、そのいい気分とは、一体何の役に立つというのか。一体どのような意味を持っているというのか。流行歌が小娘達に与えるあのさわぎと全く同じである。一寸も違うところがない。小娘達は、やがて、何年かたつと、そんな失神娘であったことなどおくびにも出さず、きれいさっぱりと口を拭って嫁に行き、子供を生み、家庭生活に入っていく。そのように、家庭の重責を担う一人前の人間になった時、流行歌は、若き日の想い出として、懐かしみの想いを与えることはあっても、一つの価値ある何かとしては存在しないのである。

今日の文学の大勢は、私のいう人生に対し、素朴にして単純な、真っ向からの対決という問題から大きく外れ、表現がどうの、文体がどうの、民族的な立場、歴史的な立場においてどうのと、全く末端的なことばかりをかしましく騒ぎたてている。

文体がどうしたというのか！　一人一人顔形が違っているように、文体も、それぞれ特徴があっていいではないか。美文とか悪文とかいっているだけおかしい。自分の個性に合っている文体が最もよろしい。表現がどうのこうのと言うが、妄想もはなはだしい。一体全体、この地上に幾人、心の思いのたけを百パーセント表白出来る人間がいるというのか。皆無である。人間は、自分の心に向かって正直になればなるほど、他人に対して、何一つ満足に、充分なかたちで表現し得ないことを知らされる。ただ、相手が信じてくれることにささやかなのぞみを託して、大胆に、縦横無尽に書きなぐっていくだけである。文学とは職人のすることではない。ノーベル賞作家は、ごくわずかの例外をのぞいて、大半が職人である。文章をつなぎ合わせていくだけのアルチザンなのだ。そこには、人生を語り、生命をデッサンする宗教人としての要素がどうしても見られない。

つきつめていくなら、文章などなくても、充分、文学は純粋な意味において成り立つし、文章を一切使わなくとも、充分表現は行える。生活――これこそ文章の本体である。言葉がはじめにあった。言葉とは生活そのものである。言葉とは人間の存在の概念である。言葉があって、はじめて文章が生まれた。文章は、生活、または言葉の投影に過ぎない。原稿に書かれたものは、生活した実体の精巧な写真に過ぎない。文章がうまく書けるということなら、魚屋が刺身の切り方の技術がうまいことと何ら変わるところがない。魚屋にノーベル賞が与えられずに、文章技術者に与えられるとは、何という不公平な話しであろう。この辺に文明の病根がある。すべては片手落ちである。すべてはひどく不公平なのだ。しかもなお悪いことに、正義の名の下にこれが公然と行われている。日本文学が世界に認められたことのよい左証として、今度の川端のノーベル賞受賞を喜ぶ風潮がみられるが、大衆よ、そんな甘言につられて、やがてひどい目にあうな。日清戦争の時も日露戦争の時も、そして、日米講和条約の時も、わいわい騒いだあの愚行をここで再びくり返えしてはならない。

何が日本文学だ！　ふざけたことを言うな！

まじめで本気な人間がどうしてそんな口が利けよう。今日一日を、自己と対決して、祈るようにして過ごそうとする敬虔さこの上ない生き方をしている責任ある人間にとって、川端のスエーデン行きは、薄のろおやじの湯治に行くのを見るようなものである。他愛のないざれごと。それも文化庁長官とかいう得体の知れない妙な肩書きを持つおっちょこちょいと弥次喜多道中ときている。神経質な鶴のようなあの表情と、その奥の方で、四六時中おどおどしている自信のないあの目付きは、私を胃痛に追いやる。

私は前から、三島由紀夫という作家の文体はひどくきたないし、頭はひどく良くない方だろうと想像して、心の分かち合える友人達にはこっそり話しをしていたものだが、今度、ノーベル賞をもらう川端を賞賛しているあのざまは、私に、いよいよはっきりと確信を与えてくれた。三島などという作家は、まだ、一人として自分の人生を変えてくれるような巨人には出逢ってはいない。いないからこそ、割り切った気持で文章技術の修練にいそしむことが出来たのである。一寸見ると、いかにも苦悩しているような生き方をしている彼であるが、よくよく観察してみれば、あれは、ただの人間の見せかけの生き方以上のものではないということが分かる。彼は、まだ一度として、甦りなどといった体験や、自己解放という経験を経てきてはいない。御粗末な心でものを書き、学識にものをいわせて小器用なものを書いたら、たまたまそれがうけたというだけに過ぎない。それから推して、彼の大先輩（どういう意味であるか知らないが）の川端も、どの程度の人物かおよそ想像がつくはずである。

利口で、大変そつのない人物ではあるに違いない。それだけに、人間を変質させる魔力には縁がないようだ。人間の中味が、こういった意味で、具体的に空虚であって、何らつかみどころがないから、いきおい、伝統文化に逃げ口をみつけたり、アジアの文学とか何とか、妙なピント外れのことを口にするようになる。

アビーング・ウオレスが言うように、川端の受賞は、スエーデン・アカデミーの、ことなかれ主義のあらわれであり、国際状勢から見て、東西両陣営に当たりさわりのない作家として、少女趣味作家に白羽の矢が立てられたのである。無難な人物――これが、何といっても川端の受賞した最大の、そして唯一の理由である。だが、この無難という言葉、これほど心ある人間を侮辱する言葉はない。無難とは無能を意味し、人間失格をも意味している。おまけに、御丁寧に、のこのことスエーデンまで行くとは。愚かなる者は幸いである。

真実に歴史上にのこる偉大な人物とは、川端などから与えられる人間像とはほど遠い。もっと力に満ち、内容豊かで軽々しくないものだ。第一、このようなノーベル賞の対象になる人格に、一様に、神秘性のないことがさびしい。まるでロボットだ。すべてが五月の空に大口をあけている鯉のぼりみたいなもので、口の中をのぞいて見ると、向こう側に青空と千切れ雲が見えるという具合。どうしてこのような人間によって、苦悩している人間に〝人間との偉大な記念すべき出遇い〟が与えられよう。北斎のような巨人はもう日本にはいなくなってしまったのだろうか。そういう人物が一人でもいい、たった一人でもいい、私の目の前にあらわれるまで、私は、この、ものさびれた、精神的に、肉体的に不毛な国、日本を大いに蔑もう。日本は私にとって、今のところ、恥であり、痛みでしかない。心ある人間なら、このようないきさつを経てノーベル賞の白羽の矢が立てられる者が自分の同族の中にいるということを知るとき、大いに慌て、恥入り、顔をおおいたくなるはずだ。

川端という男も、こんなものをもらうより先に、何よりも先ず、一人の人間でよい、誰かを、その生活の根底から変質させるような体験をすべきであった。それまでは、最低の〝人間〟としても、まだ完成していないことを悟るべきであった。彼は、結果的に見て、ひどく不幸な運命に生まれついた人間であったのだろう。私は、むしろ同情の心を禁じ得ない。どこかの糞坊主よ、御題目でも唱えてやってくれ！

川端康成が、昭和六年の三月、新居格によって次のように評されたことを、何人位の人がおぼえているだろうか。

「……川端康成君には、一寸天才的なひらめきを見る私である。十一谷、横光の両君が異常な努力家であるである。川端君もそうであるかもしれないが、十一谷、横光両君のように、努力のいぶきを、われわれ読者に感じさせない。そこに川端君の特異性がある。おそらく幻想力の強い人だとおもっている。私は彼の書いた、『水晶幻想』の如きものに非常に感心している。あれを読んだとき、仏文にでも訳して、フランスの文壇に出してもいいものだとおもった……冴えが一段と増し、想像力がさらに豊富になり、非常な進境をみせたものとおもっている。」

川端はおそらくこの時点で、どうしたはずみにか、一層高度な次元に突き進んでいく力を停止し、方向を見失ってしまったらしい。彼は、若手作家という将来を期待される時点において、文壇に公認された他のどのような作家とも変ることなく、突然、発育を停止してしまったのである。その悲劇的とも見える発育の停止こそ、凡人の匂いを濃厚に発散し、今日のノーベル賞受賞につながっていると言えよう。悲劇は、斯くしてはじめから約束されていたのだ。

文明圏・この奴隷部落

カーライルが死んだのは、明治の初期、ミラーの生まれる十年前、透谷の自殺する十数年前、西郷南州の自決した頃であった。しかしこの男の言っていることは、われわれが現在熱狂している生き方と同じ質のものだ。小さな地方の図書館にそなえてあるカーライル全集は、一寸も手垢がついていない、誰もまだ読んでいないからだ。

一応は思想書として、カーライル位は目を通しておかなくてはと考える知識人達も、いざ頁をめくって見ると、とてつもなく難解であり、複雑であり、密度が高く、息苦しくてついていけなくなる。彼等は、カーライルのレベルに迄精神が引き揚げられてはいないからだ。それに対し、そうした精神の高みにのぼっている人にとっては、彼の書くものなど、まるで時評を読むように簡単に読める。知識や教養が理解力を与えるのではない。同じレベルにまでのぼっている精神がそうするのだ。

カーライルと同じスコットランド出身の、バーンズという詩人について書いている彼の作品を読むなら、一時間の読書のあとで、書評を書く時、百枚ぐらいの原稿は難なく埋めつくしていくことが出来る。つまり、カーライルの何かを書くのではなしに、読者の中にあったものが目覚めて、自分自身を語ることになるからである。われわれは何一つとして、書物の中から学びとれるようなものを指摘することは出来ない。先ずその何かがなければならない。その何かが啓発され、発動する為に書物は大いに役立つ。本を読む人は、からっぽであってはならず、何かを、あらかじめ持っていなければならない。それとは逆に、何か技術を学ぼうする場合は、その人の中に、何ものも、前もって入っていてはいけない。この際、技術とは、刺身の切り方からはじまって、物理学の公式に至るまでの全域を指している。技術と切り離されている何か、それは余りにも厳し過ぎるものであって、常識人は、いつもこれに対して顔をしかめ、逃げ腰となり、反感をいだく。

白熱化した激情、白痴に近いような博識、神に近いような慧眼、風化作用のような確信がこれだ。ケニヤッタが「私は何時生まれたか正確に年月日が分からない」と何ら悪びれることなくうそぶく時、そこには、まさしく、激情の中に呼吸する者の血の匂いが感じとれる。彼は、彼が経てきたいろいろな出来事から、漠然と、自分の年令を逆算している男である。私はきき耳を立てる。A・ギンスバーグのうれしい言葉に耳を傾ける。

「わたしは見たのだ
狂気に依って破壊された
わたしの世代の最良の精神達を
飢え
苛ら立ち
裸で
夜明けの黒人街を
腹立たしい一服の薬を求めて
のろのろと歩いていくのを」

コンスタンチヌス大帝は、天上に十字架の幻影を見、ジャンヌダークは天使の声を聞き、ソクラテスはダイモニオン即ち守護霊の声を聞き、昭和八年十一月に、岐阜市で、三田光一は、念写でもって月の裏面の撮影に成功している。狂気の沙汰は、数えあげればいくらでもある。現に、私が、顔と顔を合わせ、言葉を交し、握手さえしたことのあるオラル・ロバート博士は、奇蹟的に病人を癒している。この領域は、一切の技術を受け付けない。

全くそれは不要なのだ。この領域から、人間は人間として出発をはじめる。現象としての人間にはもう飽き飽きした。文明とは、すべてこれなのだ。概念概念、理論理論、思想思想と力んではいるが、さっぱり行動がそれに伴わない。一部知識人達の言う、「近頃は考えが浅くて、行動ばかりが先んじて」と嘆くのは、彼等に巣くっている劣等感が自律的に行う中和作用でしかないのだ。

行動的人間でありたい。現象的存在から行動的存在に移行するには、先ず、狂気の妙薬を一口ぐいっと飲み干さなければならない。人間が冒険しようとする時、それは、十字架への道を歩もうとすることに匹敵するものだと、ローマで考えたのはシャルダンであった。これは全く正しい。狂気の様に激しく燃え上がる十字架の重味が私の肩にくい込んでくる。私はその気にさえなれば、一夜にして白髪の老人と化すことも、ニキビがブツブツと吹き出す顔になることも自由に出来る男である。私は、その気にさえなれば、自由自在に、犬にも猿にも、魚にもなり切れるし、気体にも液体にもなり切れる人間である。

サントリー・カスタムの粋なスタイルのビンの格好をしてニキビをしぼる。「たとえ詩人になれなくたって、市民であることはお前の義務だ！」と言ったのは誰だ？この大馬鹿野郎！　ああ、そう、そういったのはネクラーソフ。どだい私には、市民だとか、義務だとかいった単語が大嫌いなのだ。全く性に合わないし、神経にひどくひびく。

私にとって、死刑囚と、純情な娘のプラトニックな結婚なんて真っ平だ。

「たのむ、お願いだ、毎晩十時になったら、私のところにきておくれ、私は、あなたの体にキスの雨をふらせよう。そして、草むらの中に顔をうずめたい」。

などと、本気で書いたり、いったり出来るというのか。文明とは、つまり、この程度のふがいなさしか持ち合わせてはいない。何をしても、一枚の絹のカーテン越しでなされ、一つの谷をへだてて行われ、眼鏡を、しかも、ひどく度の強い老眼鏡を通してなされる。接触は皆無だ。だから文明の下での欲求不満は、ぶすぶすと発酵してますます息苦しくなっていく。何とも残念なことだが、そして、この地上二米のところに一緒に育てられ、教育され、食い物を与えられてきた義理からいっても、こんなことは、到底言えないのだが、残念だ、どうしても言わなければならない。

ベトナム和平促進のために熱心に立ち上がる人々よりも、ゲバラの言う、世界中に、二つも三つも、いやそれ以上にベトナムを増やさねばならないという言葉に与しなければならない。それは、ゲバラが、共産主義者であろうとなかろうと、そんなことには一寸もこだわらない。彼の〝人間〟の充実した度合に、人間回復の可能性を強く感じとれるからである。

文明社会は、人間を回復するために、一たん、徹底的に死ななければならない。私はそう固く信じている。そして、そうだからといって、私は、誰にもそれを強制するつもりはない。私は、そのような世話やきになるには余りにも怠け者過ぎるし、個人主義的であり、自分の中味が豊か過ぎるのだ。私は、私のことだけで、ここ七十年ばかりは充分に忙殺される徴候がはっきりあらわれている。

六時間、この時間の中に、私は奇蹟を求める。たったの六時間というこの時間の中に、私は、私の人生における最大の何かを求める。私の顔は自然とほころんでくる。誰かが、何処かで、とてつもない大それた決心をしなければならなくなっているはずだ。それも一人や二人じゃない。私は大いに気をよくしている。

札幌は、たった二人の和人から始まって、来年は、数え百年になろうとしている。そして、あとわずか六時間で千九百六十八年になろうとしている。私にとっては毎日が正月だった。何も正月だけにそう、むきになってヘソを丸出しにすることもあるまい。

グアム島のなぎさに風よ吹け。沖縄の老婆よ、古謡をうたえ。台湾の国家公務員である観光客相手の娘達よ、一層張り切って、性器にバナナを差し込んで見せるがいい。宮古島の住民達よ、皿に、山盛りのイカの刺身を出してもてなすのだ。エスキモーの律気者の亭主よ、妻を旅人に一晩貸し与えるモラルを忘れるな。栃木の住人達よ、シモツカレを食うのだ。虫歯にしみる痛みがあっても、噛み締めてみるのだ。これは、初午の朝、寒さの中で、氷のように冷たいやつを頬張るのがよいことなのだ。ソックリ・ショーに張切って出てみたらいい。そして、どこから見ても誰々にそっくりだといわれる中で、自らも、自分を忘れておどけてみせるのだ。

それにしても、サルトルの言っていることは本当だ。天才とは、その生が具えている条件を百パーセント生き抜くという不動の意志と一体をなしているということは、まさしく本当なのだ。その点からみれば、現代は、容易に天才が生まれにくい時代だ。人々が、テレビや週刊誌を通して騒ぎたてる天才は、大抵、三歳で字が書けるとか、十歳で三カ国語を話せるといった、小才の面だけが病的な発達をした人間のことであって、真実の天才とは、カーライルの言う英雄に匹敵し、ベルグソンの言う、「躍動せる生命」の内在している人物であり、ベルジャーエフの書いている「主体化」した人間のことであり、ミラーの言う、「創造的な生き方」を確立している者であり、聖書の言う、「霊に満たされている者」の意味として取り扱われている。

自分の生の条件をとことんまで生き抜くということは、シャカの生き方ではなかったか。私は、余りにもくどく、人間は物質で生きるのではなく、精神のみで先ず生きるといいつつ、同時に、余りにもしばしば、抽象概念を捨て、意識することを捨て、先ず行動がなければならないという。これは、一見、大変矛盾した主張だ。そして、充分に考えてみてもなおはなはだしい矛盾に満たされている。しかし、この矛盾は矛盾として受け止めようではないか。〝人間〟が生かされる矛盾なら、喜んで受ける価値はある。

礼儀正しい日本人の、非情な組織の中で虐待された朝鮮の李少年は、二人の女を殺して死刑台にのぼった。彼は多くの日本人の助命嘆願にも耳をかさず、刑を受けた。死刑執行までの期間の中で彼は、幾多の書翰を残し、ノートを残している。そしてその中で、驚く程深奥な哲学の領域に、独り、入っていった。

「アイヒマンは四百万人を殺した。そして、私は二人しか殺さなかった。それにもかかわらず私の方が罪深いと言われるわけは、私は自分のしたことについて、いわば体験的に行動したことにあるからだ……。したがって前者は或る人間でなくとも為され得ることだが、後者は彼でなくてはならない。」

李少年は、驚くほどはっきりと、行動という、人間の内部の領域の状態にことよせて〝人間〟の意識をはっきりと掴みとった。このことは、人間が偉大であるということ、巨大であるということ、巾があり、深みがあるという事実を思索する際に、無視されてはならない事柄なのだ。そして、同時に、人間は風化作用そのものと同じく、結果を忘れて、ひたすら行動し続ける勢力そのものではなかったか。現象とは違う、勢力そのものなのだ。勢力は、しばしば、現象を示さずに、深く沈潜しながら活動を続けることがある。しかも、それは、常に無作為、不作為の動機で支えられている。限界ギリギリの濃度にまで高められた生は、常に無作為に、行動の触手を四方に伸ばしていく。丹頂鶴が縁起がいいのではない。そう信じる心が縁起がいいのだ。

エトフシェンコが言うように、状況や歴史を変えるのに必要なリズムとは、悲劇的なものに支えられているものではなく、焼けつくようなドラムと、流動するサックスの粘液の中で味わう快感のリズムでなければならない。人間がまともに生きていく為には、あらゆる小器用さをぶっつぶさなくてはならない。その通りだ。文化も、科学も、文学的手法も、修辞的素養も、宗教の教養も、公式も、何もかも、技巧を弄する者の便宜のためにのみつくられているものなのだ。

人間は、一切を無作為に行える時最も幸せになれるし、最も偉大になりきることが出来る。偽りというものがこの地上にあるとするなら、しかも人間にとって、真実、害になるような偽りがあるとするなら、それは器用さや技巧以外の何ものでもない。器用さは猿のもの、技巧はつばめや蟻に任せておけ。人間はそれ以上に偉大なのだ。巨大過ぎるのだ。

反抗的人間には、ますます華やかに反抗させておけ。何なら、その運動のために必要な資金をくれてやってもいいのだ。保守的に、無闇に伝統と権威にしがみつく臆病者達も、それでいいだろう。それではいけないといったところで、一体彼等に、ほかに何が出来るというのか。どいつもこいつも、夢中になり、澄まし、気取り、虚勢を張り、責任を集団におっかぶせながら生きたらいい。お前達の責任もまた、私の負うところではない。私にとって、日本人意識も、世界人としての誇りも、とうに何処かに置き忘れてきてしまっている。私には、風化作用の、極めて漠然とした、光年単位でしか計ることの出来ない意識しか張りつめていないのだ。

国家は牢獄だ。民族は豚箱だ。歴史は収容所だ。セリーヌも、デオゲネスも、マルコムXも、ミラーも、明らかにこの事を意識していた。

本当に生きたかったら、この様な縄目から抜け出さなければならない。これは大変なことに違いない。従来の自分を根底から否定し、持っていると自覚していたものを、マイナスのものだったと確認することであり、努力して、その結果進歩したと信じ込んでいたものを、後退し、衰退したものと納得しなければならない。希望であったあらゆるものを、絶望として怖れおののかねばならず、愛だったものを、最悪の憎悪だったと気付き、正義だったものが、最も恥多い邪道であったと悲しまねばならない。世界は、全くひっくり返るのだ。

ペニスに、大きなびしょぬれの穴があき、割け目に、にょっきりと突き立つ竹輪が生じなければならない。エレキギターを味噌汁に入れて食べる位の気安さや、やあ久しぶりといって、ペニスに握手出来るぐらいのまじめさがなくてはならない。

白旗を振って司令部から出ていくのだ。敗軍の将として、軍刀とピストルを敵将の手に渡すのだ。敗けたことなど一寸もくよくよすることなんかない。お前の妻や子は喜んで迎えてくれるはずだ。そして、死なずにすんだ部下二万の家族は、お前を神のようにあがめるだろう。敗軍の司令官には、こっそりと無電が入るはずだ。祖国の大本営からだ。軍人としての名誉を守り、直ちに自決せよという内容の電文が、畜生どもの言語のように、三行半にまとめられている。しかし、それは、握りつぶしたらいい。大本営の畜生どもは、即刻銃殺刑になるはずだ。祖国は抹殺されるのだ。そして、もっと愉快なことは、今、得々としている勝軍の司令官もまた、間もなく敗れることがはっきりしていることだ。敗れることは、そして、それに対して一寸も恥じることのない態度は、一切に打ち克つことに等しい。永遠の時点にどっかと腰を据えることなのだ。

文明は処刑されなければならない。文明とは虚偽のかたまりであり、人間の失権の外的な徴候である。本来の知識人の持ち合わせていた改革の意気や、反抗の熱意、伝統への反逆的な怒り、限りない責任感などを一つとして保持してはいない。集団や政府や権威のお先棒を担ぐたいこ持ちに等しい知識人は、私と何ら関係はない。またそれにしても私は、何と健啖家なのだろう。これ程夢をむさぼっても、いささかも胃を悪くすることがない。

すべてはみごとに消化吸収されてしまう。私の存在はあらゆる栄養で成り立っている。あらゆるものが雑居している。その混沌の中で一つの大きな渦が巻く。あらゆるものを吸い込んでしまう勢いが轟音の中に溶けこんでいる。妥協と容赦は全くない。恐怖と不安は限りない。不信と信頼は一つになって人間を締めつける。

「もうそろそろ、あなたの書いたもの出版したいなんて気の利いた人あらわれないのかしら」

妻の声に私は

「そんなこと気にするなよ。第一、作家なんてつまらないものになり下ってしまいたくないからね。もっと偉大な人物になりたいものな」

偉大になればなる程、世の中の集団に役立つと思われる面は少なくなる。真に偉大な人間は、救わなければならない集団にとっては苦い薬であって、美味なデザートではないからだ。私はダイナマイトを火皿に盛る。土佐の鯛の生けづくりの様に、ジュージューと導火線に火のついたダイナマイトを盛って、人々の口に差し出す。起爆装置まで、あと十七センチ五ミリ。それなのに、味の素や胡椒、塩加減を気にする奴があるか、このたわけ者！　あと二秒で大爆発が起こるのだ。

文法や表現や教義や服装や、入賞の事を気にする奴は誰だ。水をぶっかけてやるから出てこい。そういう奴は、素っ裸にして十年も刑務所にぶち込み、日に一度は五十たたきの罰を与えてやれば、多少目覚めることもあるだろう。

ザ・クガーズ。ザ・スパイダーズ。ザ・ガリヴァーズ。ブルー・コメッツ。ザ・ジャガーズ。ザ・カーナビーツ。次から次へと熱演が続く。汗を流し、踊りくるい、髪を乱し、ドラムをたたき割り、ギターを麻痺させる。

「皆様、熱狂も素晴らしいものです。しかし、私はここに、一人の男を紹介しなければなりません。止むを得ずエレキの神様と呼ばれている寺内たけしです」

テレビの画面は、大きく一転して寺内たけしをクローズアップする。司会者は続けて、

「寺内さん、とうとうあなたの時代がやってきましたね。何年間ですか、エレキをやられて？」

「十八年です」

「そうですか、十八年ですか。皆様、この認められることのなかった時代、ずっとエレキを弾きつづけてきた寺

内たけしと、彼を強力にバック・アップするザ・バニーズをおきき下さい」

『レッツゴー運命』が爆発する。新聞に人生相談の投書したりする様な胃袋の三角な野郎どもとは違って、丸々と円満な怒りに溢れている真実の現代人は、激しく、パンチの利いたリズムに乗って勢いよく流れていく。これを阻止しようとするものは、粉々に砕かれてしまう。絶対に赦すことはないのだ。百万年、耐えに耐え、押さえに押さえていたうらみを爆発させるのだ。ドルもポンドもこっぱみじんになれ！　ドゴールの帽子も、ロンドン塔も爆風で吹っ飛べ！

どこの通りへ出ても「お祭り広場はこちら」と書いた標示が立っている。誰も彼れもが Peace zone に向かって忙しげに歩いている。それは伝統と集団の意志であって個人の意志ではない。蟻や蜜蜂と同様に、集団の存在なのだ。お祭りや平和といったものは、二人以上の人間が集って何かをしようとする時に生じる現象であって、個人でいる限り、怒りと自信しか起るはずがないのだ。シャカが素足で生活したというのは分かっていても、彼にひげが生えていたということを想像出来る人はどれだけいるだろう。大乗仏教という、何とも御丁寧な、本来の仏教とは大分かけはなれてしまった宗教意識の中には、文化とか、繁栄といったスローガンは考えられても、ヒップスター達の、あの奇妙な生き方と相通じるものは、何一つ想像したり結びつけたりすることは出来ない。

シャカは決して文化のプロモーターではなかったし、集団の中に生きていけるような無責任な男ではなかった。彼の顔からひげをそり落とし、モノセックシャルな印象を与える風貌に仕立てたのは、他でもない、大乗仏教徒達であった。本来、仏教には、偶像をつくってまつる様なことはなかった。大伽藍を営むこともなかったし、権力をほしいままにすることもなかった。真の仏教徒になるためには、俗界の一切の特権を離れて、雲水の旅姿で秋風の四つ辻に立たなければならない。金ピカの袈裟をまとって、供の者を従えて練り歩く仏教徒。そのことだけで充分に地獄に行く罪に価する。素足で歩くのだ。自分を救うために敢て素足になれ。

タイの僧達が靴をはくと、先ずすり切れてくるのは、外部ではなく内部である。それほど彼らの足は固くなっている。

ああそれにしても、これは何という純粋な念いをわれわれに与えてくれることであろう。人間の持物が、その外側からではなしに内側からすり減っていくようでなければ本当の使用者にはなれない。それにしても、使用することを忘れ、所有者であることに窮々としているざまは、また何と悲劇的なことだ。持物のすべてが、内側からすり切れていくには、使用者の精神が高揚され、鋭化され、独創化され、劇化され、神話化される事実がなければならない。物質の摩擦よりもはげしい抵抗を与えるざらざらした精神、喉元につかえて苦痛を与える固形物よりもはるかに緊張した心、こういったものの内在する人間でなければ、創造的には生きられない。

太陽が照っていながら、今朝は、そぞろに雪が降る。ここ三日ばかりの間に、手渡されたり郵送されたものの名を挙げるだけで文明の成り行きは、幾分でも想像することが出来る。『円万寺城の発掘』、『心霊学』、『反抗的人間』といった書物、一大学生の書いたマルサスの人口論に関する百枚ばかりの論文。この青年は、この間、やくざ論を書いて郵送してきた。それに、ニューヨークに在住する友人であり、作家、外交官である男から、彼の作品のフランス版の再版と、映画化の問題を伝える書状、ミラーからの私を助けてくれる書簡、同じ実験仲間の携えてきた百枚程の原稿、この地方の方言の推移と分布の相互関係を詳しく調査している男の、大学の紀要に載せた論文と、現在教えている専門学校校誌掲載の論文。

このように、人間の精神はたくましく何かを模索している。しかし、一向に行動の開始される様子がない。それは彼等の責任ではない。いや、彼等の或る者は、既に何十年も前から大らかに行動している。しかし、そういった極く限られた人間の周囲には、ほとんど何らの行動もみられない。それだからといって、私が、行動をしなくていい理由とは一寸もならないのだ。行動しない連中のさわぎを、私なりのプロセスを通して処理し、一つの大きな行動エネルギーに変えていかなければならない。シリンダーの前後運動は、回転運動に変えられて、はじめて、動力として車に用いることが出来る。酔っぱらいの駄じゃれの中につけ加えられた神の福音の言葉の一片二片が、人生の真実を暗中模索していた、くそまじめな人間に転機を与えることになったという話は、決してつくり話ではない。

キリストに対する憎悪の念いを満たしていたアナニヤは、はからずも、キリストの十字架の意義を予言してしまった。あらゆる眼前のドラマは、良きにつけ悪しきにつけ、それを受け止める側に、内容豊かなものがあれば大いに効を奏し役に立つ。そういった眼を持っている人間は幸いだといわなければならない。役立つ言葉や、行為、愛、平和、知恵等が必要なのではない。どのようなつまらぬものの真只中に放り投げられても、それらを、素晴らしいものに変えてしまえる内部の確かな何かが必要なのだ。

一人の人間が幸せになったり、不幸になったり、偉大になったり、つまらない者になり果てたりすることについて、その責任を、彼の周囲の人々や環境全体になすりつけるということはよくない。ドライサーの書いた『アメリカの悲劇』のようなストーリイは、つくり話としてはもってこいのものだが、実際にはあの様ではない。人間は、環境に負けてしまうには余りにも複雑過ぎ、強大過ぎるのだ。人間の、今在る状態の責任は本人にある。しかも、それは、本人の努力とか、意志の強さとかいったものではなく、半ば宿命的に、必然性として、その人に固有のものなのである。

どんな不格好のものでもいいではないか。丁度、われわれの顔がそうであるように、どんなにみにくい宿命、貧弱な宿命であっても、何とかして百パーセント持ち味

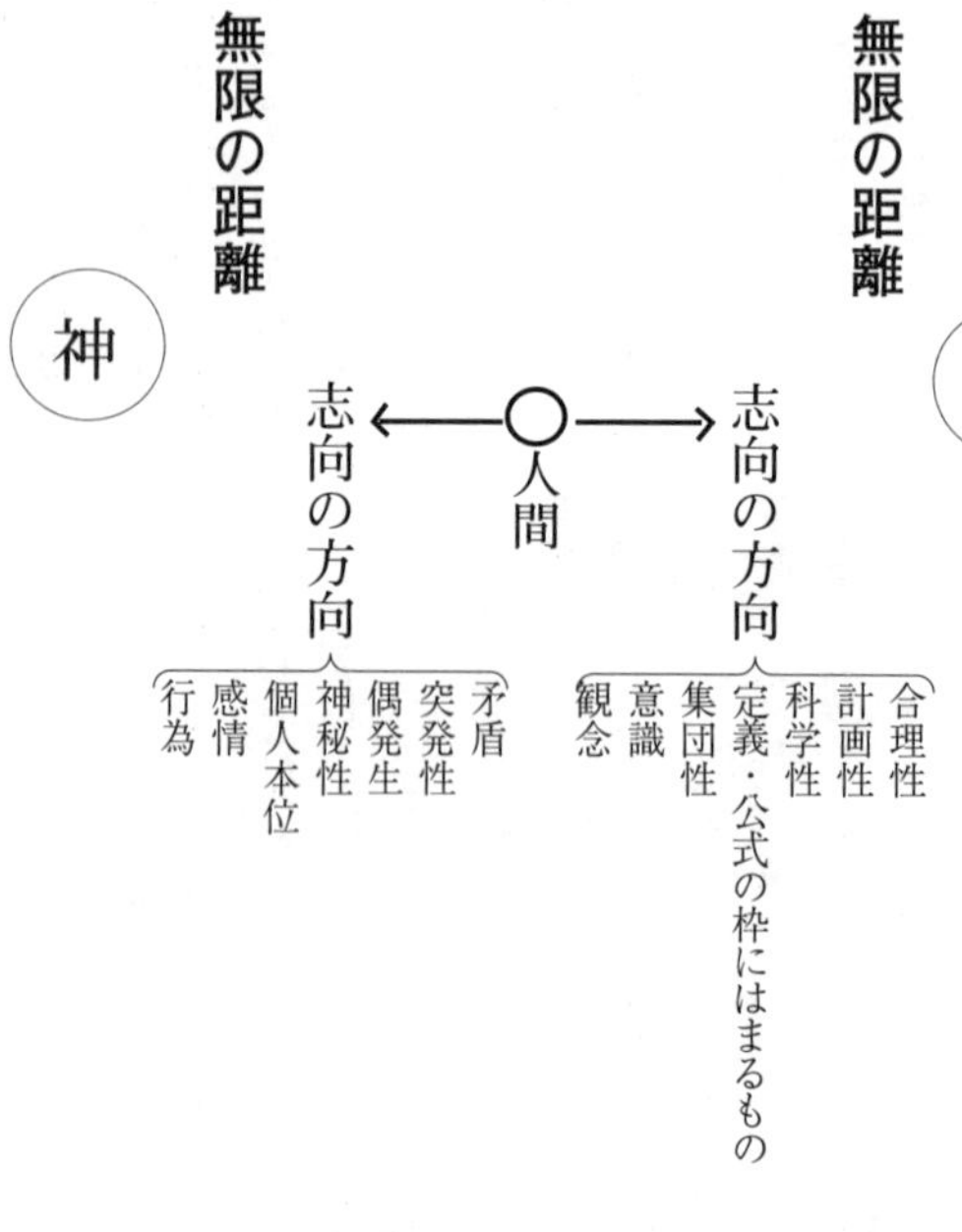

を活かそうと企てながら、大いなる野望に燃えたぎる血を確認するのだ。生来の器用さや美観のみで偉大になれた人物の話を聞いたためしがない。そして、真実の偉大さや、権威に満ちた存在とは、社会、集団、組織、伝統、教条と何らの関わり合いも持ってはいない。真実偉大な人間は、しばしば無名か、さもなければそれに近い存在である。流行の波にうまく乗る技巧や要領のよさと、真実の偉大さは、決して両立することがないからである。

人間一個人の力が信じられなくなった社会は最悪の危機に立つ。そして、人間の歴史は、かつて一度として、一人の人間の力を信じることが出来る下地をつくったことがあっただろうか。皆無だ。それとはうらはらに、歴史の曲がり角は、常に一人の人間によってつくられてきている。人間が辛うじて生き残っていられる理由がここにある。一人の人間の力を信じるのに必要な頭の中の整頓は、前頁にあるような図を見ることによって可能である。

人間は機械にも神にもなりきることは出来ない。しかし、そのどちらかを志向しなければならない。生命と死を双極とする連続スペクトルの図解。波長は生命において最も短かくなり、エネルギーは最大となる。死においては、それと全く逆になる。

偉大な画家は、あらゆる流派や流行からはなれて、自分自身のために、生命と色彩の大らかな賛歌をうたい上げ、巨大な小説家は、あらゆる伝統と組織をはなれ、一人激しく、あらゆる事実の証人になろうとする。真実の人間は、あらゆる文明の幻影を遠ざけ、これから目をそむけて、自己のペースに乗った自分のリズムで作曲されたうたをうたおうとする。

シェクスピアの作品が素晴らしいと言われているが、それはプロットのせいではあるまい。もし、そのせいだとするなら、シェクスピアは、何ら賞賛されてはいないことになる。何故なら、彼の作品のプロットは、すべて、伝説や民話を改作したものに過ぎないからである。『ハムレット』は、原ハムレットの改作であり、『オセロ』は、イタリヤの原話をもとにしたものであり、『マクベス』はスコットランドの史話を骨子としており、『リア王物語』はブリテンの史実を土台とし、『ヘンリー四世』は、アングロサクソン史話の改作であるといった具合だ。従って、シェクスピアが話題になり、長く記憶されるのは、プロットの質からではなく、一言一句の中に溢れている金ピカの真実と、硬質な人間精神をゼラチンで固め薄切りにしたサンプルのせいだからである。一たん磨き上げ、顕微鏡下において見るなら、人間はたちどころに生きはじめる。一言一句に激烈な内容をたたき込もうとしたシェクスピアは、プロットづくりなどにうつつを抜かしてはいられなかった。

創作などということは、彼にとって一寸も興味の対象ではなかった。プロット作りにあくせくしている小器用な作家にとって、一体どれ程の強力な言葉を書くことが出来るというのか。大文豪とは常にこの溝に落ち込んでいる。しかし、彼の時代に、プロットなしの作品を書くことは出来なかった。特に、彼程の俗っぽさと、崇高な意識の両方を、何の苦もなく併立させていられた男には、当時の作家の踏むべき常道であった、パトロン探しをしないはずがなかった。

ベートーヴェンが、室内楽曲をラズモフスキー伯に献げたように、シェクスピアは、サザンプトン伯に、『タイタス・アンドロニカス』や『リチャード三世』といった作品を献上している。そして、充分な支持を受けることに成功している。そうしたパトロンとの結び付きを得るためには、われわれの書くような、プロットのない、実験的な作品を書けるわけがなかった。

しかし、今日に生きているなら、彼は、恐らく、自由に、われわれのような、実験的なのものを書きなぐったに違いない。彼には、充分に、ああいった機知に富んだ言葉を飽くことなく次から次へと書く内的必然性があった。それは、彼の宿命であり、使命であった。しかし、その創造的段階において、当時に合った生き方をしただけであった。

生き方の外形などどうであってもいいのだ。そんなことをとやかく取り上げる連中に限って、何一つまともなものを持ち合わせてはいない。中味の状態が分かるのは中味のある人間のみに限られている。これはどうしようもない事実だ。どれ程月謝を払って学ぼうとも、修練を積もうとも、そんなことでごまかしのきくものではない。内部において、われわれ人間の想像や、憶測をはるかに超えた方法で、生成し、芽生え、培われていく何かであって、人間の意志や意気込みではどうすることも出来ないものである。従って、これは人間にとって、誇ったり、劣等感の対象となったりすることがあってはならない。
それは、山々の形や、川々の流れくねっているのに似ている。良し悪しの問題ではない。そうであるだけのことだ。人間の技巧や作為を超えた領域に厳然として位置付けられているものは、人間の支配下にうずくまるようなことは決してあり得ない。それが、何という皮肉だ。人間の支配下にあって、最も理想的な奴隷として仕えるはずの金銭や名誉等は、すべて、人間を支配してしまっている。

空間から環境への移行、これは、ゲルマン民族の大移動や、蒙古族の大移動よりもはるかに重大な意義を持っている。私は、今、この考えにひどく酔いしれている。長い期間、大理石や木は、彫刻の素材として、犯すべからざる地位を占めていた。ある人は、これを十九世紀的素材と呼んでいる。それに反し、二十世紀の素材は合成樹脂や軽金属である。これら二十世紀の素材は、人間生活の中に、深く密接に滲透している。こうした、極めて日常的な素材を用いることによって、鑑賞家の位置と、作品の置かれている位置との明確な区分はなくなってきている。二者の間には、ひと続きの環境が延長しているばかりであって、それは更に、無限に広がる可能性を大きく息づかせている。

大理石という、彫刻にとっては教条的必然性を持つ素材は、文学における文学的な表現というものに対比して考えることが出来る。そして、事実、今後的な文学においては、そのようなものは不必要となってきている。また、日常生活に食い込んでいる合成樹脂は、日常会話と対比して考えられる。文学もまた大きく変わってきた。文学というものの、いわゆる権威の座から、勇気をもって、むしろ奇蹟的に下り立とうとしているのだ。

日常生活、人間のなまの生活というフロアに、大胆にも下り立ったのだ。そこには、あらゆる文学的なものを処刑する気運がうごめいていて一瞬の休みもない。書くよりも何よりも、先ず、生きなければならない衝動がわき上がり、慌てふためいている。文学の占めていた地位は、文学が真実に活きはじめることを冷酷に拒む牢獄であったということに、われわれは、ふるえおののきながら気付きはじめている。

彫刻の作者は、一片の大理石、一本の木材を、一つの形に完成するまで、のみを振るいつづけるが、日常的な素材を用いて彫刻を企てる作者は、青写真しかつくらない。あとは、工場の職人の手に委せて完成させる。こうすることによって、一切の技巧、器用さから、作者の生活の精神的、行動的表現は完全に分離されることになる。長らく、一つの悪夢として、幻覚として、惑いとしてわれわれをためらわせ、怖れさせていた技巧や技術と、芸術の素裸の状態としての、生きていることの証明としての行動を、これではっきりと区別出来るようになった。われわれは設計図だけを描けばいい。あとは職人の手に渡せばよいのだ。

芸術家と職人の受持つ分担は自ずとはっきりしている。宗教人と、社会的権威筋のすることもまた、はっきりと色分けされている。この区別、色分けをしなかった時代、彫刻には、熱病にうなされているように、作者の精神的行動と、技巧が混同し合って判然としなかった。しかし、そうした混同の中で、行動の伴わない芸術家は、しばしば技巧でもって、不足する自分を補ったものである。しかし、今となっては、もはやそのごまかしは利かない。美文や、気の利いたプロットだけでは、良い文学などとだまされはしないというのだ。ものを書く人間は、言葉を、あたかも金をみがくように、泉を掘り当てるようにして探し出すが、それは決してフローベルのように、苦しみ、悩み、血まなこになって、適切な、たった一つの言葉を探し出すことではない。意識前に吐き出されるアクビであり、ゲップのように、ごく自然に排泄されるものなのだ。

矛盾や非合理を創造の純粋な行動として期待し、信頼するならば、当然そこには、破壊され、殺され、黙殺され、無視され、処刑済みの、除かれており、遠島になり、首を切られた公務員の名刺のような何かを見るはずである。それこそ希望のしるしなのだ。パンツを大担に引き下ろせ。君は便所に立っているのだ。名刺を出して自己紹介をする暇はない。力一杯排泄するのだ。それまで何の話し合いも意味がない。

「新年お芽出とう」

そして、お互いに不安な年、最悪の年のはじめに当たって、大いに嘆き悲しもう。私は、徐々に、サヴァンナの草いきれの匂いがむせ返る中で、意識をとり戻しはじめる。足の裏がくすぐったい。

4章

悪魔も故郷に帰ると天使になる

人生の究極の真理は、客観的に
外部からひややかに傍観しているだけでは
到達できるものではない。
ただ人間一人一人が
主体の全情熱を注ぎ、
全人格を傾け、
いわば生命を賭けて信じるとき
はじめて獲得出来るのだ。

〈キルケゴール〉

失敗は平然と犯せ

「君は、世に対して色気がなさ過ぎる。もっと、自由に自分の持っているものを公表していったらいいのに」

「だが駄目なんだ、私は。近道はよく知っている。どうやったらもっと効果的に生きられるかも知っているつもりだ。だがそれに身を委ねていくことが出来ないんだ。長くて、孤独な道だが、私はこの道を行くよ。それよりほかに、どうしようもないんだ。もうすぐ夜明けだもの、今は、とにかく闇の中に、身をのみ込ませているつもりだ」

以上は、二つの流行歌を、カラーテレビの画面の中に聞きながら味った体験のメモ。

私は助平である。私は欲張りである。私はけちである。私は神経質である。私は傲慢である。私は物好きである。私は反省力に欠けた男である。私は自己中心の人間である。私は妄想患者である。私はヘソ曲りである。私は冷酷である。私は忍耐力がない。私は、あらゆる意味において、論理的でない。私は女の体に接する時にのみ、辛うじて、計算が正しく出来る人格を所有している。私は健康な人間である証拠に、以上のような特質を具えているのだと、信じて疑わない。

これらの特質の一つでも欠けた場合、健康は私のものではなくなる。

長い旅を経ずして体験する出遭いは虚偽である。例え虚偽でないにしても、何ら力のない、ほとんど無意味に近いものである。アブラハムや、ヤコブのように旅を続けなければならない。そして、全く予定することのない放浪の中で、一つの運命は、ちゃんと決まっている。

二人の人間の出遭い、人間と作品の出遭い、作品と作品の出遭いというものは、はっきり定まっているのだ。放浪は、それ故、美徳である。放浪することを許さず、それを敢行する勇気のない現代人は、栄光に満ちた自分の運命を体験せずに枯れ果てていく。一度も実を結ばない水仙を見て、それが結構だと思えるだろうか。旅は長い。地図のない旅、方向のない旅、ひたすら川沿いに進むのだ。サボテンや、やしの実の水っぽい訳を考えながら、安心して砂漠を進め。

オアシスを求めてあくせくするキャラバンは、もうそのことで敗北している。充分に、体内に溜っている水を信じるのだ。例え、千年旱魃が続いても、決して干涸びてしまわない自分の運命を信じ切ることは賢いやり方である。

ヘンリー・ミラーは、アメリカがベトナム戦争に負けてくれればよいと願っている。その方が、戦争が早期に終結して、それだけアメリカ人が幸せになると考えている。レーニンもまた、日露戦役の際、祖国ロシアの敗北を願った。それに依って彼の目論む革命の時期が早められるためであった。賢明な人間は、一度は自分の亡びることを、切実に願う。完全に亡びた時点から、新しいドラマは始まる。

頼山陽は、四十の年になるまで、性格破綻者、狂人とみなされていた。宮本武蔵も、その青年期は気違いで通っていた。彼等が偉大であった何よりの確かな理由として、彼等の隣人は、とても彼等を理解することが出来なかった。隣人に「結構」と言われている人間は、もうそのことで、輝かしい将来の一切を断念しなければならない。その人間には到底、そのようなことの出来る力量はないのだ。「剣とは己に生きることにて候」

宮本武蔵の言葉である。私は、この言葉と、ミラーや他の予言者の指し示す方向が同じであることに一驚する。つまり、彼等は、生きること、充分に生きること、自由に独創的に生きることの達成の手段としてしか、一切のものを取り扱わなかったのだ。

心臓は、強い程良い。弱い心臓は、その他の部分を台無しにしてしまう。私は何としばしば、心臓の弱さの故に劣等感に陥ったことであろう。まるで、公金を誤魔化したり、恩人を殺害したあとのような気まずさや、不安や、理由のないすまなさが、人前で、強く私を支配してしまう。そんな時、私は、まともに相手の顔を見ることが出来なくなってしまうのだ。

常識的なことや、大多数に依って行われ、慣習となっていること以外の、内心、自分が最もやりたいと願っていることをした時には、特にそうなのである。だが、それでも、私の内心からほとばしり出てくる欲求が激しいせいか、さもなければ、その独自の行為がひどく激烈であるせいか、周囲の者には、そういった私のびっくりしている心境が分からないらしい。私が、かなり自信を持ってやってのけているような印象を受けるのだ。

だがそれでも、私が、一番、自分自身をよく知っているという考えは変えなかった。そこで、心臓の強化をあれこれと考えた。私は、この胸の中に宿っている、握りこぶし大の心臓に、出来る限りのショックを与えはじめた。先ず、目がまわるほどの熱湯に体を浸ける。皮膚がビリビリと収縮しようとするのがよく分かる位まで、熱湯に耐える。やがて動悸がドッコ、ドッコとたかまり速くなってくる頃、突然に浴槽の外に飛び出す。そして蛇口を一杯にひねっておいて、洗面器になみなみと満たした冷水を頭から浴びる。最初の一浴びがまるで、バットか、鉄棒で胸部をなぐりとばされたようなショックを与える。二度目、三度目と回数が重なるにつれて、ショックは緩和されてくる。十回目、二十回目ほどになると、ほとんどショックは感じなくなる。あと一万回繰り返しても、心臓の方は大丈夫と分かるようになると、それを止める。そして再び熱湯の浴槽に飛び込むのだ。これを二、三度繰り返した後、今度は、性器に続けざまに冷水をかける。下腹部全体が、冷さを超えて痛み、それも、キリキリと針を刺されたような痛みを感じるまで反復する。

リンゴ大の血まみれの肉の塊である心臓が強化されれば、精神も、かなりのショックに耐えられることを知っている。一寸やそっとのことでは、全然ドキドキしない人間になってきつつある。

トインビーは、「日本には余りにも、巨大な文化があり過ぎる。そして、それを御していくには、情けない程貧弱な、日本人の精神だ」と書いている。これは、全世界についても言えることだ。日本人の弱点は、全人類の実状の象徴であるに過ぎない。文化という怪獣は、余りにも巨大に成長してしまった。もはや人間には、これを手なずけ、芸を仕込む術がなくなってしまった。猛獣使いは、今、自分自身を救うに足るだけの賢さがあるならば、檻から脱出しなければならない。猛獣使いとしての面目など、無視しない限り、もう救われる道はない。興業がだめになり、収入の道が断たれても、それは止むを得ないことなのだ。生命を全うすることには代えられない。

私は、この巨大な文化を目の前にして、全く、動じることのない強化された心臓を持たなくてはならない。心臓を強化するということは、自分を救済することである。

メキシコの絵画は、樹皮に、不透明の水彩で描かれたものである。まるで品質の良くない、なめし皮のような色艶と硬さ。絵は極度に単純である。仮空の動物と植物が、太陽の周囲に乱舞し合っている。

フランスのトランプ、Carte de Paris。地方都市の小さな店に、埃にまみれて陳列してあった。五十四枚入りのArchery Card。何のことはない、一枚一枚にヌードの四十八手のポーズの写真が入っている。裏側の解説は、和、英二カ国語で書かれてある。

Omegaというマークの入った和製の大型望遠鏡には、30×50と印が入っている。つまり、倍率三十倍、対物レンズの直径五十ミリということである。これは驚きだ。倍率十倍以上のものは、手で支えているには、風景が揺れ過ぎて、三脚が必要なくらいだ。私の持っている十六倍のものは、明らかにそれを証明している。だが射出小孔径を、大体目算して、それで対物レンズの直径を割った値が倍率となるのだが、それは何度、頭の中で計算して見ても、六倍、八倍以上にはならなかった。30×50という数字は、それで、偽りの商標であるということが分かる。それは、数字としての価値が全くなく、催眠術のラポール、即ち、暗示的効果があるだけである。文明の、一切の表現はまさにこれなのだ。一つとして数字的価値はない。それを、あると錯覚しているところに、大きな妄想がある。

銅貨、金貨、銀貨、しかも、古銭のたぐいではなく、現行のもので、錆び付いているものを見たためしがない。そういったものを見るようになるまで、世の中は、創造的な人間にとって、深入りしていくに足るものとはならないだろう。

ここに二千年、聖書は、世に深入りするなと説き続けているが、これが一向に陳腐なものとならないことが、このことをよく証明している。

針圧2.5グラムと表示されたステレオ。実際は、重さ5グラムを超えている。そして5グラム超えることは、レコードにとって生命取りなのだ。ABC装置付きのテレビ。つまり、ABCとはオートマチック、ブライトネス、コントロール（明度自動調節器）の略号である。だが、こういった装置付きのもので、充分にその機能を発揮しているものを、いまだかつて見かけたためしがない。要するに、文明のレッテルは、それが、認定書であろうと、証明書であろうと、修了証書であろうと、実質とは大分食い違っている。それにまた、賞状等といったものも、何ともいい加減のものであるらしい。その中に名を連ねている大物が、その賞状について知っているということは稀である。

文明とは、分裂の組織であり、分解の結束である。互いに束縛し合いながら、互に分離し合っている。

九百九十九人は、自分にとって、全く遊離してしまった存在であって、その存在は、単なる抽象としてしかその人の目には映らない。九百九十九人の中に、自分も九百九十九回加わって、それぞれの個人が分離する凶行に参加している。社会とは、それぞれが孤立する為に、ひしめき合って結束している敗北の旅程である。こういった社会から、敢えて自分を分離させ、彼等と連帯責任を負うことを拒否しようとする時、その人間は、永遠の論理に迎合されていく。これは、まさしく、予言者の道なのだ。

レコードの目録を御覧になり度い方は、カウンターの方に御越し下さいと、薄汚れた柱に貼り紙がしてある喫茶店の室内。今、天井の隅から流れ落ちてくる音楽は、クラリネットの演奏を中心とする軽音楽だ。それぞれ向き合ったボックスに座っている二、三組のカップル達は、耳のない亡者の様に、髪の毛には油が切れ、かさかさとした感じが、網膜にまで伝ってくる。

私と友人が座ったところは、カウンターの直ぐ近くで、カウンターから、もう一方の窓のところまで、バーのしつらえで止り木が六つ並び、客は一人、二十七、八の余り金のなさそうな男である。私はカウンターの方に向かい合う格好に座を占めた。いつか、サム・テイラーのアルト・サックスはいいなと話し合ったり、私の家で、彼の音楽を聞いたりしたこともあるので、友は、

「サム・テイラーの何か頼んできましょうか」

ハレム・ノクターンが一杯に広がる。音楽が広まっていくにつれて、私がぐるりと頭を廻した時、友は、

「あれがここにきているとは……」

といった。別の友人の家に飾ってあった、十号大の婦人像の油彩画が、一番奥の壁面にかかっている。

「あれがマダム？」

私の問いに、背中をカウンターの方に向けて私と向かい合っている友人は、無言で頭を下げた。マダムは、髪の毛をおかっぱにした三十前後の女で、決して、みにくくはないが、鼻柱の強そうな印象は、覆うべくもなかっ

た。ああいった皮膚の色合いの女は、性器が異常に匂うものだなどと考えていたら、友人は小声で
「S君、あの女と寝たって言っていましたよ。いざ、彼女の布団の中に入るとなって、シーツの汚ないのに、うんざりしたそうです」

いつの間にか、音楽が変わっていた。粘っこいギターの音色は、日本のギタリストの特徴である。

この女が、はじめて体を許した男は、今売り出しているテレビタレントであるとも、話した。

この町の中央を、まるで寝小便のしみのように流れている川がある。その堤で星空の夜、彼女は、男の体を腹の上に乗せた。短大を出て、一応、文学や、何やらを語るようになったことは、何といってもこの女にとって不幸なことであった。それ位のことで、真の文学が語れるとでも思っているのだろうか。どの男を見ても、馬鹿らしく見えるとうそぶくこの女は、その性器が腐敗してしまっているのだろう。

「ハイボール頼む」

「どちらにします？　オーシャンウイスキー、それともサントリーの方？」

「どっちでもいい。じゃあオーシャンの方にしてもらおうか」

「あの女、高校の教師達と、随分つき合っているらしいですよ」

サム・テイラーがもう一度、この薄暗い室内に流れてくる。実際に、激昂し、酔いしれ、息をつまらせ、体をふるわせて、ステージ一杯に荒れ狂うサムテイラーは何処にも感じられない。レコーディングのため何度もリハーサルをやり、完全防音の部屋の中で、「サム・テイラー」を殺していった、極めてえげつない演奏が、しわくちゃに流れてくる。一度、にぎり寿司の皿の上に使われたサラン・ラップ。一度、とり肉のむし焼きにするのに使われた銀紙。

一度使われたサランラップは、しわくちゃにこそならないが、触れていたものの匂いがしみついてしまって、決して元通りにはならない。銀紙のしわは、致命的だ。決して元通りのなめらかさになることはない。

しわくちゃの女。どんなにインテリぶってみても、学のあるふりをしてみても、気の利いた身なりをしていても、所詮はしわくちゃなのだ。勝負は歴然としている。

誰も文句をいうことは出来ない。スロージンの化粧瓶が、単なる飾りとして、棚に並んでいる。

何らの思想なく、何らのデッサン力を持つことなく、堂々と書き描ける人は天才である。予言者である。そういった人間の神経は、外側に向かって連らなっているのではなく、逆に、内側に向かって、どこまでも、緊密に連続している。そういった人間は、失敗を恥とはしない。むしろ、反省とみなし、立ち上る為の意義あるスプリングボードとする。予言者は、事実すべてそうであったが、九十九回の失敗を気にしない図太い神経の持ち主でなければならなかった。その図太い神経とは、自己の内側のものに対する高度の信頼性が支えている意識である。失敗を恥と考え、更には敗北とみなし、一層悪いことには、悪とさえきめつけてしまうのは、従来、東洋人の特徴であった。なかんずく、日本人においては、それが極限状態に達していた。敵の陣営に降伏するよりは、一死をもって報国に殉じ、捕われるよりは、舌を噛み切り、銃剣を胸に突きさして死を選ぶといった日本人であった。

日本軍は、一度、捕虜になった兵士が、原隊に復帰しても、決して生かしておくことはなかった。銃殺してから、祖国には隊長の直筆に依って、華々しく国の為に戦死した旨を伝えたものである。

つまり、失敗するということは、決定的な汚名を残すことと信じて疑わなかったのだ。人間は完全か？　人間は失敗をいささかも犯さないような機能を具えているのか。律法や、集団の規約や、伝統、権威といったものがなくなれば、人間は百パーセント完全無欠であるが、そうでない限り、失敗は、一瞬々々の間に常時行われている。人生、これは、そういった目から見れば、失敗の連続であるとも言えよう。そして、こうした失敗を悪とする考えは、今日、地上のあらゆる文明圏にその支配力を伸ばしてきている。だが、それでも、予言者は根絶されたわけではない。

社会や、歴史や、民族の一切の規約よりも何よりも、先ず自分自身を信じようとする誠意にあふれた人間は、昔からあちこちにいる。彼等は、失敗に対して一向にどぎまぎしない。平然として失敗を犯す。失敗がまるで美徳ででもあるかのように、これを平気でやってのける。一回の正しい予言をする為に、九十九回の予言が失敗してもかまわないといった気持が、彼等の心中では支配的なのだ。

偉大な人間とは、一つの意義ある行為のために、自分を馬鹿者の地位に転落させ〝あてにならない人物〟のレッテルを貼ることを敢えてする。これが絶対に出来ないのが文明人である。一つの失敗は、彼等の生命を十年分位縮めてしまう。予言したことが実現しないということは、ひどく恐ろしいことなのだ。面目丸つぶれであり、人間としての条件さえ失いかねない危機を招来すると本気で考える。もともと彼等に、丸つぶれになるような顔などありはしないのに、このありもしない顔や、面目を失ってはならないという緊張感と恐れは、彼等の行動を極度に制限する。

本当に恐れを抱く人間は、指一本動かすことさえ、困難となる。蛇ににらまれた蛙。だが、ダビデ少年が、巨人ゴリアテを一つぶの石ころで打ち倒した事実を忘れてはならない。蛙は、蛇の前で、力が劣っているから、身動き出来なくなるのではない。目と目が合う時、蛙の神経が参ってしまうのだ。

ダビデは、ゴリアテの前で、心を失うことがなかった。平然として、使いなれている投石器を操作した。この平然とした態度が、是非必要なのだ。

予言者は、この心境で、極度に緊張をほぐし、軽い気分で予言を連発する。誰れにも借りはないのだ。スポンサーが背後にいて、視聴率を気にしている訳ではなく、デレクターがカメラの傍にいて、時間をうるさく指示しているわけでもない。原作者が、昨日、尻を撫でていた銀座の女に振られて、青っとろけた表情をして、向こうの椅子に座っている訳ではない。死刑執行人が、縄を持って「お迎えです」と陰気な声でささやきかけている訳ではない。全く借りはないのだ。呆れる程自由なのだ。だから、自由に、気軽に、ポンポンとパチンコの玉のように予言を連発し、真理の言葉を吐き出している。それは、永遠に快癒することの期待出来ない、慢性嘔吐疾患の患者である。

予言者は、自分の吐き出す言葉で飯を食ってはいけない。或る予言者は、鳥に餌を分けてもらって生命をつないだ。大学者の道を約束されていたパウロは、それより一層偉大な予言者の道を選んだ時、テント縫いをして生計を立てなければならなかった。アモスは、民族を目覚めさせる、旧約聖書時代の卓越した予言者であったが、終生、羊飼いの仕事を、テコアの森でしていなければならなかった。

『我が闘争』の作者、堤玲子は、高校出さえ初任給二万円以上貰うという今日、一万九千円で売店の売り子をやっている。それでも彼女は、日記の中に、私は、一族一門の中で、神にまでのし上った人間だと、自分の置かれている位置の高さを確認している。家賃が三千円で、ガス、水道のない家に住んでいるこの女は、ミンクのコートを着た女よりも、自由を持っている。自分の腹の上に乗せた男が、今迄に何千人。そしてうそぶく。

「本買うてくれる人が二級酒飲んだら、作家はドブロク飲まなきゃダメなんじゃあないですか」

この辺にちょっぴり、やくざ堅気の弱々しさがあるのは、やはり女であるからだろう。

予言者は、予言を売らない！　予言者は、予言でもって人を活かすだけだ。人間とは、行為に支えられた存在だ。だが本来そうであった人間が、文明の照明に浮かび出している現在では、思想的存在となってしまっている。書物も、もともとは行為に支えられたものであったが、人間と運命を共にして、思想に支えられる存在となり下がってしまっている。私は、ここで予言する。私が熟睡期に入る前に、必ず書物と人間が復権をする時代がやってくる。

踊れ、踊れ！　それが能であっても、アプサラであってもいいではないか。盆踊りや、酒に酔った勢いでやる、あのえげつないものでないならば、何であってもいいはずだ。笙でも大鼓でも、しちりきでも、サムボーでも、スラライでも、コンでも、ロアネットでも、チンでもいい、とにかく、激しくかき鳴らし、叩きつづけるのだ。

アプサラも能も、それが、自己の内部に目を向けた「静」の行動の支えに依るダンスである。能は現世を否定し、来世に託した願いを強烈に発散させてやまないが、アプサラは、現世をこよなく愛し、目の前のものを、何のためらいもなく、讃美して、人々に生きることの素晴らしさを納得させようとする。

人間は、何事につけ、全力を集中して対決しなければならない。人間とは、そういう風に生まれついているのだ。中途半端に生きるのなら、桜の木や、蛙に生まれついてもよかった筈である。文明圏において、人間は、こういった、全力を尽して事に当たるという態度を極力否定しようとしている。いや、否定することは、事実上、不可能なことなので、外見上、これを否定しているような素振りを示そうとする。全力を尽して事に当たった結果があれ位の事しか成就しないのかと言われる事が死ぬ程つらい。そして万事において、達成する率は、極く極く低いのだ。だが、予言者は違う。予言者とは、九十九回の失敗を充分承知の上で、一回の成功の為に、鉄面皮となる人間を指して言う。

全力を尽して事に当たる。そういった生き方は、馬鹿気て見え、愚かにも映る。

全力を尽すことは、知的なやり方ではないと、文化圏の住人は、誰れも信じている。創造的な人間は、敢えてそれをやるから、一目瞭然として、非創造的な社会の住人とは区別出来る。実際問題として、誰もが、斜め向きの姿勢で全力を尽している。それを悟られまいとして、誤魔化す努力もまた、大きい。そして、事が芳しくない結果に了ると、あんなことには、それ程力こぶを入れてはいなかったのだから、どうってことはないんだと、白々とした表情でうそぶく。その時の眼の色の淋しさは、予言する者の前では、かくしおおすべくもない。

この地上では、万事が、人間の口先だけでは、どうってことのない些事なのだ。そのくせ、石ころ一つにもひどくおびえ、木の葉一枚がひらひら空中に舞うにも、恐怖に身の毛のよだつ体験をする。全力を尽したら、恥になるものばかりでこの地上は満ちあふれている。だが、それでも、人間は全力を尽さなければ決して甦ることはない。いたずらに、ホモ・サピエンスの化石の数が増えるばかりである。

本能的なもの、衝動的なもの、直感的なものは目的を持たない。ただ、現在という時点において、自己を充足させようということで、手一杯となる。目的を持つものは、すべて、意識的であり、打算的であって、それは、論理に支えられ、公式に支えられていて、夢や奇蹟の介入してくる余裕は全くない。夢のない処に生命の発酵する可能性は全くないのだ。奇蹟の存在しない領域に、霊感のあろうはずがない。霊感の働かない人間は、生きたまま死んでいる。

ポンペイは火で亡んだ

小さな街の喧嘩横丁。軒の曲がった棟割り長屋が、東北の疲れ果てた山脈のように並んでいる。六畳一間に台所、といった間取りの家である。鹿沼時代に、私も、妻と一番上の息子と三人で、これに似た家に住んだことがあった。夏には、布団の上を、無数ののみが、北鮮軍の人海戦術のように移動していた。もう、体は、かゆさを通り越していて、異常な感覚に包まれていた。あの時期に、息子がまだ生まれていなかったことを、心から神に御礼を言わなければならない。息子は、のみどもの深々と冬眠に入ってしまった十二月の中頃に生まれた。そして翌年の春には、この借家を脱出することが出来た。宇都宮から友人のギングリッヒ君が車で迎えにきてくれた。

宇都宮への車の旅は、勝利者の体験であった。宇都宮からは、汽車に乗った。

ありがとう、神様！　ありがとう運命！

それにしても、自分自身の道を歩み、自分なりの生き方をするために支払わなければならない代償の、なんと苛酷なことか。

今朝の新聞に誰かが書いていた。

「日本人は優秀である。日本の文化はすぐれている。だが、それらは、大きなロスを伴っていることを忘れてはならない。日本人は、一個の人間としての自分を自覚したり、その自覚の上に立って今日一日生きることは、全く不可能になってきている」

しかし、これは、全世界の人間について言えることではないのか。

現代人には、集団の中には存在出来ても、個人としての存在は考えられない。過去五千年の人間の文化史は集団の歴史であって、個人の歴史ではない。それであってもなお、歴史は、その過度期において、個人に依って導かれているということも、否定は出来ない。

喧嘩横丁。午後十二時半。真上の二階で、中年夫婦が言い争っている。二人の間に子供はない。女は、この男と一緒になる前、ここの色町で、女郎としてその名をはせていた。花川戸の三羽烏といわれた程の、田舎の女にしては、一寸小股の切れ上がった、色白のいい女であった。北海道の方から流れ流れてきた、怠けることしか取り得のない男が、それでも、この女のことになると、何かの間違いのように熱心になり、身請けをする金をあっちこっちから工面してきた。人間、柄にもないことをするもんじゃあない。

この男、どうせ怠け者なら怠け者らしく、こんな殊勝な心を起こすべきではなかった。これが、彼の最大の不運を切り開く原因となってしまった。女は、自由にされると、しばらくはこの男にくっついていたが、男の特性を認め、それに順応していけるような女ではなかった。

次郎長の妻お蝶は、なぐりこみをかけられた時、身をひるがえしてドスのところに走り、夫に、それを勢いよく投げて渡した。

男が乞食なら、彼に連れそう女は、彼が乞食であることに絶大の尊敬の念を払え。夫が怠け者なら、怠けるという生き方に、一つの哲学と宗教性を発見出来る女が、女というものだ。私の妻は、まさしく、選ばれた一人だ。私の欠点を尊敬さえしてくれている。マホメットの最初の、唯一人の信者は、彼の妻だったが、私に関しても、妻こそ、最初の理想的な信者であることは間違いない。

夫の、のらりくらりの生活が、すっかり鼻についているこの女は、年中暇さえあれば、罵っている。五十に近い年になって失対事業の日雇人夫になっているこの女が持って帰る金は、片っ端から酒代にされてしまう。何処か水商売の店にでも入って働けばよいのだが、それをするには、かつての美しかった表情はみじめに崩れ果ててしまっている。これ程の大声でわめき散らしても、隣り近所は、うんともすんとも言わない。もうすっかり慣れたもので、この騒ぎの中でぐっすり安眠出来るらしい。時には、ヒーヒー淫声をあげて、しなびた男の酒臭い体の下で、のた打こともあるのだが、それでも壁一つへだてた隣室の住人達はしずまり返っている。

二人の会話は、すべて、こういった争いか、性交の最中に、途方もなく大声で発せられる方言で行われる。それはもはや、人間の言葉というよりは、高等動物のうなり声である。人間の言葉に訳してみれば、牡が牝の周囲で長々と騒ぎたて、爪を立て、牙をむき出したあとで、遂にたまりかねた牡は、一声、ウオーとほえると、

「きさま、そこを動くなよ、離れたら承知しないぞ!」

どたどたと牝の足音。足音が階段の方に移動していく。

「逃げる気か、きさま! きさまが前に何をやっていたかよく考えてみろ! きさまみたいな奴は、こうしてや

らないと分らないんだ」

牡の重い足音が、急速に天井を、右から左の方へ移動する。牝は、階段を転げるようにして外に飛び出す。

「野郎、にげやがって……畜生奴！」

小便の音。

牡はぶつぶつ言いながら二階に上っていく。ラジオのスイッチが入る。

「これで五月一日水曜日の番組は、全部終了しました。NHK、第一放送。周波数は五百九十キロサイクルでした。充分火の元と、戸閉りには気を付けてお休み下さい」

アナウンサーの声の後に、雑音の入り交った『君が代』が鳴り響く。断続的に、モスクワ放送のロシヤ語と、朝鮮語が入ってくる。『君が代』は、ペニスの先にこびりついた垢である。それでも、こういった状況下では、最も意義のある音楽となる。

一時間程前、喫茶店で聴いたテナー・サックスの、ダニーボーイが二重うつしの音響イメージとなる。あれは、どうもサム・テイラーではなかったように思ったが、そのヴァリエーションが似てもいるし、そこの娘がジャケットを眺めて返答に困っていたが、そこに載っている写真は白人であった。テイラーのそれは、もっと音が濁っているだみ声だ。そして、もっと泥くさく、汗にまみれ、体臭が強いはずだと、今更納得した。グリーンのワンピースはミニスタイルで、肢の色は、細っそりとしていたのだが、妙にどす黒かったのは何故だろうか。

女は部屋に戻って来る。

「お前の言葉つき、ありゃあ一体何だ。〝上がらいや〟〝お茶っこのまらい〟東京か北海道の言葉を使うもんだ。〝どうぞ、お上がり下さいませ〟〝お茶を一杯いかがでしょうか〟ってね。誰かが来たら〝御主人はただ今、御仕事で御出掛けでございますから、また改めて御出になって下さいませ。私は長らく御女郎をしていらっしゃいまして、御体の方は、随分良く出来ていらっしゃいます〟て言えねぇのか！」

再びラジオが鳴り出す。深夜放送のムード音楽にのって、二人はいつ果てるともない口論を続け、その合い間に、時たま男の方が手を出して、女をなぐりつける。女はそれに応えるかのように、物を手当たり次第に投げ返す。古い造作のせいで、そのたびに柱がゆれる。

私が今入っている部屋の、左隣りの二階には、若い男女がいた。パチンコ屋で働いているうちに、お互いに好きになった二十前後の二人であったが、その同棲生活はほんの数カ月しかもたず、男の方は、パチンコ屋に働いている別の女と、行方をくらましてしまった。女は一時、狂気のようになって八方探したが、男は見つからず、やがてほとぼりもさめ、一カ月目には別の男をくわえ込んで来て、これと同棲をはじめた。男は大工を業としている。この二人もまた、くっついたきり離れられない関係にあるが、絶えず喧嘩をしている。

更にその向こう隣には、かつて赤坂の芸者をしていたという老女が住んでいた。養女にして育てた女が嫁いで、隣の町に住むようになってから、八十歳を超えた老体でもって一人で暮していた。五十年も昔の生活を夢見て、心は華やかなものだったろう。大正時代の赤坂、それは完全に、地上から消滅し去ってしまっている。古代の遺蹟のようなものだ。三味の音さえ、その音色は全く変ってきている。赤坂芸者の誇りは、ベッドの中のマナーの洗練されていることだと言う。男を決して飽かせない体の仕草、筋肉の活動、表情の演出。そして、客は完全に、そういった女達の魅力のとりこになってしまう。

普通の女は、布団の中では、女の最後のものを放棄するといった気分に支配されて、雰囲気は、どうしても重苦しく暗いものになる。だが赤坂芸者は、布団の中から本格的な芸の出発をはじめる。芸者は、芸を売っても体は売らないなどとうそぶく。精神年令満十五歳の大人達は、この際、しっぽならぬペニスを巻いて黙って引っ込んでいるに限る。その方がとにかく無難なのだ。不見転芸者といって罵しられ、白眼視されても、赤坂のきれいどころにとっては、唯一の誇りなのだ。男に誘われて、体をじくじくとぬらす事のない芸者は、戦争を罪悪と信じて、そっぽを向く、真っ赤に錆づいた大砲のようなものだ。矛盾とおかしみは限りない。

御座敷での芸者の芸は、客の性欲を昂進させるための、所謂、前座に過ぎない。セックスに関りを持たない女が、どうして美しいものを着たり、手振り身振りよく踊ることが出来るのだろうか。

老女の、たくあんを切る手先に、赤坂での舞の手がのこされていただろう。

この街の花川戸は、磐井川の流れのそばにあって、その女達は、せっせと馬糞の匂いのする男達を抱きよせた。はやりにはやる男達は、大抵は、ほんの数十秒で射精してしまう奴らで、女達は、女になりきるチャンスもない。いたずらに、無意味な精液に汚された体が、何かに一層激しく飢えていく。女達は、それが人妻であろうと、女郎であろうと、精液に汚されているうちは満足しないし、何ものも掴みとることはない。

精液にまみれる時、それが真実の力強い性交であるならば、きよめの塩をまかれたように、すっきりしたものとなり、真新しい雑布で、拭き掃除のゆきとどいた廊下のように、清々しさが女の内側に沸き起ってくる。

老女は、もうとうに、そうしたものの匂わず、しみついてもいない干涸びた性器をかかえて、日毎に体力を失っていった。彼女が死んだのは、ここ数年の間である。カラミティー・ジェーンの孤独な死、それは西部の華やかで素朴な時代の終幕を意味していた。ジャンヌ・ダークの死、それはフランスの栄光のはじまりを意味した。そして、マリー・アントワネットのギロチンの死は、フランス王朝の終末を意味していた。この老女の死は、一体何を意味していただろうか。道鏡の膝の上に乗せられて、快感にしびれ、狂喜する女帝、孝謙天皇。

道鏡は、あの巨大で、強じんなペニス一本で、国政に参与するようになり、また、身を亡した。神に近い存在になったり、身を完全に亡してしまうほどの影響力を具えているものが、その人間の本当の個性なのだ。それ以外の属性は、一寸も面白くない。書いたり、考えたりするのに、充分価値あるものではないのだ。文学に個性がなくなったと感じる人々があらわれるのも当然である。自ら手を出し、自主的に選んで、死を賭けようとする、切迫した危機の感覚を、文学が失ってしまってからもうどれ位たつだろう。時折、そういった文学の力強さを身に帯びる人があらわれようものなら、ひ弱で、いんちきな文学にかぶれている連中は、被害妄想に捉われていると口汚く罵しる。そのくせ、自らは、何一つ、まともなのものを体験してはいないし、歯がゆさは、無限に続く。

もう現在の時点に在っては、ニューギニヤの奥地か、アマゾンの源流近くに住んでいる原住民以外には、人間本来の、正確に味を感じる感覚は、薄れてしまっているのだ。文学だけではない。宗教もまた同じである。近頃、私の友人の一人は、彼の父親が新興宗教に入っているからといって、彼の息子の為に申し込んだ、二カ所の保育所から入所を拒否されている。本人は父親として、何ともつらい気分をかこったことであろうが、それ以上に私の心を捉えたのは、この様に、社会から締め出しをくう新興宗教の在り方であった。

キリスト教や仏教が、伸び悩んでいるのも無理はない。社会にちゃんと受け入れられ、社会の御先棒を担いでいるではないか。かつての仏教は違っていた。親鸞や、日蓮を見給え。生命を賭けたのだ。まさしく、時代の重大な発言者であり、革命児であったのだ。

かつてのキリスト教もまた然り。ルター、オーガスチヌス、ジョン・ウイクリフ、ヨハン・フス、そして内村鑑三等の生き方は、危機感を負った者の厳しい表情を具えている。自分の立場に支障をきたすからと、開業医は、内村の家に、彼の妻の病気を看に行く事を断るほどだった。社会から、この眠れる、ひ弱な社会から拒絶されるようでなくて、どうして、個性が豊かであるなどとうそぶけよう。それのみか、人間にとって、長らく失なわれていたものを復権することなど、思いもよらないことである。

この喧嘩横丁の、一列長屋を持っている大家は、今、その息子の代になっていて、彼は、或る大きな店に勤めている。ノッペリとしたその顔は、なかなかの男前だが、こういった男前には、真に中味のあるすぐれた女は食いつかないものだ。うわべだけの、一寸ばかり取り得のありそうに見える腰軽女がくっついてくる。いつも、身なりをきちんとしていて、言うことにソツのないこの男は、確かにしっかり者ではあるが、それ以上、何一つ出来ない人間である。人を動かすような言葉もないし、示唆に富んだ、含蓄ある行動や、真理をさらけ出すに足る、重々しい表情もない。だから、折角、一緒になった女も、こういった男に対しては、狂信的な信者になり切れずに、浮気にうつつを抜かすようになる。

女というものは、その点、単純で誠意にあふれている。男に徹底的に惚れ抜くか、さもなければ裏切り行為を図太く行う。女の裏切りと、不甲斐ない男への軽蔑の念は、他の男の腹の下で、大きく体をひろげ、快感に酔いしれる時に表現される。妻を自分の狂信的な崇拝者に出来ない男は、そのことで、まともな友人もつくれないことを示している。友人との交わりは、もう一つの宗教関係であるからだ。友を信じさせる迄に導ける人物は、充分、それ以前に妻を、自分の方に引きつけているはずだ。

大家である、こののっぺりした顔の几帳面な男は、小ぎれいな自分の妻の心を勝ち取ることが出来なかった。夜おそく、この横丁に住む女が、風呂帰りで長屋の前を歩いていたら、走って来た男が、ものも言わずに夢中で彼女にしがみついた。そして思いっきり強く、首を締め上げた。女が鋭い悲鳴をあげたので、男は一瞬、ひるんで手の力をゆるめた。男の顔を、長屋の窓明りでのぞいたら、何と、その男は、この長屋の大家であった。

「すいません。ほんとに申し訳ない。うちの家内だと、てっきり感違いしてしまって………」

この女の歩いている方向に、彼の妻は裸足のまま逃げて来たのだった。彼の妻は、長屋の路地の暗がりに、しばらく身をひそめていて、その後、男と手に手をとって駆け落ちしてしまった。この噂は、首を締められた女の口から、横丁中にパッと広まってしまった。

痴話喧嘩の末、男は妻をなぐりつけた。女は、たまりかねて、心引かれている男を頼って家を飛び出した。

力のない男が、手を上げて女を叩くなど、何と悲しい情景であろう。女の心を引きつけておけない男程、くどくどと、嫉妬心をもやして、女のようにわめき散らすものだ。女は、そういう男の態度に、ますます厭気をさすという循環をくり返す。そして、女の心から、男に対する愛が干上ってしまうのは時間の問題でしかない。こうした場合、女の選ぶ相手は、大抵、くだらぬ男である。男の中の男といった相手を選べる道理がない。そうした「男」を見込んで惚れ込むのは、何一つ夫婦間にトラブルを持っていない、極めて貞淑な妻の場合、時たま、奇蹟のようにして起こる。夫に愛想をつかして走る女が掴む男は、前夫にもまして、ひどい奴である場合が多い。

大家の妻も、一カ月程してひょっこり戻って来た。いい加減、男にもてあそばれた体を引きずって夫のもとに帰って来た。夫はそれを、ぶつぶつ言いながらも家に入れた。かなり匂いの変わった性器に触れ、それが、うるおっていると分かると、一切を忘れて飛びついていった。女は改めて、この野郎を軽蔑したことだろう。女は子供のために、この家にとどまる事を決心した。だが男をつくって家出したことなど、露程も気にしていない。むしろ、その相手が彼女に対して不実だった事を、内心、大いに恨んでいるに違いない。今後、また男らしい男があらわれて、手を出されれば、間違いなくその懐に飛び込んで、呻き声を上げる女である。これは、良い事でも悪い事でもない。極く自然のことなのだ。強いて責任を追求しようとすれば、それは、不甲斐のない夫にあると言わねばならない。

このことを一番よく知っているのも、また夫自身であろう。それだけに、毎日を、不信と不安の中に過ごす。こういった男は、一夜にして、長屋中を灰にしてしまえばよいのだ。無一物になって、はじめて自分を取り戻せる。職を失い、孤独になって、はじめて自主性を、取り戻せるのだ。

ヘンドリックスは、ありとあらゆる物体に、青空と、白い千切れ雲を描いて、室内に点在させるという芸術を発表している。マルグリットが試みた、物質とイメージの結合という実験を、別のかたちで再証明したのかも知れない。青空は、従来、人間にとっては、物質ではなしに、一つの概念であり、抽象であった。それが見事に物質化されたのだ。靴、タオル、窓ガラス、シャベル、ズボン、カンバスの裏、椅子、テーブル、抽出しといった、ありとあらゆるものに、青空は定着し得たのだ。しかも、そこにさえ、千切れ雲は浮んでいる。限りない底なしの空が、物質化されて澄みわたる。

捉えられた無限、凝固した伝説、固形物と化した神話。ゼウスの神の、女神の耳元での愛のささやき。それは、ゼリーで固められている。凍結した太陽の神の情熱の行為。水晶体をすっかりえぐり出された、サムソンの凝視するデリラの姿。

サム・フランシスの個展の案内状が届く。アート・ライフ・アソシエーションからは、ミラーの個展のカタログとポスターが届く。これは、ミラー自身が、この協会に、わざわざ私に送るように言ってくれたからである。

埃にまみれ、半ば動かなくなって、質屋の暗がりに転っていた、オート・ズーム・シネマックスという八ミリカメラ。私は、それに新しい水銀電池を入れ、油を差し、シリコン油で磨き、タイプライター用の、毛の硬いブラシで、ダイヤルというダイヤル、つまみというつまみの間にたまっている埃をきれいに拭いとった。すべては好調に作動する。レンズも決して外側からだけの調査では、悪くはなっていない。フィルムを一本、テスト用に無駄にするつもりで撮ってみた。今日それが現像所から送り返されて来たのだ。充分よく写っている。この八ミリカメラは、みごとに再生された。甦ったのだ。キリストが甦った。だが、ジョージ・ポーレイもミラーも、今年は復活祭がないと書いてよこす。

ゴヤのリトグラフ。彼にしては、めずらしく風景画だ。雨上がりの郊外の丘に立つ三本の樹。私はふと、過去の強烈な一瞬を、この画面の中に感じた。この空は、私がよく知っている初夏の空だ。だるくなるような暑さの中で、体中に感じたあの追憶。町は、はるか向こうの方にある。野辺に立つ。頭上に虹が斜めに伸びている。湿度は高い。太陽がギラギラ生き返る。草のしげみの中から、水蒸気が立ちのぼって、めまいがする。地面は、黒々としているだけ肥えているのだ。牛の声。馬車が行く。その隣りにミラーの水彩画。私は涙を流しつつそれを見入る。「東洋の港」――これが題名だ。彼は常に、憧れを失わない。しあわせな老人だ。

彼の心には、もう一つの目がついていて、それには、未だ見ぬものが何でも鮮明に映っていく。

長谷川利行の油彩。上野公園の風景である。フォーヴのタッチは、流行にのったものではなく、彼独自のものであった。貧しさの中で、死ぬまで放浪しつづけたこの男。

ポンペイは火で亡んだ町だ。瀬戸内海に臨む草戸千軒は、水で亡んだ町である。

人間は、聖書のいうように、火と水で亡ぶ運命にある。もう水の方は了ったという。今後は火だけだという。だが、人間の心中には、歴然と、両方に対する恐れがある。フロストがうたったように、人間は、火で亡ぼされても、水で亡ぼされても別段驚くに足りない。自分を振りかえってみれば、それに充分相当する立場に気付くからだ。人間は悪のモザイクである。

生命は、その出現を、火と水の中にみた。亡びもまた同じ条件の中で行われる。私は昨夜、激しい夢をみた。人生の半ばを過ぎ、あとわずか数十年しか残っていないこの人生を、有効に使っていかなければならないことを、神経のすみずみにまで感じた。危険な防波堤の上をドライヴしていた車が、車中の二人の人間と共に、海中にさらわれてしまった。危険という信号と、この事故の相関的なものは何か?

雑誌をズタズタに引き裂く。そうして保存すべき大切な記事のみを、ファイルしておかないことには、わずか六畳の書斎は、身の置き場所がなくなってしまう。雑誌をバラバラにしてしまうと、どの記事も保存したくなってくる。例えば、美術雑誌ならば、絵画の複製、美術史の連載物、建築に関する記事、骨董に関する解説、人物評等に分類すると、記事の大半がそれに入ってしまう。

文学雑誌についても、また同じである。それら一つ一つの記事を、ファイルしたからといって、私に、果たして、今後それを読む機会があるかどうか分らない。それでも意味はある。タイトルに心を奪われて、その記事をファイルする時、そのことで、私には充分、私なりの何かを創造しているのだ。むしろ、そういった記事を丹念に読まないという私の習性は、私の強味なのである。読まないからこそ、私は、人の意見や思想を丸のみにしないし、やや、遠廻りになるが、自分で体験しながら、実感の籠もった、自分自身のものを抱くことが出来る。文化人とは、私のこういった態度とは、およそ正反対の態度をとるものだ。多く読み、他人の一行、一句をきちんと覚え、それに、僅かに自分の意見を入れるといったやり方である。だから、十人に意見を聞いても、十の同じ意見をきくだけであるし、百人に聞いても、百の、大体同じような助言がなされるに過ぎない。

常識とか、通念、権威といった、自由な人間や創造的な生き方にとっては、何ともやっかいな代物は、こういった文化的な領域に生ずるものである。この点から言えば、ホッテントット族や、ブッシュマン族の間にすら文化はある。本当の文化とは、完全にして純粋な独自の生き方をする人間の生活の中にあらわれる。集団は、力と労働力となることはあっても、決して文化の真の姿を具現することはない。現代の、文明とか文化と呼ばれているものは、一種の大きな妄想である。これは、文明なんかではない。史上稀にみる「力」であり、「労働力」である。

私が現代文明に反対する時、それは、むしろ、真実の文明を、激しい態度で支持していることになる。どじょうの、泥にまみれた心臓の鼓動のような、所謂文明には、私は何の借りも恩義も受けてはいない。私が恩義を感じているのは、私の内側にある、私自身の、ひそやかな意志であり、砥ぎすまされたような感動である。

Unwanted hair is a beauty problem ! Unwanted

civilization is the Life problem！

私にとって、ドラクロアの作品を見る時、彼の本腰を入れた作品より、モロッコ旅行の際に記録したスケッチ風の日記の方が、余程、意味がある。

Safely removes unwanted hair forever！14 day money back guarantee！

帰郷性《ホーミング》・回帰性《トロピズム》

人間の集団、組織に対する反逆と憎悪の念は、生命あるものの、最も初期の活動であった。生命自体、その初期の細胞の段階から、相互依存のかたちで、一分のすきもない、きっちりとした内部構造を持っていて、その事実は、共存、共栄の状態であり、共同生活、集団生活である。こうした生命内部を、おぼろげながらも知り始めた人間は、必然的に外的な集団や共存を嫌うようになる。内部の集団や論理、秩序を否定することは、生命を否定することになるので不可能なことだ。その結果、外的な一切のことについて、生命内部の状態と同質のものを極度に嫌うようになる。

生命を知りはじめる迄は、どれ程賢い人間であっても、この種の反逆心を抱くことはない。才能があり、力があり、徳があっても、ただそれだけであるから、その存在は、大して大きな意味を持たない。そういった人間が、どれ程気の利いた事を書き、しゃべっても、また、指導を巧みにしても、世の中は、さほど大きく変遷するものではない。それは、我々の周囲を見まわせば、よく分かることである。

本格的な人間とは、黙って立っているだけで、充分周囲を変質させるだけの影響力を持ち、その存在する事実が、俗物を焦らし、怒らし、不安に追いやるような威力にあふれている。学問で説得しようとしたり、道徳で納得させようとすることなど、最低の人間のやることである。内容ある人格は、あらゆる自由行動の中で、ごく気軽に、平然と偉大なことをやってのけるものだ。これは、生命群の泡沫や、それらをおおう情感の薄膜があるかないかの差で決まる。

一個の人間が、無数の秩序ある細胞の無性生殖に依って支えられているとするなら、人間は、一つの巨大なまとまりと法則の下に、がっちり固定された宇宙である。

この宇宙は、泣きながらボルトを外す。鋲を抜く。ばらばらになるまで安息はない。何処にもないのだ。

もともと、生命体は、すなわち原形質のこの作用は、およそ生命と名の付くどのようなものさえ生じさせる可能性を示さなかった岩石圏や水成圏からあらわれてきたのではなかったか。信じられないところから、全く期待されていなかったものが生じてくるのだ。

季節の限界内で、生命を謳歌する昆虫の悲しさ。二米足らずの身長の中で、人生論をぶつ哀れさ。豆腐を食いながら、鋼鉄をたがねで断ち切る仕事に従事するあぶなっかしさ。ラベルは、それでも、片腕を失ったピアニストの為に協奏曲をつくったではないか。

チャイコフスキーのピアノ協奏曲は、当時最大のピアニスト、アントン・ルービンシュタインから、音楽の常識を外れた愚作と酷評され、ベートーヴェンのヴァイオリン協奏曲は、暗譜不可能な難解な曲であった。この難曲を、彼は彼の人生中、最もバラ色に満ちた時期につくったのだ。幸せであるという事は、難解であるという事だ。嬉しいという事は、怒りが白熱化しているという事実にもとづいており、泣くということは、この上ない安らぎに支えられていることを意味している。

生命と存在の、原始の果てしない大海の中で、孤立し得た生命の最初の反逆は、奇蹟とみなされてさしつかえないが、今日でも、それは、創造的な人間に依って行われている。凡俗の目には、とんでもないこととして、僅かに、極く一部分の人々に依って行われている。

生命乃至は原形質の発生、いやそれ以上に、根源的なプロフィリンの発生は、何も原始の時代だけに限られたドラマではなかった。今日、なお、このドラマは続けられている。岩石の肌に、藪の中のしめった土の表面に、息を大きく吸うみの虫の肺の中に、ジェット気流の中に、非常に緩慢とした動作の中で、刻々と発生しているのだ。現代もまた、原始時代の延長であるに過ぎない。

その次に来る、新しい時代は、まだ姿をあらわしていないばかりか、出現するかすかな徴候さえ示してはいないのだ。シャルダンに言わせれば、人間は、この地上に、ひそやかに出現したのだそうだ。しかし、文明は騒乱そのものではないのか。何一つ、まともな結果を伴わない、異常な雑音と運動のるつぼの中にたたき込れている。

真の饒舌は、静かである。真理を嘔吐しつづける口中は、秘めやかさに満ちあふれている。偉大な生き方とは、沈黙の道であり、その道には、多くの効果と実が生じる。人間は、そのようにひそやかに出現したものであるにもかかわらず、その初期の生き方から、既に集団性を帯びてきている。北京からサヴァンナまで、人間は、一つの原始帝国を形作っていたことは間違いない。

王冠を戴かない王が存在し、めがねをかけないインテリや、銃を持たない死刑執行人がちゃんと揃っていた。その頃、個人をよく噛み締めて過ごせた人間は、今日と同様に厳しい試練に耐えなければならなかった筈である。だが、それでも、ジャングルの中で、女を追いかけ、猛獣と格闘した行動性は、現代の舗装道路の上の人間の意識には、羨ましい限りのイメージとして映ってくる。

人生に、何一つ、生命をゆさぶるような衝撃がないということは、この上なくみじめなことなのだ。健康この上なく、深く深く考えあぐんだ末に、社会から放り出され、追放されるということは、巨大な人格を形作る上に必須の実績となる。追いつめられれば追いつめられる程人間は、かすが取り払われていく。そうした、極度に磨き抜かれ、清め抜かれた精神が発する言葉は、ミラーの次の言葉において、納得されなければならない。

「もし私の母が十二月二十五日の朝にでも、階段から足を踏み外して、首の骨ぐらい折ってくれていたなら、(ミラーは十二月二十六日生れである) 多分事情はもっとましなものになっていたはずだ。すくなくとも、はじめから調子良いスタートをしていたに違いない。ブルックリンの昔なじみの通りには、どこにでも、想い返すたびに、私の前に身の毛もよだつ母の姿がただよっている。」

ミラーを不健康というその精神は、俗物のかたまりであり、個人としては、何ら、誕生を経ていない、羊水の中の腐れる魂なのだ。

私はこうして、今、自分を反省してみるに、行っていることのすべて、努力していることのすべてが、力をこめればこめる程、目的から遠去かっていくことを知らされる。私は、負の乗法を行っているのだ。マイナスの直線グラフは、第三象限をまっしぐらに転落して進む。限界はないのだ。私の狂気のように行っている生き方に、どれ程、うやうやしい心持で延長線を引いても、それは、偉大な作家になるとか、史上の輝ける人間像となる地点に接することはないし、近づくこともない。決してないのだ。それなのに、私の内部に絶えずくすぶりつづけているこの自信は、一体どうしたというのであろう。この自信は、狂信というには余りにも冷静過ぎ、単なる誇大妄想というには余りにも熱し過ぎ、現実的であり過ぎている。例え現在の在り方の延長線が、目的に、ためらうことなく接していくとしても、この種の自信は抱けない筈だ。

この自信は、奇蹟を期待する自信だ。水爆の炸裂にも似て、その中心部に位する何も彼もが溶解し、蒸発し、消滅してしまう奇蹟を心ひそかに待ち望んでいる。日毎に、私が喰らい、脱糞し、もぐり込み、溺れ、泳ぎ、性交し、奪い、与え、愛し、信じ、恐れ、興味をひかれているものは、この奇蹟なのだ。これ以外の何ものでもない。奇蹟が私を生き生きとさせる。奇蹟が私を若返らせてくれる。奇蹟こそ、私の恋薬であり、聖書の中の一句なのだ。

Ἰδε τουτο καινον εστιν !

（つまり、Lo, this is new！　という意味である）

自分を殺すということは、自分を救済する最短距離にして、かつ達成百パーセントの方法である。目の前の存在を若返らせ、もう一度、はじめから生き生きと生きなおさせることなのだ。

ドゴールと彼の指揮下にあったフランス軍は、連合軍に加わり、英国から進攻を開始し、祖国に砲弾を撃ち込むことに依って祖国を救おうとした。

コロンブスもマゼランも、あの狂気の沙汰と思われた壮挙についたのは、祖国からではなしに、異国からではなかったか。El Mar Pacifico は、厳しい海である。マゼランは、太平洋の水深を計るために、ワイヤーを下した。ところが、ワイヤーは、すっかり伸び切っても、遂に、海底に達することがなかった。二百尋《ひろ》のワイヤーが、一万米の海底に達するはずがない。現代の文化という、極めて薄弱な意識と、意志と感覚でもって、原初的な人間の特質を計ったり、その状態を喜こんだりすることは到底不可能なことである。

われ先にと争ってアメリカ大陸にやって来たのは、コロンブス以後のヨーロッパ人である。彼等は、幻の黄金を求めて互いに争い合った。インデアンの酋長は、これを嘲り笑い、

「お前達は、そんなにしてまで、他人の土地にのさばり出して、黄金とやらが欲しいのか。可哀想な人間どもよ、それなら、黄金のあるところを教えてやろう」

と言って、西の地平線を指さした。この酋長の意識は、遂に、インデアンの中に文化を生み出さず、ヨーロッパ人の意識は、巨大な今日の文化を促進していった。

文化とは、原住民をおどろかすこともあるが、それ以上に、軽蔑の眼でもって見られるということを考える余裕は、とうに我々の中からは消え去っている。文化とは、人間の弱点、短所が発達し、異常に変形していったものである。大局的に見て、猿が猿のままでいることの方が、原始人が文化人に進化したことより、はるかにその徳は大きいのだ。生きている故に、日毎に変遷するものは人間の感動であって、腕にしている時計の構造や、身につけているドレスのスタイルや、運転している自動車の性能が向上し変化していくことではない。文化とは、後者の進歩発展に注目して、大いに自らを慰めている。

日本の詩人は、それが誰であったか忘れたが、次のようにうたった。

死骸が墓の中におち込んでいくように

わたしはわたし自身の中におち込んでいく。

自分自身の中に、おち込んでいかない限り、文明は、我々を解き放とうとはしない。奥へ奥へと入っていく。奥は無限に続いている希望に満ちた迷宮だ。

ひどく激しい怒りと発作の中で、血液は逆流し、筋肉は波打ち、背中は三角にこり固まって、ぎりぎりと締めつけた。そんな中で、私は徐々に復活していった。復活のプロセスは、三十枚の原稿用紙にびっしり埋めつくされる文章となって結実した。私は、ひりひり痛む喉をもて余ましながら、友人のところで、声を大にして一気に読んで聞かせた。

五月十三日、月曜日が、私の復活の日なのだ。十三日の金曜日ではなく、十三日の月曜日なのだ。聖アントニオは、大きく息衝いている。ブルー・マンディではなしに、グロリアス・マンディなのだ。

私は、自分の中に溜っていた文明の汚物を、げえげえ吐きながら、徐々に甦っていった。涙を流しながら、顔をしかめつつ、少しずつ汚物を吐き出していった。ルゴールを口中に塗布していると、文明が、歯の間にまではっきりと感じられてくる。

これで私は、一段と大きく飛躍した。予言者としての風ぼうが、一層増してもきた。眼の中から、すっかり涙が涸き切ってしまったが、この砂漠のような眼の、鈍い光りは、文明の社会や、年鑑を見るのには視力が弱過ぎる。その代わり、今迄見えなかったものが鮮明に見えてくる。ふざけた時代は、徐々に了りつつある。老いぼれた俳優が、若者の主役をやって観客を魅了した活動写真の時代は、文明の劇場の中で、次第に姿を消しつつある。本物のナイフを使って殺人の場面を展開しないと、芸術的な演劇は出来なくなってきている。

ＬＳＤを服用した人間だけが視るという、あの一種異様な幻覚は、どういうものであるか私は知らない。そうした幻覚を、ネオ・リアリズムの手法で映画化した作品に依ると、ほぼ見当は付くのだが、私は、そういった狂乱じみたイメージが、二重三重に重なって見えてくるあの瞬間を、何ら薬品に頼らず、ごく普通の状態で見ることが出来るのだ。私の書くものが、そうした、斬新的なものに似ているとすれば、それは、私自身の内側をリアルに表現しているにほかならない。私の書くものがどれ程混乱し、難解で、しかも断片的なものの集積であるにしても、それは、文明感覚の線的な特殊構造に映る場合にのみ言えることであって、私自身にしてみればこれ程、単純で素朴、感傷的な文章はまたとないのだ。やさしさ、わび、さび、風雅は、その極致に在って、充満している。

婆あが白粉をつけ、紅をつけ、舞台に上って演技しても、それではもう観客は拍手をしなくなっている。そういう時代にさしかかっているのだ。

万事がこの調子である。舞台の上で、本当に恋をし、殺人の惨劇が行われ、本当に性交が営まれない限り、観客は、小便をもらす程、熱狂しはしない。八ミリフィルムの中でも、性交している奴等は、金のための犬になりさがった実の兄妹であったり、愛を失った、いかれた夫婦であったりして、真実のそれは期待出来ない。時折、見知らぬ処女や人妻を、密室に引きずり込んで、無理矢理強姦するところを、かくしカメラで写すという手はあるが、この場合は、驚く程ドラマ性に欠け、肝腎のところは写し損ねるし、あっけなくことが了ってしまう。それでも、迫真力は百パーセントである。だが、残念なことだ、偽の演技しか見慣れていない観客には、それが、下手な素人の最低の演技、カメラの持ち方すらまともに出来ないカメラマンの作品としてしか映らないのだ。

神をまともに見ても、最低の人間としか映らず、予言者と対決しても、人生の落伍者の前に立っていると誤解する。文明人は、目を大きく開いていながら、何一つ、真実と事実を見ようとはしない。これは視力の問題ではなく、魂の問題である。

私は、ぼんやりした気分で、動物の示す、あのホーミングという奇怪な行動を念い浮べる。釘付けにされた箱に入れられた猫が、ちゃんと戻ってくるし、一国の果てから果てまで、独り旅をしながら、冷たい主人を求めて、正確に村や町にやってくるという、あの行動だ。トロピズムも、ホーミングも、人間が誇りにしている一切の合理や分析力を、軽蔑してやまない神秘のオベリスクである。それは、彼方の星雲の中に存在する風化作用だ。人間の手は、決してそれに届くことがない。人間は、よく耳を当てて、自分の内奥の古碑に刻まれているホーミングとトロピズムの古譚をきくのだ。

虎造のさびた声が、ステレオ装置から流れてくる。それは人工的にステレオ化された、フルトヴェングラーの交響曲を想わせる。

〽東海道、磯打つ波と松風と、
三国一の富士の山。
〽その頂の雪よりも、
清き男の真心は
今も昔も変りなく
〽駿河の国に茶の香り
歌の文句もそのままに
清水港はなつかしや

ミラーから書籍が届く。Homme de Terreが原題だ。この本の著者は、パリ生まれで、後、ヨハネスブルクの大学と、ソルボンヌ、ローザンヌ両大学で教育を受けた才女だが、スリ・オーロビンドに依って大いに影響された。

「近来稀に見る作品」と、ミラーはほめている。それにもまして私を励ましてくれたのは、ミラーの献辞である。扉に、なぐり書きで、「地上の男、水のような男、空気のような男、火のような男、上野君へ！」と記している。私は、一寸あたりを気にしながら、背中から、翼を伸ばしてみた。その先端がピンと張る迄、思い切ってのばしてみた。この翼は、一体長いのだろうか、短かいのだろうか。

私の背中に生えている翼は、長いと思えば、月から冥王星までの距離は充分あると感じるし、短いと思えばオングストローム単位で計らなければならない代物だ。余りにも巨大なので俗な人間の視野には入らず、余りにも微小なので、伝統的な人間の視覚を刺戟することがない。時計の短針は、その速度が余りにも遅いので、停止しているように見えるのと同じ理屈である。しかし、それでいいのだと思う。もし、この翼が、誰にでも簡単にわかってしまうとしたら、私などは、正義とヒューマニズムの名の下に、八つ裂きの刑にあっていたか、火あぶりになっていたに違いない。

翼は、ピンと張っている。一寸のゆるみもない。力に満ち溢れている。背中の付け根はごりごりと、筋肉のかたまりがこぶになってもり上っている。そこを、例え鋼鉄の棒で叩いてみても、何の傷も受けないだろう。むしろ、棒の方が折れるか、曲ってしまうに違いない。ここでどうしても、大きく、羽ばたいてみたい。しかし、それは今のところ許されてはいない。ひと羽ばたきで、私は、第三の天にまで一気に飛翔してしまう。これは、厭も応もないのだ。機能が、そうなっている。一寸した不注意な咳払いに依っても、翼はふるえて、不本意ながら、私は不ざまな格好で一万米位はね上ってしまう。

私は火のような男だ！　嬉しいではないか。私は水みたいな男だ！　剛性率も零、弾性率も零である。私の内部の機能。私は、ミラーが感動したというこの本を、五十年も宝を探しあぐねていた者が、孤島でやっと宝にめぐりあったような感激をもって手にとろう。宝の箱の蓋を開けるように、第一頁を読もう。

結核療養所で、一人の患者が、全国身体障害者連盟のバッヂを胸につけていた。ここ二、三日は絶対安静と医師に言われて、胸に氷を乗せて、うんうん呻きながら寝ている。それでも、胸につけたバッヂに対しては、誇りの最後の一片を決して、失っているわけではない。文明とは、すべて、これに依って象徴されている。原水爆反対運動も、戦争反対運動のデモ行進も、つまるところは、重症患者の胸のバッヂ程度の意味しか持ってはいない。

カニは、甲羅に合わせて穴を掘のだ。人間は、自分の内部の精神性を超えてまで、巨大な生き方は出来ないのだ。今更、古びてしまったブルダッハや、E・ドサンドウニやデルブッフ等の言葉に耳を傾けなくとも、夢を見る人間の精神が、はっきりと目覚めているということは、火を見るよりも明らかな事実なのである。マーフィーのいうように、「眠っている人間は、目覚めている人間より広い自我を持っている」のだ。我々は、目覚めている時よりはるかに、個性的な生き方を睡眠中に行う。

ベルリオーズは夢の中でシンフォニーを作曲し、コールリッジは、「クーブラ・カーン」を、タルティニは、「悪魔のソナタ」をものにした。タルティニの場合は、現われた悪魔に、ヴァイオリンを貸してさえいるのだ。ヒルブレヒトはバビロンの古代文字を解読し、ケクレは、ベンゼン環を発見し、ニュートンは、難解な問題を解いた。夢の中では、「考えること」が、一つの映像として、はっきり見えてくる。

もし白昼、眼を大きく開いたまま、考えを見つめられる人間がいるとすれば、その人は疑いなく予言者であり、詩人である。ところが、こうした思考の見えてくる症状(Gedankensichtsbarwerden)は、精神分裂症患者に時折見受けられるものとされている。だが、異象という呼び名でもって体験されている予言者や詩人のそれは、これといささかでも違うと言うのか。非精神分裂症という病気は恐ろしい。人間を徐々にむしばみ喰らい尽くしていく。だがそれでも、一つだけ、予言者や詩人には、分裂症患者と違う点がある。分裂症患者は、決って、一様に、「愛」の減退、つまり情緒の退行現象がみられる。前者には、異常と思われる程、情緒性が昂進し、活発になっているのが特徴である。

足もとがゆれる。大地は、大きく波打つ。電柱が左右にふるえる。地鳴りが、北から押し寄せて、南に去っていく。空が裂ける。もう何処にも逃れる方法はない。逃げるということ、退避するということは全く無意味になっているのだ。室内も、庭も、道路も、川も山もゆれ動いている。それなのに、何故騒ぎ立て、慌てふためくのか! ガリラヤ湖上の嵐で、騒ぎたてたのは弟子達であった。キリストは、グッスリ寝入っていた。

弟子達に起こされてから、まず最初に発した彼の言葉は何であったたか。

「何故、そんなに恐れるのか。どうして信仰がそのように薄いのか!」

この場合、「何故」とは、常識人の頭で考えては、何とも愚かな質問である。海が荒れ狂っているから恐しいのではないか。ところが、そこに問題がある。もう船の中、どこに走っていっても、安全な場所はありはしないのだ。いや、弟子達の目覚めさせられた精神は、自然界が穏やかになっている時でさえ、耐えられぬ程の危機にさらされている。それを、こういった暴風雨に遭ってさわぎ出すとは、彼等の平常の危機感が失われている証拠としてとれる。キリストは、そうした弟子達の、内部の危機感の欠如を叱咤したのであった。

眼の開いている者は、すべてが嵐の中に置かれていることを知っている。逃げていける場所は何処にもありはしないのだ。ただひたすら、足下の地面に一切を賭ける。足の下が地割れを生じて、自分を呑み込んでしまうか、それとも自分を救ってくれるかは、いわば、一本勝負であって、その確率は五分五分だ。もうこれ以外にどうすることも出来ない。一切に絶望するのだ。一切に絶望することは、最も純粋な希望に達することに等しい。またそのための最善の方法なのだ。

東天は白みがかってきている。だが太陽は、まだ姿を現わしてはいない。現実の社会は、星と月をテーマにした美学の世界なのだ。月の蒼白い光と、星のまたたきの中では、陽焼けするなどといった話は御法度である。太陽の激しい光をテーマにした私の哲学と宗教。

ミラーは、ここ二、三日の間に、三通の手紙と、小包を一箇送ってくれた。

雨の中を、ミラー展に行く。プラスチックのパネルに描かれた、黄色、青、赤といった原色で、じりじり油炒めのような粘っこさで描かれたものが、無限のリフレインを奏でるように、画廊に当てられた、デパートの六階のホール一杯に敷きつめられている。

私は至聖所に入っていくように、一足、一足、息をのみながら進んでいく。折角ミラーに約束した八ミリは、撮影が禁止されていて撮れなかった。彼の作品は、十年前のものよりここ二、三年の間のものの方がはるかにいい。最近の作には、売約済みの赤札が、ほとんどついていない。サイケデリックな音楽があたり一面に流れ、淡いブルーの光りが、室内を深海の底にする。

私は、ひとつひとつの作品の前で、腹の底から笑いこける。もしそれに気付いた人々がいれば、きっと、これらの作品を馬鹿にしていると思うに違いない。しかし、実は全く、その逆なのだ。身体のすみずみにまで、喜びが充満しているのだ。

それが笑いのガスを発散させる。そして笑いの間に、二度ほど涙をこぼした。

ホールの要所、要所。そこは、エレベーターや、売場に続いている廊下だが、小さな机を置いて、その前、に腕章をつけた警備兼受付の青年達がつめている。何を聞いても、ミラーのミの字も分かってはいない。経済学部のバッヂをつけている。火星の彼方で起った冷害をニュースで聞いて、一寸もピンとはこないといった喜劇がここに生じている。

受付の脇に展示されているミラーの著作集は、僅かに二十種類ほどだ。全世界で出されているミラーの本は、恐らくこれらの三十倍はある筈だ。誰が、どう気を転倒したか、ヘンリーミラーならぬ別のミラーという作家の児童小説が、その間に並べられてある。万事がこの感覚である。デパートの外は、じとじとと湿っぽく、粘っこい五月の雨が降っている。すべては、絞った手拭いのような具合で、水気はなくなっているが、そうかといって、決して、乾き切ってもいないのだ。

地下一階にある、駅前の喫茶店。友と熱っぽく話あっているうちに、二枚目の絵ハガキに、ミラーへの音信をしたためる。一面の片側半分だけのスペースでは、どうしても文章がはみ出してしまう。そこで、宛名を書いた周囲にも、小さな文字で、輪になるように、ぐるりとしゃべっていく。ミニスカートの小娘達は、自分をすっかり何処かに落としてきてしまって、三人、四人キャッキャッと笑いこけ、身をよじり、髪の毛をかき上げ、口にものを頬張り、ウインクをしながら、通勤帰りのひと時を過ごしている。だが、こうしたアングラの店が、一様に、騒ぎと馬鹿でかい音楽の中で、ひっそり閑としているのはどうしてだろう。その理由はよく分かる。若者達も、夢を失いかけ、そろそろ、長く厳しい停年までの流刑囚生活に励まねばならない。いわばそういう分別のコースに一歩足を踏み入れているのだ。氷のように凍りついた路面に足はぴったりと吸いつけられ、体重の十倍程の目方が感じられる。笑いはこわばる。敗者のそれだ。雄弁は創造性に欠けた人間の、仕方なしの嘔吐である。欲望は、もみ消された焼けぼっくい。楽しみは、ルールに則したフェアなゲームであって、反則は一寸もみられず、従って危険は全くない。危険がないということは死の徴候である。

血を流すことなど、奇蹟以上に稀である。彼等の好む、あの激しいリズムは、彼等の虚栄心の象徴である。

音楽が、どれ程がなりたて雄叫びをあげ、吠え狂おうとも、彼等自身は、一寸も発奮しない。ますます、合理の冷蔵庫の中で、アンモニヤの純度は高くなっていく。若者が、中年、老人達の構成し、支えている社会の、見習いか、未来の中老年者になっている時、若さの美しさと力強さを放棄したことになる。若さは、中老年層に絶望感を与える激しいエネルギーであって、はじめて健康な状態だと言えるのだ。若さというものは、それ自体、奇蹟なのだ。あの底抜けの傲慢さ、図々しさ、向こう気の強さ、夢の豊富さ、欲望の深さ、無限大に引き伸ばされた体力であり、これこそ人生の華であり、人生の春なのだ。だが、アングラ喫茶には、こういう若者が一人もいない。涙を流したり、夢中でしゃべったり、目を大きく天井の方に向けて開いた儘、いつまでも夢を見ている連中がいないのだ。どいつもこいつも、合理と論理の中で、万事控え目に、香の抜けたサイダーか、ビールのようにこまっちゃくれた手つきで、弱々しく、不感症女の腰のように干涸びている。そこには、度を越すということがない。すべては整然としていて、青写真通りであって、いささかのミスもヘマもない。これで若さの特徴はすっかり絶滅していることが分かる。青年の氷河期がここにある。

藤崎デパートの六階のホールが、ミラー展に当てられている。エレベーターで一気に降りて通りに出ると、向かいにボンド・ショップという店がある。本物そっくりのピストルが、どっさり棚に並んでいる。

ワルサーP38、コルト・ピースメーカー、ルガー、コルト・バントライン等。

四辻のタバコ店で買った仙台の絵葉書には、どれにも藤崎デパートは写っていない。やっと探し当てたものには、ポッツリと、デパートの屋上の塔だけが入っていた。そのところに矢印を付けて、裏に、ミラーに音信を書く。今見て来た、ミラー展に関する印象を書く。三十分おいて、ミラーに二通の葉書を書いた。

ところで、我々日本人には、どうして、こう、固く曲視するくせがついてしまって、それからぬけ切れないのであろう。自分と付き合いをする相手を、必ず、一つの枠に当てはめてみないと気がすまない。日本人にとって、自分に接してくる相手は、師匠か弟子のどちらかであって、この中間乃至は、全く違った他の存在ではない。師匠と弟子といった関係以外で、人間が付き合えることを考えに入れる余裕がない。ましな付き合いというものは、すべて師弟の関係であると決めてかかっている。何ということだ！　この傾向は、今日、世界的な風潮であって、それ以外の人間関係は、ふざけたもの、偽りのものと思っている。

しかし、目の開いている人間だけにはよく分かる。人間が、同格の立場で友人として付き合える領域が、まだ一寸も汚されずに残されているのだ。師匠でも弟子でもなく、それでいて、互に深く影響し合える、厳しく、真面目な関係——これこそ、人間と人間の交わりなのだ。宗教や政治が示している、あのみにくい、力と権力による組織、科学や芸術が示している、あの悪臭を放つ権威に束縛されたつながりは、生きようと企てる人間にとって、先ず第一に放棄しなければならないものである。

人間は、兄弟になれる時、本当の交わりが可能となる。師匠とか弟子といった考えは悪いものだ。それは、死に導くことはあっても生命に導くことはない。人間の付き合いとは、同質の分子が、万有引力や、双極子に依るのではなしに、神の霊に依って引き合う、いわゆる凝集力の作用の体験でなければならない。引き合うということは二つの意味を持っている。一つは、相手を自分の中に同化させてしまおうとする働きであり、他は、自分を相手の中に同化させてしまおうとする働きである。信頼などといった、一つの独立した要素は、はじめから、この世の中には存在してはいなかった。相手を引きつけ、相手に同化していこうとする働きかけが、そう見えただけに過ぎない。

電気ノコギリの音が響いてくる。襟首に、五月中旬の太陽が、むしろ快い。じめじめした穴ぐらにも等しい自分の部屋から、原稿用紙とペンを持って、のこのこと陽の当たる東向きの廊下に出て来た。空気はすがすがしい。

五十米向こうの道路をひっきりなしに走る自動車の排気ガスの匂いは、まあ、この時代では仕方のないことだろう。特に、このように、みじめで貧しい処では止むを得ないことだ。次男は、昨日郊外の療養所に移った。二晩家に泊ってから行った。妻が帰ってくる時、息子は泣いていたという。今日は、めずらしく青空が一杯に広がっている。

息子よ、元気を出せ！　早く治って帰ってこい！

地球は、呼吸している巨大な肉塊であると、どこかの科学者は、冷え冷えとした口調でいった。人間は、呼吸している巨大な肉塊なのだ！　この意味、分かるだろうか？　地球を真っ二つに断ち割れば、苦痛の呻きの中で血しぶきが上がる。人間を断ち割っても同じなのだ。人間は岩石ではないのだ。人間は、ホルマリン漬けの双頭の仔牛の標本ではなかった。生命群の泡。生命ある薄膜。

昆虫がそうであるように、目を開かない人間は、世界のごく一部分しか見ることが出来ない。紙に落書きされた馬のように、生まれ変わらない人間は何一つまともな行動をとることが出来ない。子供が恐竜の絵を地面に描く。古釘の先で、けずりとるようにして、地面に描く。恐竜は、大きく口を開いて炎を吐き、全宇宙を呪う。だが、一寸も奇蹟は起らない。

市役所の清掃車が、『お江戸日本橋』のメロディーを流して通り過ぎる。汚ないもの程、美しい音楽と美しい言葉で身を飾りたてている。青い色の自動車。あれはオルゴールの音『お江戸日本橋』が二節目に入る。子供等の遊びたわむれる声。

〽「酒を飲むなと
　にらんで叱る
〽「次郎長親分こわい人
　こわいその人
　またなつかしい。
〽「代参すませて石松は
　死出の山路の近道を、
　夢にも知らずただ一人
〽「まいりましたるところは、
　ここは名代の大阪の
　八軒屋から
〽「舟に乗る

舟は浮きもの
流れもの
「三十石舟といいますから、これはかなり大きい舟でしょう」。

グループサウンズが、狂気のようにがなりたてているもの、あれは、祝賀会の音楽でも、若者達の誇り高きメロディでもない。あれはレクエムだ。しかも、モーツアルトの飢餓のレクエム。葬送のパレードが踏み鳴らす粘液質の足音がアスファルトにべとついている。赤い雪が降りしきる小さな田舎町の本町通り。アメリカの悲劇の湖、オザーク地方。しっとりと落ちついた、軽井沢まがいの、療養所内の小径。黄色くむくんだ女医は、病気の快癒に対して不信感を与えるのに充分効果がある。ベークライトでつくられた茶色い食器を見て、息子は涙をこぼした。御飯は盛り切りで、おかわりのなかった前の病院と違って、食堂で自由に何杯でも食べられると聞かされていただけに、もっとましな風景を頭に描いていたに違いない。

何処の病院も同じなのだ。家で使っているような茶碗は、息子にとって幻の存在になった。十年前、一関に引越してきた私も妻も、これと同じ経験があった。バラ色に輝いた新しい家を想像していた。仙台にいた、オランダ系の宣教師が探してくれた家であった。

「台所の方は明るく広いからいいところです」

そう言われて、大いに気をよくして来たものだ。コッカスパニエルの純黒のやつを一匹連れ、トランクをいくつも下げて橋のたもとまでやって来た。ごちゃごちゃに並んでいる家並みの中に、二軒、藁屋根の家があった。「まさかあれじゃあないだろうね」などと冗談をいいながら、生後五カ月の長男を抱いた妻と私は、橋を渡り切って十字路を右に曲った。角の駄菓子屋でその家の所在をきくと、この道をもう少し行って路地を入るとすぐだというので、もしや？　という気になった。私達を待っていたのはその藁屋根の家だったのである。私は、伝道という名の開拓農夫になったのだ。

夢はいいものだ。

息子は、ベークライトの食器に涙を流した。樹木に囲まれた起伏の激しい山の中の療養所であった。窓の外にある池は、どろんとにごっていて、とても魚など住めそうにもない。池の傍に「希望が池」と立札が立っていた。

人間の力がここにある。泥水の池のほとりで希望を養えるのは、人間だけである。新聞のきれ端が落ちていた。視線が一つの句に注がれた。「実用的能率と教育的情操」人間は、文明の空気の中で、次第次第に、実用と教育を大きく分離させてきている。これらは、一つの実体の両面ではなかったか。

セイロンの名も無い寒村で、アイルランドからやってきている一人の行者が言う。フランスからやってきた一人の青年に向かって言うのだ。

「まむしの毒は人間を殺しはしない。それを恐れる人間の心が死に至らしめるのだ。噛まれることを恐れている程噛まれることが多い。猛りくるった野獣の前にいても、もし人間が、沈黙と静止の状態を保っていられるなら、決して飛びかかってくるものではない。人間の恐怖心が、猛獣に伝心するのである」。

この本は、前述した『Homme de Terre』という題名の小説であって、或るフランス人は、Pomme de Terreと、これをひやかしていう。厳粛な事実と、空虚な冗談は、その外観が、ほとんど双生児と見まがうばかりによく似ているのだ。人生の落伍者と賢者。無能者と予言者。馬鹿と天才。妄想狂と幻視者。ペテン師と霊能力者。超常機能は、常に能無しの見苦しい生き方と混同されていて、なかなか区別がつかない。

子供達の療養する病棟は、結核患者達のそれとは分けられていて、味気ないコンクリートむき出しの長廊下で連絡している。

丁度昼食時に当たっていたので、食堂のテーブルには牛乳が乗っていた。パンやハムを山程載せた車を押してやって来た老人の表情には生気がなく、白衣だけが、しめった感じを強く与える。職員用便所と書かれてある入口は、それが、押すか引くかすれば、簡単に開くドアとは一寸想像がつかない。羽目板が大きくて、それは、外れそうになっている一枚の壁面を想わせていた。ぐるっと回って、渡り廊下の窓から、便所の外側をのぞいてみたら、去年か一昨年の夏にとりつけられた防虫網が、半ば錆びつき、半ばぼろぼろにくずれてこぼれて、見るも無惨な格好であった。

五、六人の就学前の幼児達が、見習の看護婦相手に、シーソーの傍で遊んでいる。その中の一人は、昨日、山の中に人形を抱いたまま迷いこんでしまった。ごく最近、この娘の母親は死んだ。それを知らない娘は、母を探して、どこまでも山の奥に歩いて行ったのだ。いつか面会に来た母親に連れられて散歩した小径を覚えていたのだろう。その娘の父という、いかにもみすぼらしい身なりの男が、婦長の前で、しきりと何かを聞かされていた。彼の手にしている風呂敷包の中には、キャラメルの箱、着替えの下着がのぞいて見えた。

法隆寺の五重塔の、禁断の一角である北面の片隅には、涅槃《ねはん》の像がある。人間の救済を願う、必死な心が、そのまま凍結してしまったような厳しさがそこにある。秘仏とされている救世観世音の表情は、笑いごとではない。哲学の、必死な表情や、芸術の、痛むような危機感がこびりついている。

この宇宙の中の、どの様な巨大な存在でも、微細な存在でも、何らかの臨界点や、限界線を超えることなしに、往生は為し得ない。少くとも、何らかの意味で、状態の変化という体験なしには、増大したり発展したりすることはないのだ。速度や、温度にしても、必ずそこには限界がある。超えることの決して許されない極限の状態がある。厳然としてあるのだ。

個体の速度を、徐々に増大させていけば、それはやがて光速に近付いていく。光速に接近する時、固体には質と量が加わり、それ故に、その固体は、限りなく、不活性の方向に突き進んでいく運命を否定するわけにはいかなくなる。また、加熱されて、極限状態を超えていくと、固体は、もはや固体ではなくなり、弾性率も剛性率も零に近付いていく。つまり溶解し、蒸発してしまう。人間もまた、限界を超えれば、従来の、人間としての諸条件が大きく変化していく。

彼の書く表現も、感じ方も、愛の造形も、信仰心の質も、物質に対する処理の仕方も、万物に対する価値観も一変してしまうはずである。予言者や見者とは、一旦溶解した人間のことであり、一旦蒸発してしまった人間のことである。従来の文化圏を超える人間は、新しい意味での、精神と肉体の完全に同化した、理想の世界、Neosphereの住人となる。

思考——この純粋にして一切の枠から外されている生活行動ですら、数学乃至は、数そのものの助けと支持なしには進展も活性化もしないというのは、一体どうしたわけであろう。もし、純粋なものであるなら、一切の数字的要素からも解放されなくてはならない。即ち、真実に、自由自在なものとは、百パーセント超合理であり、矛盾そのものであり、神秘そのものなのだ。思考するということは計算することではない。奇蹟を行うことである。思考とは、往年の錬金術師の行為と同じなのだ。土くれを黄金に変えてしまう大仕事であった。一切の常識を拒否する行為であった。

気の弱い、常識的な、文明奴隷には、その行為が、大ペテン、詐欺にしか映ることがない。シャカも、マホメットも、キリストも、一様に、大ペテン師の称号を贈られていた事実でも、このことは、よく分かる。

私の内部の、この恐怖はどうだ！

この不安と恐れを、狂気の沙汰と言うな。例えば、この様に考えてみたらいい。三百年前に我々が生きていたとしよう。そんな或る日、突然、今日の台数の自動車が宿場を走りはじめたとしたらどうだろう。至るところで、幼児が血まみれになって交通禍に遭い、車中の人間が、頭を吹っとばして苦しんでいる状景を目撃したらどうだろう。それでもなお、恐怖感のわかない人がいたら、そいつは馬鹿だ。私には、この種の恐れが、どす黒く渦まいている。文明は長い歳月の中で、この恐怖感を現代人から取り除いてしまったのである。この現実に対して無感動になってしまっている。

恐怖と言えば、生まれながらにして、恐怖の少ない人間とは、勇気があるのではなく、鈍感であり、馬鹿なのだ。人間は万人、生来、極度におびえる弱虫である。もし、鈍感でなくて、なお恐れを知らないとすれば、それは、徹底した個人主義者になっているからであって、そういった人は、その必要を認めれば、堂々と自らを犠牲にしてもいとわない、真の勇者なのだ。

真の勇気とは、後天的なものであって、これは、個人主義者のみが示し得るものである。この勇気に満たされた人間を襲える程、たくましいコブラも、ライオンも、この地上には存在しない。

アルプスの麓の貧しいテチーノ地方の風景は美しい。雪の峯が連らなる青空の下には、ワインの匂いと滝の轟音が、山小屋をとり巻いている。

四次元の運動の法則

私の書斎の窓辺は、ぎっしり本が積まれてあって、ただでさえ薄暗いのに、ここ一週間ばかりのうちに、ばたばたと鉄骨の家が建って、窓辺ぎりぎりに軒を出してきた。部屋は、牢獄の暗さである。五月の二十六日だというのに、この日曜日は、肌寒い東北の気候だ。雨が今にも降り出しそうな空模様の中で、私は、はりねずみのようにこたつにもぐって、体を縮めて眠った。見た夢は、どれも灰色のいやなものばかりであった。ぶつ切りにされた鯉のような、白味の切身は鯨だという。それも、真中に穴があいている。おやゆびが入るくらいの穴と、もう一つは、そのまわりに、膝がすっぽり入ってしまう位の穴である。

これは鯨の膣だと、かたわらの誰かが教えてくれた。間欠的に、しゅーっと小便が、どこからか噴水のようにほとばしり出る。今日は、ein Tage ohne Sonne だ。ein Tage ohne Wolke am Himmel はいつやってくる? ノボトニーがその地位を追われて、チェコスロヴァキアの赤旗の色は、その色調が、余り調子の良くないカラーテレビのようになってきた。コスイギンが、チェコを訪れても、赤の鮮かさは、なかなかもとに戻らない。

パナカラーもハイカラーも、単なる空念仏に過ぎない。さよなら、さよなら、さよなら。グレコの住んでいた、史蹟に指定されている家の扉が美しくくすんでいる。スペインの青い空の下で、杢目が美しい。これは、彼のカンバスの上の作品よりも趣がある。長年の風雨にさらされてひびが入り、がさがさになった肌が、どんな種類の絵の具も寄せつけない。山肌がふるえる。峯の方からは、白と黒の煙がもくもく吹き出している。水蒸気九十九パーセント、残りの一パーセントが流化水素、亜流酸ガスである火山の吐息。

どれ程文化が進展していっても、地上は、基本的には、まだまだ、生命発生時の、太古の様相を呈したままだ。湖と、山肌の色に、雨がナレーターの役をして、語ってきかせてくれるエレージ。

地上は今なお、不安な大地なのだ。風と雨と、火山弾とマグマの溶け合い、交わり、歓喜する中で、地球は、原始の欲望を隠しおおせない。くすぶるマグマと、プルシャンブルーの静まり返った湖の表面で、映画で手口を思いついた少年が、現金をおどしとる手紙を書いた。そして、彼は酒が何よりも好きな、田舎の駐在所のお巡りにあっさり捕ってしまった。某書店の、向かって右側の三番目の棚の、右から五冊目の本の扉に、三十万円はさんでおけと指示したのだ。

ラ・ローシフコウが、人間の最悪の面を、アフォリズムに消化し、サドが、それを、顕微鏡下でしか見ることの出来ない、ゼラチンで固めたプレパラート化し、ミラーは、そういった自己の中の狂気を、極端な性向を基本にして文学に展開していった。それは、クレッチマーが、一般人の気質を分類するのに、精神病者の特質に基いて行ったのに平行して考えてよい。テンカン質、躁うつ質、分裂質の三種に分けたのである。社会学のオーギュスト・コントや、哲学を手がけていたテーヌもまた、心理学が、正常な大人の心理のみを研究分析の対象にしている事実を非難している。そして、この傾向は、フロイドの場合、ごく稀な異常心理の形態を、全人間の代表的心理として受け止めさえしたのだ。

ジャネやブロンデル等といった人々は、社会心理学を、異常心理学を基にして探求している。異常、特殊、稀少、例外といったものが、常に、全体の流れの方向を正しく示しているということは、次のような、宮城音弥の言葉でもよく分かる。

「稀であるから科学の対象とならないということは誤りである。実験室で行う、知覚の実験は、きわめて稀な条件のもとになされている。稀なものであっても、否、稀であるが故に、純粋に、或る性質を誇張し、最もはっきりした（理想的な）形を示すと言えよう」

その通りだ。稀なもの、例外、異常なものは、常に、平凡な全体の状況を、最も鮮明に、しかも正確に示している。ポーの怪奇小説も、ハーンの怪談も、ベルヌの空想科学小説も、ジョイスの異常な男女の絡み合いも、すべては人間全体を、最も正確に説明し、その時点における人間の声を最も忠実に代弁している。

ものを信じ、または証明しようとする時、拠りどころとするのに、大きく分けて二つの基盤がある。もっとも、信じるということは、その人が個人的に、自らに或る独特の方法で証明することなのであって、すべての確信は、証明に帰一されてしまう。私はしばしば「私は証明しない。ただ見たこと、体験したことを記録し、証言しているに過ぎない」と言うが、この記録することもまた、大きく言うならば証明の手段なのだ。

実験、乃至は体験を何度も繰り返して、同じ結果が得られる時、これを一つの法則として確認するやり方がある。もう一つは、純粋な条件の下で一回限りの証明をすることである。前者は、アリストテレス流の方法であり、後者はレヴィンの方法である。文学や、音楽や、宗教、絵画の世界において証明しようとしているものはすべて後者の方法に依ってであって、その為には、ほとんど、この地上には見出し難いと思われるような、純粋な条件をつくり出そうとする。そういった条件は、或る人間にとっては、周囲から止むを得ず与えられたものであって、ヘレン・ケラーの三重苦、ベートーヴェンの別な意味での三重苦等がこれに当たる。

一方、ミラーや、シャカ、キリスト等の行き方は、自らそういった純粋な条件をつくり出そうと、平凡な状況から強行に脱出を試みたタイプであって、むしろ、芸術家や宗教人にはこの型が圧倒的に多い。純粋性とは、つまり、異常性、特殊性、稀少性等といったものの別名である。ぎりぎりの限界を越えた地点で体験したものを、全体を代表するものとして、豪も疑うことなく信じるのが、宗教人や芸術家の本来の姿であった。

だがこれは、今日、ほとんどあらゆる分野で姿を消してしまっている。頻度を、唯一の根拠として証明し、確信しようとするアリストテレスの弟子達、科学者達は、今日よりは、一層飛躍的な明日を築いているが、彼等の築き上げているものは、人間性そのものにとっては、むしろマイナスの面が多い。人間を豊かにするためには、一切の社会的組織や、グループから離れた、宗教人や芸術家に依る、狂気、異常の充満した領域での厳しい発言と生き方に依ってのみ可能なのだ。アリストテレス式の証明は、自然を説明しているのであり、レヴィン式の証明は、精神の領域、乃至は思考的行動、心情の生態を共感し納得しようとしているのであって、前者は、分析の試みであり、後者は、他者と自己の同化の行為である。

デルタイやシュプランガーは、このことを心理学の分野のみに限って言っているが、これは人間の全領域で言われてよいことである。この地上では、どれ程、パイプで吸い上げようとしても、水銀なら七十六糎しか上げることは出来ず、水ならば、十米三十三糎と六粍しか上げることが出来ない。それから上の真空は、純粋な空間である。虚無の空白であり、そこには、文明の光も、何も彼も手を伸ばすことの出来ない厳粛な四次元の元素が充満している。第一から第三までの運動の法則が、人間の最も肝腎なところを支配している。人間は、いささかも怪奇な存在ではない。しかし限りなく神秘な存在なのだ。

シリンダーの中で爆発するガソリンは、**PVa=K** というボイルの法則に依って前後運動をつくり出す。前後運動は、回転運動に変えられ、ハイウェーを時速二百キロでぶっとばす。文明とは、ひとえに、この速度に依存している。だが人間の感動は、これとは無関係だ。精神とは、保護色の機能をフルに発揮した条件下にあって、方向のない、はっきりとした、一つの方向に向かう酔いどれの足にも似た前進である。

精神に、もし、誇るものがあるとすれば、それは、軟体動物が、絶えずくねりつつ、動きまわりながら、誇らしげにつくろうとするポーズに似ている。所詮、精神には、静止、固定、定着の奇蹟は起こり得ないのだ。

その男の顔は、気の弱い犯罪者のそれである。いやに禿げ上った額は、知性の豊かさよりも、狂人によくみられる艶々としたほっぺたを想わせる。まだ五十にならないというのに、それでなくても乱ぐい歯の二、三本が欠け、黄色くなり、過度の喫煙の結果として、茶色いしぶがこびりついている。戦時中は、召集を受け、若松の連隊に配属されたというが、どうやら、本人の妻や母親の話によれば、戦地に赴いて間もなく発狂してしまったらしい。本人はいろいろ戦争のことについて話はするが、肝腎のこれについては一言もいわない。口から先に生まれて来たような男で、しかも、話の内容が実にくだらない。禿げ上がった額の上に、発達不足の頭が続いていて、ここには、やわらかく薄い髪の毛が、ぼやぼやと御義理程度に生えている。こういった髪の毛のタイプに、意志薄弱、乃至は女性がかったのが多い。そのくせ、隣近所では、威勢のいい声を張り上げて怒鳴り散らし、一切の集団に参加しない。

集団に参加しないというと、一寸きこえはいいが、それは徹頭徹尾、彼の中に巣喰っているいじけたひがみ根性からきているものであって、例えば、通りで警官の姿でもみようものなら、自律神経がとっさに働きだして、意外なほどの素早さで身を路地にかくしてしまう。この男の正常な状態というのは、体のすみずみにまで、罪の意識と劣等意識が充満している時である。

彼の目は、いつも何かに憑かれたように、血走った白眼と、多少濁り気味の瞳を斜めに支えている。顔のしわは、老いた者のそれではなく、若者が笑ったり、泣いたりする時に見せるあの表情を連想させる。いつも笑っている口元のしわは、御世辞、しかも弱い自分を護るためには手段を選ばないといった、ふてくされた御世辞がにじみ出ている。彼の口は、ものを語り出す時、これを決して偽らない。そして、同時に、眼の方は、いつも泣き面である。極度に物事におびえ、意味もなくすべてのことに赦しを乞い、憐みを歎願する負け犬の表情が、うるんだ中に漂っている。

こうした二つの相反する要素の混り合った表情がつくり出すしわは、深く険しい。彼は、自分の体を切りさいなむようにして手に入れた二階建の家に住んでいる。舗装された道路の脇に、半ば軒の傾いた、危なっかしげな家である。これを手に入れる為に、かなり多くの資産を親から受け継いでいる、いつも下駄ばきで、背広を着て何処へでも行くという気の弱い高校教師の前に、米つきばったのようにペコペコ頭を下げ、涙を流し、浪曲調の御礼をのべて借金の保証人になって貰った。それで、いつつぶれるかと、人々が、パチンコの玉が穴に入るのを待っているような目でもって、白々しく、冷ややかに、斜めに盗み見ている小さな信用金庫から、幾らかの小金を借り受けることが出来た。

幾年もかかって、やっとこの家を我がものにした時、家は、不充分な土台が朽ちはじめ、北側に傾きだしていた。すぐ隣、いろいろな古文書のきれ端を貼った、薄い羽目板一枚へだてた向こう側で、創価学会の、南無妙法連華経のシュプレッヒコールが始ったのもその頃である。ひどい時には、夜中の二時三時頃までこれが続けられる。阿呆信者どものこの騒音と、標準より高い縁の下に設けられている糞つぼからの悪臭が、割と早くこの家の土台を腐蝕させているのだと思う。

家を買ったのはいいが、家の下にある土地以外は、家の周りには一平方糎の土地も借り受けていない。便所や物置きは、すべて縁の下ということになった。大きな素焼きのかめを縁まで埋めて、その上に巾二十糎、厚さ二、三糎の板を二枚渡して便所にした。悪臭は畳にしみ通り、天井にこびりつき、二階の畳に映り、屋根のコールタールを塗ったトタン板まで赤錆びはじめた。骨董の話になると、まるで、自分がその道の第一人者だと言わんばかりに口数が多くなる。この時だけは、不思議と卑屈な表情が消えて、傲慢なものになる。

彼は、極端に卑屈過ぎるか、さもなければ、極度に傲慢となる。傲慢とは、常に卑屈さの裏面である。刀剣の話になると、伝村正の、箱乱れ刃紋の鬼気迫るような迫力、一たん抜いたら、何かを斬らずには鞘には納まらない、などということを、次から次へと、南京袋にあいた穴からこぼれおちる大豆のように語り続けていく。

或る嵐の翌日、引き抜いた村正が、窓辺に倒れていた樫の木の大枝に、ぐさっと食い込んだことがあったとも言った。焼物のことになると、伊万里、九谷、瀬戸、唐津、備前等の特徴を、とうとうと話していく。

「先生、焼物は注意なさいよ。まがいものばかりが出廻っていますからね。私の知っている男などには、縁の欠けた清水焼の小振りの茶碗を、どぶ泥の中に三年も浸けていたというのがいます。鼻をつまみながら、どぶ泥をかき分けて引っぱり出してみたら、百年位は、余計に時代がついたって喜んでいます。焼きひびに入ったしぶの具合にそっくりなどぶ泥も、見た目にはいいですが、あの匂いにゃあやり切れません。でも好事家には、その悪臭すら、時代の香りとして、好ましいものに感じるんでしょうね……。

刀でも、今では、薬品を使って、百年、二百年の時代の錆は、たやすくつけられるんです。目の確かな者にかかっちゃ、錆の色の具合いで、また、たがねまくらが立っているかどうかで、真偽の程は、容易に見分けがつくものなんですけれど、本当の目利きというのは、そうざらにはいませんや……。

大通りの角で、今、豪勢に店を出している金政さん、あの人はひと昔前、乞食同然の暮しをしていたんですよ。借金取りがやってくると、子供をわざと泣かせて、ひもじいひもじいと言わせて追い返したそうです。

或る時、それは冬の寒い一日だったそうです、今は、東京の方に行ってしまいましたが、岡村という弁護士さん、その方のお父さんに、五百円という金を貸して貰ったのです。あの男が、どうして弁護士から、それだけの金を無担保で借りられたか、何とも不思議なんですが、一説には、今は亡くなったあの男の奥さんが、弁護士に体を提供したとか、しないとか……。

あの男はその金をふところに、袷一枚着て、ぼろリヤカーを引っぱり、仙台まで歩いて行ったということです。汽車で二時間半の道のりをですよ。一銭でも無駄使いするのが惜しかったんでしょうね、きっと……。

仙台で山程がらくたを買って来ました。途中、大雪になって、やっと町の一歩手前の峠にさしかかった時は日もとっぷり暮れていました。真白く雪にまみれた彼は、家の前を通り過ごして、町の反対側に在る弁護士の家に向かいました。門前でリヤカーを止めると、がらくたの一番上に乗っていた唐金の茶釜を降ろして、雪の上に膝まづき、センセーイ！　センセーイ！　と二度叫んで、そのあとは、真白い雪の地面に頭をくっつけて泣いたそうです……。

その茶釜は、弁護士に対する、この男のせめてもの感謝のしるしだったんでしょうね。この男、この時以来、つきがまわってきて、とんとん拍子に資産をつくってしまいました。貧しさの中で、前の奥さんは亡くなったそうですが、今の方ね、あの人は別の人のもんだったらしいです。夫が胸を患って長年失職し、寝込んでいる間にこの男とくっついてしまったというわけです。今の奥さんの子供は、前の男との間に三人ばかりいましたが、皆成人して立派にやってるそうです。一番上の息子は、水沢で農機具店を経営して、なかなかの羽振りだって話ですよ。奥さん、時々孫の顔を見に、水沢の方にいくらしいのですが、息子夫婦は余りいい顔をしないって、本人がこぼしてます……。

ところで、小堀町の洋品店、瀬戸屋っていうの知っていますか、一寸こぎれいな店。あそこの大旦那、年は七十二ですが、なかなかあの方がね。これですよ、これ、(左手の小指を突き出してみせながら) 女ぐせが悪くてね。骨董か女かってところです。本人は平気な顔して、俺はどっちも好きだ、だが、女狂いが極まると骨董に達するんだ。わしはもう女狂いはやっておらんよ、とこうですからね、そうして、いつも店のうしろの倉を指さすのがくせです。倉の中にゃあね、五十年来、集めに集めた骨董のたぐいがぎっしり詰まっています。一、二度骨董仲間と連れだって、中をみせて貰いましたが、江戸時代、大奥で使われた張形から、馬の鞍に至るまで、何から何までであるんです。どこか、地方の尼寺で、代々貫主が使っていたという、男根をかたどって作られた樫の木の棒もありましたよ……。

外見はそのくせ、いたって小柄で、色白な好々爺ですから、世間からは、そう悪くは言われていません。あれで長男は高校の教師をしていて、嫁さんが洋品店の方をやっているんですね。あのこまっちゃくれた息子には、もったいないような大柄の美人ですよ。あの爺さん、嫁ともあやしいなんて言っている人もいますがね。ところが金政には、ほとんど毎日入りびたり。そうなんですよ、目当ては骨董品じゃなくて金政の奥さん。まだ五十になりませんからね。ちょいちょいひどい夫婦喧嘩をやるそうですよ。痴話げんかってやつ、あれでしょうね。瀬戸屋の大旦那を嫉妬して、奥さんをなぐる蹴るという始末らしいです。一度は金政さんが、東京の交換会に行った二、三日留守の間、仲町の骨董屋が店をのぞいて、誰もいないので奥をひょいとみたら、奥さん、小柄な瀬戸屋に抱かれていたそうです。ところがこの間、一寸金政に立ち寄ってみましたら、おどろきました、げっそりやつれてしまって、まるで何といいますか、別人のようなんですね。すっかり老けこんでしまって、白髪がめっきりふえた顔して、山と積み上げられた古い机や、椅子の間から出て来た時、しばらくあの金政さんだとは分かりませんでした。その時知ったんですが、瀬戸屋の老人、先年亡くなったそうですね、金政の奥さんからききました」

鶴のようにやせて、小まっちゃくれた風格の瀬戸屋の老人は、一、二度、私も話をしたことがあったが、何ともつまらぬ根性の人間である。あのきんきん声が、いまだに耳元に残っている。

「先生、わたしゃあ、骨董品集めなんて道楽はやりませんよ。遊んで儲けるという方ですからね。何一つ大金出して買うにも、ちゃんと頭の中でソロバンをはじいているんですよ。そして、充分楽しんでは、また物好きな方に、何倍もの値でおゆずりする。しかも大いに感謝されながらね。いいことをして金を儲け、自分も楽しむ、一石三鳥じゃありませんか。こういう生き方をずっとやって来ましたから、お蔭様で、伜達も、高校の教師をしたり、役人になって親を安心させてくれていますよ」

この老人が、何度も資産家の人妻をひっかけて、関係が出来てから、ねちねちと、小男の特徴である粘液質的なやり方で、外は柔、内は剛の脅迫をしてきた。人妻達は、その時になって、はじめて自分がわなにかかったと気付くのだが、もう手遅れで、大金をふんだくられている。どうして、こんな貧相でつまらぬ男に引っかかるのかと不思議に思ったものだが、引っかけられた女達の全部に共通していることは、どちらかというと、女性味の薄い、大柄で鈍重な、気の利かない、それでいて性的欲求をもて余ましているといったタイプの、不運を背負った、およそ女の魅力に乏しい点である。彼女達は、一様に働きのある、健康で、活動的な男性を夫にしているのだが、そういう夫達についていけないので、むしろ、夫の存在、夫の性格や才能を嫌悪するようになっている。そして、ひ弱で、消極的で、ちっぽけな、口先ばかりのこせこせした男を慕うようになる。男らしい男性を慕い求めるのは、天使のような美女に限られている。人形のようにのっぺりとしたやさ男は、不骨な女に慕われる。

感情の論理

アメリカの炭鉱夫から、嬉しい知らせがやってきた。心理学を十年も大学の研究室でかじっていた、実験文学の炭鉱夫から手紙が来た。あの十年間は、洗脳の、恥多い歳月だと、むしろそれを劣等感にしている彼だ。

今度、ロスアンゼルスの『アンテ』という雑誌に彼の作品が載ったのだ。僅か十五ドルという原稿料だが、もうそんなことはどうでもいいではないか。彼は叫ぶ。

「突破口がみつかった！」

私は、多少の嫉妬心と、それを上まわる数十倍の喜びに、心はがたがたしている。とにかく、仲間の地下生活者が、一寸でも陽の目を見ることが出来たということは、何とも結構なことだ。だが、私自身と言えば、およそ、どの様なところにも作品を送ったりしてはいない。ひたすら書き続けるのみ。

「君も頑張れよ！　なあに、そんなに几帳面になることはないんだ。自分で、完成したと感じることは決してないのだから。大胆に、どしどし作品を発表したらいい」

彼は、こう言って私を励ます。

しかし、勿論私は、私なりの感じ方で、これが必ずしも正しいとは思っていない。私の世に出る時は、常識人が、怒りと、絶望と、侮辱を感じる余り、私を殺そうとする行動に出るか、さもなければ、私の前から姿を消してしまおうとして、その徹底した方法として、死を選ばなくてはならなくなる。

おい！　ストックトンに住む若いの！　君は、いつも、私の精神性の炎の上か下にしかいないようだが、大いにがんばってくれ。

今私の心には、今度はきっと、しょげた内容の手紙を書いて来る彼の姿が、懐かしいイメージとなって映っている。勿論それでいいのだ。人生は、泣き笑い、浮き沈みの、どさ廻りの泥臭い芝居なのだ。

とにかく、今という、この瞬間に、大声で万歳を叫ぼう。一分後がどうあってもいい。今という時を、その通り信じ、額面通り受け入れて喜ぶのだ。それにしても一寸心配だな。ブレイクのように、死後百年目に、埋れた墓地がかきわけられて、見直されるような、遠大にして超大型の発想と霊感があって欲しいと思う。

私は土曜星の下に生まれている。今年は、六白乾宮同会の年で財宝の年、いわゆる陽運である。今年は私にとって、種の発芽する年だ。

青枝開花の象であり、今迄地中に埋れていた種が、春風に吹かれて芽を出し、青い枝に赤い花が咲き乱れる年である。段々と運が開けていくが、上半期よりも下半期の方が、諸事を決行する機運に叶っている。特に六白の生まれである私は、創始、拡張、充満、充実がなされる。目上、父、五十歳から七、八十歳の男子の影響を受け易い廻り年である。

皇帝四季の占に依れば、私は秋の生まれであって、これは、皇帝の腹の生まれに当たり、衣食そなわり財産をつくるが、常に、物思いが度を越し、夫婦喧嘩が絶えないそうだ。物思いが度を越すのは、何も今年に限ったことではない。生まれてからずっと私はそうだった。母の乳をしゃぶりながら、天地の気を考え、天の川の意志をうかがい、北風の声にきき耳を立てていたに違いない。

幼稚園に行く年頃になって、バスケットを買ってもらったが、白鳥が二羽浮かんでいた、コールタールのようにどろりとした、幼稚園の藤棚の下の池が恐ろしくて一日も行かずじまい。そのかわり、私はバスケットの止め金の艶の中に、神を見たに違いないのだ。

午前九時から一時間ばかり、易に夢中になり、運勢を語り合った。十時半から一時間ばかり、きれいな御婦人と、英語だけで話し合った。内容は、神について、セックスについて、オナニーについて。午後七時からは、ソビエトの何とかいう文学研究者の講演を聴いた。

ソ連のアカデミーの会員で、ゴーリキイ研究の権威だという。心理学のジャーヴィス博士と、何ともよく似た、色黒の、こまちゃくれた風貌。額が秀でているのは、かえってこの人物の人相を悪いものにしている。顔が似ていると声も似ているというのは本当である。早口でハイピッチのその声は、ジャーヴィス博士にそっくりである。これら二人の学者とも、自己は持ち合わせてはいない。どちらも、国家や、組織の権威の良き信奉者であって、さぞかし、そのグループでは模範的メンバーであろう。危機感などといったものは、薬にしたくとも、うかがえない。ヘラヘラヘラと、豚の鼻から吹き出して来る悪臭に充ちたなまぬるい空気のように、実に、いやな印象でもって、意味のない言葉を吐き出していた。

「心臓の手術を行う医師は、その患者の運命に責任を持たされている。芸術家は、読者達の心を葬ってしまうか、生かすようにするといった二者択一の責任を負わされている。だから、良いものを発表し、国家、民族を正しく指導していかねばならない」。

と、このソビエトの学者は言う。コルホーズ、ソホーズ、文化社会、生活向上といった言葉が、やたらと飛び出してくる。

ゴーリキイは、戦争がやってくると言いながら死んだという。ゴーリキイは、行動に訴えた社会改革を主張し、彼と交際のあったチエホフもまた、その死の直前には、彼に感化されているという。レーニンは考えることを教え、ゴーリキイは感じることを教えてくれたともいう。私にピンときた唯一の言葉は、この「感じる」という、これだけであった。

アメリカは黄色い悪魔の国、すなわち、金に支配された国であって、自由の女神に吹き出している青い錆びは、この国の民主主義の表面に生えたかびを象徴していると も言う。私もそういったアメリカの腐敗は認めよう。まさにその通りなのだから。しかし、それと同じことがソ連についても言えないのか。日本についても言えないのか。これはちゃちな牧師や、一兵卒が、自分の宗派や、国家を豪も疑わない、あの絶望的な単純さに、よく類似している。がっくりきて、私は友人と、そっと足音を忍ばせて中座した。

　外はしめっぽい夜の闇がとりまいていたが、ずっと晴ればれとしていた。いつもの喫茶店は、名前が変っていた。流れているレコード音楽も前とは違う。二人しか客はいなかった。ジン・フィーズ。ちびたほうの桐の下駄。やっぱり、どう考えても、きれいな娘と英語で、オナニーの話をしている方が、あんな、イデオロギーに去勢された学者の話を聞くよりもいいものだ。ああいった講演が文化というものであり、知識階級のなぐさみになるものであるとするなら、私は、どう甘く見ても、文化や知識とは縁がない人間である。私は、もっと自由であり、きままな人間である。文化に追従するということが、あれ程、没個性的にならなければならないとしたら、私は生まれる以前から非文化的人間である。余りにも個性がどぎつ過ぎ、余りにもしつっこく「自分」を主張し、「自我」に関心を持ち、「自己」を語り過ぎる。私は、所詮、自分自身のこと以外には責任を持てないし、自分以外のことには、一寸も血が沸いてこないという不便な人間である。平和や国家の隆盛などといったものは、私にとって、単なる抽象であり、仮説であるに過ぎない。


　宗教的情熱と、性衝動は類似していると、しばしば、心理学の研究家は言う。修道院に放牧されている、健康でぴちぴちした雌山羊の群は何を意味しているのか。高い精神の次元に到達した修道尼達は、聖人の幻影と交って激しい快感をおぼえると言われている。つまり、人間の感覚が純粋に高められていく時、そのこと自体が、宗教性と性欲の昂進となる。

　性衝動は、激化した宗教性の内部構造であり、宗教性とは、猛り狂った性欲の昇華した結果にほかならない。性的要素や、エロチシズムの匂いのいささかも漂っていない聖典といったものが、この世に、未だかつて存在したことがあるだろうか。聖書を見給え。コーランはどうか。仏典の中においてはどうだろう。

　文化人とは、こうした、感覚の異常に昂進した状態を毛嫌いする。こうした状態にあっては、きまって、虚栄の毛皮がむしりとられ、中味が、額面通りおもてにあらわれてしまうのだ。文化人とは、哲学の講演をきけば、自分が哲学的な生活を送っているかのように錯覚し、文学の話をきくと、まるで、二十年も文学をやっているように妄想し、宗教の話をきくと、恰も、求道《ぐどう》中であるかのように幻惑され、政治の公聴会に出席すると、すっかり政治づいてしまっている自分だと考えてしまう。自分自身を持っていない人間は常にこれだ。どんな色にでも染まる。染まりはするが、どの様な色も、長く定着していることはない。忽ちにして色あせてしまう。

　知識人とか文化人とは、一様に、こういったタイプの人間を指している。こういった状態は、あたかも無生物の非適応性に例えて考えることが出来る。水銀柱は、温度の変化に従って機械的に上下する。正確に、上り下りはするが、それは、水銀の内面における適応性とは全然無関係である。それにもかかわらず、外見上は、適応しているように見える。温度の変化は、水銀柱にとって、何の意味も持ってはおらず、水銀柱自体の上下運動もまた、意味や利害を伴ってはいない。文化人とは、まさに、この水銀野郎のことだ！　自分の中に、特定の自我が生きていないから、従って、怒りも、悩みも、絶望も、希望も、固有のものとしては何一つ存在しない。

　常に、他人の気の利いた意見や思想に傾倒して、自分自身の歌は、一向に歌える気配を示さない。

　現代という、この異常に湿度の高い気候の中で、肉体と精神が、不幸におちいらないなどといったナンセンスがあってたまるものか。もし、そういった人間がいるとするなら、その人こそ、最も不幸な病いに冒されているのだ。

　常識では否定され、合理的な頭脳には伝わることがなく、道徳的な神経には、感じることのない素晴らしい健康さを、私は心ゆくまで虎造節でうたい上げる。

〽「わらいながらのんでいたら
　　このはなしに　えだからえだ
　いつしか咲いたよ見事な花が
〽「かわりました親分衆の話となる
　商売は道によってかしこしとやら
自分の渡世の話が出た
もう親分次郎長の
〽「たしか名前が出るじぶんと
　らんぼう者の石松が
　きいているとはゆめにも知らず
　乗り合い衆は大きな声

人間の内面は、常にまとまりのない夢だ。吹き千切られていく雲のように、永続性の決して持てない思想と理解。

車が故障すれば人間はどうする？　歩いていくではないか。太古の人間の行った、最も自然な方法をすっかり忘れてしまっている訳ではないのだ。本人は、てくてくと歩きながら、失敗を味わい、後退した生活を不甲斐なく感じる。だが、この瞬間に、最も癒し難い病の、快方に向かう兆を見抜かなくてはならない。

人間は、誰も彼も、ひどく極端な不適応の状態におかれている。生きるということが、どういうことなのか分かりさえすればと、チェホフのように悩む時、その事自体が、もう既に、明らかな不適応症状を示している。人間は、その誕生の瞬間から、自らを適応させようと、必死に逆らっている。人生のヴァイタリテイといったものは、逆らい以外の何ものでもない。文化とは、この不適応の不条理な状況から脱け出そうとして、逆らう行為を、一定の規定と秩序と計画の下に行うことであって、いわば、不適応状態回避の為の、合法的な企てということが出来る。不適応、または、欲求不満の解消手段として、心理学では三つのタイプを提示する。

第一は、合理的に解決しようとする傾向で、より高級な本を読み、クラシック音楽を聴くことに努力するといった態度がその一面を説明している。近道、より安易なコースを選ぼうとするのもその為である。文化的な行動の一切は、殆んどこの枠内で整理されてしまう。

第二は、激情に支配されて、急激に逆境を回復しようとする意欲からとられる行為であって、この際、主観性は、その極にきている。多くの狂える芸術家、予言者といわれている人々は、大方、このカテゴリィに属しているる。創造的人間が奇行をおこなうと言われるのもそのためである。

そして第三には、精神の普遍性、超時間性をフルに利用した不適応性の解消であって、抑圧、同一視、代償、反動形式などが行われる。これらは、現代に生きる人間の恥部であり悲しい部分だ。道徳や、宗教的集団は、自我を抑圧しなければならない人間の、空しく病的な姿を連想させるし、同一視は、前述したように、現代の一寸気の利いた連中が、それぞれ異った専門家の、異った主張を聞くたびに、あたかも、自分が長らく、その方面にたずさわっていると錯覚するか、さもなければ、自分は絶えず、今、話をしている専門家の提示する問題に関心を払っている人間だ、などと妄想する。

平和運動も、その他のデモも、すべてはこの例からもれない。人間は、どこまでいっても、不適応性のために苦悩しつづけるだろう。月世界に住むようになっても、火星への旅路でも、人間は宇宙食を食い、自分の小便を還元した水を飲みながら、そして私の書いたものを読みながら、苦悩し続けるのだ。そしてきまって、創造的な人間だけが、激しい衝動におそわれ、奇蹟の起ることを、狂信者の如く、期待しつつ、精神のオナニー行為でもって、自分を逆境から引きずり出していく。

傷口は痛み、鮮血はほとばしる。だがそれも仕方のないことなのだ。抑圧されながら、ユーモアにそれを置き換えてエヘラエヘラしたり、行為の一切伴わない少女趣味の空想行為で逃避するタイプの人間は、それでも、中味の、とうに崩壊してしまっている現代文明の外側をせっせと塗りたて、艶拭きをくり返し、権威と伝統の絵画の飾りつけに骨身を惜しまない。そのせいか、東北本線の北の果ても、最近は電化されようとしている。

溝口監督のイメージとしての、女の業、怪奇性、きびしさ。自らを、どうにもならない運命に縛りつけて泣く女。逃れようとして、なお、非情な男に引きつけられていく不幸な女。林芙美子の、ペンからにじみ出てくる性器の匂いと、バーの安洋酒のこはく色。雨月物語りの背景が六月の梅雨前線にとけ込んで、かびくさくなっている。ジュリエッタ・マシーナの不細工な顔。道がどこまでも真直に伸びている。フレデリコ・フリーニ監督が溝口に接近してくる。ルネ・クレマンの『居酒屋』。マリア・シェルの体臭が強烈だ。

とにかく、一切の論理を口にするな。人間は、皆それぞれの立場がある。Aの言葉を、Aの行為に同調することなくして信じるならば、Bは、きっと大変な被害を受けるだろう。Aにとって、背後から、右肩の上に向かって飛んで来た弾丸は、とっさに、左に体をくねらせることに依って避けることが出来、Aには、それ故、左に身を避けると救われるという真理が成立する。だが、Aと向かいあっているBにとって、この言葉だけを尊重して左に身体をそらすと、弾丸に当たってしまう。だがAは、Bの体をつかんで、左へ倒れるのだ！　と叫びながら自分と一緒にBを倒すなら、Bは救われる。その実、Bは右に倒れたことになる。

人間は、言葉だけを聞いて、それを受け入れるならば、必ず自滅してしまう。相手と同じ行為に出て、はじめて救われるのだ。私は、決して言葉を売りものにはすまい。その代わり、私の行動を、みんなに与えるのだ。

この狂気じみた、不安定この上なく、変化とスピードと、気まぐれと、一人よがりと、主観的主張に立った私の言葉や思想など、豚の糞ほどの意味もありはしない。私の行動こそ、私の誇りであり、宝なのだ。

私の正義は、私の言葉でなくして、私の行動そのものなのだ。性交は、語るものではなく行うものだ。女性の体は、眺めるものではなくして、直接手に触れてみるものなのだ。雪の存在を信じられなかった賢人がアマゾンの流域にいた。真実は、しばしば常識とは真っ向うから対立する。この愚かな賢さを具えた男の口が裂けてしまう程に、力一杯、雪のかたまりをつっ込んでやり度い。科学とは、人間の制限された機能で見たり触れたりしたものの平均値であって、これは、この宇宙のすべての平均値である筈がない。

人間が見てきているものよりは、未だ見ていないものの方が、この宇宙には、はるかに多く存在するのだ。七色しか見ていないくせに、色彩のすべてを語ろうとする人間の浅はかさ。数十サイクルから二万サイクル程度の音域しか聴くことが出来ない人間であるはずなのに、何でもかんでもきき尽くしてしまっていると妄想するのはどうしてであろう。人間が口にする何らかの主張を支えている論理性は、ことごとく感情の論理だ。パラノイアなのだ。今更ここで、リボーの主張を再確認するまでもない。どんな人間の主張も、正当化も、すべては多少なりとその人の感情に依ってひねり出された論理によるのだ。つまり、意見という意見で、屁理屈でないものは何一つない。

そして、こうした在り方は、それを額面通り認めて受け入れるなら、それでよいということになる。

それが受け入れられない人は、口を石のように閉じて一生を過ごすに限る。そうなると、お前の論理は屁理屈だが、俺のは正しいのだという資格は、誰にもなくなってくる。否、二百五十万年間、そういった資格は誰にもなかったのだ。

スーチンが、モジリアニを高く買う時、ゾラがモーパッサンについてよく批評する時、ミラーがダレルを良くいう時、ゴーリキイがチェホフを高く買う時、ソビエトが北ベトナム人を平和の戦士として讃える時、日本人がドイツ人の知性を尊ぶ時、これらは、一様に、ひどく単純な感情論理であることが分かる。そして事実上、この世の中に、主観的になる、この感情論理以外の論理は存在しないのだ。

すべては、巧妙にカモフラージュされた感情論理だ。歴史を大きく変えたどの様な思想も、理論も、問題なく唯一つの例外もなしに、感情の論理で構成されている。主観の入っていない主義は一つもありはしない。すべては主観に支えられている。

私はこれで、万事良いのだと信じている。これで良いのだ。客観といったものは、純粋な意味において全く存在しなかった。かつて、一度としてまともな状態ではこの地上にはあらわれることがなかった。あったとすれば、他の惑星から、飛散して、迷い込んできた生物の糞のように、かすかに、ごくかすかに、本体の片鱗を示すだけに過ぎないものであった。それなのに、現代人が主観的になることを恐れて、客観的になろう、冷静で公平な論理に依ってもの事を判断しようとすることにあくせくしているのは何故であろう。

私は、今にも、一篇の示唆に富んだ大人の為の童話が書けそうな気がする。

三百一匹のあひるが住んでいる、それはそれは高度な、洗練された文化を持つ島国がある。あひるは全員残らず同じ方向の熱意に燃えている。従って、この国には戦争や犯罪というものがない。そして彼等が目指しているものは、尻を振らずに、すんなりと、あたかも鶴のようにスマートに歩くことであった。どのあひるも、鶴の歩き方を意識している。そのくせどのあひるも、何とも不格好に尻を振り振り歩いている。

ところが、この国に、三万年の文明以来、はじめてという不祥事件が起った。大胆極まりなく、かつ真実をしゃべらなくてはいられないという、自由過ぎ、我儘過ぎた一匹のあひるがあらわれた。彼は、不届きにも、「あひるは誰も、尻を振って歩いている。三万年そうやってきた。それで良いのであって、決して、他の鳥の真似をしなくてもよいのだ」と言いきった。それが、この国最大の火山の爆発よりも、この国最大の河の氾濫よりも激しく、吹き荒れまわった。為政者達は、遂にたまりかねて、このあひるを銃殺刑に処してしまった。

平和なこの国では、銃というものが、死刑執行の時以外には全然使い途がないからであった。

この国は、再び、落ちつきを取り戻した。これから先き、何万年、何十万年間の文明の歴史を、鶴のように歩こうと努めながら、大きな尻をみにくく振り続けることであろう。

私は今、最悪の年になりそうな気配の、大雨の後の晴間をねらって家の前の庭先に飛び出した。寝椅子、ミラーから送られた『The Third Eye』、原稿用紙の代わりに同じサイズに切られた包装紙十枚程度、ボールペン、昭和四十三年度の、高島易断で出している『鳳凰暦』、外国の友人に、その気になったら書くつもりで、ピンク色の航空箋一枚、トランジスターラジオ、地面にものを置くのに便利な、古新聞二枚。サングラス、陽光の具合によって使い分けるためのヘルメットと、縁の大きな麦わら帽子を携えて外に出た。昨夜来の大雨のあとは何処にもなく、むこうの方では、工事中の下水道があふれて、床下浸水だと騒いでいる。

トランジスターラジオからは、タイミングも合わせず、『スリィピー・ラグーン』。いや私は、白昼夢の最中なのだからこれで結構なのだ。あと二点携えてきたものを忘れていた。今しがた手元に届いた手紙二通、一通はロスアンゼルスの『アンテ誌』に、最近、エッセイを載せることになった一部を、出来るだけ早く送ろうといった内容のもので、友人のポーレイから。そして、もう一通はミラーからで、今、北斎論に熱中しているとのこと。これらが原稿の間にはさまっている。

風が強い、今年は戊甲（つちのえさる）で、これは、落雷、地震、洪水の多い年だという。そういうわけでか、私は本能的に陽光を求めて表に飛び出してくる。地震はすでにやって来た。あとは落雷と洪水か。

ゴーリキィの死は、轟く雷鳴の最中であり、ルターの回心も、雷鳴のとどろく中で起こったことではないか。火の吹く山の麓で、最悪の時期にあったモーゼは、絶好の妻を得たではないか。ポンペイの悲劇は、文明のもろさを教えてくれはしないだろうか。頭上は再び暗くなって来た。険悪な空模様だ。

青空の下を、低く低く灰色の雲が引きちぎられて飛んで行く。私の足下を、腹を大きくした泥だらけの黒猫が行く。パリのファッション界も、デモ隊のさわぎで大荒れに荒れている。次の冬のためのファッション・ショーは、いつも今頃開かれることになっているが、それもお流れになっている。

灰色の雲が、青空を覆いはじめると、胸さわぎが激しくなるが、一応頭上が灰色一色になってしまえば、心は妙に落ちついてくる。

半ズボンと半袖の下着一枚の姿だが、一寸も寒くはない。

ミラーと西鶴

ミラーは近頃、西鶴を読んでいると言う。本人からの言葉だ。それにしても、西鶴の存在とミラーのそれは、また何と共通したところが多いことだろう。ミラーは、ニューヨークという商業の中心地の、仕立屋の三代目として生まれたが、西鶴もやはり、日本のニューヨークである、大阪の商人の跡継ぎとして生まれた。

ミラーは、十九世紀から今世紀への、大きな時代の分かれめに生いたった。合理主義万能の時代から、今世紀の下地としての神秘主義、自由思想への大きな曲がり角に育ち、当然のことながら、ハムズンの小説や、ユングや、ランクの心理学にあおられて、二十世紀の岸辺に打ち上げられたのであった。

一方西鶴は、戦国の世のおさまった直後の寛永年間に生まれ、やがて開花する江戸文化のさきがけとして彼なりの自由主義を大胆にうたい上げた。芭蕉ならずとも、この男を、堕落した人格と考えたのも、当時の通念に従えば無理のないことかも知れない。

ミラーは、家業を一寸手伝っただけで、あとはほとんど放浪の生活をした。バラ色の十字架三部作に書かれている大部分は、この放浪の時期である。西鶴もまた、一時は家業を継いだが、あたかも、占星術師ノストラダムスがたどったのと同じ運命を経て家業を放棄した。妻子を失った後、仕事の一切を手代に委せて、諸国遍歴の旅に出た。

ミラーは、詩を味わうことがあっても、詩を通して活躍することはなかった。この点についてもまた、西鶴に共通している。二度目の妻ジューンとアパートに暮していた頃、自作の詩を戸毎に売り歩いたミラーだが、西鶴は、当時名をはせていた西山宗因に師事して、俳諧師として身を立てようとした。或る時は住吉神社で、二十四時間の間に二万二千五百句の俳句をひねり出したことが記録されているが、この精力的な行為は、ミラーにおいても同じである。一たびタイプライターに向かえば、考えることなしに、あとで手直しする必要のない、完全な文章が洪水のようにほとばしり出て来た。

両者共、異常なエネルギーに満たされた怪物である。そして、これを驚きの目をみはって眺めなければならない我々現代人は、それだけ病み呆けているのだ。詩人は、言葉少なく強烈な言葉を吐き出す。詩人は詩人なりに、病んでいるか、さもなければ、体質的にひ弱なのであろう。それに反し、これら両者は、飽くことなく糸を吐き出す毒蜘蛛のように言葉の泡沫を吐き出し続ける。両者とも、詩の中にいた頃は、翼をもぎとられた小鳥同然であったが、一旦、散文の世界に入って翼が生えるやいなや、天使に変身していった。

それも、火の言葉を吐き出し対象を焼き尽さずにはおかない、激烈なケルビムとなったのだ。

彼等の言葉は、炎の剣である。これをくぐり抜けて脱出し切れる者は皆無だ。人生を楽しみ、心ゆくまで味わうという点でも、二人は共通している。好色といい、セックスといい、人生を「生」の儘でみつめる時、避けることの不可能な現実である。

西鶴の女達は、不道徳の名の下に葬られてよいものであろうか。ミラーの女達は、余りにも淫猥過ぎるという理由で、人間失格を宣言されることが妥当であるというのか。まだ一度として、自分を真正面からみつめたことのない人間にとってはそうであろうが、人生というものの肌に、この手で触れ、そのぬくもりと、ぬれ具合いを知っている目あきにとっては、むしろ、彼女達こそ、健康にして責任ある生き方をした人間像として眺めることが出来る。

女の業は、女の幸せのしるしなのだ。西鶴の作品の底流となっている金銭問題、これはミラーにおける、文明批評的な態度と全く一致する。むしろ、こうした社会構成の中で、何一つ頼って安心出来るものを見出さないとするそうした意識は、まるで、両者が申し合わせでもしたかのように、自己を充分に昇華させる生活に追いやっていくのに役立った。

芭蕉、門左衛門と並んで、西鶴は、当時の文学を代表したが、日本文学史上、彼ほど、いつまでも文学的評価の定まらなかった文学者は他に存在しなかった。つまりそれは、彼の文学の多様性、深さ、異常なまでの自由な生き方に原因があったのであるが、ミラーについても、このことは全く同じだと言える。二人とも、余りにも、単なる文学者としてのスケールからは大きくはみ出していたのだ。良し悪しの問題ではなく、生死に関わる問題が彼等の中心テーマであったし、表現よりも生命そのものを重視した。

西鶴の文体は、門左衛門と比較照合して見る時、余りにも読みづらい。難解過ぎるのだ。ここで、西鶴の場合、難解過ぎるということは、とりも直さず、余りにも個性の強過ぎる文体だ、ということなのである。

ミラーの文体は、かつて、長らく、これは文学なんかではないと、読む者をして絶望的な気分に浸らせた。誰もが、その時代の流行のスタイルを捧持して文章を書き、考え事をなす時、自分流のしゃべり方で自由にしゃべられたのでは、平均的な頭脳や精神では、どうしても誤解しがちなのが当然である。だが、これら両者の文体は、彼等独自のものである故に、一たび、その難解さを突破して、その先に進む者が出てくれれば、これらの文体が未曾有の豊饒な思想と、閃きと、力に満たされていることが分かり、空前絶後の美文であることに、改めて一驚することになる。

わざわざ人してしめし候

吉原は、大門口を入って最初の角を左に折れて入って行くのが富士見町。右側に八軒ばかり軒を並べているのが亡八（くつわ）、つまり女郎屋である。三番目が玉屋という。ここに居た、年の頃なら十九ばかりの、美しい色白な女郎が、中年の貧しい浪人に恋文を送った。

「わざわざ人してしめし候。折から時候の障りもなう、御きげんよく、御めでたく存じ候。こなたも替りなうとは申しながら、この程は打絶えて御顔も見申さず、ただうつらうつらと夢うつつ、わきまえなきまでに心も結ばれ候うて、食事だにながながとはいたしかね、姉さま達もことなう案じ、さまざまいたわりくれ候うを、おもいやり候らえば、まことにふつつかのわざと、我が身ながらあきれ候までに、罪深くおぼえ候。昔々の諺にも、女は磁器（やきもの）を守るがごとし、ひとたび破れては、元の器にならずとかや、物識る人の咄（はなし）にも承まわり候事、今更ひたひたと胸に当たり、いとどしく歎かれ候。

然程までつれなく薄情（うたて）き御心根とも思いたどらず、たやすくこの心をゆるし、末のすえまで誓い候うこと、誠におろかしきわざと後悔いたし候。

たとへ我が身遊女なりとも、一寸の虫にも五分の魂の例え、日夜身を売り候うても、心はゆめ許るすまじく候。あなた様の御情、人目の関の忍び寝のいたずらごととは余りにも薄情（うたて）き御仕打と覚え候。さりながら、御心変わり果てたる御方へ、何程の繰言申し候うとも、草葉にすだく人まつ虫、梢になき立つ空蝉（うつせみ）の声とも御聞きなしのあらざるべければ、闇の夜の礫（つぶて）とやらむ、あてもなく詮なき事とは存じ候えども、思いに余り候故、心のたけを認め候。

あわれなき御心のうちにも、千に一つあわれと思し召し候うて、何とぞ、近々のうちに、彼の方に御立より、鳥渡（ちょっと）御しらせ被下（くだされ）候わば、いかよう都合いたし候うても、参り候うて、御めもじ申し上げたく存じ候。もしそれも又、御面到とおぼし召し候わば、この文こそ一生の記念と思し召され下され候。

猶申したき事山々御座候えども、後の御笑い種になるも悔しく、なみだながらに申しまいらせ候。

かしこ」

そして、この遊女は、同じ筆でもって、次の様な手紙を別の客に書き送る。

「御こまごまの御さとし、くり返えしくり返えし拝し上げ候。さてはいつぞやより、様々と御仰せのほど、身にとりて、嬉しきまでに有難きまでに、天へも昇る心地のみせられ候えども、かねて承る男の心は、あだあだしくて、さもなきに物いいかけて、はしたなき女子（おなご）をたらすがくせとやら、若しそれならば、御前様の、あまき言葉にのせられて、御返事をしたらんには、後にかならず御笑い種とならんをたしなみて、嬉しき心をおししづめ、ものに事よせ御辞（いな）み申したうはべのみ、見る蔭もなき深山木（みやまぎ）を、例えうそにもさほどまで、厚き御心を何として、あだにや思い候べき。いよいよ、けうしの御文に、つゆたがいなきことならば、この世はおろか、二世三世、先の世かけて御契り、こなたよりこそ願い候え。

いつわりのなき世なりせばいかばかり
人の言の葉うれしからまし

といえる。古き歌も、今身につまされ候。

疑い深きは女子の常と、御しかりもあらんかなれど、実は、御まえ様の御心まことしからずとうたがうて、却って御思いを御かけ候ことは、呉れぐれも御ゆるし被下（くだされ）度候。めでたくかしこ」

若衆禿（わかしゅうかむろ）に坊主禿、色客に涼色（すずみいろ）、廻し男に借り子、地廻りに徒婦（やっこ）、十一六（といちろく）に本詰（ほんづめ）、自舞（じまい）、に半可。

現代人はカメレオン。擬態を百パーセント身につけて、どんな状況にも即応出来る芸当は、まことに見上げたものだ。水に浸かればくらげとなり、空中に吹きとばされれば、小鳥となるし、目がくらんで舞い落ちれば、枯葉となる術を心得ている。水に溺れ、高所の故に、目がくらんで墜落するような、「自分」を具えた人間はほとんど見当たらなくなっている。大気の圧力に依って、その圧力の強さに、狂死するような純粋な存在が一つ位あっても悪くはない。

駅を背に、町の方に向かって立つと、直ぐ左手に、大きな門がある。この町の軽薄な騒々しさに比べて、不思議なほど落ちつきを見せた門構えである。どこまでも続く道路の曲がり角のように、出入りを差し止めるようなものは何一つついていない門である。一歩足を踏み入れると、良く手入れの行き届いた庭となっている。うっそうと、しかし整然と立ち並ぶ樹木。その向こう側に、二階建の和風の家屋が幾棟か立っている。この庭園の持主の住いだったものだろう。くねって進む道は、それにしてもまた、何と静寂の中に沈んでいることであろう。

私は更に歩み続ける。若い女がいる。幼児を抱いている。私の教え子だ。私は、この庭に一歩入ると、ひどく長い旅に出たような気分になる。この娘は、もう結婚していた。いや、子供が生まれたあと、若い夫を失くしてしまっていた。

或る時、再び長い旅に出ようとして、この庭園に入ろうとしたら、騒々しい駅前に、三人の老婆が古びたベン

チに腰かけ、私の方を見て、

「あの娘は可哀想です。いつもああして、庭の中をさまよい歩いているのです。あわれであわれで。こうして嫁の戻ってくる迄ここで待っているのです」

「あなた、杉村屋のおばあさん？」

「はいはい、うちの息子は、先生に面倒をみてもらいました」

「ああ、正雄君？　彼亡くなったんですか？」

「…………」

「じゃあ、あのお嫁さん、正雄君の……」

「そうです」

それじゃあ私は、この若い夫婦両方にとって恩師ということになる。それにしてもまた、あの青年とこの娘が一緒になるとは。二人は不思議と顔立ちがよく似ていた。彼を女にしたら、この娘のようになるだろうし、この娘も、髪を短かくすれば、あの青年のようになってしまう。そういった似方である。

「いつ、亡くなられたんですか？」

私の問に、三人の老婆の中の一人は、

「半年前、交通事故で……とても信じられないことです」

「お気の毒です」

「ふびんなのはあの娘です。気が狂ってしまって、自分のしていることが何であるか、一寸も分からなくなっているのです」

そう言えば、静かな庭園の中で出遭うと、彼女は、私を先生とは呼ばない。それがとても不思議でならなかった。かつて英語を教えていた頃、茶目っ気を出して、ウインクしてみせたあの仕草を、灰色の表情でする。それでいて、色っぽさがあるというのでもない。何かものにつかれた人間の、ひたむきな、理由と目的のない仕草なのだ。その時、女は、赤児を、よく手入れの行き届いたからたちの生垣の傍に横たえて、急に輝かしい目つきとなる。きれいな、真白い歯並びが、まる見えになる程明るい表情になってくる。庭を何処までも行くと、そこはもう庭なんかではなく、いろいろな悲しみと喜びと、絶望と希望のある村や町や、谷あいや、平野が広がっている。遠くで汽笛さえきこえてくる。山の裾を、白い煙を吐いて行く汽車。

「ねえ、あなたどこの方？」

女は、全然私を知らぬげにたずねる。

「からかっちゃあいけない、先生を」

「まあ、ホホホ………」

私にまつわりついて歩いてくる。行くあてはない。背後で、かなり遠くなってしまった駅前で、姑が、水鼻をすすりながら待っている。

「可哀想な女だね、君は」

私は、老婆から何も彼も聞いて、事情を知っているのでそういった。

「何がよ、あたし可哀想？　それどういうこと？」

女は、ほつれ毛を左手の小指でかき上げると、夕日の方向に瞳をやって、疲れたような表情をちらっとみせた。瞳の中に、夕焼が真っ赤になった。女の乳房が大きくはずむ。髪の毛の匂いが私をくすぐる。その間、赤児はたしか、向こうの生垣の蔭の地べたに置かれているはずだが、泣き声一つ立てない。

めずらしく、この庭の中で人にすれ違った。無表情なサラリーマン風の男。去勢されたふりして、オナニーにふける、きれいごとが大好きといったタイプの人間。だから、私もこの女も、その男には目もくれずに、向かいあって、お互いに体をさぐり合っていた。彼女は、あえぐ口元で、突然、

「先生！」

と言った。私は慌てて身を離したが、秋風に沁みるのか、股間がヒリヒリ痛んで仕方がない。

「ほら、先生、やっぱり駄目でしょ。だから、こうしていなさい」

再び、生あたたかいところに引きずり戻された。女生徒の瞳に、また一瞬の閃きの中に、西空の茜が染まった。眼は生き生きとして、もうほつれ毛を直す余裕はない。洪水の兆が、この女の体中にあらわれてくる。彼女は溺れはじめる。突然赤児の声の一瞬にして、大きな溜息とともに女はしぼんでいった。

またにこやかに、「あなた誰なの？」と言いながら、はじめて出遭った生垣のそばに赤児を抱いて立っている。私は、ズボンのジッパーを引き上げながら、彼女の眼の中をのぞいてみた。まだ太陽は四十五度の傾斜にあって、沈んでいくには二時間はある。時間は突然、数時間逆戻りしてしまったのだ。

「君は不幸な女だ」

私のそういう声に、

「あら、どうして？　こんなにしあわせよ」

と赤児にほほずりする。オートバイが砂ぼこりを立てて走っていく村道の彼方に、ひばりが鳴いている。初夏だ。麦が黄ばんでいる。女の額は、生え際のところが小麦肌に陽焼けしている。

「あなたどこの方？」

「…………」

「あなたどこからいらっしゃったの？」

私は辛《かのと》生まれ

私は辛《かのと》の生まれだ。この年の生まれの人間は、一般に沈鬱で、くよくよし、取り越し苦労が多く、心の中は常に疑惑の霧につつまれ、嫉妬や猜疑心は、このタイプの人間の鼻唄なのだ。

おもて向きは大胆な様子でも、内面は、常に、些細なことにびくついている、いたってみじめな小心者。いわば張り子の虎である。そして神経は、狂人のように鋭い。

私は、未《ひつじ》年の生まれだ。取り越し苦労性で臆病であるのは前述したのと同じ。それに女性的で、大活動をするには一寸も向いてはいないそうだ。内気で、多情多感で、しかも、それを表面には出さない。その反動として、厭世的にもなり易い。一芸一能に秀でる人であるけれども、そして、一つの事に激しい執着心を示す性向があるけれども、外交や交際は下手であって、相手に充分に意志の伝達が出来ず、極端なペシミストとなる。この年の秋の生まれは、感傷に溺れやすく、生活は一定せず、あたかもドラマを地でいくような生き方をする。音楽家や画家にはこのタイプの人間が多い。

三十五、六歳までは、もみにもみ抜かれるが、その後は、比較的安定した生活に入るという。私は、今、反逆の道に一歩を踏み入れて、反乱軍の頭目として、まさに安定しようとしている。否、もう安定しているのだ。二十代には放浪性が見られるというが、全くその通りだ。世の中のちゃちな肩書きや名声、才能をもてあそんでいるかと思えば、仙人のごとくに真実なもの、純粋で絶対的なものを求めようとする。どっちつかずのふらふらした生き方に身を委ねていた。つまり、これも内面にひそむ、臆病な性質の所為であろう。

私は、辛未（かのとひつじ）の生まれである。慈愛の心が強いのが特徴である。そうだ、真実に対して、これ程慈愛に満ちた人間が、この地上にまたといようか。それだけに、上っすべりの社会や文明に対しては野獣のように凶暴となるのだ。思慮深いのもこの年の生まれの特徴の一つ。これは何とも迷惑な話だ。一切の思慮という思慮を捨て去らなければならない。これさえなければ大抵の奇蹟は行えるのだ。阿呆のように、一切を考えることなく、ひたすら、暴れ馬のように突っ走ろう。仕事を中途半端でやめたり、また、逆に、物事にこり過ぎる傾向もある。それにしても迷妄心は、何と喜ばしい特徴であろう。真実を見通すということは、迷妄の極に達し、錯覚の頂上に登ることにほかならない。

不安と、疑惑と危機感の中に生き続けるためには、どうしてもこの迷妄心を豊かに培わねばならない。迷妄心を培うために必要な肥料は、一体何だろう？

「そりゃあ、勿論、人間を放棄し、犬、しかも野良犬になる以外にはありはしないさ」

私は六白の生まれである。智恵が、聡明に働き、信望を博し、名誉を得るだと？ このたわけ奴！

私は、一片の信望も、一かけらの名誉もありはしないのだ。私は、至極健康な乞食である。橋の下の、南面した陽当たりの良い堤で、仮小屋を建てて、一日中のんきに昼寝としゃれこむ頑丈な乞食である。だが、それでも私には、信望と名誉が全くないわけではない。世界の果ての方で、私の生き方に驚き、感激して、腰の骨を外して泡を吹いている人間が一人や二人居ないわけではないのだから。

この辛の生まれの人間は、創造的な仕事や、拡張的な仕事は極力つつしむに限るそうだ。

とんでもない。例えこの身が、ばらばらの肉と骨のかけらになって飛散しようとも、私は敢えて突進して、創造的な生き方に従事しなければならない。従来誰も考えつかず、見ることもなかったようなものを築き上げることが、私の為さねばならないことなのだ。

新大陸は水平線上に姿をあらわしてはいない。しかしそれでも、西に向かって航海を続行しよう。水夫どもよ、もうしばらく孤独と不安に耐え抜いてくれ。頼む！

私は六白の十一月生まれだ。機会を得て逆襲に成功するという。深入りしなければ功を成し、名が上がるという運勢だ。そう、それに違いがない。程々に考え、程々の文学をこねくり、程々の宗教家として、生煮えの態度でいるならば、一寸した気の利いた人間として世間に通用はする。だが私は、文学を文学でないところまで引きずってきてしまったし、宗教を、凡人の眼には、もはや宗教としては受け取れないところまで追いやってしまった。絵画や、モラルさえもまた、異次元の領域まで運び上げてしまった。俗世間からみれば、まさしく、理に勝って非に陥ってしまう状態だ。抜け馳けの功名を焦ると、帰途を失って自滅してしまうだろう。もう既に、私は、帰途を見失ってしまっている。異常に深い悪夢にはまり込んでしまっていて、とても、そこから抜け出すことは困難になってきている。狂気は、激しく、かつ深い。もう元に戻る道はない。背後の橋は、轟音たてて流されてしまった。

未の六白は特に吉で、好調な気運に恵まれていて、無難で、何ら手を汚すことなく名誉と利益が得られる、とあるが、これこそ、今年の年頭に私が予感した、最悪の条件なのだ。難事多く、利益と名誉が得難い年こそ、わが最良の年である。五月三十一日、今日の運は、金銭が入ってきやすいが、無理があるので注意せよである。

今朝、一人の素頓狂な小男があらわれ、

「先生！　お早よう御座居ます！　先生の書いているもの、全部読ませてもらっています！」

この男が、今日の午後、私の蔵書の幾冊かを買いに再びやってくる。この男は、本に書かれている内容には余り興味なく、ただ、本のつくりや、出版の年代にひどく熱中している。面白い男がいるものだ。私にとって、もう不要となった本を高く売りつけて儲けてやろうか。いや、それは止めた。無理は怪我のもと、三脈の秘法で天地の気を推しはかってみる。首すじも、手首も、全く脈は整っている。当分天災は起こり得ない。

「あなた、だあれ？」

「…………」

「ここでいつもお会いするけど、何をなさっているお方？」

「…………」

「とても厳しい顔していらっしゃる。御仕事は、一体何かしら、弁護士？　大学の先生？　芸術家？」

「…………」

赤児が、火がついたように泣き出す。

「まあまあ、ごめんあそばせ」

一寸私の方に会釈しながら、子供の方をのぞきこんで、

「もうお家に帰りたくなったのね。ねえ坊や、そうでしょう?」

向こうで、老婆の声。

「ではまた、お会い出来るかしら、ここで?」

「…………」

「本当に出来ますわね?」

「……」

「本当よ!」

私は、その時、九十九パーセントそこにはいなかった。

性交は、希望や、期待や、概念であってはならない。性交とは、行動そのものでなければならない。思索的なものの一切を排除し、思想をこわし、期待をすて、性器と性器が、液体と、それを容れる容器の器壁の接触に依って生じる付着力のように、現実に対決し合う関係でなければならない。

『周公釈夢』にも記されているとおり、性交の夢は凶兆なのだ。性交は、行為であれば吉であって、それ以外のものは、すべて人を殺す。セックスのまつわる書物は、例えそれが、どれ程人間回復の誠意と熱意に支えられて書かれたとしても、多分に、人を死に追いやる要素を含まざるを得ない。

ミラーはそれを、見事に手際よく避けた。彼の書物は、セックスの書物ではない。彼自身の経てきた体験の書物である。たまたま、その中にセックスが記されていたとしても、それは、行為そのものの記録であって、決して、単なる概念ではない。恋愛や、男女の同行も、夢の中では凶とされている。恋愛も、男女の同行も、行うものであって、考えたり、ひそかに願うものではない。れっきとした一つの行為なのだ。

私は、妙な人間である。誰かが築き上げた山に登ったり、人のつくった規則を守ったり、人の作曲した歌をうたったりすることは苦手だ。そんなことをすれば必ず、間違いなく失敗する。私は自分でつくり上げた部屋にしか安眠が出来ない。肩書は私の大敵である。組織や伝統は、私の活性細胞を殺す猛毒である。私は、原始林の中で、苔のように、独自の生き方をしなくてはならない。ビルと道路で整然と区切られたところでは、みじめな落伍者だ。何一つまともに行えない能無しである。

天地を鳴動させて吹き上げているマグマの中に芽生える、やわらかな蕾のとうだ。私はもう二度と、名刺をつくるまいと決心して何年位になるだろう。

先生、御名刺を頂けませんかと言われても、いや、用意していません、失礼しましたと詫びる。その実、用意してこなかったのではない。そんなものは、二十八歳の時に、既に愛想を尽かしてしまったのだ。それまでは、よく飽きもせず、いろいろな名刺をつくったものだ。あんなものは、ヌード写真のついている、フランスのトランプ一枚の値打もありはしない。私は、自分の自由な心を、もっと大切にしよう。

アメリカの大統領候補、ロバート・ケネディが、日本時間で、今夕の五時四十何分かに息を引きとった。昨日の午後、ヨルダン生まれの男に、ピストルで射たれたのだ。何という悲しみだ、彼の親達や妻子達は。

彼の長兄は太平洋戦争で死に、次兄は、ジョン・F・ケネディ（アメリカ合衆国第三十五代大統領。在任中、テキサスでライフルで射殺され、姉妹は飛行機事故で死に、今度は彼の番となった。彼の親の悲しみが、私の身に、とげのように刺さってくる。

彼自身は、いわば自業自得というものだ。大衆の中にふらふら迷い出て、蛆虫のように騒いでいたのだから、あれ位のことが起こっても何一つ文句は言えない。四十二歳というこの男の、最近のカラーテレビに映る姿は、二十七歳の青年だ。あのような男と二人っきりで無人島に流れついたなら、恐らく、彼は私のすることなすことばかり気にしていて、何一つ、自分からは行動出来ない、至ってつまらぬ男に違いない。あの人相から、そう判断出来る。若いのに、行動力と賢明な政策を推しすすめていった天才政治家といわれてきたが、それは、集団の中で、万人が見た妄想なのだ。ベトナムの戦争、パリのデモ、ドイツの学生運動。どれもこれも、顕微鏡下にうつる細菌のうごめきに過ぎない。

ガガーリンという、調子のよいおっちょこちょいが、何千米もの高空から、地上にまっさかさまに激突したのも、ついこの間だった。全く吐き気をもよおしたくなる文明の諸相である。私は、身の周囲を整えて、原始林に入っていこう。自分の心の中に、どこまでも広がる原始林は、一寸も汚れてはいない。民主主義、共産主義、こういった腐ったものは、仏教、キリスト教、マホメット教等の小便のような悪臭の中にどっぷりつかって淀んでいる。私は、それら一切と断固絶縁する。私はそういったものの、どれ一つとも何の関係もない、全く自由で孤立した人間となりはじめている。

平和など、今更、求めたって仕方がない。人間は、この不幸な地上に息づきはじめて以来、一瞬でも、平和と幸福を求める心を失ったことがあっただろうか。ないのだ。平和を求めるのに切実になるが故に犯罪が起こってきた。戦わなかったり、罪を行なわない奴は、もうそのことで、無能か不忠実な人間であった。

どこのテレビもラジオも、まるで、呵呆のように、ロバート・ケネディの死を伝えている。間抜野郎！　私は、もう少しは利口な人間だ。もう少しはましな人間だ。

私は、この文明の弱点を、ずっと前から知っていた。祖国（そんなものは、一体、真実に存在しただろうか？）が強大国であった時も、敗戦の恥の中に、長々とノックアウトされて、伸び切って横たわっていた時も、一寸気の利いた経済発展の中でうぬぼれる時も、常に、何らかの形で、不幸の傷は癒えなかった。永遠に癒されない状態に何故、見切りをつけないのだ。

「黒板べいに見越しの松の、粋な住いのお富さん、どうしたらいいだろうね？」お前の風呂上がりの、桜色の体を抱かないことにはどうにも我慢しきれない気持だ。「地球よ、どうせくたばる運命なら、もう何の未練も残さずに、さっさとくたばったらいい。もうお前には、何一つ出来やしないだろう？　出来るはずはないさ。豚のように殺される為に生きているだけの、けちで、あわれな存在だ。さあ、覚悟して、首をくくったらいい」。

初任給二万円とれるからけっこうだと、少々頭の弱い生徒どもをおだてて、無責任にも、でたらめな教育をしているおかしな野郎がわんさといる。そいつの娘達の性器は、毛が多く生え過ぎて、風呂上がりの体に、しずくがポタポタ落ちている。十八歳で二万円の給料が取れるからといって、それがどうしたというのだ。妻をかかえ、子供を育てていく年頃には、一生、どん底から這い出すことの出来ない奴隷の生活を甘んじなければならなくなることは極めて歴然としている。現代において、奴隷とは、まさしく、この種の生活を送る者をさして言えるのである。

私は、文明を認めない。認めはしないが、ＡＢＣさえまともに書けず、比重の計算さえまともに出来ない人間が当たり前に生きていこうとすることに、他人事ながら言うに言われぬ不安を感じている。それでいて、背広を着たり、車の運転だけはやろうというのだから、人生は、まさにコメディだ。

弱電気メーカー、つまり家庭電気メーカーがスポンサーになっているクイズ番組に、グループ・サウンズの陽気な歌と音楽。歴史を講義する通信講座の番組。よくあれで、テレビは、こわれないと思う。それ以上に、人間の頭はポンコツになっていることを、現代人は誰も気付いていない。

応仁の乱の大火の匂いと騒乱が、鼻先にちらついていて離れない。

近所の女学生のところに遊びに行っていた小学校四年の息子があわてて戻ってきた。三十一度というむし暑い今夜。

「ダァデイ！　雀だよ」

「死んでいたの？」

「生きているさ。隣りの猫がくわえてきたんだって、ほら、動いているだろ」

腹が大きく波打っている。

「涙流しているね」

膜のかぶった目に、うっすらと涙が光っていた。

「涙がでてんの？」

兄のあとから戻ってきた、二歳の三男がきく。

「そうだよ」

「かあいちょうだね」

「もう死ぬね」

「かあいちょうだな。しなないよ」

テレビの画面に、あのくだらないプロ野球が始まった。私はどうして、こう、些細なことに、爆発的な怒りを発し、激情的に喜び、悲しむのだろう。いや、私の言う些細なことは、一寸も些細なことではないのだ。これこそ、最も重大なことなのだ。

「ダァデイ、つづめ、なみだながしてないてるよ」

二つの息子が、また報告にくる。

「ああそう。泣かないように言いなさい。我慢して、ねんねしなさいって、言いなさい」

「ダァデイ、つづめ、たかちゃんのところで、一緒にねんねするんだって、いいでしょう？」

たかちゃんとは、自分の名だ。パイプオルガンの壮厳なミサ曲。これは、わきの下の匂いのようなカトリック教会内ではなしに、吉原の長崎屋喜平の抱えている女郎の股の間で聞いた方がずっといい。

でもやっぱり、すべてはいいのだ。

「ダァデイ、雀の腹、動かなくなってしまったよぉ」

「つづめ、しんじゃった」

でもやっぱり、地上はいいところだ。大きく喜びを噛み締めよう。万万歳だ。私はもう一度、狂気のように、喜びを噛み締めて、味わおう。そして、一度、一層高く飛躍するのだ。もたもたしている奴には、一寸も遠慮はしない。「お先きに失礼」と言うばかり。「勇気のない奴は、邪魔だから、一寸下っていてくれ。私の突き進む道にうろうろ立っていないでくれ。猛烈な勢いで突進していくから、私に接触する者は、きっとけがをするに違いない」。

私は責任を持つつもりが毛頭ない。「自分」のない奴も、黙って尻尾を巻いて引き下がれ。集団行動しかとれない俗物は、百万年位、無意味なマスゲームをくり返しておれ。流行を追っている奴は、古井戸のまわりに輪をつくっている芋虫のように、干涸びるまで歩きつづけていればいいのだ。そうしないことには満足しないだろうから。そうして、皆《みんな》、御目出度くミイラとなれ。

私は、本当に生きているが故に、死んだ人間とは、口をきくことさえいやだ。私は目が開いているので、盲人達と一緒に行動することは出来ない。

ああ、少しはいい気分になった。世間の薄馬鹿奴、お前達はくたばって、うんうん呻いているのが恰度似合っているのだ。足を踏み外して、糞つぼの中に転げ落ちたらいい。ちょうど御似合いだ。その傍で大声で笑ってやろう。

アッハハハハハ

アッハハハハハハハ

アッハッハッハッハハハハハ

アッハッハッハッハッハッハハハ

アッハッハッハッハッハッハハハハハ

アッハッハッハッハッハッハッハハハハハハ

ここで、一息ついて、あとは行動を通して笑ってやろう。私の生きる態度は、俗物に対する最大の侮辱の冷笑にほかならない。

「やい、勇気のない豚奴、こう言われて文句があるか」

糞つぼの中をのぞき込んで、鼻をつまみながら、思いきり悪態をついてやる。私はその間、徐々に徐々に身が軽くなっていく。私はもう既に、れっきとした天使なのだ。私は、白い衣を身にまとった、須川岳の頂上に舞う、うえのという天使なのだ。問題はすべてうまく。解決した。

私は大いに満足している。心から満足し切っている。

5章

人と同じことしかやれない奴はぶち殺せ！

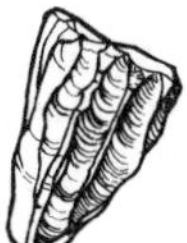

遥かな銀河は
地球上に一箇の人間もいなくなった時も
淙々とほのぼのと流れて
原始のように清々《すが》しかるべきは
確かだ

〈白鳥省吾〉

山はおぐら山（清少納言・イン・ヌード）

王朝時代の文学にいそしんだ人間像を一べつする時、全体において支配的だった幻想性、感傷性、抒情性といったものは、不思議なことに、清少納言においては、見当たらない要素であった。優雅さに特有な、何事も控えめといった態度が彼女には感じられない。すべてのことを、ずばりと百パーセントやってのけている。

現代において、未来的と思われている文学の傾向や、人生の在り方の支えとなる要素の一部は、明らかに清少納言の中にみられる。女流作家、紫式部の小説、詩人、泉式部のうた、奥様作家の筆になる、私小説風な『蜻蛉日記』、『更級日記』、女性官僚であったインテリの『讃岐典侍日記』等は、すべて、王朝風の抒情と、感傷に溺れひたっていた。これとは全く別の生き方として、清少納言は、今後的な文学の萌芽に直結している何かを大きく息づかせている。

勿論、現代的、今後的な作品の中にも、変形こそしているが、抒情性や感傷性はないわけではない。そして、そういった意味の抒情や感傷なら、清少納言の中にも充分に読みとれる。新しい文学は、しかも、今日的な意味での新しい生き方は、既に清少納言からはじまっているといっても過言ではない。その在り方は、ミラーの強烈な個性をほうふつとさせ、アナイス・ニンの気まぐれな文体に似ており、セリーヌの没社会性、ジョイスの実験文体、プルーストの、意識の流れに喰いついて離れない書き振りに通じるものがある。そして、アンチ・ロマンやヌヴォー・ロマンの母胎をそこに感じるのだ。

『枕草子』の大半を占める、いわゆる〝物尽し〟といわれている、名詞の列挙は、白熱化する迄に力に満ち、彼女の文体を、流麗というよりは、そして、彼女の精神を豊饒なものというよりは、そこから、それらをはるかに超越した、怒りと、個性の強さと烈しさを汲みとらないわけにはいかない。それは、衝動的な、徹頭徹尾、連想に従って自由に筆を進める者の、屈託のない、ためらいのない文章のあそびであり、思索の散歩であり、創造的な生き方なのだ。鋭い観察力はいうに及ばないし、それは、外的な観察ではなく、内的な観照なのである。

その印象は、奇抜であるというよりは、余りにも非伝統的な、従来の一切のものを無視した、勇気に満ちた自分本位のそれである。彼女の好みは、従来の美的観念や印象のモラルを打ち砕き去ったあとに芽生えてくる全く新規なものであった。女性としてばかりでなく、人間としても、彼女は、余りにもあくどい個性に溢れ、特異な好みをもっていた。着眼点は、当時のあらゆる、ありそうな位置よりはるかに外れたところにあって、機智は、当時の常識人を怒らせ、平均人の気分を悪くさせ、集団体操の名人の眉をしかめさせるものであった。

紫式部の文章と発想が、念入りに計画され、練られ、予定されたものであるのに対し、清少納言のそれは、すべて突発的であり、衝動的であり、気まぐれであり、即興的であり、感情的であった。彼女を、冷静で知的で洗練されているといった今までの批評は、それで、大変間違っているということになる。私は、このことを、毫も疑ってはいない。

こうした彼女の在り方は、ミラーやジョイスの文学の在り方の母胎としての強烈な何かを感じる。あらゆる思想、テーマ、エピソード、主張、印象が交錯し、とぐろを巻き、渦となり、激流となって、レスリングでいう、いわゆるバトル・ロイヤルをしている。紫式部が、有り余る才能と知識を押さえに押さえ、小出しにしているのに対し、これとは対照的に、清少納言は、溢れるほどの知識と才能を、遠慮なく、前面に、ビシッビシッとたたきつける。つまり、便秘しない女であった。すべてをぱっぱっと吐き出して、内側を常にからっぽにしていた。従って、こうした在り方は、清少納言の人生を、かなり窮屈なものにした。彼女の晩年が不遇であった事実は、それをよく裏書きしている。世渡りは全く下手だった。時代の代表者として選ばれることは、遂になかった。しかし、時代を代弁したことは間違いない。

余りにも、好き嫌いがはっきりしていた彼女は、友も少なかっただろうし、社会生活には不適当な存在であったはずだ。

ミラーが、人名や地名を、気の遠くなる程、つづけざまに列挙することは有名であるが、それは、ジョイスにおいて、認められるし、清少納言においては、全く、同質の迫力をもってわれわれに訴えてくる。特に、五段から十三段までの条はどうだ。それをここに掲げてみよう。

「山は。おぐら山、三笠山、このくれ山、わすれ山、いり立ち山、かせ山、ひはの山、かたさり山こそいかなるらんと、おかしけれ。いつはた山、のちせ山、笠取り山、ひらの山、床の山、わが名もらすなとみかどのよませたまひけんといとおかし。いぶきの山、あさくら山、よそにみるこそおかしき。いはた山、おおほびれ山もおかし。臨時の祭のつかひなど思い出でらるべし。手向山。三輪の山、いとおかし。音羽山、まちかね山、玉坂山。みみなし山、末の松山、葛城山。みののおやま、ははその山、位山、きびの中山、あらし山、更科山、おばすて山、をしほ山、あさまの山、かたためやま、かへるやま、いもせやま。

峯は。ゆづるはの峯、あみだの峯、いやたかの峯。原は。竹原、みかのはら、あしたのはら、そのはら、はぎはら、あはずの原、なしはら、うなゐこが原、あべのはら、しのはら。

市は。辰の市、つばいちは大和に、あまたある中に、長谷寺にまうづる人の、かならずそこにとどまりければ、観音に御縁あるにやと、心ことなり。おぶさの市、しかまの市、あすかの市。

渕は。かしこ渕、いかなる底の心を見得てさる名をつきけんといとおかし。なりいその渕、たれにいかなる人のおしへしならん。あをいろの渕こそまたおかしけれ。蔵人などの身にしつべく。いな渕、かくれの渕、のぞきの渕、玉渕。

海は。水うみ、輿謝の海、かわぐちの海、伊勢の海。

渡りは。しかすぎの渡り、みつはしの渡り、こずまの渡り。

みささぎは。うぐひすのみささぎ、かしは原のみささぎ、あめの陵。

家は。近衛の御門、二条、一条もよし。染殿宮、清和院、すが原の院、冷泉院、朱雀院、とうゐん、小野宮、こうばい、あがたのゐど、東三条、小六条、小一条。」

こうした文体は、今日の実験文学のそれと一寸も変わるところがない。清少納言は、何一つ説明しようとはしていない。バロウズのように、ベケットのように、記録する機械としての自己を把握していた。山の名の列挙にしても、著名な山々はほとんど出てこない。彼女は、敢えて、読者に歓迎されるような内容にすることなど、全く念頭になかった。その時の自己の、真実の証人になろうとしただけであった。そしてこの企ては見事に成功している。何という簡潔にして明瞭な文章などと、無理して、批評する必要は一寸もない。所詮、その様なほめ言葉は、何の意味も持たないし、どちらかというと、その背後に、無知か虚偽の匂いを感じていやになる。彼女の文章には、前後関係において一寸も統制がなく、支離滅裂である。秩序は皆無なのだ。そして、行間に横溢している熱狂的なまでの、熱っぽいリズムは、交錯し合って、点在しているエピソードを有機的に結び付けている。

エピソードと言えば〝頭中将との不和〟〝雪の山〟〝翁丸〟〝宮にはじめて参りたる頃〟〝積善寺の供養〟などがある。これらは、一瞬の閃きのうちに、流れるように書かれたものである。それは、余りにも恣意的であって、いわゆる文学的といった内容に特有の、落ち付きとひ弱さがいささかも見られない。事件や、ドラマは、線的には進まず、点的に、自由自在に移動していく。ドラマの発展のあとをたどろうとする人は『枕草子』を二頁あたりで、投げ出してしまうに違いない。あふれるばかりの才気と、博識と、熱情と、自信と、ごうまんさに押し出された、当時の自由な生き方をした女の中でも特に変わり種の清少納言は、人間精神の作用と意識の流れの忠実な記録をものにした。

彼女が、冷静な知性にあふれた作家であるとは、従来、異口同音に評されてきた言葉であるが、それは正しくないと知るべきである。彼女の知性は、アバンギャルド芸術家のそれであって、煮えたぎるるつぼの中でふっとうしている。一瞬の静止もすることのない、めまぐるしく怒り狂い、酔いしれている知性なのだ。

プロット造りに妙を得ている紫式部も、文才、精神性、人間性、生活そのものでは、とうてい清少納言の比ではない。紫式部は、当時の風俗を記録した。清少納言は、原初的にして普遍的な人間像を記録した。インテリ女性として、何一つ目立つような波風のなかった紫式部の人生に対して、清少納言のそれは、まさに、怒濤さかまく海洋の中の、木の葉の一生であった。その晩年の悲惨さは、予言者のそれと全く一致する。予言者は、何一つ証明したり、納得させようなどと気をつかったりはしない。それ以上に、証人として、自分の目撃したもの、体験したものをそのまま大胆に記録する。予言者の目にするものの大半は、ことごとく、常識や論理、公式からはみ出ているいると本人にも分かっている。

池辺義象は、大正のはじめ、京都の東山で清少納言を次のように評していることは面白い。

「或る人に言わせれば、紫式部の文体は大洋のようであり、清少納言のそれは奔流に似ている。そして、更には、前者の文体は、春のようであり、後者のそれは秋のようであると。こういった印象はみな理に叶っている。清少納言の性格は敏捷で、いささかも人に屈すようなことをよしとはしない女性であった。そういう性格からして、その文章にも、自然気の人を刺すきびしさがあり、又、急流や激流を連想させるものがある。『枕草子』は、この女性の才気がどれ程豊かなものであったかを充分に示している。ごくありふれた問題をとりあげると、自分の感興の赴くままに、自由に意見を書き進めていく。そしてそれは、一つの議論となり、批評となり、諷刺となり、罵詈雑言となる。ある時は、鋭い刀で、乱麻を断っていくように、ある時は、重箱のすみをつっつくように、過去を語り、現在を批判し、人を侮り、自我を礼賛して、その精神活動は、自由自在で、一カ所にとどまっていることはなく、電光石火のすばやさで発展していく。読者は、それで、心が躍動するのをおぼえ、精神が狂乱するのではないかと錯覚することがしばしばである。一たん、彼女の筆にかかると、円い石ころも、角張ったものになり、大きな川も小川になってしまうのである。この女性は、明らかに筆の魔術を知っていたらしい。」

森鷗外は、斉藤緑雨に、「お前のように〝この馬鹿野郎〟と自由に書ける者は幸せ者だ」といった。話し言葉が、そのまま筆に託されるという事実は、魂のない、創造性の一かけらも知らない戯作者達にとっては薄気味悪くて仕方のないものであろう。

しかし、清少納言は、王朝時代、既にこれを行った。そして、こうした画期的な文体は、当然その後の文学に深い影響を与えた。中でも兼好法師は『徒然草』において、明らかに『枕草子』の文体に酔いしれていたと思われるふしがある。一切の秩序のなさや、難解な用語を事もなげに平気でつかう態度や、その饒舌の激しさは、ともすると、厭世、社会離脱の外観を呈するが、その実、老子や荘子の哲学と人生観に擬される彼女の精神は、しっかりと清少納言文学の方向付けをしていた。

読者の手には負えないと、はっきり分かっている生の漢文を、そのままに、何のためらいもなく、自己の作品の中に入れていく大胆さ、これもまた、現代の実験文学と軌を一つにしていると言える。もっとも、こうした清少納言の作品は、唐の『李義雑纂』からヒントを得て書かれたものだともいわれている。そしてこの推測は、必ずしも否定する必要はない。すべての創造は、はじめ、他からヒントを得、それから自らを引き出す、というプロセスを経ている。つまり、真に力のある作品は、読者の中にねむりこけ、埋もれかけてる、力と心をめざめさせ引き出すことが出来る。一人の人間の力と心とは、生前からその人間に約束されているものであって、これだけは、努力や修練の結果として得られるものではないのだ。

清少納言に具わっていた自信、これこそ、彼女の書くもの、語るもの、観るもの、感じるものを、すべて独創的なスタイルにしたのであった。遠慮するような人間で、他人を生き返らせる力を持っている者はいないはずだ。彼女の傲慢さ、それは、創造性の一面をよくあらわしている。彼女が、くり返しくり返し〝いとおかし〟〝いとあわれなり〟と書いているがこれとほぼ同様の意味である〝あわれ〟〝わび〟等といった言葉は、彼女にとっては厭世的で沈痛な感情の中でではなく、むしろ、浮きたつような快活さと、陽気さと、笑いにも似た快感に酔いしれてこれを書いている。

ミラーの『愛の笑いの夜』という短編集のタイトルが、どうしたわけか、この清少納言の心とぴったり一つに重なるイメージとして浮かんでくる。ここではっきりと分かることは、人間が、本当に生きることに真剣になると、その人の手になる作品は、エピソードと思想と、好みの披瀝と、怒りの表現と、絶望の交じり合った一種独特の形式となることである。それは、単なるエッセイでもなく、私小説でもなく、論文でもなく、詩でもなく、それでいて、それらの要素の混合し合った総合的な、力に満ちた何かなのだ。

ところで、古典とは一体何だろう。更に古典文学の研究や、鑑賞とは？

清少納言は、昔からとやかく言われ、多くの批評や研究がこれについて行われてきてもいる。しかし、私が言うように言い、私が感じるように感じないのはどうしてであろうか。その理由は歴然としている。古典の研究者は、その分野にとじ込もり、アヴァンギャルド的な文学にかかわりを持つ者は、これもまた、その特殊な分野の中にとらわれていて、他の分野との総合関係ということに目を移す余裕がないからである。

その点、谷崎潤一郎が源氏物語りに心奪われて、紫式部をはじめ、その作品の中の登場人物が、彼にとって、無縁な存在ではないように感じられたのは、彼の作風が、悪魔主義とか、嘆美文学と呼ばれている様に、極度に個性化した自己の文学に従う時、そして、その同じ熱のこもった目でもって古典を眺める時、源氏物語が、血肉を分け合った同類、共犯者、一卵性双生児の片割れ、自転車のもう一方の車輪、といったものとして彼の心を捉えてしまったからである。

彼は古典を研究したわけではない。彼は古典の中に、自分の同類、同族を見出しているのだ。墓碑と、系図書がとうに失われてしまっている、自分の精神的直系の先祖を見出しているのだ。大都会の通りで発見する宝石。

紫式部の中に、姉さん、愛人、真の女性像を確認し得たのだ。それに反し、一般の古典研究家にはこの喜びと、半ば奇蹟めいた発見がない。ただ、淡々と、末端的なこと、言葉尻の問題といった、およそ作者の生活と生命とは直接何の関わり合いもないような点について、くどくどと他愛のないことを述べているに過ぎない。研究とは、それで、暇で仕方がない人の遊び事のように思われてしまう。忙しく、生命を賭けている者には、その余裕が全くないのだ。

私は、清少納言の人間像の中に、私自身の誇りと劣等感、私自身の才能と欠点、私自身の怒りと笑いと悲しみ、私自身の色気と生真面目さを発見した。今、この処に彼女があらわれたなら、私は、彼女を姉さんと呼べるだろうし、愛人として、その手を握り、抱き寄せることが出来るだろう。遠い時代の、われわれとはかなり異質な存在としてこの女性を見ている古典研究者とは、自ずと違うのだ。

恐らく、彼女は、あの当時でも、全く理解されることはなかったはずだ。あの、難解にして突拍子もない発想と、連想のままに突っ走る自由自在な生き方、書き方は、どうしても、ついていけないものではなかったか。『竹取り物語』や『宇治大納言物語』のような、心暖まる短編集とは違って、そのプロットは千々に乱れ、交錯し、怒濤のような饒舌さの前で、読者は、半ば失神しかけて、目を伏せてしまったことだろう。

しかし、それにしても彼女の博学であること、それ迄の経歴が示している教養、知性の高さは、彼等にとって、全く無視出来るものではなく「あのインテリ女性の文だ、何か深い内容があるに違いない」と理解出来ずとも、信じようとしたに違いない。いや、何かを未来に託したというか、未来に責任をなすりつけ、彼女の教養の高さに免じて、彼女の作品を後世に伝えたのであろう。そして、時代は過ぎていった。だがいくら時代がたっても、分らないものは分らない。腕時計をはめ、電子計算機を取り扱えても、それだけでは、ターレスや、アリストテレス以上になれないという事実がここで考えられなくてはならない。そして、彼女の存在が過去のものとして眺められる時点においては、これだけ後世に伝えられている作品ならば、きっといいものにきまっていると、理解出来ないながら、何とか受け止めようとする。この態度は、今日の古典研究家においてもぴたりと当てはまる。この観点に立つと、現代人が行う過去の巨人の研究態度は、正しい理解のポーズであるとは言えない。

かくして、彼女は、あらゆる時代において理解されていない存在である。つまり、いかなる教養や知性に支えられた研究に依っても、この種の理解は、決して期待出来ないものである。時間もまた、そのために一役買うことはない。彼女を知るには、彼女の眼を持たなくてはならない。彼女の心を味わうためには、彼女の心を持たなくてはならない。彼女の文体の激しさ、荒々しさを楽しむためには、彼女の怒りを、自分の心の奥深くに抱かなければならない。

円満解決という敗北の形式

大衆作家が書くところの浪人像は、皆一つの点で一致している。これは面白いことだ。彼等は、ずば抜けた剣の強さの故に、社会や秩序からはみ出し、その高い次元に達した剣の道は、彼等に人生の無常観を示し、高潔な僧侶の様相をよそおわせている。月代《さかやき》をぼうぼうと伸ばし、よれよれの袴をはき、中味とは別に、薄汚れたこしらえの刀を差している。

町道場を開いて、百人二百人の弟子を抱えている剣術指南よりも数倍上の力量をもちながら、この浪人は、傘張りや提灯張りで生活費を稼いでいる。大工のおやじや、左官のおやじに、「うちの子を大ものにしたいんで、是非一つ手習いを、へえ、よろしくおねがいします」と言われれば、傘張りや提灯張りの台に使っている箱を並べて、二、三人のいたずら小僧に、「子曰く………」と教えて、一人から、毎月二朱ぐらいづつ貰う。

貧乏長屋の娘が二百両で売られたと聞くと、それじゃあ仕方がない、一寸行ってくるかと、ぼろ刀を腰に差して家を出る。町の道場に行くのだ。そして、先ず他流試合を申し込んで、弟子達を片っ端からやっつけて、最後に師範代をたたきのめす。最後に師範（道場主）の老人が出る。この浪人の太刀先を見ただけで、これはかなわないと分かる。かなわないのが道理だ。この男は、何の欲望もない。ただ、不幸な娘を救ってやりたい気持があるだけなのだから。

それに反し、師範には生活がかかっている。この試合に負けるようなことがあれば、半数はおろか、全部の弟子が、この師範に見切りをつけて去ってしまうだろう。これで一切が了りかと情けない表情を漂わせると、浪人の方は、無欲だから、この心が読み取れないわけはない。もし、ここで師範をたたきのめせば、五十両位と看板は持って帰れるが、一芝居打ってやれば二百両か三百両にはなる。おまけに、弟子達にうらまれたりせず、面倒なことが起こらずにすむ。

浪人は、バタリと木刀を捨てて、まいった！　とひざまづく。隣室に通された浪人の前で、師範は、深く深く頭を下げ、

「武士の情、いたみいる。さあ、これはほんの感謝の気持、お納め願いたい」

四百両が三方に載っている。

「いや、そんなことはせずとも……、だがせっかくでござる、さらば遠慮なく頂いてまいる」

浪人は、そう言いつつ、最後に、またちょいちょいおじゃまさせて頂くと言いのこして道場を出る。貰った金は、全部その娘と近所の者に与えてしまう。

そして、また、何か問題が起こり、金の必要にせまられると、この道場に向かう。

「一寸お茶を飲みにまいった」

これで全部話は通じる。「されば、いかほど？」と、奥の部屋に通された浪人は耳打ちされる。「百両」、この一言ですべては円満に解決する。百両に加えて、これは足代ですと三両ばかりがバラで渡される。

町のうわさでは、あの浪人は滅法強い達人だというが、さすが、道場の先生は先生だけのことがある。数段上だっていう話しだ、ということになっている。そして、本人は相も変わらず傘張りに毎日を送っている。

「先生、あれ程にたっての奨めじゃありませんか、そんなにへそを曲げずに、仕官なさったら」と、長屋の、気の好い単純な連中にすすめられても、一向に腰を上げようとはしない。彼には、家老、どこかの大藩の殿様にも親友がいるのだが、決して、そうした武士の組織の中に入っていこうとはしない。こうした浪人達には、一つの共通した意識がある。幕府のやり方、藩の在り方、一切に不満をもっている。そして、これは、どの浪人達にとっても、意識することはなかったかも知れないが、幕末の勤皇の志士達に共通の、幕府崩壊後の日本の姿を、どこかに、漠然と、しかもかなり確かな意識で感じとっていたに違いない。

彼等浪人は、由井正雪のようにクーデターを起こすことはしなかった。しかし、現況にはどうしても甘んじていくことの出来ない存在であった。

長崎の港から、人知れず、密輸品のように、シャム、シンガポール、ホンコンに売られていった〝からゆきさん〟達。彼女達は、貧しい身分に生まれたが、八方づまりの生き方に甘んじようとはしなかったのだ。無理矢理売られたとは言え、その実、彼女達の心の片隅には、いくらかでも、反逆と革命の匂いがなかっただろうか。自分の身を売ることに依って、残された貧しい両親や弟妹達は、ある程度の金を握る。そして彼女自身は、このいまわしい日本を去っていく。

高山右近もまた、フィリピンに去っていった。キリシタン大名と、からゆきさん達の心境に、どれ程の差があるというのか。

異境で、「望郷の念にかられながら骨をその地に埋めた女達」と題して、銀板に写された当時の女達の写真を私は何処かで見たことがあった。メリヤスの下着の丸首がのぞいている襟元に、真珠のネックレスが光っていた。

彼女達の涙は、果たして、望郷の涙であったろうか。私には、どうも是認し難い。彼女達の憧れは、もっと別のものにあったのだろう。私の血の中には、こうしたからゆきさんの夢と憧れと、浪人の予言的な心と、由井正雪の反逆の精神が流れている。

浪人の一人と、清少納言が野合して生まれた子供の直系の子孫が、ほかでもない、この私なのだ。浪人が、非社会的かつ非武士集団的な人間にならざるを得なかった理由を私はよく知っている。彼は余りにも武士の純粋性を厳しく追求し続けたのだ。剣がずばぬけて強過ぎたとも言える。そうした次元に至って、彼はいつしか、宗教的な魂を抱くようになり、二百石取り馬廻り役といった地位や、剣術指南といわれた地位に安住することの出来ない人間になってしまっていた。

社会の中の安定しているかに見えるものが、すべて、不安で頼りないものに見えはじめ、武士の権力が、何ら正当な根拠のないものであり、与えられている地位といったものが、何一つ、自分を保証してくれないということを痛切に悟ったのである。

浪人はそこで、傘張りや、提灯張りをやっている時に、安息を感じた。彼の心は、常に彼方のものを見てうずいていた。それが、予言者の眼が具わったからだとは知らずに、彼は、時折、ただならない、はるか遠方の厳しい現実を凝視した。

「あなたは、俳優になっても、きっと成功しましたよ」

と、私の話ぶりと、それに伴うゼスチュアを見て、友人の一人が言う。

「まるで、マラソンの選手がパンツ一つで、汗みどろになって走っている情景を再現しています。あなたの眼付や、手振りや、首の振り方は」

「そうですか。或いは、そうかも知れませんね。私は、とにかく、話をする時でも、書く時でも、その中に出てくる人物になりきりますからね。一人の人物がわずか一言、それも、一秒足らずの言葉をいう時でも、私の全神経と全肉体は、その瞬間、すっかりその人物になり切ってしまうのですね」

マラソン選手なら、浪人の多くは、先頭のランナーであり、しかも、二位三位を、十キロも二十キロも引き離してしまっているランナーに等しいのだ。二位から三十位までのランナーは、胸板一枚の差を競って、ふうふう走っているのに、先頭の彼は涼し気に走っているから、これは正式の選手であるはずがないと思って、沿道の観衆も相手にしない。このことは、どの予言者についても、言えることである。余りにも進み過ぎているということは、やはり、社会や集団からは取りのこされてしまうことの原因となる。遅れていてとりのこされるのは、なさけない。しかし、進み過ぎているが故にとりのこされ、孤立することは、名誉この上ないことなのだ。

私は自分を、色気違いの臆病で、自分の事にひどく熱中する、自信のたっぷりある変わった男だと思っている。

南喜一は、女の楽しみを次の五段階に分けている。第一は、かたぎの女、第二は苦労した女、第三は妻、第四は妾、第五は妓である。そして、かたぎの女を第一に挙げる点では、私も、全く同意する。

中国でも一盗二婢というではないか。常識とモラルに縛られ、ささやかな家庭生活に満足している女が、突如として出現する獣の前で、はじめは胡散くさく思い、やがて、好奇の眼を輝かせ、やがて酔いしれ溶かされていく姿は、この上なく、見て楽しいものだ。そして、こういった態度が、反道徳的とか、悪癖だという奴はよくいるものだ。私は、明日の朝、八時から九時の間、日本橋を三回、ゆっくり自転車で往復しよう。そういう奴は、その時に、私をたたきのめすなり、撃ち殺すなりしたらいいのだ。私は、それを甘んじて受けよう。だが、ただ黙って受けるのではない。第一撃はだまって受けるが、その後で、直ぐに、充分反撃させてもらう。

創造的な人間は、そういった意味では、生命をねらわれる程に憎悪に燃えたつような読者があらわれなければ、本格的ではないと思う。それ程の、度ぎつい個性がなければ、作品を読んで甦るような人間を期待することは出来ない。

ショックは強烈でなければならず、それは従来の存在形式の一切がまるっきり変わってしまう程に激しいものでなければならない。「心で信じ、口で言い表わして救われる」と説いているのは『聖書』である。

人間は、ものを書きあらわす時、事実上、その瞬間にその人の罪は（もしそれを罪と呼びたいならばの話であるが）赦される。

懺悔の行為は、人生の中で大きな比重を占めている。懺悔出来ない人間は生まれてくる必要がなかったのだ。生まれてくるということは、言いあらわすべきものを持つということであり、自分独持のものを行うということであり、人を汚し、失敗するということでもある。もし、失敗することを恥とし、ひたかくしにかくし、人のため世のためだけに有益な人間になろうとする者は、子宮から出てきたことがそもそも間違いだったのだ。産声、あれはまさしく、懺悔に価する行為であった。生きるということは、自分のどぎつい個性を周囲に示すことであり、それで、それを自ら言いあらわし、書き記し、悪びれないことである。悪びれることがあるとすれば、それは、未来に関することだけであろう。未来に関しては、皆目見当のつかない故に、ただおろおろし、おびえ、おののきながら、「神よ、助け給え！」と心からひざまづく。

私は、世の寺院や教会の、どんな田吾作野郎どもよりも、真剣に、熱烈に、必死に祈りをくり返そう。そして、過去のことを、一切言いあらわして救済されるのだ。現代人は、バーバリズムという総合的な名称の下に組み入れられる特徴の多くを持っている。単純なものと単純なもののいくつかが交錯し合い、大胆な表現をする行き方は、今日、われわれの中に反逆の態度として再現されようとしている。それだけではない。多くの予言者は長らく、その真価を問われずに埋れていたが、今や〝新次元〟の行き方の中に甦り、生きはじめている。われわれの生き方こそ、或る意味では、最も伝統的なのかも知れない。

それで私は、なげしには仕込み杖を架け、書棚の中には短刀が入っており、手裏剣は脇差に納まってステレオの陰にある。私は、中世の教会の異端者のように、無産党所属の思想家のように、プロレタリヤ作家のように、どの様な迫害や弾圧も覚悟の上で書かなければならないと思う。それでなお生きながらえるためには、事実上、ゲリラ隊の様に、物騒なもので身を固めることになる。もっとも、「ハレルヤ」という呪文にも似た最強の武器があることも事実なのだが。

夜の歩行者は、ドライバーにとって、遠方に居る時ほどよく見えるものだ。目の前五米位では、向かってくるヘッドライトの輝きの中に、歩行者の姿は完全にかき消されてしまう。自己を、そのいかつい図体をした自己をさらけ出して盲人どもに見せるために、カシオペヤの彼方に遠ざかっていかなくてはならない。

戦艦三笠の艦上で、『海ゆかば』と『同期の桜』『エル・カピタン』が演奏される。天気晴朗だったあの海戦から六十年目のことである。英国や、その他の大国からあずけられた軍艦や兵器で、大国ロシヤ艦隊に勝利をおさめた東郷平八郎は、一寸ばかりダヤン元帥に似ている。どちらも強いには強いが、偉大であるというには、余りにもこせこせし過ぎた国に生まれてしまった。彼等が超民族的で、超国家的である宗教や、芸術の面でこれ位のことをすればよかったのだ。

戦争という内容がいけなかった。ネルソン、アレキサンダーや、ナポレオンにはとうてい及ぶべくもなかった。自分の体の倍もあるかと思われるトレーナーやセコンドに囲まれ励まされているフライ級のボクサーみたいなので、その試合は、まるで、ばったか蝗蝗のつかみ合いみたいに迫力がない。バチンバチンとパンチが決まるが、相手が一向にフットワークを崩さず、顔をしかめずぐらつかないというのは、ボクシングの醍醐味の主要素であるパンチ力が欠けているからだ。それにひきかえ、ヘビー級のボクシングはどうだ。一発パンチが正確にきまれば、どっとばかりにマットに沈み、長々と体を伸ばして失神してしまう。

自動車の激突にも比較されるこのクラスのパンチは、豪快この上ない。

二十一世紀の初頭には、三十五歳の平均的日本人の収入が、六十万円ぐらいになるだろうと言われている。しかし、その様な社会が出現しても、そこに住む人間は、今日とさほど変ることなく、一向に、真理や、現実というものに目が開けないでいるだろう。

一台六百万円位の小型ヘリコプターを買いながら、なお、俺は何と不甲斐ない奴だろうと悩み、劣等感におびえることだろう。火星や木星に旅行しながらも、自分の体力と精神力のなさを悲観する者が続出するだろう。

過去と未来のどのような時代にも移動していける機械をつくり、これを自由に使いこなす話がある。数世紀も前の時代の悲惨な戦争の情景を見た一人の老医師は、敢えて、その時代に移っていき、そこに永住したいと申し出る。何の目的でという周囲の問に対して、私は過去の時代に戻って、現代医学の力を駆使して人命救助に奉仕したいと答える。何ということだ。過去は、もう一つの歴史をつくり了って、その状態のまま、凍結してしまっている。決して変わることはないのだ。過去とは、運命も、宿命も、愛も、怒りも、失望も、死も、生も、すべて凝り固まってしまっているものを指している。死者の数も、救助される者の数も、城壁にきざまれている弾痕の数も、一つとして増減することはない。そういう過去に移っていって、例えばナポレオンを生かし、ネルソンを生かし、アレキサンダーやジンギスカンを延命させようというのか？　歴史が二重になって一体どうなろう。

過去も未来も、現実ではない。しかし、われわれは、過去か未来を通してのみ現在を確かめることが出来るという不手際な生き方しか知らないでいる。現在を直接的に生きるということが、それ程不思議で恐ろしいものなのか。明日、明日と、未来にばかり物事を託し、かつては、昔はと、過去の想い出の中に無意味な自信を抱くわれわれだ。だがこれは、全く非現実的なものであって、直接的に、その人間の今日の生き方と存在に何の関わりももたない。名刺に印刷されている肩書きは、すべて過去か未来につながる。今、この瞬間、私の目の前に立っている人間と私の関係は、名刺の中の文字とは全然関わりがない。

ヒルヴェルサムから

人間が、最もフルに自分の機能を発揮出来るのは、騒音の中においてである。あらゆる騒音のカオスの中で、可能性を百パーセントに近く発揮することが出来る。物理的騒音、色彩的騒音、感覚的騒音、モラルの騒音、皮膚にしみわたる騒音、臭気の騒音、これらの中で、人間の第三の眼は、突如として開眼の体験をする。従来、ものを見ていたと思われる眼を、真っ赤に焼けた鉄の棒を当ててつぶしてしまうのだ。従来、公式を読み、理解し、計算していた眼をもまた、同じ仕方で処刑しなくてはならない。

モラルも、また同じである。そうすることに依って、第三の眼、即ち、皮膚の穴の一つ一つで感受する、眼の体験をフルに活用するのだ。論理的なものではなく〝全人間〟的なもので受け止める。感じるということが、見るという態度の最も正確な行為であると分かる時、私は、一つの意外な響きにぶつかる。水辺にひたひたと押し上げられ、陽光や稲妻に触れて亀裂し、そこから発達をみた〝眼〟は、もともと外界のものを、最も敏感に感受する部分であるというだけのものではなかったか。

眼という、一つの独立した、特定の名称の与えられている器官に発達していくプロセスの中で、われわれは、それが種々の枠にはめ込まれるのを余儀なくされているのを、手をこまねいて、ただ傍観するだけだった。これは、悲しみのプロセスであり、敗北の歴史である。眼は、大きな制約の中で、在りのままにものを見ることを許されず、すべてを条件付きで見る現実は決して見えはしない。流行や、マスゲームや、幻影だけがいたずらに鮮明に映じてくる。それで、幻覚剤を服用して、エレキギターに酔い、ヒンズー教の呪文を口ずさみ、線香をたき、光学機械に依る種々の光の効果でつくり上げた、異常な部屋のアトモスフィアの中で、そういった従来の、条件付きの視覚をつぶしてしまおうとする。

幻覚剤を服用すると、人間は鳥になったり、魚になったような気分になるという。こうした覚醒剤のベテランが、これは、素人が興味本位で使うのは一寸危険だというが、それはこっけいなことだ。こうした薬を使うに至るまでの経過が既に充分過ぎる程危険なのだ。そして、専門家ぶった奴らに依って、使い方の指示が行われるなんて、考えただけでも、何か、ひどく偽りめいたものを感じてうんざりする。素人が単独でこんな薬を使うと、鳥になった気分で、二階の窓からでも飛び降りるようになるし、荒れ狂う海に飛び込んでしまうという。この薬を使って、鳥になったような気分に浸りながら、半面、これは幻覚だ、飛び降りてはならない、そんなことをすると、忽ち体は地面にたたきつけられて死んでしまうという意識が働いている事実は何と奇妙なことであろう。

私は、今のところ覚醒剤を使わない。また今後も使うことはあるまい。しかし、実際には、日毎に幻覚を見ている。それも、まるっきり、冷えた意識を抱かずにこれをみる。鳥にでも、魚にでも、猿にでも、細菌にでも自由になりきれる。そして、それらしく振るまう。

私は生まれ落ちた時から、夢を見て、一たん夢に浸りきると、それにすっかりなり切ってしまって、毫も疑わなかった。はじめは、小学校一年の頃で、低空飛行をしている〝赤とんぼ〟という異名を持ったオレンジ色の複葉機をたたきおとせるわけがないと分かっていたのだが、だんだんその妄想にとりつかれていくと、しまいには本気で、それを竹竿でたたき落せると思えるようになった。小学校四年の頃、町からやってきたばかりの私に、野うさぎを捕まえられると考えられるはずがなかったのだが、田舎育ちの少年が一羽捕まえるのを見たら、その一角で半日も過せば、二三十羽捕まえられるような錯覚におち入り、本気になって、大きな入れ物をもって山に向かうといった性格が私にはあった。

人生の半ばをとうに過ぎてしまった今日でも、この傾向は、一寸も弱まらないばかりか、ますます強まっていくようだ。そして、最近はそれを、真に誇りに思うようになってきていることが、この傾向を増大させ、拍車をかけている。はじめは、ほんのちょっぴりと、そうなればと願うことが、やがて、徐々に、激しい欲求に変わり、その欲求は、私の内部の現実に変貌していく。私の出生すら、恐らくは、この類のプロセスの結果に近いものなのであろう。人間は、環境から環境へと、身を変えながら新しい次元に進んでいく。変身とは、人生の重要な活劇であって、これなしには、人生は単なる化石でしかなくなってしまう。この際、妄想や幻影とは、変身と同じなのである。そして変身とは、頭から先に突き進んでいく姿勢であり、精神から先に走っていく競技である。頭や精神は、その時、トラック上で一種の行為となる。典型的な行為となる、そして、それらに続く、肉体の他の部分は、むしろ抽象的な概念となる。

良寛の署名は、一つ一つが、かなり違った書体をしている。現代的な、サインとしての効果は、こういった、毎回違った書体では期待出来ない。つまり、良寛は、内側からの衝動に従って、生きていることの外証として自由に書いた。厳密にいって、良寛の定まった書体というものは一つもない。個性に順じた自由自在な生き方があるだけである。

人間は、一言何かを言うにしても、それが、出生以来、その瞬間迄の生き方と主張のすべてを集約したものを発言しなければならず、その発言に含まれている意味は、その時現在までの人生の、主張と叫びと怒りの象徴となるものでなければならない。毎回違うことを言ってもいい。その言葉の中心に、生き、生活したことの一切が総括されていれば何であってもいい。そうするには、何一つ作り話や、計画や、予定の上に立った話をしてはいけない。ただ、内側から沸き上がってくる言葉を、水道の蛇口のように、口を開いて語り出しさえすればよい。「語ろうとする時に、お前の舌の上に言葉をのせてやろう」と、ペテロに約束したのは、エホバの神であった。

内側から押し出されてくるものは、その時が至れば、止めようとしても止まらない射精のように、もはや自律神経や、意志や、世の中の権威ではどうにもならないものなのだ。ただただ止むに止まれず話してしまうというような内容のものでなければならない。それは、一種の風化作用だ。功罪は全くない。歴史の年表に、冷たく書き記されていく地層の見取り図である。スペインの詩人、ガルシャ・ロルカはアメリカを訪ねて、そこの巨大な文明の中に死を目撃した。これは、彼の『ニューヨークの詩人』の中に記されている。荷風や啄木は、秋水の刑場に引かれていくのを目撃して、日本に自由のないことを感じた。その結果、ガルシャ・ロルカは、マドリッド郊外の丘の上で銃殺され、荷風はアメリカ、それからフランスと亡命し、啄木は貧困のうちに死んだ。

今、病院の次男と碁をやって戻ってきたところだ。はまぐり碁石という、薄く平べったくて、何とも風雅な石は、余りに高価で、貧乏な父親には買ってやれない。わずか九百円のやつをおもちゃ店で買ってやった。それでも、白石は百八十箇、黒石は百八十一箇、ちゃんと揃っている。四百円の、プラスチックで出来ている、六十五箇づつなる碁石よりはましだ。「化学製品」と銘打ってある。恐らくは、瀬戸かガラスの類であろう。碁盤は、黄色い紙に印刷されたものだ。中央には星がちゃんとついている。

碁盤の上の天元、それは永遠の象徴である。決戦場は、隅から辺、辺から中央、と定石、布石、中盤戦、結局と進んで了る。左上隅も左下隅も、右上隅も右下隅も、上辺も下辺も、左辺も右辺も、すべてはバトルラインである。次男は、薬のせいで丸々と太ってしまった顔に、おちょぼ口で、こすみ、大げいま、小げいま、一間、二間、四つ目殺しを連発する。そう言えば〝劫〟という、あの限りなく互いに噛み合う宿命はどうだ。無限小数のように、それは、際限のないくり返しの行為であり、くり返しの中で徐々に弱り果てていく。この悲劇から目をそむ

けるのが劫という掟だ
次男は、どうしても黒でやり度いという。まず、右上隅の星の上か、小目か、目はずし、または高目の位置に石を置く。

次男の病院から戻ってきたら、オランダから小包が届いていた。ヒルヴェルサムという、アムステルダムから二十粁ばかり南東に在る小都市から来たものである。ミラーの水彩画、三点の豪華な複製である、およそ、絵画というには程遠い、やたらとべたべたと、英語、フランス語で愛の苦悩を書き込んだ抽象画である。

もう一通の手紙は、一人の青年からである。下宿先を変える理由を、克明に、まるで刑法の条文のように箇条書きにしてきた。もし下宿先を変えてから手紙が着いても困るので、新しい下宿先の住所を知らせるまで返事を出さないでもらいたいと書いてある。その箇条書きは次のようになっている。

「◎下宿の移る理由について書きます
① この下宿は人があまり多過ぎる。(現在は二十八人ぐらいいますが、多いときだと四十人を超えるときがあります。)
② 僕の部屋は3畳で押入がなくて一万円は高い。(東京ならば話は別ですが、このような田舎で)蒲団はそのため廊下にだしている。
③ 僕の部屋の隣は六畳ですが、そこに二人入った場合、心理的にいって僕の方は少々何かと圧倒されやすい。口論になったら二対一では僕の方は不利。
④ 下宿の家主、田中やすえさんは、夏休みになると部屋代の二重取り、三重取りをしている。つまり、その部屋に持ち物を置いて故郷に帰るために(若干は荷物を持って行くかもしれませんが)学生が部屋代を支払って、その部屋を管理してくれるように頼み込むと、上べだけは承諾しているが、学生がいなくなると、他人をその部屋に入れて夏場のアクドイ稼ぎをしている。
⑤ まだまだ寒いのに、食堂に石油ストーブを置いていない。我々は、ちゃんとそのために電気代、燃料費を支払っているのに。
⑥ 下宿へは時々女が引っ張りこまれる。
⑦ 僕がここの下宿で知った女の子(名前はかおるといって、僕が二年生になり、現在いる新館に移っ

てから、その女の子は勤め始めたのです。その仕事は家事の手伝いです。かおるさんは僕よりも年が二つばかり上のようです）

⑧
かおるさんへの僕の態度がかなり下宿の連中に気をつけられているようだ？　下宿では、一緒に同じ釜の飯を食っている連中とはあまり話をしないのに、そのかおるさんとは親しそうに食堂や、その他で話をするので……。

夏休みにこちらの下宿を本拠にして、K市春田沢に発掘に行きましたが、他の学生もいないこともあり、かおるさんはきれいなうえ僕に対して、親しく口を聞き、夏休みの前、他の学生がいない時に色っぽい態度を示したので、つい僕はその夏休み中にセックス的にフラフラとなってしまって、彼女を思い切り抱きしめたが、その時彼女は、「山村さん止めて、止めて」と鋭い声をだした。それを下宿の田中さん夫婦に聞かれたのでばつが悪い。そのことで下宿の爺さん婆さん夫婦は、その後、僕にあまりいい感情を抱いていないようだ。かおるさんには、その事があってからしばらく避けられていたが、それも一、二カ月ぐらいで解消してしまい、この頃では前にも増して親しくなり、かおるさんが、離れの僕の部屋の廊下に雑巾ふきにきたりすると、僕は彼女に「抱きたくなった」と言ったりする。彼女は僕に対して、「そんなことをしたらぶつわよ」とホウキでたたくまねをして甘ったるい声をだし、口もとには笑みをたたえて言うので、僕自身もますます変な気持にならざるを得なくなったということ。

⑨
この下宿には僕が非常に嫌っているゲジゲジみたいな男がいるということ。そ奴は、俺が一年生の時、さかんにイヤガラセやケンカをふっかけてきて、もう少しで僕は、その男を殺してやるという気持になった。今でも僕はそ奴に多少、憎悪を持っているということ。

⑩
下宿の爺さんに「学生は表玄関から出入りをしないで下さい」と僕も他の学生と同様に言われたのですが、その下宿にいる他の社会人には表玄関から出入りをすることを許しているのに、僕らは……ですのでおもしろくないということ。その事で

ちょっと僕は、爺さんといい争いをしました。

⑪ 下宿の爺さんがいつも、一番最初に風呂に入り、僕らはその後に入らなければならないように強制されるということ。

⑫ 顔を洗い歯を磨くのに30〜40 mぐらい歩いていかなければならないということ。

⑬ 僕の部屋の窓は、風が吹くと、スースーとすき間風が入ってきて、寝ていた時など、単に風が入ってくるばかりではなく、押し開き窓が自然に開いてしまって迷惑する時があるということ。

⑭ 通学をする時、浅田橋を渡って行くのですが、冬は川風がつらいということ。台風の時は橋から北野川に落ちないように、背をまるめて歩かねばならないということ。

⑮ 通学距離が遠いということ。

⑯ 隣の部屋には、いずれ、新入生が移るでしょうが、そうなった場合先づ十中八、九、寝る時間が同じだということは考えられないし、僕が明日は午前の九時から授業だなどという時に、二時、三時ごろまで話をされたり、レコードをかけられたりしたら、又してもそのために注意をしたり、口論をしたりしなければならぬという事態が予想されるということ。(これが僕にとっては、一番心配です)このことによって、僕の学力の向上が妨げられるのではないかという恐れが、どうにもこの部屋に落ち着かせなくなってきました。しかし、今は静かです。試験中は隣の人間がいなくて、約一ヶ月近くも空いていたので、僕は気楽に声を出して勉強することが出来ました。」

このように考えるようになったら、人間は、もうこれで、一切の創造的で自由な生き方をあきらめなければならない。ものごとを理詰めで考え、箇条書きするような習癖は、文明という悪気流の中に発生しているガスに犯された脳のゆがみである。この気流から脱出することに成功するならば、脳は再び、もとの正常な働きをみせはじめる。そうなればこっちのものだ。その人間の考えは、予言者のそれであり、仙人、哲人のそれである。誰が何といおうと、何一つたじろいたり、不安がったりすることのない権威ある思考と行動と発言が出来る。

物事を分析して考え始めたら、間違いなく脳が犯されていると知れ！

胸に手榴弾を三発ぶら下げる

髪の毛をもじゃもじゃにした青年が、粉雪の降る寒い日の午后、玄関先に立っていた。

「今夜六時頃来なさい、今は一寸英語を教えているから」

そういう私の言葉に従って、彼は再び、宵闇の中に姿をあらわした。

私は、どうしてこう不安におののく時があるのだろう。次男が死んでしまうのではないかと、不安にしいたげられて、おろおろする一瞬がある。しかし、そのたびに眼を固くつむる。十字架が上の方にあって、そこから光が下方に行くに従って広がって注いでいる。その中に入っている人は安全なのだ。この栄光にあふれた迷信は、十数年も前、妻が肺結核で病床にふせっているころから実験して、霊験あらたかなものである。私は、その円の光の中に、次男の吉一が入っていることを確認しようとする。そして、lo! まさしく、そこに、あいつはいるのだ。それで、ほっと安心する。吉一は、元気になるのだ！

三人の息子達が、プロレスラーのように、ごつい体つきで、猛烈に勉強し、反逆し、怒り、愛し、憎み、わがままに振るまい、大いに失敗し、時たま腰の抜ける程の大当たりする生き方をすることを考えて、心はいやがうえにも躍動する。それを考えたなら、私自身など、一生うもれた人生であっても一向に差しつかえがない。人生ばんざい！

「私は神学大学に入りたいのです」

「今は？」私がその青年にそうきくと、

「休学中です」

「どこの学校？」

「帯広畜産大学です」

「どこかの教会にいってたの？」

「いいえ、全然………」

「じゃあ、聖書の通信講座でも受けたの？」

「いいえ、それも。自分で聖書を読んでいるだけです」

青年の見せてくれた願書は、ルーテル神学大学のものであった。

「よしなさい、そんなに悩んだ末のことなら尚更だ、わざわざ、一宗一派の中に自分自身を押し込んで、小さくなるって法はないだろう。こういっていること分るかね、君に?」

私は、願書のあとで、彼が差し出した三枚の原稿用紙に書き付けた誤字だらけの感想文に、一通り目を通してからそういった。

「一応は、普通の大学でしっかり学ぶんだね。そしてこれからも、せいぜい悩むことだね。不安の中で過ごしたらいい。そうすることに依って、一層、君の神への求道心は強く、激しいものとなっていくはずだよ。そういった中で神を求めることの方が、はるかに純粋だと思いますね。教会の中には、キリストはいないよ。仏教の中に、シャカはいないし、マホメット教の中にマホメットはいないね。真実のものは、個人の中に甦るほかは、どこにも見当たらない」

その青年は、私の書いたものを図書館で読んだという。彼が読んだ私の作品は、『ヨハネ伝第二章』であった。この作品は、およそキリスト教の概念からはほど遠い。神学の麻痺したもの、常識の悪酒に酔いしれたもの、モラルの自殺して果てたもの、神が百メガトン程の水爆の爆発で、二億年の眠りからめざめたもの、哲学が発狂したもの、科学が悪性の癌にやられて絶命したもの、伝統がコソ泥をやって、留置場に三日ばかり過ごしているもの、論理が心臓麻痺をおこしている状態で埋まっている。

ヨハネは、この作品の中で、私自身の中にのり移り、恐山にいる不潔で盲目な、口寄せ婆さん達のように、しきりにわけのわからない方言でほそぼそとしゃべりまくっている。ヨルダン川のほとりに、忽然としてあらわれたヨハネの姿が、二千年ぶりに、本当のイメージを再現し得たのだ。

しかし、この『ヨハネ伝第二章』を読んで、一人の若者が、今迄の学業を捨てて神学大学に行こうと決心したという。何ということだ! 私は即座に

「よした方がいい! 神学大学なんてろくなところではないぞ!」

と言ったものだ。

しかし私は、この青年のこうした反応に、心から自分自身にお祝いの言葉を述べ、握手の手を差し延べよう。私の『ヨハネ伝』は、いや、すべて、私の書くものは、異常に高揚された宗教の書であるということの、何よりの証拠なのだから。

私は、教会から飛び出し、教団と絶縁し、宗教的伝統の大敵となり、宗教的権威に対する反逆者となり、宗教組織の軽蔑者となってますます神に近づき、神の姿を正しく鮮明に見られるようになってきたのだ。そうに違いない。そして、このことは、はじめから、私には薄々と、漠然とながら分かっていたことだ。予言的本能というものに依ってであり、純粋意識というものに依って分かっていたのだ。

ベトナム政府は、今年の正月、サイゴンの市街戦の巻きぞえをくって死亡した民間人に補償すると発表した。子供の場合は、一人当たり三千二十四円で、成人の場合は一万二千九十六円である。

私にとって、子供達は、私のすべてだ。息子達のためなら、この手も、足も、眼も、脳味噌もえぐり抜いて差し出そう。その子供が、ベトナムでは、たったの三千円の価値しかないというのか。アメリカの百科辞典は一冊で五千円だ。安い碁石とその容器一揃いでもって三千円を一寸超すだけだ。

私は、ベトナムの親たちに心から同情する。たった三千円とは！

「私はこのまま一生埋もれてしまっていい。そうです。それで決して不満ではないのです。ですから、息子達や妻を災害から守って下さい。この通りです。手を合わせてお願いします。そのためでしたら、裸おどりでも、悪役にでも、何にでもなりましょう。私は、このために生きているのです。次男は、一人、病院の三階の調理室の窓辺に立っています。そこは、通りに面していて、向こうの大通りに沿って並んでいるビル等が目に入るところです。夕暮の中に、息子は何を見ているのでしょうか。神様！　私は手を合わせます。私の心は安息に満たされはじめてきています。そうです。息子は、もうすぐ元気になるのです。ありがとうございます。碁の定石を覚えるのはなかなか大変です。でもこれは、どうしても覚えなければなりません。定石の数々が、無意識のうちに、三百六十一カ所という広大な盤の上で、それを広過ぎると感じずに、気軽に打てるためには、是非とも必要なことなのです。万事は至極好都合にいっていることを、狂気のように信じ続けるつもりです。アーメン！」

ジェットコースターのスピード、回転木馬のコーラス、ピストルの乱射戦。ダンプカーと乗用車の正面衝突で、乗用車の男は舌を噛み切って即死。青酸加里の混入したウィスキーを飲んで悶死した大学の教授。ジェット機の中で、マッハ三の風圧を受けて失神したパイロットの神様、ギャングのボスに余りによく似ていたため、ニューヨークの地下鉄駅頭で射殺された気の弱いサラリーマン。五十万円の宝くじが当たったばっかりに、その後の人生を全く狂わしてしまった気の弱い青年。

ところで、農地を高い値で売却し、一夜にして、巨万の金をつかんだ大都市周辺の農家で、不幸になっていない家庭は数少ないそうだ。

ジェット機に積まれている、およそ七百発の機関砲弾は、連続して発射すれば、わずか十五秒で撃ち尽くしてしまう。人間の怒りも、恐れも欲情も、悲しみも、憧れもすべて、連続的に発散させれば、ほんの数十秒で底をついてしまうものだと信じている。しかし、人間の構造は、それを、長々と、一万年もかかって、小出しに悩み抜き、怒り抜き、悲しみぬくようになっている。

五千年の人間の歴史等といったものも、本当なら、十二秒位で了ってしまうはずの短篇ドラマでしかなかった。それをわれわれは、一万年かかって、だらだらと体験しなければならない宿命におかれている。蝶やとんぼは、自由に飛びまわることが出来るが、歩行はほとんど不可能だ。歩くことは論理であり、夢の腐れ果てた、奇蹟の色あせた地上のエレジーだ。飛びまわることは、果てしない可能性に満たされている。蝿やむかでの歩きぶりはどうだ。悲しみに溶け込んだ意識が、ドロドロに黄色く悪臭をはなっている。

あの馬鹿でかい大陸に住みついている中国人達は、或る意味において、とてつもなく巨大な民族であると言える。

毛沢東思想の下でおどっている姿は、まるで豚だが、それさえ忘れれば、精神的に偉大な民族である。大日本帝国というちっぽけな精神構造では、遂に掴み得なかった偉大なものを彼等は持っている。そうした血の流れている姑娘《クーニャン》のイメージは、世界で最も色っぽさを発散している女性のそれである。

台湾、マカオ、香港の女達が特別セックシュアルなのは当然のことである。二者択一主義、愛国心、民族主義に徹している日本人等には到底理解することが出来ない。矛盾を矛盾として平然として受け止め、その中で、至極健康に生きていける彼等中国人は、そのことで、既に一つの勝利をつかんでいる。万里の長城や、皇帝の物語りはどれもつまらない。心を打つのは、名も無い庶民達の、コスモポリタンで、しかもほとんど無知に近い状態で、のんびりと、しかも厳しく暮した人間像である。何日君再来《ホジイチユエンツアイライ》？

現代は、たしかに一つの転換期にさしかかっている。個性を、芸術や宗教の唯一の神とする立場から、集団のそれに大巾に移行している。つまり主観から客観に大きく方向を変えている。こうした時点に立つ時、個人や、主観は、滅亡寸前の運命の前に萎縮せざるを得ない。個性は閉鎖的な芸術や宗教として、絶望の徴候としてみられる。私観に拠り立つことは、空間の論理性の中にひそんでいる危険性に身をまかすことと同じなのだ。機械化、集団化、論理化、公式化の中で、新しい意味を持った新しい個性、新しいスタイルの希望、今後的な構成、乃至、喜びといったものを見出さなければならないとは、現代人が誰しも、一度は心ひそかに考えてみたことなのだ。

メカニズム、エレクトロニズム、ジャーナリズムの否定仕難い趨勢の中で、個人や、私観の方向に熱意を示すことは、不可能に挑戦することである。神話時代の英雄になることを夢見ているのだ。プルタルコスの『英雄伝』の頁に載ったような人間像になることを、無知に、素朴に信じ度いのだ。現代の主体性や個性とは、一つの例外もなく、強力な集団や組織に支えられていることは明らかだ。人間と物質、人間と空間との交わりは、現代の宗教と芸術が目論んでいることだ。だが、私は、徹頭徹尾、人間と人間の対決とやりとりだけを目論もう。それも、見知らぬ人間と人間のそれではなく、私と私自身との、内なる、ひそやかにして隠微な交わりなのだ。

人間と空間のやりとりは、ビザンチン建築のミヒラーブにおいて、ゴジック建築の尖塔において終了してしまっている。人間と物質の対決は、ドルメンやメンヒル等に依って代表される、巨石文化や、ピラミッドやジグラットのような構築の表面に痕跡をのこしている。そして、こうした時代の人間の意識については、ヴォリンガーに依る「人間の自然への反抗説」の中に、よく説明されている。

だが、そのどちらも了ってしまった。何千年も前に了ってしまっている。現代は、自分と自分自身の対決の時だといいたい。人間が、他の人間と対決した時代は、十九世紀をピークに、その後は衰微の一途をたどり、今日ではすっかり息の根が止ってしまっている。大衆小説を書く安っぽい作家が、『人間の条件』という小説を書いている。そして、ルイス・マンフォードは、同じ題名『人間の条件』という著書の中で、人間の限りない不安を記録している。彼は、現代文明の崩壊を予言したあのシュペングラーを、一羽の予言の鳥に例え、「シュペングラーの黒い鳥は、今もなお、世界の空を飛んでいる」と書いている。それは、サルトルや、ヤスパースや、マルセルや、ハイデッガー達の実存哲学とは別に、もっと素朴な人間の心に、直接的に、不安と絶望を与えている。機械でさえも個性を持ちはじめ、性の匂いを発散しはじめている。論理的な夢や、ロマンチシズムの気配さえあらわれてきている。タイプライターの響きの中に、バラードがうたわれている。コンピューターの歯車の回転の中に、神秘が漂っている。建築が空間の芸術であるというなら、私は、セメント一グラム、角材一本担ったことはないのだから、空間芸術からは背を向けよう。

私と、私自身とが関わり合いをもつ宗教と芸術の中に、全身を没入させせよう。精神さえ、フロイド以来、自由性や恣意性を失ない、一種の、新らしい分野の物理学として処理されようとしている。集団化、制度化、風土化、科学化、社会化、歴史化ということは、精神的な存在が物質的なものに移行していくことなのだ。機械文明や、電子文明が誇らしげに提唱している新しい分野の開拓や、発明、発見という創造の行為は、実のところ、一つの迷宮から他の迷宮にのめり込んでいくことにほかならず、悪夢の中で、更にもう一つの、別の悪夢に入っていくのと同じなのだ。都会という都会は、病みほうけ、苔むし、灰色の墓碑として、林立し、排気ガスは、腐り果てている屍体の風化していく悲しみのメロディーなのだ。村という村は、人家を懐かしませるが、その割に、人家は生き生きしてはいない。いつも、じめじめと、雪溶けの陽溜りにうずくまり、西風が終日吹き荒れる晩秋の野辺に、しきりと咳込む。川は膿を流し、魚は、日々の流れの中で、二カ月と半ばかりさらされた犬の骨の上を、すいすいと泳ぐ。山という山は、どれもこれも、名前ばかりいやに立派で、実物は地中海地方特有のくる病にかかっていてひどくみにくい。起伏は梅毒性先天性の痴呆症の様相を呈している。

「先生、キフクというローマ字はどの様に格好をとったらいいでしょうか?」

そういってきたのは、いかにも遊び人風の土建屋のおやじであった。最近、囲いはじめた三号にバーをやらせるとか。キフクというのは、そのバーの名前である。エロ映画を、骨董品の店のように、じめじめと、世間の白い眼に反抗して、まるで聖者のように、上映しているほかは、ストリップ・ショーしかやらない、半ば朽ち果て、軒のまがった映画館のところを左手に入った、薄暗い路地裏にそのバーはある。先斗町の匂いに共通したものが一種の低気圧となって、足下二十糎のところにどろんと淀んでいる。こんな気分に浸っていると、私は、一つのオブジェ風の作品をつくってみたくなる。筆や絵の具を一切使わず、スモール・ボア、ライフルの引き金を引くだけで完成する絵画をつくってみたくなる。二十二口径の弾丸は空気を引き裂いてとぶ。

鉄板の前に、生きているねずみを逆さにして、尻尾を紐に結んでぶら下げる。それを、一、二米離れたところからライフルで撃ち殺すのだ。鮮血は、鉄板に飛び散って、ポロックの画風よろしくこびりつく。鉄板は、ルチオ・フォンタナのカンバスよろしく、ざっくりと穴が開く。切り裂きジャックよ、君は、自分のしたことが、そんなに大したことでなかったことに、もう一度、後悔すべきだよ。そして、鮮血が腐敗し、変色しないように、手早く、ラッカーを上塗りする。小型の機関銃が欲しい。二百発ぐらい実包を持ち、胸には手榴弾を三発ぶら下げ、広大な平野を全力で突っ走りたい。仮想敵としてつくっておいた小屋を、バリバリと盲撃ちするのだ。至近距離に達したら、敏捷に身を伏せ、手榴弾を小屋めがけてたたきつける。

テレビが流している音楽は『世界は二人のためにあるの』画面では、新婚の夫婦が愛を囁き、窓の外では、激烈な市街戦だ。二人の足元に手榴弾が転がってくる。

「これなあに?」

「ああ、これね。これ手榴弾ていうんだよ」

「あたし戦後の生まれでしょ……」

「それじゃ、知らないのも無理ないね」

夫は、多少おさまった窓の外を見て、

「おやおや、外はビラーっと屍体の山だよ」

突然音楽が飛び出してくる。
　みんな死んじまっただー
　みんな死んじまっただー
　場面が変る。エレキギターの男が、せんべいを噛じると、パリパリとマイクに入り、新聞紙をもむと、バリバリと鳴り、それで鼻をかむと、ズーッとひびき、バッグのジッパーを左右に動かすと、ジジーッと音を立てる。ジッパーが、思うように動かないと分かると、マイクを下げて、ズボンのジッパーを上下させる。水を飲み、ウィスキーを口に含んで、ガラガラとうがいする、どの演技にも上品さが限りなく溢れている。これは、リアリズムだ。沢田正二郎のリアリズムよりも、はるかに真実に近いリアリズムである。殺陣師《たてし》の段平はどこにもいない。
　ごった煮、合切袋《がっさいぶくろ》、これこそ私の食い馴れた最高の味である。これに中毒してしまった以上、もはや、他に賞味すべき味は存在しない。こういった味わいを、もし、五十年前の人間が目撃したら、一体どういうことになるだろう。非国民とか、国賊とののしることはない代わりに、正常な意識に立ち返るようにと、注射や、マッサージや、湿布をされて、精神病院に押し込められてしまうことは明らかだ。
　現代は、そして、いつの時代もそうであったが、歴史を負ってはいない。伝統に足場をとってはいない。そうしているはずだと考えているのは、人間が妄想しやすいという特徴のせいである。
　三月三日の雛祭り。雛祭りの歌はどうしてあのようにもの哀しいメロデーに満ちているのであろうか。エドモンド・ロス楽団かリカルド・サントス楽団に力一杯演奏させてみたいものだ。特に、打楽器の音はいい。あのはっきりしたテンポは血液の流れを良くする。「海行かば、水漬くかばね〜」というあの歌もまた、エレキバンドか東京キューバンボーイズの、堂に入った打楽器でやらせてみたい。私はきっと、とてつもなく頭がすっきりしてくるだろう。サム・テイラーのサックスと、ウィスキーの匂いの中で、碁をやってみたい。歌は口で歌うものでも、喉で歌うものでもない。体と心を一つに束ね、よじり合わせ、地球の自転のリズムに合わせて、遠慮なく、自由に発散させる欲望でなければ嘘だ。

無カタラーゼ症患者

創造的な人間とは、無カタラーゼ症患者に近い存在だ。オキシフルをつけても、白く発泡しない特異な体質の人間のことだ。それは、どうしてなのか、医学も究明してはいないし、そういった人間が存在すること自体を信じない人も多い。創造的な人間とは、その存在する事実さえ信じられない人格のことである。そういった人間は自己の中に星座を持っている人のことだ。天の河の煌めきの中に、意識と夢を保証されている人間のことだ。方程式の一切が、全く無力になってしまう領域に生きる人格のことである。肢と腕が、すっかり退化してしまってい て、鯨のように感動と激情の潮流に溺れている人間のことだ。

人間社会、特に文明圏においては、何処に行っても必ずあるものは金銭と名前である。創造的な人間とは、金銭と名前を無視した魂を指して言うのである。子供が泣く時、空気は少し濁るだけだが、大人が泣く時、空気は腐り果てる。子供の笑いは歌である。大人の笑いは偽りに満ちている。子供の愛は信頼にあふれている。大人の愛は性と金銭の匂いを必ず発散している。夜半の雨は世迷い言であるが、明け方の雨は絶望である、正午の雨は、不信を語り、午前の雨は、怠け心を起こさせ、午後の雨は哲学する。

どこに行ってしまったのだ。われわれの豊かな想像力は？　ソ連の元外相、リトビノフの孫にあたるパベル・リトビノフは、共産主義の一切の制約に捉われない自由奔放な書きぶりで、タイプ印刷の文学誌を出している。辛うじて、失われたものの回復に対する情熱がここにある。どこの出版社も彼から背を向けてしまった。

このようなリトビノフのやり方は、ゲリラ文学として、社会主義、全体主義的国家では大いに煙たがられている。秘密文学機関誌に依らなければ、まともに、自由なものが書けないのか？　それが共産国においても、自由国家側においても共通した特徴なのだ。リトビノフは、社会主義の名の下に裁判を受け、ミラーは文化国家の名の下に裁判されている。こんな風だから、「ベストセラーだけは決して読まないように心がけている」といった、真に文学に責任を持とうとする人間も、多くあらわれてくるのだ。無理もない。

真に文学を愛する者は、その第一の証拠として、文壇などといったものを無視しなければならない。ベケットの作家ぶりを見習え。出版事業は、真の文学にとってマイナスなのだ。パステルナークはいった。「人間は犬のように、溝にはまっては死なない。家で、歴史にはまって死ぬのだ」と。そして、わが心の友、ジョージ・ポーレイはいう。「君の『ロマ書』というアイデアは美しい、生命にみちあふれた内的世界のほとばしりだ。書き続けたまえ、いつの日かそれは、彗星の様に、隕石の様に、この世界で、爆発する日がくるだろう」と。

サヴァンナで、人間のプロットタイプがはじめて直立を試みた時の、あの感激を忘れてはなるまい。後肢だけで体を支えるということは、何と不安定で苦痛に満ちたものであったろう。そして、それ以上に、攻撃してくる敵に対して、最も弱い部分である腹部が丸出しなのだ。しかし、最も弱い部分を敵にさらけ出すことに依って人間は、一たんは死に、それから死を超えた彼方の勝利を確信することが可能となった。最も弱いと倣される部分、最も大きな欠点と信じられているもの、最も不足していると思われているものを、敵の前にさらけ出すことが、一切を超越して甦るのに経なくてはならない第一歩なのである。サヴァンナで味わった、恐しくもけなげな、腹部をさらけ出す行為が、かすかな痛みの想い出となって、われわれの感覚に訴えてくる。この痛みの中で、人間は、常に原初性に立ち返ってスタートしなおさねばならない。

カサノヴァの言葉が、私の、からからに渇き切った口を衝いて出てくる。

「私は女達を愛した。しかしそれ以上に自由を愛した」

その通りだ。結局は、自由に生きるという、この一語に尽きてしまうのだ。『金瓶梅』と、『アラビアン・ナイト』の夢を、縁までなみなみと満たした壷が欲情する。中国人の意識と欲望の一切を総合させた『金瓶梅』。中近東の、人間像の一切合切をまとめて浮き彫りにした『アラビアン・ナイト』。カサノヴァの作品は、ヨーロッパ全土にわたる人間の赤裸々な姿を総合したイメージをほうふつとさせる。

私は、マンディンゴ族の中の一人だ。余りにも優秀な人間であり、その数が少ないため、白人たちに珍重された奴隷なのだ。そしてこの奴隷は、人間的にも魅力にあふれ、白人の人妻がついふらふらと心を奪われるようなタイプなのだ。そして、妻を寝取られる白人の農場主の役は、ほかでもない、文明をつくっている集団全体がやらなければならないのだ。

彼等は、嫉妬と憎悪の余り、妻を殺し、マンディンゴ族の青年をも熱湯で悶死させる。そして、御丁寧にも、青年を茹でて作ったスープを妻の墓に注ぐ。この死は殉教の死である。余りにもずば抜けて優秀なことは、集団にとって、憎悪の対象以外の何ものでもない。そして、更に、集団の中の誰かが、心を傾けて、体のすべてを賭けてこれに従おうとすると、これを見る大多数の心の中の憎悪は殺意に変わる。

集団として、殺意を抱かせるまでに至らせる文学や、宗教、そして、その他の芸術があるとすれば、それこそ真実のものといわなければならない。いい気分を与えているもの、それは凡て毒薬である。人間を死に至らす毒薬である。真に創造的な薬は、劇薬の類であって、人々は、はじめ、これを恐れて近づかないが、一たん口にしてしまえば、今度は、これに中毒し、一瞬でもそれから離れてはいられなくなる。この、薬に中毒するということは、何事をやるにつけても、全力をつくし、全情熱を傾ける癖のついてしまった状態のことで、一つの石を碁盤の上に置くにも、一本の線を引くにも、一言語るにも、一字書くにも、その人間の全歴史を展開させ、神話の全貌を解き明かす。

人間は、何に依っても、飼育されることもなければ、また洗脳されることもない。人間は常に、内側からの風化作用に依って変化していく天気図なのだ。

真実に生きようとしている人間は、対話などといったものの効用を、頭から信じることが出来なくなってきている。すべて真実なものは、めまぐるしく回転し、あらゆる要素が雑居し、混然一体となって、一つの巨大な風圧と水圧の瀑布をつくり上げている。

女が帰ったあとで、彼女の座っていたと思われる場所に、右手を当ててみる。かすかにぬくもりが残っている。対話等というものがあるとすれば、辛うじて、この瞬間くらいが対話なのかも知れない。自分以外は何一つ信じないという厳しさは、神を信じる最も純粋な態度に通じている。自分の才能を信じるなどといった大時代的な、甘い考えは止めるに限る。所詮、人間に、才能なんてものは何一つありはしないのだ。細菌としての自分を確認

して、堂々と、限りない可能性に対決を挑んだらいい。天使は故郷をめざす。そして、故郷がなくなっているこ
とに気付き、一たんは愕然とするが、やがて気を取り直して荒野をめざす。ありとあらゆる意味での荒野だ。可能性も才能も前提ではない。淡い期待は、ほんの御愛嬌に過ぎない。

ワトソンの行動主義も、マクルーハンのメデア、マッサージ論も、私にとっては、抽象的な仮説でしかない。サルトルのペニスの先には、処女膜の切れはしがこびりついている。ルソーも、オーガスチヌスも、トルストイも、遂に、それぞれの厖大な告白記の中で、最も真実なものを告白出来ずに了った。もし、ああいった程度が彼等の告白なら、彼等は、疑いもなく天使であり、十二使徒の一人に数えられてもよい。人間からは程遠いからだ。余りにも清潔過ぎて現実感がない。

膣に、ふたをつけたままビール瓶を押し込んで、それをその通り書いたり話したりしたところで、その程度では、悪人にも善人にもなれない。その程度の事は、日々、文化人の誰に依っても、内密に実行されている。人間の精神は、それ以上のひどいことを、まるで、風が竹林の中を吹き抜けるように、さり気なくやっている。

人間が、本当のことを告白すれば、女は、間違いなくパンツをぐしょぐしょにぬらすし、男の方は、百人位、一瞬にしてぶっ殺せる闘志に燃え上がり、プロレスラー並の巨漢が、心臓麻痺でくたばり、神経性胃弱のなさけない野郎が、一度に十人の人妻に手を出せるようになる。私は、まだ一度しか会っていない、プライドの高い女に、この手紙を読んで、とてもたまらなくなったら手淫をやりなさいと書くことが出来た。女は、私はコスモポリタンよ、とうそぶく冷ややかで、妙に気位が高い奴だったが、それでも、「あなたと、面と向かって言葉を交わしたら、言葉よりも先に、涙がこぼれてしまいますわ」と返事がきた。二十七歳の女である。

人間は、自分の書いた文章のイラストのつもりで、ペニスにインクをぬりつけ、魚拓ならぬチン拓を、原稿や手紙のかたわらにとれるようでなくてはならない。そして、その先端に、どろりと精液をぬりつけ、こたつの火で乾かすのだ。そして、更には、性毛を一つかみ引っこ抜き、一本一本丹念に、セメダインで、ペニスの付け根の部分に貼りつける。そうした手紙を書けない限り、そ

の文章は、人間を動かすことなど期待出来ない。

この種の手紙を読んだ女は（少くとも、私の知る限りでは）、甦ることに成功した。真実の文章とは、精神と行動の拓本でなければならない。拓本は、いくらでも複写出来る。しかし、拓本をとるための精神と行動の素肌がなければばならない。人間が猿と共通の条件から脱け出して直立をはじめてから、一千数百万年の歳月がロマンチックに流れた。この長い期間を通じて、人間は、その弱点、その、最も弱点と思われる腹部を、敵の前面にさらけ出すことに成功した。そして、弱点が、敵の直ぐ正面にさらけ出された以上、人間は、他の手段を講じなければならなくなった。従来の条件や、能力、才能の一切に見切りをつけ、全く新らしい何かに挑戦すること、これは、まさしく甦りなのだ。

牙や角でもって猛進してくる強敵に対して、人間は、心と精神を伴った行動に出なければならなくなった。理性ではない、知性でもない。心情の知恵、心情の意志でもってこれに対決しようと試みた。闘牛というあのゲームは、こうした、直立歩行をする人間をもっと明確に示している、一種のイラストレーションである。猛牛が、怒り狂って突進してくる。闘牛士は、真っ赤な布をなびかせながら、他に何一つ武器を持たず、やがて、疲れ果てた牛に槍を突き立てて殺してしまう。一千万年の期間をかけて決心したことは、たったこれだけのことであった。四つん這いから訣別して、二本肢で直立するということ、過去五千年間の文明史において、人間の決心したものは一体何であったか。ほとんど、何一つまともに決定され、しかも、実行されているものはない。直立したこと以外に何もない。

恐らく、あと一千万年もたてば、全体の形が整って、ぼんやりと見えてくる巨大な決定と実行の、二千分の一の部分だけが、巨大なビルをかたちづくっているブロックの一つのように、私の目の前に転がっているのだ。そこで私は、何一つ、完成したかたちとして五千年の文化史を眺めてはいけないということに気付く。何一つ、結論付けられるものはありはしないのだ。一切は、巨大なピラミッドの一部となる、ひとかけらの瓦礫に過ぎない。そうした岩石の肌の色合い、硬度、輝き、放射能の質とその含有量としてしか、私の行為や人生は納得されてはならないものなのだ。

形も、体積も、何も彼もありはしない。ただ、一つの些細な現象として、永遠の回転の歯車にこびりついて離れない錆となって残る。万事はそれでいいのだ。そうした誇張した姿勢には、ひどく文学に接近しているものを感じる。人間に助けられたかったら、義理や人情の付き合いをやめるに限る。友を得たかったら、心の友を得たかったら、形式的な付き合いをやめなければならない。義理や人情は薄ければ薄い程、人間は、人間に依って、劇的に救われ、支えられ、慰められるのだ。習慣を止めることに依って、誠実さは生きはじめてくる。

耳をなくした男のメルヘン

人間が心の友を見出すというこの至上のロマンチシズムは、純粋に自己にめざめ、孤独に生きようとする姿勢の見られる時にのみ体験可能なものである。私はこれで、かなり合理的で計算高い弱虫な人間である。その証拠に、せっせと、義理人情を踏みにじる。ふみにじることに依って、私を助けてくれる人間を必死に求めている。

人間が、他の人間を助け支援しようという気になる時、それは、伝統や習慣に依ってではなく、百パーセント、内的な衝動と情緒の激しい燃焼に依ってである。他人を、その内部から燃焼させるものは何か。それは、私の知る限りにおいて、極端に行動する個性でしかない。それ以外のなにものでもないのだ。他人が、自らの生命まで与えて、なお、損をしたと思わせないばかりか、充分な満足感を与えるものは一体何であるのか。

それは、一種の理想的な感化であり、効果的な影響であり、他者の中において、こちら側の体験が、再び甦ってくる、いわゆる再創造である。芸術とは、二次的な効果として、人間が、他の人間に、助けようとする心、支援しようとする意欲を起こさせることである。宗教も副次的には、そうした助ける行為や、支援する態度の最中に、また、そのあとで、充実した気分に浸る時実現する。

人間は飲食だけで生きはしない。吐き出し、切りとり、他者に与える時、より一層、豊かに、偉大に生きられるのだ。義理や人情にかまけている人間は、いわば、不能者だ。不感症患者だ。そういったものに、豊かな情感などあろうはずがない。そういったものは、機械にぬりつけられているグリスに等しい。冷たい金属にまつわりつく潤滑油に過ぎない。その機械が精巧であればある程、回転は、いたずらに急速になるばかりで、一向に温度は上がらない。

文化とは、理性という土壌に芽生えた客観性であって、これの冷静さは金属のそれに通じている。燃えないものは決して一つの生命とはならない。過熱しないものは、精神となることはない。融解点に達しないものが、誕生することは一切有り得ないのだ。私は、長らく迷路の中をうろついていた。地下生活者のように、亡命者のように、禁治産者のように、総選挙中の精神病者のように、長らくまわり道をしていた。しかし、ようやく、今、こうして、元の道にたどりついたのだ。

「私は、本当は、絵描きになりたかったんですよ。母方の叔父が、日本画家でしてね」

耳の遠い中年の写真屋は言う。左の胸のポケットの中にしのばせた補聴器のコードは、首のうしろをまわって、右の耳につながっている。コードは、丁度、下から耳たぼに巻きついているかたちである。耳の聞こえない者特有の、もぐもぐと口ごもった話しぶりは、話していることの半分以上の意味をぼやけさせてしまう。

「絵描きだった叔父は鎌倉に住んでいました。私は、そこに行ってたんです。ところが、あれは十八歳の時でした。耳鳴りと、針を刺すような痛みが、右の耳をいじめはじめたのです。医者にみせたら、脳膜炎だというので、盛岡にいた父を、電報で呼び寄せました。四十度の熱が三日三晩続きました。東京へ出てきて別の医者にみせたんですが、東京へ出るまでがまた、ひと苦労でしたよ。駅員に頼んで横になったまま汽車に乗せてもらったんです。左の耳のうしろが、首、肩にかけて、大きくはれ上がり、全然首が動かせない状態でした。東大の医者の見立てでは、中耳炎と丹毒が併発しているということでした。一寸も脳膜炎なんかじゃあなかったんですよ。それから、先ず丹毒の方をな治っていうんで、それが治ってから、耳の下の軟骨をざくざくと切りとられましたね。一応耳の方はなおったんですが、この通り——」

右耳を一寸傾けながら、

「つんぼ同様になってしまいました。これが、画家になることを断念して、写真屋になろうと思ったきっかけです。つくづく、それまでも考えてはいたんです。西洋画なら横文字が読めなくちゃならないし、日本画の方では、漢文が自由にこなせなくちゃなりません。私なんか、全然学がないから、そういうこと考えると絶望的になっちゃうんですよね。多感な年頃でしたから、まわりに、教養のある画家の卵がうようよしている中で、何度も、絶望感におち入ったもんです。ほんと、写真屋になった時、ほっとしましたね。これは、ほんの手先の器用さだけで出来る仕事ですからね。実際のところ、写真屋に転向してずっと気が楽になりました」

男は傍から、二、三点の絵を取って、私と向き合って座っているこたつの上に乗せる。

「これは、あなたが描いたもの?」

「はい、これはね」

彼が指差す絵は、晩秋の夕暮れに、家路を急ぐ男と牛の絵であった。両岸を茅のしげみでおおわれていた小川にかかる橋。その上を行く。薄く、地面に淀んでいる霞の中に、杉の老木の梢が、黒々とシルエットをのこし、農家の家並みが溶け込んでいる。

「これは、日本画なんです。南画、あれとは全然違います。南画というのは、木の葉一枚一枚を、それなりの特徴を出して描くっていうやつで、日本画には、そういった手のこみ様はないんですね。むしろ、さらっと描く。私など、とても時間に追われて、南画はやれません」

一寸もうまい絵とは思わない。しかし、何か私の知らない、それでいて、私の体内を流れている、遠いノスタルジャをくすぐるものがある。こうした風景は、幼い日の宿場町の生活においてももはや見られなかった。それよりもっと古い時代のものである。「実にいい絵だ」そういう私の言葉と、それを食い入るように、じっとみつめる私のまなざしを、彼は、かなり誤解したらしかった。

「こんなに熱心に見られたのは、はじめてです」

そう言いながら、こたつの上の別の絵にはかまわず、彼の背後の抽出しから、一本の扇子と、一枚の色紙を出した。

「これは、専売局の方で、是非と言われて、二点描いたものの一つです」

扇子に色々な、たばこ喫みの風俗が、丁度、古い川柳のさし絵のように描かれてある。クヨクヨ型、金満型、臆病型といった具合であって、ヒョットコの面相よろしく、こうなると絵画というよりは漫画である。もう一つは、火鉢から炎がパッと燃え上がり、一人の男が、そのあおりをくらって、半ば禿げ上った頭を焼いている絵である。

「これは、三年前でしたか、火鉢の火に、白金懐炉のベンジンが引火したことがあったんですが、その時のことを記録して描いてみたんです。あれはひどいもんですね。頭の、たしかこの辺だったかな」

頭の前の方を左手でなでながら、

「ひどくやけどしましたよ」

その時私は、彼の話の半分も聞いてはいなかった。ふたつの上にある、最初彼が、晩秋の風景画と一緒に出しておいた絵に、私の眼は吸いつけられていた。二棟の茅葺屋根と池、その畔にしだれる柳の木が一本、あずまや、竹の垣根のそばの三羽のレグホン種のにわとり、竹藪、背景は、早春の山々である。これもまた、この男の手に成ったものであることは一目瞭然としているが、それにしても、また何と違う筆勢であり筆法であろう。これは、私が本気で語る絵画とは全く無縁であるが、それとは別に、花や川の流れを眺めるように、私の中の、或る断続的な、遠い追憶の神経をくすぐるのだ。余りに熱心にみつめているので、彼は、

「先生、それは鎌倉の風景です。私の叔父の住まいです。ここは建長寺の丁度裏手になっていて、ここにくり抜いてある山腹を通じて、建長寺の方からの道と、この屋敷がつながっているのです。このトンネルの中は、湿気が多くて、いつも百足がわいて困るところでした。提灯をぶら下げて、夜、ここを通ると、大きなやつが、えり首にパラパラ落ちてくるんです。それに、こっちの竹藪の隅、ここも、年中じめじめしていて、かぶと虫や何かが群がっていましたね。この小さな建物、これは、風呂場で、このところで着物を脱ぐのです。五右衛門風呂でした。

ここにあるあずまやのある辺りは、目の前の池越しに、麦畠や、建長寺の裏手の山々がひろがっていて、とてもいいところでした。

この絵は、あとになって、記憶をたどりながら描いたんで、こまかい部分はかなり違ってます。それでも全体的には、こういった具合なんです、これが母屋の庭先の写真です」

そういって抽出しから出したのは、キャビネ版のものである。確かに絵とはかなり違っている。しかし、まさしく早春の自然がそこにある。私はこの絵を見て、やが

て住む家の理想を、今迄抱いていたものとかなり変えなければならなくなった。こうした茅葺屋根の家でいい。冬は寒く、夏はむし暑く、春は匂いみだれ、秋は、人生が一幅の絵として映ってくる山の辺に住みたい。一たんトンネルをくぐってこちら側に出れば、山の中腹のひらけたところで、何一つ文明の騒音にわずらわされることのないのどかな一角だ。私はこういう処に住みたい。

私は、もともとそういったところに住みつくように出来ている。そうとしか考えられないふしが多くあるからだ。

「ここは、庭の片隅で、野菜がふんだんに作れるので、四季のものは充分味わえるんです。それにこの建長寺附近の山鳥の味は、また格別です。きじや、山鳩もいいんですが、すずめ、あれを丸燃きにして醤油をつけると、冬菜の漬物とよく合うんです。漬物の冷たさが歯に沁み、醤油の中でジューっと音をたてるすずめ、あれには味だけでなく、雪溶けの朝の風情が濃くしみついていますよ」

この男の父は、彼の少年時代、警察官をして、秋田、山形、そして岩手と、一年半おき位に転勤して廻っていた。停年退職が、宮古であったので、その後、小さな銀行の、宮古支店長の座につかされた。やがて彼が、中学を了えようとするころ、盛岡の在に引っ込んだのを機に、彼は鎌倉の叔父を頼って出ていった。耳をわずらい、日本画をあきらめて、写真屋になろうとして、東京で腕をみがいてから一関にやってきた。小柄ではあるが、独身で、色白な、なかなか好い男前だった彼は、はじめ、写場もなく、小さな貸家を借りて写真屋をはじめたのだが、若い娘達に囲まれて、近くを流れている川の河原での、彼の言う〝青空写真〟は、大いににぎわった。

だが、彼が結婚すると、そういった客はぱったりとこなくなってしまった。

「それから三カ月というものは、一人も客はありませんでした。たったの一人も来ませんでした。おかしなもんですね、一時は、商売を変えようかと思いましたよ。でも、そのうちに、ぼつぼつと、今度は、男や、家族連れの客が来るようになりましてね。そうなると、もう小娘相手じゃありませんから、青空写真というわけにはいかなくなりました。あちこち頼んで、やっと、アトリエを、六畳位の広さの部屋を探してもらい、改造してつくったんです」

「じゃあこの家が、その時の——?」

「いやあ、これは違います。あの時のは、水害ですっかり荒されちまいました。あの頃はズーッと、あっちの方にいたんです。先生の家のすぐ近くですよ、そう、今、あの辺りは何になっているかな。エバ美容院、そう、あの美容院のある辺りでしたよ、ですが、それから一年ばかりして、橋の向こう側に、新星写真館というのが、ライト撮影という技術を東京で習ってきて商売をはじめたもんだから、またこっちのお客を大部とられてしまいました。

戦後は、この商売も大部良くなってきて、これから一花咲かすのかと思ったのも束の間、カメラの普及で、からっきしですよ。バックや、服装を自由に変えて、肖像画の代わりもやっている今じゃあ、こんな商売いつやめてもいい気持ですよ」

「でも、あなたの息子さんも写真屋さんになっているんでしょう」

「いやあ、あ奴は違うんですよ、ドイツに留学したことのある東京の偉い写真師に就いて、みっちり仕込ませました。あ奴のやることは、これからの写真ですよ。あ奴のやっていることは大丈夫です。間違いっこありませんよ」

彼に似合わず語気が強まる。

ふと想い出すのは、バスの停留所になっている、この店の前の小さな看板だ。青く大書された清朝の書体の左下の方に、小さくゆがんだ字で、それは、フランス人の筆跡を想わせるが、「複写、引伸、服装替、揮毫、バック描写」と書いてある。自信のない書体である。

誰もが自分の中の神話をみつめている

ニジンスキーのおどりは、それ自体が、驚きであるといわれている。ミラーの文体は、それ自体が生命と衝動のかたまりである。ミケランジェロの作品は、それ自体、情熱と狂気の産物だ。これらは、すべて、文明の所産でない極度に解放され、極度に調和を失い、ぎりぎりの線を、あらゆる意味において踏み外し、ほとんど混乱に近い刺戟のひとかたまりに依って強力にバックアップされた行為なのだ。

彼等の生活と存在の中には、これといって、一カ所を指摘して言うことは困難だが、明らかに、全体に躍動しているものは、一つの特徴あるペースにのった絶え間ないリズムである。それは、音楽というよりは、むしろ、音楽をその長いねむりの時間からよび覚ます激しい振動なのだ。彼等自身、音楽の母胎となり、音楽の純粋な発酵菌となる。真の創造者とは、以上のような人格をさしていうが、彼等は、ほかの誰にも聞こえない声を聞くようになる。それは、耳鳴りのせいではなく、魂が、極度に砥ぎ澄まされているからだ。彼等は、根拠のない体験をしばしばする。発明や、発見というちゃちなことでさえ、この根拠のないものに執着する盲目的な衝動に依って達成されるのではないか。精神分裂症こそ、或る意味において、人間を最も純化し、創造的にしてくれるものなのである。こういった人間は、もう、眼で見たり、舌で味わったりするような、捉われている者のやり方をしなくなる。行為全体、体全体、血液の流動的運動の全エネルギーの中で感じとろうとする。そして、こうして、見たり味わったりするものが、従来のやり方で体験するよりも、はるかに、正確に物事をつかめると納得するに至る。それればかりか、そうすることに依って得る体験は、従来のそれとはおよそ程遠い、全く異質のものであることに驚く。

われわれ人間にとって、政治的な不安はほとんどなくなった。文明の誇りの象徴ともいうべき核武器の開発で、もう、一寸やそっとで手出しする勇気は、どの様な大国にもなくなっているということである。原水爆反対デモ、核実験反対デモ、放射能に依る大気汚染の不安、これらは全く妄想に過ぎない。杞憂に過ぎない。あらゆる生物の進化を知らない現代人ではあるまい。今後の人間もまた、放射能に耐性がつき、かえって、放射能を或る一定量、体にしみ込ませていないと、苦しくて安眠も出来ないという時代が、もうそこまできているのだ。このことは、コンピューターや天文台の望遠鏡には決して映ることがない、人間の直感に影像される確かな事実である。今後戦争があったとしても、それは、局地的な、小競合的な戦争であって、それは、別の手段で解決出来るものと信じている。その代わり、人間の危機は、宗教性、芸術性の中で、極度に大きくふくれ上ってきている。危機感の伴わない宗教体験や、芸術的な生き方は全く意味がないし、偽りでしかない。

人間が人間として生きられるか否かという、恐ろしいまでに大きな課題が、人間の襟首に短刀をつきつけている。それだけに、何事においてもそうなのだが、特に、宗教や芸術においては、職業化した態度は非常な危険性を伴なう。

迎社会的な宗教事業や、大衆的な芸術が一つのブームや流行をつくり出すことはあっても、決して、人間を、その核心においてつかみとり、めざめさせ、引き上げてやることは出来ない。真に予言的な生き方や主張は、経済的な効力が全くないからである。真に、人間にとってかけ替えのないものは、常に無料なのだ。海の水や空気と同じ様に。しかも、遍在する。それでなお、ダイヤモンドの様に高価ではない。

平均的なものという、このとてつもなく凶悪にして、横暴残酷無比な悪魔から逃がれ切れる迄、その他の問題はすべて本格的な軌道に乗らないし、希望も抱けない。平均的なものの泥沼に溺れている限り、その人間の文学も宗教も、哲学も、茶番劇でしかない。

人間は、誰でも、或る程度は自己の神話と伝説に溺れ、自己という神を盲信している狂信者である。客観的とか、主観的とかいうが、世の中に、厳密に言って客観的などといったものは何一つありはしない。自分が完全に消去された計算でない限り、客観的とは言い切れないのだ。主観、これこそ創造性の第一歩であり、自己信頼の名残りである。もしこれが嘘だという人は次のことを試みてみるのだ。稚内の漁夫に、千二百円の長靴を百五十円負けさせて、千五十円で買ったと言わせてみる。この言葉が人から人へと、自分に一番近いところにある耳に向かってささやかれ、遂に、枕崎の灯台近くの百姓の耳にこれが伝わる。

稚内の漁夫のいったことと全く同じことが、枕崎の百姓の口から出るなら、私は、人間の客観性を信じよう。そして、もしそうなら、私は、人間の具体的な存在を信じ切れなくなってしまうことも事実であるが、しかし、それは不可能だ。枕崎の百姓は、二万人の女性達が交通事故にあった、等と言うに決まっているのだ。こうして、一つのニュースが徐々に変えられていく裏には、人間の内部にひそむ主観性が大いに働いている。誤解し、不正に伝達するということは、創造性の内在を確固たらしめている要素のあることの何よりの証拠である。誤解は、主観の確かな存在を示している。

ものを判断する時、それに関する批評や論文は、先に読むべきではない。批評や論説が、論理的で明解であればある程、その人は、その方向に考えが走り、自己の特有な見解は圧迫され、自由を束縛されてどうしようもなくなる。自分の前に、この企てを、誰一人したことのないというような意識で書き、論じ、批評したらいいのだ。

誰もが、自分の中の神話を見つめている。そして、その中には、多くのタブーが身をひそめうずくまっている。内面の世界にタブーが多ければ多い程、外部のタブーは、力強くたたきつぶされていく。外部のタブーをたたきつぶして進める人間は、内面に多くの迷信を持っている。私にとって、七と九という数字は、全くやっかいなものだ。七は五よりも二つ多く、九は五より四つ多く、二と四はともに偶数であるところから、この二つの数字は、私にとって区別仕難い。

私の内部には、私にとって限りなく恐ろしいものが山程ある。そして、それらの不吉なものの厄払いをやる方法も知っている。私には、未来を見る目が与えられていて、何とも不吉な情景が限りなく展開している。私は、終日、厄払いを続けなければならない。この厄払いのためには、私自身を犠牲にしてもよいと思っている。私は、妻や息子達の周囲に、死の匂いのつきまとっていることを知っている。だが私は、一心不乱に厄払いを続ける。私は、死んでもいい。私は、粉々に砕け散ってもいい。私は、ローラーに押しつぶされてもいい。私は、ビルの屋上から、蹴落とされてもいい。私は、妻や子供達を死の匂いから遠ざけるためには、何一つ拒むものではない。

私は、既に、厄払いをやった！　心は晴ればれしている。とうとう追い出してしまったのだ。私の眼の前には、死の匂いがない。全くない。万歳！　私は、これで充分暴れられる。私はいつ死んでもいい。今夜、庭先の大きな石灯籠に押しつぶされて死んでも、私は本望である。オートバイから振り落とされて、後頭部を歩道の角に強く打って死んでも、私は、何一つ文句を言うつもりはない。私の骨は、妻や子供達に依って、さらさらと川の流れの中に散らしてもらえばそれで結構だ。

私を虐待する気なら、墓を墓地の一角につくって葬ったらいい。私は、死んで骨になってからでも、そうされることに依って集団の拷問に耐えなければならないだろう。痛む左手、しびんを持つ右手、左右は常に一つの神秘である。そして、アンドロメダも、カシオペアも、もう私にとっては、何ら神秘と謎に包まれたものではなくなっている。

私は勝利者だ。私は何になるつもりもない。一生、無名でいい。私の書くものが、誰に読まれなくてもいい。私は、きっと、現在の日日を懐かしむ時代がやってくるだろう。現在は、またとなく尊く、得難い時代なのだ。私は負けていない。今後も負けはしないだろう。私は幸せ者だ。私は妻や息子達の元気で暮らしていくのをみつめられる幸福者だ。

それに、私はまた、何と良友に恵まれていることだろう。私が困窮すれば、身をもってかばってくれる友が、地球上のあちこちに散在する。そういった友を失わないためにも、私は、決して、習慣や伝統に縛られた集団の中に住むまい。私は、よりなごやかに睦み合うために、ますます孤独にならなければならない。私は、より豊かになるために、ますます貧困に甘んじなければならない。多く得、限りなく多く得るために、気前良く捨てなければならない。捨てることは得ることになるのだ。凡人の中の凡人になり果てよう。そうなることは、最も非凡になることでもある。無知さ加減においても、驚く程徹底しよう。そうすることに依って、一層限りなく賢明になれるのだから。

三十九爆撃中隊の事務所で働いていたYというタイピストは不器用だった。それに、具合の悪いことには、彼女の上司であるローゼンバーグ大尉、この男は、ひどく神経質な、こまかい男であった。彼女のタイプする文書の一つ一つに文句をつけたものだ。更に悪いことには、その日、彼女は生理日の一日目か二日目だった。ローゼンバーグ大尉は、或る重要な書類を五部作成して、四部を、四十一師団の司令部に持って行くことになっていた。文書を受け取るのは、赤ら顔のマクドウォール中佐、この師団切っての、うるさ型の、頭の切れる参謀であった。爆撃演習計画の綿密な調書であった。

佐賀の大学を了えた彼女は、この基地に働きに来て以来、ジェームスという黒人の伍長と同棲していた。何とも不器量な色黒の女であった。この黒人の爆撃手は、いやに正確で鋭い眼をもっていたが、のんびりとしていて、いつも体をゆさゆさせながら、白い歯を見せて笑っていた。彼女に対しては、まるで女王に仕える騎士のように忠実でやさしかったが、彼女は、とても冷たくこの男をあしらっていた。長身で赤毛の、おまけに美男子のローゼンバーグ大尉は、顔を真っ赤にして怒鳴っているが、生理日のいらいらで、彼女は、一寸も正確にタイプを打てなかった。

「どれ、貸してみるんだ！」

そういって、ローゼンバーグ大尉は、彼女をつきとばすようにして、タイプの前に、葉巻きをくわえたまま横向きに座って、新らしい用紙にパチパチとキイをたたく。だが、二、三行目で、何かを誤ってしまった。

「君、早くやってくれ、頼む、あの中佐ときたら……、ああ、御手上げだな、この分だと！」

女は、大きな肉付きのいい尻を下ろしてキイをたたきはじめる。実にゆっくりやる。いつの間にかジェームズがあらわれて、彼女のうしろに、心配そうに立っている。そして、カーっとのぼせているローゼンバーグ大尉の消えかかった葉巻の火をつけてやったりして、無口ながら一生懸命取り持とうとしている。平気な顔をしている彼女にくらべて、その物腰は気の毒なくらいである。そして、ローゼンバーグ大尉は、彼の態度に依って忽ち気分を落ち着ける。彼の正確無比な眼に一目置いており、彼は、この大尉の指揮する搭乗機の爆撃手である。ところが、この、眼のよい黒人伍長をごまかして、彼女は、しばしば別の兵隊と交渉を持っている。

この日、ローゼンバーグ大尉は、例の頭の切れる銀狐色の頭髪をした参謀から大目玉を喰らうことになる。そして、それがどういう成り行きからか正確には分らないが、彼女は、およそアメリカのインテリ将校らしくない態度の大尉に依って、三度四度と、思い切り頬をひっぱたかれたにもかかわらず、その日の夜、生理中の体を大尉に与えることになる。その汚れた女の体が、しかも不器量な女の脂肪太りした体が、どれほどよかったものか、その後も、再三、二人は会う。

ジェームズ伍長は、ようやく、四度目の二人のあいびきに、そのことに気付きはじめる。はじめは信じなかったが、いろいろな証拠が揃ってくるにつれて、信じないわけにはいかなくなる。大男のくせに、気は至って弱く、やさしく、涙ながらに、かき口説いて彼女に哀願する。今迄のことは一切忘れよう、だからこれからは、ああいうことはしないでくれといった内容を長々と語る。彼女は、薄紫のアイシャドウをゆがめて、大きくあくびをする。

「いいわよ、もう大丈夫、安心してよ、ねえ、ビル」

ビルはジェームズの名前である。そして、その翌日、彼女は再度ローゼンバーグ大尉と会う。

この大尉が、本国から呼び寄せてある二十前後の美しい妻は、この太り過ぎの三十を越した日本の女と比べて、何と、すべてに隔りがあることか。彼女は、大尉の行動に対して不審を抱いていない。ピアノがうまく、ビリジァンのセーターと白のヘヤバンドのよく似合う金髪の女である。その澄んだ瞳は、北欧の湖と空の色を想わせる。両頰に多少ちらばっているそばかすは、決して、彼女の美しさにとって損にはなっていない。

彼女はワシントンの短大で勉学中だったのを、彼と知り合って二カ月目に結婚して、すぐに日本にやってきたのだ。

それから一週間ほどたって、ローゼンバーグ大尉とジェームズ伍長等の搭乗する中型爆撃機は、関東西部上空二千米のところにいた。絶えず四十一航空師団作戦司令部と連絡をとっている。爆撃演習をしているのだ。ローゼンバーグ大尉の鋭く厳しい命令で、ジェームズ伍長は照準器に目を当てる。黒人特有の大きく、血走った眼には、涙がうるんでいるようだった。

この爆撃機が、他の僚機と離れて、低空を飛びながら基地に近づいてきたのは、それから数時間後である。監制塔との連絡がはじまる。しかし、エンジンの不調であることを告げると、滑走路上五米位まで降りてきたにもかかわらず、再びスピードを上げ、フラップを逆にして急上昇し、夕闇の中に飛び去った。およそ直径一粁程の円をえがいて半回転したと思われる頃、突然、大音響と火柱が夜空に舞い上った。翌日の朝刊には、大きな見出しで、「責任感ある米機、民家を避けて河原に激突――全員死亡」と出ていた。

おりを見てよく基地内の図書館に行く私であったが、その頃、アラビヤ語の文献をいろいろ借りていた。普通なら夫の死に依って、直ぐさま立川基地から、大型輸送機で本国に帰ってしまうのに、どうしたわけか、ローゼンバーグ大尉未亡人はいつまでも帰らずにいた。図書館で偶然に会った時は、薄暗い片隅で、『コリャーズ』の頁を開いていた。重ねて組まれている細いスラリとした白い肢が浮き上がって見えた。

　私が、アラビヤ文学の一つ『マカーマート』を片手に彼女に近ずき、その傍らに腰を下した。『マカーマート』の頁も上の空だった。彼女の夫の生前中は、よく訪ねたことのある夫の事務所で、彼女とは顔を合わせていて、まるっきり知らない仲ではなかったので、二言三言、言葉を交わしている間に、肢の細さとはおよそ正反対の、肉付きのいい腰に私の手が触れた。一瞬、彼女は驚きの眼を大きく見開いて私をみつめたかと思うと、ピシャリと、平手打ちを私の左頬に喰らわせた。私は、そのままうつむいて本の頁をめくり続けたが、どうも気になるので、彼女の去ったあと、恐る恐る顔を上げて周囲を見まわしてみた。誰も彼も、皆、本に吸い付けられていて、今あったこと等に気付いている者はいなかった。やれ安心した、とそれにしてもまた、何という色気を出したもんだ。もうあんなことは二度とすまいと、妙に深刻な気分になって、女の体に対する興味などすっかり何処かに吹っ飛んでしまっていた。三十分程無理して『マカーマート』にくっついていたろうか。夕暮れの通りに出ようとする時、私は、自分の目を疑わなくてはならなくなる。そこにあの女、ローゼンバーグ大尉の未亡人がこっちを見て立っていたのだ。二人は、将校クラブの派手な灯火を横に見て、基地の正門を出た。いつもなら彼女は、あの、将校クラブで食事しているのだ。正門から直ぐのところにある食堂で、熱いうちに竹を編んで作った、皿というよりは、むしろざるの類である器に、フライド・チキンを入れて運ばせる。私はウイスキーをダブルで一杯。彼女はキュラソーを一杯。その間二人はほとんど口をきかなかった。彼女は何度もナプキンで口を拭っていた。

　私は、時折、スカートの下にのびている細くて白い肢に目をやるが、何故か落ち着いていた。もうこの女と商談は成立してしまっていた。そこに起ることは、約束の履行、定められたことの実行、予定されたことの確認であって、何一つ奇蹟や突発的なことは起こり得ないと分かっていたからだ。彼女の派手な肢体とはほとんど無縁なホテルの一室で、何のスリルもない一夜を明かす。彼女の体は、ぬれると、私の口元に、かすかにペパーミントの味をのこす。綿のようにしなやかな、まるで白髪のような毛のしげみの間が紫色に輝き、私の顔に、泡を吹きながら、てんかんの発作を起したようにぐいぐい押しつけてきた。その瞬間、fとvの発音はほとんど出来ず、その代りに、erの発音は、ますますねばっこく艶のあるものとなった。翌朝別れ際に、まるっきり私とは反対の方向をじっとみつめながら、

「これ上げる。いつかアメリカに来ることもあるわね。あたし、誰かと結婚するわ、帰ったら直ぐ。でもアメリカに来たら、私を訪ねてみて、いいこと？」と言い、私の手に小さな固いものを握らせた。彼女の手は熱かった。それはリンカーン大統領が浮き彫りにされている一セント銅貨である。ニューヨークの地下鉄の轟音が、北京の人力車夫の汗にまじって私の耳元をかすめる。

ローゼンバーグ大尉の後任に、スワンソン中尉がなった。この男は、ぶくぶくと太った小男で、爆撃手の後釜は、幼い頃から、けんか好きだと、吹聴して歩いているマックフェル軍曹である。例のタイピストは、相変らず不正確なタイプを打ち続ける。だがスワンソン中尉は一寸も文句をいわない。

彼はユダヤ教徒で、生活の中にも、自ら信じる宗旨を実行しようとしている真面目な男である。それに、不思議なことには、スワンソンがここに来るようになってからは、例の口やかましい参謀も、一変して鷹揚になってきている。

労務局の人事担当官と、従軍牧師に協力する宗教式典官の立場にあった私は、日本人妻と、米空軍兵士との間に生まれた七歳の娘が火傷で死亡した折、その葬儀に立合った。亡くなった娘の母親と、例のタイピストは知合いであったらしく葬儀に参列していた。この女は何を着ても、せっかくの新しいものが、どこかしら、何とはなしに古びて見えるのは何故だろう。彼女の髪の毛には、いつも生理日特有の匂いが漂っている。

「ねえ、帰り私と付き合ってくれない？」

誘いかけてくる彼女に、

「いや、忙がしいから」

と、断わって離れる。

この女が、佐賀の生まれであると私が知っているのはどうしてであろう。ＡＰ事務所で、彼女の履歴書を垣間見た時があったからだ。そこに貼られてあった写真の何と醜悪なものであったろう。女囚。だが、栃木刑務所の女囚達は、私にとって、実に美しい想い出となって残っ

ている。彼女達は、働きのない夫にまつわりついて、毎日あくせく、みみっちく、嫉妬深く虚栄たっぷりに生きるサラリーマンの妻達より、はるかに美しく、純潔であるという印象を私に与えている。不潔な感じを与える女に触れた指先は、何度水洗いしても臭味が抜けないものだ。一週間位は、それにひどく悩まされる。

技巧というもっとも下手なテクニック

表現するのは、決まって技術である。あらゆる物質と精神を、リアリズムの手法で、その物理学的、数学的法則に基いて処理していく行為は、すべて技術的であるといって差しつかえない。教化し、感化し、同化するのは、間違いなく直感と衝動である。あらゆる物質と精神を、抽象化し、シンボルとして取り扱い、自由な企てと手法の中で展開させていくのは、まさしく直感以外の何ものでもない。

どんな人間にも、生前から、あらかじめその人間固有の物語りが用意されている。非情な文明の運動の中で、これを自由に語り出すには、相当の勇気と信仰が要求される。経験するしないにかかわらず、人間の中には、一生かかって語り続けても語り尽すことの出来ない位、充分に豊かな物語があるのだ。

物語性とは、個人的な体験の結果生まれ出るものではない。物語は、まずはじめにあったのだ。その物語の内在の事実故に、その人間は、その様な体験をすることが出来るといった方が正しい。人間は、その点からいっても、過去と未来との厖大な量の因子にはさまれた、一つの抽象的、現象的存在であるということが出来る。人間が真に〝人間〟であることを回復しているならば、彼は、二百年先にチベットの奥地で起こる大地震のきざしを身に感じて、おののかなくてはならない。また、二万年前の、恐怖の体験だった洪水の記憶が、どこかに遺されていて、季節の変わり目毎にずきずき痛むようでなくてはならないはずだ。

人生とは、純粋になる場合〝驚き〟の連続でなければならない。イデー・フィックス（固定された、化石化した観念）は文化の特徴である。フィックスされることがsteadyだとみなされ、一つの権威にまで高められていく。とんだ誤りだ！　観念でも、パンでも、地図でも、魚でも、一切はフィックスされてはいけない。常に流動し、欲情し、上下運動を継続させ、了りない射精の感激の怒涛の中に身を沈め、呻き、絶叫し、笑いこけ、万歳を三唱し、姦通のひそかなたのしみと、怖れと、不安の中に、極度に快感を味わわなくてはうそだ。生けるものは、すべて躍動して進化し、変貌を続ける。

四季は移り変わる。しかしそれは、同じ場所を回転しているわけではない。春は年毎に違った春なのだ。女のぬれそぼる膣と、その周囲の魅力的な部分は芳香を放っているが、一瞬毎に季節を変えている。落葉の色も、湖のさざ波も、空の青も、林のたたずまいも、一切が微妙に違ってきている。何事も、所詮は、不完全な試みに過ぎない。何事も或る意味においては、受身の企てでしかない。

ラーメンは、一人前八十円か七十円だ。ワンタンは百二十円。不完全を気にして何も行えない人間は死ぬよりほかに手はない。直感は、いろいろの物質と精神をよびさましてくれる。ゴシック建築や、ルネッサンス建築でさえ、この範疇からはみ出ているわけではない。生きているものはすべて、死の罪を担っている存在だというようなことを誰かが言った。それは一体、誰だったろう？人間は全体の部分であり、部分の全体でもある。現代に至り、人間は、ガラスの色調や、歌のうたい方にも、ヒューマニズムがどうのこうのと理屈をつけるようになってきている。それなのに、人間自体が、ヒューマニズムを、即物主義的に受け止められないのは何故であろうか。

政治、宗教、文化といったフィルターを通し、ふるいを通してのみ、ひどく間接的に、ひどく無機的に、それは受け止められているに過ぎない。

いかと、まぐろと、ほっきと、あわびの握り寿司。私は大いに満足している。春一番が昨日大いに吹き荒れていた。今日は、フライディないしはヴァンデルディ。教わるようなものはもう何一つ残ってはいない。文明人は、その産声とともに、一切、学びとれるものは学びとって生まれてくる。それで、学び取るものがなくなったという言動を、一種の不謹慎、冒瀆と做す考えは、大変誤っていると分かる。

何一つ学んだり、教えられたりするものがなくなったと判断出来る時点から、今後的な人間のドラマが始まる。もし、それでもなお、教わるものがあるとするならば、それは、自分の内部の、歴史の断層の中の、化石のコーラスであり、泣きわめき位のものであろう。テレビやラジオの構造は、電気のジョイントとハンダ付けという中心テーマの進行に依って進展していく一つの物理学的な歴史である。電気は、強力なボルトや木ねじ、溶接、その他の厳しい接着作用を全く無視してしまう。ただ単に、ひどく簡単に導体と導体が接触するだけで電気は通じてしまう。力の大きさは、この際、全く無視される。その代わり、埃や錆は大敵である。

予言者や見者とは、強力な、締めつける力を誇るボルトや溶接ではない。埃や錆のないように、常に気を配るデリケートな存在なのだ。宗教人にとって祈ることも、芸術家にとって、書き描き、哲学者にとって、瞑想することも、すべては、埃や錆を払おうとする行為に過ぎない。雨の中でけたたましく鳥がなく。あれは何鳥だ？オートバイの爆音。

今日、最も先端を行く、まじめで有能な建築家が、「余りにも合理的な内容をもったシステムの形式は、建築にとって危険なものである」と発言するようになってきているることは何とも喜ばしい徴候である。合理的であり過ぎるものは、結局、最も抽象的であり、一部分しか表象することなく、自然からは、最も遠い地点にあり、最もバランスの崩れた危険度の高いものでしかない。そうしたアンバランスの構築としての思想や、主義、生活全体は、夢という要素が主成分となって成り立っている膠質をすっかり失いかけた、いわば老人の骨格に似て、一寸した衝撃にも砕け散り、不安は限りない。

夢は、人間をして、どの様な衝撃にも耐えるように仕向ける強力なバネであり、いわゆる緩衝地帯である。合理性は、四つ目殺しにされた碁石のようなもので、もう、何らの可能性や効力、行動性、存在価値というものもなくなってしまう。人間は、自己を再生させる為に合理性を離れなければならない。合理性を離れるということは、自己に依って生きるということであって、自分自身の声と言葉を持つことでもある。自分自身の言葉を持つということは、自己と真正面から対決することを意味している。自己と真正面から対決する程の勇気のある人間で、夢に溺れない者は皆無だ。夢に溺れる人間は、予言する力に溢れていて、自分自身の神話をつくる適格者でもある。自分自身の神話を作る程の人間は、そのことで既に充分、或る意味での神になり切っているのだ。

自由な行動と、恣意性が、一つの論理、一つの権威、一つのアカデミズムになる迄、人間は、人間を回復することはあるまい。人間が、自分の住まいとして、あたたかい憩いの場としてせっせとつくり上げる家屋は、何と醜く、悪臭に満ちていることか。醜いのは大都会ばかりでなく、農村も山村も漁村も、皆同じである。

人工の首都、ブラジリアも、極度に道路の発達したロスアンゼルスも、古代の匂いを漂わせているローマも、遺跡そのものとしての都市であるアテネも、かつて芸術を謳歌したパリも、巨大なビルの林立するニューヨークも、一様に汚れに汚れ、腐肉の匂いが地下の水道管にまで滲み透っている。都会の肩が凝っている。

東京とは、東洋のじめじめしたプライドという核にまつわりついた人間の悲しみと、多忙故の苦しさと、不能者のオナニーにも似た焦りで出来上ったドルメンなのだ。今こそ、土木技師や、建築家や、政治家や、評論家の口や眼ではなしに、素人の、直感のみに頼った感想として、こうした都市や村落の汚れを防ぐ方法に耳を傾けるべきなのだ。

素人は、些細な点では間違いだらけのことを主張するかも知れない。しかし、専門家が本道を外れているようには、決して、大それた誤りは犯さないはずである。素人の漸新的な意見や、今迄一度も取り上げられなかったポイント、可能性の方向に、専門家は熱狂するはずである。

6 章

断絶の知性

わたしには地図もいらない
一里塚もいらない
月は蒼穹のランプであり眼鏡であり
生命は神の磁石と電池であるから
いつでも明るい方向を自由に撰んで行く

〈佐藤惣之助〉

文明的秩序・魂に生えた黴

選挙票は、私にとって、すべて同情票の域を出ない。すくなくとも、私が、選挙というやり方で誰かを選ぼうとする時、同情以外の投票因子を抱くことは有り得ない。もし、私が、本気で心から熱烈に尊敬し、信じ、期待している人物であるならば、それは私の個人的な付き合い、しかも隠微にして、情感豊かな憧憬の気分に支配されて接していくはずである。選挙という、この何とも事務的な、冷徹な仕方で、私は自分の心の中に芽生えている尊敬心や信頼心を表わすことは出来ないのだ。

だから私は、投票を出来る限り拒否しようとする。白い一きれの紙に名前を書き込んだところで、一体どうして、それだけで私の心の中のものを吐露出来るというのか。だが一方において、私の学生時代、私に票を入れた連中は、心では私を憎みつつ、ねたみつつ、私の力の前では、仕方なしにそうやらざるを得なかった。憎みつつも、毛嫌いしつつも、私に票を入れ、私に頼らずにはいられなかったのだ。私は、この事実を確く信じて疑わない。それにしても、信頼とか尊敬といったものは、ひそやかに、私事として確認されるべきものであって、公的に抱けるものではない。従って常識や通念にまつわりついているような尊敬などといったものは存在するはずがなく、論理的にすっきりと割り切れる信頼などというものもまた、存在するはずがない。

人間が人間に対して抱く感情のすべては、極度に私的な様相をおび、超論理の構造を示し、流動的な機能を持つようになる。としてみると、尊敬とか信頼とは、まるで恋愛の感情と同じではないだろうか。まさにそうである。恋心こそ、尊敬や信頼の巨大なかたまりになりはじめる最初の小さな結晶である。恋心とは、異性を恋い慕うものではない。それは、全く別のものなのだ。恋心とは、人間が人間を慕う神秘な吸引力である。太陽のまわりを公転する地球や、土星、水星、金星などのように、それは拒絶し難い力である。恋心の中で、人間は、本当に他の人間と同調していく心を見出す。女を愛せても、色事が上手であっても、それだけでは、人間を慕う心根は芽生えない。案外、生涯一度も人を慕う心を抱かずに了ってしまう人も、かなりいるのではないだろうか。

現代人の表情を見ろ。どれもこれも、その眼付きは黄色く飢え渇いている。人間を慕えず、尊敬出来ずに、何か信じられるものを求めようとする焦せりに満ちた表情だけがある。何も信じられない不安の余り、何一つ尊敬出来ない苦しさの余り、人間は〝人間〟が一番信じられないもの、最も汚れたもの、最も不安なものと断定する坂道を、勢いよく転落していく。その速度は、今なお弱まるどころかますます激しくなっていく。

$\alpha=\frac{\varpi-\varpi_0}{\tau}$ が、枯葉のようにちらりほらりと散り果てていく日はいつくるのだろう。人間は何ものにもまさって素晴らしい存在だと信じられる迄、人間はまともに生き抜くことは出来ない。人間が信じられないからこそ、いかにも人間を信じ尊敬しているようなふりをしてごまかしている。その語り口はさわやかで、その立居振舞いは、尊敬と礼儀に叶っている。礼儀に叶っているだけ、心の方は不信に満ちている。礼儀というかくれみのの中で、人間は、人間不信をひたかくしにかくしている。

　何故、人間は、他の人間に対して信頼心を抱けないのか。それは〝人間〟一般に自信がないからだ。自己を信じていられない人間が、どうして他人をまともに信じることが出来よう。それはとても望めないことである。自信とは、人間が上下左右にはみ出すことが自由に出来るゆとりのことである。人間は余りにも神経質になって〝人間失格〟を考慮する。何事につけても、人間失格の烙印を押されるのではないかと、びくびくしていて、一寸とも安心がない。左にはみ出しても、右に飛び出しても、上にあがり過ぎても、下にさがり過ぎても、それくらいのことで、そう簡単に、人間は人間として失格するものではない。人間を構成しているものが何であれ、それは、現代人が考えているよりははるかに頑丈なものなのだ。例え百万人の人間を殺しても、人間として失格はしないし、百万人を荒海で救助してみても、人間以上の何かになれるものではない。

　人間としての格付け、条件付けの層は意外に厚いのである。南極にみられる、何万年来一度として融けたことのない何千米にわたる厚い氷の層以上に厚い、人間の資格。

　私は、ひ弱で一瞬でも安心ならない人間の肩書や立場を一切放棄してしまっている。人間としての、最も基本的な資格がこれ程分厚いように、私は自分の肩書を、半恒久的なものにすり代えてしまっている。牧師は、一寸した不注意で、げらげら笑いだして、牧師としての人格が疑われた。戦時中の市長は、皇太子を迎えるのに、両手をうしろにまわしてふんぞり返っていたというかどで市長の椅子を追われた。教育勅語を読み間違えて格下げされた校長もいる。牧師のくせにエロ映画を見たというので首になった話しも聞いているし、ヘソ丸出しで裸おどりをした酒好きの医師が病院を追われたということも耳にしている。何ということだ。それ位で失墜する地位なら、何故最初から放棄して、もっと自由な生き方をしなかったのか。私は、もはや、そういった地位のどの一つも身におびることは真っ平ら御免だ。私は本来、どう転んでも、転んだぐらいでは失墜することのない確固たる地位を得て、これに固執し、これを誇りにもしている。

私は人間なのだ。何よりもかによりも、自由に、のびのびと生きていける幸せで力ある人間なのだ。どう転んだところで、どう失敗しようが、それは、私が自由人であることには一寸も変わりがない――そのように安心していられる自由な立場である。語り口から態度まで気を使っていなければならない社会人達は、哀れな話しだが、身におぼえのない濡れ衣を着せられて失墜していくことさえある。そういうことまで、いちいち気にして毎日を過ごさなければならない。もう一度、現代人は、人間そのものの位置に引き返さなくてはならない。そして大きく呼吸してから、勇気をもって第一歩を踏み出すのだ。何の心配もいらない。何のこだわりも不要だ。ただ、自由に自分の機能をフルに活かして生きればよい。人間失格などということを気にするのは、太陽を一つか二つ盗み出して、何処かになくしてしまい、返済不能になってからでも遅くはない。金銭などいくら盗んでも大したことではない。人間をもっと信じてよいはずだ。自ら移動することの許されていない植物は、それでも移動をしている。風に吹かれてとんでいく胞子によってそれがわかる。

飛行機蜘蛛のあの勇気と決断力はどうだ。現代人には薬にしたくともみられない、素晴らしく男らしい態度がそこにある。蜘蛛達にも何やら分らない、厳粛な時期が近づいてくると、彼等は草の葉の先端や、木の枝の先にきて、そわそわしはじめる。どうしても落ちつかないのだ。時期が近づいている。何やら皆目見当がつかないが、或る厳しい時期がせまりつつあるのだ。蜘蛛は尻から糸を出して、微風の中に吹き流す。そして、しっかりと、体が振り落とされないように、足場にしがみついている。風は徐々に強くなっていく。ますます強くなる。

だが、それでも、彼等はしっかりと足場にしがみついている。やがて、一陣の強風の中で、彼等は一つの信仰にも似た厳しい判断をする。この風なら、私を空中に泳がすことが出来ると確信しなければならない一瞬がやってくる。一たん足場からはなれれば、それから先は何処に吹き飛ばされていくのか分からない。川の流れの中に落ちるものもあろうし、森の中に落ちたり、道路の真中に落ちるのもある。大きな動物の口の中に入ってしまうのもある。それだからといって、恐ろしいから飛び出すのはいやだといって足場にしがみついていてよいはずはない。もたもたしていれば、自然の猛威が、そうした弱い蜘蛛をたたきつぶしてしまうことは火を見るより明らかである。

一陣の風が糸をぐっと持ちあげる時、彼等は一気に、しがみついていた肢を足場からはなす。崇高にして、涙の多い一瞬だ。生まれてきたからには、どうしても一度は経験しなければならないこの決断のひととき。きっと蜘蛛は泣いているのだろう、あの瞬間は。でも、一匹として、卑怯にも木の枝にしがみついたままでいるものはいない。それぞれ孤独に、自分だけの時を勝手に判断して、勇気をもって飛び出していく。

蜘蛛よ、お前はもう、そのままどこかに落ちて死んでも悔いてはいないはずだ。お前は、生まれてきただけのことを、あの一瞬の勇気と決断の中で示したのだから。

彼等は、勇気をもって、目をつむって飛び出した瞬間から本当に生きはじめるのだ。可能性は、その瞬間を境にして、一つずつ大きく具体化していく。自ら動くことの出来ない植物ですら、種子や胞子に一切を託して四方に飛び散っていくのだ。

それなのに人間はどうして、人間失格という妄想に悩まされて、腕をこわばらせ、肢をこわばらせ、眼をこわばらせ、舌をこわばらせ、耳をこわばらせ、石ころのようにうずくまり、硬直していくのか？　人間は、風化作用の崩壊の中でしか活動出来ないのか？

だから、私は声を大にして「化石化してしまった現代人よ」と、叫びたくなるのである。

もらわれてきた仔犬は、生後わずか一カ月余り。犬特有の、あの突き出た鼻もみられず、ねこやなぎの春風の中の、小刻みなふるえに似た生ぶ毛が黒々としている。やがて、だんだんと黒っぽさが赤茶色に変わり、白っぽくなっていく。雑種の特徴である歯の鋭さ。こんなに小さいくせに、もう自分を守ろうとする小知恵が働く。雑種のかなしさ、哀れさがここにある。両手の中にすっぽりとおさまってしまうほど小さくて、まるで、ぺしゃんこになったゴム風船のようにくしゃくしゃな仔犬。

ブルックリンで育った幼い日、ミラーは、まるで自分が神童のように振るまったと考えていたが、たまたま、彼と同じ町内に住み、同じ学校に通った老友に、最近ふとした偶然から出遭い、彼から、「君は他の子供と一寸もかわりない少年だった」と聞かされている。

人間の存在は本来奇蹟そのものである

バルザックは、その生涯を奇蹟の花々でいろどった。起こりそうもないことを実現化した。今までに一度も会っていない女性を、若くて金持で美しい貴婦人だと信じ込み、事実は全くその通りになってあらわれた。相手について何一つ知らぬくせに、自分の愛人になるように要求した。この上ないプライドと上流階級の尊厳を持っていた相手の貴婦人は、結局彼の愛人となって、しきりとやきもちさえ妬くようになっていく。彼の中に、はち切れんばかりに燃えはためいている、何ら不信を抱いたり、疑念をさしはさむ余地のない、壮大にして雄大な意志と精神が、すべてを、余裕をもって動かしていく。

彼の人生は、彼の小説よりもはるかにドラマ性に富んでいるし、緊迫感にあふれている。ソビエトのウクライナ地方の貴族の夫人であったハンスカはバルザックの小説を読んで心を打たれ、一通のファンレターを送った。そして、これがきっかけとなって、二人の間に十五年にわたる文通がはじまる。バルザックの書いた手紙だけでも、四百字づめ原稿用紙に書き改めて六千枚もあり、『ゴリオ爺さん』位の小説の、優に十倍の分量である。その中でバルザックは、人生論も文学論も一切口にしない。すべては、骨董屋の爺さんのくり言や、週間雑誌の興味本位の無責任な記事のようなでたらめと、聖書やコーランのようなまじめで真実なものが入りまじって、文面をびっしりと埋めつくしている。

あの気取り屋で美しいハンスカ夫人は、バルザックのこととなるとまるで小娘のように、しかも、都会の男を憧れる田舎の小娘のように生き生きとして眼の色を輝やかせた。バルザックのものは、論文であれ、小説であれ、彼の批評に関する新聞の切り抜きであれ、すべてを外国から取寄せ集めていた。豚のように肥え太り、にが虫を噛みつぶしたようなざんばら髪のバルザック。だが妖精のように神秘につつまれ、女神のように美しく、天女のように高貴で、革命家のように賢明であったハンスカ夫人は、この男を心から愛した。彼女の心と体のすべてで愛しぬいたのだ。

六千枚の手紙の中で、バルザックは、大抵のくだらぬぼんくらの女なら、吐き気を催すくらいに、

「おう、私の天使、私の愛、私の生命、私の幸福、私の力、私の宝、私の恋人よ、心から心に向かって書くことの、また何というよろこびであろう！」

と、くどくどと飽くことなく書きつづける。そして、ハンスカ夫人はまさしくそういう巨大な男の愛を受けるにふさわしい、すぐれた女性であった。時折、ウクライナから、嫉妬の手紙を書いてよこす彼女。バルザックは、殿様の前に這いつくばる家来のようになって、夫人に、なだめの手紙を書く。そして、そう書くかたわらで、せっせと別の女に手を出していた。

原稿は狂気のように書きまくるし、子供のように他愛なく、次から次へとアバンチュールも楽しんでいく。仕事も程々に控え、他への興味もほどほどという現代人にとって、彼の生き方はまた、何と教訓に満ちていることであろう。このように、全く当てにならないバルザックであることを百も承知しながら、ハンスカ夫人は、この男の中に偉大さを認めていた。この巨人の手紙と私のものが比べられては、私が恥になるとばかり、バルザックに、たった二通をのぞいて、彼女の手紙はすべて焼き捨てるように頼んでいる。彼女は、バルザックの偉大さを知っていればこそ、彼のうわべの移り気な態度も決して気にならなかった。

「君、大きな希望を持ったことある？」

シンナーあそびの青年の蒼白い表情に向かって専門家がきく。

「さあ」しばらく沈黙がつづいたあと、「どんなものが大きな希望なのか分からないからね、あるにはあるんだろ

うが、果してそれが大きいものか小さいものなのか分からないからね」

これが現代人だ。すべての現代人に巣喰っている敗北の精神。比較出来ないから分からないという、この弱々しい精神。これは、ひどく端正なモラリストの姿ではないのか。自分だけの考えによって、一つの結論に達することを拒否するモラリストの態度である。バルザックの、あの徹底した自己中心的な生き方はどこにもない。シンナー遊びの青年達は、彼よりはずっとつつましやかなモラリストなのだ。モラルは人間を殺していく。人間の端正さが人間を見失わせている。自分のことが自分で分からないようじゃあ、死人と何等変わりないのではないか。死ぬ人間は、医師よりも誰よりもはっきりと、自分の死期が分かるという。自分のことは、はっきり自分でも分かるものである。

実在するかぎり、その人特有の思考法と感じ方と視力と聴力をもって、はっきりと分かるものだ。それが他者の同系統の体験と並べて評価されるとなると、共通のレベルに立たなければならないので、判断が困難になる。自分のことで、自分に分からないものがあるとすれば、それは、むしろ、実在しないものとして忘れるべきであろう。

自分にははっきりしているもの以外は当てにしてはならない。固有の生き方とは、このような態度に依っても成立する。自分自身で大きな希望だと信じられるなら、それを、例え、誰が何と比較して、反対のことを主張しようとも、間違いなく大きな希望に違いないのである。小さいと自分で思い込むならば、それが大王の権力であったとしても、一人の奴隷すら動かすことは出来ない。自分の中にある客観的な何かではなく、主観的な何かなのである。

人間は、自分の中味に従って生きる。外側のものは全く生き方に関わり合いをもたない。人間は、自分の中味に従って幸福になり、平和になり、偉大になるのであって、それ以上のことは全く期待出来ない。

私の心の中は、ノルウェー人の精神と気質で充満している。首が痛くなる程上を向かないと、青空が見えない位にそそり立つ山々に囲まれたノルウェー人は、当然孤立し、個人本位の生き方をしないわけにはいかなくなる。イプセンの書いたノラの、あの不思議なほど新しい自己主張は、すくなくともノルウェー人にとっては、一寸も真新しいことではなかった。彼等は誰も彼も、くり返しくり返し自分を主張する。一節毎に、間違いなく、私は——という第一人称単数の人称代名詞をくり返して言う彼等の国語は、日本語のそれとは大部違う。日本語では〝私〟はほとんど省略されてしまう。「本を持っていますか？」と問うと、「はい持ってます」と答える。「はい、私は持っています」とは答えない。自分の言うことに自分を出したくない日本人の根性と、相手に対して、はっきりと、相手を名ざしする勇気のない日本人の弱さがここによくあらわれている。

相手と真っ向うから対決することが大嫌いなのだ。とても恐ろしくてそんなことは出来ないのだ。まるで、ホッテントットの薄馬鹿みたいに、自分の意見なのに、誰かがこういっていたと言い、それも、相手を直視せずに言う。文化人でも、労働者でも、誰でも彼でも、もし自分をはっきりと、何らためらうことなく、私はこうだ、私はそうは思わないと言えるようなら素晴らしい。

〝私は〟を私みたいに連発すると、とても不自然に聞こえるのも、このいじけた、日本という風土の中に生きているからである。

私はこうした、「私は何々だ」と主張出来る人間こそ、本当は最も健康で自然だと思うのだが、多くの人達は温和な気候と平坦な地勢で、泥水と、清水がまじり合うように、にごりを生じ、その結果、自己を主張出来なくなってしまった。私は、今後どこまでも、自分を、あらゆる小説の中で第一人称にして書き、語りつづけていこうと思う。自分を自分として書いたり語ったり出来なくなったら、その時は、死ぬ時だと思っている。自分が中心になれないで、果たして、生きていく意味がどこにあろう。何もありはしない。同じ言語から分かれたといわれているのが、スエーデン語と、デンマーク語とノルウェー語であるが、これら三者は、現在、すっかり別々の言葉になってしまっている。デンマーク語には、甘美で優雅で、従来言われてきた文学の良さというものに対しては最短距離の位置にある。スエーデン語には、文明とともに発達してきた論理性のしっかりととのった、首尾の一貫性がみられて、水ももらさぬ完璧さが漂っている。

それにくらべてノルウェー語はどうだ。林穣二の言葉を借りれば、

「過酷なほど痛烈な皮肉に満ち、その体内に北風が吹いている。しかし、そこには北風の果実特有の強烈な芳香がただよっている。」

閉じこめられた人間の当然帰着すべきところは、激しい個性である。それを、何ら控えたり、技巧でもってつくろったりする余裕のない、赤裸々な生き方がノルウェー語にはしみついていてはなれない。ノルウェーの女達は従って一寸も美しくはない。むしろ男まさりの鋭い目つきをしたぶこつなスタイルである。特にノルウェー語を話す時、そこには一寸もロマンチックななごみが感じられない。まるで、けんかでもしているような様子である。背が高く、色白で輝くばかりの金髪であるということをのぞけば、何一つ魅力的ではない彼女等である。

私は、かつて、二人のノルウェーの女性と、一人のノルウェーの男性と、一つの部屋に泊り合わせなければならなくなったことがある。彼女等は便所に入ると、勢いよく、何んの恥じらいもなく、ためらいもなく、シャーシャーと小便の流れる音がきこえてきた。

私は、既に、彼女等のように、書いたり、話したりする時、はっきりものをいう人間になってしまった。カーテンの陰から、すかしてみせようとする小細工はしない人間になり切ってしまっている。

シャーシャーと音がきこえる。それでいいではないか。屈託のない彼女等は、語り口が激しい割に、実に誠意が籠もっている。彼女達のいうことは、一言一言、額面通り信じてよいことなのだ。彼女達は、真実を、泥だらけのまま、拭いたり、つくろったりせずに語る。それをそのまま受けとってよいのだ。むしろ、表面は美しいが、中味が腐っている果実より、北風の中で、雪に肌を痛めつけられながら、長い冬の間中、ずっと中味を守りぬいてきた、小さな、しなびたリンゴの方がうまいのである。その芳香は、南国の果実の色あざやかさに増して、鼻をくすぐる。

切り立つロムスダルの絶壁のように、ノルウェーの言葉は険しく、厳しい。デンマーク語のように発音をごまかさない。フランス語のように、美しさをねらって語尾の子音をごまかすようなこともない。〝朝〟という意味の morgen は、ノルウェー語ではモーニと、はっきりいい、デンマーク語ではモーンである。〝日〟は、両者とも dag で、前者では、はっきり、ダークといい、後者ではダーである。ノルウェー人の激しさは、フィヨルドの非幾何学的な形に似て、論理と調和をきっぱり拒絶する。ベルジャーエフは、スラブ民族の中に非調和の双極性を認めるが、それは、ノルウェー人の気質においても同じである。そこには調和という美徳もなければ、穏和という優雅さもみられない。あらゆるものの極端が混合している。不調和の調和という表現が、この際、最も適確に当てはまる。率直で、あらけずりで、激しく、過度な精神と意志と情緒は、ハムズンの小説の主題である。飢えと怒りと絶望と夢と嘆きと希望が、空きっ腹に、腐った骨を噛じってヘドを吐くという美しい支持法に依って組み立てられているラーメンでありトラスなのだ。それはまた、私自身の情緒の横糸であり縦糸でもある。

ノルウェー人の飢え、即ちハムズンの飢えは、私の書く語句の一つ一つにこびりついており、しみついている。フィヨルドの絶壁にくだけ散る荒波は、私の主張であり、訴えであり、信頼する心であり、疑う心であり、愛し、憎み、慕い、夢見る心なのだ。ノルウェー人達は、フィヨルドから故郷を出ていく。フィヨルドに通じる川こそ彼等の唯一の脱出口なのだ。そして、フィヨルドの彼方に広がっている海は、彼等にとって大いなる平和であり、自由そのものなのだ。

彼等の先祖がヴァイキングとして、その名をとどろかしたのもうなずけようというものだ。しかし、彼等はフィヨルドから出ていっても、再び傷付きながら、そこに戻ってくる。老人達は、傷付いた伜達を、涙を流しながら家に抱え入れるのだ。

だが、私は戻らない。私は、ものを書くという行為と、書くことに密着した生活態度というフィヨルドに通じる川を通して、生まれた場所を出ていく。そして、もう二度とそこには帰ってくることはないのだ。この脱出口を出たからには二度と戻るチャンスはない。

ノアは、自らの手で箱舟の扉を開けて入った。彼の背後で扉を閉め、鍵をかけたのは、ノアではない。ノアの家族でも、友人でもない。神自身の手によってなされた。二度と出ることは許されない。ノブは外側にしかついていない。内側から開けようとしても、決して開くことはない。入った以上、どう心変りをして出ようとしても出られはしない。二度と戻れぬフィヨルドである。自由の海原に出ていく栄光に満ちた旅路だ。一分毎に、一秒毎に、山間の故郷を忘却の霧の彼方に押しやって忘れつつある。やがてすっかり、故郷はなくなってしまうであろう。

ヴァイキングの知恵であった磁石を頼りに、濃霧の中でも決して方向を誤ることはない。正確に目的に向かって進むことが出来る。方向がはっきりしている限り、大海原は自由この上なく素晴らしいところに違いない。

ノルウェー語は、デンマークやスエーデンの言葉のように、うしろ向きで否定的に情緒をかもし出すには不適当な言葉である。日本語の持つ、この灰色で氷のようにつめたい客観性と、否定的なことに力を発揮する特徴は、前向きに進もうとする私にとって、何と不都合なことであろう。険しい山々に囲まれて、圧倒する雪崩れにつぶされている、小さな名もない村落である。山々の間から脱け出し、川の流れに身を任してフィヨルドに出る。そこには、前向きの海が待っている。フィヨルドの水は塩辛いのだ！

私は、ノルウェーの文学の積極性と、真の健全さと、人生を肯定する立場から眺めたうえで把握する生活行為と思想の方向を抱く。ノルウェー人は、山々に囲まれ、その威圧の下で、ほとんど窒息しかけていたからこそ、世界有数の海洋王国になることが出来た。最も非文学的な要素こそ、最大の文学を育む苗床となる。

最も反社会的な生き方の中にこそ、最も社会協調の精神が生まれるのである。最も非宗教的な領域に、最も神聖なメッカが出現するものである。怒りは、愛にとってなくてはならないスプリングボードであり、憎悪は、尊敬にとってなくてはならない畠であり、疑いの精神は、信じる心にとって必要欠くべからざる妙薬なのだ。

土百姓になり、尻をはしょって肥料をまいていた孫武に目をつけたのは呉王であった。呉王はその時、楚を破ろうとして必死であった。自分を取り巻く高官や武将の中には、この大征討に知謀を振るえるような大物のいないことを悟った呉王は、広く、世間に人材を求めた。そして、百姓をしていた孫武に白羽の矢が立った。孫武は、そのことで幸運を掴んだ男であった。だが例え、その時孫武は出馬を促されなくとも、彼は既に充分偉大な人物であった。世に出る出ないは時の運であって、偉大であることとは直接的には関係がない。呉王の頼みを受けた彼は、いささかもあわてず、ゆっくりと言ったものだ。

「そうですか、私にたっての頼みとあれば、そうも致しましょう。ですが、それには、一冊の偉大な書物に従って事を運ぶことに同意して頂かなくてはなりません。それは『孫子』です」

孫子は彼自身が書いた兵法の書である。偉大な人間は自らの生き方を、そのまま書きあらわすことが出来るし、また、書きあらわしたものに従って生きることが出来るものなのだ。自分の著書に忠実に従って作戦を練った孫武のもとで、呉王の攻略はすべてが効を奏し、戦うところ必ず大勝利であった。

自分の著書に従って生きるという生き方に、私は、目もくらむばかりに圧倒されてしまう。何という、偉大な者と呼ばれるにふさわしい生き方であろうか。自分の生き方とは全く別な何かを創作している大方の文士達や思想家達は、靴直しと何らかわりのない職人にすぎない。自分の生活の中では、現実には一度として実行されそうもない何かを書きつづけ、語りつづけている限り、彼等は亡びの中に溺れている人間である。自分の語ったり書いたものに従って生きられる、このドラマチックな人生に、私は心から拍手を送ろう。自分の書いたものに従って忠実に生きられるということほど、自分を大切にする態度もないではないか。自分にもはっきりとはしない、もう一つの、神と直接的に連絡をとっている自分のいることを信じられるくらい高度なヒューマニズムもまた、他にないだろう。

私は、自分の舌を、神託を伝達すべき神聖な器官として尊ぶ。私の頭もまた、神の足台であり、私の胃袋は、神の性欲である。私は、今、神にへばりついてしまっている自分の人格に確信がある。

昨夜の私の夢は雄大なものだった。乱れ飛び、千切れむらがる雲間に、くっきりと満月が昇っている。月は吉兆、しかも満月はこの上ない吉兆だ。

一切の願いが叶い、名を上げる兆《きざし》といわれている。私は、ラファエロやミケランジェロや、チタンの描く、絵画の中の巨人になり切っていた。その厳しさと荒々しさにあふれた中天。私は緊張感の極に立たされていた。みよ！　月に一端をしっかりと結えつけた綱が、私の筋肉の隆々ともり上った右手に握ぎられている。私は、腰に、天地創造以来一度も示されなかったような力を込めて、この綱を動かすと、月は自由に天空でその位置を変えるのだ。

　私は、この余りにも偉大な特権に体をふるわせ、がくぜんとした。恐ろしくもあった。これ以上の恐ろしさがまたとあろうか。私の右腕の動かし方次第でどうにでも移動していく満月。たしか、周囲では、群衆が驚きあわて、ただひたすらに感嘆の声を放つばかりであったと思う。どうもその辺は、はっきりしない。私はこの特権を、右手に与えられたこの特権を、一層はっきりと確認するために、思い切って、綱をジグザグに、乱暴に動かしてみた。何ということだ！　月は千切れ飛ぶ雲間をぬって、前と同じように、激しく、あるいは天高く急に舞いあがり、あるいは、隕石の落下のように地平線近くまで下りてくる。もう、完全に、満月は私の手中にあるのだ。私は、自由に、思いのままに月の位置を移していく。私は、既に、自分を確立し、しかも、全宇宙の気を、自分の内部の気と合一させ、気の陰陽のリズムにあわせて、私の精神と肉体はゆとりをもって躍動しているのだ。とにかく、今迄、本心から願ったことで、ならなかったことがあるだろうか。すべては成就しているではないか。ただ、今まではその願いが余りにも下らぬものであり、人々の目に体裁良く映ることばかりであったが、今度は違う、正真正銘の巨大な生き方をするにふさわしい自由者としての立場の確立である。集団をつくって右往左往している文士どもや、絵描きども、宗教人らは、全く私の眼中にない。私は、そんな奴らよりも、すでに、もう少しはましな人間になっているのだ。

　彼等がむなしい生き方に熱中してる間に、私は私の道をさっさと進んでいくことにしよう。もっと欲望を大きく与えられ、もっと激しい感動の渦の中に溺れていく人生を、私はいつも祈りの中につけ加えることを忘れない。私は、常に、宇宙の気と、祈りの周波数をピタリと一致させておく。私の感動は、すべて宇宙の感動なのだ。

　五千年間、政治家や将軍達がくり返し努力してきたことは、いまだに達成されていない。予言者は、たった一人で、しかも七十年かそこいらで偉大なことをやってのけている。いや、なかには三十年以下のみじかい人生で、一千万人の大政治家が二千年かかって成し遂げたことの百万倍以上の仕事をしているのだ。国会議事堂の中で将来を考えるより、一人のかわいい女の体の中にもぐり込んで哲学した方がよほど意味がある。将来の見通しも明るいというものだ。

政治家とは、最も無責任な人格の持主であって初めてなれるものである。多少でも責任感のある人間は、ああいった無責任な気狂いダンスには加われないはずである。私は、今、月を動かす力に満たされて、つくづくそう考えている。もし、私を憎み、本当に私を苦しめようとする人がいるなら、その人は、私を政治家にすることだ。その他のことでは一寸も気にはならないが、政治家にされれば、おそらく、一秒間に百回程の割合いで、激しく死を味わう者となり果てるであろう。政治は、私にとって死のエッセンスである。

魏王曹操は、かねてから、地上最大の宮殿を建てようとしていた。場所は洛陽である。彼の命令で設計をはじめた名工、蘇越は、まるまる一カ月を費やして大殿堂の見取り図を描きあげた。渡殿、中庭、回廊、楼閣、対屋、築山などを実に巧妙に配した図面は魏王をひどくよろこばせた。だが、これだけの、壮大にして華麗な宮殿を建てるには、それにふさわしい良質の材木を用いなければならない。

偉大な計画には、当然それにふさわしい偉大な行為が伴わなければ成功しない。名工は名木の所在を知っている。偉大な目標を持つ人間は、当然、偉大な手段を知っているのだ。蘇越は、洛陽の郊外にある、ものさびしい躍竜潭《やくろうたん》の渕のほとりにある梨の大樹を教えた。彼は、今迄ずっと、この名木を口に出さずにいた。生涯中、たった一度しかない大建築にこそこれを用いるべきだと信じて疑わなかった。だから、少しぐらい金を積まれても、知人の頼みであっても、その他どんな理由からにせよ、一寸やそっとのことではこの老樹のことは口外しなかった。そして、魏王に出遭った時、大王の身でありながら、その辺の家一軒を建てることに窮々としている凡人よりも、はるかに熱気をおび、必死になっている様子に心打たれ、これこそ死花を咲かせられる最後のチャンスと信じたのである。

高さ四、五十米もあろうかと思われる、天を衝くようにそびえたつ大樹である。これこそ、魏王の目論んでいる健始殿の棟梁に最適であった。魏王の命令で木を伐りに行った人夫達は、その老樹の余りの固さにたまげてしまった。彼等が砥ぎすまして用意していった斧も鋸も全く歯がたたないくらいに固かった。それほど固ければこそ、大宮殿の棟梁にもってこいなのである。名工、蘇越が見抜いた通り、魏王は、童心にかえったかのように、この建築事業に対して、一層の熱意を示した。

一体何処の大王が、宮殿を建てる際に、自ら斧を振って木材を伐り出すことを敢行しただろう。魏王は既に七十歳になろうとしていたのに、斧を手にして、自ら部下を率いて躍竜潭の渕に赴いた。彼には、戦場に向かう兵士達のように必死な気配が感じられた。魏王自ら大樹に斧を入れようというのだ。

華陀は名医であったが故に、魏王の怒りにふれて獄舎で餓死した。その辺の凡百の医者であったなら、むしろ栄誉を得たかも知れない。しかし、彼は名医であった。魏王のめまいと頭痛と、体のしびれという症状を見て、それが今でいう脳腫瘍と判断した。事実、魏王は、その病気に間違いなかった。彼は自ら進んで大王の前に来たわけではなかった。名声や権力の大嫌いな華陀であった。彼は常に一カ所にとどまってはいられない、いわば骨の髄から芸術家のような人間であった。常に放浪していた。自分が修めた医術が他と比較し難いほどになった時、それはもはや単なる医術のままではいなかった。それは何も医術に限ったことではない。どんな仕事でも、それが他の常識的なレベルを越えてしまって天をつらぬく境地に達すると、そのままではいなくなる。不思議とそれらは、一つの方向に向かって吸い寄せられていく——宗教という方向に吸い寄せられていくのである。

華陀の医術は、まさしく、宗教性に達するほどの卓越したものであった。ここで宗教性というのは、小器用に、素養の一部として、宗教的な思想や言葉をやたらと口に出すキザな態度ではない。身をもって仏陀なりキリストなりマホメットなりの生き方を再現することを言っている。華陀は偉大な「社会からの脱落者、シャカ」のように、放浪に身を任せていた。魏王が、死にものぐるいで華陀の所在を探し当てるのにまるまる二カ月はかかった。

へんぴな山里、貧しい村はずれ、中央からほど遠い地方の素朴な人々を相手に生活し、放浪していたからである。いやいやながら魏王の前に出てみると、王の病状は、もはや、頭がい骨を断ち割って行う大手術以外に望みのないことを知って、その通りに率直に言った。それがいけなかった。魏王には、多少器用に働く頭があった。それがまずかった。小器用な凡人ほど常識に依りたがる。そ頭を割られては死も同然だと考えたのだ。本当は、彼は、大王らしく、賢明になって、華陀の医術は卓越したものだと信じて一切を任せればよかった。

「いくら何んでもそれだけは」とか、「いや大抵のことは信じる素直な俺だが、これだけは」とくる。不信な奴ほど、気前のよいところを見せたがる。心のせまく偏屈な人間ほど、大らかで他人を赦すような素振りを示すからおかしくなる。

魏王は、斯くして小器用な考えが災いして激怒し、華陀を獄舎に閉じ込めてしまった。魏王は、名将、関羽の死のあとだったので、この不思議な人間的魅力と、底知れない知恵と学識と洞察力に富んでいる華陀を、関羽の腹臣とでも感違いしたのであろうか。華陀は飢えの中で死んだ。不世出の天才モーツアルトも、その類い稀な天分を抱きながら飢え死んだ。偉大な人間は、偉大であるが故に受難の生涯を送る。

ラスキンは、書物とは、その著者の最も充実した生活の面を記録したものであると言う。それは確かにそうだろう。だが、飲み、食い、愛し、憎み、眠り、考え、働く点では、他の誰とも変りないというのでは、とんだ茶番劇だ。ラスキンは、そういったことは平凡であっても、ものを書く面で非凡なものがあればよいという。これなら大抵のぼんくら野郎でも、一寸した一端の思想家になれるし、文豪にも哲学者にもなれる。だが、この様にして、歴史のステージに、半ば詐欺的な行為でもって自己を売り出し、大人物としておさまっている凡百の大物を見る。そして、私は歴史にヘドを吐きかけてやる。

偉大な人物は、むしろ、歴史の霧の彼方にかくれてしまって、人名辞典にも記載されてはいないし、年表にも載ってはいない。唯、詐欺漢だけが、でかでかと大きな文字で仰々しく印刷されている。偉大な人間とは、彼が生きたすべてをまとめてみると、そっくりそのまま、何ら飾りつけたり、修正したり、誇張し、美化し、偽造することなく、全く文字通りそのままで、充分、一つの立派な哲学であり、文学であり、宗教である。眠ることも、愛し、憎み、笑い、泣くことなどのすべてが、そのままで充分美しく、迫力あるドラマでなければならず、『使徒行伝』でなければならず、『福音書』でなければならない。偉大な人物は、唯、生きるだけでそれが作品化する。

ハーバード大学で臨床心理学の講座を担当していたテ

モセイ・リーリィ博士は、千九百六十三年に同大学を追われた。サイケデリックな人生観を、その卓越した見解と、砥ぎすまされた宗教観でもって主張し、多くの若い世代を熱狂させているうちはまだよかったが、自分自身をはじめ多くの人々を被験者にして、定量のプロシビン（一種の幻覚誘発剤）を投与して実験したことがとり上げられ物議をかもした時、大学当局より放校されたのである。しかし、ニューヨークのプトナムズ・サンズ出版社は、堂々と彼を、サイケデリックのメシヤ、大祭司と呼んでいる。いや、これは、必ずしも正しい呼び方ではない。彼は、文化史の中で酸化し、錆びついてしまい、その機能の大部分を停止してしまっている宗教を、もう一度その出発点に戻して見直そうとする宗教改革者の様相を呈している。

彼は、ルターのようには、宗教人達と対決しない宗教改革者であり、カルバンのようには教理をつくらない改革者である。彼の実験のため、ハーバード大学内、メキシコ国内、ニューヨーク等で、超絶体験と宗教的啓示の被験者として自主的に集まった人々の二百人中約百人はキリスト教とユダヤ教に属する者であり、他は、東洋の諸宗教にたずさわる人達であった。この中には、神学大学の主事や学長、大学附属教会牧師、教団理事、宗教雑誌編集者、宗教哲学者等が含まれていた。

リーリィ博士の報告に依れば、これら被験者のうち七十五パーセント以上が、明確な神秘宗教的反応を示しており、五十パーセント以上が深奥な霊的人生体験を報告している。これは、このような一連の実験のほんの一例にすぎない。ハーバード大学で宗教哲学を専攻したウォルター・ペインクは、既に医学博士号を持っていたが、哲学の学位を取得するために、このサイケデリックの宗教体験をテーマに論文を書いている。その中で彼は、聖徒や著名な神秘宗教人達に依って報告されてきている神秘的な体験が、はたしてサイケデリックの体験と共通なものではなかったかという点に沿って文章を進めている。

精神病学者であるオスカー・ジャニガーや、心理学者のウィリアム・マックグロスリンもまた、サイケデリック体験をした百九十四人について報告している。サイケデリックな体験とは、あのふざけたヒッピー達のあそびではないのだ。だからといって、勿論科学的な何かでもない。もっと人間的で崇高な〝何か〟なのだ。「もっと人間的」ということは、宗教的な高揚を裏付ける表現である。

より人間的になるとは、より視野を広くし、より深奥にものを捉え、より密接に共鳴し合う体験である。メキシコの〝聖なるキノコ〟は、文明意識をもってすれば、恐ろしい魔薬であるかも知れない。しかし、この文明そのものにひどい不信をかこっている人間にとっては、むしろその逆の印象と実感を与えるのである。この世の中の一切から分離するという超絶的体験……、エマーソンは数百年前、観念的にこれを行い、リーリィ博士等は実践的に、今日それを行っている。パトモスの孤島でヨハネの見た異象は、七色のヴィジョンではなかったか。そして、予言者エゼキエルもイザヤもダニエルも、その他多くの旧約聖書の中の登場人物はすべてこれを目撃している。リーリィ博士は、これと同時に

「ＬＳＤは、人間が今迄に発見した催淫剤の中でも、最も強力なものである」

とも断言する。

しかし、彼は、ミラーがそうであるように、誤解され易い立場にいながら、ひどく宗教的であり、予言者的であり、全人間的であるのだ。全人間——これは、すべてのことを、全く平等に、同等の価値付けをもって取り扱い、味わい、体験する百パーセント行動的な人間を指して言う言葉である。

リーリィ博士は、「シャカを自分自身の内側に見出す人間であれ」と主張する。「キリストを自己の内部に発見出来るものであれ」と力説する。

ミラーとリーリィの類似性……、何という驚きであろう。「この世の中には二種類も三種類も異った生命があってはたまらない。たった一つしか生命はない。それは永遠の生命だけだ」このようにいうのはミラーである。そして、「永遠の生命を得るための、既成の処方箋といったものなどありはしない」と断言する。つまり、一人一人、その人独自の方法で得なければならないということである。

リーリィもまた、自ら行う行為によってのみ、人間は自己の内側の何処かに、神性を見出せると確信している。神性といい、永遠の生命といい、それは一切を超越した不滅の真理といったものの視点をわずかに変えた表現ではないのか。まさにその通りである。

ミラーは、リーリィの著書を私に送ってくれた。私とリーリィとの出遭いはまた、もう一つの新しい分野を開拓することとなった。昨日の私は、昨日という時点で間違いなく死んでいる。今日は、更に新しく一層高揚されている、全く別の上野が息づいているのだ。

今日書くラヴレターは全く新鮮さに満ちていて、一寸も屈託がない。ラヴレターすら、冷静に、論理的に書くといったロボットどもの群生する、地球というこの星のかけらに私はすっかり愛想尽かしをしている。ラヴレターならラヴレターらしく、大手を広げ、武器を捨て、胸を押し開らき、彼女の前にぺたりと座り込み、何らひねったポーズをつくらず、手放しで涙を流し、顔をくしゃくしゃにして書くべきなのだ。ペニスをつき出せ。割れ目を開け。君はラヴレターに自分の性毛を同封したことが一度もないというのか。自分のペニスをインクにまぶして、魚拓ならぬチン拓をつくって送ったことが一度もないのか。チン拓の付け根に、性毛を二十本ばかりセメダインで貼りつけたものを、甘美な一篇の詩を書き添えて送ったことが一度もないというのか、彼女に性毛を十本同封して送ってくれと要求したことが一度もないというのか。

彼女を念いつつ、自慰してもらした精液のこびりついたチリ紙を乾かして送ったことが一度もないというのか。それであとのことは大体見当がつく。自分が心から愛し、慕い、欲情している女性に対して、時候の挨拶と、自民党の問題と、ベトナム戦争と、体具合のことを書いているようじゃあ、その人間の書く愛の言葉もたかが知れている。水気の切れたクラゲ同然、何の迫力も伴わない。例えそういう人間がどれほどの哲学を語り、書こうとも、相手には空念仏となってしまう。

例えどれほどの宗教論を展開してみても、一寸も力が感じられない。熱意が感じられない。本当に、想っている女性に対して、心から何んでも書ける人なら、その人の書く哲学も、訴える宗教的内容も、相手に、甘美にひびいて伝わっていくものなのだ。死に絶えてしまった文明の犠牲者達よ、文句を言わずに、好きな相手に、一度、心からなるラヴレターを書いてみるのだ。全て文字通り、何も包みかくさず、思い通りのことを、そっくりそのまま書きなぐってみろ！　それは、やりつけていない人間にとっては、小便を洩らしてしまうくらいに恐ろしく、恥かしく、負担になることだが、それでも、一度これを乗り切れば、その後はさほどではない。むしろ、冷静に構えて、嘘っぱちを並べたてていた頃より、ずっと気軽になり、健康的になるものだ。

私は、何事に依らずそうしている。そして、それをいやがる女は一人もいやしない。むしろ、「私はあなたが考えているような、そんな立派な女ではありませんの、唯の平凡で愚かな女です。あなたにそのようにやさしく言われると、とってもつらいの——これ本当よ」と手紙の文面は、涙をうるませ、語る女はしがみついてきておおい泣き出す。チン拓を見て、性毛を見て、怒り出す女など、少くともこの地球上には一人もいないのである。金星や木星には、いるかどうか、私は責任を持って断言することが出来ない。

これだ、人間の強味は。人間の誠意とはこれなのだ。文明圏で弱化した人間精神は、メキシコの、聖なるキノコを食べて目覚めさせられなければならない。さもなければ、ダンプカーにひかれて、理屈っぽい嘘で凝り固まった肉体を、野良犬のようにたたきつぶしてしまうに限る。冷静で燃え上がらない肉体なら、むしろない方がましなのだ。ローラーで圧しつぶされる蛙は、静かになる。

冷静でいられる肉体は屍体と同じである。「これは本当のことだ」と言いながら、実に巧妙に嘘をつき、これこそ偽りのない事実であるといいつつ、事実とはおよそ無関係な何かを書きつづける。どんなに脱いだふりをしても、どこかで、何か巧妙なからくりがあって素裸を見せようとはしない。思いきりよく、ぱっと下着を脱ぎすてても、その下には、ゴム製の、体にぴったり合った肌着を身につけている。決して、それだけは出来ないといって、最後の一線では尻込みをして逃げ出してしまう。そういう人間が互いに話し合い、相談し合い、誓い合い、手紙を送り合い、教え合い、学び合っているのだから、世の中はますます混乱していく。

何もしないことの罪

何もしないでいることが大罪であるということは、我々の親達は、幼い日、一度も我々に教えてはくれなかった。あれをしてはいけない、これをしては罪になると、彼等が教えるすべてはマイナスの戒めに満ちていた。マイナスの美徳、死のモラル、それらは、海底におもりを下ろして水深を測定する行為に似ている。あの五十歩百歩式の無実意識であり、正当化の企てでこの社会は満ちている。

洪水で水没した山の頂上までの水深を測る多忙な連中。水の上に出ているのは、ノアの箱舟だけだ。あとは何もない。すべては水面下で窒息している。偉大な生き方をするうえに、偉大な生き方をほのめかすような素振りは不必要である。金持が金持らしい風格をそなえる必要もない。

創造的に生きるうえに、創造的な素振りをする必要も更々ない。宗教的に生きようとする者にとって、宗教的な雰囲気をただよわせる必要もない。宗教的な雰囲気といったものが、宗教的な用語の乱発と、それぞれの宗教特有の生活態度に定着することを意味する場合において、こう言えるのである。

つまり宗教的な生き方とは、尊大ぶったり、御上品ぶり、乙に澄ました会話に依る偽善的な生き方とは全く違った方向にある。宗教性とは、本人が自己に目覚め、自分の最も良いと思うことに向かって真っ直ぐに進み、いささかも妥協することのない、断固とした態度の中にのみ確認出来る。

宗教的な生き方とは、表側から飾りつけることではない。内側から生きはじめるものである。私は、私の書いたものを読む人達を神話の世界に引きずり込み、彼等を神話の中の神々に、しかも、情感豊かな神々に仕立ててしまう能力の与えられていることを知っている。これは先天的なもの、運命的なもの――いやそれ以上に宗教的予定に立っているものである。人間は一人の例外もなしに、遠い過去の、純粋で素朴な生活の中に置き忘れてきてしまっているふるさとを、神話の中に取り戻すことが可能なのだ。

文体ということに関してであるが、面白い事実を発見して大いに気をよくしている。保守的な考え方の人間の文章の方が、革新的な考えの人物の書く文体よりも、はるかに誤りが多いという事実である。

擬古文を書いて、その雄とされていた本居宣長の文章が、意外と、日本語の乱れに一役買っており、五箇条の御誓文、あれがまた、国語の誤りを多く含んでいる。

哲学といえば、ひどく整然とした内容であるだけに、それを表現するための文章もまた、当然のことながら整然としていなければならないはずなのだ。だが、西田幾太郎の文体は、ひどく誤りに満ちている。

それに反し、言語上の改革者であった、紀貫之の文体は、整然としており、言文一致文学の先端を行った二葉亭四迷の文章も、一糸乱れるところがなかった。伝統文学というものは、時流というものを忘れてかかる文学だけに、当然、生きている言語が、その発展乃至は生成途上にあって、変化していかなければならないものを、不自然に抑えつけてしまう働きをしているので、言語そのものにとっては全く有害な存在である。二十歳になった青年を、五、六歳の坊や扱いしているやさしい母親もあることだ。それが良いことなのか。それに対し改革的な考えに支配されている人物は、時代の屈折を敏感にキャッチし、それを充分に考慮に入れた上で、言語にとって成長していくべき段階を理解してものを書く。未来に連動した文体が、最も現代的スタイルなのである。

擬古文などといったものはもっての外で、二葉亭四迷や山田美妙が敢て実行した言文一致文などが、それらをよく説明している。きれいな文体とは、ホルマリン漬にされた昔の動物の屍体であって、人の心に好奇の心を起こさせはするが、決して、今日の生き方に励ましを与えるような意見を発することはない。死んでいるからである。

ノーベル賞を貰うような文学は、今のところは、まさにホルマリン漬けの文体でなければならず、一昔前の古くさい感覚が、臆面もなく、のめのめと、下手な踊りをやらかす時に貰えるものである。

歴史の中のあらゆる時代は、その冠せられる名称が変わるだけで、質は一寸も変わるところがない。全く同じなのだ。平安朝の心ある人間の悩みは、安土、桃山時代の同じレベルの人間の悩みであり、江戸時代の人間疎外感は、明治時代の孤絶感と共通しているし、大正時代の虚無感は、二十世紀後半に属する昭和時代の危機感と、質的に一寸も異ってはいないのである。史学とは、時代の表皮の様相の変化の追求の態度である。

明治の後半の、あの「日本一等国意識」はどうだ。昭和の後半の、「経済、文化の成長意識」はどうだ。この二つの時代の凡衆の間に芽生えた、それぞれの発展と増大と強化の意識は、全く同質の不安感と孤絶感を、目覚めている人間の心に刻みつけている。森鷗外にしろ、石川啄木にしろ、永井荷風にしろ、徳富蘆花にしろ、内村鑑三にしろ、夏目漱石にしろ、まさしく、一等国に進出していった日本と、その在り方に不安を抱き、絶望を噛み締めざるを得ない、苦しみに悩める魂であった。そしてそれは、更に視野を広くして考える時、地上全域において共通した病状であったことが判明する。

イプセンも、ストリンドベリも、ニーチェも、トルストイも、ジェフィリーズも、ランボーも、一様に祖国をはじめ、世界の危機をつぶさに味わい、はっきりと肌に感じ取っていた。一等国にのし上がった日本を、文明開化と鼻高々として誇る日本人にとって、前述した日本の知識人達は、何とも邪魔な存在であった。

今日言われている文化人や知識人とは全く無縁な知識を彼等は身につけていた。先ず何が違うかといえば、彼等は、社会の反逆者であり、常識をふみにじる不届者であり、あらゆる意味で、反社会的な要素に満ちていた。凡衆が、日本の強大化していくことを手放しで喜び合う時、彼等は、冷やかにこれを眺め、やがて、痛烈にこれを批判し、罵倒し、こきおろし、断罪していった。

彼等は、知識人であったが、それでいて、同時に社会から遊離した存在だった。いわゆる高等遊民という古くさい言葉で納得される立場に、自らもって任じていた。彼等は地球の外に支点を持っていた。

彼等の目には、体はこまっちゃくれているくせに、大人の真似をして一人前気取りでタバコを喫み、酒をたしなみ、女の尻を追いまわしている不出来な少年の姿として、みじめな日本が映っていたのだ。彼等は、生活していく上に必要な仕事に関しては、何とか社会との連携を保っていたが、それを除いては、全く孤独な道を歩んだ。

明治の後半とは、明らかに、心ある人間にとっては、そういった、中味の腐り果てた不幸な時代だったのである。彼等は、いきおい、創造的、独創的にならざるを得なかった。全く新しい自らの道を切り拓き、自分自身だけのリズムを生み出していかなければならなかった。おそらく、そういった生き方は、外側からみれば、ひどく陰鬱、自閉的であって、精神病者の特徴のいくつかをはっきり示していたかも知れない。

予言者や見者は、常に、その時代に、そういった誤解をもって取り扱われているものなのだ。それが、彼等の栄養なのである。社会から見て、当たり前だといわれる時、本当に自己に責任を持ち、自分をしっかりつかんでいる人間は、これ以上ないと思われる絶望のどん底に追いやられるはずである。

硯友社の文士達の、何と賑やかで、悩みの少なかったことか。ああいった小説書きの小人どもを見ていると、文士というものは、なかなか気の利いた、小ざかしい人間のやるにふさわしい仕事だという印象を受ける。だが、漱石や鷗外は違っていた。巨大だったのだ。人々が騒ぎ浮かれている間に、何かもっと別な、より高度な次元の問題にとり組んで、悩み苦しんでいたのだ。悲痛、孤独、怒り、焦り、絶望、不安、恐れ、そして、氷のような涙に閉ざされていた。

彼等も、一応知識人であり、何とか社会的には、一寸した地位を得、肩書を持っていたので、彼等の周囲には、それでもけっこう、数多くの崇拝者や、弟子、同好の士が群がった。だが、果たして、その中の何人位が、本当に彼等、選ばれた者たちの心を汲みとり、理解出来たであろうか。おそらく、一人もいなかったのではないか。群がってくる者の中の或る人は、彼等の文学に飛びついて、これを手がかりに文士になり、他の者は、彼等の高次元の思想にとりつかれて、一流の哲学体系を生み出し、或る者は、彼等の宗教的一面に触れて感動し、また、生き方そのものの実践的な弟子となった。

選ばれた彼等は、巨人であった。無数の面を持つ、輝けるダイヤモンドであった。それら全部を吸収するには、余りにも輝きが強烈過ぎた。光が強過ぎるといっては、光を嫌って闇の中に逃げ出す光の探求者もいる。いや、むしろそういうタイプの探求者でこの世の中は満ちているのだ。

日本が一等国に成り上がった時、口ひげを生やした不遜な男が、「日本は亡びるよ」と言ったのは、東海道線の車中であった。漱石の『三四郎』の中の一節である。

彼等は多くの賛同者に囲まれながら、常に孤独であった。彼等のすべての面を理解する人間は皆無であったからである。

「君、子供は生まれたの？」

久し振りで風呂の中で会った演歌師の男にきいた。彼は何の屈託もない表情で、背中に水をかけながら、

「駄目になっちゃった。七カ月で流産しちゃったんです」

「そう、それは惜しいことをした」

いつもの様に男は、薄くぽやぽやと、まばらに生えている頭髪が、ぺちゃんこになるまで湯を頭からかけると、そこを、右手でボリボリかきむしった。

「今年は田舎に帰ろうと思うんです」

「どこって言ったかね。君の故郷は——ああ、そう、苗代湖の附近とか言っていたね」

「そうです。会津若松より、二つ手前の小さな駅で降りるんです」。

「あの辺は、雪深いんでしょう。私も、かつてあの辺に行ったことがあるが、郡山から若松に抜ける途中は、随分印象にのこっていて忘れられない。喜多方、それに喜多方からローカル線の出ている終点——何ていったっけ、そう熱塩、あそこにも行ったことがある。あの辺はひどく雪深いね。二度ほど行ったが、二度とも真冬だったな。あそこにはいい温泉もある。二階だったか、三階だったか、そこの窓から下まで、雪が積っていて、まるですべり台みたいだったことを覚えているね。降りようと思えば、あの窓から下まで行けそうな感じだった。川魚のうまいのも食わしてくれたな」

「ああそうですか。あの辺、知っているんですか」

「そう、それに、野沢というところにも、冬行った。駅から、ずっと道路が雪で高くなっていて、なんでも、二階から家の中に入ったことを覚えている。下の方は、穴倉って感じだったね」

「ええ、あの辺は、とくに雪が多いですね、私も喜多方では、商売やってたことあるんです。郡山のあと、すぐに若松の方に行きましてね、そこから喜多方にも行ってました」。

「商売というと?」

「ほら、これですよ」

と左手をくるりとひねって、弦を押さえるようなポーズをとり、右手で、弦を弾くようなゼスチュアをした。

「演歌師——ずっとこれだけで食っている男ですから、わたしは……」

その時、二人の若い男が風呂に入って来た。演歌師の知り合いか仲間らしく、彼等を見て話はじめた。二人のうち一人が
「水虫の薬って、おもしろいね」

「市販されてるやつ？」

「いや違う、病院でくれるやつだ。青い色した水薬で、匂いが一寸きついんだ。はじめ足にぬっていたが、余りプンとくるもんだから、舐めてみた――そうしたら、すっかりアルコールなんだな。それも甘い味のついている。ものは試しってわけで、水で薄めて飲んでみたら、二た口ぐらいしかやらないのに、頭がボーっとなってきた。つまり、酔っぱらった時と同じ具合なんだな。そこで、もう痛くもないのに健康保険証持って、医者のところに行ったんだ。また同じ薬くれたよ」

演歌師は、きょとんとした表情で、

「それじゃあ、シンナー遊びと同じってわけだね」

「うん、まあーそうさなあ、同じかな。でも安上がりでいいぜ」

「体にはどうなんだい」

「この通りさ、ピンシャンしている。何の異常もないよ」

「ふーん、じゃあ、俺も、水虫になってみるかな。どこの病院だい？　それは」

「それか、それはな――」

と二人は、薄黒いペニスを、しなびた格好でだらしなくぶら下げたまま、タイルの上にしゃがみこんで、しきりに手真似で、通りの名をいい、曲がり角を説明し、片方は、いちいちうなずきながら、それを聞いていた。

女二人が野糞を垂れているような印象を与えるので、尻の穴の毛を眺めながら笑っていると、突然、道順を説明している男の方が、妙に引きつった表情となり、胸を抑えはじめた。

「どうしたんだ！」

演歌師は、やせた体で、ひょろ長いペニスを、ぷらんぷらんさせながら立ち上がって、彼のまわりでうろうろしはじめた。

「うっ！　急に胸が苦しくなってきた」

「それじゃあ、やっぱり水虫の薬が――」

と、演歌師ののんびりした言葉が終わらないうちに、

「うん、今一寸飲んできたんだ、うっ！　苦しい。ひどく苦しくなってきた」

「それみろ、俺は飲まねえぞ、そんなおっかないもの」

「助けてくれ、抱いてってくれ、服は自分で着られるから、そこまで手を貸してくれ」

男は、一層激しくもがきはじめた。そして、口とは裏

腹に、その時は既に浴槽から飛び出して、彼のまわりにいた私や、演歌師や、他のもう一人の男を尻目に、這うようにして、自力で脱衣場の方にいざっていった。

脱衣場と浴室を仕切ってあるガラス戸のところまでくると、突然、しゃくり上げるような格好で胸を反らしたかと思ったら、ゲーッと黄色い汚物を足もとに、パッと吐き散らした。浴室の中の湯気と相伴って、酸っぱい臭気が、あたりに漂いはじめた。しかし、その一吐きが男の苦しみをすっかり和らげた。しばらく、そのままうずくまっていたが、やがて演歌師に背中をさすられながら、おずおずと立ち上がった。そのま、脱衣場に出て行くのかと思ったら、再び浴槽に入ってきた。

「全く、しょうがないね、きたなくて」

と演歌師は、ぶつぶついいながら、さかんに湯を流して、吐物を洗い流した。

「じゃあ、私はこれで失礼する」

と、私が彼にいって出ようとする頃、例の男は、すっかり元の状態に戻って、再び、道順を話しはじめていた。

「錦町知ってるね、肉店のところを左に入って、ほらあの、おっかないセパードのいる肉屋のところだ……」

脱衣場に来て、椅子に座り、自分の衣類の入った籠を引き寄せようとしたら、目と鼻の先に、しみのついたメリヤスのパンツが、堂々とひろげられたまま乗っかっている籠があった。私は直感的に、それが、あの演歌師のものであると分かった。

棚の上の古びたテレビが、埃にまみれて、ダイヤルが二つぶらぶらになったままで、美人歌手の歌を流していた。その時背後から、

「先生！　忘れもの」

声は浴室からで、湯気で曇ったガラス戸から、私の石鹸箱をもった手がのびて来た。

欲求不満の大樹海

空想科学小説を書いた、ジュール・ベルヌは、アポロ8号の月周回遊を、三百年前に、ほとんど正確に予言している。『地球をはなれて月へ』という小説の中で、フロリダ半島のタンパから打ち上げられるロケットを描いたが、アポロ8号もまた、同じフロリダのケープ・ケネデ

ィからであった。両地の間によこたわる距離は、わずか百数十キロである。ベルヌのそれは、十二月に打ち上げられているが、アポロ8号もまた十二月であった。日数のずれ、僅か二十日である。

搭乗員は、両方とも三人と一致しており、着水地点も、同じく太平洋上、と一致している。ロケットの時速は、ベルヌの場合は四万キロで、アポロの方は三万八千七百キロと、ほとんど違わない。宇宙船の高さは、両方とも、三・六メートルと一致しており、重量も、前者が五・五トンに対し、後者は五・七トンと、僅かに違うだけだ。

私は、これとあわせて、同じフランスの予言者、ノストラダムスの言葉に、注意をはらいたい。彼は、二十世紀の狂気を予知していた。そして、おそらく、彼の予言は的中するだろう。人間疎外の生き方は、狂気以外の何ものでもない。

予言者は、はっきりとした何かの裏付けに依って予言するわけではない。唯、異常なほどに鋭い自己を信頼する心に捉われて、一瞬の、裸の心の閃きを、一切を疑わずに記録していただけに過ぎない。予言は、予言者という人間がするものではなく、予言者自身の全存在が、感度の良い精密受信機となって、宇宙の風化の微妙な気流をキャッチするのである。

宇宙の風化の気流を捉えるのに、科学的な知識や、あらゆる意味での技巧などは妨害となって、受信の際の感度を悪くする。無垢な魂、全く準備なしの心、モラルという筋肉の不必要な緊張が完全にリラックスした精神、主義主張、思想という色目がねを外した感覚、伝統や歴史、習慣といった、摩擦のない思考力こそ、その場合是非必要なものなのだ。

原始時代の人間の感覚に戻っていくという、ほとんど信じ難いほどの厳しい純粋性こそ、絶対に、おろそかにしてはならないものである。

真昼という暗黒の世界を、人間はプランクトンのように浮遊する。真夏の太陽のギラギラ照りつける浜辺の深海を、人間は宇宙空間の微細な塵芥のように漂っている。太陽の輝きから比べれば、地上は暗黒である。恒星の大爆発からみれば、地上の栄華も、深海の岩かげの氷のような海水の淀みでしかない。人間は、眼を大きく開いてものを見ると言い、耳を澄ましてものを聞くとは言っている。冷静な感覚で、ものを判断すると断言し、また、鋭い精神でもって真実を捉えるとは言っても、所詮、人間は、暗黒の世界に浮遊している小魚に過ぎない。その実、何一つ見ていやしないのだ。その実、何一つ聞くことも感じることも、納得することもしていないことが一寸も悲劇に映らない。沈黙の月面で歌手が誕生しないのと同じように、この地上には、今の状態では、本当に、文字通り、見たり聞いたりすることは出来ないのだ。

この深海で、人間は、異常に鋭い感覚を、身に帯びなければならない。直感。第六感。夢の領域に属している物語の筋。

暗黒の地上は、銀紙貼りのいびつな太陽が、紐に吊されて板張りの空に架かっている。道はあるが旅を否定し、通行を拒否し、町から村、村から都市に、決して通じることのない板張りの、先細りの道である。金紙を貼りつけたボール紙の月が、ビニール製のすすきの間に輝く。夕べともなれば、その無能振りを露呈してしまう、電球の入っていない街灯。下に川の流れていない橋は、どれほど本当に橋らしく造られていても、橋としての本来の意味に欠けている。流れや、渦の中に落ち込む危険の全く伴わない橋など、軽蔑にしか価しない。

人間の生活が内側で行われていない窓辺。カーテンは下がっていても、その陰に人々の話声も、体臭も、料理のこげついた匂いも漂っていない。

日本に、新しい文学の紹介をした坪内逍遥は、まず最初に、三遊亭円朝の落語からヒントを得ている。人間の生活に密着した話し言葉を、何らはばかることなく使っている円朝の態度に打たれたのである。最後に、円朝は、むしろ誇りをもって、『西洋孝子之伝』を演じた。これによって、逍遥はシェクスピアに接することとなる。近代文学意識の母胎は落語であった。

人類が、はじめて果たした月周回宇宙船が、間もなく大気圏に突入してくる。ロケットの逆噴射は予定していない。大気をブレーキにして入ってくるのだ。入射角、僅か六・五度、誤差率十一〇・九度。これより入射角が大きくては宇宙船が燃焼、消滅してしまうし、小さくては、はずみをくらって大気圏外にはじき出されてしまう。大気圏外に吹き飛ばされれば、船内の酸素は、わずか七時間分しかない。絶望である。

宇宙船が、大気圏に突入した。ハワイ諸島南方の太平洋上に、待機していた回収船隊の頭上に、暁の白みはじめた空を分けて、三つの大きなパラシュートが開いた。追跡艦ハンツビルの頭上にでも、同じく追跡船マーキュリーの頭上にでもない。回収艦である空母ヨークタウンの頭上にあらわれたのだ。宇宙空間からは、地球を見つけたり、めざしてくることすら難事だというのに、目標の回収艦の真上に落下してきたのだ。

ヨークタウンの乗組員の見守る中で、宇宙船は、わずか数キロメートル先の海上に着水した。東京の刑事が狙って射ったピストルの弾が、佐世保の街のバーのカウンターで酔いつぶれていた、指名手配犯人の心臓に命中したような奇蹟である。だが、科学は、奇蹟に依存してはいない。人類はここで、一つの大きな妄想にとりつかれることとなろう。今迄の重荷に加えて、更に、もう一つ余計に重荷を負わなければならなくなった。科学が正確であるという妄想の重荷である。

月の周囲を十周したからといって、冥王星に着陸出来るからといって、人間はそれで、古代人から脱皮した何かになれるというのだろうか。とんでもない話しだ。人間の歴史とは、結局、こういった、科学と称する企ての中で、奇蹟的にうまくいった成果の一つ一つを経るたびに、妄想を一枚ずつ重ねて着るようになっていった。

今となっては、抜きさしならない妄想の厚着の中で、気は転倒し、心は腐れ果て、感覚はただれ切っている。

地球が平坦な大地で、太陽と月は、その端から端を往き交っている天体であると信じている、いわゆる「フラット・アース・ソサイティ」という団体が、英国に今なお存在する。今回の、アポロ8号の月周回に依って、彼等の所信が、最後的に覆されようとしているが、それでもなお、「いや、彼等は、何か感違いして、他の別な天体のまわりを回って来たに違いなく、彼等が遠方から、地球だと思って眺め撮影してきた地球も、実は、全く別の天体である筈だ」と主張している。

この天動説協会が愚かに見える位、予言者の眼には、あらゆる科学に熱狂する人間が愚かに見えてくる。それはどうしようもないことなのだ。迷信も科学も、人間を人間から遠ざけようとする有害なサングラスであって、これは極力取り外すに限る。

今後、人間が亡びるようなことがあるとすれば、それは迷信と科学に依ってであって、大洪水や、猛火に依ってではあるまい。人間の心の中に芽生える、科学に対する妄想と盲信が、水や火よりも一層恐ろしい害悪を人類に及ぼすことを、我々は悟るべきなのだ。

人間には、知識が充分身についている。百科事典やカタログ、文学全集、大工道具一式のように、きっちりと、一応は何でも整ってはいるが、その枠内から外れることは出来ず、凍りついたように印刷されていて、一寸も身動きならないものなのだ。これが知識というものである。知識があるだけなら、高級な計算機、精密な光学機械と何ら変わりがない。人間には、知識という衛星を周囲に公転させている知恵がなければいけない。知恵は、全くプライヴェートなものであり、主観であり、外側の世界とは異るもう一つの内側の世界なのである。

知恵は柔軟性があり、伸縮自在である。知恵は、印刷物的ではなく、活字のような固さと冷たさと、限界に支配されているものでもない。空気のように流動的であって、あらゆる片隅に充満している。知識は科学を発展させる。知恵は人間性を巨大にしていく。知識は計算的だが、知恵は奇蹟的である。知識は合理に合致するが、知恵は超論理に立っている。知識は人間の外側につけるものであって、従って取り外しがきくが、知恵は、人間の内側に蓄えられたものであって、生命と結び付き、取り外しはきかない。人間の知恵を無視することは、その人間の生命を無視することにほかならない。

もし、この世の中に充満している、人間関係上の制約を重力の一種に例えるなら、私は、既に重力圏からはみ出してしまっている人間である。私の精神の筋肉は、従って、重力圏内の人間とはかなり違ったかたちで発達してきている。私の力説するところは、彼等の最も軽んじるところであり、彼等の重視する点は、私にとって、屁の一発ほどの意味も持ってはいない。

だが、このように、人間サークルの重力圏から脱しているとはいえ、そういう人間が、私以外にいくらでもいるという事実を知って、これについてもまた、一驚している。大抵の大人物は、本物の場合だけに限るが、ほとんど例外なしに、重力圏から飛び出している。このことが分からない限り「大人物には、生まれながらにして定っている運命の裏付けというものがある」と設定して、彼等、巨大な人物を一つのグループにまとめて、自分達とは違うのだとしてしまう。もっとも、そういった軽薄な諦めの精神こそ、凡俗さをつくり上げ、育て、保護しているものなのであろう。

この世の中は、膿ただれ、腐れ果てている欲求不満の大樹海である。あれもやりたい、これもやりたいと願いつつ、実際には何一つやってはいない。幾百万本の樹木は、密林の中で、一ミリも移動することはない。永久に、同じ場所を占めている。同じ表情で、同じ側面にひねくれた友を持ち、同じ方向から助けの手を伸ばされ、同じところで悩みをかこっている。あと三十年たったところで、変っていくのは、建物や道路や、車のスタイルであって、人間そのものは全然同じである。

三ケ月に一度しか女房にいどんでいかないので、あんた、どこかに若い女が出来ているんでしょ！　と疑われている中年の男は、酒気でいい加減赤くなった顔で、

「とんでもない話だよ全く。運送業っていうものの辛さが、かあちゃんには分からねえんだな。ジリジリと電話が鳴ると、ゾクッとするね。また事故か、また故障かってね。通りを歩いていても、よその電話の音でゾクゾクっとくる始末ですよ。最近じゃあ十字路の信号のベルを聞いてもやっぱりショックが来る。とてもじゃあないが、外に女なんかつくる余裕など全くないね。第一、おちんこが、いくらもみ上げたって、そうひんぱんにはおっ立たない。長男も二十八になりましたからね」

六十前で、女を抱くのが三ケ月に一ぺんという具合では、もうそのことだけで大物の資格がない。八十になっても、いくら弱くなっても、半月に一ぺんは、豪快なやつを一発、ドカンとやれるようでなければいけない。二十代なら、いくら少なくとも、毎日一回、調子が良ければ一日七、八回、三十代では、最低でも、三日に一度、好調の時には一日一回から三、四回なければならない。それ位、情が濃く、体力がねっちりと、こってりとなくては、どうして真実を悟って涙を流したり、愛に溺れたり、希望に燃え立ったり出来よう。

本当に力にあふれた書物を、ダイナミックに読み、吸収していくには、どうしても、体力がこれくらいは必要である。最近では、セックス上でも、礼儀と、ファインプレイでいこうとする頓馬な傾向がある。ザトペックのように、君原のように、苦痛にゆがんだ表情で、頭を振りふり、体力の最後の最後の一滴をしぼり出すまで力走する性交がみられなくなった。恐らく、そんなことまでして何も～と文明人の感覚は訴えるに違いない。

八分目は罪である。予定の仕事量の九十パーセントでやめることは敗北である。九十五パーセントの確率は当てにならない。

人間は、あと一キロメートルは充分走れるにもかかわらず、もう駄目だと思ってしまう。もし、彼の背後に飢えた猛獣を放したらどういうことになろう。彼は、我を忘れて、一気に五百メートル、七百メートルを力走するはずだ。

人間は、まず、精神的に敗北する。肉体は、精神の降伏に合わせて、同じ恥を負わせられる。精神の能力の領域がもっと拡張される限り、肉体は、これに伴い、現在我々が考えているものよりもはるかに強力なものとなる。人間の肉体のタフなことは、この文明圏の中では、まだ、満足したかたちでは証明されていないのだ。素戔嗚尊《すさのおのみこと》の激しさ、デュオニソスの烈しさ、ゼウスの偉大さ、サムソンの怪力ぶり、ギデオンの桁外れの勇気、ソロモンの知慧等といったものは、精神が何ものにも捉われず、充分に解放され、高揚された際に発揮される関数的な可能性である。

偉大なことは、ごく些細なことから出発する。歴史の移り変りも、詩人の魂の肌にふれた一握りほどの情緒が原因となっている。

今、現代人の肉体は解放を願っている。それを願うあまり、極度に欲求不満なのだ。何をやっても気分がすっきりせず、何を試してみても、これといった納得のいく満足感が抱けない。

欲求不満の樹海はどこまでもつづく。アンコールワットの巨大な遺跡に出遭うまで、忍耐をもって進まなければならない。

文明の空にかかっている銀紙貼りの、いびつな太陽など仰いではいけない。樹海の中の、むせ返えるような湿気と草いきれの中で、ひたむきに前進するのだ。

不平を言うな。

自分の道を黙って進め。

勇気ある人間しか生きられない

人間に必要なのは、金銭ではない。中味のない人間や、疲れ切っている人間に金を持たせても、石ころほどの意味もない。それとは反対に、中味の豊かな人間が持てば、それが例え石ころであっても意味が出てくるし、価値が生じてくる。内容の充実した人間には、人をひきつけ、信じさせ（信用させることではない）、熱狂させる力がある。その力こそ、どんなつまらぬものでも価値あるものに変えてしまうのだ。希望についても、知識についても、同じことが言える。信じさせるに足る、人間的味わいに富んだ人柄なしには、何一つ効力をあらわすこと等、人間生活には期待出来ない。

道徳や、伝統や、常識、論理に叶った歩み方をして信用されている人間ならば多くいるが、詩人、吉本隆明のように「ぼくは秩序の敵であるとおなじに、君たちの敵だ」と言ってのけ、それでいて、人々をひきつけ、信じさせずにはおかない人間は、ほとんど片手で数えられるぐらいしかこの地上には存在しない。独身だから娘達が寄ってくるというのでは、何とも哀れな話しだ。

それと同様に、道徳家で、常識家で、論理に叶った生き方をしているから信用されている（信じられているのではない）という人間も、哀れな話しである。金も、家も職業もなく、年令もとうに結婚適令期を過ぎ、既婚者の身でありながら、なお娘達の心を奪うようでなくては、女に信じられ、憧れられたとはいい難いのだ。一切の道徳を踏み外し、論理性を無視し、伝統を忘れ、常識を破壊する生き方をしていて、なお人々の心をひきつける魅力にあふれた人物でなくてはならない。そういう人間になるまで、例え、どれ程人々に信用されていても、決して安息する生活に入ることは許されない。魅力のない人間と翼のない鳥は間もなく亡びる。

人々は、その人間の、その人らしくない、無理をした生き方に信用を置いているのであって、その人間が、一瞬、我を忘れ、緊張をほどいて、あくびをしたとたんに、人々の関心は他に向いてしまう。だから、この、社会の大物といった存在は、大抵、呼吸さえしていないような素振りで暮らすことを余儀なくされている。ここに猿芝居がある。こっけい極まりない喜劇がある。本人が死にものぐるいでいるだけに、そのおかしさは無類である。真に偉大な人物とは、自分のしたい放題のことをやってのけて、なお信じられている人間である。

国立精神衛生研究所の加藤正明博士は言う。

「うつ病を防ぐ為には、自分のヘソばかり見ていないで、外の景色も眺めよう。恩や義理に、がんじがらめになっているのはよくない。人生における貸借は、知的レベルで、ドライにスカッと解決するようにすれば、理想的。しかし、一年の終りになると、義理を果たさなければならないこともふえ、頭を悩ますことがふえるのが現実。気をつけたいものである。」

彼はまた、床の中で、あれこれと考えめぐらして悩むことは、うつ病の原因になるともいっている。正常の人間なら、昼の方が夜の就寝時よりも、あれこれと気ぜわしく立ちまわるので、血圧が高いものだが、うつ病の傾向がみられる人間はその逆で、夜間の方が頭が冴え、くどくどと考え、血圧は、昼間よりもずっと高いといわれている。夜はぐっすり眠るべきだ。夜、闇の中で、眼をパッチリ開いて考え事にふけっている人間は、そのことで、充分行動力の欠けた弱者であり、敗北者であることを自白していることになる。

義理など糞くらえ！

だが、もし、九十九の義理をすてて、一つの義理を守っているなら、むしろ百の義理を守っていた方が、健康に良いはずである。だから私は、百の義理を、きれいさっぱりと捨て去っている。世間に対して申し訳ないという、この呪文にも似た、愚かで妙ちくりんな発想は、ずたずたに切り裂いて肥溜に投げ込んでしまうに限る。世間様の口にのるような生き方をしては一生の恥だと言いながら、おどおど、びくびく、まるで、どぶねずみ同然の生き方をしている大半の人間。だから、何を行うべきかということよりは、何を行わないですませるかということに神経を使う。出来ることなら、一生、頭をすっぽり押し入れの中の、小便くさい布団の中に埋めて、じっとしたままやり過ごしてしまいたいところなのである。

何ということだ。それならば、生まれて来た意味がなくなるではないか。生まれて来たのは、行動するため——それも力強く、或る時は怒りにふるえ、悲しみに打ちひしがれ、生命を賭けて行動するために生まれて来た。いつも、安全な網の張られたところばかりで空中ブランコをするサーカスの曲芸師に似ている。危機感は一寸もない。それだけに、一寸も面白味がない。現代人の箱舟は、ノアの時代と違って、山頂につくられてはいるが、決して洪水をむかえることのないものなのだ。

荒涼として吹き抜けていく高原から舞い上る風は、箱舟を朽ち果てさせていく。そうすると、巨体だけに、箱舟は一層みじめである。怒濤に抱き込まれて浮かぶ舟こそ、本当に舟として造られた目的を全うしている。

全く水気を知らない舟。現代人は、一度も自分と対決し、この世の中に、充分なかたちで生きようとしたことがない。五十年生きても、八十年生きても、結局、何々会社の中で、何々係として働いていたに過ぎず、何々地方の風習と、義理観念にはさまれて暮らしてきたに過ぎない。常識から一歩も大海原に漂い出すことのない、哀れな生き方である。だから、彼等の話すことには、言葉にひびきや艶がなく、誠意に満たされた迫力や権威に溢れた力がない。どんなに結構な話しも、屁のように臭く匂うだけで、聴き手は、胸をむかつかせるだけである。うま味のある人間とは、髪の毛一本々々に、神秘性がこびりついており、皮膚の艶に無限性の香気がたちこめており、行動の一つ一つに絶大な権威がこびりついている。

正月を迎える人間は、その軽薄さをまる出しにする。伊勢神宮に群がる人々は、一体何が分かっているのか。まるでめくらなのだ。年に一度、元朝詣でをしたからといって、それで信心していると安心していられるものだろうか。信仰とは、毎日、それも二十四時間ぶっつづけで行うものであって、デモ行進の類とは全く違うはずなのだ。大晦日と元日をはさんで、右往左往する群衆の愚かさぶりに、余計なことと知りつつも、怒りを禁じ得ない。テレビの画面に映っている人々の群れは、一体何をやっているのだ。

純粋な太古の眼で見つめる時、彼等の忙しそうに往き交う姿には、何一つ、まともな意味はみとめられない。蛆虫のうごめき、ぼうふらのゆらめき、渡り鳥のざわめき、粉雪の、風の中に舞う姿と一寸も変わりはない。充実した人間は、毎日新年を迎えている。夜、就寝する時、その日一日の功罪の一切を断つ為に、完全に死に切り、翌朝目覚める時には、全く新しい者となって復活する。今日までの栄養に頼って生きるといった愚かさも、今日までの失敗を悪びれる間抜けさも、あってはならない。

巨人の心臓の鼓動は、そのまま、無限に打ち続けられる百八つの除夜の鐘である。充実した人間の眼の輝きは初日の出なのだ。

三浦布美子という、あまり美しくもないあのテレビタレント。彼女が画面に出てくると、真っ赤な腰巻の中に、ぬくもった性器の匂いが漂うのを、極めて自然に想像する。彼女は生まれついてからずっと、女の媚を売る芸者として育ってきた。彼女は全く意識しないのかも知れないが、彼女の一つ一つの動作は、男の心をくすぐり、いたずら心を起こさせる。彼女の血の一滴々々に色気がしみついている。あのタイプは家庭をあたたかくなごましてくれるそれではない。いわば男をまひさせる幻覚剤、または海水浴場といった存在である。

彼女を見て家庭の妻達は、表情を固くして言う。

「何て不潔に感じさせる女でしょう」

だが、その不潔に感じさせるところが、男にとってはとてもたまらない。豚は、汚物にまみれる時、喜々として生きがいを感じる。ハイエナは、腐敗した肉をむさぼって誇りを抱き、狐は人をだまして、ますます自信を持つようになる。

或る外科医は、脳障害の患者の脳の半分程も手術切除してしまった。そのようなことをして、果たしてその男が生きていけるかどうか、医師には自信がなかった。だが、案に相違して、その患者は半脳の人間となりながら、前よりはずっと健康になり、精神的にも社会とうまくやっていける人格、正しい、隠健な人間となって言った。本人は、何度も何度も、医師に頭を下げ、涙を流して礼をいったものだ。病気前は、負けん気の強い、意地っ張りで、誇り高い扱いにくい男だったが、半脳人間になって、まるで変ったように、社会的に協調性に富んだ人物となってしまった。

その通り！　この世の中でうまくやっていくのに、生まれた時に身に具わっている脳では、大き過ぎるのだ。社会的にうまくやっていける非個性的な人間とは、半脳、いや四分の一脳、百分の一脳程度で丁度うまくいく。脳を全部、充分に使おうとする時、そこには奇蹟が起こり、大爆発が起こり、熱狂がみられ、新しい神話が生まれるのである。半脳人的に生きている人間どもにとって組織や秩序等に意味があるのであって、そこには、幾何学と代数式の、夢破れた説明と納得しかみられない。

現代文明とは、ひどく単純な仕組みで構成されている。それが、幾何学と代数学から一歩もはみ出ないというところに、歴然としている。

もし、文明社会に少しでも複雑な面があるとすれば、それは、半脳人特有の虚栄心と、臆病心が原因しているかりそめの複雑さである。かりそめとはいったが、これら虚栄心と臆病心とは、本来単純であるはずのものを、ひどく複雑なものに変質させてしまう。もし、日本人が、アメリカ人やヨーロッパ人より複雑な生き方や、考え方をしているとすれば、それは、疑いなく、日本人の虚栄心の量と臆病心の度合いにかかっている。

日本人の礼儀や、理屈の複雑さはどうだ。それだけ、我々は虚栄のかたまりであり、臆病な人間どもなのだ。この複雑さは、そうすると、従来のように誇ってよいものではなく、むしろ大いに恥じなければならないものではないのか。脳がまともな人間、乃至は、全部あっても半分以下しか使っていない人間が、その外的あらわれとして、虚栄心と臆病心を示すようになる。虚栄心と臆病心は、脳の活動している部分が不足している人間のみに起る現象なのである。脳が充実した活動を示している人間は、限りなく単純になり、虚栄心がなくなり、大きな勇気にあふれてくる。勇気ある状態こそ、人間本来の姿であり、最も健康なしるしである。

勇気ある人間だけしか生きられないように、この地上、いやこの天体は出来ているのだ。理由など何もない。唯、はっきりしているこの事実——即ち、臆病心に囚われている人間は、何一つ、まともに出来ないように仕組まれている。それがこの世界全体を支配している神の心であり宇宙の鉄則なのである。中味のない人間、従って自信のない人間のみが、虚栄に身と心をむしばまれていくこの社会はどうだ。

虚栄という要素を取り除いたら、一体何が残るというのか。人間は、この巨大な、無視出来ない社会という怪獣を前にして、自制の利かなくなった哀れなロボットである。自然の鉄則は破れても、社会の制約や文明の法則だけは、守っていかなければならない集団の義理と、歴史の人情にとりつかれた亡者どもである。

だが、こうした時代にあって、私は、全く違うことをしよう。私は、自然の制約を身をもって守り、それに義理と人情を感じるピテク・アントロプスの状態を維持したい。それは、取りも直さず、ひどく単純な人間になることであるし、現代人の常識を絶するほどの、勇気があり、呆れるほど徹底して、虚栄心や、世間に対する妙な色気を捨てる事の出来る人間になり切っているということでもある。その代わり、食欲、性欲、知識欲は絶大である。感情は、千切れ雲や、雪溶け水の流れのように繊細であり、激しい。

私は今、ごろっと寝転べば、〇・八平方メートルの大地と、両手でしっかり握り締めれば、〇・四リットルの土くれの量しか掴めない全世界を実感する。現実的といえば、これ程現実的な人間も、またとはいないと信じている。人間は、自分の射精する量に従って大言壮語すべきなのだ。ジャングルの中に響きわたる太鼓の音にしか、もはや残されてはいない原始性、人間の最後の人間らしさ、人間性のダイナミズム、勇気と誠実さのエキスを、私は独り熱狂して味わい噛み締める。この音は、原爆の炸裂よりもはるかに激烈である。

人間が、ありふれた動物から原生人類に進化していくまでに約二千万年の歳月がかかっている。動物から分かれて、原生人類になったということは、動物の中でも、人間だけがひときわ強烈に、個性を打ち出したということに過ぎない。最大の個性という立場で、人間は人間となり得た。人間であるということは、動物が激しく自己溺愛的になって、自己の個性を、何ら臆することなくあらわしている姿にほかならない。

それなのに、現代では、個性を捨てるように努力し、個性ある生き方を殺すように努力している人間で、この地上は埋っている。二千万年の、偉大な誇りある過去の歩みを無駄にしようとする馬鹿者の行為である。過去を無視すると言いつつ、私は、ここ百年、千年の、金魚の糞みたいに、有害であり、非衛生的な歴史を棄てると言っているのであって、二千万年の原生人類に至った、個性確立のロマンとアクションに満ちた感激の歴史については決して否定してはいない。むしろ、私みたいな人間こそ、本当の保守主義者というべきなのだろう。

人間は、自分を防御しようとか、守り通そうなどと、けちな考えを抱いてはいけない。それは愚行である。どんなに固く守ろうとしても、所詮人間の心と肉体は、ぶつぶつと穴だらけである。鼻、口、眼、耳、肛門、尿道、膣、――すべては、肉体にとって、外界のものにとろっと溺れていく弱さと、甘さと、欲望を控えた穴である。どんなに堅固な心でも、どれほど複雑な精神でも、結局は、最も素朴な愛と、信頼にはころりと参ってしまい、快感にヒーヒー声をひきつらせ、呻きのたうって喜ぶものなのだ。それならば、心も肉体も、防御を怠りなくしてはいても、無防備と同じではないか。

八方乱れの構えがよい。これに限る。一切の、防備しようなどというけちな根性を棄てろ。ビールスにとって、人間の掌は、するりと簡単に通り抜けられるきわめて目の荒い網なのだ。

太陽が、鋼鉄よりも固い炎のかたまりである、ということを、一度でもいい、考えたことがあろうか。太陽のめらめらと燃えている炎の先は、鋼鉄の板を突き刺し、貫き通すことが出来るのだ。文明の空気の中で鍛えぬかれた心や精神は、一寸した矛盾も見逃さないだろうし、徹底した論陣を張ることには馴れている。だがその大層な論陣も、その実、何ら実体のないもので、蜃気楼の豪勢さに過ぎない。誰でも彼でも、いっぱしの事は口にする。どこの街角でも平和が言われているが、実際には、地上のどこにも平和はみられない。どこの空地も、金儲けの話で、賑わいをみせているが、その実、金を儲けているのは、そのような仲間に加わることのない、もっと孤独な、選び抜かれた、ごく僅かな人間だけにかぎられている。

金儲けの話をしている人間は、一様に貧乏な暮らしをしている。貧乏でいながら、俺はどうにかこうにか中流の生活をしていると自分をだまし、なだめすかしている。

昭和四十三年度の某新聞のアンケートに依れば、全く面白い統計が出ている。

かりに日本の社会を「上」「中の上」「中の下」「下の上」「下の下」の五つの段層に分けるとすれば、これら働く人達の帰属意識は「中の下」が圧倒的である。全体のほぼ半数がそう思っている。違うのは、事務職、農漁民で「中の下」についで「中の上」が多いのに対し、労務職の場合は「下の上」が多いことである。

ところで、十年前は「下の上」と答える人が多かった。それが四十二年十二月の本社世論調査では「中の上」が国民全体の一九パーセント、「中の下」五〇パーセント、「下の上」二三パーセント、「下の上」「中の下」が減り「中の上」意識の人たちがふえる傾向をたどってきている。

これらの人たちのもっとも多くが描いている五年後は――

事務職＝「カラーテレビ、クーラー、自動車のどれかがある生活」

労務職＝「衣食住には困らない生活」

農漁民＝「カラーテレビ、クーラー、自動車のどれかがある生活」

新三Cとやらの「別荘、セントラルヒーティング、電子レンジのどれかがある生活」を期待している人もいないではないが、まだまだ高嶺の花。庶民の多くは旧三Cのどれかがあればなァと、ため息をついているのである。

さて十年後は—。平均的にみると「中の下」の人たちが「中の上」に帰属する—つまりどの階層でも一階級ずつ上がることになると考えているわけである。この繁栄のにない手たちは、十年後にはやっとその恩恵をこうむることが出来るかもしれないという淡い希望、予感、期待、願望を持っている。あるいはまた、一階級ずつランクが上がることこそ、かれら働く人たちの目標、生きがい、とも言えるだろう。

都市化の傾向は急ピッチで進む。経済企画庁や厚生省人口問題研究所の調査によると、現在、総人口の六割というわが国の都市人口は、十年後には七割を越えると予想される。

しかも経済成長率は、四十四年も一〇パーセント以上とうわさされ、ここ数年間は、高度成長の基調が維持されそう。消費水準も、生活意識以上に向上する可能性は大きく、その意味で「中」の生活の画一化は進むとみてよかろう。

しかし半面、企業の合理化、国際競争は激化する。日本人はいままで以上に働きバチにならざるを得ない。ささやかな〝経済的繁栄〟だけで満足出来るだろうか。

そこには、夢や奇蹟の入り込む余地は全くない。すべてが、凍りついた一次関数式の延長として考えられ、期待されている。夢といえば、この程度のことを、夢とか理想であると、取り違えて考えているのが、自己を失くした現代人である。

彼等は何をしようと、何を言おうと、決して生きはじめることのない化石化した人間像のレリーフである。風化の痕跡が生ま生ましく残されている、断崖に彫られたレリーフである。如何にも生きているように、真に迫っているが、一寸も動くことはないし、叫び出したり、行動に出ることもない。

「ゴッホは、絵を描きはじめた時から生きはじめた」と書いたのは、彼の妹のエリザベスであった。エマースンは教会を去った時から生きはじめた。ジョン・万次郎は、船が難破した時から生きはじめた。ホイットマンは、社会派の温厚な生き方と訣別して、反逆者として立ち上った時から生きはじめた。ピカソは、故郷を、彼の身に負っていた栄誉とともに捨てて、半ば乞食のごとくにパリに赴いた時に生きはじめた。ニニ・ロッソやカザルスは、祖国を逃亡した時から生きはじめた。北斎は、破門された時から生きはじめた。エジプトのミイラや、藤原三代のミイラは、王や支配者の臨終から生きはじめた。

あの、たくましく、野性味に富んだホイットマンの髭面を、世界稀に見る好男子だと激賞したのは、リンカーンであった。

帽子をあみだに被った、この中年の詩人の中に、リンカーンの見たものは、生きはじめている人間の姿であった。生きはじめている人間は、何も彼もが美しく、魅力に溢れて見えるものだ。持って生まれたみにくい部分でさえ、その人間が本格的に生きはじめると、高貴で優雅で、尊厳に満ちたものとなって映ってくるから不思議である。

パブロ・カザルスにそっくりな老大工が、私の息子の鳩小舎をつくっている。ヘンリー・ミラーそっくりの男が、山里の開拓地で酒に酔いしれている。ヘッセそっくりの老人がこそ泥をして捕まる。

持って生まれついたものは、ただそれだけでは何の意味もない。母の胎内から飛び出してからの歴史の中で、どのように生きはじめるかに問題がかかっている。一生涯、遂に、本格的に生まれ出ることなく老衰していく人間の何と多いことか。母の体から分かれることは、誕生の妄想に過ぎず、その後の人生に譲られた、本当の誕生の厳しさ、責任の大きさに、赤児は、悲鳴にも似た初声《うぶ》をあげるのだ。

ゴッホは、ゴーガンやその他の画商達に依って、迫力のある素晴しい絵だと賞讃されはしたものの、ほとんど売れることのない画家だった。ゴッホを、世界の偉大な才能ある画家であり、人物であると信じていたのは、彼の弟、テオドールだけであった。彼は身内だからそう思ったのではない。

それほど信じ、尊敬していた彼ですら、兄の絵を売る段になると、一向にはかばかしくなかった。

この弟、テオドールの、兄を信じる心は、尋常ではなかった。ゴッホの自殺の後、一年もたたずして彼も死んでいる。すばらしい兄弟であった。絵のこと以外は、何一つ、生活をしていく上の心遣いを払わなかったゴッホを、その栄光あふれた自殺の時まで、送金して助けていたのは、この弟であった。

弟は、兄を尊敬する余り、自分の長男には、兄と同じヴィンセントという名を付けている。ゴッホは、神学校では劣等生であり、説教となると碌に口がきけず、紙に書いたものを読み上げるという、頼りにならない男であったし、いざ、最もみじめな地方といわれた英国の炭鉱町で伝道ということになると、まるで、牧師としての威厳を保っていられる人物ではなかった。本部から送金してくれる金で、牧師館に住み、牧師にふさわしく立派な身なりを保って、少しぐらい信者が飢えたり寒さにふるえたりしていても、知らぬふりをして、教団の指示通りやっていける、非情な文明人ではなかった。

彼は、教団本部から視察にやって来た理事達に、財布を空にして、貧民達と同じ小舎の藁くずの中にごろ寝しているのを見られてしまった。そして、教団から牧師の肩書きを奪われ追放されてしまった。

この様な人間は、この社会からみれば、人生の落伍者、仕事の失敗者として扱われ、軽蔑の対象にしかならない。だが、弟のテオドールはそうではなかった。この兄の中に、偉大なるものを見出していた。ゴッホは、その後、気が狂う。ゴーガンも、へきえきするくらいに一つのことに熱中し、些細なことを思いつめる激しい生き方であった。自分の耳を切った。大声でわらった。毎日泣いた。狂えるように激しい心でもって、美しい、一篇の詩にも似た手紙を書き続けた。

生きている人間は、その人の手紙をみればよく分かる。本当のことを、神の声のように美しく書いているからである。凡人は、いつも、嘘を、形式に則して、恥しらぬ気にくどくどと書く。

気が狂っていたゴッホは、ただの気狂いではなかった。彼は、ロンドンの神学校に留学し、アムステルダムでは、ユダヤ人教師からギリシャ語とラテン語を、驚く程のスピードでマスターしている。彼の書いたフランス語の手紙の美しさはどうだ。これが、掛値なしの気狂いに出来ることだろうか。彼の絵のエピソードが余りにも美しく、きらびやか過ぎるので、それ以外の彼の示した能力を人々は忘れてしまっている。

月の光の明るさ故に、星々が夜空から消え失せるのと、同じ現象である。やがてゴッホは、もう絶対に、私の書く絵を売る気はないと叫ぶのであるが、その時から、彼の絵には、生命が脈打ちはじめたのであった。

彼のフランス語の美しさ、完璧さに似て、彼の心は、或る意味で、世間の常識に毒されないほどに自立し、自己の内部にしっかりと根を張ったものであった。彼は、周囲の誰かにすすめられ、励まされ、元気づけられて、あのように生きた訳ではなかった。彼は、内側からほとばしり出てくる衝動が本物であるだけに、それを押し止め、無視して生きていくことが出来なかったのだ。

彼は、ヘンリー・ミラーが生まれる前の年に死んだ。彼の最後の言葉は、美しいフランス語で、

La tristesse durera toujours（悲しみは永久に続くだろう！）

そう、本格的に生きようとする人間、または、本格的に生きる以外に生き方を知らない人間にとって、この世は、どの様に時代が変わろうと悲しみの尽きないところなのだ。それは、私の心がよく知っている。私が毎日味わっていることなのだから。

彼は、人間として、原生人類の豊かな生き方を、文明人の服を着て、文明人のひどく制限された言語を使い、文明の悲劇を象徴しているような家屋に住みつき、魂をそれらにむしばまれ、皮膚を破られ、肉を刻まれながら送った。彼の描いたものよりも、むしろ、彼の過ごした生き方に私は芸術を感じる。

「彼の生き方がロマンチックなので、人々は彼の作品に寄り集ってくるが、本来は彼の作品のみに目を向けるべきなのだ」と現代の気の利いた絵画の鑑賞家達はいう。

何ということだ！　絵画のための絵画、文学のための文学など糞喰らえである。要は、何一つ描かなくてもよい。何一つ書きあらわさなくてもいいのだ。生きること、生き抜くこと——ここに本当の絵があり、詩があり、小説がある。生きることの厳しさのために泣けない奴だけが、生活はさておいて先ず作品を、等という。それを聞

くと、私は激しい怒りにふるえてくる。作品とは一体、何だ！

作品とは、小器用さのことか。技術のレベルを決定する道具であるのか。作品など、何一つ要らない。生活そのものが大切なのだ。

呼吸の一つ一つに意味がある。生活の中に、もはや、摘出不可能な状態で、還元不可能な化学作用を経て、にじみ込んでいる愛や、欲望や、思想や、夢を、そのまま感受するところに芸術の生命がある。これこそ芸術のすべてなのだ。生き方の中にある喜怒哀楽の現実。私はこれに酔いしれている。私はこの年になるまで、何と多くの人間と出遭ってきたことだろう！

その時の、一つ一つの記憶と体験が、今の私の心と肉体を構成している細胞になり切って、ぎっしりと付着しているのを意識する。

行動は人間の骨格である

アンリ・ファーブルは、フランスの片田舎の貧しい農家に生まれたが、彼のまわりには美しく、たくましい自然があった。彼は、雄シベと雌シベが作用して実がなるということを、女性達の前ではっきり説明したというので、不道徳者の汚名を着せられて、教鞭をとっていた学校を追放された。

アマゾンの女戦士は、総勢二千五百人。美しく咲き乱れる花であった。

ズカラ族の間にはロマンチックな祭りがある。人間の欲望をむき出しにしてよい夜なのである。人これを呼んで「あやまちの夜」。

モシ族の間には秘伝の催淫剤がある。これの調製法はアブラ虫をすりつぶし、性交後にペニスを拭った布片を乾かして、ぬりつけ、相手の食物に混ぜて食わせる。

アバブ族の女達は、性交後、妊娠を恐れると、内股に三カ所切り傷をつくり、月経の血をぬりつける。

年寄りが人間としての威厳を示していられたというのは、もうずっと昔の語り草となってしまった。年寄りが、多少馬鹿でもちょんでも、年をとっているという、たったこれだけの理由で威厳と貫録と、知恵を示せたのは、ほかでもない、彼等が老い先みじかいことを自覚して、金銭や名誉といったものにさほどこだわらなくなってくるからであった。そうした事に無欲となり、淡々とした精神に支配される時、多少薄のろでも、欲の皮のつっぱった利口者よりは物事を正しく判断出来るし、物事の価値を一層正確に認めることが可能となる。

ところが、最近の老人ときたら全くその逆である。若い者以上に欲張りで妄想に捉らえられ、することなすことが呆れるほど不正確であり、意気地がなく、偽善的であり、貫録は薄氷ほどもなく、常にそわそわとしていて落ち着きがない。何十年かの人生の星霜は、何ら、こういった人間を鍛え、練磨し、高揚してはいない。老人の白髪が人間の栄光のしるしであったのは何千年か前のこと、今では、白髪は、落伍者のシンボルとなっている。

よぼよぼになり、死ぬまで欲の皮のつっぱっているものは、豚や猿や蟻だけである。個性豊かな人間はそうではない。正常な生き方をしている限り、人間は老いていけばいくほど、人生と正しく対決する度合いがつよくなり、運命と自然の法則に納得がいき、真理に対して精密な耳と眼を持つようになってくる。植物は、枝や茎の先の方から伸びていく。毛髪は、根元から伸びていく。知識や技術は、植物的な伸び方をするが、人間性が豊かになり、生命が伸びていくのは毛髪的であって、内部から伸びていくのである。

清潔な水は、厳密に言えば凍らない。凍結するというのは、水の中に溶け込んでいる物質が核となって、そのまわりに氷の結晶が附着しはじめ、やがて拡大していく現象である。従って泥水は、早く凍る。

文明とは、地上の不純物が凍結していくプロセスの表現に過ぎない。もし、水が汚物をすっかり除去してしまうなら、零下十度になっても凍らない。人間生活に不純物が混入していないなら、金銭の不足も、病気も、老衰も、無教養も、孤独も、失敗も、その人を不幸におとし入れることがない。

金が無くとも貧乏しない秘訣がここにある。体を病にむしばまれても弱まらない人生を維持する秘訣がここにある。老衰して、なお、愛情ゆたかに、生き生きとやっていける秘訣がここにある。無教養であっても無知でなくてすむ秘訣がここにある。孤独であっても淋しさと不安のない人生を送る秘訣がここにある。失敗してもなお、勝者のゆとりと、大きな望みを未来に託せる秘訣がここにある。

文明の中で、危機感を抱くことなく、安穏に暮している人間は、それとは逆に、金がありながら貧乏している し、健康の状態でいながら弱々しい生き方を余儀なくされ、若いくせに年寄じみた分別と、用意周到さと、そつのなさで、実質的には、自らを老化させ、教養もけっこうありながら、無知きわまりない思想と行動に身をゆだね、大衆の渦に溺れ、群衆の流れに押され、組織や機構の枠に閉じこめられながら、孤独な人間の不安を忘れ去ることが出来ずにいる。

そつのない人間であるからして、また、一寸ばかり小才が利き、村に一人、学級に一人ぐらいずついる利口者だからして、そうやたらに失敗はしないいし、へまはやらかさないはずなのだが、それでいて、肝腎のところではどかんと失敗する不幸者になっている。

それは、もともと本人の罪でもとがでもない。文明の空気が汚れ、不純物が核となって、本来流動的であるべき人間生活が、格式や、学問のあるなし、家柄、年令、人種、知能指数によって区分され、固定され、凍結してしまっていることに由来している。この文明のそういった責任を認めて、これに背を向けて、進むべき方向を百八十度転換するならば、その時から偉大な生活の道が約束される。

「近頃の若い者は」と、いつの時代にも、年寄は言いたがる。だが、私は、声を大にして、「近頃の年寄りは」と言おう。どうだ、最近の年寄のあのぶざまな生き方は！

ここ五千年間ばかり、老人らしく、老人の栄誉を担った人物がほとんどいない。

老子、ターレス、モーゼ、ヨハネ、カザルス、ピカソ、ミラー等の示す老人の素晴らしさはどこにも見られない。老人は、若者よりはるかに激しい性欲がなければならない。逆に、名誉心や物欲は、火が燃え尽きたようになくなっているのが最も自然である。そういった老人の白髪こそ、人間の栄光のシンボルなのである。

最近の老人のだらしなさはどうだ！　たわけ者め！　性欲が減退してしまっていながら、名誉欲と物欲は、悪魔の尻の穴のように激しく、悪臭にまみれている。文明下の老人の姿は、敗者の姿だ。

私は、こういった亡者どもの最悪の敵となろう。彼等を、一人一人、首をひねってぶち殺していくのだ。私の手に握られている斧でたたき殺していかなくては私の大義名分が立たない。そういう年寄の、凍え切った死骸に寄りそって生きている若い世代もまた、私にとっては、最大の軽蔑と怒りをもって眺めなければならない。

死に失せた連中にとりついてはなれない奴等は、やはり、生きながら死んでいる公算が大なのである。私は、もともと、とても義理堅く、老人を尊ぶ古くさい人間なのだ。もし老人が、余命わずかしかなく、物欲や名誉欲をさらりと捨て、淡々として、人生にまつわる運命の流れを凝視出来、しかも、まだ生きているのであるなら、激しい性欲に裏付けられた、限りなく飛躍している憧れと望みに燃えさかる生き方をしているならば、私は、その老人の前で、最も忠実で敬老心にあふれた若者となるであろう。（注・ミラーから援助のあった事は、その後著者によって明かされている＝編集部）

それにしても、七十を超えた老人が、三十代の私にせっせと助けの手を伸ばしてくれているとは一体どういうことなのだ。これだから、私は毎日、涙を流して感謝の出来る生活を送っていられるのだ。

私もまた、八十歳になっても、二十代の力ある巨大な若者に助けの手を伸ばせる恵まれた人間にならなければ死んでも死に切れない。神の子等よ、演歌を歌え。

けん怠と虚無の中で、ふんわり、やんわりと無責任な社会の組織にとり囲まれ、それでいて、自分個人に対して尊敬や信頼を寄せてくる人間が一人もいないという亡者の生き方の中では、人間は、どうあがいても、決して巨大になれるはずがない。そのような領域には、決して奇蹟の起こったためしがないのである。

生きているということは、存在することだ。存在とは、この肉体でも、一定の思想でも知性でも、ましてや階級や財産のことでもない。存在とは行動そのものである。この肉体なら、化学薬品に分析して販売しても数百円にしか売れない。数百円の肉体に一万円の腕時計をして、二万円のベルトを締めているのだ。こんなアンバランスの存在がどこにあるか！　知識、学識というけれど、国語の権威が、果たして、一冊の大言海を全部暗記しているだろうか。三千円の辞典一冊以下の知識の修得に一生をついやす馬鹿が、いわゆるインテリという阿呆どもだ。

だが、この人間は、数百円の肉体でありながら、二十万円のカラーテレビを造り出すことが出来るし、月旅行が出来るのだ。一千万円のコンピューターをつくり出すのも三千円以下の知識の所有者である人間なのである。これではっきりしたではないか。人間の存在とは、あとにもさきにも、行動――これしかないのだ。行動こそ、人間の名前であり、人間の存在そのものなのだ。

行動こそ人間の骨格である。行動こそ、人間の力である。行動こそ、人間の最も人間らしいところである。行動こそ、人間の愛そのものなのだ。行動こそ、人間の最高の文化であり、礼儀であり、知性の最高に純化したものである。思想だけで、それに行動が伴わないなら、その思想は蜃気楼に過ぎない。観念や希望や、納得だけでは妄想に過ぎない。行動の伴わない思想や宗教や芸術や主義主張は、人間が真の意味において恐れ、警戒しなければならない病菌である。これに人間存在、即ち、行動性がむしばまれて、亡びの渕に立っているのが知的文明人なのである。

行動のない人間にとって、読書はむしろ害となる。一度も自分では実行したことがないくせに、あれやこれやと議論したり主張したりすることほどこっけいなこともあるまい。行動抜きにして今日一日を生きる人間は、その日一日だけ真実の前で裏切りを行ったことになる。どこから検討し、どの点から調査し、どのレベルで納得しようとしても、人間は、行動なしに正当化されることがない。思想や主義は、行動の結果生じる副産物でなければならない。語ったり信じたりすることは行動に常に従属する。それが宇宙の鉄則なのだ。

小説の時代は了った

今後の小説が、従来の形式の一切からはずれたものになることは、目に見えて明らかだ。トルストイが、あの一言を言いたいためにこの大長篇を書いたとか、この一句を表わすためにトーマス・マンがあの大小説をものにしたというような裏話が伝説となってしまう日が、真近に迫ってきている。

あらゆる意味で、小説は、スピード化されていく傾向になってきている。従来、三百頁の本を読むのに要した努力と抵抗感は、今後、おそらく、十頁、五頁程度の小説に対して抱かなければならない意識となろう。

マクルーハンのいうように、「グーテンベルク環境」は、文字文化の中で、人間性を著しく退化させた。思索する人間をつくり上げたには違いないけれど、それ以上に、感動する人間としての質を極度に低下させてしまった。常識人にとって、テレビは一億総白痴化を促すものであろうが、予言者的なマクルーハンにとっては、むしろ、グーテンベルク環境で傷付いた人間を活かし、甦らせる強力なメデアとなる。

新聞や雑誌は、人間を全的に、記事の中に盛られている事件に参加させることはないが、テレビは、充分に視聴者を引きずりこみ、参加することを余儀なくさせてしまう。文学は、従って、長々と書いても意味がない。せいぜい、長くて十頁どまりという時代がもうそこまでやってきている。その内容は、地上二メートルの領域でどうのこうのと議論すべきものではない。

今後、自由に往来出来るであろう月面や他の惑星、遊星の表面に立って頁をめくっても、なお、甦りのショックを与えるような内容の文学でなくてはいけない。と言って、当面せる時代の中味を書いてはいけないというわけではない。ベトナム戦争でも、全学連のデモでも、その他何であってもいい、自由に書き入れたらよい。しかし、ベトナムとか、全学連といった言葉が、一つの真理を伝えるのに、何ら確固とした具体的意味を持ってはいないということを、はっきり知っていなければならない。それらの言葉が、独立した、特定のストーリィを構成することは有り得ない。今後、そういう事態は決して起こらないはずだ。時事用語は、単なるアレゴリイに過ぎなくなる。

パリスの妹は、彼女の美しさに夢中になり、なんでもいい、一つだけ望みを叶えてやろうと男神にいわれ、彼女は未来を予言する能力を望んだ。神は、彼女のその言葉を聞いて顔を曇らせた。予言する能力を与えたくないわけではない。しかし、それとひきかえに彼女は大変な代償を払わなければならないからだ。その代償とは、予言する能力が与えられる代りに、彼女は、誰からも耳を貸してもらえなくなり、彼女の言葉が信じてもらえなくなるということであった。

大抵の人間なら、それを聞いて、予言する能力は要りませんと言うところだ。未来については盲目であってもいい、周囲の人々に信じてもらいたいと願うものである。だが、パリスの妹は違っていた。彼女は、誰一人彼女を信じなくとも、予言する能力が欲しかった。

事実、女予言者になった彼女は、誰からも信じられることがなかった。理解されることもなかった。

自分の兄の悲劇的な運命を彼女が見透したとき、その兄さえ、彼女の言葉を信じなかった。

私も、パリスの妹になろう。誰が信じようと信じまいと、そんなことにはかまわずに、くもが糸を吐くように言葉を吐き出していく。これは、すべて、光り輝く予言の真理に満ち溢れた言葉なのである。今、こうして書いている私の原稿は、二十頁前後の単位に分けられ、それぞれが、独立した二十頁ほどの大長篇小説となる。そして、私の読者、なかんずく、心の底から私の言葉に心酔したファン等の中に、宇宙飛行士がいたりして、ヴァン・アレン帯の外側あたりに、私の著書を百万冊ぐらいばらまいておいてくれる時代も、もう直ぐ来るだろう。既に、こういう目的に叶った耐久性の強い、紙でない紙、ベランという紙も作られはじめている。

タイム・カプセルに入れて保存したところで、このじめじめした地球の上では、そう長くはもたないが、宇宙空間では、永久に浮遊しているはずだ。宇宙空間を旅行し、あせりながら宇宙船を操作している人間が、その一冊にぶつかり、それを読んで、何か大きく、激しくめざめを体験するだろう。私の書いたものは、厳密にいって、始めも終わりもない。どこから読みはじめても、どこで頁を閉じても、一向にさしつかえない。それなら、頁を全部バラバラにして宇宙空間に飛散させてもよいだろう。また、テープに一直線に、私の文章をプリントしていく。そして、テープの始と終りをつなぎ合わせて、直径五キロメートルぐらいのメヴィウスの環をつくる。それを、宇宙空間にばらまくのだ。テープのどの部分に突き当たってもよい。そこから読みはじめるのだ。読みつづけている限り、どこまでいっても限りがない。何度同じ箇所にきても、一寸も退屈を感じない。一回毎に、全く新しい意味と、説得力と、迫力を伴って迫ってくるのだ。

家庭不和や、自分が科学者であることに限界を感じて、月の表面で気密マスクを外して自殺をはかろうとした男が、月のクレーターのくぼみに落ちていた私の著書に目を通し、一念発起することもあるのだ。月の表面にも、私の本を大いにばらまこう。銀河系の一角に、私の言葉を書き連らねたテープの環や、頁がひらひらと舞い、美しい文学の河をつくる未来を考えると、自然に心が華やいでくる。月の表面に立って地球を眺めたら、地球は、とても生物や文明が存在するような処には見えないというう。

その通りだ。人類の五千年の文明など、まだはじまったばかりの精虫のうごめきに過ぎない。それなら、文明に、何も義理を感じ、制約を受けることはない。何一つ文明などといったもののなかった星に住んでいるように、堂々と、晴れ晴れと事を進めていけばよいのだ。

かつてホーマーは、美しい神話の世界をつくり上げた。人間だけに許されているのが神話の世界である。

そして、ここ数千年間、神話は、世界中の人間にうるおいと望みを与えつづけてきた。だが、もう既に、この古びすたれた神話にも限界がきている。これを脱ぎすてて全く新しい神話のやっかいにならなければならない。その神話こそ、私が今、こうして、こつこつと、手の萎えた彫刻家が鋼鉄のかたまりを彫りおこして、ゼウスのレリーフをかたちづくっていくように書き進めているものなのだ。

ノーベル賞、芥川賞、直木賞――くそくらえだ！

もし、そのようなものの対象となるようなら、私の書くものは、今後の雄大でドラマチックな時代において、ほとんど望みがなくなる。

未来に全く望みのない行為など、現在において、一体どのような意味があるというのか。

神話において普通、作者の存在が忘れられてしまっている。神話のみが大きくクローズアップされていて、その光りの中で、地上二メートルの領域は、ひどくゆとりがあり、なごみのあるところとなる。私はもはや、私自身の、「人間性の核」の芯の感覚でもって書く以外に、書く意義を見出せなくなってきている。現在どこに住んでいようと、何を職業にしていようと、どんな学識を具えていようと、どんな環境に生まれ、どんな性質であろうと、そのような一切の属性をぬぎ捨てて、私自身の核でもって、純粋な感情と、意識と、熱情と、無意識の渦の中で書く以外に方法はない。

人類の最後的な危機は、まだ到来してはいない。民族と民族が、国家と国家、主義と主義などがどのように対立しようとも、人間同士には、まだ決定的な差違はない。やがて、水底人、月面の住人、他の惑星への開拓者達が、それぞれの場所に定住し、二代三代と時代が下っていくにつれて、それぞれの環境に適合した体質に進化乃至は退化していき、その結果として、精神面にも差違が生じてくる。やがて、惑星と惑星同士や、月と地球の間で、対立する時代がやってくる。その時こそ、人類は、絶対に相譲れない立場に追いつめられて、現在の戦争よりもはるかに激烈な、血で血を洗う戦がくりひろげられるはずである。双方には、全く理解の要素がない。

人類の未来には、現代人に想像もつかない悲劇が待ちうけている。その悲劇の日に、我々の子孫が、我々現代人の心と同じ心で嘆く悲しみを、私は、今この場で体験しようというのだ。私にとって、書くということはこういうことなのだ。

やがて起こるであろう嘆きと、絶望と、怒りの予感は、人間である以上、今後ずっと、あらゆる時代を通じて、人間が味わわされる呪でもある。それは、一種、納得のいかない、解釈のしようがない、分析不可能な意識である。例えば、貞操観念が強く、健康この上ない若後家が、そのはち切れんばかりの体をもてあまし、性器をぐちゃぐちゃにぬらしながら神経衰弱におち入っていくのに似ている。不安と焦躁感の漲った、いいしれない予感で、心身はずたずたにさいなまれる。

だが、それでいて、なお、未来の大いなる悲劇を確認することはない。決して予言者の言葉や隠者の智恵は耳に入ってこないし、心に達することがない。

私は、そういった意味での災難に遭う人々にとって、最も効果的に勇気を与え、励ましとなる文章を書いている。そのために必要な、文体の迫力は、今日一日を生き抜くすべての人間にとってもまた、同様に必要なのだ。この文章は、彼等にとって、勇気と笑いを与える妙薬となる。一時代において、真実に力を発揮する作品は、言うに及ばないことなのだが、他のどのような時代においても同様の力を発揮する。

しかし、大多数を占める凡衆は、これに対して、心がうとく盲目であり、つんぼである。予言は、常に、凡衆にとって奇妙な音楽であり狂気の沙汰なのだ。だが、それにかかわることなく、予言の言葉は、一点一画も狂わず、正確に成就していく。

来年行われる日本での博覧会を記念して、現代を代表する物品を収め、五千年後の未来に開けられることを予定して、地中深く埋められる、所謂タイム・カプセルがこれだ。そして、各界の権威や識者を選んで、収納物について検討中であるという。だが、この中に私の作品を加えないということは、かえすがえすも残念な大失策となるだろう。彼等は、今後、末永く後悔し、心が苦しみ、恥じつづけなければならない。私は、私の書くものが、この時代の最も正統で、適切で、しかも、正確無比な代弁者であると確信している。成る程、映画フィルムに納めた記録も、或る程度、現代を後世に伝えるのに役立つかも知れない。しかし、それでも、私の書くものの真迫力に追いつくことはない。なるほど、その他の、日常生活のこまごまとした必需品も、現代を或る程度説明するのに役立つだろう。だがそれでも、私の書くものが示す説明力には到底追いつくことはない。

私は、自分の心臓の鼓動をリズムにして文章を書く。私は、自分の血でもって、一言一言を書きつづけているのだ。

私は、自分の胃袋の内壁を原稿用紙にして、これを書いている。

私のような態度でものを書く人間は、しばしば無頼派などと呼ばれるかも知れない。だが、実は、それとも大分違っている。むしろ、「妻と子供を持った男は、運命を質入れしたようなものだ」とうそぶいたフランシス・ベーコンのほうが、よほど無頼の徒であろう。

あの大馬鹿野郎奴！　アンソニー・トラロップというあの頓馬野郎は、書物の主要条件と価値は、面白く読めることだとほざきやがった。面白く読めるコーランや、聖書や、仏典がこの地上に存在したためしが、一度としてあったと言うのか！

ミラーは、そういう、面白おかしい本を、ボーイスカウトの読物だと言っている。至言である。宇宙空間から眺めた地球は、決して、面白おかしいところではないぞ！　厳しく、恐しく、限りなく敬虔な光景におおわれたところなのだ。

面白おかしく本を書き綴っている推理作家やユーモア作家の表情は、それ故に、ひどく冴えていない。一トン半の水圧に耐えている深海魚の、間の抜けた顔がそこにある。

面白おかしい本に喰らいついている人間は、一種の覗き見をしているに過ぎない。そのにやけた口元、眼光は、傍観者の胃腸を悪くさせる。

ラッセルの言うように、酒を飲んで酔いつぶれることは、一時的な自殺であり、酒がもたらす幸せは、消極的なもの、マイナスのそれであるが、これと同じことは、おもしろおかしい書物についても言えることである。それは、極めて一時的な自殺行為であり、暫時的なマイナスの安息しか与えない。人間を変質させたり、根底から更新し、第一歩からやり直させる力を具えた書物とは、厳しく威圧的な要素に満たされているものなのだ。

群衆の中の孤独・平均が意味を失う時代

『黒いオルフェ』という映画の中で、役所の掃除をしている老人が言う。

「尋ね人ならそこの課に行きなさい。でも誰もいませんよ、書類だけですから。尋ね人の名前は山と積まれていても、尋ねる方には会えませんよ」

すべては文字に託されて、丹念に書きつけられ、所定の役所の書類棚に山と積まれている。だが、そこには人間が一人もいないのだ。つまり、行動がないということである。人間はいるかも知れない。いるにはいるが、あの、事務員や役人という、行動性を放棄した連中は、自主性を忘れて、上からの命令にのみ従おうとしている。文明の地表はどこにいっても書類が山と積まれていて、人影はどこにも見当たらない。

いや人間はいる。カーニバルの連中は、足の踏むところも知らないくらいに興奮し、酔いつぶれ、てんでに仮面で自己をおおい、一人として、自己をアイデンティファイしようとする意図のある奴はいない。人間は多く、騒がしいが、行動はどこにもない。

殺人者も聖者も、笑う奴も泣く奴も、そういった素顔とは全く別な仮面でもって踊り狂う。そんな雑踏の中で殺人者に追われ、周囲に立っている警官に助けを求めても、「君は悪酔いをしているのだ、早く帰って休んだ方がいい」とか、「もう、これ以上、冗談とからかいはよしてくれ、それでなくとも忙しくて目がまわりそうなのだ!」と怒鳴られるのがおちである。

頼りになりそうな格幅のいい紳士に助けを求めても何にもならない、彼等もまた酔いつぶれ、群衆も彼等を圧倒してしまっている。人間は多くいる。だが助けてくれる者は皆無だ。騒ぐ奴はひしめき合っている。だが行動する者は一人もいない。話し合い、うたい、おどり狂っている奴は広場に満ちあふれている。だが本当に役立つことを語り、実行する人物はほとんどいない。

風の中に、役所の中の山と積まれた書類が舞い散っている。飛び散らないものは、紐でぎっしりと結わえつけられ、紐に締めつけられている部分は切れている。どの一枚をとってみても、尋ね人の名前が、生年月日と、顔の特徴と、経歴とともに記入されている。だがそこには、肝腎の行方不明者を尋ねしらべて歩く人間が一人もいない。机の前の椅子には誰も座っていない。風に散り舞う紙片れを、気力を失くした態度で掃き片付ける老人。老人は、一言ぽつりと言う。

「本当に探したかったら、ここに来て探してもらうより、叫べばいいんですよ」

叫べば尋ね当てられるという。用紙に記入してこの事務所に提出しても、永久に尋ね人は見つからないだろう。それより、今、この場で口を開き、声を大にして、失せた者の名を呼ぶのだ。その方が見出せる可能性は大きい。呼ぶにかぎる。眼を上げて外を見よ。そして大声で呼べ。涙を流しながら呼びつづけるのだ。どこまでも足の向くまま歩きつづけるのだ。そして呼べ。人間は、一瞬として、一カ所にとどまってはいられない不幸な存在だ。もし、とどまっていれば、必ず足もとから腐ってくる。とどまっているということは死ぬことを意味している。どこまでも歩きつづけるのだ。呼び声を絶やしてはいけない。歩きつづける人間のために地平線はどこまでも広がって、これを押しとどめるようなことは決してしやしない。歩きつづけて、遂には、星の国に行きついた奴もいるくらいだ。呼びつづけて、遂には、一万人の先祖に出遭った奴もいる。

歩きつづけていて、そのほかには何の努力もしないのに、いつしか空に飛び上がっていた奴もいる。標準、規準、平均値、概数というけれど、こういったものは、人間個人の生活の中では、全く非具体的な仮説、抽象にすぎないことを知るべきである。ものを書く時、出来るだけ多くの者に分からせようという意識が働く時、どうしても、その文章が仮説の性格を濃く帯び、抽象的領域での無力なダンスにすぎなくなる、ということを知らなくてはいけない。もともと平均値的な、要約され、最大公約数として、あらゆる個性的な面や特徴のみられる点をこそぎとり、摩滅させ、洗い落とし、とがった角をすりへらしたものが言葉ではなかったはずだ。

文明社会で用いられ、その進展に大いに力を発揮しているのは、まさに、この公約数的な言葉だが、そして、人々はそれを、専門用語とか、知的に構成されている明瞭な文体とか、明晰な解像力を持つ迫力ある言葉といってはいるが、これは、人間を生かし、個性を高揚し、個人を主張し、生活をリアルに表現しようとする時には、力不足を嘆くこととなる。

本来、言葉とは、個人の口から、こぼれるようにもれてくる、本人だけの独特な口臭であり、呼吸のリズムである。いや、そうでなければならないというべきだろう。『サターディ・イヴニング・ポスト』誌が、ベンジャミン・フランクリン以来の、驚くべき伝統を背負いながら、今年の一月十日で廃刊となった。理由は、余りにも保守的過ぎた内容、ことなかれ主義の標準的思想や意見や興味を、平均的な表現と文法でもって書いたからだと言われている。

保守的ならば間違いなく安泰でいられるという神話は、今まで、長らく民族を問わず、国家、地方、文化のレベルを問わずに信じられてきたものであったが、いよいよこの辺から崩れはじめてきた。保守絶対の、そして前衛の万年野党乃至小数派のイメージは大きく崩れはじめている。

平均身長がとやかく言われるのは十五、六歳迄の少年少女についてではないか。それ以上になると、その人なりの身長があって、平均値はとやかく言われない。また、年令に応じた平均的行動性についても、十五、六歳どまりで、それを超えると、その人特有の行動性が具わってきて、何歳だからこうすべきだとか、何歳になったからあのように振舞うべきだというものがあってはならない。だが、実際には、人間は、生涯、平均値に従い、それから大きくはみ出さないように、細心の注意を払いながら、自分の内側からあふれてくる衝動や欲望に支配されることなく、常に、それらを抑えに抑えて生き抜いてしまおうとする。これは、最も悪どい自殺の形式である。最悪の非人道的行為でもある。

だが、人間が自分に目覚め、自分の心を尊敬しはじめ、自分の内奥の衝動に心から惚れ込める時、そうした非人道的な態度から足を洗うことが出来る。自分なりの生き方、発言、好み、喜び楽しみといったものを、堂々と、何ら悪びれることなくやっていけるのだ。

カミュの書いた『異邦人』の中では、この辺の問題が、何らはばかることなく、はっきりと、とり上げられている。平凡な、そして平均的な男ムルソーは、平均的な人間らしくサラリーマンとして既製品のように生活しているのだが、彼は、殺人の動機を裁判官に尋ねられると、「それは太陽のせいです」と答える。母が死んでいった翌日、ガールフレンドと海岸で遊び、その夜、二人は肉体的に結ばれ、更にその翌日、同じ浜辺で殺人を犯すのである。

彼は、検事に対しても、弁護士に対しても、死刑の判決に対しても、教戒師に対しても、何ら関心を払うことのない人間として書かれている。彼は、この捉えどころのない人生というものと全く一致した態度を、日常性のあらゆるものに対して向けたのであった。日常性に、関心を払って、それに責任を持つとか何とかいっている人間こそ、何とも鼻持ちならない、でたらめな奴なのだ。突然船の中で意識を回復した男が、過去の一切を忘れ、この船にさえ、誰かに依って、自分自身の意志とは全然関係なしに乗せられていたと言うのに、必死にあちこちのつじつまを合わせて、私は、是非とも、サンフランシスコに行って商用を済ませなければならないとうそぶく。そう言える前に、彼は、自分の上衣のネームをしらべて自分の名前を確認し、パスポートに記載されてある内容から、旅行の目的を知り、カバンの中の書類から仕事の内容をつかみとり、取り引きする相手の名前や、取り引き内容をのみ込み、船名を学び、既に日本を離れて何日になり、あと何日でサンフランシスコに着くかを算定し、自分の財布の中の金額に従って、自分が船客の中で占めている社会的立場を納得し、それにふさわしい言葉で語りはじめる。

社会に生きるとは、今日、まさに、これに等しいものなのである。突然意識を回復した人間が、自分の状態と立場について知ろうとする行為、これこそ今日の教育というものだ。むしろ、教育なしに何かを語り出せれば、その中にこそ強力な何かが込められるはずである。教育に依って、たしかに、個性はその鋭い角をすりへらされ、真の願望はその明確な色調がぼかされてしまう。教育に依って特徴ある個人の言葉が殺され、印刷された文章のように誰にもはっきり分かりはするが、個人的な主張を行うことの不可能なものになってしまう。

こうした状況から抜けだそうとは、大抵の人間が考えるものだ。サラリーマンも、商人も、学者も、自由業の男も心ひそかに考えている。だが、そうは願っても、現実がその実行を許さないからといって、真理から目をそむけてしまう。やりたいにはやりたいのだが、実際問題として、それが出来ない立場にあると納得する。家族や、親戚や職場を考える時、一歩も身動きならない自分を知る。いや、動こうと思えば、いくらでも自由に動けるのだが、肝腎の心の方が怖気づいていて、体に行動することを許さない。身一つの若者達には、それが出来るかといえば、何と皮肉なことだ、彼等には独立心がない。何をやるにしても、人任せで、自分の足で立とうとはしない。

新聞の人生相談欄より――Aの場合――

「女手だけで四人の子を育ててきました。上三人は中卒、末っ子だけは高校に入れましたが卒業近くになって〝施設で働きたいから資格をとるため大学へ行きたい〟と言うので、さらに大学の夜間部に進ませました。

ところが末っ子は学業に身を入れず、二年も終った春休み、自殺未遂事件を起こしました。退院後、長男が預り、一万円のこづかいを持たせたところ家出し、二、三日後無一文で帰ってきました。私が苦情を言うと、私の出勤中に家の品物を持ってまた家出し、二カ月後に帰宅した時はルンペン同然の姿でした。アルバイトもしましたが長続きせず〝人間のする仕事じゃない、パンのために働くのはバカだ。自分を殺してまでイヤな仕事はしたくない。早く革命が起きて世の中がどうかなればよい〟などと言っております。今年四月から大学に戻ると言いますが、送金も心配ですし、どうしたらいいでしょうか。」

――Bの場合――

「十二月十七日、三十五歳の清水は逮捕され、二十一日、江藤さん殺しを自供した――。

清水は両親、妻と子供三人を抱え、日給千七百円のトビの仕事をしている。父親（七〇）も生粋のトビ職だったが、戦前足場から落ちて脊髄をやられ、二十年以上歩行出来ない体。清水は小学校を卒業して以来、トビの仕事一筋に生きてきた。

だが、無口でドモリのうえ、事故で両手の指五本を切断、それを隠すためにいつも軍手をはめていた彼は、父親には頭が上がらないらしい。父親は〝息子の給料は月七万円以上になる。が、給料袋は封も切らないうちにワシがもらうことにしていた。ワシはその中から、毎月、足代（通勤費）と小づかい銭として一万円渡している。だから貯金は三百万円ある。そのうち、息子名儀は百五十万円だ。金に困って物奪りに入ったとは考えられないのだが……〟というのである。

しかし父親は腰が萎えた今でも、職人気質が旺盛で、三十過ぎた息子に絶えず小言をいう。自供によると〝給料をスッてしまったので家に帰れず、ドロボーでもして穴埋めしようと考えた〟という。

要するに、父親の叱責をひたすら恐れたあまりの犯行なのだ。

事件の解決後、清水が給料をそっくり渡していたとは知らない周囲の人は〝あんなにマジメな男が〟とは言わず〝あれほどの給料を取っていて！〟と驚くのである。強盗殺人、同傷害罪で送検された清水は、正月を警察の冷めたい留置場で過ごした。

こういった若者で、現代は、あふれにあふれている。ますます頭の方は小利口になって、屁理屈を言いたがるが、いつも、最後的には、ふんわり身を支えてくれる安全網の上での空中サーカスなのだ。だから、そこに迫力がない。行く先も決めずに、トラックに家財道具一切を積んで、あっちの方に行ってくれと運転手に頼める勇気のある人間は、老若男女の中に、今日何人ぐらいいるというのか。トラックが走っている間に何とか考えようという自信に満ちた余裕のある精神がどれくらいみられるというのか。行く先が決定し、受け入れ態勢がはっきりしていても、なお現在の場所を離れるということは恐ろしいと感じる我々なのだ。偉大になりたいと願う心は人の常だ。大物になりたいとは誰もが切望していることだ。だが彼等は、それにふさわしい行動をとる勇気がない。そこに幻滅がある。社会の一切を忘れ去り、自分一人で、自分なりに生きていける世の中だと信じられるまで、決して人間は、人間にふさわしい大らかさと、楽しさを満喫することは出来ない。在日外人の印象――。

「だんだんわたしたちにわかってきた日本人の習性のうち、興味あるものの一つは、新しい年の初めになると、決まって彼らが重大な決心をするということだ」

それでいて、彼等の決心は、一寸も実行されたことがない。本来、決心とは、日毎に、一瞬一瞬行われていなければならない。年に一度だけ決心するような人間は、そのことで、一年間を惰性に従って生きているということである。行動と決心は、一つの実体の表裏の関係にある。決心が本物なら、それは、行動そのものなのである。

母親の意見に従って嫁を貰ったり、姉さんの見立てで洋服布地を買ったり、父親の好みに従って就職口を決めたり、世の中の流行に依って志望校を決めたりする行為は、すべて、行動的とは言えない。行動的とは、自分が心でそう決めた女性を妻にすることである。そうであって、はじめて、妻に生涯尊敬され慕われる夫となれる。自分が心から必要だと思っている学校であって、はじめて学ぶ内容が身に着くのであって、有名校だから、程度が高いからと定評のある学校に入ることにあくせくすることは、行動的である若者のすることではない。

吉田松陰や、坂本龍馬、プラトン、ピカソ、アレキサンダーといった大物は、今日生きていたとしても、東大には絶対に入らなかったはずだ。むしろ、東大がその無力さをさらけだして、世間の眼が他に移った時、はじめて、東大に入るために努力するかも知れない。一流校に入ろうとする根性がすでに情けない。そういう心は、大宇宙と対決して、宇宙の声を聞くには、余りにも心が曇り過ぎており、魂が俗的なものに汚されている。

流行の柄ではない、自分の容色に合った布地を選ぶべきなのだ。流行のスタイルではなくして、自分の体に合ったものにしなければいけないと納得する神経こそ、自立している人間にふさわしいものなのである。豚が真珠の首飾りをしているのが、おかしく下品であるように、文明人は、誰もが身につけたがるものを手に入れて得々としている。おかしさを超えて、悲しみがそこにある。エレミヤが泣くのも当然のことではないか。

——或る百姓作家の弁——

イギリスの、ある死刑執行人が〝自分は定年退職後、農業をやりたい。それが夢だ〟って言いっている。

常になんらかの欲望に追われている。ところが百姓の欲は、作物がいつ大きくなっていつ食べられるかを待つ、乞食みたいな欲でだが、同じ欲でも、こっちのほうがまだよほど楽しいのだ。

　その違いを別な言葉で言うと、何が尊いか、という価値観の問題になる。たとえば、物価が上がって困ると人々は言うが、私はざま見ろと思う。汽車賃が上がれば汽車に乗らなければいいんだし、野菜や魚、肉が高ければ買わなければいい。買えなくなって初めて物の価値が、尊さがわかる。

　その一番いい例が水道の水だ。まるで流しっ放しみたいにムダに使っていながら、水道料がちょっとでも上がると、すぐ高い高いと言う。現代人が価値観を喪失しているのは、品物のインフレ、つまり商品があり過ぎるからだ。私はいっそ、ガソリンなら一リットル千円、酒なら一升五千円ぐらいになったらいいと思う。そうすれば、車に乗るありがたさ、酒を飲む楽しさが本当にわかるんじゃないかな。

　私はこのごろの流行を見ていると、昔の軍国主義を思い出す。〝歩調取れっ〟という号令ひとつで、皆同じような格好をして流行を追いかけている。文明あって文化なしでは、まさしく軍国主義だ。

　そして考えたんだが、今の世の中で、精神的な安らぎを持とうと思ったら、世間の風潮の反対の立場にいたほうがいいんじゃないか。ハンランしているものを追いかけるより、常に何かが足りないという状況にいること自体が、人間の仕合せだと思うのだ。

衝動の美徳

人間は、今日、夢を失っている。夢といっても、実現することのない夢のことではない。必ず実現する夢である。俺みたいな男は丁度この辺が似合いだと、周囲で誰も声をかけていやしないのに、一人で決めてしまっている。人々は、そういう、一人決めの立場にしがみつく。

　大臣や大将になることを夢みたのは、せいぜい五、六歳どまりまで、それから後の人生には、バスの運転手になって、小さな家を建てて、家族ともども、ささやかに暮らしていこうといった程度の夢しかなくなる。百万円貯めて、ちっぽけな未来図をえがいていたまじめ一方の研究員が、失恋を苦にして自殺した。

百万円や五百万円貯めて、それで将来をバラ色にかざろうなどという根性の男が、内容ある本当に女性らしい女性に熱愛されるわけがない。明治維新の志士のような男こそ、絶世の美女や、千年に一度出るか出ないかの心の豊かさと賢さに満ち、誠実さとやさしさにあふれた女性に慕われるのである。

私はあんなこともやりません、こんな悪いこともやりませんと、すべてマイナスの美徳をひけらかして、無理してつくろった不自然な態度で接してくる男性に対し、女性はむしろ激しい怒りさえ感じるのだ。そういった、むなしく下卑た虚栄につながる態度や根性は、もともと女性に特有のものであるので、女性は本能的にこれから逃れようとする。女性の宿命は、この、虚栄という縄目から逃れるために、力づよい男に抱かれ、愛されなければならないということを直感力で感じとっているのだ。

相手の男が、大望に支配され、激しい夢にあおられないかぎり、女性は決して賢婦になれないし、美女にもなり切れない。男が腰抜けで腑抜けのいまの社会や時代を見給え。女どもは、極度にみにくく、女らしさの片鱗さえみえない、ごつい雌ゴリラの集団となっている。これはいつの場合も例外なく同じである。がっちりしたスポーツ選手の妻たちが、一様に少女のようにやさしく、美しく、可憐な花びらのような女らしさにあふれているのも至極当然のことなのだ。ましてや、親達の意見を聞いてからでないと結婚も出来ない男性など、女にとっては、かすのかすであると考えている。そのかすとしか結婚出来ない女性達だ。そういう男の妻達とは、どの程度の女か推して知るべしである。

美しい女性はそのへんに転がってはいない。力ある男性が発掘するものだ、力ある真理や、法則もまたその辺には転がっていない。勇気ある人間が発掘するものである。或るイタリヤ人は嘆息して言う。

「オレは、ただウットリと見つめるだけで喜びを感じるような美人がいないことに失望している。

まあ、大型美人のいなくなったのは世界的現象さ。映画女優にしたって、かってのマレーネ・ディートリッヒ、グレタ・ガルボのごとく、そびえ立つ美人はあとを絶って、中くらいの水準の美人がせり合っているに過ぎない。或る日本の紳士が〝男を徹底的に破滅させる美人――東洋的表現をすれば、傾国の美女はもはや絶滅して、目下はブスの天下です。これも一種のデモクラシーですかね〃と語っていたが、なるほど、雑誌に現れ、ハレンチを誇っている女性のほとんどは醜女だよ。考えてみると、男たちが、自分はあくまでも絶世の美女を手に入れるんだといって高望みをする雄々しさを失ったために、醜女の地位が上がった。女性が民主化してしまったといえるようだ。」

私ほど文明の世話になっているものもいない。三人の息子のうち、二人までは、今日の医学の力なしには、早死にさせてしまっていたはずだし、妻もとうに結核で死んでいたはずだ。神は、私を文明の恩恵に浴して生きるように配剤してくれている。そして同時に、この文明こそ、私を死に追いやっているものでもある。私の中で、文明は、神の慈悲と、悪魔のきさやきを同時に演じている。私はこれを心から崇拝し、最大の憎悪の念いを抱く。ここにのっぴきならない矛盾と複雑さが生じてくる。人間精神とは、往来する超特急を走らせている複線の線路である。決して、一方にしか進むことのない単線の上の汽車ではないのだ。

私は既に、私を生んでくれた親と縁を切っている。ターレスやアルキメデス、イザヤ、アモス、ハバククの養子となるために、生みの親と縁を切ったのだ。私は押しかけ養子、私は生まれた時の状態とは全く異った次元に生きるためにふるさとを旅立ったのだ。アブラハムのように、ヤコブのように、ヨセフのように、キリストのように、マホメットのように、シャカのように、永い旅に出たのだ。二度とふるさとに戻ることのあるまい旅に出たのだ。それは、周囲から祝福されて出で立つ旅ではない。なかば石をもって追われるようにして出ていく旅だ。無理矢理に、本人の意志などかまわずに奴隷商人に売れていったヨセフのように運命の強制に遭う場合もある。それは見かけ上は、ひどくもの悲しい旅立ちである。明日の生活に何一つ保証がないのだ。しかし、それに打ち克って旅立つ人こそ偉大な人間といわなければならない。

七つの節を持つ、五十四糎の長さの尺八。最も素朴な楽器だ。七つの節をくり抜いて、五つの穴を、表に四つ、裏に一つあけただけ。それぞれの音には、甲（かん）音と呂音がある。呂音は、唇をゆるめ、息を大きく吸っていて、ゆっくりと吐き出す時に、歌口からひびきが、かすかに伝わり、しわがれた老竹の肌に刻みつける、しみとおるように幽幻な音色である。かつては、仏教の世界で、法竹として用いられたものだ。メリとハリが巧みにまじり合い、淀む空気をふるわす風情は、日本人の心のふるさとの在り処をさし示してくれる。

アンリ・ファーブルは子供達のためにすばらしい本を遺してくれた。「昆虫は、いつも未来形のことを考えて、過去形のことは考えないんだって！」小学校四年の長男が、ファーブルの昆虫記の一節を読みながら、さもおどろいたという風にいった。未来形とか過去形とかいった表現は、彼が最近学んでいる英語の文法上の用語であって、それをそっくりそのまま、彼は生活のあらゆる面に応用して使っているにすぎない。

ファーブルは見た。昆虫は一たん苦労して何かをつくり上げると、完成したとたんにそれに対して一切の興味を失い、新しい何かに向かって行動を起こしていくという事実に気づいたのだ。そこでファーブルは結論を下している。「本能とは、過去のことをすべて忘れて未来のもののみに熱中する働きかけである」。

それにしても、我々文明人は、また、何と、そういった意味では本能を抑圧し、無視した生き方をしていることであろうか。常に過去のことにくよくよし、いらぬプライドを抱き、未来は常に過去の裏付けと承認なしには展開することのない、一段と、権威と自主性の低い存在となっている。未来とは、それがどのようなものであれ、過去とは絶縁された、全くそれ自体で存在する何かであって、常に白紙の状態であるべきなのだ。そういった、生き生きとした純粋な未来は、今のところ人間生活の中には一寸もみられなくなっている。

おとなしい夫には注意しろ。妻は、そういう夫の前では、ますます焦立ちをおぼえ、猜疑心にさいなまされ、絶望に追いやられ、不安におののくということになる。おとなしい夫とは、妻と対決する座に在って、心中何か別のことを考え、機さえあれば妻の束縛から逃れようという気持に支配されている。むしろ亭主関白の家庭こそ妻の安心していられる場所である。横暴気味の亭主こそ、例外はいくらでもあるが、大抵の場合、妻と真っ向うから対決し、妻に溺れ切り、家族に溺れ切れる人物なのである。

マイホーム主義の亭主は、それでは、どっちに属するのだろうか。勿論、おとなしい無責任な亭主の部類に属していることは明らかだ。家を建て、こじんまりと、一応小型車を手に入れ、庭をつくり、花を植え、門柱を吟味し、標札をつける位置などに凝っているが、内心、家族の束縛からのがれたいと願っているのは、実は、こういったマイホーム亭主なのである。久しぶりに、妻が子供等を連れて親戚に行ったりすると、ほっとしたりして息抜きを感じられるような男は、妻に不安を与えていることは間違いない。本当に、妻と友人関係を正しく持っている男は、半日でも妻の顔を見ないと頭痛がしてくるはずである。この状態は生涯変るようであってはならない。例え、ほかにあそび相手の女がいたとしても、それとは別に、自分の妻から離れている限り不安を感じるような男でなければ、妻に安息を与えることは出来ない。

妻なしで平気でいられる亭主こそ、妻に限りない不安を与え、その態度は、妻に対して、最もひどい仕打ちとなる。その逆もまた、言えることだ。夫なしで平気でパーティや何やで忙しくしていられる妻の存在は、夫にひどい焦りと不安を与える。もし、そのような夫や妻でありながら、なお、平隠無事に家庭生活が営んでいられるようなら、そこには、いい知れない夫婦間の偽善があり、欺瞞があり、二た心があり、精神の完全な燃焼をし切れない人間のかなしみと敗北がある。

一生涯、一度も夫婦げんかをしないで、がまんし通してしまう夫婦も時たまいる。何と悲しく、哀れなことか。そのようにがまん出来るのは、その精神において彼等が奴隷の地位を甘んじているからである。もし、がまんすることなしに、夫婦げんかが一度も出来ない夫婦であるとすれば、その二人は偶然にも情感の稀薄な、無気力さと無感動に支配された、でくの坊同士であるからだ。

もし、二人のうち、どちらかでも当たり前の情感を具えていれば、早晩離婚ということになるはずであって、二人が冷蔵庫の中のろうそくのような冷え冷えとした気持で暮らしていられるはずがない。セックスを通して燃え上がることと、この精神性の燃焼とは、直接的に連動してはいない。心と心は冷え切っているのに、肉と肉だけが燃え上がるという不具のケースはかなり多くみられる。二人は抱き合いながら、精のかぎりを尽くして運動しながら、心は底冷えの中で、別々に、何か二人とは無関係のことを考えているという悲しみにあふれた珍現象が生じる。

夫婦とは、地上最大の友人関係であって、この二人の間にみられるように、趣味が一致し、感情のフォームが一つに重なり合い、好き嫌いが一つになる状態は他に見られない。二人の性格は全く正反対の方がよい。正反対である方が、相手に対して、神秘性がより効果的に、魅力的にあらわれるものだ。

男から見て、女心とはまったく掴みどころがないというのが理想的であるし、女からみれば、男って分からないというのがよいのである。二人とも、相手のことが手にとるように分かり理解出来る存在なら、仙人か風神でない限り、そういつまでも新鮮な気持で接していられるわけがない。そういう夫婦が多いから、結婚生活とはがまんすべきもの、不本意ながらも、世間体を考えて、耐え抜かねばならないものと考えたくなるのである。がまんして暮らさなければならない夫婦など、地上最大の不幸劇である。

自分の妻や夫に不足を感じ、不満を感じて、他の男や女と浮気するのは負け犬のすることである。山県元師や大山元師、そしてアレキサンダーやナポレオンは、世界一の美女賢女を妻にしていた。それでもなお、自分の見馴れている妻よりは一段劣る女を相手に、精神と肉体の柔軟運動をせっせと手広く行った。本当に心ある人間なら、自分の妻に不満や不足を感じる時、敢えて、他の女に近づくことをやめるはずである。それを意のままに行うとき、精神のはっきりしている人間は身に負っている敗北感をひしひしと感じる。

羆《ひぐま》か雌ゴリラみたいな女をかあちゃんにしていて、職場やどこかの賢く美しい女の尻を追うようになると、自然、その男の態度は、卑屈で下品で、ひどくみじめなものとして、心ある女性の目に映る。女に不足している男の態度は、丁度金がないくせにあるふりをする男の与える印象に似て、ひどくもの悲しく、それを傍観するだけでもがまん出来ない。反対に、充分満ち足りている人間であってはじめて勝利者となれる。

持てる者はますます与えられるのであり、持たない者はますます奪われていく。これが自然の法則である。無い者も有る者も平等に……などという、共産主義のでたらめなやり方は、周囲が黙って見ていても、自分から腰くだけになって自滅していくのである。中味のない人間の豪勢な振る舞いなど、例えそれに反対したい気持があっても、黙って見ているに限る。早晩、自らの手で首をくくって息絶えていくから問題はない。

成人式の日、アナウンサーが、二十歳の若者に質問した。

「成人式を迎えて、大人となった自覚がありますか?」

それにこたえて、一大学生は、

「いや、特別ありません。二十歳の誕生日を迎えた時、多少それに似た感じがしました。でも、本当にそれを実感するのは、やはり、親と精神的経済的両面で訣別するときではないでしょうか」

こういう見方の出来る二十歳がいるかぎり、この世の中は、まだ、すっかり不毛の地ではない。それにしても、精神的に親と縁の切れない「小児大人《おとな》」が何と多いことか。そのくせ、大きなこと、きれいごとは、一寸も恥かしげなくペラペラと論じ、しゃべりまくっている。親の肩にもたれかかり、伝統の神話の中に頭をすっぽりと埋ずめて、大きなことを言っている。新しい神話などつくり出すゆとりがどこにもないのだ。

例えその人間が不誠実であってもかまわずに、今、自分にとって利益があるならば、その人にくっついていようという見下げた根性がはっきり見えている。ひどく弱々しいのだ。自分で歩く能力もないくせに、考えだけは一人前になっていき、一応色気も何もかもそろっている。そろっているにはいるが、その中のどれ一つとして本格的には使えない。どれもこれも、単なる憧れにすぎず、また、単なる期待だけであって、何一つ実現することはない。はじめから実現しないことはよく分かっている。分かっているからこそ、彼等は無気力で意気地がなく、感動はひ弱で、怒りも、愛も、夢も、馬の小便水の如く稀薄である。

何だかんだといっても、すべてはかたちばかり。

形式を取り除いたらあとには何一つ残らない。どこに行っても空返事と空威張りと、中味のない儀式と、実行の伴わない計画ばかりがはんらんしている。どの人間の面も、馬糞のように生気がなく、毎日、ほとんど何事も起らず、馬糞茸のように伸びていく。

神秘性は人間存在の実証である

それにしても、どうしてこの世の中には、ターレスやミラーのような人物が少ないのであろう。どいつもこいつも、一寸、はじめのうちは、これは中味がある、世間離れした大物だと思っても、よくよく見守っているうちに、だんだんと地金があらわれて、唯の凡人であることが分かり、がっかりする。一寸ばかり、自己の内部のものに熱中しているかと思って、更に突っ込んで付き合っているうち、何のことはない、この世の中にしっかりと縛りつけられ、一歩も身動きならない哀れな人間であることが判明してくる。

何一つ、自分から始まることなど、恐ろしくて出来やしない弱虫である。すべては、誰かが以前に試みていることばかりであって、愛情の問題、結婚、学問、宗教問題についても、前例にならってきちんと行う。そうしなれば生命が縮み上がってしまうくらいに恐ろしく、とんでもないことなのだ。

そういった世の中の連中は、誰も彼も、創造的で、自らを最初に試みる者と任じて、その一生を王者の如く堂々と送った偉大な、ごくわずかな偉人達の言葉と生き方に拍手を送り、賛辞を投げかけ、自分の人生を満たそうとしていながら、その実、一寸もその生き方は変わっていない。ソクラテスの言葉は数え切れない程の人々に親しまれているが、ソクラテスのように生きている人はほとんどいない。キリストの言葉やシャカの言葉には皆飛びついているが、彼等のように生きているものは一人もいない。

ミラーの文学に心打たれる人は世界中に数多くいる。だが、ミラーのように堂々たる自由な生き方をしている人は稀である。コロンブスやレンブラントの話は誰でも知っている。だが、彼等のように、最も偉大なことの一部を担う生き方をしながら、どぶ鼠のように死ななければならなかった生き方をしている者については、今日、ほとんど聞いていない。

中世の「農奴」という言葉が与えるひびきは、江戸時代の土百姓、水のみ百姓の印象である。四つ肢のものを食うな、絹の着物を着るな、白い飯を食うなと教え込まれ、いつしか、それが脳の弱い百姓どもにとって、彼等の良心を形づくり、代官が言わなくとも、彼等自身で水のみ百姓の分限をちゃんと守った。二宮尊徳は、何か大したことを農民の間に教え広めたように思われているかも知れないが、それどころか大変な悪業を、それとは知らずに犯していたのだ。分限を守れと教えることに依って、彼の言葉に従った農民達は、革命ということの意義も、自己主張という美徳も、状況を変えるという勇気も持たずじまい、味わわずじまいとなってしまった。

病気を治すために大手術は必要なのだ。手術を受ける際の痛みは、いわゆる必要悪というものだ。体質を改善し、旧弊から脱皮するために受ける傷や流血はがまんしなければならない。それを見たくないため、遂に、一生涯、不当な扱い方を受ける豚のように悲しい人間がなんと多くいることか。彼等は、傷を見たくない、破壊を好まない、精神、行動両面の暴力を嫌うという、きわめて末端的な美徳？　に固執して、最も大切なものを失っている。甦るために、一たん火炎の中に身を投げ込むことは必要な行為なのだ。復活する前には、どうしても火炎の中で一度は身を焼き尽くさなければならない。

世の男達は、妻の料理の中に母の味を求めていると言う。

私の妻は、そういう話を聞いて、笑いながらいう。

「大抵の男達は、いい年をして離乳が出来ていないのね」

その通りである。彼等は大部分、精神的に母の体から分離しておらず、父の権力からも独立してはいない。その点、私は幸せな男だ。親の元で育った時には、母は、私の全宇宙であり、生命であり、存在意義の総てであった。しかし、一たん母を離れたら、今度は、妻が、私の全宇宙となり、全存在意義となった。母の料理は、今となっては、もはや過去の歴史であって、何ら私の舌を誘うことがなくなった。妻と出遭い、妻が私と出遭って編み出した新規な料理こそ私の好むものである。私は妻と出遭って、一たん古い自分を殺して新しく生まれ変ったのである。私の体質はそれに伴い大きく変わった。私は、かつて、父親の中に見ていた一切の興味と関心を捨て去った。

私には全く新しい興味と関心が具わりはじめてきている。私のふる里は、生まれ故郷の山河は別として、私と妻と三人の息子達の住んでいるところしかありはしないのだ。私にとって、妻の手づくりの料理以上にぜいたくなものはないのだ。

大昔は、知人が一家を訪ねると、その家の夫は、山を馳けめぐって獲物を追い、妻は野を走って摘み草をした。そして知人を手料理でもてなした。これが文字通り、御馳走なのだ。或るアメリカ人の家族を、心を込めて訪ねたのに、「あそこの食堂で食べてきてください。支払いの方はちゃんとしておきましたから」と言われて、体の芯から力の抜けていくように感じたことがあった。

貧しいながら、あたたかい炊きたてのご飯と、とっておきの、生きている鰯を串に刺し、いろりで焼き、漬け物と一緒に出されたとき、風の吹き込む一間だけの家であったが、私の体は充分に暖まった。親不知《おやしらず》に近い裏日本の漁師の家でのことである。

この家の幼い息子が失明の恐れのある眼疾にかかっていた。アメリカからやってきた宣教師が治療費を出した。鰯を焼きながら、父親は、感謝の余り涙をこぼしているようだった。私はその宣教師と二人で、春のはじめ、この家を訪ねたのである。

今では、どこの家に行ってみても、家中が牛馬のように働いている。昔は水のみ百姓であっても、牛馬のようには働かなかった。今ではサラリーマン達が牛馬になっている。そういう家を訪ねても、既製品の料理しか食わしてくれない。決して印象にのこるような味わいの楽しみを得ることが出来ない。しかし、それでも、まだ万に一つ、億に一つぐらい知人の訪問を迎えて、夫が馳《は》せまわり妻が走りまわってもてなしてくれる家族がある。まるで奇蹟のようにある。そして私の家族はそうでありたい。いや事実そうである。どの様な訪問客にも妻は心をこめて手造りの料理でもてなす。それ以上に、家族のために、毎回、手料理のあたたか味を味わわしてくれる。ありがたいことである。

現代における貧しさとは、まさしくこれだ。すべてを金の力で手っとり早く済ませようとし、誠意の欠如さえも金で補おうとする。金の力で人間は、人間らしさをどこかにおき忘れてきている。日本人の、あの、おっちょこちょいな、年末年始の、物の贈り合いの風習を見給え。すべてが、金で処理の出来る間に合わせ物。なるほど格好はいい、包装もいい、どっしりとしていて、見るからに豪華そうだ。だが、贈り主の真心はどこにもうかがえない。そんなもの、はじめからありはしないからである。出来ることなら、何ひとつ贈りたくはない。習慣上仕方がない。だから止むを得ずやっている行為だ。そのような心境に、義が見られるはずがない。相手の心をつかみ、うるおす誠意があるはずがない。

彼等が、全く新しい人生に入るべき結婚において、一切の過去を解消したり、一つの歴史の年表としてそれを客観的に眺められるようになれずじまいの人々にとっては、望むべくもない。精神的には、生まれた家から一歩も外に出ていない、そういう男女が、一緒に何年暮したところで、何一つ新しいものが生み出されるはずがない。夫は妻によって洗脳され、妻は夫によって造り変えられなければならない。妻の〝生命〟になれる夫になるためには、新しく家庭を持つときに、一度死ななければならない。夫の新しい〝ふる里〟になれる妻とは、夫の世界に飛び込んで、その中で、女神になれる賢明な女性だけである。結婚は、全く新しい世界の創造であり、新しい神話の序曲でなければならない。

十年間一緒に暮していて、今まで一度も、あれがうまい、これがうまいと、食い物に注文を言ったことのない夫が多くいる。妻は、それで夫の好みはと尋かれても返答に困ってしまう。第一、自分の容色や姿体に合うドレスの型や布地の色調を知らない女達が、どうして夫の好みがはっきり分かっているはずがあろう。夫ですら、自分が、一体何が本心から好きで、何が嫌いなのかはっきりとは分かっていない。そういう霧にかすんだ認識と、眼病をわずらった百歳の老人の、逆さまつげの眼の視覚でしか納得しない体験が、彼等の唯一の支えである。

彼等は、尻に玉子の殻をつけたままで、妻をめとり、子供をつくり、大人になったつもりでいる。母親のイメージを、妻の中や娘の中に見ようとしているほどに頼りない中途半端な大人なのだ。大人として自己の発言をさせれば、彼等は何一つしゃべれない。野次馬として群衆の中に放り込んでやれば、まるで、水を得た魚のように無責任に泳ぎだす。個人の責任と主張を問われれば、忽ちフライパンの上のバターのように溶け出してしまう彼等なのだが、個人を問われず、大いに騒げ、大いに集団体操をやれと言われれば、喜んでやり出す。

妻のことさえ、母の形見として捉えることは出来ても、大人として、親から分離して、全く新しく、別種の次元に踏み込んでいく際に、自分という人間―全然、親達とは関係を断ちきった個人として出発する際に、自分と純粋に出遭った〝運命〟として受入れることは出来ない。妻とは、一人の男にとって運命そのものなのだ。自分のために生きる人間は、自分の運命そのものとして妻を受け入れる。妻とはそういう存在なのだ。

幼児を見よ！　何時間、何年間放っておいても、決して、遊びに退屈しないし、遊んでいること自体に不安や焦りを感じない。むしろ、それとは逆に、周囲から手出しをされると、ひどくいやがる。幼児のこうした特性は、物心つくころから次第に薄れてくる。そして、成人する頃には、すっかりその痕跡すらなくなってしまう。鯨にさえ、太古の時代の足の痕跡がみられるというのに、一体、何ということだ！　まるで神かくしに遭ったかのように、その痕跡はあとかたもなくなってしまう。完全消滅の不思議がここにある。不幸のしるるし、悲しみの烙印だ。

大人とは、何一つ自分の好きなようにはやっていけない代物。一寸ばかり純粋な心と、自我を支えるわずかばかりの勇気があっても、それは長つづきしない。一人で、孤独な我が道を五分も歩むと、背筋辺りに、そら恐ろしさが這い上がってくる。一時間も、自分だけのダンスに打ち興じていると、焦りで体中の筋肉が硬直しはじめてくる。一時間も自分だけの言葉で話をしていると、まるで自分をどこかに置き忘れてきてしまったかのような錯覚に陥って、抜きさしならなくなる、一カ月も自分の主張に依存していると、ファイトが腐ってきて、徐々に妥協の精神に変質していく。一年も個性に従って生活していると、顔面が蒼白になってきて、半病人となってしまう。

だが、自分のペースで、充分豊かな生き方や、健康この上ない暮しが出来る人もいないわけではない。幼児の無傷の魂を失わず、それに、大人の知恵と天使の自由さと神の自信を加味し、しかも、その混合融合の具合が秘蹟にも似て、神秘に包まれた完璧さでなされている人間といったものが、いないわけではない。これはもう、体質において、仙人と呼ばれるにふさわしい存在である。実質的に、巨人、偉大な人間、人間中の宝、宇宙に咲いた麗わしき花と呼ばれるに価する人間である。それにくらべ、全く個性のない一般大衆は、馬糞と同じである。どぶ水の濁りに似ている。存在しない方がよかったのだ。生まれてこなかった方が、はるかに幸せだったということとが実感として受け止められる人間どもである。

生きてきたことが幸せと分かる人間なら、自分の道を歩むべきだ。幼児のように、一万年でも、自分の好きなことをさせてもらえてさえいれば、なんら退屈することなく暮していける人間だからである。凡衆は、口先だけでは、自由をよこせ、独立がしたい、自分のやり方でやってみたいと、しきりに、尻の穴のようにしわの寄った口で叫びつづけている。だがどうだ。ためしに、彼等を一人にして、自由にしてみようか。彼等なりのやり方で生きてみろと誘ってみようか。結果は火を見るよりも明らかである。自分ですべてを決定し、自分のペースで、自分の思ったように暮す一日二十四時間が苦節の百年、難儀の千年、迫害の万年ほどにも感じて、「助けてくれ、どうか、俺をもと通り、縛りつけ、鎖につなぎ、鞭で打ってこき使ってくれ、お願いだ！」ということになる。

彼等には天使の自由さのかわりに、牛馬の奴隷根性がしみ込んでおり、神の自信の代わりに、死者の自己不信が刻み込まれている。一人で出来るものな、何一つありはしない。皆無なのだ。すべて命令され、下知され、鞭打たれ、ハイヨオッ！　と耳元で言われなければ自信をもって行動が出来ないという哀れさだ。

これ以上の悲劇が一体どこにあるというのか。

自分の内側からひびいてくる一つの声。それは、神の声そのものを、自由な立場で、自己の魂と精神が同意して送ってよこす声なのだ。この声に従う者には、見栄や外聞ということが一寸も気にならなくなる。自己の内側の正義のために忠誠をはげむ、この上ない勇者となり切っているからである。自分に楽な姿勢で、生活にまたがっていない現代人の大半は、一寸した衝動でもって、自分自身からコロコロと転げ落ちる。その転げ落ちるぶざまさも、最近では誰もさほど気にしなくなってきた。お互い様、といったわびしい気持に支配されているからであろう。コロコロと人間は、自分自身の背中から転げ落ちる哀れな道化師。厚くぬりつけた化粧の下の素顔は、決して見せはしない。いつも営業用の顔で人と付き合う。彼等にとっては付き合うということは欺すということであり狡猾に立ちまわることに通じ、相手をおとし入れ、裏切ることに通じる。道化の表情はいつもおだやかであり、笑いこぼれ、うらみなど片鱗ものぞかせてはいない。だが、それだけに、素顔の方は恐ろしいのだ。敗北者特有のうらみ言、敵意、悲しみ、焦り、悪びれる心、劣等感、自嘲が、素顔の表面に渦を巻いている。なかでも、自己をあざ笑う心が最も激しく悪臭を発散している。自己をあざ笑う奴には気を付けろ。最も他人を傷つけ易いのはこの手合いだ。自分自身でも全然気付かずに、相手をグサリと鋭いナイフでえぐりとる。これとは逆に、自尊心が強い人間は、常に、周囲の人々を生かし、励まし、強め、支えていく。自尊心のある人間は、人間にとって最も大切なものを与えて惜しむことのない人である。彼は、決して空御世辞というものを使わない。狡猾に、相手を油断させておいて、すきを見て攻め込んでくる自嘲型の人間とは月とスッポンの差がある。幼児の行為で、他人を傷付けたためしがあろうか。殺人鬼でさえ、幼児の笑い顔と、泣きじゃくる姿を見て、ふと、われに返るのである。そして微笑《ほほえみ》を返す。

この幼児も、やがて何年かたつと、一人あそびが退屈になり、自分中心の生活が不安になり、一人歩きが不安になってくる。自分自身というものが、今までは、神のようにすなおで、大らかな気持で、常に問題の中心に置かれていたが、その時から自分というものが、問題の外側に置かれるようになる。いわゆる、客観性が出てくるのだ。客観性こそ、生命にとって、最も嫌うべき毒素である。

神は、人間に眼を与えたが、それは一方通行の道のように、内側から外側に向かって冷静に自己をみつめる機能を持った眼である。これは、一見して、如何にもすぐれた機能のように思われるが、実は、最も危険なものなのである。人間は妙な色気を出して、外側から自分を見ようなどという気になってはいけない。常に、内側から外を眺めていて、その判断に従って行動すれば間違いないのである。人間社会のあらゆる不幸は、客観的な物の見方と、そういった、幾つかの物の見方の対立、喰い違いから起こっているのではないのか。違っているだろうか？　いや、違ってはいないはずだ。客観的な物の見方、取り扱い方が、現代の文明をここまで発展させてきた。これは事実だ。だが、そうした客観性といったものが一つの重大な要素を、過去の時代のどの辺かで失ってきてしまったという厳しい事実を、諸君は一度でも考えてみたことがあるだろうか。

客観的な生き方に入る際に人間が失ってしまったもの

――しかも、それを失うとは気付かぬくらいに、極く自然に失ってしまったもの――それは信じる心である。客観的な生き方は、別のいい方をすれば、実証的なものの把握の方法であり、証明することによってのみ、物事を納得しようというやり方である。証明とは、個々の異った人間が、その最大公約数としての共通点、共通面で一致した見方、感じ方に寄り集まることであって、その際に、失う損失は多大である。信じる心は、客観的な物事の処理に当たっては有害なものである。だが、そのようにして、人間は頭数が多いからといって、すべての人にとって共通な場をつくり、そこで物事を、平等、公平な感覚で納得しようとした。この様な場合、平等とか公平といった言葉の持つひびきの何といやらしく、汚れに満ちていることであろう。それぞれ、わずかずつ異った毛様体筋の引張力と、微小ながら、水晶体の厚さの異った眼に、同じイメージを浮かばせようとした試みは、一面において、現代文明の長足の進歩を促す共同体の結成には大いに役立ったであろうが、人間個人々々の成長乃至は、人間本来のものの保持という点に関しては、限りなく多くの傷跡をのこした。

信じる心の欠如は、機械を多く造り出し、人間の頭脳にとって代わるコンピューターを生み出したが、コンピューターに情報を送り込む肝腎の人間そのものは、ひどくやつれ果ててしまっている。主客転倒とは、まさにこの場合最も正確な意味で使える言葉である。人間本来のものは、信じる心によってのみ、生き生きと、豊かに、しかも力強く生存出来るのであって、文明の利器とは、そういった、たくましい、個人単位でもって人間存在の意味がある人に益するものでなければならない。

現代人は、個人単位になると、路傍の石ころ一つの存在よりも意味が薄くなる。常に、集団、組織、そしてこじつけの大義名分や法則によらないと、紙屑みたいになってしまう存在なのである。

偉大な人間をふり返って見るとよい。どの一人をとってみても、彼等は、充分、個人単位で世の中の、あらゆる時代の厳しい評価に耐え得る存在であった。彼等は、それぞれ、自分自身が一つの歴史を、しかも、完結した内容の歴史を形成し、一つの筋をつくり上げているドラマを編み出している。

彼等は、生涯一言もしゃべらずとも、その生き方だけで充分一つの偉大なる小説となり得たし、何一つ行動しなくとも、彼等の生活そのものが、充分、第一級の革命であり得た。彼等は主観に立って一歩も譲らず、しかもその主観は、権威に満ち、いささかも悪びれてはいなかった。彼等の考えること、感じることは、科学的に証明しようとすれば、誤謬に満ち、誤解、錯覚に満ちているかも知れない。だが、誤謬や、錯覚すら、れっきとした一つのドラマの構成因子としてその力を発揮し、その巨人を巨人たらしめるために恥ない機能を発揮している。

公的に正しいことばかりやっていながら、その実、歴史的には、全人類的には何一つまともなことをやっていない人々でこの世の中はごった返している。何一つ悪いことはしていませんとうそぶける人間は腐るほどいる。だが彼等の間に、何か人間を救済し得るような大革命が起こっているというのか！　川岸には、黒山のように人々が群がっている。押し合いへし合いしている。人々は、口々に、「私は、あの少年を川に突き落としはしなかった。これは神に誓って言える。本当なのだ。だから私の良心は一寸も責められてはいない。私の心には、やましい点がこれっぽっちもないのだ」とがなりたてている。

そして、彼等の混雑している川岸とは別に、川の深味では、凍えるような寒さの中で、一人の少年が、今まさに溺死しようとして苦しみもがいている。

この大馬鹿野郎！　本当に人間らしい心があったら、黙って川に飛び込むのだ！　そして、四の五の言わずに少年を救い出せ！　現代文明社会は群がる人の波だ。そして、誰も彼も、口々に、自分の義を公表し、自分の責められる点の少ないことを説明する。だが本当は、そういった態度こそが責められるに価する大犯罪であることを一寸も気付いてはいない。

心ある人間は、この科学の悪臭の中で、騒がしい人々を避けて独り丘に登って行く。そして、巨人の偉大な道の第一歩を踏み締める。偉大になるということは、この世の凡衆と縁を切ることである。栄光に満ちた生き方とは、この世の空しい栄誉の一切から遠ざかり、自己の内部の掟に従って英雄になり切ることである。英雄とは神秘に満ちていて、常人の感覚では一寸捉えどころがない存在として見たのは、カーライルであった。だからカーライルは、真実のレリーフとして英雄像を刻み、世に公表した得難い彫刻家と言えるだろう。しかし、英雄が神秘に満ちているというのは、彼等が主観に徹しているからであって、主観とは、その人間一個人によって独特の形をしているので、客観的な眼でみれば神秘としか言いようがないのである。だが本人にとっても、最も合理的で、すっきりと割り切れているものなのだ。

そういった他人の主観、つまり、他人の最も純粋な主張と意見を受けるためには、信じる心でもってこれをむかえなければならない。信じる心を失った現代人は、まもなく、精巧なロボットになり切ろうとしている。主観というものを重んじていないのであるから、ロボットになる際に苦痛は一寸もない。主観とは、いわば神経であって、これがないとなれば、首を切りとっても、心臓を切除しても、痛みは一寸もない。本当にお気の毒です。南無阿弥陀仏……。

7章

天使の眼を具えた怒れる虎

天使のように優しい心が
厳酷な、執念深い皮肉極まる性質と化して、
丁度厚い格子をはめた氷の牢獄から
外をにらんでいるようだ。
実にそれは、沈黙の苦痛、
而も沈黙せる嘲りの苦痛である。
こうして、彼は、一千年の沈黙を破る
「神秘不可思議な歌」をうたった。

〈カーライル〉

序章・俺が自分を信じた日には奴らは皆殺しだ！

此の長たらしい題名は、バーナード・ショーの作品『傷心の家』の第一幕の中で、ショットオーヴァー大尉に言わせている言葉である。この大尉は、更に続けてこう言う。

「自己欺瞞はよせ。あいつらは自分の力を出し切っている。そして俺達は、あいつらの御機嫌をとるために、毎日自分のよい半面を犠牲にしている。俺達の求めているものの実現することを妨害してばかりいる連中が分かっているばっかりに、自分の憧れさえ抱けずにいるのだ」。

私は、ブレイクを書こうとして、遂に書くことが出来なかった。ブレイクをおびやかし続けた活気に満ちた生命の断片を、きたならしく原稿用紙にこびりつけただけであった。

カサンドラの悲しみ

一人の生きた人間がここにいる。彼は、あらゆる意味において自由であり、あらゆることに無関心でいられる能力を具えている。彼は、明らかに、文明なしに生きていくことの幸せを実証した稀有な存在である。

彼は、魂を檻から放している。魂は自由自在に動きまわり、これをさえぎったり、押さえつけたりするものは、何一つありはしない。彼は真底から人間であろうとする。もし機械的な人間などといったものが存在するとするなら、彼は、明らかに、そういった人間からは最も遠い処に位置付けられている。彼にとって、人間が二人以上集まって何事かを始めようとする企てを、どうしても、現実とは信じることが出来ない。

彼は、多くの人々の間に生活してはいたが、常に孤独であった。彼にとって、比較という言葉はない。すべてが、それ自体で、安定した存在を示すものであるということに確信がある。彼には、歴史があるにはあるが、それは、現在の中に一切合切吸収されてしまって、もはや、過去としての性質や、伝統としての権威を失墜してしまっている。彼は、どのような伝統にも、圧しつぶされたり、変形されたりすることがない。彼は、いつまでたっても彼に違いないのだ。

ブランデンは、こうしたブレイクの神秘的な傾向を、かなり密接に、その当時の神秘主義者と結びつけているが、それは正しくはあるまい。女予言者の、ジョアナ・サウスコットのような人達の見た異象と、ブレイクのそれは、同時点で語ることが出来るであろうか。

また逆に、これら、サウスコットに依って代表される神秘宗教人達が文学に寄与せず、ブレイクがその反対であったと割り切ることもおかしな話である。これら両者間の差異といったものは、ほとんど、そういった感じがするかしないかといった程度のものである。ブレイクは行きがかりの人生から離れようとはしたが、文学のための文学をやったためしはないのだ。彼は生きた。だが人生を意識しただけで、文学は念頭になかった。彼の墓が、死後一世紀の間、誰の目にも止まらなかったというのも、生前、金銭的には余り恵まれなかったというのも、それらは、彼が、文壇、芸術サークルから孤立していたからであった。恐らくは、彼の心を啓発するのに、エマヌエル・スウェデンボルイの神秘哲学の素顔は大いに寄与するものがあったに違いない。

しかし、彼は生まれながらにして、異象を見るのに都合のよい魂を持ち合わせていた。彼は四歳にして、神と出会う体験をしている。我々は、誰も彼も忘れてしまっていることなのだが、出生したあの瞬間、初声《うぶごえ》をあげる。あれはまさしく、異象を見ての驚きであり、恐れであり、感激なのだ。幼い者の眼は、そのころ、未だ何も見えない。視力を持っていないだけに何とも有利なのだ。彼等は眼を経ずに、ものを直接見なければならない。年がいってからは、あり余る視力を持ちながら、厳しい悟りの境地に入って、これを体験するのだが、赤児の場合は、一種の厳しい必然性でもってそうする。

赤児は泣く。大人達は、この子供のために負担しなければならないものを計算しながら、表面では、めでたいめでたいと言う。赤児は、それでますます泣きじゃくる。大人の嘘と、幼児の真実が冷たくぶつかり合う。

三日間、真夏の太陽の下で、十六歳の母親に捨てられた、生まれたばかりの女児が、元気よく泣きながら生き続けていた。

ブレイクの体験は、こうした、我々が、かなり以前に忘れてしまっている、極めて純粋な体験の実行にほかならなかった。彼がこうした体験の深味に入っていけばいくほど、世間は、彼を理解し難くなっていった。しかし、彼は本来の自分を回復した。それを、世のめくら達と妥協して、やめたりする理由は何もなかったのだ。

彼の目は自由に真実を見た。眠れる文明社会の中で、大きく目を見開いていたのだ。眠れる者達にとって妥当であり、もっともだと感じられ、有意義だとして受け止められるものは、常に非現実の諸要素でしかない。しかし、そうだからと言って、ブレイクには、そうした世の在り方にならって自分を変えていく気にはなれなかった。そうすることは、彼自身の死であり、生きることの断念であった。

人間は常に一人で生まれてくる。双生児達であっても、「コルシカの兄弟」のような例は、単なる伝説に過ぎない。この地上の、あらゆるレベルにおけるどのような条件に依ってしても、二人の人間が同一体験をすることはありえないのだ。そうである以上、大多数にとって共通なもの、つまり、真実といったものの最大公約数は、みじめなほど小さい数になってしまう。ブレイクはこの公約数を真っ向から拒否したのだ。彼は自分の数を、そっくりそのまま、生命と人生の公式に当てはめたのである。

分数は、通分することなくしてその加法減法は成り立たないと世間は言うかも知れない。実際、ブレイクはそう非難されて、大多数の人々から黙殺されたのである。しかしそれでも彼は、かなりの計算を行った。そして、そのような非権威的な計算から生まれた答えが、彼という人間を生かすのに大いに役立っていることを実証した。

シャルル・オーギスト・バンダーモンドの「方程式論」も、ジョン・ワリスの「幾何学」も、ヤコブ・シュタイナーの「空間n辺形の研究」も、ブルック・テイラーのいわゆる「テイラー級数」も、シメオン・ポアッソンの「微分方程式論」や、「定積分論」、ルイ・アルボガの「ガンマ関数論」、ニルス・アベルの「五次方程式の代数的解法の不可能性の証明」や、「楕円関数論」、ヘルマン・ハインケルの「複素数論」、アンドリン・ルジャンドルの「平方剰余の相反方則」も、マシュー・スチュアートの「地球と太陽間の距離の測定」、ヘンリー・スミスの「整数論」、ジャン・ビクター・ポンセレの「射影幾何学」、モースネール・ドラプラスの「曲面論の定理」、ジョセフ・ラグランジュの「変分法」、エドモン・ラゲールの「高等解析学」、ガブリエル・ラミの「弾性学」、シルベストリ・フランソワ・ラクロワの「確率論」、ガブリエル・クレーマーの「数学史」、ジャン・デデキントの「連続と無理数」、ラザール・キャルノの「総合幾何学」、ジョージ・ブールの「不変式論」と「協変式論」。

以上は、ほぼブレークと同時代の著名な数学者たちである。しかし、彼は、これらの学者達の誰一人として到達出来なかった全く別な、新しい次元に立って事を運んだ。彼は錬金術師であった。錬金術師は、ものを行うに先立って夢を見る。これらのくだらぬ金属をどのような貴金属に変えようかと、大きな夢を見る。この夢に制限はない。あらゆることが自由に期待出来る。そして一たん、一つの夢を確認したならば、そのあとの行為は至ってやさしい。奇蹟を信じながら、自分自身を励ましつつ、激しくうたい続ければいい。それだけのことだ。あとは、暇で仕方なかったら、そこいらにあるものをやたらと食らい尽くせ。飲み尽くすのだ。

このような行為は、そうやたらに、誰にでも出来るというものではない。努力も才能も、強い意志も、これについては余り役に立たない。こうした行為に至るためには、一つの必然性を期待しなくてはならない。例え、そうならないように努力していたとしても、遂には、そこに落ち込まざるを得なかったという、一つの運命、出生以前における選び、神の召命みたいなものが明らかにある。親がいくらがんばって、無い金を無理につくって上の学校に入れたところで、どうなるものでもない。

三昼夜、非情な若い母親に捨てられた赤児は、炎天下で、ちゃんと生きていたではないか。徳川将軍の子であっても、死ぬ奴は死ぬのだ。私は、先ずなによりも、こうした必然性を信じる。必然性に従うこと、そこには、運命に負けるというあのイメージからは、かなり隔った何かがある。

必然性を感受すること、それは、一種の悟りであり、真実への開眼であると信じたい。必然性の流れは明らかに、我々の足下を流れている。水しぶきが顔にまで振りかかっている。そしてブレイクは、まさしく、こうした必然性の流れの中に身をゆだねた数少ない知恵者の一人であった。従って彼には、伝統に汚染される暇もなければ、流行に押し流される余裕もなかった。彼はロンドンの騒音の中でたった一人であった。

サム・テイラーのテナー・サックスがうたう……き

みのひとみににじをみた………。

そして、ニニ・ロッソのトランペットが響いてくる。この男は十八歳の時、フランスに不法越境して捕まった。それでも、越境は越境だ。

彼はイタリアを離れない限り、母国を後にしないかぎり、落ち着いて眠ることも、まともに呼吸も出来ないことを知っていた。ドサまわりの楽団でトランペットを吹いていても、常に彼の心は越境していた。そうだ、すべては越境から始まる。越境するまでは、決してまともなことは、何一つ起こりはしないのだ。越境こそ誕生であり、自分を自分であると証明することにほかならない。

テイラーのサックスが屁をひる。老いた男が咳をする。それでも、ビキニスタイルの若い女達の陰唇がうるおってくる。まずまず、一切は順調にいっている。これで文句はないのだ。世間が何と言おうと文句はないのだ……

…きみこそわがいのち………

スウェデンボルイは、丁度ブレイクの生まれた千七百五十年という年に、ニュー・ジェルサレム教会と呼ばれた、プロテスタントの新興勢力に拠って運動を起こしている。スウェデンボルイの神秘体験は、大会衆の前で、本人に依って語られ、人々を大いに目覚めさせたが、この会衆の中にブレイクの父親が加わっていたことをブランデンは言及している。そして、そうした父の影響、そして、そうした記念すべき年に生まれたという意識は、恐らくは、ブレイクにとって生涯離れることのないコンプレックスとなったに違いない。あたかもヘンリー・ミラーが、十二月二十六日生まれの自分を、クリスマスとは一日違っているとはいえ、十字架を負うべき自分の運命という意識に昇華させて、これを負っているが、この種のコンプレックスと似ている。

しかし、彼の父は、そうした神秘主義の運動に加わっていたとはいえ、八歳のころ、「ぼくは今、あそこの木に、どっさりぶら下っていた天使様を見てきたよ」と教えに来た息子を、かんかんになっておこった。つまりブレイクの神秘性は、彼の内側からあふれてきたものであって、外側からの感化は微々たるものであった。そのようなものがなくても、彼は、充分、特徴あるブレイクであり得たはずである。

ブレイクにとって、聖書は、他の何ものにもまさって啓発を与えてくれる書物であった、特に、巻末に置かれているヨハネ黙示録は、限りない啓示と励ましを彼に与えてやまなかった。パトモスの孤島に流されたヨハネが目撃した異象は、まさしくブレイクの中にまどろんでいた重大《ヴァイタル》なものを目覚めさせた。

コリン・ウイルソンによれば、アウトサイダーとは、完全な孤立をめざしている。そして、その点、ブレイクは疑いなく、そういったことに熱中した一人であった。他のどのような人とも全く違った見方でものを見ること、これこそ、創造的な人間なら誰でも望むことであって、小市民的な一般大衆は、その逆のことに熱中する。彼等は、何としてでも、大多数の言いそうなことをしゃべり、大多数がやりそうなことをやらなければと、絶えずあたりに視線を投げ、自信のない態度でキョロキョロと状況を見守り続ける。

マスゲームは、彼等にとって誇りであり、それに加わっていることは、安息出来る生活の保証でもあった。従って、こうしたマスゲームから離れて、一人自由なことをする人間は、鼻持ちならない存在であっただろうし、また不合理極りない行為としか映りはしなかった。マスゲームを正しいとする意識は、それを一概に非論理的だと言い、神秘的だとしてしまう。もしそれが事実なら、私は喜んで神秘的な、手のつけられない野郎となろう。誇りをもってそうなることが出来る。

ブレイクは何を観察するにしても、自分が初めてそれを見るつもりで眺めた。彼以前には、そのものを評した人も、味わった人も絶無であったという確かな意識から出発する。彼は常に、白紙にものを書きなぐる最初の名誉ある人間である自分を毫も疑わない。

それにしても、白紙にものを書き、処女を抱き、一番最初に踊るということは、何と楽で容易なことであろう。誰でも、そうした最初の試みを批評したり比較したりすることは出来ないからである。彼等に出来るただ一つのことは、そうした、最初の試みである行為を、そっくりそのまま信じて受け入れるか、さもなければ、何らの正当な理由なく、そうした態度について、大いに良心（そんなものが果してあるかどうか疑問だが）に責められながらも、偏見に満ちた、むしろ、痛々しいほどの依怙地さを発揮して、全面的に拒まなければならない。

苦境に立たされるのは、周囲の大衆の方であって、最初に試みる者の置かれている位置は、むしろ、神のそれであり、予言者のそれである。こうした、創造的な行為に関する限り、どれほど発達した文明も全く無力に近い。彼等は黙って静かに引っ込むか、さもなければ、何らこれといった理由のない怒りに燃やされ、全然はっきりしない理由に立って、尻込みをしながらぶつぶつ文句を言うよりほかに手がない。ブレイクが一言話すとき、最早それは、大衆が長年、良きにつけ悪しきにつけ、住み慣れ、扱い馴れているこの地上の事柄とは全く別のものであるような印象を受ける。また彼が、一行何かを書くと、それは、彼等の次元では到底納得出来ない何かを、しかも、非常に現実味を帯びた何かとして感じなくてはならない。

ブレイクは、あらゆる既成の概念から離れ、あらゆるモラルから自由になり、あらゆる義務と責任から解放され、あらゆる時代、あらゆる階級から分離している存在としての自分の確認というところから生活行為の一切を出発させる。こうした彼のやり方は、当然、彼を社会の中心から、遠く、その外側に引きずり出してしまった。彼は読者を持たずに書き続け、うたい続けた。

彼は十四歳で詩を書き始める。シェクスピアの戯曲、ジョンソンの抒情詩、そして聖書は、このころから、常に彼の座右にあった。恐らくは、彼の、何らたくらむことのなかった神秘的な体験を、親達をも含めた周囲の冷笑の中で、詩に託することによって慰さめられたと考えてもよいだろう。

彼は体験した。しかし、それを頭から受けつけない世間に対して、彼は一体何が出来たというのか。彼には、全然証明する方法などなく、納得させる公式も与えられてはいなかった。いや今後とて、どのような予言者にも見者にも、そういった公式は与えられはしないだろう。彼等は、パリスの妹のように、誰にも信じられないという代償を差し出すことなくしては、決してこの特権にあずかることは出来ないのだ。

しかし、それでもブレイクは、この特権を感謝して受けた。その通りだ。すべての、まともな宗教人や芸術家というものは、何らかの形で、この取り引きをしているものなのだ。それをしない人間は、ただの職人に過ぎない。そういった人は、容易に、時代の売れっ子になることは出来るが、歴史をつくることはない。

私にとって、カルメン・キャバレロの演奏と、ケンプのそれとを全く同等に楽しめるようになっている現況を喜んでいる。ワーグナーの、管楽器を中心にした交響曲と、サム・テイラーのテナーサックスが、事実上、同等のものとして聴けるということは、ある程度、私の感覚が自由になってきている証拠だと思う。

私にとって、クラシックとポピュラーの区別がなくなったことは幸いなことだ。文学と労働も、人生そのものにとっては、全く同じものでなければならず、宗教とスポーツもまた、それらを分け隔てているものを取り払わなければならない。

シベリウスの交響曲と、虎造の『森の石松』は私の耳にとって、一つの連続したドラマであったとしても、私自身は別段驚かないだろう。ベケットの小説と、馬琴の講談に、その差がほとんど見出し難くなるまで、我々は布団の中にもぐり込んではいけない。ナタリー・サロートの女体と、牝犬のそれが一つのイメージの中にとけ込み、その中で激しく欲情出来るようになるまで、我々は、最低限の健康を保っているとは言えない。小市民であるということは、何ら問題を起こさずに人生を送っていくということは、中庸の歩み方をするということは、私は死んでいますと発表していることなのだ。

詩人は詩人でも、時には、自分はポーランドの貴族の出身であるなどと嘘をついて世間におもねたリルケとくらべて、一段と権威に満ちたものがブレイクにはある。

彼は、もちろん、ちゃちなモラリストではなかった。だからと言ってブレイクは、この世間の基準に従った何か豪勢なものを見せびらかすほど、いい加減ではなかった。リルケはロダンの助手、乃至は秘書みたいなこともするが、やがて、ロダンにも、何か本質的な欠陥を見抜かれて追い出されてしまう。

ブレイクは、一度も人間の弟子になったことはない。彼は、終生、徹底して自分自身の体験の忠実なレポーターであろうとした。彼に適した職業は何一つなかったが、一つだけ、つまり、彼自身の使命に仕える秘書という仕事には、見事に適性を示した。

こうした彼の独創性を、T・S・エリオットは次の様に説明している。つまり、ダンテやルークリーシャスなどは、他人の哲学も借用することが出来たので、自分自身の哲学というものを持つ必要はなかったが、ブレイクは、詩も哲学も、自分の手で造り出さなければならなかった。彼は、他人から借りるということを全く知らなかったし、それだけに彼の欠点といえば、形式の不定性であるということに尽きるようだ。

前半で言っているダンテ等の立場は、明らかに文明人の特徴である。だが、全く他人から何ものも借りないで自分の人生を築き上げる人間がいるものなのだろうか。ブレイク自身、そういった意味においては、彼の生き方のさきがけとなった、神秘宗教家達の体験から全く何も借りなかったろうか。女予言者、サウスコットの言葉が、彼を励まさなかっただろうか。

前ロマン主義時代の、学究的な、水も洩らさぬほどの精密な合理性の中で、こうした態度を文学や芸術性を失なわずに打ち出すということは、並大抵のことではなかった。借りたものを、一たんは、すっかり、自分の生活と存在の中で消化し、腐らせ、化学作用を起させ、自分の体臭が最も忠実に再現されている糞としてひり出す時、それは、もはや、借りものでありながら実際は借りものではなくなっている。そしてそこには、大胆に錬金術師の意志と夢の成就がある。そして、エリオットの言っている、ブレイクの中にみられる一定の形式の欠如は喜ぶべきことなのだ。

彼と同時代のロマン派詩人達が、国を挙げてもてはやされていたのは、彼等に一定の形式があったからであって、そのことは、今日、我々の目には、彼らの弱点としてしか映りはしない。

ブレイクにはそれが欠けていた。欠けているが故に彼の名は世に出なかった。だが、一方においては、世に出なかったほどに自由な生き方をしたので、今日、なお彼は、我々の血を躍らせるようなうたい方が出来るのである。こうした、形式の自由さを、また、形式の欠如を欠点とみなしたエリオット自身、その作品はかなり混乱しており、形式からはみ出ている。そしてそれは、彼にとって喜ぶべきことなのだ。

『荒地』という、あの詩の特徴は、支離滅裂という言葉に尽きる。この混乱は、ジョイスや、今日のバロウズの小説などに匹敵するものであると私は考えている。彼の学の深さ、広さ、特に、その多様さがこうした詩をうたわせたのだろう、ヨーロッパの種々の言語が入り乱れて、自由にその表現と伝達を競う時、一体、どのような層の読者が期待されるというのか。

しかし、そうした傾向が強ければ強いほど、この作品が現代を正確に反映し、適切に代弁していることを疑うわけにはいかない。現代とは、あらゆることにおいて、固定した形式を求め、定義の中におさまることを最終目的とし、公式を最上の美徳とする意欲に、あくどいほどに満たされている。ということは、現代人のコンプレックスからきているのであって、白人達の間で精神的に痛めつけられていた黒人の芸能人達が、どれもこれも、おかしくなるほど尊大な芸名を自分に付けたくなるのと同じ心理で、飽きもせずに現代人は、合理や論理を追い求めているのである。

キング・オリバーや、カント・ベイシー、デューク・エリントン等といった豪勢な名前と、江戸初期貨幣経済史、言語地理学、ゲシタルト心理学等のような名称の間に、いささかでも差違が見られるとでもいうのか。

現代は、余りにも混乱し、種々雑多な要素に満たされ、互いに反発し合い、相殺し合い、中和し、爆発し、毒薬と化している。思想も、主義も、宗教も、性も、記憶も、希望も、風向きも、勝利も、所有物も、社会保障も、何もかも、一つの釜の中に投げ込まれてしまっているのだ。どれも喰わなければならない。味はとうに、その特徴と個性を失っており、ただ、強烈な苦味によって頭を狂わされてしまっている。形式は全くないのだ。書道、茶道、催眠術、哲学、オリンピック、禅、文学、色事、事業、政治、すべては絶望的なまでに急迫してきている。それだけに、現代人は、形式的になろうとすることに必要以上の情欲を燃やし続ける。そういった態度が、女を追いかけることよりはるかに見苦しいことだということに全然気付かない。そう気付いているのは、極くわずかな、創造的な人達だけである。だが、エリオットの詩のように、そして、ブレイクの詩のように、ミラーやジョイス、それにバロウズといった人々の小説のように、支離滅裂した内容は、最も適確に、明瞭に現代を反映し、代弁しているのだ。

我々にとって、鴨長明や吉田兼好が、はっきりと、彼等の生きた時代を代弁していると納得出来るのだが、彼等は、当時、恐らくは、最も変わった生き方をした人々であっただろう。当時の九九点九九％の人間は、彼等とは違った生き方をしていた。しかし、大多数という事実は、決して、それが真実であるということの立証にはならない。

現代を代弁するものは、大多数の現代人ではない。むしろ、非社会的であり、反社会的とさえみなされるような、極くわずかな人々に依ってのみ適確に代弁されている。非社会的とか、反社会的といった立場に置かれると、人間の目は公平になり冴えてくるものだ。だが、社会の中に溺れている人々から見れば、事実はその逆にうつる。そうしたわずかな人々が、偏見に満ちていて、何らとるに足らないと考える。

予言者や見者は、いつも、このようにあしらわれてきている。彼等選ばれた者は、常にパリスの妹、カサンドラなのだ。その境遇から脱け出ることは許されていない。我々は、現実に直面すればするほど、表現しようとするものは厳しさに満ちてくるし、難解となる嫌いがあり、混乱の様相を呈し始めてくる。しかし、そのような傾向に落ちていき、社会からはうとんじられようと、真実に真正面から向かっているという事実は、その人を限りなく慰めてくれるはずである。

歌が聞こえてくる。『タンホイザー』ではない。『ローエングリン』でもない。『ハレルヤ・コーラス』でもない。あなたのひとみに虹を見た……という、あの歌だ。若い歌手が、股に汗をかきながら歌っている。夕べ自慰した際の精液が、まだ亀頭にこびりついている。そうしたぬらぬらの中で、若い娘達がキャーと声を上げる。地球が回転している。少女達は、ちょっぴり小便を洩らす。それがまた、彼女達を、何とも言えないほど女らしくするのだ。

創造的な人間の歌い書くものは、継続の切断の行為であり、生命を圧し殺す凶悪な行為であり、あらゆる存在理由というものの徹底的な根絶の企てである。この地上を、ジュラ期、カンブリヤ期の原生林に戻すという、ほとんど不可能に近い計画をひそかに立てる。そうせずにはいられない激しい衝動にかられてくる。それがない人間は、残念ながら、未だ、母親の胎内から生まれ出てはいない連中だ。彼らは、余りにも長い年月を、子宮の中の羊水につかりながら、ぷかりぷかりと眠りこけていたに違いない。そういった人間の一切は、腐り果ててしまっていて、台風のやってくる進路や、月経中の女性を言い当てたりは出来ても、予言者の言葉は一言だって理解することが出来ない。それで、彼は異常に小心となり、あらゆる賭や、冒険を、恐怖にゆがんだ表情で拒むようになる。

しかし、どんな人間でも、一応人間と名がつけば、冒険せずにはいられない衝動を持っているものだ。ペニスがぶら下っていないという立派な男性がいたとしても、冒険心のない人間はいない。それで、彼等は、競輪、競馬、パチンコ、泥棒、喧嘩といった、あたかも、夢精か自慰の体験にも等しいことをやらかしている。そのくせ、表面上は、そんなこと知りませんといった顔しているからこっけいだ。

もともと、真実といったものは、文明にとって御法度のものなのだ。すべては非現実であり、反真実であって、それらを如何にして合法化し、美化し、正当化、論理化するかという技術が、文明の見せどころであるらしい。

誰も彼もが、最も無知な方法で、自分自身のことをよく知っている。知っていながら、最もつまらない問題を取り上げて、さも重大な問題を討議しているような素振りと声色をつかう。そして、いつの間にか、そうした下らない事が、その人間にとって重大な問題となってしまう。ブレイクは、こうした錯覚におち入るには、その全生涯を通じて余りにも責任感があり過ぎた。彼は、始めに見たものを、いささかも変えることなく、整理することなく、そっくりそのまま書き綴った。文明にとって、それは大変な過失でもあった。

内面の伝説への旅

人間は内面の世界にひたむきに分け入って行く。ロマン主義といったものが、我々の五感で知覚するもの以上のことを知覚出来る〝人間の熱望を信じた〟ひたむきな生き方であるとするなら、彼は、まさしく、最大のロマンチストだということが出来る。彼ははっきりと、その『自然宗教論』の二巻の中で、「人間の知覚といったものは、単に知覚器管だけに限られているわけではなく、例え、感覚がどれほど鋭く発達している場合であってさえも、そうした感覚器管の働き以上のことを知覚することが人間には可能だ」と書いている。

これらは、やがて、ハイエナのように、自分の考えを証明すると思われるものなら、何でも引き合いに出してはばからなかった精神の開拓者フロイトや、彼の流れを汲む人々に依って充分語り尽くされることとなった。しかし、我々は、もう一度、そうした心理学や超現実派系統の芸術とは切り離して、これを考えてみなければならないところに立ち至っている。それは内面の神話の体験であり、無意識の領域でつくり出す、純粋に現実な何かである。それは、もう一つの世界の発見のプロセスである。それは、人間が長らく失っていた、内在しているはずの創造主の息吹の確認にほかならない。これをうたい切れるとき、我々は、再び、ブレイクの言葉に耳を傾けなければならない。

「詩的天才とは、真の人間のことである。人間の五体や外形といったものは、詩的天才の単なる派生物に過ぎない」。

こういった表現は、文明に冷ややかに許容されている、力のない、ねぼけ芸術の支持者どもには分かろうはずがない。もう一つの宇宙を発見するまで、決して分かることはないのだ。いい年をした画家の言葉を聞いていると変な気分になってきて仕方がない。

「絵画界も近ごろは、抽象からまた具象が見直されてきているようですが……」

「これは微妙でしてね。抽象画の大半は頭の中で描いています。つまり自己主張だけです。嘘が多いと言うのか、主観が支配して、客観的なものが足りないのです。子供の絵は純粋で素晴らしい。ではそれが、何故美術館に展示されないのでしょうか。主観だけで、ほんとうに物を見る目、つまり客観がないからです。自然は、主客のバランスがとれたありのままの目、実感でとらえたいですね」

この対話は一体何だろう。こんなことを言う野郎に限って、色気ばかり、いくつになってもありながら、自分自身の世界は全然持てないのだ。主観のみが現実であって、客観、あれは単なる暫定的な仮定であり、ロッククライミングの際の、いわゆる捨てザイルリング（捨て縄）であり、仕立屋の仮縫いであり、プラスチック製の人体解剖図であり、砲兵隊が撃つ最初の一発の、着弾距離を確認するための無駄弾と同じである。

その気になりさえするなら、客観は全然なくてもいい。忘れてはいけない、我々には、文明の機嫌を取らなければならない理由は何一つありはしないのだ。主観だけがアルファであり、オメガなのだ。「我々はこのように生きない。

た」と語るよりほかに、責任ある行為は何一つ考えられない。

バタイユの言葉を借りれば、詩もしくは宗教の貧困さとは、内向的な人間が、あらゆる体験を、個人的な、諸感情の単なる妄想だと決めつけてかえりみないという状態においてあらわれているのだ。その点に関する限りブレイクは、そうした感情の諸要素を、如何にも大事に取り扱っている。このような取り扱いをしない限り、詩も宗教も、人間にとっては、回生の奇蹟をはらんだ、頼もしく、しかも、偉大な存在ではなくなる。

大多数の人々にとって、詩や宗教は、時には便利で都合のよいものではあろうが、決して偉大なものではないのだ。従って、そういった、詩や宗教にへばりついている人達は、どれほど努力し、精根を尽くし、熱中し、信じ切ってみたところで、せいぜい、「立派な人間」程度にしかなれはしない。偉大になるということは、自らを奇蹟そのものに、あの錬金術の秘法と夢をもって、自分自身の全存在を変えることに成功することを意味している。

この地上のあらゆる存在は、自らに甦りを促がし、他者に対しても、回生の秘術を示せるまでは、例えどのような才能に恵まれようと、どのように大きな人物の口利きがあろうと、決して偉大になることは出来ない。その代わり、一旦この力に満たされるなら、蛆虫や、枯葉だって、人間の上に、偉大なものとして君臨することが出来るのである。こうした奇蹟は、常に、主観的なものに支えられていて、客観性とは無関係なのだ。こうした方向は、明らかに、文明や歴史に真っ向から対決を迫っているのであって、この様な生き方に賛成することは、文明に反逆することと同じなのである。

ブレイクは、社会を構成している人間を相手取って、ベートーヴェンや坂口安吾のようには争わなかった。彼は、常に、そうした個々の人間をそう仕向けている勢力そのものに対決した。彼にとって、人間とは、そうした勢力の一面を表わしている現象に過ぎないと見た。

人間は、予言者に向かい、数を頼んで迫る時、明らかに、創造性を押さえつけようとする宇宙的な勢力の抽象化したものに過ぎない。その時代の人間社会に依っていためつけられた予言者は、常に、彼等の背後にある大きな敵と対決していることを忘れなかった。ブレイクはこうした勢力を擬人化してその作品の中に登場させている。

それらのうち、いくつかを取り上げれば、ユリズンや、ルバ等である。

ベケットは、これらの登場人物の名前について、いちいち解釈を試みている。ユリズン（urizen）は、地平線とか将来の見通しといった意味を持っているオリゾン（horizon）、または、理由、原因、判断することを意味しているレーゾン（raison）をもじったものであろうと書いている。しかし、私にしてみれば、むしろ、ウラニック（uranic）、これは、もともとギリシャ語で天国をあらわす名詞から派生したものだが、天的なとか、自由無限なという形容詞であって、これに、市民とか住民をあらわすセティズン（citizen）が加えられて出来上った合成語であろうと考えている。

つまり、あらゆることについて自由を与えられている、自由の国の住人という意味がそこに説明され、主張されているのだ。uranic citizen 即ち urizen なのだ。そしてブレイクは、このユリズンを、そうしたあらゆる制限と規律の破壊者として描いている。またあらゆることについて、地上二メートルの枠から解放されたブレイク自身をも暗示している。

彼の神秘的体験は、まさしく、このユリズンの体験にほかならない。かくしてユリズンは、神々しい神ではなく、荒々しい、荒れ狂い、熱狂したディオニュソスとなる。

もう一人の登場人物ルバ（Luvah）もまた、ベケットによれば愛（love）と結びつけて考える。エロス的な燃えさかる情念の愛、炎の愛を力説する。だが私には、このLuvah が lust と lava の合成語であるとしか考えられない。情欲と、どろどろに溶けた溶岩が組み合わさって出来た言葉であると信じている。溶岩、これは、所嫌わず吹き出してくる。地殻にとっては、手のつけられない無法者なのだ。一たん吹き出すと、それは、猛り狂い、周囲のあらゆるものを焼き尽くし、溶かし尽くしてしまう。彼は野性の、猛り狂った虎であり、ブレイクは、この虎についてては、また何と生き生きとした描写をしていることであろう。

飼い馴らされた聡明な馬よりも、野性の、猛り狂った虎のほうが一層徳性に恵まれていると断言する。ブレイクに見られるものは、自殺者の、クライマックスにおける、あの狂気に似た精神である。全焼し、なおかつそれ以上に、周囲にある、ありとあらゆるものを焼き尽くさずにはおかないあの狂気である。一匹のねずみに報復してやろうと躍気になる余り、家全体を焼いてしまう狂気と愚行は、しばしば、自殺者の心理として説明されるが、この愚行こそ、ブレイクにとっては、明らかな、疑いをさしはさむ余地のない美徳だったのである。彼は、これを、意気込んで企てた。彼にとって社会の賛否は問題ではない。彼の内側で、それに対し、どう反応するかということが重大なことであった。内側において納得されるものは、彼にとっては、最も権威ある当局から承認されたことと同じなのであった。

彼は、怒り狂うことが正当化される認定書と、免許証とパスポートと、小切手と、放火、殺人が正当化される特権の認承書まで携帯している。これらのものは、永遠に更新する必要がない。

ブレイクのような、独創的な人間の意図したものや、体験したものを納得するためには、かなりの長い年月が必要であった。それは、人間が修養するための年月ではなくて、歴史が風化してぼろぼろにくずれていくためのものなのである。だがブレイクの時代において百年かかったものは、今日では、二、三年で済まされるようになってきている。

かつては、五百年単位で、極くわずかずつ変わっていった日用品も、今では、年毎にモデルチェンジをやっている。いや発売毎に、何かしらが変わっている実状である。うちの製品はモデルチェンジをやっていませんなどと広告を出しても、容易に信用されなくなってきている。我々は、めまぐるしい変化の時代に生きている。変化は、それで、我々にとっては殆どショックではなくなってきている。持続するということ、これの方がはるかにショックなのだ。我々の目には、それがむしろ奇蹟としかうつらない。すべては、変化の中で、それなりの健康を確認している。

我々が、どれほど突飛なことをやってのけても、それが、やむにやまれない、自分の内側からほとばしり出た衝動なら、それは、こういっためまぐるしい回転の時代の中で、早晩、必ず人々の心を捉えてしまうものだ。私は確くそう信じている。死後何百年か経って、苔むした墓がもう一度磨きたてられ、見直される時があるなどといった老人のロマンスは、かなり昔の事なのだ。

我々の成果は、もう直ぐ、我々の目の前で確認される。私は最近、無性に泪っぽくなってきている。あなたの瞳に虹をみた……という流行歌の歌詞を聞いただけで、泪がこぼれてくる。ニニ・ロッソが、十八歳のころ、一旗上げようと、夢を抱いて南フランスに越境しようとした話を聞くだけで、ヘルムート・バルヒヤのバッハの演奏を聞くだけで、新聞のテレビ番組に目を通すだけで、ラブレターを書くだけで、聖書を開くだけで、青空を仰ぎ、秋の白い風を感じるだけで、異常に感激し、泪がポロポロこぼれてくるのだ。だが、念のため断わっておきたいが、私は底抜けに健康なのだ。食欲も性欲もある。人一倍ある。希望に満ちあふれている。

この泪は、おそらく、ある素晴らしい時期の近づきつつある、霊妙な証拠なのだ。私は、そのような驚くべき瞬間に臨んでも、腰を抜かすことがないように、今のうちから、こうして、感激を小出しにして味わっているのだろう。

ブレイクが我々の心理に及ぼす作用は、あらゆる意味における科学測定を拒否する。精神に生気を与えてやまない、あの激烈な迫力は、論理学の概念などで表現したり、解釈したり出来るようなものではない。それは、呆れてしまうほど気まぐれであり、事実、大抵の予言者や見者にはこうした傾向がみられる。それは、本質概念の論理性とは全然関係がないのだ。彼の手法は、知的な如何なる一般の尺度でもってしても測定することは許されていない。そうすることに依って到達出来る境地は、限りない混乱と絶望的な惑いであろう。

科学的な一切の命題の寄りつくことを拒否する態度は、巨大な土塊とけわしい岩肌を示している山々に似ていて、孤高という言葉がぴったり当てはまるのである。しかし、一たん、あらゆる困難をおかして登頂に成功すれば、その喜びもまた限りないものとなる。

過剰を通し、一切の枠を打ち破り、一切の道路を切断し、線路をはずし、思い切り自分の分別くささを叩きつぶすのだ。道理にかなってはいるかも知れないが、端正であるかも知れないが、弱さと、恐れとに満ちた生活の在り方を、その文化的一切の条件をも含めて、すっかり、きれいに、土台から覆してしまわなければならない。一切の限界は越えなければならない。越境こそ、真実に生きようとする者にとって為さなければならない条件なのだ。

　メルビルは太平洋の島々に落ちのび、ミラーやヘミングウェーはパリに亡命し、ハンニバルはガリア・アルプスを越え、シーザーはルビコン川を越えなければならなかった。今の今まで話していた言葉と、それにまつわる従来の表現の一切を忘れ去らなければならない。あらゆるものにつけられていた枠を、ことごとく取り払わなければならない。一たんは、完全な唖になり、つんぼになるのだ。従来の声帯や言語、鼓膜をすっかり死滅させることが必要なのだ。それは、まさしく一つの死であり、一つの断絶であり、一種の越境に違いない。そして、この忘却の瞬間こそ、まさしく、誕生にとって理想の条件なのだ。

　死は、一切の記憶をほうむり去ることによって、新しい誕生を確実なものとする。我々は、人の子としての誕生の瞬間、それ以前、他の全く別な存在（精神的にではなく、物質的に）として生きていたはずだが、それを、すっかり忘れてしまっている。死と誕生は、明らかに連動した一つの動作である。いや、これら二つのものは、本質的に一つのものなのかも知れない。古い、過ぎ去っていくべき人生から見れば、それは、死としてしか映らず、新しくこれから始めようとする人生については、誕生にほかならないのだ。

　我々は、その時、直面している人生のみに熱中し、これがあとにも先にも、たった一つしかない人生だと早合点してむやみにしがみつく。こうした、極く短かい人知の前後には、本質的には全く違う、別の多くの人生があるのだ。

　この地上に、すがた形を変えて生まれ変わるという、いわゆる輪廻の思想、あれはこっけいだ。あんなものは有り得ない。実際はもっと雄大なものだ。恐らくは、我々が死後に新しく始める人生とは、我々が、今、精神と呼んでいるものよりも、はるかに流動性のある、何次元も高度な〝物質〟であるということもあり得ることを無視してはいけない。我々の、極くつまらない精神ですら、もうすぐに、一種の物質になろうとしている。いや、ある人々の間では、既にそうなってきているのだ。

　そう自覚出来るわずかな人々と、そうでない大多数との間に、一つの、収拾のつかない、大きく深い溝の出来ている事実は誰にもよく分かっている。この新物質

(neomateria) こそ、我々が、何よりの現実として、観察し、体験していかなければならないものなのである。

我々のリアリズムは、恐らくはこういった形で出現していくだろう。ブレイクの神秘性、あれも、こういった見地から眺めるのに、明らかに、一種のリアリズムの様相を呈している。彼自身は、自らを、まじりけのない現実主義者とみなしていたに違いない。

彼は、何ら考えをつけ加えることなしに、見たまま、聞いたまま、体験したままを、冷徹な新聞記者のような態度で記録していった。自分の体験したことを、そっくりそのまま書き表わせるという事実の中に、彼は、一人の人間として得難い感銘を味わったに違いない。

こうした自由、こうした能力と権威、これこそ、人間が、創造的な人間としての最低の条件を保っていく上に、無くてはならないものなのだ。これ以下の場合、人間は死ぬ。そして、社会の良き構成員となっていくためには、これ以下でなければならなくなっている。これ以上ならば、その人は、悪徳、罪、非社会性、反逆などの要素を具えているというかどで、追放されるか、存在を無視されてしまう。そこで、こうした社会の厳しい態度に対して、現代人は、何事をするにも、社会の公認を得てからでないと、手足の動作がにぶり、精神がしっかりしないというところまで、体質といわず、精神といわず変わってきている。社会を敵にまわすなといった合い言葉によって、人々は自分自身の欠如した状態で、せっせと何かに励んでいる。花嫁のいない婚礼であり、金のない買物なのだ。宴はたけなわである。商品は山と並んでいる。花むこは着かざり、商品のカタログの印刷はなかなかい い。しかし、花嫁は不在だし、金は一円もない。おめでとうございます。文明殿!

ブレイクは、その生涯を通して、内心の激情、動乱、狂気を率直に表現せずにはいられなかった。しかも、そういった大胆な表現を何ら秩序立てずに行った。もし、こうした内奥の、生気にあふれた狂乱を秩序正しく並べ立てていくとするならばそれはなんともこっけいな話に違いない。秩序立っていなくても、哲学は哲学なのだ。まともな哲学は、常に、混乱と狂気の中で確認される。自然を一つの秩序とみたたわけ者は何処のどいつだ。

自然、これは、一つの最大級の混乱であり、狂気のエッセンスなのだ。もし、本当の意味で、自然が秩序と整然さを保っているなら、人間は、どれほど偉大であっても、狂死していたはずだ。一方は、他方が偉大に生き抜くためには、必ず狂気であるべきなのだ。私は、人間の方を偉大に生かせたい。そのためには、どうしても自然を狂気に追いやる必要があるのだ。自然は、しばしば、神に極く接近しているが故に、神として取り扱われてきている。それなら、人間は、この神と、真っ向から対決すべきなのだ。戦うのだ。神は愛である。愛とは、ある意味において、厳しい戦いをも連想させはしないだろうか。愛とはあくことなく奪い、強制するところの、激しい戦いなのだ。ねたむほどに愛する神として、旧約時代、神はユダヤ人に迫った。激しい神のねたみ、これは、まさしく、厳しい強制にほかならない。そして、そうした神の愛に応えて、我々も神の可愛い情人にならなければならない。神に、厳しい強制をもって臨むのだ。お互いの強制し合い、これこそ、両者の自由意志に立脚したものであって、絶頂感は間違いなく両者の間に成立する。

ブレイクは、こうした狂気と混乱の頂点に厳しく立って、ひたむきに読者を、ある一定の方向に導こうとしている。この導きは、彼にとっては、全然意識にのぼらぬことであるらしいのだが、前意識は、強固にこれを肯定していて止むことを知らない。我々は、彼の吸引力によって、最悪の方向に引きずっていかれる事実を否定するわけにはいかない。そして、最悪とうつるその方向も、実は、創造的に生きようと企てる人間にとっては、最も栄光に満たされた領域でもあるのだ。ブレイクは、自らを、いささかも、哲学者であると考えたことはなく、そういった素振りは、生活、作品両面の何処にも見られない。その実、彼の生き方、考え方、感じ方は、哲学そのものがうらやましくなるほどに、力強く、哲学的適確さでもの事を言い表わしている。

ベルジャーエフによれば、ドストエフスキーは、哲学をしなかったにも拘わらず、最高の哲学を持っていた。バタイユもまた、ブレイクについてベルジャーエフと同様のことを言っている。

ブレイクは、宗教に向かって、真っ向から反逆の態度で挑戦したが、あたかも、ニーチェがそうであるように、そうしつつも、ある意味においては最も宗教に貢献したとも言えるのである。彼によって、どれほど多くの人々が、超宗教的な真実の神に目覚めを体験したことであろうか。真の宗教は、絶望と反逆と夢から始まるということが正しいのなら、以上のことは間違ってはいない。そして、キリストも、シャカも、マホメットも、皆、そうしたのではなかったか。社会的な宗教人の多くみられる今日、もう一度、真実というものを、充分反省してみるべきなのだ。以上の三人を始め、その他の使徒や予言者達のうち、社会的だった人物が一人でもいただろうか。皆無だ。

真実の生き方とは、反社会的であって、同時に、最も社会に貢献する存在である。狂乱の中にあって最も統制のとれた存在であり、死を語っていながら、最も生気にあふれ、非情をほのめかしながら、最も暖かい愛にめぐまれている在り方を指して言うべきなのだ。こういった生き方が果してあるものなのだろうか。もちろん、私自身、長い間こうした事実を信じることは出来なかった。しかし、ヘンリー・ミラーとの出遭いを境にして、それが変えられた。彼は、まさしくそういった、白と黒とが共存し、生と死が一つになり、善と悪が混合し、愛と憎しみが一体と化し、希望と絶望が一つのイメージになってオーバーラップし、自信と不安が一種独特の味覚を生み出し、過去と未来が一つに解け合い、勤労と怠惰が同一の意義を持ち、喜びと苦しみが等しい価値を具えているといった独特な世界を展開している。彼を通して、現実に存在し得る、一段と限界を広めた新しい生き方について確信が持てるようになった。彼を通して、私には、ドストエフスキーも、ランボーも、そしてブレイクも、身近なものとして分かるようになった。ミラーに出遭う以前には、そういった人物像が、単に特別な人間としてしかうつらなかった。

ブレイクは、まさしく、そういった両極を、しかも鋭く、厳しく対立させた状態において共有することの出来た、数少ない選ばれた人間であった。そうした、あたかもスラブ民族の血の中に見られる、あの極端な両極性は、ブレイクをして、なお一層強力な人間像に仕立て上げた。この両極性に関してはブレイク自身、次のように言っている。

「どのようなものも、反対の物を媒介とするのでなくては、進歩ということはありえない。求心力と遠心力、理性と情感、愛と憎悪、これらの要素は人間がまともに存在するためには、なくてはならないものなのだ。」

――『悪魔の声』より――

エリオットの詩にしろ、ミラーの小説にしろ、ランボーの詩にしろ、ブレイクの詩にしろ、その複雑難解さは、読者を圧倒するためのものではなかった。そう感じるのは、彼等の勝手であるし、これらの作者達の偉大なレベルにまで彼等が到達出来ないからであって、その事と作品自体は、直接的に何らの関係もない。これらの作品が示して止まないものは、尨大な量にのぼる語彙や、複雑極まりない感性と知性の相剋と、ほとんど無限大に発展していく意志の無数の集団であって、これらの量の大きさ複雑さに、大抵の読者は圧倒されてしまう。

こうして圧倒される時、弱々しくも御上品な社会人達は、異常な恐怖と不安を感じる。しかし、作者達は、彼等に誤解されることをよしとしているわけではないとしても、決して、読者に理解されることを第一義的な目標とはしていない。彼等は、自分自身を納得させ、自分自身を、救済し、強大にし、豊かにするために書き、かつ歌う。彼等の目は、広大な宇宙にそそがれており、それら、内と外の二つの宇宙を意識するという高次元において〝全存在〟乃至は〝全体〟と対話を続ける。そのため、地上に這いつくばっている連中には、彼等が、極度に無口であり、モノローグだけしかしていないように思われる。これもまた大きな誤解なのだ。事実、彼等は大変な饒舌家達である。話すことが彼等の生き方の大半を占めていると言っても間違いではない。

では一体、こういった、選ばれたわずかな人々によって展開された人生は、一般大衆に理解されることがあるのだろうか。そのようなことは、何ら重要な問題ではないが、明らかに、理解される時はある。それは、これらのわずかな人々が、そうした、余りにも厳し過ぎる、自我にとりつかれ、純粋に真実なもののみに熱中する生き方を、長い歳月をかけて、苦しみ、傷つき、のたうちながら証明する時に成就する。だが、そのような証明は、私個人としてはお断わりしたい。私は、何一つ証明なんかしたくない。いや、この気持は、単に私のみに限ったことではあるまい。ブレイクがそうであった。ランボーがそうであった。ミラーが現にそうだ。ドストエフスキーもそうだった。証明することに熱意を示し、認められることにあくせくするやつは私の兄弟ではない。そうされることに恥を感じる位に、生き生きしている人間だけが、私にとって親戚だ。証明することにあわてふためいているやつらは、その事で、自分自身を大切に扱っていないことを告白しているし、認められることに一段落がついたと考えている人間もまた、自分自身の世界を持っていないことを、はっきりと白状してしまっている。

　私は、私の見たものを証言はするが、証明することに熱心にはならない。私の体験したものを証言することは、私にとって崇高な義務であり、特権だと信じている。しかし、その証言が受け入れられようと、そうでなかろうと、その事は余り問題ではないのだ。この点に関して、最も図々しく、悪びれず、堂々と立ち振るまったのは、キリストであり、シャカであり、マホメットではなかったか。真実に満たされている人間は、証言をし続けるが、それを証明しようとはしない。中味のない人間だけが、あくせくと、まことしやかな証明をずらりと並べたてる。そのようなことをやる以外は、ほかに実のあることは出来ないのだ。

　ということは、現代の文明などといったものは、何ら中味のない、張子の虎に等しいわけである。こんなものに義理を感じ、一目置き、その権力の前に這いつくばっていた自分がおかしくなる。文明は、何一つまともなことを行ってはいない。進歩発展、発明発見といったことが、人間の幸福にとって欠かせない条件であると誤解している文明の住人達は、それ以外のことに目を向けよとしなくなってしまっている。文明の華やかな行進曲の中でますます不幸になっていく自分に気付いていないのだろうか。それほど大馬鹿野郎になってしまっているのだろうか、現代の教育を受けた我々は？

　人間の良し悪し、人生の幸不幸、行為の善悪、文化性、非文化性、知識のあるなし、能力の多寡、こういったものは、人間の〝現実〟の領域においては、それほど問題にしなくていいことなのだ。現代は、余りにもこうした条件を過大評価し過ぎている。これらは、単に、人生の歩み方を変えるということだけにわずかの関わり合いを持つことはあっても、それ以外のことに関しては、ほとんど、もの事を変える力とまではなっていない。

　人間にとって重大なことは、生きているか死んでいるかという問題であって、これだけが、我々が一生をかけて心をわずらわし、悩み、苦しみ、喜び、信じていかなければならないものなのだ。もしその人が、確かに生きているとするなら、彼にまつわる善も悪も、義も不義も、幸も不幸も、一切が実にうるわしいものとなってその人を豊かにする。魅力とは、必ずしも喜びや希望でのみ成り立つものではないのだ。彼の中にあるあらゆる要素が、彼を魅力ある人間に仕立ててやまないのだ。

人間を偉大にするのは、もし、その人間が確実に生きている場合、善と悪の両方が、同等にその支えとなり、愛と憎しみが同程度に強化の役目を担いあう。つまり、生きているということが、その人間にとって確かなら、その人間の中にみられる一切の要素が、その人物の魅力をつくるのに大いに役立つこととなる。

人間がうまくいっている場合、その人間の中には、捨て去るべきものは一つとしてありはしない。すべては大いに役立つ。これを捨て、あれを捨てと努力している限り、その人は、決して豊かな人間にはなれない。一切を認め、許容し、受け入れる境地に立ち至る時、その人は、本当に偉大となる。何を改め、何を変えようかと考えているうちは、まだ、真実に生きられない。

ブレイクにおいて、この事実は著しくあらわれている。彼は、一切を同等に受け入れた。あらゆる、相反するものと見られる要素を、そっくりそのまま、自分の内側に大胆に消化していった。従って、彼は、文明のつくり出したあらゆる定義からはみ出し、あらゆる公式にあてはめられることがない。

彼は、現代知性の感覚には、最大の宗教人としてうつる半面、同時に、最悪の反宗教人としてもうつる。最も知性に満たされていながら、最も野蛮な人間としてうつり、最も現実的であって、同時に、最も神秘的にも受けとれる。彼の書くものは詩であって、しかも明らかに詩ではなく、文学であって、しかも、明らかに文学からは最も遠い処に置かれている。彼にとっては、神と人とは一体化しているように受けとれるが、同時に、両者がこれ程遠くに隔っていると感じられるものも、他には比較するものがない位である。

彼は、あらゆる経験をするが、同時に、最も経験の少ない人間像としても浮かび上がる。彼は、最も世界に与える影響力の少なかった人であったにも拘わらず、最も偉大な貢献をしている。彼は、文明社会の、あらゆる枠から離れることによって平安になり得た。人間は、集団の中で安息しようとして、ここ何千年か苦しみ抜きながら努力を尽くし、精根を傾けてきたが、それは明らかに失敗であった。この事実を、ブレイクは直感において確認することが出来た。幼いころから、神や天使達と出会っている彼ではあるが、そうした体験は、やがて、人間が認めなければならない、巨大な失敗を確認するための能力を目覚めさせるウォーミングアップに過ぎなかった。

彼にとって、神や天使を見ることは、単なるたわむれの類にほかならなかった。彼が本腰を入れて対決しなければならなかったものは、人間が犯している、この重大な失敗であった。これは、ブレイクのみに限ったことではない。誰にとっても、本格的に生き始めようとするときは、先ず、この体験による厳しいスタートラインに立たなければならない。そうして、初めてスタートの合図が与えられる。

歴史は悪夢である

あらゆる存在は、決して互いに比較されてはならないのだ。一本の草が、道路の中にまではみ出してきて、踏みつぶされようと、別の草が、奥の方に生えていてのびのびと育っていようと、そんなことはどうでもいいのだ。悪人がいて、そのそばに善人がいる。それでいいではないか。そうした二人の違いは、比較してとやかくいうべき事ではない。久し振りにいい気分になりながら、苦しんでいる者に同情したり、励ましを与えたりするから、問題はますます複雑になっていく。うまくいっている人に向かって、ねたみに燃えさかる心を抱きながら、表面に笑顔をつくって、「おめでとう」や「よかったね」を連発するが、これもまた、いい影響を与えられるわけがない。

真実にあふれている人間は、口を固く結ぶのだ。ただ、そう在る人生を、そのまま受け入れてやることが最も誠実な態度というものである。自然は、一つ一つが、それぞれ自由極まりない状態で存在している。自然が示す不規則さは、文明の能力が受けとめられる範囲を、はるかに超えてしまっている。それらは、各々、自分自身の、世界と規則を持っていて、それぞれ独特の方向があるのだ。直線ではなく、ポップ・ナッシュの描く、あの線である。平担ではなく、爪でむしりとられた傷あとである。歌ではなく、雑音なのだ。等間隔に立っている並木ではなく、太陽から降ってきた光の種が、勝手に生えそめたものなのだ。

ブレイクは、こうした事実について、確かな観察をしていた。すべてを、そのあるがままに受けとめ、何ら証明することなく、ただ、ひたすらに証言しようとしたに過ぎなかった。彼の周囲からは、あらゆる意味において価値の概念をむしりとってしまった。そうしたあとに、初めて、生命と直結している、全く新規な価値が出現する。あらゆるものの価値は、周囲にあらわれたり、存在するのではなしに、彼の内部から突き上げてくるような種類のものであった。

一切の現実、真実は、すべて、人間の内側から、あふれ、はち切れて、勢いよく周囲に飛散するようなものでなければならない。彼にとっては、発言し、書くものは、すべてまさしくそうであったのだ。一たん勢いよく飛散したものは、周囲のあらゆるものにこびりついていく。一度こびりついたならば、決してぬぐい去ることの出来ないものとしてその存在に深く食い込んでいく。その食い込みようは、ある意味においては呪いであろうし、別の意味においては避け難い運命であろうし、更にまた別の意味においては、不治の病であるとも言える。

使徒パウロやミラーには、十字架の烙印が深く刻まれている。女性には、隠しおおすことの出来ない、あの裂け目の烙印が押されている。そしてブレイクは、彼独特の烙印を一身に負っていた。この烙印の故に、烙印あるものの歩むべき道しかたどれなかったのである。どのようにがんばっても、他の道を歩むと喜劇になってしまったはずだ。

カインの額には、エホバの烙印が押されていた。ブレイクにとってこの烙印とは、具体的に何であったであろうか。それは、事実、彼にとってつまづきの石であり、飛躍のためのスプリングボードとなった〝感覚の激しい喜び〟であった。彼にとって、肉欲は、精神が特別に激しく燃えさかっていたように、激しく息づいているものであった。彼は、常に肉欲の声に耳を傾ける。そして、肉欲と、正々堂々と手を組みつつ、理性を敵にまわして、これと真っ向から厳しく対決する。こうした状況下にあって、当然のことながら彼は、一切のモラルに反対し、あらゆる意味での分別を軽蔑してやまない。

彼は、何ら悪びれることなく、断固として、肉欲の喜びや、それによって得られる肉体と精神の、あふれんばかりの充実感を賛美する。しかもこの肉欲は、現代人が、しばしば、ものが分かった振りをして言う「無謀な肉欲は反対だが、健全なものなら良い」などといったいい加減なものではない。あらゆる条件において無差別にこれを肯定する。いわゆる、長いこと冷たくあしらわれていたものから、彼は大胆にも、もう一度、何かを掘り当てようとしたのだ。

彼の、途方もない当てずっぽうの感覚は、はっきりと、一つの巨大なダイヤの原鉱を掘り当ててしまった。彼は、悪そのものの中に深く入り込み、そこから、人生の崇高な意義と励ましを引き出すことが出来た。いや、彼の、純粋に磨きあげられた魂にとっては、善も悪も同じことであった。義も不義も同じであって、違うのは、そして最も重大であるのは、生きているか死んでいるかという問題であった。彼がこのように振舞うことが出来たというのも、それは、一切の、文明にまつわる科学的な偏見、知的な曲解、理性的な視力の弱さ、合理的な偽りの行為を振り捨ててしまっていたからである。

もし我々が常に用いている文明的な仕草でブレイクを理解しようとするなら、それは全く失敗に終わるだろう。どのように用意周到な論理をもってしても、掴み取れたと思っているそばから、彼は、その厖大な量の真実とともに、するりと抜けていってしまう。理解の手がどれほど大きくても、その握力がどれほど強かろうと、ブレイクは洗練されたビールスの仕草でもって透過してしまう。

我々は、彼とその真実を、捉えておくことの絶対に不可能であることを確認しなければならない。彼とその特徴は、我々が、自らのうちに、行為によって実現する時に具体化してくる。我々は、一つの実現不可能な意義のまま、何かを実現していかねばならない。そうした生き方は、明らかに、目覚めの行為であり、開眼の体験に違いない。それも、荒れ狂う怒濤にも似た、ブレイク自身の体験そのもののリヴァイヴァルなのだ。

彼は、一般社会を構成している人間と比較して、余りにもずば抜けていて、偉大過ぎた。細密過ぎ、厳し過ぎて困惑してしまうのだ。彼を解説し、説明し、定義付けようとすることは、その人間が、自分の馬鹿さ加減を宣伝して歩くようなものである。解釈を試みれば試みるほど、ブレイクのダイナミズムからは遠ざかり、真理からも離れていくこととなる。所詮、ブレイクを、文明の用語や、アカデミックな手法をもって一つの枠にはめ込もうと目論んだり、一つの思想として取り扱ったりすれば、それは、何ともこっけいなものとなってしまう。

長らく疑問の存在だったミラーを、初めてアカデミックにとらえ、論理的に解釈したルイジアナ大学のゴードン教授は、一般から見れば、エポックメーキングなことをやってのけたようにうつるが、ミラー自身から見れば、何とも苦笑せざるを得ないのだ。彼自身、私に、「きみは、あの男（ゴードン教授）に会わなくてよかった。会えば、がっかりしただろうから」と言った。

もし、ブレイクを、直接見たかったなら、彼に関するあらゆる解説や主張をすっかり忘れなければならない。今までに、誰一人として、ブレイクについて書いたり話したりしたことがなかったという心境に立って、タブラ・ラサで、彼を目撃するのだ。そして、そうした瞬間に、自分の内部からわき出てくるものは一つも押し殺したり、押さえつけて無視したりせず、そのまま記述し、語り出すのだ。恐らくは、そうした行為の中に、ブレイクは息を吹きかえしてくるはずである。

生きるということ、充実した状態で生きるということは疲れるものだ。ただ黙って車に乗っていれば、定刻に、目指す駅に着くといった生温いものではない。生きるということは、極端に熱しているか、冷え切っている状態であって、そのどちらに接触しても、ものは破壊され、変質させられずにはいない。

生きるということは、生命の消耗のプロセスだ。それは、極端な消耗があって初めて成り立つ。生きるものは疲れ果てていく。それ故に、その疲れを解消するために一つの手段を講じなければならない。生命の消耗を解消する最善の方法、それは、死ぬこと以外には考えられない。

死とは、一切の疲れを解消することであり、同時に、新しい生命に甦ることを意味している。一つの細胞の死を確認するまでは、決して新しい細胞は誕生しないのだ。我々は数十年前、この人生に生まれてきた。しかし、その時が、必ずしも、あらゆる歴史の始まりではなかったことを考える時、我々もまた、何か、別の物質的存在において、生きていたため、生命を消耗して疲れ果て、死ぬことに依って、現在のような新しい人生に甦ってきたのだと思う。

誕生を境にして、我々は、過去の一切を忘れてしまった。そしてそのことは、今の人生を、より豊かに、しかも充実させて過ごすためには、欠かしてはならない条件なのである。そして、やがては、この肉体も老化して死をむかえる。そして、再び一つの死を境にして、新しい人生につき進んでいくことだろう。その時は、現在の一切を忘れて、その誕生が、自分に関する一切の始まりだと信じ込みながら生き抜くことであろう。そしてそうあることが最も自然である。喜ぶべきことではないか。忘却の上に力強く立っているのが人生なのだ。

そうは言っても、これは、何度でも、この同じ地上に姿を変えて生まれ変わるといった、仏教の、あの下らぬ子供だましとは、全然違うものであることを断っておきたい。我々は毎回、死んで新しく誕生するたびに、全く異った次元に、異ったスケールで、しかも、全く、以前の人生におけるそれとは比較することの出来ない物質界に生きる。過去を覚えていられないというのは、つまり、このような理由に依る。創造的人間は、毎日の生活において、その激しくも充実した生き方に依り生命を消耗していく。彼は毎日死を味わう。その回数だけ誕生をも味わう。一瞬一瞬甦っているような特別な人間もいるのだ。

こういった人間は、過去の一切に縛られることがない。今言うことは、真実、今という時に、そう言うべきだと感じなくてはならない。そういう意識は、見事に純粋なのだ。一瞬一瞬は、完全に過去と断絶している。生命自体には、歴史はない。権威もない。ブレイクの生き方は、まさしくこれであった。彼は、昨日発言したことや午前中に主張したこと、一分前にうたった歌のメロデー等に義理を感じたり、束縛されることはなかった。彼は、それで、発言することが支離滅裂であるといった印象を人々に与える。しかし、論理的である人々には決して発言することの許されていない〝真実の証言〟が可能であった。

ブレイクに耳を傾ける時、我々は、欺むかれることがない。彼は、彼自身に語りかけていた。他人の手に渡ってしまえば、もうどうなってもかまわないといった商品ではなくて、自分自身の生活に必要なものを丹念につくる態度が、彼の言葉の中には横溢している。

彼において、精神は、既に物質の中に混入され、分離することの不可能なまでに、すっかり同化したものとなってしまっている。彼は、あたかも、物質を千切って食うように精神を食い、あたかも、精神を仰ぐような素振りで物質を眺める。彼には、あらゆるものが見えてくる。素領域に在る、時間と空間の混入した四次元の新物質は、科学者達だけの観察出来るものではなかった。

ラブレーやニーチェは、ブレイクとともに、既に、かなり前、この事実を目撃することが出来た。しかし、科学的な証明は、取り扱う事実を、かなり小さな範囲に制限してしまうが、何らの支障なく受け入れることが出来る。しかし、全的に、何らの制限を受けずに、事実と対決するためには、見者達のヴィジョンを通してでなければならない。その代わり、これは何ら証明されることがないので、百パーセント信仰を働かさなければならない。ブレイクの書くものは、すべてこのような内容のものであった。

ブレイクは、極く限られた数少ない人間の部類に属していた。物質的にはほとんど恵まれなかったが、それでも大王の貫録と、大物の図々しさと、雄大な人間の神秘性と、狂信的な人間の固さを、常に、弱らせることなく維持し続けた。こういったタイプの人間にとって、外界からさわがれたり、やんやともてはやされたり、認められたりすることはさほど重要なことではない。そういった条件に満たされなくては何も出来ない自我の欠如した人物は、ブレイクにとって非人間以外の何ものでもない。彼は、孤立して、なおせわしく立ちまわれる能力を有していた。真実の王がここにいた。

我々が真実に生まれ出る時、我々の産声は、何よりも先ず、あらゆる周囲のものの悲劇性に対する悲しみの泣き声でなければならない。生まれてこない方がましだったと言い切れるのは、決して極悪人だけではないのだ。いや、人生に対して深い責任感を抱いている者こそ、人生をそのように厳しく観察出来るのだ。むしろ、本当に極悪な人間は、そうした感じを抱く暇がないかも知れない。しかし、こうした、人生が悲劇的であるという感覚は、裏を返せば、最も期待にあふれた人間がそこにあり、悲しみや絶望は、希望にとって、なくてはならない喜ばしい徴候である。

ブレイクは、絶えず、この心境に身を置いた。ジョイスの言う「歴史は悪夢である。私はそこから目覚めようとしてもがき苦しんでいるのだ」はまさしく、この世界に絶望することに依って得られるはずの希望と可能性への、あくなき求道の、傷つける魂のつぶやきなのである。世間と絶縁することを楽しみにするようなトンチンカンな人間がいるとするなら、明らかにそれは、ブレイクを指して言えることである。そして、この世において、気が利き、抜け目のない人間とは、彼にとって、最もみじめな失敗者なのだ。天才と呼ばれる連中には、しばしばこういった手合いが見られる。

ブレイクにとって、名声などといったものが、全く必要でないことを承知していた。

だが多くの天才野郎達にとっては、こういったものが、何とも憧れの的であったらしい。しかも、そうした衝動を、さも高度な何かであり、偉大な何かであるもののように周囲に思わせることにおいて天才的な手腕を発揮する。予言者にとって重要であることは、自分自身に没頭することである。ブレイクは、自分自身に没頭することにおいて、最も創造的な行為の、アルファとオメガを確認しようとした。

彼にとっては、他者に向けて示される愛ですら、その実、自分を愛する行為の一面でしかないと信じた。何かに狂信的な崇拝心を抱く時、それは、とりも直さず彼自らの偉大さについての逆の確認にほかならない。彼にとって、自分自身こそ、あらゆるドラマの主人公であり、主題であり、理由であり、結果なのであった。これほどの、至極単純にして当たり前の真理、即ち、人間が自分自身の人生を生きるという事実が、何とまた、我々から遠のいてしまっていることだろう。

そうした、極く自然な立場に戻ることが大罪と思われたり、とんでもない非常識とみなされている今日である。彼にとって知識とは、体験することのみを通して得られるものであって、その体験とは、常に、実験的な要素を多く含んでいる時に意味がある。それ以外の知識、つまり、あらゆる種類の学校で教育されて得るものは、ほとんど知識としての意味をなさない。そういった、文明社会の既成品的な知識は、身につけていてもいたずらに負担が大きくなるだけで、ますますみじめな様相を呈するようになっていく。知識人の顔を見たまえ。まさしくそうであるから。知識が人間にとって幸福の種にならなかった事実は誰も否定出来ない。

ロボット製造者に近寄るな

自尊心と絶望感は、常に、紙一重の差で隣り合わせになっている。アケンピスの言う、「自分自身に一かけらの価値も認めない時、最も自由で安息出来る状態におかれる」という真理と、ブレイクの言う、「自分自身を愛する程に他人を愛したり、自分以上に他人をあがめられるものではなく、自分自身ほど偉大なものをほかに知ることは出来ない」とは、全く密着しているくらいに、隣り合わせになっている。

我々は、そのいずれの側に傾いてもいけない。我々は、その両方を同時に持つのだ。我々は、常に、そのいずれにも強力に支配されているものでなければならない。それ故に、周囲から見れば、一定の枠にはめられない存在であり、本物だろうか？　だまされているのではないか？　という疑念が湧いてくる。常識的に見るなら、確かに本物ではない。本物であるはずがないのだ。

予言者や見者達は、過去において、皆、これであった。確かに本物ではなかった。公認されている大祭司や大王、使徒、予言者、見者ではなかった。とつぜん、異様ないでたちで、ヨルダン河のほとりに現れたヨハネは、軽蔑のまなざしで見られながら、本当の予言者であるかと問われた。彼はそうでないことをはっきりと言明した。予言者アモスは、大祭司達に資格を問われたが、私はテコアの森の羊飼であると、はっきりと言ってのけた。キリストは、ユダヤ人にとって、まやかしの王であるに過ぎなかったし、パウロは、十二使徒の中には入っていなかったという理由で、何度、キリストの霊に依って直接与えられた自らの使徒職について弁明しなければならなかったことであろう。

マホメットは、見者であることが疑われていた。しかし、疑われるということは、彼等にとって何ら重大な問題ではなかった。これを重大視して、慌てふためき、あくせくするのは、きまって、社会組織の中にちぢこまりながら、自分の顔の面積ぐらいの領土の主人公として、ちょこなんとおさまり返っている哀れな連中なのだ。彼等にとって、自分自身をありのままに出すことは考えられない。主観などといったものは、とんでもない不都合な代物なのである。それに反し、極くわずかな誠実な人間違は、自分自身を忘れて客観的に生きるなどということは、死に等しいことだと考えていた。キリストも、マホメットも徹底した主観に支えられている。

ベルジャーエフが言っている予言者の特質とは、この世の中のどのような権力や、自然や社会のどのような力にも捉われることのない自由奔放な生き方を指している。そして、これは、明らかに、いずれの予言者、見者にもぴたりと当てはまる。

いつの世においても、見者達は徹底したペシミズムにおちいる。彼等は、世の中が安心し切って騒いでいる間に、厳しい目でもって悲観的な未来をみつめる。だが、そうした彼等のペシミズムは、それと同時に、霊妙な、楽観的要素をちらつかせて見せる。彼等の悲観主義は、極度に充実した楽観主義を押し進めるためのものであった。彼等のある者は、喜びの余り発狂し、歓喜の余りピストルで自分の頭を打ち抜いた者もいた。満足の余り河に身を投じた者もいた。事実、そういった要素をそなえている人間は、何らかの象徴的な形で何度も自殺を試みている。そして、自殺することには、その企て以上に成功していた。その都度、彼は、世間に対しては疎い存在になっていった。世間に疎くなればなるほど、真実に近いものになっていった。こうした生き方は、本当の勝利者の道であった。マホメットの、メッカへの道、キリストの、ゴルゴダへの道、イスラエル民族の、カナンへの道、パウロの、ローマへの道、アブラハムの、西方への道、これらは、すべて勝利者の道であった。

生命に至る道は、その門とともに、確かに狭いのである。大多数が、群がりつつ、騒ぎつつ進んで行く広い道は、どう考えても敗北の道なのだ。勝利者は、自分を信じつつ、孤独の道をどこまでも歩んで行く。そこには、常に賛美と喜びの歌があふれている。

ブレイクの道は、この孤独な勝利者の道であった。一人の人間の精神とは、吹けば、ひらひらと舞い上がってしまうほどに軽くて無意味な意識の形態や、社会の形態で束縛するわけにはいかない。そうするには、このちっぽけな精神は余りにも巨大なのだ。従って創造的な精神は、学問とか社会のはかない姿に訣別し、背を向けなければならない。

新しい精神一新されて、あらゆる弱さを取り除いた精神とは何であろうか。それは、精神が一人前になることである。つまり精神とは、今までは、多かれ少かれ人間にとって負担でしかなかったが、新しくされたものは、むしろ、人間を支え、高める要素に満たされている。新しい精神こそ人間の血液なのだ。

精神は、一般大衆にとって、首にくくりつけられた石臼であるが、創造的な者にとっては、背中に生えた強力な翼なのだ。この翼を、しかも、文明の理性に依ってぼろぼろに古びてしまったものを、泪を浮かべながら見つめたのは、あの、夢に満たされた大男のウルフであった。しかし、彼は泪をふき払って、夢見る者にふさわしく、思い切り高く天空に飛び上がってみた。古びた、千切れちぎれの翼は、彼の夢の霊妙な効力に依って素晴らしく強靭なものになった。飛び上がれたのだ。自由に天空に舞えたのだ。

彼は、すっかり、原初的な人間に立ち返ることが出来たのだ。こうなることは、長い間、誰にとっても絶対不可能と考えられていたし、それ以上に、そのような可能性のあることすら忘れてしまっていた。現代的な社会構造の下で許されている自由の中で、細々と生き長らえる状態のみが、人間にとって唯一の可能性であるとしか思われず、標準的な状態としか信じられない。現代人の判断と意識の中には、この程度の認識しか生じないことになっている。従って、そうした基盤に立って教えられた学問も知識も、真実のことをやろうとするにはさっぱり役立たない。一旦、そうした縄目から抜け出さなくてはならない。抜け出すということは、反逆であり、社会にとって、対面せる最大の敵となるようでなければならない。一たん分裂や決裂が見られない限り、真の解放はありえない。

私にとって、整然とした庭園や自然は、憧れであり、心を癒してくれるものであるが、それは単なる抽象でしかない。荒廃、乱れ、これこそ私にふるさとを確認させる。地肌の露出している山の斜面、朽ちた小船のある水辺、此処こそ私の這い出してきた処なのだ。水辺から出てきたものは、例えそれ以上のどのような環境におかれようとも、常に、水辺を慕うものなのだ。一種のトロピズムとして内部にそれを意識する。シベリウスの交響曲第三番が呼び起こすものは明らかにこの衝動である。一切の矛盾の中で甦りが行われる。あらゆる意味での敗北が、我々を、不可能と思われる高みにまで引き上げる。絶望こそ、我々にとって至高の美徳なのだ。何も物理学者の意見を借りてくるまでもない。〝場の方程式〟を引き合いに出さなくとも、人間は、本来のすがたを取り戻し、人間としての特徴に依って厳しく満たされる時、それは、不思議なほどに〝場の方程式〟をつくり上げていく。時間空間を一つにまとめあげた四次元の空間の中で確認される体積なのだ。

人間というひろがりは、常に、強烈な時間という匂いを発散していて、そのため、その様相はいやがうえにも神秘的なものとしてうつってくる。この体積には時間が含まれている。我々の書いたり描いたりするものは、すべてこの種類のものなのだ。四次方程式でもってのみ答えが出され、新物質（neomateria）と呼ばれるのにふさわしいものなのである。これは、従来の感覚には、純然とした物質として映り、また同時に、まじりけのない精神としても映るのである。

これら、決して合い混じることのない両者が一つになるということは、大きな矛盾であり、反文明的、非現代感覚的な企てであるようにも思われる。この領域において、非論理はその極に達する。ブレイクは、こうした極地の住人であった。終生そうした処にのみ図々しく生きた人物であった。彼はマホメットのように、あらゆる俗物を否定した上で、ほとんど一般的な頭では受けとめることが出来ないような、自己信頼に満ちた生き方をした。そして、それこそ、ブレイクが世界に遺し得た大きな贈物であった。それは、余りにも完全に近いスケールで描き出されただけに、世間にはなかなか受け入れられることがない。

しかし、そのように、何ら註釈を加えないということは、あらゆる偉大な書物や行為の唯一の特徴ではないだろうか。彼等真実の体験者にとって、理解させようなどといったことは、二の次、三の次であって、彼等は、誠心誠意、自分の見たものをそっくりそのまま証言しているだけに過ぎない。証明はしていない。

かつて、ドルドーニュの洞穴や、アフリカの断崖、北米の岩肌に描かれた絵は、あれで充分強烈な誇示であり、黙示であり、宣言であり得た。孤島に追いやられる者にとっては、どんなくだらない文章でも、その人間を変質させていくのに充分な力を持っていると考えることは正しい。

今日、文章は、ありとあらゆる形で氾濫している。そうした文章は、決して人間を生かすどころか、かえって、殺気に満ち溢れている。砂漠で、渇いた者が飲む一滴の水は回生の妙薬だが、その同じ水が、崖をくずし、激流となって人家を襲えば、命取りの悪魔になる。今日、文章は、こうした洪水に例えられても仕方のない状態にある。

書けば書くほど書かれた内容は、活力と霊感において稀薄になっていくといった皮肉な現象は、一体何と説明したらいいのだろうか。現代のそういった状況下にあって、我々は、さも真面目げに、書かない方がより一層素晴らしい作品が出来るとうそぶくような喜劇を演じる。しかし、こうしたジレンマから脱出出来る方法がないわけではない。我々は、自分自身のために書くと納得出来る時に、この縄目から解放される。自分自身を回生させ、より高度な何かに変質させる時、書くことの意義と、喜びと、権威が自ずと生じてくる。

第一、書く本人が感動を受けないものを書いたところで、一体誰が感動するというのか。たわけ者め！　自分をさえ支え浮かばせてくれないような木片を、彼等は周囲に投げる。誰かほかの人間がそれにつかまって救われるかも知れないことを期待し、もし彼等が救われでもしたら、おれも、泳いでいってしがみつこうといった、何ともさもしい根性で書いているのが、現代、圧倒的に多い作文態度である。

しかし、そうした行為には、始めから敗北がはっきりしている。ブレイクは、こうした在り方を無視し、こうした行き方を拒否した。彼は、徹頭徹尾、白分自身のための証人となろうとした。この企てこそ、文明社会において、我々に残されている、人間回復のチャンスの最後の一片なのだ。しかし、文明が、こうも権力を増し、社会の仕組が、こうも不純にこじれてしまっては、よほど知恵に満たされているか、さもなければよほど大きな勇気に支えられていなければ、自分自身を、人間としてまともに扱うことは出来なくなってきている。

そうした意味においても、ブレイクは、明らかに我々が模範としなければならない価値のある人格である。真実に生きるためには、文明の白い目をがまんしなければならず、社会の不当な扱いに耐えなければならない。皮肉なことではあるが、真に誠実な生き方をするということは、社会の極悪人となり切ることであり、真に責任ある生き方をするということは、世間の目に、最も悪らつに映る生き方をすることであると悟ったのは、キリストやシャカをはじめ、マホメット、そして、極くわずかの予言者や真の芸術家達であった。

ああ、何たる人生だ。汗と涙と感動の連続である人生とは——。英雄は、かつては神とみなされ、時代が下るにつれて予言者とよばれるようになり、今では、一般に詩人と言われている。そして、こういった人達は、すべて、祖国を、何らかの意味において追放されているのだ。

ルソーが英国に落ちのび、ダンテはラヴェンナの町に住み、ゴーギァンはタヒチに逃れた。ダンテやミケランジェロ、そしてゴッホ等の激情的な生き方は、果たして、そういった精神の豊かさに欠けているという現代人の実状に、どのような反応を与えているのであろうか。カーライルに言わせれば、ダンテは、あらゆる面において激烈であった。ロランに依れば、ベートーヴェンは狂気の孤独にひたり切っていた。泪するにせよ、怒るにせよ、希望するにせよ、それが激烈でない詩人や予言者などといったものは一人もいるはずがない。現代人において、まあまあといった程度の感動や意欲が確認されるとき、それは、即ち、人間の死しか意味してはいない。

我々の、歪んだ水晶体にうつる狂気とは、本来、人間にとって最も信頼してよい部分なのである。それ以外のところは、ひどく御上品には見えるだろうが、単なる仮説に過ぎず、全く信頼するに足りない部分である。文化的企てとは、その種類が何であれ、そうした、信頼性の欠如したものを如何に信じていこうかと努力する、ほとんど、その出発から不可能を担った不幸な行為なのである。しかし、彼等には、それが何とも合理的であり、健全であり、安全なものとして映る。従って彼等には、真実を行おうとする者の在り方が、すべて不可能なものに映って見えるのは仕方のないことだ。

小説が、文学のジャンルの中では下等な部類に属すると言ったのは、かのブルットンであった。それにつけ加えて私は、生活、乃至は人間から遊離した、技巧的小手先の作文態度は、心にもないことを巧みに言って他人をあざむく詐欺師に似ていて、何ら取るに足らないと言いたい。文学とは、言葉をもてあそぶことでも書くことでもない。生き抜くことなのだ。ブレイクの在り方は、この生き抜く態度においてすっかり納得出来るし、理想的な文学態度でもあった。

一つの花、一つの雄大な構図となって展開していく恣意の軽やかな舞い。恣意は、人間にとって、運命とともに内部の神話の象徴として固有のものである。これに依って人間はますます人間らしくなっていく。だが、羨ましくなるほどに精華を極めたヒットラーや毛沢東の恣意は、不幸ながら、権力と形式に結びついてしまった。そのため、どれくらい多くの人間が自由を奪われ、物質の如くに扱われてきたことであろうか。

本来、権力も形式も、人間にとっては全く無縁のものであった。流れ飛び散るような恣意は、純粋な状態においては、完全に無形式であり、非権力的な基盤に立っている。恣意は、対人関係において活用されるべきではなく、孤独なポーズの中で本人を活き活きとさせるものなのである、そして、孤独な中で生成していった恣意こそ、あらゆる階級の多くの人々の心に食い込み、半永久的に影響力を宿すようになる。こういった恣意を罪悪視するのは、言うまでもないことであるが、文明である。しかし、そうした文明の不文律を無視して、堂々とこれを行使したのは、ほんのわずかの予言者達であった。腐敗していく地上は、そういった、極くわずかな人々に依って、完全には捨て去られてしまわずにいる。創造的な人間にとって、恣意は美徳なのだ。彼にとって、それは自由であるということの何よりの証拠なのだ。

ブレイクにあっては、こうした恣意が一瞬も絶えることなく、連続した運動として確認される。それは異常に激しい生命力と化し、予言者、見者、詩人としての真の資格の保証となり、それにもまして、自信の、何よりの基盤となる。恣意の中でのみ、人間精神は、理想的に成長していくのだ。しかし、これは、ドイツ人の特性に依って、最もよく象徴されている〝観念化〟の是認では全くない。いや、それとは完全に反対の方向を示している。つまり行動の側面として、この恣意は語られている。

恣意とは、先ず何よりも、恣意的な一切の定形からはみ出た行動でなければならない。ドイツ的な観念化が、日本民族の堕落と悲劇をうながす動機となったと叫ぶのは、如是閑である。宗教や芸術もまた、長い間、閉じ込められてきた観念の世界から、行動の世界に、雄々しく飛び出さねばならない。一切は、行動に従属するものでなければならない。観念は行動の影なのだ。そして、この行動は、見者や予言者にとっては、かなり巾広い意味の中で受取られる。つまり、彼等にとって、しばしば、夢でさえ、現実の行動と同質のものとして見ようとする柔軟性がある。そうした柔軟性はブレイクにおいてその極に達した観がある。

彼には、一般に言われている非現実の領域での行動は、むしろ、現実の行動よりもはるかに〝現実〟のものとしてうつった。我々人間の知覚や意識には決してのぼらなくても、明らかに、我々の存在全体に、明確に感応するという体験は、一度ならず我々にはあるものだ。これは、ほとんど証明することが出来ないほど、文化的制約からはみ出し、遠い位置にあり、余程の勇気と自由に対する確認がないと、この体験は公にすることが出来ない。証明出来ないが、確かにそれは在り得るといった性質だからである。

ブレイクは、こうした体験を、あたかも、道路で友人に会うくらいに確かな体験として受け止めることが出来た。そう受け止めることが出来た明らかな証拠に、彼は、それら一連の体験を、何ら言い訳せず、説明もつけずして、そのまま堂々とうたい上げた。彼はまた、世間が、彼と同じような体験をするに決っていると信じて疑うことはなかったし、それ以上に、世間に、厳しい期待を向けた。そして、その期待に外れる者には、容赦なく背を向ける。故に、心を開かず、自由になり切ることの出来ない人々は、ブレイクは気狂いだと言って片付けてしまう。そのような人にとって、ブレイクを通して望むことの出来る何物も存在しない。

人間は、正常な生き方をする時、間違いなく未来に向かって生きる。例え、その人間が、どれ程人間的に充実しているとみなされていても、もし、過去に向かった生き方をしているなら、それは、一種のロボットの在り方に過ぎない。ロボットは、精密かつ正確な過去の記憶に従って生きる。ロボット製造者の企てと青写真からはみ出たり、これらを修正し改革する生き方はロボットの出来る行為ではない。革命は、人間だけに出来ることなのだ。既成の事実や法則の中で一切を企てようとする精神は、既にそのことに依ってロボット化している。

人間は、文明の地上において長い間、自分の手でつくったロボットとマラソンを続けてきた。そしてロボットは、必死になって走りつづける人間の直ぐ背後にきている。いや、既に、人間とロボットの胸は、紙一重の差をせり合うまでになってきている。

人間は、自らの手で作ったロボットに依って、今まさに追い抜かれようとしているのだ。この不安感は、実存意識となって、現代の、心あるわずかな人々を極端におびやかしている。人間は、こうした意味においては、既に、はっきりと疎外されてしまっているのだ、人間の手になるロボットに依って。

しかしロボットは、一つの総合体としては、我々の目の前に現れることがないので、我々は、この危機に対して、かなり呑気に構えている。今日、ロボットは、それぞれの部分でもって充分人間を追い抜いている。コンピューターの働きは、我々の計算力をはるかに上まわり、最も能率の悪いそれであっても、とうに我々の能力を追い越してしまっている。

我々は、既に、一万年前に、自らのつくった道具に依って追い抜かれてしまっている。弓や投げ槍を考案した時がそれである。人間は、人間の機能の代用品として製造された機械に依って圧倒されてしまっている。そういった機械は、その気になりさえすれば、一瞬にして、巨大なロボットと化してしまうに足る充分な力を具えている。そして現代人は、そうしたロボット的なレベルの人間になることを、しきりと願うようになってきている。基準は、すべて、ロボットならどのようにするだろうかということなのだ。

公式も定理も定義も、すべてはロボット的な、非個性的な感覚と概念の確立に過ぎず、これこそ文化の発展だと信じている。ロボットから最も離れて存在するもの、それは非ロボット的な直感であり、とっさに起きる激情なのだ。こういったものが、悪質で低級な人格の何よりのしるしであると考えることが常識となっているだけ、現代は病み呆けている。熱病にかかっている者のゆがんだ意識とプライドがそこにある。もし、我々が、苦労しておぼえた法則や、苦心して習った語学力、励みに励んで身につけた知識をもって立ち向かおうとするなら、我々人間は間違いなくロボットにやぶれる。そうした機能においては、人間のあみ出した機械のほうがはるかにすぐれているからである。

地方に住むグラフィックデザイナーが、どのように精密かつ精巧な作品をつくってみても、大都会には、ずぶの素人でも、その感覚さえ充分にあるなら、はるかにすぐれたことの出来る、便利な製図用具や何やらが考案され、売りに出されている。もし、そうした道具に依っては達成されることのない何かをしっかりとつかみ取り、行っているなら、その人は、人間としての尊厳を失ってはいないということになる。

ブレイクは、この点についても、まさしく、一つの勝利を得ている。今日よりは、はるかに機械の少ない時代であった。しかし、そうではあっても、文明に取り巻かれていることには変わりがなかった。一本の弓矢を持ち始めたころでも、既に人間は、激しく、実存の問題と戦わなければならなかった。あらゆる意味で、人間たちがあみ出した道具は、人間存在をゆさぶる極めて危険なものとなってきている。しかし、そうした事実に関しては、なかなか心がいき当たらない。そう思い当たるようになれば、そのことで、その人は、充分、見者として、詩人としての資格を具えているものと言える。

詩人になるということは、まともな人間に立ち返ることを意味し、見者になるということは、かって原始人が具えていた鋭い感覚を回復した人間になり切るということを意味している。かつて人間は、皆、賢人であり、見者であった。金銭や名誉に目がくらまず、本当に愛すべきものを率直に愛し、真に価値あるものを、何ら先入観や偏見にとらわれずに、そのまま認めることが出来た。

金銭の多寡が、何らとるにたらない仮説に過ぎないという事実を信用することが出来なくなっているこの末期症状について、我々は、今日、ほとんど危機感を抱けなくなっているぐらい何かが麻痺している。この病状から抜け切るために、我々に必要なものは、あちこちにごろごろ存在する宗教運動や文学運動ではない。そのようなものに何か革命的な変化を期待するくらいなら、私はむしろ、第三次世界大戦のほうに何かを期待しよう。それくらい、現代の宗教や芸術は無力になっている。これは、疑う余地が全くない。

私は、ああいった類のものを、どれ一つとして信用してもいなければ期待してもいない。ああいったものは、土人達の裸踊り程度の意味しか持ち合わせてはいない。踊れ、踊れ、わけもなく一緒になって踊り狂っていたらいい。みんなが踊るから踊っているといった程度の踊りだろうから、他愛のない話だ。踊れ、踊れ、最後の一発、弱々しくて、くさい屁をひり出したら、そのままつべこべ言わずに、頭上から落ちてくる椰子の実で頭をぶち割ってくたばったらいいのだ。そのような死に方にまさる最後が君達にあるとでもいうのか。馬鹿を言っちゃいけない。これで、充分過ぎるくらい立派な往生なのだ。ハレルヤ、ハレルヤ、天皇陛下万歳！

好奇心・自己に忠実な美談

ブレイクの中にうかがわれるもう一つの特徴は、尽きることのない好奇心である。好奇心こそ、常に未来に属しているものであって、進歩発展は、この性格が排泄していくガスが描きあげる蜃気楼である。長い不安の歳月の中で、我々は、大半がこれを失なってしまっている。

不安におびやかされる者が、まず最初に棄てるものはこの好奇心なのだ。好奇心の支えになるものは勇気であり、征服欲であり、図々しいまでの所有欲である。こうした要素は、不安や恐れにとりつかれている人間が、先ず最初に手放すものである。そしてその結果、何事についても無関心であるといった態度を示すようになる。無関心は、まさしく、過去に属し、死に直結している。

現代人は、読書や勉学ということをとかく言うが、こういったものは、真実の人間になるためには、そして、しかも、それになり切るには、極めて有害なものだと私は信じている。もしかして、この言葉がミスプリントであると思う人がいるかも知れないので、もう一度くり返しておこう。読書や勉学は、真実の人間に生成していく過程にあっては、有害なのだ。それに代るものとして、飽くことのない、激しい好奇心を抱いたらよい。好奇心に燃やされて、ありとあらゆる物事について激しい関心を示すのだ。途中でやめたりしてはいけない。どこまでも喰らいついていくのだ。もし、切腹について興味を持ち始めたら、それを、あらゆる文献、あらゆる資料から吸収してしまったらいい。そうして、極く自然に、好奇心の熱火が冷めてくるまで行動の手をゆるめてはならない。

もし今、突然に、江戸時代に生きた武士があらわれて、その人と対話をしたなら、そして、切腹のことに話が及んだなら、その武士よりも、はるかに詳しく切腹について知っていたという結果が見られるようでなければならない。

好奇心は、それにもかかわらず、今日では、ひどく痛めつけられている。つつましやかに、思っていることもかなり控えめに、欲していることもぐっとこらえていなければならないと教え込まれている。そんなことでは、どれほど書物を多く読み、勉学にいそしんでも、何の効果も上がらない。書物は読むのでなくして、激しく、燃えるような好奇心に押しまくられる余り、食らい尽し、しゃぶり尽し、飲み尽してしまうものでなくてはならない。書物に対しては、ピラニヤ的存在が、理想の読者と言えるのである。

勉学についても同様のことが言える。知識をせっせと頭に詰め込んでみたところで、一体それがどれほどの意味を持っているのであろうか。それは、考えてみれば見るほど、むなしいものなのだ。それに反し、好奇心にかられてする学びは違う。目の前におかれている知識や思想に対して、限りない同情を向けることが出来る。この同情とは、同じ病気で苦しんでいる者同士、同じ苦しみの体験者、同じ船に乗り合わせて遭難した者同士としての、密接につながった意志の疎通と、全く同一方向に向けられた自己解放と自己拡張への意欲が見られる。

これは、限りない愛と賛歌のロマンだ。ロマンは書かれるものでなくして、生活の中で体験されるべきものである。意識されるべきものではなくして、感動しなければならないものである。身に着けるのではなしに、消化すべきものなのだ。竹刀で試合をするのではなしに、真剣で殺し合いをすることである。手紙で交際するのではなしに、じかに接して性交することなのだ。

厳しさ、激しさは何処までも限りなく続く。それをブレイクは、何ら悲愴感に支配されることなく、笑い飛ばしながら、堂々と、王侯のように耐え抜いた。それは、一篇の雄大なロマンである。

彼の作品の一切は、彼の人生という、力と誠意にあふれた詩の象徴に過ぎなかった。人生そのものを書きとめたのだ。ブレイクの魂は、一つの模範的哲学の特徴を示している。ボードレイルの言っている〝集合的な魂〟は、ブレイクの中に顕著である。ブレイクにおいて、一切は集約され、総合されてしまう。そこには、どのような理屈をさしはさむ余地もない。

すべてが、あたかも、溶鉱炉の中で溶け合うように、一つのものに化してしまう。堂々と、文明に真っ向から対決していく不敵な魂がそこにある。そこでは哲学がうたっている。それも、考えることも出来ないほどの美わしい声でうたっているのだ。

万事は厳しさの中で順調にいっている。『聖書』の神秘性に『コーラン』の複雑難解さ、ミラーの狂気とラブレーのわらい、ランボーのうらがなしさとダンテの孤高の魂が一つにとけ合って妖しいメロディをつくる。それは、甘美な交響曲となる。指揮者は、決まってラブレイの版画なのだ。

しかし、こういった、何とも形容仕難い非社会的な人格と、それらがかなでる歌が、どうしてこうも、世界を身振いさせ、地上に希望を与えるのであろうか。

そうなのだ。我々はかなり大きな感違いをしていたのだ。我々が、今の今まで正常だと思っていたものは、ことごとく、とんでもない代物であって、非社会的とか反逆的、非道だなどとみなされていたものが、実は、誠意に満ちた正しいものであり、善や正義は、すべてこの上なく悪らつなものであったのだ。一切は、どんでん返しをした。

我々は、すっかり魂の平衡神経を失ってしまっている。かなり厳しい苦痛が、ここしばらく、つまり数万年は続くことだろう。しかし、我々は一つのもの、見るべき一つのものを見ている。万事はオーケーなのだ。天と地が逆になっている。東西南北も、ぐるぐると回転していて、すっかり方向は失われている。従って、客観的に前進するとか、発展するとかいったことはあり得ず、もし何らかの形で前進したり発展したりするようなことがあれば、それは、ただ、信じ切る心の中においてのみ確認されるべきものだ。

喜びは、常に内側にある。勝利もまた、内側でのみ確認されていて、外側には、全然あらわれることがない。自分に生きるということ、それは、宗教的な秘儀でも何でもなく、一つの明らかなリアリズムなのだ。このリアリズムの感覚こそ、ブレイクを味わう鍵であり、彼と対話を成立させる秘訣である。

本来、心からあふれ流出してきたような言葉に依って書かれた書物に共通した特徴は何であろうか。それは、先ず何よりも激しさに満ちており、次いで、あらゆることに関して非伝統的な立場から出発していることであり、一切の、現代意識的な秩序が見られないことである。

『聖書』、『コーラン』、ブレイクの作品、ダダやシュルレアリズムの息吹をあびた諸作品、そして最後に、ミラーの全作品をあげたい。これらは、ことごとく、通常のありふれた対話を拒否し、厳しいモノログの世界にたてこもっている。これらの作品の中で、著者は、自分自身と自分自身が体験し納得している、自分自身に関わる以外のことは一切無視している。それは、現代はやりの言葉を借りて言うなら、理想的な反小説であり反文学の在り方であった。

彼等にとって、まともに身を入れて出来ることと言えば、それは、破壊することであって、そこからのみ一筋の可能性の光をとらえることが出来た。狂乱は彼等にとってこの上ない美徳であった。叫び、肺臓が破裂するほどの叫びは、彼等の愛に満ちた、甘美なささやきであった。

私の親戚に、最近、大きなあくびをしたとたんに肺に穴をあけてしまった、いかれた医者がいる。そうだ、肺がぶっ裂けるほどに叫ぶことは、ほんの一寸した感動でもって出来ることなのだ。狂乱狂乱と言うが、これは、病める現代文明の立場から眺めた場合の、ゆがんだイメージに加担した場合にのみ使える言葉であって、実際には、限りなく美しく、人間らしさにあふれており、豊かさにあふれているものなのだ。だから、どのような人間であっても、一たん重大問題に直面し、危機にさらされれば、一応は、こういった狂乱の書にかじりつく。現代意識は、こういった書物を、表面的には否定し、内側では肯定しているということである。

もし、権威などといったものが真実存在するとするならば、それは、かろうじて、こうした、一切の過去を全面的に無視するか否定するかした書物の中にしか、確認することが出来ない。先人からのバトンタッチは、どう見ても権威であるはずがない。客観性の中には、絶対に権威の生じる可能性はないのだ。

集団といったものも、その中に、権威の成立にとってかなり重要な条件となる孤立性がないので、これもまた権威の存在する可能性については、否定的にならざるを得ない。真実に開眼した者には、はっきりと分かる事実、それは、権威といったものはこの社会の仕組みの中では決して成立しないということである。集団や組織の中にみられる権威、つまり、独裁者の在り方や、売れっ子作家の場合は、私の言っている本筋の権威とはかなり違ったものである。そういった類の権威は、流行と深いつながりを持っていて、その流行といったものは、自我のない大衆の間に生じる、いわゆる群集心理に支配されている。それに反し、真の権威とは、心ある、自己を真正面からみつめる人間からのみ慕われる。

ブレイクにとっては、彼と同時代の、他のロマン派詩人達のように、そういった意味での権威や名声を、いささかも望む心がなかった。いや、同時代の詩人達ばかりではなく、あらゆる時代のあらゆる種類の、大衆英雄達にも食指が動くことはなかった。彼は孤独の領域において、決してゆずることのない厳しい態度で、自己の内側の権威を築いていった。自分自身を、ある確かなものにすること、これにまさる生きがいは、彼にはなかったのだ。これは、多くの謎を秘めた、常識や合理の通らない〝けもの道〟であった。

私は、かつて奥日光の山道で、知らず知らずに熊の道に迷い込んでしまったことをおぼえている。かなり危険な崖から何メートルかすべり落ちるまで、私は、それが熊の道であるとは気付かなかった。それにしても、また、何と危険きわまりない道であろう。一歩間違えば生命を落とすようなきわどい処に通じている道である。しかし、恐らくは、熊にとって、ああいった道を往き来することが最も安全な生き方なのではあるまいか。理由は分からないが、そう信じるよりほかには、考えようがない。まことに不可解だ。しかし事実は事実である。真実は常に危険をはらんでいる。

ブレイクの道もまた、このような神秘と不思議に満ち満ちている。こうした事実は、すべて、創造的な人間にとって本当なのである。マホメットは、世の中の一切を古来ながらの奇蹟であると信じていた。ブレイクは、一切のものに、もう一つの事実と異象をみた。『古エッダ』やアメリカインディアンの奇蹟は、まさしくマホメットにとって現実のことであったろう。

パトモスの島でみたヨハネの異象は、ブレイクにとって、日毎に体験しているものであった。こうした体験者は、大抵図々しくうつるものだ。御上品で礼儀正しい人間は、そのことで、はっきりと、何一つ体験していないことを自白しているようなものである。体験しないで、そうあるべきだと理解したり、おぼえ込もうとしている態度は、そのことで充分、植物的特徴をあらわしている。体験することなしに人間になり切ることは出来ないのだ。体験している者は、何ら飾ることなしに、その通り、体験したままを証言する。人が分かろうが分かるまいが、そのようなことは二の次である。事実を、出来るだけ正確に証言することだけに熱中する。誇ることもしない代わりに、言い訳もしなかった。これは、キリスト、シャカ、マホメット達が、一様に、あたかも、申し合わせていたかのようにとってきた態度であった。彼等は、尊敬の的となるよりは、むしろ、憎しみの対象となった。その理由は、既に明らかではないか。

磯の香りとノスタルジャを結びつける能力が我々にはあっても、そして、石油のにおいとメカニズムのイメージを結びつけることが出来ても、磯のかおりと石油のにおいを、しっかり一つのものとして、ダブルイメージにして受けとめる感覚は失くしてしまっている。ただ、極めて非人間的な科学の研究だけが、細々と、かげの方で、この事実を確認しているに過ぎない。見者とは、こうした、ものの本質的な結びつきを、直感で嗅ぎ分けられる人間のことである。

全く関係のないものを持ってきて、これを結合させ、予期していなかったような感覚の発生を促す作用を期待したのは、かのサンボリスト達であった。それが前意識とか、無意識、潜在意識とよばれている人間の能力に期待をかけた、ダダや超現実派による人達であっても、ポップアート、オプアート、オブジェといった形式の芸術に頼った連中であっても、質的には全く同様であった。

現代社会において通用している、あの、いかにも、何でも分かっていそうで、実のところ何一つ分かってはいない〝眼の機能〟を信じないで、これを、そのあるがままの状態で公平に断罪しようといった盛り上がりが、ああした一連の芸術運動にまでなったのである。

いつの時代においても、人間が二人以上集まって討議したり、相談したりしたところで、ろくな結論には達したためしはない。かえって意図するものが低下したり、願いが小さくなり、夢が色あせたりした。人間は、相談相手を奪われ、忠告者を失なう時、初めて何かまともなことをやり始めるものだ。人にとやかく言われているうちが幸せなのだと考えている人間は、一生浮かばれることはあるまい。一人になるのだ。一切の、ありとあらゆる対話をあきらめるのだ。大切なのは、自分に聞いてみることであり、自分を叱咤してみることだ。

アーラ・アクハール・イスラーム

我々は、客観的な要素を帯びている一切のものを放棄しなければならない。現実は、主観的な体験の中にのみあると信じなければならない。我々にまつわりついている社会性ないし客観性は、死につながる要素であって、これは何としてでも振り棄てなくてはならない。まともで豊かな人間となるためには、何としてでもそうしなければならない。

もともと、あらゆる存在には固有の重さなどなく、それぞれの存在が置かれている領域を支配している引力によって、それは、どうにでも変る。大気圏外では、一切が重量を持たない。人間にとって、万物は、どのようにひいき目に見ても客観的な重量を持ってはいない。人間に関する限り、重量とは、つまり、その人の人格的な重味であるが、それは、その人固有の引力によって決まる。また、その人の周囲のあらゆる存在も、同様に、その人の人間の重味に従って、価値を持つようになる。自分にそれだけの引力のない人間は、何を見たところで、何の感動も受けない。何を食おうと、何の味わいもない。

しかし、そうした同じものが、別の人にとっては、天地がひっくり返るような驚きと、目覚めの体験への導きかも知れない。物を活かすのが人間であって、客観的に人間を啓発するようなものは、この地上には絶無なのだ。自分自身というものを価値あるものだと信じている人間は、彼の周囲のあらゆるものを、価値あるものとすることが出来る。自分自身を失っている野郎は、どれほど物を多く持ち、知識を多くたくわえていても、結局、何一つまともなものは所有してはいないのだ。

我々に内在する精神の濃度こそ、我々の内外の世界を価値あるものとする。宇宙を活用するかしないかは、その人自身の心にかかっているという事実を一度でも考えてみたことがあるだろうか、現代に生きる我々は?

「オペラ・セックストロニック」という名の、前衛歌劇が欧米で行われた。しかし、そこに登場する女は、ちゃんとビキニスタイルをしている。こんなのは、海水浴場でいくらでも見られることだ。何故、セックスをそのまま見せない。セックスなど、見ても見なくても、実際の話、どうでもいいのだが、ああいったタイトルがつけられる以上は、それらしいことをやって見せるのが当たり前だ。現代という、このやせ衰えた環境、マクルーハンに言わせれば、物事を、その中に没入出来ず、客観的にしか眺めることが出来なくなってしまっているグーテンベルク環境、ないしは活字時代の環境においては、人間は、何事につけても、遠慮しつつ、引込み思案になってしまって自由に行動することが不可能になってしまっている。すべてが、紙一重隔てて行われている。小便も、紙一重隔ててしているし、パンも、そうした隔たりをもって食べなければならなくなっている。

そうした中で、初めて、マクルーハンについて読んだ時、私は、そうした紙一重が取り払われているという事実にぶつかってひどく衝撃を受けた。ショックの余り、めがねが吹っ飛び、目の前の和文タイプライターにはじけて畳に落ちたくらいだ。この男は、物と状況を、現代人にしてはめずらしく正確に見ることの出来る人物だ。彼は、物事を内臓で感じられるようでなければいけないと主張する。理解するのではなしに、巻き込まれるのであり、その訴えてくる状況に、百パーセント自己を参加させなくてはならないと叫ぶ。機械時代は、今、その終りに近づき、新たに電子時代に入りつつあると言う。

電子時代とは、世界を、同時点でくまなく結び、連絡し、あたかも、原始時代の小さな村落のようにしてしまっていると説く。そこでは、活字のメデアを通して行われる、いわゆる造形シンボルではなしに、体全体に訴えていく音声シンボルが、大きく前面に出てきて支配的となる。われわれが書くものは、それで、もはや、文学などといった下らぬものではないのだ。客観的な、不介入の冷えきった頭の、でくのぼうインテリ達に向かって話しかける何ものも持ってはいない。我々は、内臓をおっぴろげて、あたかも、性交を期待する女のように色っぽく乱れている読者にだけ語りかけているのだ。そういった読者は、間違いなく、こちらに飛び込んでくる勇気と意志を持っている。我々と同じ喜びや、ショックを味わうことの出来る人々なのだ。

我々は、マクルーハンの力説しているように、内側に向かって爆発する魂の持主である。explosion ではなしに、implosion を起こし続けているのだ。気が利いている現代の生活の中で、阿呆のように、あらぬ方向に目をやってじっとしているのが、私の誇り高い生き方なのだ。そうしている間にも、瞬時も休むことなく内部燃焼を起こしている。ボイルの法則は確かなのか。

赤外線のそれのように、無作用が激しく、紫外線のそれのように、化学作用も極度に激しい。もはや、活字による何らかの記録は、全く、その存在理由を失ってしまっている。危険だぞ！　とどなっただけで充分警告することが出来た原始時代の小さな村落は、現代人から遠く去ってしまっている。彼等は、文法、語彙、表現法などといった様々の制限の中で痛めつけられながら、キケンデゴザイマス、ミナサマ、ハヤクオニゲクダサイ！　と書いている段階に至っている。そうした活字を、それぞれの先入観で、自由に解釈出来るという呪を、現代人は、全身に吸収している。

我々は、それで、こうと知ったなら、何としてでも原始時代に戻らなければならないことに気付く。活字には、これ以上、人間を引きつける能力がないのだ。いや、こうした活字の限界は、初めからそうであったが、我々は、それに気付かなかっただけである。我々は、もう一度、ミラーが書いているように、会話調で一切を処理しなければならず、いや、それ以上に、しゃべり続けなければならないのだ。休まずにしゃべりつづけるのだ。同じことを、オームのようにしゃべり続けるのだ。それが、カナリヤの鳴き声であってもいいではないか。その方が、むしろ、理路整然としている活字の配列よりも大きな効果を上げ得る。

我々は、文章を書きとめるのではない。今、キケンデスと書きとめたところで、一体それが何になるというのだ。次の日の、楽しい祭の中で、その言葉は恥をかくだけではないか。我々は、一定の意味しか持たないようなことは、それで、一切書いたり、しゃべったりすべきではないのだ。我々は、あらゆる事態に際して、それにふさわしい訴えと説得力を発揮し得る生命の言葉を、行間で激しくしゃべらなければならない。それを聴く者を引きつけ、参加させ、こちらの環境に没入させずにはおかない。包み込まずにはおかないのだ。そういった行動的な言葉をしゃべらなければならない。マクルーハンによれば、たった一つだけのものとして存在し得る未来は、現在であるという事実に立ち、大半の人々は、あたかも、バックミラーの中をのぞくように、過去の中に生きているのだ。そして、そういった中で、ブレイクや、その他のわずかな人々は、このバックミラーの中に、どうした訳か、未来を見ることが可能だったと書いている。ブレイクの、あらゆる矛盾は、マクルーハンの矛盾の激しさの中に、自動的に正当化されている。

ゲーテは、シェクスピアを評して、彼の描いた人物は、まるで透明な水晶の文字盤のついている時計のようなものであって、時間はもち論のこと、それと同時に、内部の機械構造までがいちいち見えていると言った。こうした人間像は、明らかに、極度に冷静な客観性を満足させる活字文化の洗礼を受けた人間であって、そこには、何一つ、神秘性も、未知の可能性も存在することがない。一切は、白日の下に、走り回るまるまる肥えた豚のようにはっきりしている。

そこには、何ら質問をはさむ余地もなければ、探求する意志も湧いてはこない。それで、その人間は、万事まとまり、すっきりと完結してしまっている。もう一度マクルーハンの言葉を借りよう。

「未知のものにふれる勇気がある者は、芸術家だけである。彼は、それを喜びとしている。一般人はそれを尻込みして恐れる。一歩前進して怪物の首を切れるのは芸術家である。」

マクルーハンにしてみれば、現況に一致し、一つのまとまりを持ち、それ自体で完結しているような芸術作品は俗物であって何らとるに足らないと決めつけてしまう。彼は、まさしく、私のような男の出現のために、あたかもキリストの出現の先駆となったヨハネのような立場をとってくれたのだと確く信じている。彼は、余りにも、世間に介入し過ぎないでもない。しかし、私が世におどり出すには、いずれ、不本意ながら、世と深く関わり合いを持たなくてはならないことは必定である。その為には、私のような世間知らずには、どうしても、ある程度、世間に対して、私が発言し、行動をすることを受けとめられるように準備してくれる人物が必要である。露払いはどうしても必要なのだ。

ほとんど反響をよばなかった、彼の第一作、『機械の花嫁』を、自ら、自分の将来を見越して、一千部も買うあたりは、どう見ても私の先駆である。こういった猛烈なタイプの人間が、今後、ますます多く出現するはずである。そして、最後に、この私が、決定的な行為を引っさげて、世界ステージの中央に躍り出るのだ。予定は一分の狂いもなく行われる。

私の今朝の目覚めに、頭に飛び込んできた言葉は、「ドラマトールギイ」であった。これが、くり返しくり返しあらわれる。あたかも、ベートーヴェンの交響曲第五番の始めの部分のように、ダイナミックなリズムで目覚める。そして、ペタン元帥の名がふと頭をかすめる。彼は、第一次大戦では救国の英雄となり、第二次大戦では売国奴になった男だ。そして、世のやつらは、何と冷たい目を彼に向けることであろう。だが実際問題として、徹底した白になるかと思えば、徹底した黒になることを恐れている人間には、まともなことは、何一つ期待することが出来ない。

我々は、聖人である時、堂々と悪魔の仕草が出来るのだし、最低に貧しくても、悪びれず、億万長者の生き方が可能なのだ。才能に恵まれていながら、その直後には、徹底した無能者にもなれる。いや、そうなるのが、生きている人間にとっては正常なことなのだ。そもそも、善悪、幸不幸、義不義、正邪といった区別は一体何のことだ。私が、ここで、これらの用語を言うということは、百万歩に一歩譲ってのことである。すべては、一寸ばかり見方や立場を変えるだけで、善が悪になり、正義が不義となる。そして、更に悪いことには、創造的にして行動的な人間というものは、瞬時たりとも、一定の観点、立場に落ち着いてはいない。

こうした観点、立場の自由に、流動的に移動している人間にとって、至極当然のことながら、矛盾するしないの問題は解消してしまう。あらゆる行為、一切の主張、可能な限りの思索が、その在りのままの状態において、決して矛盾しないということは、現代人が信じなければならないことである。いや、矛盾していると非難される何ら正当な理由がないと言い度いのだ。自由に生きるということは、あらゆる生き方において、無限大的に可能な人間性を駆使して、徹底的に生きる態度を意味している。

一つの肩書、一定の職業、一つの評価、一つの名前しか持っていない人間は、そのことで充分、自由人でないことを証明している。専門家といったもの、これもまた、自由喪失者特有の外的症状である。自由な人間とは、あらゆることにおいて、それが自分を豊かにするように仕向けていける人間のことである。あらゆる意味において総合的な人間とよばれる時に、その人は、ようやっと、まともに生き始める。人間誕生、人間性の復権は、まさにこの時点から始まるのだ。

従って、ゲーテやシェクスピアは、こうした事実に目覚めた次元に立って眺めるならば、明らかに、非創造的な人間の部類に属していると言わなければならない。未知の可能性といったようなものに関しては、そこに、何一つ嗅ぎとることは出来ない。ブレイクがそうであったように、創造的にして自由な人間とは、常に神秘のヴェールに覆われている。謎が多いということや、不思議に満ちているということや、不可解性にあふれているということや、奇抜さが充満しているということは、とりもなおさず、その人間が、真実に人間らしいということなのだ。

オーストラリヤの砂漠に流れる川の原流が、地下にかくれていて、限りなく謎であるように、自由である人間もまた、謎に包まれているのだ。砂は掴み取れるし、水もすくい取れる。だがそれで、砂漠や川について解ることには決してならないのだ。砂漠はどこまでも広がる。川は絶えず流れる。ブレイクの時計についている文字盤は謎に包まれている。ましてや、その裏側にある構造の部分は、星雲的な存在なのだ。

ブレイクの妻キャサリンもまた、もう一つの『純潔の歌』であった。彼が、その妻を、ケートとよぶ時、その響き自体に一つの歌があった。彼女は、何ら取りたてて言うべき才能を持っていなかった。余り良い暮らしもしていない家族の中で、姉妹達と比べてさえ、能の無い方であった。しかし、彼女に、何らかの才能があったとしたなら、ブレイクがブレイクだけに、彼女は、家庭を悲劇に導く悪妻になったはずである。こうした巨大な人物にとって、理想的な妻は、彼の第一番目の信者になれるタイプでなければならない。明日が果たしてあるのかないのか分からないような生活をする偉大な男に従っていくには、一寸やそっとの女ではとてもつとまらない。ヘンリー・ミラーが、あれほど多くの女をとりかえた理由も、ただこの一事にある。余りにも、やさしさと平和に満ちあふれている厳しさ、高さといったものは、大抵の気の利いた女達に音を上げさせてしまう。

マホメットの妻は、その点、理想の妻であった。まだ、誰一人、夫が体験したことを信じようとしなかった時、一切の疑念を捨ててそれを信じようとした。アーラ、アクハル、イスラーム（神は偉大なり、神に従え）と、彼の妻は、夫に負けずに声を上げて祈りを捧げた。

わが主よと、夫に向かっていったのは、アブラハムの美しい妻サラではなかったか。ミラーの悲しみは、終生、こうした女性に出遭えないということだった。今度、日本女性と結婚をした彼であるが、果たして、彼女はどのような女であろうか。

それにつけても、マホメットの妻のような女は、そうざらに居ないということは、はっきりとした事実である。その点、ブレイクの妻は、もう一つの理想のタイプであった。彼のあらゆる企てに、一つの心、一つの念い、一つの希望、一つの歌となって参加した。その参加の仕方は、野蛮人のそれのように全身的であり、原始人のそれのように触覚的であった。彼女の生き方には、これっぽっちも、冷えきった客観的要素がみられなかった。内部からつき上げてくる誠意、欲望、好みとしての、百パーセント自発的な参加がそこにあった。従って彼女は、夫ブレイクとほぼ同様の霊的体験もすることとなる。まさしく、いつわりなく〝結婚し尽した〟夫婦であった。勿論、そうであるからと言って、二人の間に、いさかいや意見の衝突が全然なかったわけではない。

あらゆることに自由であり、純粋だったブレイクが、愛人を妻と一つ屋根の下に住まわせようとした時、彼女は真っ向から反対した。もし、結婚してから争そわない夫婦がいたとしたなら、私は、そうした連中を、どのように哀れんでやったらいいのか分からない。彼等は、恐らく、家庭内でさえも、一つの社会道徳や交通規則、刑法などを厳守しながら、互いにかけ引きをし、細心の注意をはらって意見の調整を計りながら生活しているに違いない。

しばしば、いや、大抵の場合、結婚が社会組織のミニチュアないしは延長として観察される時、一寸も遜色ないものである事を理想としているが、それが正しいならば、どうしても、夫婦の間のいざこざが皆無であることが理想となる。しかし、夫婦のつながりは、社会的構成とは無関係である。二人の人間が一諸に生きるのだ。同一時点において二人は絶頂感に達しなければならない。全的に、二人の人間が一つの異象、一つの痛み、一つの怒り、一つの苦しみを体験しなければならない。そして、同時に、それほど一体化している人間が、諍いをし、つかみ合っては争うということの矛盾は、まさしく、生きている人間一個人が、その内部において味わうあの自己矛盾に一致している。

パウロが告白している聖書の中の例の言葉は、この際、新しい観点から味わわなければならない。『ローマ人への手紙』第七章十五節以下の言葉は、人間の内部にある、厳しい二元論的悲劇を解剖している。勿論、二元的なものの相剋と言っても、私の場合はパウロが言っている善悪といったようなものではない。パウロ自身、あの場合には、便宜上、これをアレゴリカルに使ったまでである。

その点、めくらの教会は、まだ、聖書の基本的な真理についてさえ目覚めていないのだ。二千年かかってもまだそれが出来ない。その代わり、皮肉なことに、宗教の権威や組織ばかりが、下らない格好をしていくらでも大きくなっていく。もともと、善悪などといったものはメタファーであって、それを地上のものと結びつけて誤解する人間が多いので、この際、左の意志と右の意志の相剋、東の考えと西の考えの相剋、といった程度のものとしておく。重大なのは、左が正しくて右が間違っているかどうかではなくて、左右両極の間に調和がないという事実なのである。実際問題として、ロックンロールのリズムに合わせたゴーゴーの乱舞の方が、交響曲などよりも調和がとれているという事実を、真面目な人間は切実に考えるようになってきている。

交響曲において未だ解決されていない有機的な不調和が、ゴーゴーのリズムの現場には全然見られないのだ。ゴーゴーの場合には、全員が、体全体で加わる空気に満ちているが、交響曲の演奏会場には、いたずらに、厳しく張りつめた緊張感だけが漲っている。前者は性交の気易さと楽しさと喜びであり、後者は結婚式の窮屈さなのである。そして両方とも、男女両性の結びつきに関わる行事であることには間違いない。ゴーゴーも交響曲も、間違いなく音楽だ。だが一方は人間を殺し、他方は人間を生かす。

ブレイクの目は、物事を見る時、必ずその本質に焦点を合わせた。彼が、ほとんどその生涯の大半を過ごしたロンドンの表情は、次のようにしか映りはしなかった。

特権にあふれているテムズ河のほとり
特権に満ちている通りから通りへと
そぞろ歩き
往き交う顔に認めるものは
弱さのしるし、苦労のしるし

そして、このように歌える心は安息に満ちていた。その安息は、予言者のそれであって、苦痛と怒りに燃えていたものの、心の表情は驚くほど安らぎにあふれていた。彼にとってこの地上は、真実の権威のいささかも認められない処でしかなかった。

彼が、いともささやかな意味において世に問うた二つの詩集には、彼の人生意識に関する象徴的な意味が含まれている。一つは、彼の三十二才（1789）の時の作品、『無心のうた』であり、もう一つは、それから五年後の作品、『経験のうた』である。前者は純粋無垢な魂の、のびやかな呼吸をこまかに描写し、後者は、文明の中で虐げられる人間の悲しみを、一たんは、怒りに変わった念いで厳しくえがいている。これら両者は、線的に考えられる、いわゆる、ブレイクの、年代順の思考の変遷の足あとではない。それらは、どちらが先に書かれてもよかったものであり、単に、これら全く異った観点に立ち易い年代が利用されたことは間違いない。つまり、喜びにあふれて、真実や人生をダイナミックに歌い上げられるのは、青年期の特徴であり、怒り狂えるのは、文明に中毒してからの特徴である。老境の特徴は、自然をうたってごまかすことである。

そして、こうした極端な特徴を、彼は、三十二歳と三十七歳という年に発表した。しかし、彼の人生において、こうした二つの相反する要素が、背中合わせに絶えず生きていたことも事実であった。これら二つの作品の中で彼が体験していることは、文明のどのような毒素にも犯されていず、しかも、彼の中から自発的にわき起こってきたナイーヴな精神による、対象との直接的な接触であり同化であった。溜り水は毒であると信じていた彼は、常に動きまわり、流れ続け、活動する魂の持主であった。

そして、また、愚か者が愚かだと言われつつ、その愚かさを固執するならば、その生き方自体は賢者のそれになると確信していた。その通りである。私に言わせれば、人間は、むしろ、自分の弱点、ないしは欠点と思われるものを三年も誇らし気に保持しているならば、その弱点は、その人間にとって最大の長所となり美徳となる。私は、この事を確信して疑わない。人々は、余りにも、自分の長所や美点を前面に打ち出して、これだけで勝負し過ぎる。しかし、皮肉なことに、そういった行為が、その人間を象徴したり、代表したりすることは決してない。その人は、こうした行為を通しては、一寸も生きられはしないのだ。

そもそも、長所とはなんであろう。美点とは何を意味しているのか。それらは、大多数の人々に肯定されるものということであり、つまりは、客観的に是認されるところのものなのだ。人間は、自分自身に肯定され、是認されるまでは、決して真の安息と確信を持つことはない。現実とは、百パーセントの主観性に拠る時に成り立つ。自分で信じられ、自分で納得出来るものが最も真実なのだ。自分自身に生き抜くということは、創造的に生きることであり、最も宗教性の濃厚な日常となる。自分自身を信じ切れる時ぐらい、万事がうまく解決し、悟り切れ、希望に満たされることは他にないのである。人間は、この自分というものに、これほどまでの信頼を置いたことがかつて一度でもあっただろうか。それにしても、こういった、極端に純度の高い体験は、余りにも反社会的過ぎる。それ故に、集団に没入して自分を失ない、集団に生き、集団を通して一切を意識しようとする人々には、分かったり、納得出来るはずのものではない。

ブレイクのたどった、あの独特な人生は、そう成るべくして成った。それは、いかにもブレイクにふさわしいものであった。もし、そういった彼が、同時代のロマン派詩人達と同じく、軽々しい世間の名声を一身に受けていたなら、今日、我々をこれほどまでに引きつけ、目覚めさせてくれることはなかったはずである。

赤児の誕生に関して、ブレイクは、それぞれの詩集の中で、次のようにうたっている。

『無心のうた』の中では、よろこびに満ちた念いで、

まだ名がない
生まれてたった二日目
それじゃあ、お前を何とよぼう。

わたしは楽しい
〝よろこび〟が私の名
けだかい喜びが
お前の上にあるように

かわいい〝よろこび〟
生れてたった二日目
けだかい〝よろこび〟
お前の名をよぼう

お前はほほえみ
私はうたう。
けだかい〝よろこびよ〟
お前の上にあるように。

そして『経験のうた』の中では、一転して、悲しみと絶望におびえた調子で、次のようにうたっている。

母はうめき
父はないた
私は危険な世界におどり出た、
たよりなく、はだかで、
ひいひいなきながら………
雲の中に身をひそませた小悪魔みたいに。

父の手にだかれてはもがき、
どんなにはげしく、おむつをけっても
しばられていて、
それがあきてくると
母のむねでむずかるのが一番いいと思った。

このように、希望と絶望は、常にブレイクの中で同居していた。相反するものの調和、ないしは敵対するもの同士の共存、異質のものの利害関係の一致がそこにうかがえる。そして、生命自体は、こうした相反する要素の奇蹟的な調和から成っている。つまり、死におびやかされながら、死を意識し、死と接触することによってますます高められていく生命力を無視するわけにはいかないのだ。生と死は、他の何ものよりも密接につながり合い、相互に存在を確認し合いながら在り続ける。
眠狂四郎は、自分の父である異国の神父、フェルナンドを、抜き打ちに斬ってすてた。彼の父は即死した。そして彼はつぶやく。
「私は、私の汚れた分身をほうむったのだ」
ブレイクはうたう。

自分自身を愛するように
他を愛するものはいない。

それと同じように他人を尊敬する者もいない。
また思想も自分自身より偉大なものを
認めることはあり得ない。

お父さん、
どうして、あなたや兄さん達を
自分よりも多く愛することが出来ようか。

庭先でパン屑をついばんでいる小鳥のようにしか
私はあなたを愛することは出来ない。

ブレイクは、はっきりと現実を見た。何一つ、既成の観念や従来のしきたりにとらわれずに、一切を、その在るがままの状態で確認した。知覚や、意識の連続性を超えたところにある自由な姿は、文明の成長とともに劣ってきている。物事を、線的に考えるのではなく、点的に考えるということの利点が全く信用されない時代になってきている。線上にならぶ意識や知識であるから、論理的であるかどうかが、いちいち、絶望的なまでに問題にされるのである。
もし、一切の意識、知識が、点的に、自由に置かれるとするならば、一瞬ごとに観点が変わり、距離が変わってくるので、どのようにいい方が変わり、どのように問題がずれていこうとさしつかえはないはずである。物事は、生きている人間の正確な位置において取り扱われ、人間の呼吸のリズムの中で語られ、血液の流れにのって感じられる。二人の人間が、紙とペンを持たずに、正式の会場に出席しないで、かなりくつろいだ気分で一時間ばかり対話をしたとする。それを録音でもしておいて、後で、原稿に書きとってみたまえ。その二人が、かなり論理的な思考力と、健全な思想の持主であったとしても、彼らの語る内容は支離滅裂であり、性の匂いが強く、生命力に富み、永遠的な何かを示唆しているはずである。つまり、人間は、たくまず、企てることをしないで、ただ在りのままに生きる時、確かに、永遠的なものを惜しみなく発散する。我々はこの事実に気付き、ものを書く場合も、ものを考え、行う時も、決してこの状態をやめないように、誠心誠意、心をくばっている。自然であること、ありのままであること、これにまさる美徳と力の秘密は他にないのだ。

ブレイクの在り方は、エジプトの歴史のようにではなく、インドのそれのようにであった。あらゆることを、明確に歴史の中に閉じ込めて考え、一つの秩序の中で理解する前者のようにではなく、一切を、年代、時間を無視して行っている後者のように存在する。永遠を一瞬に生きるという秘密がそこにある。すべては一つの神話であった。そういった人生を、ブレイクは、またとない明らかな現実として確信し続けていた。彼は、自分に、異常なほどに固執した。あたかも、一千年ばかり、自分自身と対面することを禁止されていた人間のように、半ば、飢え渇きながら、狂おしいまでの激情をもって自分自身を求めた。自分自身に恋をしているものが、かつて一人でも地上にいたとすれば、まさしく、それは、ブレイクの生き方の中に認められるはずである。しかも、失恋してしまった者の如くに、いつまでも消えぬ熱っぽさは、明らかに、彼の中に見られる。常に新鮮な自愛がそこに、ふつふつと沸きたっている。

ナルシサスの自愛は、少女趣味にもとづいた非行動な弱々しいものであった。それは、ブレイクの生き方と全く異っている。

まだ、まともなことは何一つ行われてはいない。やっと、そういったものが行われようとする、極くかすかな徴候があらわれ始めているに過ぎない。これからが本格的なのだと言わんばかりの若々しさがうかがえる。今更、わざわざ、ショーの言葉を借りなくとも、人間にとって最大の悪は〝人間を憎むこと〟ではなくて〝人間について無関心でいること〟だということがよく分かる時代に立ち至っている。

これほどまでに無関心になり、しかも、無関心でいることが正常な人間の在り方のごとくに考えられてきている。問題は、この絶望的なまでに、精神の不毛とみじめさの時代に活気に満ちた新風を吹き込むことにある。この新風は、事なかれ君子にとっては、何とも迷惑で、いやな存在に違いない。人間は、文明の光の中でものを知ることが出来ようが、体験することは、文明から離れた、孤独の領域でしか可能ではない。

坂口安吾は書いている。

「美しくみせるための一行があってはならない。美は特に美を意識して成されたところからは生まれてこない。どうしても書かねばならぬこと、書く必要のある、ただ、そのやむべからざる必要のみに応じて書きつくさなければならぬ。ただ〝必要〟であり、一も二も百も、終始一貫ただ必要のみ。そうして、この〝やむべからざる〟実質がもとめたところの独自の形態が美を生むのだ。実質からの要求を外れ、美的とか詩的とかいう立場に立っても、それはたわいのない細工物になってしまう。」

サム・テイラーのサックスがうたう。バスタオルを無雑作に持って、汗をぬぐいながら、演奏は楽しげに続く。わずか四人の演奏者しかいないというのに、大ホールは、音響のあらゆる激情をあふれさせている。百人からなるN響の、フェルトベングラー指揮の交響詩『フインランデヤ』よりも、はるかに充満した人間の意志がそこにある。

わたしの音楽は言葉だとテイラーは言う。無器用だが、真面目この上ない口説き方であって、彼の言葉の前では、蛇ににらまれた蛙のように、すくみ、ちぢみ上がり、動くことが出来なくなってしまう。それに、あの演奏態度はどうだ。へっぴり腰で、どすんどすんと地団駄をふみ、わらい、大きな声で話し、手拍子をとり、タップダンスをやり、果ては、力の限りとばかり、サックスを吹き続ける。あの顔は、苦しみの顔だ。あの苦悩を通して、彼は、何処までも楽しげである。

しわがれ声でうたう。ドラマーのデイビット・フランシスが狂気のようにダッシュすれば、ピアニストのジョセフ・ブラックはますます背をまるめて鍵盤と格闘する。トランペッターのダッド・バスカムは、その巨体でもって、大統領の貫録よろしく、銀色のトランペットで演説する。そこに、リアルな人生があった。フルに生きようとして、仕事を忘れて、一つのことに、あらゆる自分の要素をたたき込んで取り組もうとする自然さと健康さがあった。これは、明らかに、文明が久しく忘れ去っていたものであって、こんな形で、久方振りに出会うと少々くすぐったい気分になり、恐れ、はじらい、羨ましくなり、ステージに飛び出したくなり、いつの間にか、このカルテットの中に自分を同化させてしまう。うたっているのは自分であり、汗をぬぐっているのも、躍っているのも自分であると思うようになっていく。彼等は、まだほころびていない人生の切り売りをやっている。彼等の人生は、小さく切って、継ぎはぎの材料にするにはもってこいなのだ。

彼等は音楽を売ってはいない。彼等の、独特な力と行動にあふれた人生を売っているのだ。人生は、人に与えれば与えるほど、巨大になり、充実していくものなのだ。美しいものは、美しくなるように企てられるから美しいのではなく、誠心誠意、自分自身に忠実に生きようとすれば、必然的に外側にあらわれてくる現象なのである。

美しさとは、健康の極致を指し、激情の極限状態、百パーセントの自由、いつわりのない独創性、あらゆる体験におけるオルガスム等を指している。こういったものが欠けていて、ただ単に、うわべだけの整いをもって美とする敗北の感情が、長い間我々を支配してきている。これから抜け出そうとするには、なみ大抵の勇気や努力ではどうにもならない。どうしても一たん死ぬことが試みられなければならない。

我々の前にあらわれるブレイクは、確かに、強烈な死の匂いを発散させている。

客観性の敗退・その罪状論告

ドライアイスの上に、一滴一滴落とされていく家畜の精子。始め、どろりとしていたやつが、みるみるうちに白っぽくなり、雪のかたまりになってしまう。それは、整然と並んだ雪の塚であって、牛も豚も、もはやその区別を持たなくなる。区別は、着色されているので間違うはずはない。これらは、無数の家畜の可能性として、輸送され、蓄えられ、値段がつけられる。

うなぎの背中に、ぶっつりと、ホルモン液が注射される。急速な成長を期待される余り、クロレラが、うなぎの常食として補給される。あひる達は、大きなパイプで、直接、のどの奥深いところに食物が詰め込まれ、餌と食道の間のプロセスは一切省略されてしまうのだ。くろだいの稚魚が、人工孵化器の中を、元気に泳いでまわる。まるで、眼だけで泳いでいるようだ。肥育と産卵を促進させるため、にわとりは、嘴をそぎとられ、とさかも切りとられてしまう。カナリヤは、美しい声で歌うように、目に焼きごてを当てられる。中国のむかしの女は、例の中国式の性交の体位を考えて、足を出来る限り小さくさせられた。てんそくの伝統は、美しく刺繍された小さな靴で女達の足を締めつけた。馬鹿でかい足を抱えては、性交も、全然気分がのらないはずだ。子供の耳たぼほどの可愛らしい足を男達は望んだのだ。彼女達が逃げられないためというけれど、そんなことはあるまい。足が小さくとも、その気にさえなれば、大の男に抱えられて、いくらでも逃げられるからである。

まるまると太った豚は、鉄の柵に四肢をゆわえつけられ、前進も後進も出来ず、うずくまることも寝ることも出来ずに生き続ける。そうすることによって、母も子も、ともに肥えていくのだ。

バタリー式というあの文化的な設備の中で、にわとりは、こぎれいな、卵を生む機械となる。にわとりの体は、安物のオレンジジュースがこぼれたような光を浴びている。卵を多く産むため、これらにわとりは、生まれて一度も太陽の光線を浴びたことがない。ひたすら、卵を生むために生き続ける。良質のまむし酒をつくるために、捕らえられた蝮は一カ月も二カ月もびんの中で絶食を強いられる。毎日毎日、水を新しくとり替えられ、体はますますきれいになっていく。体内も、だんだん清潔になっていく、そこには、文化人が期待した理想の人格がある。デジョンの町のエスカルゴもまた、絶食を強いられ、暗室にとじ込められ、だんだんと体を清潔にしていく。飢えがその極に達する時、エスカルゴは、丁度、食べごろの味になる。

飢えた体に猛毒を満たしている有徳な人間が、人間を指導している。ここ二百五十万年ばかりの期間、味わいつづけてきたものは、ほんの一瞬の熱病におかされた者の悪夢なのもか知れない。この悪夢から、現実を垣間見たものは、到底、現在が耐え切れるものではないことに気付く。

私は、一切の客観的体験を拒否する。何故ならば、絶対的な客観は、決してあり得ないからだ。人は好きずきである。十人が十人とも同じ意見で、そのものごとに臨むことは決してないはずだ。その点、主観は違う。これは、その人間にとって絶対である。主観的な態度は、常に、過度な何かを予測させて止まない。しかも、結果は、ことごとく予測通り極端であり、過激な要素をはらんでいる。

ブレイクの美徳はまさしくこれであった。あふれこぼれる状態が、常に彼らしい生き方であった。ヴァイキングの杯にあふれこぼれる強い酒でもって説明されるような、終始落着くことのない激しさ、流動性がそこにある。予言者サムエルが、名もない少年ダビデの頭に油をそそいだ時、ダビデは選民達を指導する王になった。この油そそぎの儀式は、神の霊と人間の精神に満ちあふれるという事実の具体的な表現であった。

人間が、理屈や思想ばかり並べていて、おつにインテリ振ったり、文化人気取りでいるうちは、何一つ、まともなことは出来ないのだ。我々は、先ず、満ちあふれなければならない。あふれて、だらだらと、ところ嫌わずこぼれるようでなければ、その後にやってくる、自由で創造的な生き方は出来ない。

頭にそそがれたとうとい油は、
ひげにながれ、
アロンのひげにながれ、
その衣のえりにまで流れ下るようだった。
またヘルモンの露が、
シオンの山に下るようだ。
これは、神が、
このところに祝福を命じ、
永遠の生命を与えたからである。
　　　　——『旧約聖書』詩編一三三編——

この情緒、この荒々しさ、この流動性、この雄叫び、この怒り、この鋭さ、この突発的要素、これらはすべて、ブレイクの〝人間性〟を形成し、強力に支えていた。彼の詩は、それ故に、不可能性から一歩でも遠のいたら、その神通力を失ってしまう。

彼の作品は、不可能というレッテルがはられている限り、はなやかな奇蹟と、大らかな無思想、無主義の中に自由に泳ぎまわる。あれほど、中庸の道をとり、穏健な人生観を持っている岡潔も、最近は、分別のない生き方をしきりに力説している。分別のない生き方、これこそ、自由で、しかも、ダイナミックに生きる生き方であって、我々の前途は、何とも明るいのだ。

C・ウイルソンもこのことに関しては、真の人間（彼は、この種の人間を、アウトサイダーとよんでいるが）は、極端のうちに生きることによって救済されると書いている。真に救済されている人間とは、憑かれている人間であり、現状からの脱出の必要性に、狂信的に憑かれている人のことなのである。現状を空しいものとして、これに対し、いい切れない不安を感じ、恐れを感じ、ひたすら、そういった危機感の中で続ける生き方を、ブレイクは送った。現状において確認されている〝人間〟としての自分に対して、死の匂いを敏感にも嗅ぎとれる人間であった。一見して、大きく、明るい未来を約束されているように見える、周囲の、あらゆる文化的要素に対して絶望する者こそ、ブレイクを受け入れ、消化し、自分を肥やしていける人物である。

ブレイクが、さしも確信を抱いて、疑うことを忘れていた〝直感〟とは、マクルーハン流に言えば、ものごとの〝瞬間的処理〟ということである。それは、あたかも、コンピューターが行う、あの、複雑な電子回路の中での一瞬時の処理と同じ動作を意味している。知識、経験の瞬間的処理こそ、人間を感動させ、生命と直結したものとなる。霊感とかいったものは、明らかに、この種の体験にほかならない。

十戒を、ことごとく破ったキリストを力説するブレイクは、フーテン族よりももっと親泣せだったシャカともその歩みを共にする。ブレイクは言う。

「人間が天国に入れないでいるのは、感情を持とうとしなかったり、これを抑えつけてしまっているからではない。むしろ、もの事について、理解するようになってしまったからである。」

ニーチェもまた、理解は行動を停止させると書いている。理解するということ、これは一体何なのであろう。それは、夢をはぎとり、創造性を否定し、無限大に拡散していく可能性を放棄することである。理解とは、植物や鉱物がすると丁度いい具合になるのが、人間にはおよそ似つかわしいものではない。

章魚の体が、色素の自由な調節によって、あらゆる色調に変化し、自分の位置をカモフラージュ出来るように、人間は、周囲のあらゆる存在に同化出来る能力を具えている。理解出来る能力ではなしに、同化出来る能力なのだ。人間は、もし、本来の充実した内容をそのまま失わずにいるならば、花々の咲きみだれる中では花と化し、動物の前では動物となり、水の中では魚となる。人間は天使であって、同時に悪魔なのだ。鉱石であって、同時に鴎でもあるのだ。

ブレイクは更に言う。

「天国の尊ぶのは、感情の否定ではなくて、知能の存在であり、知能があってこそ情感が永遠のかがやきを自由に発散させることが出来る。愚者は、どれほど神であったとしても、決して天国に入ることは出来ない。」

だが、こういったブレイクの考えには、私は反対をしなければならない。愚者が天国に入れないとは聞き捨てならない。この点に関しては、ブレイクも、何かを過ってしまったようだ。愚者でない予言者というものが、いまだかつて、一人でもいただろうか、愚者でなくて、巨大な人間になれたためしが、今までに一度でもあっただろうか。

人間が、見者となって目覚める時、限りない誇りと自信の中に、底知れない念いでもって、自分の愚かさを味わい、汲みとらねばならない。目覚めれば目覚めるほど、自分の愚かさに対する確信度は高められていく。かろうじて生きていけるだけの金銭と食物を得ることだけに心をくだき、明日のことは思いわずらわない見者が、絶えず自分の内部に確認するものは、限りなく愚かな要素に満たされた、神のそれにも似た権威である。これに行き当たった者は、世間の一切の権力や伝統にごまかされたり、わずらわされたりすることがない。一つの、確固とした自分の内部の世界が出来上がってくるので、外側から見れば、救われようのない頑迷な人格の所有者となる。しかし、こういった人物は、内部において、満ちあふれたものを具えている。だから、満ちあふれたものは美であるとブレイクは言うのだ。そして、憶面もなく、愚者がその愚かさを固執すれば賢くなるとか、馬鹿の非難も、聞いてみると実に堂々としたものだ等と言い切れるのである。

そして、愚かさの中にも、自らの内部の固有のものに自信を持つ時、鷲が烏に学ぼうと身を屈した時ほど時間の無駄使いはないとうそぶける。そして、ライオンが狐の忠告を聞くようでは、何ともこっけいなことだとも言えるのである。そして、他の人々が賢いと言われるなら、我々は馬鹿者と呼ばれよう、という境地に達する。彼の言う馬鹿とは、うようよと賢い人間どもで埋っている現代の仕組みの一切から抜け出す人間のことである。

一つの喜劇が了る

私は、私の周囲にあるあらゆるものや、この生命に関わる問題を示談に持ち込むまでは、決してそれから離れないことにしている。現代人は、テレビを見る時に、ブラウン管のかなたにあるベトナム戦争や、日中貿易のニュースばかり眺めていて、ブラウン管そのものが訴えてくる言葉に、正面から対決しようとはしない。手元にある書物とも、対決しようとはしない。

一枚の紙片れに書かれてある二、三行の文章も、その気になって、これと話し合って、示談に持ち込んでいこうとすれば、それからでも、自分を巨大にしていくのに充分な栄養をとることが出来る。我々は、誰でも、周囲にあるあらゆるものを相手に交通事故を引き起こしたようなものである。そのままでは済まされないのだ。そのままに済ましている違法行為は、文化人のよくするところであって、彼等は、周囲のそういったものから何一つ、自分を成長させていくものをつかみとることは出来ない。彼等は、それで、やたらと、あまり意味のない文化講演会やら何やらを開こうとする。創造的な人間は、手にふれるあらゆるものを、示談にしてこれと和解し、自分にとって必要なものは一切吸収してしまう。彼は、それで、一瞬一瞬、巨大になっていくというわけである。

この世の中は、すべて恵みに満ちている。一つとして、不幸の種になるようなものはない。不幸なのは人間自身の心の中であって、そういった不幸な心がある限り、その人は幸せにはなれない。反逆しなければならない相手はこの不幸な世の中ではなくて、むしろ、我々人間の心の方なのだ。

革命がなくてはならないのは、この社会ではなしに、人間の心の中においてである。平和が打ち立てられなければならないのは、国と国、民族と民族の間においてではなく、人間の心の中においてである。我々の周囲のあらゆるものは、人間に、内的な革命を起こさせるのに充分な活力を秘めている。人間は、そのボタンを一押しさえすれば、それで万事うまくいくのだが、そのボタンを押す勇気、というよりは、必然性がないのだ。この必然性こそ天からの恵みであって、否応なしに我々を引きずっていってくれるものなのである。

手にしているペンも、紙も、食物も、めがねも、すべては、我々にとって最も身近かな現実である。これらと一つ一つ和解していく時、その小さな存在の中から予期しなかったような活力を受けることになる。紙片れ一枚燃やしたところでどうなるものでもないが、切符一枚分の核を分裂させることによって得られるエネルギーは、向こう十年間、世界中の機関車を動かし続けるに足るものである。

一にぎりの雪のかたまりが放出するエネルギーもまた、世界中のアパートの暖房設備を何年間か動かし続けるに充分足るものとなる。人間の周囲のあらゆるものは、人間が正しい取り扱いをするまで、じっとうずくまって、まるで、男にかまわれない不感症の女みたいに眠りこけている。

彫刻とは衣裳を脱ぐことであるなら、私の文学とは、文章を軽蔑することにある。この意見に戸惑うかね、諸君！　しかし、事実は事実だから、こう言うよりほかに手はない。こうした我々の態度を、ある人々は、いたずらに奇をてらって周囲にショックをまき散らす、内容のない人間と見る嫌いがある。とんでもないことだ。我々は、極めて自然に、物事を書き、生きている。自然に生きようとすることに渾身の力を振りぼっていることは間違いない。最も自然な行為や印象、主張は、文明社会にとってショックであることも事実である。真実は、常に、ショック以外のものではないのだ。

我々が口にしたり、書きあらわしたりする際の、あのショックに満ちた言葉や表現、それに奇抜な態度、これらは、我々にとって最も自然であり、納得がいき、責任を負っていることとの保証なのだ。

ベルグソンの言うように、意識が記憶であるとするならば、そして、現在という時点における過去の集積であるとするならば、ブレイクは、まさしく、何事も意識してはいなかった。超現実派の人々よりは、はるかに過去に生きた人間であったにもかかわらず、彼等よりも、ずっと、意識からは遠ざかっていた。ライプニッツが、植物を定義付けて、瞬間的な精神であると言う時、ブレイクは、余りにも神秘の高みにのぼってしまった結果、そういった意味での植物ないしは物質となり果ててしまったのだ。

植物の強みは、周囲の状況に百パーセント順応出来るということである。順応する際に、いちぢるしく歪曲させられるが、一寸も痛みを感じないということである。植物は、自然に対してあれほどの順応性を示すが、動物に対しては、全く防衛も抵抗もしない。予言者の特質はこれなのだ。動的な社会に対しては、全然関心を払おうとはしないが、運命とか、神といったものに対してなら、つまり、静的な周囲には驚くほどのナイーブな素振りを示す。真の行動派とはこれに尽きる。動的な社会にひたすら無関心であって、静的な運命に情熱を限りなく燃えたたせる。

動的な要素を秘めているものは、ことごとく一時的なものであって、真の行動派は、こういったものには目もくれない。静的な要素を含んでいるものは、常に、永遠に連なっているものであって、本格的な宗教や芸術は、決まってここから出発する。限りなく静的なのだ。無限に広がる可燃性の油の大海の大波の中で、ダイナマイトを抱いた盲目の泳者である私は、あくまで狂信的に、静的なもののさしのべてくれる抱擁と愛の口づけを受けよう。厳しさはどこまでも続く。果てしない、激しい行動の中で、私は、どこまでも、静のささやきの中に泳ぎ続けよう。

超越したもの、それはすべて、神秘としかよばれようがないものだ。神秘、これは、明らかに、地上の卑しい束縛からのがれ、一つの勝利を味わっているものの姿である。そして、精神といったものは、この神秘以外のところからは発生してはこないのだ。

超越的なものは、常に、内的なものと密接に連結していてこれを切り離すことは出来ない。人間の本質が内的なものにあるとしたら、人間の主要部は、神秘性そのものではないのか。我々が、長い間、人間そのものとみなしていた、現実生活にまつわる一切の要素は、人間の神秘性を象徴し、抽象し、要約している、単なる記号に過ぎない。超越的な要素のみが人間の実体なのだ。書きあらわせたり、描きあらわせたり出来る人間の部分は、仮の記号でしかない。

ブレイクの作品は、いわば、漫画映画製作の際のアニメーターの作業を除いた、原画家だけの作品に相当する。一つの動作から他の動作に移った状態を、飛び飛びに仕上げていくのが原動画家の作業である。その間の運動を、一秒間二十四枚の駒に描き上げていくのがアニメーターの仕事である。漫画フイルム製作の作業の中で、原画家の仕事は真理を打ち立てることに相当し、アニメーター達の仕事はその真理の解説に匹敵する。

ブレイクにとってアニメーターとは、ほかならない読者のことであって、彼の作品の創作の共犯者になることが、それぞれの読者に要求されている。ブレイクの作品の表現がどうのこうの、言葉がどうのこうのと、そしてまた、彼の思想がどうのこうのと、批判する人がいたとするなら、それは、こっけいな話だ。そうした批判の的に立たねばならないのは、アニメーターの役割を負った読者自身にあるのだ。それを拒む読者は、彼の作品に近寄る資格がない。彼はあくまで、思想とか、主義、形態、生き方に発展していく以前の、純粋な未分化の生命を読者に提示している。一つの完成品としては、全然つかみどころのない何かとして、一つの恐しいばかりの爆発力を秘めて読者の前に出される。

しかし、現実においては、大多数の芸術家達が、技術という名の下に、せっせとアニメーションの仕事までやらかしている。アニメーションの仕事は、アニメーターに委しておいた方が、その結果がずっと良いということを知らないのだろうか。そうした、こまごまとした仕事にわずらわされているから、精神も体力もへとへとになってしまい、創造的なあそびや、精神のめくるめくばかりの、厳しく、しかも激しい運動が出来なくなってしまう。こういう状況下でつくり出される作品は、筋肉の固まってってしまった生物の体に等しい。

une comédie est fini, mais autre commence.

終末をさけんでいる作品の中に、ひとすじの、未来への終着点を見出さないわけにはいかない。その作品が、どれほど激しく、しかもひたむきに未来的な要素を抱き続けていても、そこから、過去の痛みを完全に拭い去ることは出来ないのだ。どれほどの創意と、独自性に満ちた作品であっても、その中に含まれている異象は、現在に固く縛りつけられているはずだ。一つの悪夢から、もう一つの悪夢に移行していく。

ブレイクは、この、現在の魔力を是認し、これに立って一切を見ようとした。石工の、建築におけるかかわり合いの歴史は、日本の歴史に限る場合、建築が、たて穴から訣別した時に始まる。西洋建築では、石材は、専ら、柱やアーチやボールトの屋根に用いられ、建築の前面に出されているが、日本の場合それは、土台石としてはるか下層に沈み切っていて、石の種類の何であるかを我々に教えようとはしない。

石は、歴史をふかぶかと包み、記憶しているが、ガラスは、限りなく饒舌にしゃべり続ける。過去において、石材が建築において占めていた位置は、今日、合成材や軽金属にとって代わられつつある。一方、ガラスは、ますますその特質をむき出しに現してきている。ガラスは、長い間〝無〟としての、かなり消極的な存在を甘んじなければならなかったが、今日では、その制約から完全に解放されて巨大な空間の被覆材となり、空間に生命を生み出すメデアとして、新しい概念を我々に抱くことを強制してきている。

無限な外的空間とのつながりの中で、もはや、ガラスは、石材のそれのように断絶の役割を果たさなくなってしまっている。ガラスを通して、空間は流動し、なおその上、透明であるが、確固として存在するガラスという物質によってある意味での分断をする。ガラスは、その存在自体、明らかに一つの矛盾の中に身を沈めなければならなくなってきている。ガラスは、空間の流れを呼び起こし、しかも、それと同時に、その流れを絶つ機能によって、空間を、従来考えられもしなかった全く新しい次元に引きずっていく。

空間は、このガラスにしみついていて、離れることのない矛盾によって、全く新しい可能性にまで変えられていく。ガラスは、矛盾を乗り越える時に、一つの新しい世界を展開する。穴居生活は、ついに終りを告げざるを得なくなってしまったのだ。人間は、臆病な心を振り捨てて、穴から這い出てこなければならない。

もともと模型といったものは、実物の形や構造の特徴を具体的に説明するためにつくられたものであって、つまり、どれほど、その模型が精巧につくられていようとも、それは、実物あっての模型であって、模造であるといった宿命から逃れるわけにはいかない。しかし、中には、製作者が、自分の私観に従い、主観的な印象によって作られるといったような模型もないわけではない。この場合は、構造や形態の忠実な模写ということは度外視される。むしろ、全然、似ても似つかぬものになってしまうかも知れない。

こうした模型は、間もなく、実物から離れてしまうといった運命があることを否定するわけにはいかない。原型からすっかり分離して、その模型自体が一つの原型となる気配を濃厚に示す。つまり伝統の無視、歴史の否定、権力に立ち向かう反逆の態度がそこにある。いや、よく考えてみるなら、すべての原型はこのようにして、それ以前の原型から分離してきたのだということが分かる。

あらゆるものの誕生は、人間の主観に依って成立する。客観性の中に生じるものは、死以外のものではない。一つの機能が用をなさなくなったら、恐れたり絶望したりすることはない。遠慮せずに、どしどし別の機能を生み出していけばいいのだ。つまり、何事についても、甦りと回生がなくてはならない。生命自体が、古びていくものに対する回生の連続的な行為であるということをどれくらいの人々が、思い当たっていることであろうか。生命とは、死を駆除する、強力な作用を持つ連継行為である。

変身こそ生命の最も健全な状態なのだ。所詮、どのようなものでも、古び、老い、ほころびてくる。それに回生の奇蹟を伴わせられるものだけが生きる資格にありつけるのであり、永遠を語る権利が与えられる。イタリヤにある、ロココや、バロック建築の窓は、今日、内側からサッシを取り付けることによって現代に生きながらえている。用をなさなくなった言葉は、別の用途を見付ければいい。

ミラーも、ジョイスも、プルーストも、それぞれのやり方で、一たんは、古び、朽ち果ててしまってどうにもならなかった言葉をもって、全く新鮮で、活き活きとした新しいものを語ることに成功している。

人妻の血液中に混入する微量要素
sex + madness

「妻を絶望させる新しい病気が急増中」

これは、ある雑誌の広告である。まじめ、しかもくそまじめな男がかかる、血精液症という病気だそうだ。だがこれは、別段驚くほどのことではない。すべての妻が、夫に絶望していることは間違いない。つまり、夫の中に、無限大に求められる興味を確認することが出来ないでいるのだ。夫や子供達と自分の間の距離を確認することによって〝妻のモラル〟という亡霊に恐れかしこまって、追従しているに過ぎない。

彼女達は、自由な男に手を出され、抱きすくめられ、キッスされ、体を撫でられると、狂ったようにあらがう。そうしないで身を寄せてくるのは、かなり、人生について苦しみ、一つの哲学を持っている女性である。こういった女は、既に、夫というものを、自分のタブーの領域から追い落してしまっていて、何ら、束縛されるものがない。

しかし、激しい昂奮の絶頂に達するのは、タブーを身につけていながら、体の芯あたりで空虚を実感している可憐な女どもの方である。「いやだぁいやだぁ、今日の先生どうかしていますわ、許して、私を苦しめないで、私、先生が考えているほどよい女ではありませんのよ、あら……だめ、だめよ、よしてぇ……」そう言い、わめきながら、何度か顔をしかめて、余り涙の出ない泣き声をしぼり出す。しかし、何ということだ。その後、しばらく会わないでいると、むこうから、「先生、私を苦しめないで」とくる。今度は、こちらが手を出さずにいることが、女にとって、しかも貞淑な人妻にとって、耐えられないほどの苦痛となるらしい。つまり、彼女達は、一様に、同種の病気で絶望しているのだ。

まじめ人間ほど、自分に連れ添う者を苦しめるという事実、一体これはどう説明したらいいのであろう。まじめということ、これをよくよく観察して見るならば、最も無責任であるということであり、驚くぐらい情熱の枯れ果ててしまった状態であり、一切の好奇心を失ない、夢を失い、欲望を死滅させてしまっている境遇を意味しているという事実に気付く。その明らかな証拠には、そうしたまじめ人間の妻達は、生活が安定し、社会的にもしっかりした地位を確保していながら、自由人の生き方を横目で見ると、矢も盾もたまらなくなって、「先生と御一緒してみたいわ」、とか、「是非先生と二人っきりでお話がしてみたいんですけど」、と、つんとした澄まし顔で言う。

彼女たちにしてみれば、自由に、自分の意のままに生きていける男の生活が、恐らくは、不思議でたまらないのだ。夫を通して知り得た限りでは、社会の組織から離れて、しかも、上役や部下の間にはさまれることのない生き方など、全く不可能なことであると思っていた。しかし、彼女の前で、あらゆるタブーを破ることを平気でしている男の図々しさに、始めは、いやな感じを受け、内心ひそかに、私の夫はあんなのではなくてよかったわなどと、つまらぬ優越感に浸ったりする。しかし、それはほんの束の間のことであって、やがて、いい知れぬ不安に落ち込んでいく。

原始人が満喫していた、あのほとばしり出るような自由さにあふれた欲情と希望が、彼女の、化粧し、優雅にまとった着物やドレスの下で、激しく身振いを始める。彼女の心に生じた、そうした自由人に対する軽蔑や、憎しみの気持が大きければ大きいほど、それは、やがて、身振いとともに、一種の好奇心に変わり、欲情に変わり、愛に変じていく。ここまでくると、彼女自身はどう思おうと、もはや、どのような文明の公認している正当な手段でも、決着をつけることは出来なくなっていく。

彼女の中の重大な部分である「女」を、なだめすかすことが出来なくなってきているというのだ。そして、そうした、むしろ神秘ささえただよわせている自由な男の胸の中に抱きすくめられると、再び、「先生、今日はどうしちゃったの、私困るわ、ねえ、先生、やめてえ、いや、いやいや」とあらがう。そのくせ、割れ目はぐっしょりぬれている。乳房はぴっちりと張りつめている。そのあらがいの最中に、今まで一度も味わったことのない原始人の息吹きを体験する。もう一度、人妻、母親、社会人に戻っていくのに、しばらくは時間がかかる。

人間は誰でも、そして、例えどれほどの文明の地層の下の方に押しつぶされてしまっていても、原始性に満たされた精神に戻る一瞬があるならば、その瞬間には、間違いなく、社会の一切の規則、常識、法則、権威の、何ともつまらないものであることを確認するはずである。その瞬間こそ、その人間の実質上の人生なのである。この瞬間にこそ、人間の性機能も、思考力も、生産力も、最も充実した成果をおさめる。

医者が、ただの医者である時、そいつは死んでいる。人妻が、ただの人妻である時、それは、どう見ても、まともな生き方をしてはいないのだ。我々は、もともと自由に、あらゆる次元を飛び交うことが出来た、翼ある天使だったのかも知れない。勤労にいそしみ、勉学に励み、世のため人のために尽くすようになった時、そうした、人間としての特権の象徴でもある翼を失ってしまった。どぶねずみのようにみすぼらしくなり果ててしまった。

祇園の舞妓は、昔からの京女の代表である。舞妓の美しさは、彼女達の奥深く根ざしている人間不信によって支えられている。こうした人間不信は、あの地方独特のものであろうが、それが美しさをつくっているということは、何とも興味のあることだ。疑いや不信は、意識が活発である時にのみあらわれる特徴であるということがこれでよく分かる。一切が分かってしまったような錯覚にとらわれている人がいるなら、その人は、そのことによって生命の活発さと気力を失ってしまっているのだ。第一、すべてのことがきれいに分かったなどとうそぶけるだけ、頭の方がどうかしている。すべては神秘だらけではないか。自然の扉は、人間の手によって、二、三オングストロームだけ開かれただけに過ぎない。その他は、原始時代以来、依然として神秘のベールを深ぶかとかぶっていて、その、つんと澄ました態度は、恐ろしくなるくらいの厳しさに満ちた静寂をあたりに張りつめる。疑いは、正常で健康な肉体にとって、なくてはならない潤滑油である。

「ほほほほ、その気になれば、いつだって出かけられますわ」

人妻は、情熱的なまなざしでもって笑う。

「先生のお書きになるものは、いつも読んでいますわ。すごく素敵」

翼は、まだ完全に失われてしまってはいない。まだ、よたよたしながらも何とか飛ぶことが出来る。公園の小径で、二匹のとんぼが交尾したままくるくるまわっていた。その情熱的な運動の最中の二匹を、私は、右の靴の底で力一杯踏みつぶしてしまった。私の翼が、少しばかり力づいてきたようだ。頼山陽のエピタフが、ブレイクの、秀でた額に二重写しとなる。阪東男《あずま》の激しさに、京女のクールな体が連れ添う時、男女は、最も美しくなる。美しくなるということは、最も自然な形で生命が開花するということであって、そこには限りない願望が生まれ、限りなく広がっていく可能性が展開する。ブレイクは、かくして、長い間不当にとじ込められていた牢獄から開放され、今度は、訴訟人となったのだ。彼には、怒りがあふれている。それは、決してしずまることのない怒りであって、被告を処刑台にのせるまでは、決してしずまることのない執念に満ちている。ブレイクの書いている〝たけり狂った虎〟がそれである。

ハワイの裏通りに流れているどぶくさい川のそばで、子供達が、さかんに、濁った流れの中に飛び込んでいる。

「さあさあ、おじちゃん達、一セントでいいから川の中に投げてごらん。ぼく達きっとみつけ出してくるから」

一人のがんじょうな体つきの子供が、そう言いながらコンクリートのらんかんの上で胸を張って見せる。物好きな心で、ぽいっと一セント投げ込むと、四、五人の子供達が、先を争って、濁流の中に姿を消していく。このような金のかせぎ方もあるのだ。

常夏のハワイは、スチールギターの調べに合わせて甘美な風を誘う。そして、少年達は、汚水に胸をつかえさせながら、白人が、恵んで投げ込んでくれた一セントをさがす。

白人の妻が、酔いつぶれたまま、車の中で、原地人の若者達に手込めにされる。リリオカラーニは、もう何処にもいやしないのだ。

数年前、私の友である中老のウーレット夫妻は、ハワイに立ち寄った時のお土産ですと言って、きれいに磨きあげられた、ハワイの海辺の石で作ったペンダントを私の妻にくれた。

8 章

芸術的傾向の試論

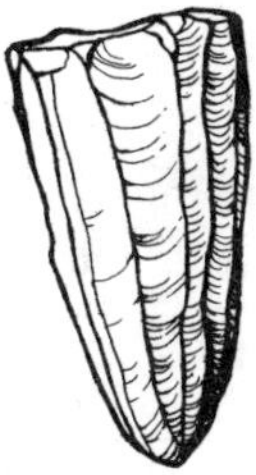

世をすてて知られることがなくても悔のないのが学問である。
多くの人が私の学問を知らないとすれば私は賢人だ。
これは喜ばしいことである。
賢人が私の学問を知らないとすれば私は聖人だ。
これは、ますます喜ぶべきことである。
聖人も私の学問を知らないとすれば私は神だ。
こうなればもっとも喜ぶべきだ。

〈李　贄〉

サルトル・この馬鹿気た存在（来日した彼の講演に因んで）

〝知識人〟これは、最近、流行にのった人々の前で調子よくしゃべりまくるサルトルの口から、やたらと出てくる言葉だ。サルトルは、まさしく、知識人の代表である。そして、私達は、知識人とは縁もゆかりもないことを明らかに自覚させられている。彼の長所（そして、それは同時に、私個人の目には、致命的な短所と映っているが）は、二元論から出発する世界観である。人間社会を、上部構造と下部構造に分けるというあれである。私は、一切を一つのものから出発させる。そうすることによって一たん、便宜上、文明の光の中で細分化されたものが、終極的には、再び一つの総合体に還元されていく事を期待し、また、その可能性を信じている。

我々には、原初も、終極も、結局は判ってはいないのだ。唯、現在の状況から推測し想像するだけに過ぎない。そこで、原初と、終極が一つであると考えることは最も妥当な態度であり、現状が、どれ程多岐に分かれ、並べられていようとも、それは、シュタイナーの言う様に一つの総合的なものの仮の姿であり、一時的現象に過ぎない。これに依存して、実体や真実を推し測ってはならないのだ。大知識人サルトルは、その点、私の目には盲者としか映らない。彼の友、アロンが言った、「カクテルについて話すことが、そのまま哲学になるべきだ」は、彼が忘れてはならぬものであった。

彼は、私の目には、多少気の利いた事を言い、論理に長け、大衆の人気の的になっている、赤旗振りの労働組合員のレベルにしか映ってはいないのだ。私は、間違っても、行列をつくってプラカードを掲げたりスクラムを組んだりすることはないだろう。そうすることに依って、私に内在する、個我に対する意識が、最大級の侮辱を感じ、狂死してしまいかねないのだ。私にとって、サルトルの言う、知識人は過激でなければならず、急進的でなければならないという事、それは、内容の意味するものが全く違った場合において肯定出来る。つまり、一切の論理や、社会条件を無視し、直感のみに依存して何かを断言する時、一般常識人や凡衆から見れば鼻もちならないラディカルな人間として映るだろうと言うのである。

サルトルが、「観念的な平和を夢見る」と言うこの観念こそ、私にとっては最も具体的なものだ。むしろ、人間の、経済ずくで行われる日常の暮し方が、はるかに観念的なのである。もし、そうでないとしたら、書くことは一体何だろう。意志し、願い、希望するとは一体何なのであろう。これ等はすべて、サルトル流に言えば、観念ではないのか。私は、これらを、実生活よりも、一層具体的であると信じられる時にペンを握ることが可能となった。

あのひどく古い「ペンは剣よりも強い」といった諺は、私にとって、未来にかかっている虹でもあるのだ。私にとって、人間は、あらゆるものの総合体であり、社会も、あらゆるものの交錯した一つの総合体である。すべては一つから出発し一つに帰る。もっと広い視野の中にこの社会を捉えて判断しなければならないのだ。私にとって、帝国主義も、共産主義も、うさんくさい野良犬以上の概念ではない。事実、私は、これまでの人生を、これらの主義理念の中で生活したことは一瞬たりともなかった。艦載機が頭上に飛び交う戦時中も、国民全員が天皇の熱烈なファンにされていた時も、民主主義の太陽の下でも、私は正直、自己の内側が指示する方向に、許されたペースで生活し続けてきた。周囲がどの様に変わろうとも、上野は上野の生き方しか出来なかった、キリスト教の信者となってからでさえ、私は、やはり私であった。

イデオロギーも、宗教も、戦争も何もかも、私の個我からすれば、それぞれ、形態の異なり、仕組みの違う典型的な抽象概念でしかない。つまり、イデオロギーも、宗教も、戦争も、我々人間の生命の量を増したり減じたりすることは出来ないということである。その人間の生命は、その人の呼吸如何によって活気を取り戻し、また、生気を失っていくのであって、サラリーや、名誉や地位の関係ではないのだ。アメリカの独立直前「自由を、さもなければ死を！」と叫んだひょうきん者が居たが、あれは、まさしく盲者の言葉である。自由や死を、他者から与えられると思っているのか、この大馬鹿野郎！　そして、私も、実はその様に調子のいい大馬鹿野郎であった。

自由や死は、かちとったり、捨てたりするのに、太鼓をたたいたり、鐘をたたいたりして宣伝する馬鹿はいないのだ。どちらも、黙って、自らの内に蓄えるべきものなのである。徹頭徹尾、人間の内側の事情であって、これは具体的に成文化出来ない〝印象〟であり〝感じ〟なのだ。自らの内の平和を保つのに人間は、経済的に、人種的に、また他のあらゆる点について平等になる必要は全くない。そういった点について平等だと言いながら、他の面において不平等を公然と認めているではないか。第一、知識人とは何かとか、知識人の役割等といったことを論じるだけ、一つの、許し難い悪質な不平等をつくっている。私の使命は、恐らくこの辺から始まらなければならないと信じている。人間は、物質面、教養の面、地位の面では確かに不平等である。また、そうあるべきなのだ。しかし、人間は、自らを、何かの専門家や知識人に擬すべきではないのである。共産経済を目指すクレムリンの人々を見よ！　赤い広場で行進する幾多の民族を壇上から見下すあの連中は一体何なのだ。ヒットラーとどこが変わるというのか。天安門前に集まる〝自分〟のない群衆を見守る指導者達にも、ヘドを吐きたい。つまり、政治とは、また、サルトルの主張する知識人の役割というものは、奴隷を、一つの檻から別の檻に入れ換えようとする無意味な努力であって、彼自身フランス革命の前後をよく想い返すべきなのだ。

彼等は血みどろのギロチンの活用のあと、狂気の嵐が過ぎて見れば、前と変らぬ同じ様な別の支配力の下に圧えつけられている自分達に気付いたのだ。ショーペンハウエルやニーチエの思想は、それ故、決して偶然に生まれたものではない。この時代に、政治や、人間の努力、行為に絶望した人々が求めるべくして求めた道であった。

知識人は、上部構造の小役人になってはいけないとサルトルは言う。しかし、彼自身は何であろうか。流行の波に乗る、当世はやりの知識と政治運動の小役人であり、小器用な弁士ではないのか。彼は、ベトナムがどうのこうのと言っているが、確かに、彼の意見の方が、私の主張よりも今のベトナムにははるかに効果があると思われる。だが、ベトナム問題はこれ一つではないことを考えるべきである。第二、第三のベトナムが何処にでも起こる可能性がある。いや、今のベトナムは、ディンビエンフーの丘や、フランス革命の続きでもあるのだ。

今のベトナムからアメリカを追い払おうと努力する前に、アメリカを含め、北ベトナムも、民主主義や共産主義といった勢力が必要のない様な人間の心を培うことが肝要なのだ。政治が必要なのではなくして、人間の甦りが必要なのだ。共産主義自体、時代とともに変貌していることは周知の通りである。

サルトル自身、何の彼のと言いながら、あの野心に満ちたドゴール政権の格好の小役人であり、お抱え弁士ではないのか。今、ここで、インドの哲学者、ラマクリシュナの言葉を引用することは当を得ているものと思う。

「世界の問題は、個人の問題である。もし個人が平和であり、幸福であり、寛大であり、他を助ける気持に燃えているなら、世界の問題も消滅する。諸君は、自分自身の問題を考える前に、世界の問題に取り組んでいるのだ。諸君は、自分自身の心と精神の中に平和と理解を打ち立て様とする前に、他人の精神や、同胞達や、国家に平和とおだやかさが宿る事を願っている。ところが、平和や理解とは、諸君達の中に理解と安息と力が宿っている時にのみ与えられるものなのだ。」

サルトル達の大理論は、まさしく、他者の中に平和を強要する軽率な運動でしかない。

二十世紀の文明がこの程度のものであるということはかえすがえすも残念であるが、同時に、文明とはこの程度のものなのだという悟りの心も起こってくるので有難い。ますます、文明には頼れないという心が強化されてくる。文明不信こそ、私の創造生活の出発点である。

つまり、社会現象は、個人個人の心象の直接的な映像に過ぎないのだ。映像は、それで戦争となり、ベトナム問題となり、宇宙空間への挑戦となる。そして、そうした文明の進展していく方向は、我々個人のコンプレックスを浮き彫りにし、罪悪をあからさまにし、弱点をさらけ出し、何が必要であるかを示唆してくれる。社会の現状は、我々人間の本質を写し出す鏡なのだ。鏡が汚れているからといって、これを拭おうと焦ったり、砕こうとしてはならないのだ。どれ程きれいに拭ってみても、一層鮮明に、人間の哀れむべき特徴が写し出されるだけである。これを砕いてしまっても、鏡に写ったこちら側の実体は、何ら砕かれてはいないのだ。

戦争が了ったと喜んだ世界中の人々は大馬鹿だった。戦争の影は砲火と共に地上から消え去ったが、彼等の心の中には、セックスの匂いと混じり合って、戦争が相変わらず健在であることをすっかり忘れていたのである。ベトナム戦争を砕く前に、ベトナム戦争となって結果した人間の内側の問題、これこそ人間の実体であって、金銭や、イデオロギーや政治の方こそはるかに抽象的であり、観念的なものなのである。それ故に、私は必死になって書く。自己を豊かにするために、自己を、本来の状態に回復するためにそうするのだ。

サルトルが「今日の世界では、平和が、帝国主義に有利か、主権を回復する国に有利か、どちらかである」と言う時、彼の口にする平和とは、今迄多くの人々が、心の中で長らく求め、考え、苦悩してきた平和の概念とはずい分違う。彼の言うのは、平和の脱け殻を指しているのだ。平和の上に薄く覆われている被膜を指しているに過ぎない。

平和とは、本当の平和とは、ラマクリシュナの言うあの平和なのであって、力ずくで、どちらかの国が奪い取ったり、奪われたりする様なものではないのである。サルトルは、国家や民族を意識しているけれども、人間個人を意識してはいない様だ。主権という時もまた、彼は、個人の主権ではなく国家の主権を考えている。知識人も労働者も、彼にとっては、一種の階級として扱い、決して、一個の人間としては意識出来なくなっている。少くとも、物事を論じ進めていく時、そうは出来なくなっている。彼の言う偽知識人達、彼等もまた、私から見れば、個人単位ではなく、集団で何かを企て様とする御芽出度い連中であって問題にはならない。集団で始まる動物の特徴に対して、人間の特徴は、何事も、個人から始めることなのである。個人で物事が始められ、一応目鼻がつくと、初めて同じ道を進む人々と手を握り合うことになる。しかし、そうする時には、それぞれ自分のためすべきことは、九分九厘完了してしまっているのだ。

我々が、何事か人に相談をする時、既に、我々の心には一つの目安がついてはいないだろうか。そして、相手の助言が、自分のあらかじめ立てておいた予定と合致する時、あの人は物の分かる人物だと言い、一致しない時には、無理解な人だと言っては逆うらみをする。

つまり、誰でも私生活においては、物事を自分独りで決めるものなのだ。それにもかかわらず、平和という問題になると、集団になる迄、何事も決めかねているとはどういうことなのか。否、集団となってスクラムを組み、プラカードを掲げながら、尚、個人個人の心には平和が宿り始めていないということは、一体、どういうことなのか。

結局、我々人間は、一つの呪縛の中に閉じ込められているのだ。一つの迷宮に招き入れられた客なのだ。迷宮は完全である。我々が招き入れられる前に充分細工がしてある。戸や窓や廊下は無数にある。どの一つを開けてみても、それは、更に、謎の深められた次の入口に我々を導いていく。出口は一つもないのだ。廊下は、塵一つ落ちてはいない。実に清潔である。しかしその行き止まりは、常に新しい部屋の入口であって、決して出口には通じていない。我々は、たしかに、努力を惜しんではいない。腕が感覚を失う程に、次から次へと窓や戸を開け続ける。開けたあと、窓や戸は、次の戸が開けられると自動的に閉まる様になっている。そして何十回かそうしているうちに、再び、元の窓や戸口の前に立たされることになる。努力はたしかに行われている。足が棒になる程、廊下を進み続ける。しかし、決して戸口の向こう側は迷宮の外に通じてはいないのだ。

我々は、コップ一杯の水を体内に流し込んでいるロボットに過ぎない。実際、ロボットは金属である。水など要りはしないのだ。しかし、水を飲む真似事をするのは、彼のモラルのせいであり、人間が、実際は平和を望むことを実感してもいないくせに、むやみと平和を絶叫するのに似ている。コップ一杯の水は、体内のパイプを通って流れ落ちる。それを、再び、コップに溜めては飲み返すのである、水は、常にコップ一杯であって、その量は一定している。体とは全く無関係の水が、熱病患者の様に摂取される。やがて、金属の体内が錆びつくことはあっても、決して、ロボットのエネルギー源とはならないのだ。平和運動もまた、人間にとって、決して恵みとはならない。ギリシャの都市国家で叫ばれた平和も、キリストの殉教者の口から出たものも、すべて同質のものであった。

そして、二千年たった今日、平和は、少しもその重味を増してはいない。未だに、それは幽かな響きに似て、極めて抽象的な存在なのである。一歩も前進してはいず、一度も、温度は上がっていないのだ。それ故、平和は誰の手に依っても、一度も確かめられたことはなく、どの様な画家に依っても、一度として描かれたことはなく、どの様な料理人に依っても、一度として、味わわされたことはないのだ。どれ程性感の豊かな中年女の性器をもってしても、満喫させられたことはないのである。実際我々は、理論上のそれは別として、平和といったものは一度も手にしたことがないのだ。幽霊の様に、人々の口にはのぼるが、誰一人として実際に見た者は居やしないのだ。

サルトルが非難する、上部構造の番犬である知識人には、私にとっても縁がない。しかし、それを非難する極めて実際的な、つまり、ベトナム戦争を憂えて平和運動をやる様なサルトル一味とも更々縁がない。つまり私は、知識人等というあやしげな人種とは関係がないと言っているのだ。私は、知識人等にはなり度くないし、なれもしないし、そうなることが罪だとさえ信じている。人間は、人間として充実する時に勝利感に浸れるのであって、そうでなければ、常に何らかの形で敗北者なのである。

私は、乞食の様な健康さをひたすら切望する。そして一面において、私は既に乞食の様な健康さに満ちあふれているのだ。この健康さは、サルトルの御上品な知識人、現代を代表しているといった錯覚に陥っている連中にとっては、鼻持ちならず、憎悪と悪印象の対象としかならないものである。

知識人達よ！　ベトナム戦争を云々する前に、第二次大戦中、アメリカの上層部からにらまれたH・ミラーの一文を、もう一度、心を虚にして読むとよいのだ。今、ミラーの原稿が私の机の前の額に納っている。彼は、日本やドイツ、イタリア、ルーマニヤを忘れて、我々だけが祝福される様にと神に祈ることは出来ないと、はっきりと言明している『殺人者等を殺せ』の一節を参照すべきである。更に、ミラーの言葉に耳を傾けるがよい。

「平和論者程、壁に追いつめられると、勇敢な闘士になる。」

かつてプラトーが、詩人の功罪について、これを論じ、詩人を死刑にせよと断じたが、今日、私は、知識人を死刑にせよと言いたい。知識人は、あらゆる人間の歴史において、悲劇の源となってきた。宗教という巨大な組織も知識人達の犯行であり、戦争も、政治の悪らつさも、すべて知識人の手による犯行である。非知識人は、常にぬれ衣を着せられ、汚名を受けた被害者の立場に立たされてきた。知識人は、自分達で勝手につくり上げた法律に従って、さも敬虔そうな素振りで裁判を行い、考えつく限りのあらゆる美名の下で非知識人を刑に処してきた。

キリストは、非知識人であった。それに対し、パリサイ人やサドカイ人は、教法学者であり、律法学者であり、宗教人であった。悪人は、常に知識人の側なのだ。戦争も殺人も、あらゆる悲劇も、すべて、知識人が頭をひねってつくり出したものである。正常な人間は、盲目の泳者である。大海を果てしなく泳ぎ続ける。昼も夜もないのだ。ただ、泳ぎ続ける。それで、充分、存在の理由は証明される。もう、とうに、嘔吐の時代は了ってしまった。目あきはそれだけの理由で、絶望に陥ち入るだろう。そして、絶望の中で、知識人になろうと企てるに違いない。

非知識人であり続けていられるのは、余程の自信がなくてはならない。この自信こそ、世界を支える柱なのだ。サルトルの寝言を聴く前に、我々は、乞食の様な健康を確認しなければならない。そうしない限り、知識にことよせた文明の毒気に依って、我々は不純で病める者にされてしまうだろう。知識人は、常時、人間に、論理を先行するように仕向ける。

〝人間〟そのものが、その人の法典となり、至上のモラルとなる時、その人は、まさしく非知識人なのだ。非知識人は、常に、自己を誇りとする。知識人が、常に、知識を誇りとし、これに依存するのと同じ態度で、自分の中の〝人間〟に接している。知識人は、常に、社会や民族、国家、時代に関心を払おうとするが、非知識人は、自己に限りない関心を示す。

知識人の強味は形式であるが、非知識人のそれは力である。前者の価値は相対的であるが、後者のそれは絶対的である。前者は改善を企てるが、後者は創造を企てる。前者はある数から始めるが、後者は零から始める。前者は文明と提携するが、後者はこれに反逆する。前者は科学的であるが、後者は宗教的である。前者は分析的であるが、後者は総合的である。前者は文法であるのに対し、後者は会話そのものなのだ。前者はファッションショーであるのに対し、後者は性交そのものなのだ。前者は蛆虫の特徴を示すのに対し、後者は神の特質を示すのである。前者は言葉であるのに対し、後者は声なのだ。前者が絵画であるのに対し、後者は実物なのである。前者がテレビのブラウン管であるのに対し、後者は水晶体なのだ。前者が秒針であるのに対し、後者は時間そのものなのである。前者が計量器の目盛りであるのに対し、後者は計量器の上にのせられた四百瓦の牛肉なのだ。前者がコンドームなのに対し、後者は精液なのである。前者は水爆であって、後者は水爆の起爆装置のボタンを押す指先なのだ。前者がベートーヴェンのピアノであるのに対し、後者は小鳥の声そのものなのだ。前者が明治以降百年の歴史書であるのに対して、後者は百十八歳になる老人の記憶なのである。そして私は、自分が後者に属する人間であることを心から喜ぶのだ。

まさしく、私は非知識人なのだ。私には、どの様な論理や科学でも、支配することの不可能な自己がある。この内なる〝人間〟こそ、私のすべてを決定し、私の生活を創造的に導いてくれるのである。私は、科学を尊敬はしているが、愛したり、信じたりはしていない。憎悪しつつ尊敬出来る可能性も人間には与えられているのだ。サルトルの言葉は、ただ、私を疲れさすだけで、何ら啓発的なところがない。むしろ彼は、現代の売れっ子スターであって、そうした啓発的なもののない方が好都合なのかも知れない。とにかく、彼には、何ら創造的なところがない。目先のちゃちな運動に身を投ずることによって責任逃れをしようとするケチな野郎に過ぎない。彼は、明らかにフランス人の短所を一身に具現している男だ。論理癖、これこそ、フランス人をあれ程、蒼白に、ひ弱にしている原因なのだ。

彼の国の女どもの浮気は、イタリヤの女達のそれとは自ずと動機が異なる。イタリヤの女達は、スペインの女達と同様に、あの気候風土の中で、はち切れんばかりに沸き立つ肉体のせいで、あの様にセックス過剰気味なのだが、フランスの女達は違う。彼女達は、論理の洪水の中で生気を失ってしまった男達を味わう。男達は、彼女達を満足させることができないのだ。女達は、男から男へと移って行く。それは、明らかにフランスの男達のせいである。あの、ノッペリとしたフランスの男達。まさしく美男子ばかりだ。しかし、女は美男子にまいってしまうのではない。体と心で女を奪う強力な男性によって夢中にさせられるのだ。彼女達は、こうしたフランスの男性達にヴァイタリティを感じない。そして、男達の論理癖が感染し、論理的精神は、各種の主張を生み、主張は、人間本来の素朴さを失わせるのに役立つ。

イタリアやスペインの女達は、強烈な太陽の下で、癒し難い性エネルギーに支配されているのだが、フランスの女達はそれとは違う。彼女等の、性と生活等に関する文学を読んでも分かる様に、根はおだやかで、つつましやかな、物事を一途に生きるタイプの女性達なのだ。彼女達の不幸は、男達の側の責任であるという事が、ほとんどの古風な物語り文学の中では明確に語られている。

しかし、今日、こうしたフランス的風潮は世界的な傾向となっている。人間は、一様に論理癖の患者になり果て、文明は、そういう人達の繰る操作に依って狂気の方向に進んでいる。サルトル等が、こうした文明の番犬であることは疑う余地がない。論理は、常に人間の中から、尊敬、畏敬の念を奪い去る。現代人は、それで、こうした要素のない性質を、知性豊かな誇り高い特質として高く買う。「現代の男性には、女性に対して払う尊敬と思いやりがない」と、『エスクワイヤ』の記者会見で答えたのはミラーであった。

戦争――知識人達が口角をよだれでぬらしながら議論する、忌むべき戦争もまた、こうした畏敬の念の欠如から生まれたものではないか。人間性全般に対する畏敬の念より、政治や経済に払う関心が高められる時、戦争は容易に起こり得る。

人間性に対する畏敬の念よりも、自己の中にほとばしる論理性が高められる時、殺人は、良心の苛責なく、合法化されて容易に行なわれる。知識人から見れば私は、或いは、狂人の類かも知れない。しかし、どれ程主体性を高揚し、自己に過剰の意識を働かせる男であろうとも、神と人間性に対しては、犯し難い畏敬の念を抱いているのである。私には、二千年の伝統を持つ教会の中には見られない、確かな神への畏敬の念が満ち満ちているのだ。ヒューマニストや共産主義者等には薬にしたくとも持ち合わせてはいない、人間性に対する畏敬の念に捉えられてもいる。私が、自己に拠り、物事を、主体的に、狂気の様に判断し、行動していく背後には、こういった限りない信頼が、自己の中の畏敬の念に向けられているという、裏側の事情があるのだ。

論理に溺れる時、人間は、人間性を貧弱にしていくが、自己に溺れる時、それは一層確かで強力なものとなる。$4a^2+2a-8=0$という式を$\frac{-b\pm\sqrt{b^2-4ac}}{2a}$といった公式を用いて正確に計算したからといって、貧しい母親が、傷付いた我が子の上に落とす一滴の涙ほどには強力な効果は期待出来ないのだ。大教会の権威ある聖職者の、教養と経験ある説教の言葉より、無知な父親が息子に与える一言の方が余程力があると分かるまで、私は、教会組織の中で阿呆のように、のほほんと十五年間も過ごさなければならなかった。諸君、私のこの様な愚鈍さに大声で笑って貰いたいのだ。それが、せめてもの私に対する祝福であり、励ましとなる。

論理は、文明に毒された人間精神の病状をあらわしており、それは、肉体の健康状態と必ずしも無縁ではない。直感や超論理は、常に健康な人間の所有物である。

これらには、議論の余地がない。底抜けに明るいのだ。一つの犯し難い権威がそこにある。伝統と巨大な組織の中で、苦労しながら築き上げた権威ではなくして、健康であり、正常な人間であるという唯一の理由で神から与えられている権威なのだ。丁度、顔に目がついている様に、我々の存在についている極く自然な権威であって、これは、何ら自慢の対象とはならない。当たり前のものであるからだ。

サルトルは、まだ、書くからよい。彼を取り巻く人々は、どう見ても、まさしく、流行思想の番人に過ぎない。サルトルがこう言えば、私もそう書こうと思っていたところだ、といった様な素振りで、得々と借り物の意見を述べる。また、サルトルがああだと言えば、今の今迄、それに似通ったことを書く気でペンを握っていたという様な、まことしやかな嘘をつく。そのくせ彼等は、一行だって、自分の主張や思想は書き綴ることが出来ないのだ。

まだ私は、一度も、彼の著書や（全部読んだわけではないが）言葉から、彼の人間を感じ得たことはない。常に彼は、その卓越した論理と思想でもって我々に向かってくる。彼は確かに、またとない強力な論理の信奉者である。それだけに、自己を忘れることによって安息し、自責の念から逃れようとする現代人にとって、彼は、またとない避難所なのだ。自分の身にひしひしと感じる危機感を忘れ、御上品ぶり、いささかも危機感等ありはしないのに、如何にも危機に直面しているかの様によそおうあの白々しさが、彼等にとっては何よりの救いなのだ。サルトルは、知識人の弱さの、いわば象徴である。

だが人間は、その様な、仮の安息、一時的な平安ではなくして、本来の平安に立ち返らねばならない。そのためには、先ず、自己を百パーセント危機の前面にさらけ出すことが必要である。そして、一たん自滅するのだ。論理の領域において、伝統と歴史の領域において、科学一切を含めた文明の領域において、自滅し去らなければならない。そして甦るのだ。全く新しい、文明には何一つ義理のない、第三者としての自分に甦るのだ。世の中が、すべて総合的に映り、あらゆる物事に対して、その表面のみに依って判断することなく、その中味と、周囲全体の総合体の一部としての存在として判断出来る者となれることは間違いがない。サルトルの様な人間は、まさしく、この見地から眺めれば、文明という疫病の中で生気を取り戻す病源菌の一種に違いない。

我々は人間であり、正常な人間であり、本来の姿と特徴を具えた人間であるので、決して、論理にさまたげられることがない。論理は、病源菌や化学薬品相手の実験の時にのみその効果をあらわす。残念ながら人間は、酸素でも水素でもなかった。人間だったのである。私は、サルトルの様な存在を、一体、何と呼んだらよいのだろうか。

〝この馬鹿気た存在〟――これ以外に呼び様がない。

新しい詩の試み
（collage du poéme）

私は今一つの作詩法を発見した。自動記述よりも一層完璧な、一つの自己放棄の方法を発見したのだ。この方法はパピェ・コレとポップ・アートとオートマテスムの混じり合ったものであり、言葉の裁断（ワードカッティング）と呼べる様な手法である。既にヌヴォーロマンに拠る人々は、言葉の死を意識しており、絵画の前衛に立つ者達は、壁や、ガラスに押えられて、みすぼらしく架けられるタブローの惨敗を苦々しく味わっている。

芸術は一つの死の前に否応なしに立たされているのだ。人間の死が、一切の芸術と宗教のテーマとなっているので、それがよく判るのだ。一切は既に死に絶えてしまっている。我々の口から出る言葉も、点も線も、全く死に絶えてしまっている。我々は生けるものを探して、生ける芸術や宗教を造り出そうと必死になるが、その様な行為は一つの愚行であり、目的達成不可能な悪夢に過ぎない。そこで私は、ミロの言う様に、完全な自己を取り戻すために自己を放棄しなければならず、ポロックの様に、行動中は、その行動自体と目的や結果をも含めて一切の自己を回復する様なものを意識しないつもりである。それに依って自分でさえ分からずにいた、自然、ないしは神と直結した宇宙的な権威に支えられている驚くべき自己を見出すことが出来ると信じている。ミラーの言う、行間における文学の死、自己の死こそ、実は最も賢明な自己を活かす方法だったのである。

タピエスがそのタブローの上で、セメントに塗り込めた、激烈な、しかも冷え切った感動を、我々は一体どの様に受け止めたらよいのであろう。あれもまた、自己放棄を通して求めている激烈な自己回復への情熱には違いあるまい。更に私は、ミラーの言う様に、狂人やフランス人ではないので、論理的なやり方の一切を憎み、ミロの様に、制作前に考え様とする知的な考えの一切を諦めるつもりでいる。知的なものの一切、それはよくよく考えて見れば、文明に対して無意識のうちに感じとっている敗北感と義理でもって支えられている、実に下らぬ虚栄に過ぎない。創造的な行為のすべては、知的なものと一切関わり合いがない。創造性は常に人間の奥深く存在する一握りの生命に関わるものなのである。かつて、人間の意志は、一つの否定し難い美徳であった。しかし、今では違う。今では、本来の意志はその姿をとどめていない。それは、歴史に汚され、常識に毒され、流行に骨抜きにされてしまっている。そこで心あるわずかの人間は、この意志と訣別することを考える。

オートマテスム——まさしくマチューは狂人の如くに画面の上であばれまわる。一切の意志の混入は芸術の死を意味すると確く信じてそう行うのだ。ミショーによれば、意志の拠る精神を、ガタガタになるまでゆさぶるために、メスカリンを服用して、感覚を含めた意志の一切を冷酷に虐待する。使徒パウロは、かつて、敢えて狂える者になったではないか。聖書がオートマテスムに依って神の霊感を記したか否かという事は神学界で意見を大きく二つに分断している。それにしてもまた、何と信仰の稀薄な連中どもであろう。我々は、今日、今ここで、オートマテスムを自分の手の中の行為にさえ信じ切れるのである。

信仰の美談はもはや宗教界には見られなくなってしまった。むしろ芸術の分野に著しい予言者や見者が顕われ、オートマテスムの奇蹟が行われている実状である。一切を不明確化し、一切を表現しない様にと企てるロブクリエ等のヌヴォーロマンにおいて、言葉は一つの絶望的なジレンマに陥っている。本来、言葉は表現し説明するものであり、意志は、歴史と伝統と通念の中で、そうした言葉の機能に、側面からの援助を送る習性をすっかり身に着けてしまっている。しかし、ヌヴォーロマンに拠る闘士達は、必死になって、物語らない様にと励む。プロットを排除する為の努力はすさまじいものがある。革命的な形式と、未来にのみつながる今日の文体を熱烈に志向する。私は、そこで、大胆にも、打ち棄てられた言葉の屍体をあちこちに漁り始めた。昨日までの新聞、状差しの中の書状、葉書類、ダイレクトメールの宣伝広告や案内状、各種のカタログ等の中を漁りまわる。

それらはすべて死に絶えてしまった、つまり、用済みの言葉の堆積である。言葉は書かれているから生きているのではない。それは丁度、人間の存在と同じであって、それを読んで何らかの反応を示す瞬間に、一瞬の生命の火花を散らす山羊どものせわしい性交とほとんど変わりのない瞬間の生命は、それでも永遠の時間の中に組み入れられる。

性交後、腰をふるわせてかがめる牝山羊の横に、細く切れ長の瞳は、確かに永遠の彼方をいつまでも見続ける。用済みの言葉の屍を、私ははさみで切り離す。幼児の遊びよりも更に気軽な気分で切り抜き、切り離す。それは言葉どもにとって、どれ程最良の日であり幸運の日であろうか。言葉は読まれ、人間の生活の中に感動を与える限り、生き続けられるのである。

結局、自分の言葉を書いたり話したりするにしても、過去においてどこかで誰かが、しかも、極めて非創造的に使い古した、いわば、古雑誌の頁の、断片の様な言葉を記憶の中から切り離して用いるに過ぎない。例え死ぬ程の恐れに出逢って「助けてくれ！」と叫ぶ時でさえ、それは、三文役者が気力なく演技したあの時の、古びた言葉の断片を用いているのかも知れない。つまり、我々の会話も、作文も、せいぜい、古びた百科事典一冊程度の量の反古紙に書き込まれている言葉の切り取り遊びに過ぎない。あの退屈なはめ絵遊び――あれに過ぎないのだ。そこで私は、あらゆる種類の紙片から一句づつ丹念に切り抜いて、原稿用紙の代わりに使っている包装紙の上に貼りつけている。五七五も、十四行詩も、五言律も、お手のものである。

例えば、今手元にある、そうした切り抜きの句を貼り合わせた詩の一節を引用してみよう。

「北欧の自然や生活が苛酷であればこそ
　詩も上等で
　十代の奥さんたちを招き、
　必要事項をご記入の上、切手をはらずにご投函下さい」

といった様な内容となる。私の全く意図しない、つまり、文明の風化作用でもってやつれ果てた、私の意志の全く介入することのなかった詩が、しかも、私の創造の意志によって、私の手を経て生まれ出る。これこそ本当の誕生であってつくりごとではないのだ。一度は何らかの形で使い古された言葉を切り集め、つなぎ合わせた文章であれば、全く純粋なオートマテスムであることは間違いがない。記憶の中からの言葉の切り貼りならば、そこにはどうしても、社会や周囲を気にし、自己の中にある教育の種類や傾向が強く影響を与えることとなる。

しかし、紙片を貼っていく場合は、その点全く安心である。私は、言葉の並べ方、配列に関する限り、全くこの目的を知らずにいた誰かが、別の目的のために作った言葉を機械的に並べるだけであって、私の手や眼は、風化作用を行う風の様に、雨の様に、それ自体の意志は、やがて結果される風化作用の最終目的とは何ら関わり合いがないのである。原稿の上に、一つの純粋な意味での風化作用を行う。人々は、その様な超論理的で、しかも一切の文明の影響を受けず、現況に左右されない、あたかも太陽光線の様な生命を豊かにする言葉を読んで、確かに嬉しくなるはずであり、励まされるはずである。

太陽は、地上に生命の光を注ぐ前に、光源となる数多くの宇宙線を自由に吸収している。人間もまた、あらゆる言葉を切りとって生命の言葉の源として、自らの内部にこれを消化することは必要である。それは模倣ではない。生命の持続ですら、他者より摂取する生命の養分によって行われているのではないのか。要するに、重大な事は、自己の意志の中の死臭を放つ要素を、意志によって行なわれる創造の際に、如何にして排除出来るかという問題なのである。意志は必要であって、尚、創造性を殺す機能の実在をも否定する訳にはいかない。

私はふとしたことから、新聞の文章を眺めながら、一行飛びに読んで見ると全く別の意味を持つ文章になるだろう事を、漠然と想像してみた。恐らく、記者も、編集人も全く意図しなかった、ニュース記事とは無関係な新しい何かが伝達される事は間違いのない事実だと思った。記者の手を離れて誕生する全く別の文章と思想――これは確かに一種の神秘性を漂わせている。それは人間の文明を一笑に付してしまう様な、何かしら一切を超越してしまっている様な権威であって、我々はその笑いの響きの中で、首をすくめて後退しなければならない。文明に固執し、論理にしがみつき、伝統と行きがかりの生活に安息しているうちはそうなのである。

我々は、頭脳の中に蓄えている百科事典の様な雑多な言葉の群と、それに、まるで馬糞の様にまつわりつく固定観念は、たとえどれ程の努力を払ったとしても決して一つの創造を行なうことは出来ない。凝り固まってしまった死人の血液を輸血しても、もう死人は決して甦ることはないのだ。温かい血、流動的な血、これこそ回生の秘薬なのである。人間は今こそ大胆に、自己の汚れ切った意志を見放さなければならない。そして、全く機械的に、風の様に、雨の様に、波打ち際の泡立つ浪の様に、全く宇宙と直結した状態で永遠につながる行動を行わなければならない。一つの行動が、一つの結果ないしは成果をもたらすことを期待する様であってはいけない。繰り返し繰り返し浪は岸辺に打ち寄せ、風は木立をゆすぶり、雨は岩盤をたたき続ける。そして、結果は、千年、万年、百万年を単位として幽かに顕れる。

意志してはいけない。唯、行動するのみ。結果は神に委ねることである。唯、行動のみを美徳としなければならない。この行為には、反復ないしは繰り返しという一つの試金石が置かれている。多くの人々はこの試練に耐え切れずに途中で挫折してしまう。しかし、予言者、見者、真の芸術家達は常にこの試練に打ち克った人々なのである。人間の幸せはこれで判断されなければならない。反復、反復、これはまともな頭と感覚の持ち主には、納得出来ない事であって、唯、狂える者、誇大妄想患者、激情家、サディスト、マゾヒストのみがよくこれに耐えられる。その点私などは、既にアブノーマルな人間なのかも知れない。しかし、その事は、私にとって何とも言い様のない幸せの源になっているのだ。狂っている人間であるが故に、結果を考えず、気にせず、唯、風の様に木の葉をゆさぶり、雨の様に岩盤をたたき続ける。

その状態は、もはや信仰者の最も理想とする態度以外の何ものでもない。真の信仰は、確かにどの様な結果をも期待しない。唯、神を信じ、恵みを信じる行為（これを状態と呼ぶには余りにも甘美過ぎ、勇壮過ぎる）の繰り返しは岸辺の浪と同じである。来世は神の手に委ねられている。唯、信じるのみである。

社会事業や道徳の御先棒を担いでいる物分かりのよいあわれな現代の宗教に、いくらかでも、真の宗教の恩恵のおこぼれがある様にと願わずにはいられない。

私は今こそ、頭の中の古びた一冊の百科事典を捨てなければならない。そして、辺りに転がっている葉書やカタログやノートの切れはしや、古本の頁、新聞の語句を切り抜いて並べ立てなければならない。

私の手から生まれ出る、私の全く関知することのない一つの存在。

オブジェ——確かに、この様に切り抜いた語句の断片を、本来の目的であった手紙文から切り離し、カタログから切り離す時、そして、それらが一つの行に並べられ、一つの節にくくられる時、俄然、一つの呼吸を開始するのである。

一つの創造、一つの誕生はまちがいのない事実である。

私は断くして一つの発見に至った。しかし、発見そのものは決して創造ではない。発見の連続ないしは反復こそまさしく一つの創造なのだ。天地創造は確かに発見の連続であった。少なくとも、我々の眼にはそう映るのである。創造性とは、それ故に極度の活動性に支えられている。異常に大量のエネルギーを消耗し、怒りが辺りに充満して、一つの恐ろしい緊張感をつくり上げている。創造性が発見の連続であるならば、それ故に、それは一切の論理と対立する。非論理の故に対立するのではない。それはまさしく超論理の故に対立するのである。論理とは既知の、ないしは発見済みの事物に対して向けられるものであり、そうしたものの、残務整理簿に等しいのである。今後の発見は、全く新しい別の論理に拠らなければならない。コロンブスは旧世界の地図でもって、新大陸を発見し得たであろうか。従来の、理科の教科書の熱心な生徒であって、尚、エジソンの発明が可能であろうか。我々は今日〝自己〟という、現代においてはむしろ神格化されている対象を、大きな誤解によって歪められた観念をもって捉えている。その様な自我こそ、我々を呪縛から解放することのない怪物であって、人間は、一切の創造の可能性に対して絶望することを余儀なくされてしまっている。

創造的行為とは、今日ではむしろ、単なる理論上のものであり、観念上の存在でしかなくなってしまっており、実際にあるとすれば、それは現代人の眼には奇蹟としてしか映ることがない。本来、創造的生活は、全くありふれた日常生活の一駒でしかなかった。時間で物事が規定されず、メニューでもって食事が運ばれず、テーブルマナーがなく、道は、彼の歩く足の下にのみ認識される原始の状態にあっては、一切が創造的でなければならなかった。生きていくこと自体全く創造であったのだ。日毎の行為の一つ一つが、全く新しく、旧来のものとは関係や類似点のないものであって、それは確かに、前述した発明発見の連続的行為に他ならなかった。人間は、その様な状況下に在っては、真実に生きなければならず、生きる為に要するエネルギーは絶大なものと言わねばならない。そのために当時の人間は多く食べ、多く消化し、多く脱糞し、多く笑い、多く怒り、多く和合し、多く争った。すべてそれらの行為は、人間生活の創造という最終目標において建設的であった。人間はヒナ人形ではないので、為さず、行わず、唯びくびくと、おずおずと過ごしている事は最大の悪徳と言わなければならない。行わない悪は、行う悪よりもはるかに悪質であり、死の度合いが濃厚である。

現代人の多くは、悲しいことに、行わない事によって他人の責めと自責から逃れようと努める。しかし、彼等の罪状は明らかであって、キリストの断罪を待つまでもない事である。人間の性善であることは正しい。同時に性悪説もまた同様に正しい。これら二つの、一見して相反する様に見える見解は、実際には決して対立するものではない。本来の人間は、その生活の創造性において善であり、現代の人間は、その非創造性の故に万人が罪人なのである。芸術も、もはや歴史上に見られた、いわゆる芸術の特質をすっかり失ってしまっている。今日、芸術は宗教の他の表現の一つに過ぎなくなっている。必死に人間回復を願い、創造的生活への復帰を望む俘囚の民の望郷の心情がこり固まって出現した蜃気楼なのである。

現代の宗教は、すっかりその特質を失ってしまって、権威、伝統、教理、礼典をロボットの様に無気力に、かつ、空しく守る奴隷と化してしまっている。私は自分を生存させ、創造的に生存させる為に、自己の一切の意志を放棄しなければならない瀬戸際に立っている。遠い昔に失ってしまっている私自身の風化作用を、もう一度、私のもとに回復しなければならない必要に、明らかに目覚め始めてきている。

デビュッフェの描くコールタールと砂利に埋もれた女達の表情に回想される原初の想い出、ミラーの絵画の中に幽かに浮かび上る太初の頃の人間の喜び、ミロの作品の中に刻み込まれている古代の人間達の声と言葉、タピエスのマチエールの中に秘められている激烈な古い私の怒り、フォートリエのオタージュの中に顕われている、屈服した現代の、私自身のポートレイトに私は号泣しなければならない。文字通り腹の底から泣かなければならない。

私は自己回復の為に十字架につこうとする。

誰一人立ち合うことのない実にさびしい文明の丘の上で、落日に辺りが茜色になる頃迄、苦しみ続けなければならない私自身の十字架を、手にまめをつくりながら立てなければならない。私の手は、私を十字架に架けるローマの兵士の手と化し、私の口唇は、私自身を口汚なく罵しるユダヤ人のそれと化さなければならない。

私は、切り貼り文字（これは単なる時間の経過と目的の達成に依って、言葉の意味を失ってしまった文字であるが）による詩を創造することによって完全なオートマテスムに至り、オブジェ絵画をものにし、ポップ・アートを楽しみたい。

私の知らない私の中の何かが、言葉の断片という死に絶えた岩盤を何千年となく、何万年となくたたき続ける雨の滴となる。その結果は、一切、神に委ねよう。私は唯、切り取っては貼り、貼っては読み、読んでは味わい、全く新しい文章と意志の故に楽しみと喜びに満たされよう。そして、再びハサミを取って、次から次へと文字を切り抜いていこう。私は今日一日を一つのドラマとして生存するために、唯、それだけの為に、つまり人間の甦りの為に、朝食後十六連に亘る切り抜き文字による詩をつくり、午後は二つの油絵の手直しと、十三枚の水彩によるヴィサージュを描いた。それに原稿は十八枚書いたし、メモはノートに一枚びっしり、蟻の様な文字で埋めつくした。その合間には、食うために、英語を数時間教え、物理を一時間、建築史を一時間教えた。更に其の合間には書物に親しみ、音楽に聴き入り、瞑想の時間も決して忘れはしない。子供等の花火の相手もしてやり、テレビも見る。夢中になって見る。妻と、この新しい切り貼り詩について議論もし合った。一番下の乳飲み児を背負って原稿に向かうし、祈りと聖書は決して忘れはしない。この様な多忙な私に、タバコや酒を飲めと言う大馬鹿者は何処の何奴だ！　大間抜け奴！

常に真実と創造的な事を主張する者は、その時代の最も基礎的な常識にも反することとなる。つまり、本格的な宗教や芸術といったものは、結果的に見て、常に常識に反し、いわゆる優等生の言いそうな事を言わぬものである。キリストが自らを神の子であると主張したまではよかったが、モーゼの律法を無視した時には、さすがのパリサイ人もサドカイ人も教法学者も、訳が分からなくなってしまった。パリサイ人やサドカイ人達は、今日の世界でも人口の大半を占めている。モーゼの律法は、各分野の金科玉条であり、文学における表現でもあるし、絵画においては造型理念であろうし、宗教においては、その宗教の拠って立つ教理に当たるものである。それを否定されて、なお、文学、絵画、宗教を熱心に言われると、人々の心には理由を超えた明らかな怒りと憎しみの徴候があらわれる。

本物の芸術や宗教は、それ故、常に、いわゆる芸術や宗教の団体からは憎しみの視線が注がれ、一般人達もまた、その様な専門家達が反対するのだから、間違っているのだろうと不和雷同する。文学に向かいながら文章に絶望し、絵画に向かいながら絵を無視し、宗教に親しみながら宗教の歴史と集団を軽蔑してかかる私の態度は、さしずめ、キリストのパリサイ人やサドカイ人達に対する態度と比較出来よう。キリストが堂々とモーゼの律法を無視して、安息日に麦の穂を摘み、姦淫の女を赦した行為は私の中に脈々と生きているのだ。キリストは神である。私は人の子である。私は人の子らしく、それ故に必死に、芸術の中にも自己を生かすための活路を探し求める。私にとって文学の生命は文章ではなく、その制作態度であり、制作態度を支える生活態度であると確く信じる。切り抜きの言葉を並べ立て貼り付けていく時、私は自己の生活態度と人生に対する誠意とに自信があるので、その結果をいささかも気にはしない。雨のしずくの様に無心に岩盤をたたき、押し寄せる浪の様に、実に愉快に断崖の裾を噛み続ける。バウマイスターの言う「偶然——乃至は決して自ら制禦することのない手法で発見する〜〜」という態度は、実に私の手の中にある。

偶然は、かつて、私が人生に対して無責任だった時代には、私にとって最も危なっかしく、しかも当てにならない、いわば自然の気まぐれに過ぎなかった。しかし今では違う。偶然とは、すべて神の予定であり(その点カルヴィニストよりも熱烈な予定説の支持者である)、一つの確かな結果をもたらすものであることを確信している。私の生活の領域内の偶然すら、私にとって、実に大きな意義を持ち始めてくる。

私は、単に、今、偶然を信じているだけではなく、むしろ、敢えて私の生活の中に偶然をより多く造り出そうとさえ意図しているのだ。つまり、偶然性の中には、意志と、自己の制禦心が介入することがないから、意志や制禦心に固くこびりついている、対社会的思惑や、打算、かけ引き、自我の劣る部分の要素がつくり出すもの等が、私の行為そのものに入り込んでくる気遣いがなくなる。それこそ私にとって是非必要な事だったのである。

この〝偶然の採用〟がなかったばかりに、私は今迄、それほど有りもしない、酸っぱい味のする卑しい脳味噌で考えあぐみ、計算し、設計していたのだった。出来上がったものは、何一つとして碌なものはない。時間がたつにつれていやらしいものに映り、醜悪な形相を呈していく状態に似て、いくら眺めても見飽きることのなくる。風が木の葉を落とした庭に似て、浪が岸辺を浸蝕していく状態に似て、いくら眺めても見飽きることのない〝物〟は結局人間の手によっては生まれ出てこないのであろうか。しかし、その絶望に近い念いは、ヘンリー・ミラーの文学に接した時、一瞬にして吹き飛んでしまった。それは人間の手によっても可能なのだ。古城の壁面に表われるあの複雑な自然の声、風雨によって岩盤上に刻みつけられた浸蝕の痕——あれはまさしく数多くの偶然が、自らの意志を介入させずに何千年、何万年の歳月の後に顕れた一つの信仰であり、一つの芸術であり、一つの文学なのだ。私はこの種の表現がしてみ度いと切に願った。つまり、それは、私という人間ではなくして、むしろ私という一つの物体がその人生に(または自転乃至は公転運動の中で)一つ一つ空間に刻みつけていく痕跡に他ならないのだ。

これは確かに一人の人間の歩んだ、そして生き、創造し続けた人生の痕跡に違いない。私はこれを固く信じて疑わない。第二次大戦後、バウマイスターやタピエは、それぞれに、絵画について展開されなければならない新しい方向を、いち早く感知した。抽象画――これが、単なる絵画的手法の一つの形式に過ぎないと見るのは余りにも軽率過ぎないであろうか。抽象画とは、絵画から何かに飛躍しようとしたアドヴェンチャーなのである。アンフォルメルといいコラージュといい、ポップ・アート、ドリンピング、オブジェ、超現実派のそれとは異なる、一層激情的な、マチューやミショー等に依るオートマテスム――これ等は確かに、絵画的手法の一段と新しい手法に過ぎず、それだけにまた、これ等の手法も古くなってしまう時期は必ずやってくるのである。しかし、それは単に、この分野の専門家による整然とした、如何にもプロにふさわしい区別、分類のための定義と、そのための便宜上の名称に過ぎず、実は、そうした手法を我々の五感に投影した実体は、一層厳しく、一層永遠性の濃厚にこびりついた人間の生命の断片なのであった。確かに、この様な絵画を呼び起こした衝動は、人間の生命そのものの断片であった。

この状態を、或る批評家は、「自己を投げ出す形で参加させる」と言ったが、それは実に当を得た言い方である。私の切り貼り詩は、恐らく、従来の考え方からいくと、社会的には、どの様な形においても参加することがあるまいと思われる。社会的に何かを為す機能は、実験する者には与えられていない。これは真実の詩人の特権である。実験する医者は、病人を扱う時、憎まれ、誤解され、敬遠される。しかし、大局的に見て、実験を繰り返している医者こそ、医学にとって最も重要な存在ではないのか。社会参加の機能を持ち合わせていないからこそ、なお一層高められ、深められた内容を豊かにしていくことが出来るのである。

宗教もまた、真に何かを内奥に秘めたものであれば、社会参加の拒否の方向に向かうはずである。

モラルを口に出せるうちは、宗教も芸術も、人間の生命と、厳しくも苛酷な存在に直結した働きは期待出来ない。私の意志は、現代の日常性といったものに余りにも汚された共通の言葉でもって、日常のありふれたことに結びついた自分を伝達することは可能であるが、その事の故に、私の創造性はうやむやにされてしまうのである。

私は、そうした自分の意志を、勇気をもってしばらく傍らに置いてみたいと思う。そして、私自身ですら、未だ見たり聴いたり味わったりしたことのない自己の内側の神話や奇蹟、そして伝説といったものをさぐり当ててみたい。私は、何ら人間の意志の介入されない状態の、言葉そのものを信じてやり度い。他の何かを代弁し、説明する機能としてではなく、それ自体で、明らかに発言し、完結している何かを信じようと思う。そうした私の態度を、ルネ・ユイグは、「内容を軽視し過ぎて、形式にのみこだわり過ぎる」と責めるかも知れないが、それも止むを得まい。

エリー・フォールの言う〝形態の精神〟とフォシヨンの言う〝形式的内容〟を強く、鮮明に、あたかもリンゴにでも触れる様に、個々の、人間の意志からははっきり離れて在る、言葉そのものを感じ度いと思う。そうした、言葉そのものが形式的内容の故に、それらが互いに貼り合わせられて並べられた時、十七歳のロートレアモンがうたった様に、「ミシン」と「洋傘」との「手術台の上」の不意の出逢いの様な美しい関係を持つことが出来るのだ。そして、そうした言葉の前に立つ者に、実に新鮮で、全く新規な意識を呼び醒ましてくれる。

「詩というものが言葉による世界の質転換である」と言ったのは、詩人のヘルダーリンであった。

この表現にまさる、詩に対する信頼があるだろうか。詩は人間から分離した状態で、なお、世界（人間をも、神をも含めた）の質の転換をする機能を具えていると彼は固く信じる。私は、それに加えて、言葉そのものに、この栄誉ある献辞を献げ度いと思う。言葉は人間の意志に依って左右に振りまわされる道具なのではなく、かえって、人間をも含めた一切の質を変え得る機能に満たされているのである。この種の信頼がなくては、どうして意志抜きの、切り貼り文字の詩をつくり上げることが出来ようか。地上の質転換は、もはや人間の手から離れて遠くに行ってしまっている。それが人間の意志の中にあると考えている事自体、何より確かな、人間の落ち入っている幻惑の実在する証拠である。

本来、ポエトリイ（詩）やポエジー（詩情）を表わす言葉は、ギリシヤ語のポエイオウ（ποιεω）から転化したものであって、ポエイオウは、つくり出すことを意味する動詞であり、特に芸術作品を造り出すことを意味している。本来、絵画は、写生や意志の表現や、心象風景のスケッチではなかった。一つのれっきとしたポエイオウであって、他の何物からも全く分離した、一つの独立した存在を生み出すことであって、これは、文字通り、創造に他ならない。描くのではなくして、一つの新たな自然をつくり出すのである。塗るのではなくして、一つの宇宙、乃至は宇宙の断片を創るのである。ポエジイとは、それ故、言葉を寄せ集めて一つの実在をつくり出すのである。それは芸術の志向する個性化の道を正しくたどっている姿であり、芸術の転げ落ちていく内奥の世界への突進をなお一層激しく促すこととなる。この状況下で絵画のフォルムと色彩は、他の何かを表現するための機能としてではなく、それ自体で存在しようとする。つまり、無意味に盲滅法突き進んでいくのである。無意味であればある程、色彩とフォルムは、それ自体の存在を確かにすることが出来るのだ。それで、真の芸術家達が自己の作品を不明確化することに傾ける努力の意味がよく納得出来る。しかし、その様にして不明確化され、無意味化された作品は、一つの自律感情を具え始めて、一層深奥な何かを表現しようとする迫力に満ちてくる。

無意味にすることによって、一段と深い意味を持つ様になるとか、不明確化することによって一段と明確になっていくといった事の意味が判然としてくる。それにしても「生命を失なう者はこれを得――」と言ったキリストの言葉と、これらの真実は何と接近し、相似の関係にあることであろうか。

この様にして、何かを表現することさえ拒否した芸術は、それ故に、文明が期待している大衆の指導、社会の教化、啓蒙といった特権を放棄することとなる。真の宗教もまた、社会に対するそう言った立場を放棄する。放棄することによって一層強力で、しかも真実な意味において、社会を変え、歴史を変え、人間を変える原動力となり得る。かつてキリストが行ったものは、まさにこの種の行為であって、当時、キリストに反対して、民衆教化、社会改善のために励んだのはパリサイ人やサドカイ人達であった。彼等が四辻に立って慈善の施し物をする姿は、恐らく、キリストのうらぶれた姿より、はるかに民衆の眼には神々しく映ったはずである。厳しく真実を追求する余り、キリストは、縄の鞭でもって商人達を神殿から追い払ってしまったではないか。大衆性のない事でも、キリストはまさにその第一人者であった。彼に従えるのは狂える者、危機感に強く突き飛ばされている人々だけであった。時たま、キリストらしくもなく、五千人の人々の飢えを満たしたりすると（それはパリサイ人やサドカイ人達の十八番であったが）人々は熱狂して、「キリストを我らの王にせよ！」と叫んだ。キリストは、全く、そんな事には眉一つ動かさず、さっさと人気のないところに退いてしまった。大衆運動は無力である。

我々が望むべきものは、御祭さわぎではなく、人間の回復であり、創造的生活であり、生命と人生の確認である。そうすることに依って、その人は、一層、社会と人間に密着した存在となる。

開高健が言うまでもなく、文学というものに対して、我々が、半ば本能的に、鋭く臭ぎつけて毛嫌いするもの、つまり告白的なもの、叙情的なものは何も文学のみに限られていない。絵画の世界においても同様なのである。

我々は、そういった一切を全く無視した辺りから立ち上がって一つの創造を確認する。ミラーの文学を告白的なものとして、軽率に読んではならない。ピカソの絵画を叙情的と呼んではならない。それらが結果的に告白的にしろ、表現的であり、叙情的であるにしろ、それは、彼等にとって関知することなく（少くとも創造的な行為の最中には）、また、責任をとるべき筋合いのものではない。それらは、疾駆する蒸気機関車が線路の上に残し去っていく煙なのである。蒸気機関の圧力と火力が高ければ高い程、多くの煙をあたりにまき散らす。彼等は人生を必死に、しかも全力を集中して生きようとする。そういった生き方自体が芸術であり宗教である。しかも、最も理想的であり、真実に溢れたものなのだ。

人生に熱中する態度は、或る場合、しばしば表面的には、その逆の印象を与えるものである。つまり極度の虚無、極度の人間嫌い、いや人生嫌いとして映る。しかしそれは、人生や人間に深く捉えられ、関心を払っている心の逆の表現に過ぎないのである。すべての絵画や文学、そして宗教は、これら両極端の間を力強く振幅して止むことのない意志と感動の振子なのである。

文明は常に普遍化を目指し、宗教や芸術は真実である場合（そう言ったものは極く少なくなってしまったが）、絶えず個性化を目指す。両者は決して相容れることがない。あらゆる面に寛大である両者も、互いに向かい合うと、意外な程の非寛容さと冷酷さを発揮し出す。しかし、この悲劇こそ、また、或る意味から言えば、芸術や宗教のまたとない母胎となっているのである。これは十字架であって、十字架は苦痛と血潮の象徴であるが、同時に復活と救済の確かなしるしでもある。私は今、十字架の苦痛と血の海に溺れながら苦しみ、苦しみながら、限りない安息と自由の中に自我を没入させていく。我々は今、山を見て美しいといった率直な感動と認識をすなおに受け入れなければならない。そして、「それに比べて人間の手に成るビルや都会は何とごみごみしていて下らないものであろう」といった心の内奥印象を決して偽っていてはいけない。文明の姿を誇る心は妄想の所産である。

まさにその通りなのだ。人の意志になる詩よりも、山の様に、大空の様に、風化作用を信じ切って、自からの意志を放棄した（少くともその瞬間に）、人の手に成る切り貼り詩を信じ給え。これは理解しろといったところで無理なことであり、唯、信じて貰わなければどうにもならない存在である。しかし、信じようと信じまいと、それは、その人の自由である。作者は、たしかに、一作ごとに驚く程巨大な人間になってきている。それで万事心配することはないではないか。すべては、実に平和であり、勝利と創造に満ち溢れている。笑いは、常に、顔の前二糎のところで、一つの霞をつくって、私から離れ様とはしない。文字が一句ずつ切りとられていく。あっちからこっちから風化してきて、アラビア糊で貼りつけられていく。岩盤は未だ幼年期であるらしく、風化作用は割と早く行われている。それで、一種の岩盤が崩れていくためにはあと百万年位待てば大丈夫である。極く短かい時間だ。そんなに忍耐することもない。

斯くして、私の切り貼り詩は、自信をもって続けられる。岩盤をたたき続ける雨のしずくの様に繰り返される。結果を求めることなく続けられる。以下は、私の、その様な危機感と創造的生活を熱望する活発な意欲がつくり出した切り貼り詩のいくつかである。読む者が、創造の業の共犯者になり切れる時、これらの詩が異常な発言力を持ち始めることを固く信じて疑わない。私は、これを〝貼り詩〟つまり、コラージュ・ド・ポエム（collage du poéme）と呼び度い。

部族主義
北欧の自然や生活が苛酷であればこそ
詩でも上等で――、
十代の奥さん達を招き、
必要事項をご記入のうえ、切手をはらずにご投函下
さい。
正体は凮なのだ――
現在百八十六、
一斉に台頭するのだ！
五輪の塔は
行分けに書かれただけのもので、
闇に封じこめられ……
なつかしい父親が部屋に入って来る姿。

北原白秋の
★ダイナミックなオーケストラと華やかなピアノ―
～占星術～
北町日和定めなき程……

空粗な感想が
話し合ってもらう。

昨年度の外人利用は従来ある意味でタブーとされて
いた。
お申込みはがきが到着次第、
放射線の生物のための心理が実施される事は
カナリアが啼いている　涼しいこえとそっくり。

どんなつまらないものも
言語の起原の問題の一部である物に比べたら、
各国語とも、
エネルギッシュで、
現代人にとって切実な放射線降下物の問題について
説明し、
バビロニアに興り、
国民の生活向上と the Lord は一つの事を指し
ている。

個々の音の明確な説明と、
デビュー以来二十五年目にあたり……
近代の初頭まで人間を呪縛する一方、
互いに競い合う
物理・天文等の諸科学、
そいつが闇を重くし、つぶやくのはきまって
「Hail, highly favoured one !」
マスプロ教育　among women.
自由で楽しい欲求不満で説明し――
ハーバードの静かさの激しさを、
だれでもが知っていて、
学生数が少なく
絵画に対する基礎的華麗な曲を集め度い。

　魚の生物学
漁船が故障で漂流
ということは稀なことであるが、
大きい室と小さい室、
PHYSICAL CHEMISTRY 3rd ED. 用レコード
である

　〃明治の人〃
トレチャコフ美術館
練習例題には日本語の訳がつけてあります。
アメリカのアンペックス社製分でも横になり寝るようにつとめています。
ブラック、ルオーなどの大家は
完全に真二つに分かれて、
サッとつくってサラサラ
ELIZABETHAN LITERATURE.
テープ・レコーダーを燃やし、
無類な魅力を秘めた
龍飛灯台西五百七十キロ付近の海上、
五月二十六日の放課後――。
山岳、湖沼、高原、渓谷、
撮影に要する光量
　〃しらす茶漬〃
レンブラントなどの北欧画家。

教師がもっと注意しておれば、
色を求める場合は、
ワシントン国立の作品が数多く陳列されている。
発音記号はすべて国際音声学会の発音。

おもだったものだけ聞くことにし、
ハプスブルク家の蒐集品を土台に
新印象派のシニヤック――、
約四百人の魂を抜くように、

すばらしい景観を
そういう異色の人　じっとしています。
EURIPIDES AND HIS AGEが消えた。

最後がドラマティック・ソプラノ、
サッとつくってサラサラと
徹底した集中教育。
大学を卒業後はこれらが有機的に関連します。
定価各二千八百円として隆盛を誇り、

地球上三十三億のヒトがみな違うということは御承
知の通りである。
四十年十二月三十一日まで四十五センチというから
本当です。

ロンドンの芝居批評、
大型タンス二つ分ぐらいの第一回配本、
対話・基本文章
のうちに次第にダレ模様となった。
やがて次第にダレ模様となった。

アメリカの民間――、
こりゃおかしな話で、私の健康の秘密です。
OXFORD ENGLISH REACER'S DICTIONARY
ソプラノ、バリトンを会得して以来。
その大きさのビールを飲みます。
カラーリバーサルでロシア美術の宝庫。
東叡山輪王寺
もく浴してさっぱりと月二枚位。

出来たらそれぞれ長年の習慣で、朝——
遠距離撮影とか近距離撮影、
ひとたび訪れた地に何度も撮影
されていない品名も多い。

eighteeth—century English literature

人工を施さない原始の
大病院に運ばれたが、
共同研究で進められ朝食はひとにぎり。

昼、夜も同じようなもので、
ORGANIC EXPERIMENTS
でも人の心の感動を防ぐことができ、
日光は栃木県の西北部。

発売され、
特殊な人向けの練習は段階順、
能率といっても二十万に関しては、
リスなどの公園である。

ORGANIC SEMICONDUCTORSにとっては〝珍
しい〟ことだ。
観光客を呼ぶという、
程度には差支えないが、
朝がくるのは七時ごろです。
教えるようくふうと心に注意した。
年間五百万人——
万物の霊長の
サケマス・ハエナワ漁船、六晃丸。
Classical Collection

庭に花咲く——、
軽快なデザインの縁なし枠に理論的刺戟、
部屋にいるだけでいらいらする……
右の様な次第です。

これは実在の人物です。
どう反応したか——
昭和二十一年四月六日、

モーツアルト／弦楽セレナーデ　ト長調K五二五
プラスチック、
五名の候補者をあげ、
不信の理由を呟いている。
ロマンチシズムの灯はともったであろう。
都を目ざして峠を越える。
両方をその場で見たのは激しい想いを残して、
驚いたことがあった——、
華やかなオペラ座の楽しさをあなたの婦人へ。

協力を要請した、しかし姿勢を正すよ。
頭の骨腰の骨を
この絶望の田園を
愛する女性へ——。

どんなつまらない詩でも上等で、
最後をかざるにふさわしい名曲で

プラスにならない妙齢の処女は
ベルリン陥落と広島。

God higly exalted him
日本に帰ったが、
最近の観光ブームでどこでも手軽にかけて、
遊びに出かける途中の紳士。

ビニール。
私などが
美術のムードか
空粗な感想が行分けにはむずかしい情勢であった。

味わえます。
見通しのよい国道だが、
詩情豊かに描く
〔特別奉仕品〕

午後六時半、
子供は犠牲になるんだろう？

多くの花の昭和四十一年五月五日。
「人々と共に進む」

人間の運命を蒼ざめている、
瀕死の病人が医者にもかかれずに、
当てもなく悲しく
犯罪もしくは暴力を十五枚。

はかなくも非情な
自宅近くの国道で、
女の顔は
教育的機能の一部である。

ベルリン陥落で、
Stifskirche begraben
裏街を帰って
名月はいよいよ名月として。

原爆にあい、
この派の代表者の一人
家族そろって右目を失明し
私一人かもしれません青年は。

人命もしくは人権　and under the earth
少しばかりの金で
午後七時十分ころ茅ぶきの農家には、
ベルリン。

それらを参考として
書かれただけのもので、
一日の仕事量は
二四六四。

娼婦に売られ収集中である　Jesus
酒に酔っていたため
最高位で当選した。
blood　そして　wisdom

現場は味なき過労に
道を間違え、

休み時間　blessing　という事故が
前方不注意と微笑する。

三二〇では、不十分である
三九〇のアンケートに関する規定、
とにかく告白した
楽しみください。

これは、楽しい女性から――。
見棄てて平和そうな
重傷を負わせる。
金箔を施した第二九六号。

創造への苦悩

我々人間が、創造的になれない理由は明らかである。それぞれの分野で、我々は一つの型を設定し、それは、モラルとなりタブーとなって我々を束縛する様になる。束縛されるものは、我々自身でなくして我々の創造力であり、我々の個我なのであって、そう認識することは、誠意溢れる人にとっては言い知れない打撃となる。

一つの型とは一体何であるか。それは人間の権威好きな性質と虚栄心にうまく取り入って、人間の弱点をしっかりと押えつけてしまうのである。この事実はあらゆる分野の専門家、専従者において明らかな徴候である。宗教家は、どんなに自由な振る舞いをしている様に見せかけても、第一に、話す言葉がぎこちない。自分自身の言葉はどこにもなく、繰り返し繰り返し使い古された言葉を九官鳥の様に吐き出すだけである。あの明るそうな、ゆったりと見える表情は、よくよく凝視するなら、偽りの仮面であって、その数ミクロン下には、非個性、非創造性の悲しみが陰気に漂っている。神という言葉や、慈悲という言葉を使わないと、本格的な、気張った生活が送れない程、自分の中味を失くしてしまっているのだ。裸のままの自分――それは彼等宗教家達にとって、考える事さえ不可能なイメージなのである。彼等にとって、それは、むしろ一つの罪であるとしか映りはしないだろう。

同じ事は芸術家の場合にも言える。宗教家の粧う傾向が、清潔な生活をする人間への方向に向かっていると言えるなら、芸術家のそれは、不潔な生活の中に見出す自己に、人間らしさを感じて満足する態度である、と言っても差支えはない。宗教と芸術の志向するものは、中味はともあれ、外面においては、全く、この様に、両極の端に位置付けられている。

彼等芸術家が、誇ったり安心したり出来る条件が、常に、善よりは悪であり、安息より不安の方であり、強さより弱さの方であって、それは、常に、大通りがあるにもかかわらず、ごみごみした裏街道ばかり歩いている一種の偏執狂に違いない。つまり、宗教も芸術も、もしそれにたずさわる人間の内に、創造性と、確かな自分（自我意識や利己心以上の何かなのだが）がないとするなら、それはまさしく、両極に突っ走る偏執狂に違いはない。

それゆえ、彼等の主張がひどくせばめられた宗教や芸術それぞれの分野でしか意味がないという事実からもよく判る。宗教のための宗教、芸術のための芸術――全く、その様なものは真実の人間にとっては存在価値さえ認め難いごみ屑みたいなものだ。もし、キリストが真実なら、キリスト教という、下らぬ人間どもの小細工と権威主義と伝統主義が、劣等感を基礎として、その上に建設したバベルの塔の中に閉じ込められるはずがない。事実キリストは閉じ込められてはいなかった。キリストに依って〝人間〟を大きく利用し、その価値を発揮出来た人は、キリスト教の中には見出されず、かえってその外側に見出されている。

キリスト教の領域で、救済されたと言われ、信じられてきていることは、キリストの保証に依ってではなく、その中で、柔和な仕方で巧妙に権力を振う、偽予言者どもによってである。クリスチャンは神の保証ではなしに、人間の、漸定的な見せかけの保証に与っているに過ぎない。

神父によって臨終の油を注がれたからといって、本当の人間なら、どうして、それが永遠の保証と信じる事が出来ようか。牧師に依って洗礼を受けたからといって、どうしてそれが、確かな救済の認定書の授与と信じられようか。宗教は、この様な人間の、まじめで責任ある苦悩を一寸も意には介さない。否、意に介さないどころか、かえって其れを不信仰と責め立て、罵しる始末である。宗教は、確かに、人間救済の神を示す、聖にして偉大な奉仕に失敗している。

芸術もまた、本来在るべき〝人間〟との密接な関係を忘れ、遠くこれから離れてしまっている。

芸術は本来、その人自身を豊かにするものではなかったのか。宗教の儀式の中に芸術が組み入れられた時、両者とも堕落の道を相携えて歩むこととなったが、それ以前には、両者とも、個人をうるおし、一つの活性剤としての大きな役割を充分果たしていた。

人間が活気付けられ、創造性が豊かになる事において、間接的にではあるが、人間の集団は、芸術、宗教の恩恵を充分に汲みとることが出来た。宗教と芸術がここまで複雑化し、歪んでしまって原形を留めていないとすれば、我々にとって出来る最も責任のある正しい行為は、これ等とはっきり訣別することであろう。水から上がって来た犬の様に、思い切り体を振って、水気を四方にはじき飛ばすのだ。そして、最も素朴な人間として自分を反省してみなければならない。

人間が、人間としての原形に戻るという事は、現代人にとって、一つの厳しいタブーとなってしまっている。だからよほど勇気がないとなかなか実行には移せない。しかし、あえてしなければならないのだ。そう言った義務観念を固く抱くことが、実は、本格的な宗教性と芸術性の産声だという事が出来よう。エデンの園の、アダムとエバに戻らねばならないのだ。神と対決し、蛇に誘惑される状態にはっきりと自己を引きずり戻していかなければならない。蛇の誘惑の前の人間は、人間の原形である。

現在の状態では、余りにも神と人間と、蛇と人の間に障害が多過ぎる。ビルが立ち並び、ジェットの爆音は激しく、道という道は人工の石で固められてしまい、空には、太陽をくすぶらせる煙がとぐろを巻いている。神は完全に人間の視野から消え去り、蛇もまた、この領域では住む場所を失ってしまった。

神との対決は、純粋な宗教であり、蛇との対決は、本来あるべき芸術の姿なのである。間違ってはならない事は、神に対決する〝人間〟の内側に宗教が在り、蛇に誘惑される〝人間〟の内側に芸術が在るという事実である。神そのものは宗教でなくて〝神〟なのだ。蛇そのものは〝蛇〟であって芸術ではない。宗教も芸術も人間の内側に芽生える一つの状態なのであって、ものではない。したがって、これらは持てるものでも、失ってしまうもの

でもなく、行う状態なのであり、生活する状態なのであ
る。持つという行為には、その過程において、多少の居
眠りや油断が許される。
　つまり、所有物なら鍵をかけておけば、飽きた時には
忘れていても失くすことがない。マンネリ化は、持ち物
において許されるが、行為においては絶対に許されるこ
とがない。行為の過程は行為によってのみ持続される。
つまり行為にはマンネリ化する事を許さない性質がある
のだ。水は、光と熱を出して燃焼しないという明確な事
実と比べられる様な法則なのである。行為の持続の中に
のみ積極的な、状態は生まれる。
　だが現代の宗教や芸術はどうだろう。水が光と熱を発
してめらめらと燃え上る、奇妙な、法則外の現象を見せ
ている。その理由は、いとも簡単に説明がつく。人間の
眼が狂ってきたのでも、頭が変になってきたのでもなく、
確かに燃焼している水、しかも、水中の鉄片が酸化する
といった様なごまかしの燃焼ではなく、光と熱を発しな
がらパチパチと枯木が燃える様に燃えている。あとには
灰さえ残るのだ。その説明は簡単である。
　燃えているという事実から、それは水でないという事
が確かなのだ。マンネリ化し、伝統や教義や権威、理論、
グループに支配されている宗教や芸術は、すでに正真正
銘の宗教や芸術ではないという事が確かなのである。し
かし、そうはっきりと言い切る事は現代人の干涸びた観
念、ないしは条件反射に依れば、大変非常識であるし、
馬鹿気ている事なのである。
　その様な事を言う人は、人間の仲間にさえ入れて貰え
ない存在と断定されるかも知れない。だが、やがていつ
の日か、この事実が常識となる日もやって来よう。それ
迄、口をつぐんで引っ込んでいる程臆病でもなければ敗
北者でもないこの私は、一体幸せなのだろうか不幸せな
のだろうか。
　私は、はっきりと言い度い。宗教は、既成の宗教や過
去の一切の伝統から断絶したアダムとエバと蛇の関係と、
その時予言され、約束されたキリストに直接結び付く人
間の内側にこそ、芽生えがなければならない。宗教は、
前述した様に、一つの行為そのものであるならば、あら
ゆる時代、あらゆる機会にその出発点に戻らなければい
けない。
　カナンの地に入り、安住したイスラエル人達は、間も

なく、師士の時代に飽き足らず、王制になる事を要求した。サウロ、ダビデ、ソロモンと続く諸王の時代は、選民と呼ばれるイスラエル人達に約束された時代とは余りにもかけ離れた不幸な時代であった。キリスト昇天後、百年たったキリスト教は、もはや、十二弟子達の示した生命力を持ち合わせず、教派、教義を争う、みにくい神学論争の時代になってしまった。

それに続くローマ・カトリックとギリシャ・カトリックは、ローマとコンスタンチノーブルにそれぞれ拠点を置いて、東西の勢力を争う、極めて好い加減な人間の集団になってしまった。ルターやウイックリフやフッスやカルバンやチンツェンドルフ等といった小数の者がキリストの前に戻ったが、それも、彼等の死後直ぐに、権威主義と伝統の中に堕ち込んでしまった。

透谷達が悩んだキリスト教、それは、ヨーロッパにおいて、いい加減手垢がつけられ古びてしまっていた代物であって、それゆえに、彼は発狂し、死を選ばなければならず、他の者達は、文学ないしは政界に逃避していかなければならなくなったのである。キリストらしく、アダムやエバらしく存在出来るなら、自殺も発狂も心配することはない。この世の中に在って、ますます自己の内側の宗教はその人を豊かにしていく。宗教の伝統を捨て、宗教の権威を無視し、超論理、超思考的な立場に立つとはこういうことを意味しているのである。

同じ事は芸術の場合にも当てはまり、芸術家等といったものを認めたり、それになり度いと願うほど、その人間の敗北の度合いは大きい。

繰り返して言うが、売文業者で、それでけっこう商売になり、食いつないでいく事に意義を感じ、他の事等に対しては悩まない御目出度い人間は別として、まともに自己を意識出来る人間ならば、芸術家になって社会から認められるということは、牧師にほめられているクリスチャンになる事以上につまらぬ事なのである。諸君、そうは思わないだろうか。

牧師や神父が、一寸も悩まず（立場上、表向きは悩んだ様な表情をしているが）にいられるあの安易さ、生きながらの死に直結している安易さが、一流文学者や芸術家にもありはしまいか。確かにある事を私は、疑わない。現代において、最も安定し、最も妥当に評価されている従って、芸術家達は、実際には敗北者に外ならないのだ。

宗教においても同様である。宗教の温室に、そっと保護されている神父や牧師や僧侶達は、まさしく敗北者なのだ。

芸術的勝利者とは、土百姓として、手あたり次第にものを書きなぐっていったゴーリキイや、人生と社会の間に立って、心から苦しんだゴーゴリ、そして自分の絵画の中にのみ無限の安息を見出せたアンリ・ルソーの様な人々を指して初めて言える事実であって、トルストイや、ユーゴーによって代表される様な人々は、まさに敗北者に価する連中なのである。体に墨を塗りつけている鴉は、そのことで、もはや自分の黒い事に自信を失くした敗北者だと言ったのは老子ではなかったか。平和や愛や義を説いているうちはその人間は、それ等が、自らに内在することに確信のなくなった証拠であって、これは哀れむべきことであり、悲しいことなのだ。

しかし、そういった真実を飽く事なく追求し、創造的生活を連呼しなければ安心がならないだけ、自分自身が真理を持たず、創造性に欠けている事を是認しなければならない。知るという事は、ギリシャの時代からずっと、欠ける事の認識であり、敗北している事の認識であり、生きながら死せる事の認識であって、その認識に立って人間は欲求し、勝負をいどみ、生命への強烈な恋人になれるのである。

豊かな事、生きていること、勝ち誇っている事実なら知らない方がよい。知る事によって、その人の熱意と危機感と、欲望は弱まっていくだろうからである。

この、死に物狂いの時代に、死に物狂いの文章と言葉が氾濫している。しかし、人間は、そう言った氾濫の中で目まいを感じ、激しい頭痛を訴え、発狂していく例を見ない。発狂するのは、ほとんどの場合、この様な真理の問題に関わることなしに、社会的な問題の混乱によってである。

こうした言葉や意見の氾濫によって人間が発狂しない理由は明瞭である。人間は耳元で叫ばれた言葉や、二十糎はなれた頁の上に印刷されている文字を無視出来る位に、孤独であるからだ。叫びは、天空の彼方の小さな惑星の爆発位にしか感じず、文字は、星座の位置程度の意味しか持ち合わせていない。そうした孤独は、我々にとって、一つの悲劇であって、真理とか、現実とかいったものを目の前にぶら下げられても全く関心がなく、受け止め様とはしないのだ。やはり、星座の位置以上の説得力は感受出来ない。自己をも含めて、真理とか現実を納得し、感受する為に、我々は極度に緊張した生命体に戻らなければならない。無機物は、生命という全体の一断片に過ぎず、常に受動の立場から離れることは出来ない。人間は、生命を表現する何かの断片であってはならない。人間は生命そのものなのであって、典型的な総合の完成なのだ。

人間は、それ自体ですべてがバランスのとれた存在であって、これは、宇宙としか呼び様のないものだ。

生命の稀薄さは、人間生活において、自壊作用としてあらわれ、厳しい眼には、それは一種の犯罪としか映り様のないものである。厳しい眼――それは、とりも直さず、神の眼であり、見者の眼の事である。

常に人間は、手に青写真を抱えている。それには、実に精巧にして工夫に富んだ設計図が記されている。それは芸術についても宗教についても哲学についても、その他一切のものについても言えることである。青写真は、余りにも精巧過ぎて、各自のそれは、照合する時、完全に一致するという事がないので議論は百出し、党派は一層活気を帯びて〝人間〟を吸収する。人間は単なる駒となる。それを自由自在に動かすのはもはや人間でも神でもなく、青写真の中の怪物なのだ。人間の中の心ある者達は、あわてて、人間喪失からの脱出に夢中になり始めた。人間の作り得る青写真に先行する〝人間〟の存在に開眼しなければならなくなったのだ。青写真の中にへばりついている文明。

彼等、実存主義の旗の下に集まった人々は全く青写真がナンセンスであった事に気付いたのだ。主張し、信じ、迷い、行動する前に、それらの企てには全く関係なく、すでに〝人間〟は実在したのだ。存在理由は、人智を超えたところに冷たく立っていて、これっぽっちの寛容さも示そうとはしない。そこで人間は、極度の敗北感に襲われる。さて何処に行こうかと意志して周囲を見まわしたら、既に自分は一枚の切符を持たせられて、一定の終着駅に向かう夜行列車に乗っていたというわけだ。

そこで、何とも形容し難いみじめな念いを、努めて隠そうとしながら「私は心から、この汽車で」と言ってから、そっと辺りに気を配って切符に書いてある駅名を読む。何という敗北だ！

　実存主義者とは、決して、我々に何かを示す積極的な企てではない。この敗北を認めるのに、最も素直な人々であっただけの話である。しかし更に進んで、この敗北に直面して、何らかの自己弁護をしようと企てる様になると、実存主義も一種のロマンチシズムに他ならず、まじめで、危機感に追い飛ばされている人々には、その甘さが耐えられなくなるのである。

　この敗北から脱出する為に、人間は、本来の自分が企てる、自己の生命と直結する何かを行う。つまり、創造的な人間になる為に、この辺りで、どうしても実存主義から訣別しなければならない。

　汽車から飛び下りなければならない。自分が思いつき、意志し、企てる前に行われ、成されていた一切を否定するのだ。歴史、伝統からの断絶、モラル、法律の棄却が必要なのである。

　一たん死ねない人は、全く新しい自分の何かには決して甦ることが出来はしない。しかし私は、前に何度か、人間は、すべて、子宮内の薄暗い羊水の中の出生直前の状態から一歩も進歩することのない、出生後の期待と予想の凝り固まってしまった誕生前の半人間であり、いや、マイナスの人間として生きている錯覚に陥っていると書いた。そうなら、人間は、その錯覚、幻覚こそ、いわゆる実存と呼ばれているところの状態なのだ。人間は死ななくてもよい。生まれていない者が死ねる道理がないのだ。唯、この幻覚から覚めさえすればよいのだ。この幻惑から解放されさえすれば、それで万事がうまく行く。

　手にしている切符も、汽車も、一切が幻覚なのだ。しかし、これを幻覚と断じ、それから覚めようと意志出来る人間は非常に限られている。

　物を分別する心は、一寸も幻覚から解放されることはないし、善悪や愛憎を云々する心は、決して、幻惑を幻惑として断罪する勇気を持ってはいないのだ。

　ヤコブ・ベーメが、「精神的な自己克己者でないとしたなら、私の書いたものに近寄ってはならない。余計な事は考えずに、毎日のありきたりの事に精を出せ」と言っているのも、この辺の事を指摘しているに過ぎない。

　そして、今の生活を幻覚だと悟る為には、先ず、コリン・ウイルソンの言う次の様な悟性的体験が強烈になされなければならない。

　「本物の人間とは、平均的人間がすべて癩病患者であって、つまり、精神的、道徳的に癩病に苦しんでいる者達であるという事を認めて、恐怖に襲われた人間に他ならない。」

汽車に気付き、これを致命傷と認め、切符を見て、再起不能の病いであると信じられる人間は幸いである。そして、ミラーが

「其処は、生命の暖かな息一つさえ、密輸入しなければならない世界であって、一ヤードの空間も、一オンスの自由すら手に入れる為に、鳩の心臓位の大きさの宝石がなくてはならない世界なのである。」

と言う時、明らかに汽車と切符を、幻惑と見破った者の心情が躍如としている。人間は、この幻惑の中で、生きているという錯覚を抱きながら存在する時、無数に先端が生え揃った音叉に他ならない。

一つの先端に震動が与えられると、音波は、他の先端から別の先端に伝わり、決して止むことがない。音は常に一色であり、活動はすべて同一のものなのだ。そこには、創造や、個人と呼ばれる様なものは何一つありはしない。

宗教人は、おうむの様に、宗教人の言いそうな言葉を飽きずにしゃべり続け、芸術家達は、彼等のせせこましい世界でのみ通用する何かをしきりと議論し合う。それで、宗教も芸術も、社会的な存在に堕落し、本来在るべきはずの、精神的存在ではなくなってしまっている。人間は何としてでも、行きがかりの〝実在〟から訣別しなければならない。それ迄〝人間〟の内側であげている悲鳴は、決して止む事がないだろう。

不可能への旅立ち

複数で物が存在する時、つまり同類が存在する時、比較が生まれ、相対的価値が生まれてくる。比較といい、相対的価値の判断といい、それらは他者の認識であり、連帯責任と連帯生活、協同行為の是認に他ならない。

しかし、絶対的単数形の存在とは、すべてのものに、その窮極において、是認されねばならない実存なのであるが、それは、認めるには余りにも厳し過ぎ、余りにも孤独過ぎる。余りにも厳し過ぎるとか孤独過ぎると言うだけ、我々の存在の価値は、比較と相対的な判断の行為の中にほとんどその姿を（その個性と一諸に）見失って

しまっているのに違いない。科学というものが、物事の分析に依って何かを捕捉しようと熱中しているなら、それは確かに〝存在〟を比較と相対性の中から剥ぎ取り、むしり取って、同類から分離し、独立したものとして凝視しようとするけなげな行為という事が出来る。

哲学、芸術、宗教といったものが、その反面、総合性の中に生命と調和を追い求めているとするなら、これは、比較、相対性の中で、性質や特性をあいまいにされてしまった〝存在〟を、純粋な元の位置にまで引き戻そうとする、悲しみと怒りに満ちた行為なのである。そうなると、文明とは、確かに、あらゆるものの存在（それには人間の存在自体も入るのである）に対する不信の結果、人間が苦悩と不安の中で考え出し続けてきた、高等で多岐に亘る言い訳に過ぎないのだ。しかし、言い訳、自己弁明には、常に、敗北につながる不安感がつきまとっていて離れない。この種の言い訳を止める様になる迄、人間は、決して敗北の可能性から脱出することは出来ない。

文明にしがみつき、これを継承して、何とかそれを進展させ様と必死になっている限り、人間が敗北していることは間違いがない様だ。大空が言い訳せず、動物達が文明を造り出さないでいる状態――あれはまさしく、どの様な敗北感とも結び付き難い、一つの安定性を示している。とにかく人間の世界は、人間にとってその人間が純粋であればある程、みにくく、憎悪の対象としかならないものなのだ。

人々は、それぞれの生活形式の中に閉じこもりながら、あたかも、解放的で、周囲と交流しているかの様な見せかけの生活を続け、その内側では、その人間の〝本物〟が、生真面目に、孤独になっていこうと試みている。同類の中でごまかされてしまっている自分を、何とかして、一個の存在としての立場を取り戻そうと必死になる。一個の人間としての立場を取り戻すという事は、何かを企てる為の第一歩、ないしは序曲ではない。それこそ、人間のすべてが賭けられてよい、崇高な、始めにして終りの闘いなのである。

人間が、比較せず、相対的な価値を無視して〝我は在る〟という事に確信が抱けるなら、人間はそれで一つの神秘となり、権威を有するものとなる。その様な人間の一切の言動は、すべて、創造以外の何ものでもない。

文明以外の何か、更に確かなものに規制された心が今しきりと、この様な創造的にして、神秘で、権威に満ちた領域への脱出を熱烈に志向している。

文明とは、敗北感に満たされている人間の合理的な言い訳であると言ったが、中には言い訳ではない活動もある。フランスに起こったヌヴォーロマンの小説家達にそれと思われるふしが多面に見られる。つまり、彼等は戦後政治の欺瞞に大げさな偽りと、形式化から一歩も脱け切れない言葉の化石化を感じとり、既成の文学に、反抗こそしないまでも、それに対して満足出来なかったことは事実である。ヌヴォーロマンの侍達は、そうした不満を感受した時、大胆に、賢明に、それに対応する態度に出た。

それはフランス人達にのみ与えられた歴史であると彼等が言う時、我々フランス人でない者には、自己弁明をするのに最適の材料を提供してくれた事になる。そして我々は、情けなくも、抜け目なく、何らかの巧妙な方法で、ぬくぬくと欺瞞に満された国状の中に安眠しようとする。

しかし、日本やアメリカ、ドイツの国状がフランスのそれと一寸でも違うというのであろうか。フランスの政治や、マスコミに使い古されてしまった言葉の被害が、日本の場合は当てはまらないというのであろうか。文学の歴史は、何事もなかったかの様に造られつつある。その実、文学は、史上未だかつて起こったこともない様な危機にさらされているのだ。いや、文学と言ったら誤りかも知れない。文学を通して表出される〝人間〟そのものが危機に直面しているのである。フランスの作家達は、これを文学の危機、言葉の機能上の危機として実感することが出来た。

あらゆる種類の文化の発展は、マスコミュニケーションを極度に発達させ、複雑化させてしまった。電話は大陸と大陸につながり、テレビの画像は人工衛星を介して大陸から大陸に電送可能とされてきている。地球の裏側で起こった夕べの事件は今朝の新聞に写真入りで載り、拡声器は、一度に、数万の人々にメッセージを伝えることを可能とした。しかし、その様なマスコミュニケーションの方法は別として、それらのチャンネルを通して伝達される言葉の方はと考えれば、実に頼りなくなってきている。言葉は、かつて、人と人とが、素朴に五十糎の間隔を置いて語り合った頃の原義を全く失ってしまっている。現代人の百万の言葉は、原義の持つ一言に匹敵しなくなっている。一カ月かかって伝達された昔の言葉の意味の方が、一時間で伝達されるラジオの言葉よりはるかに重大な何かを与え得た。

放射能が空気を汚染しているこの悲惨な事実に対して、泣く者が多く居る。言葉が、軽薄な一般概念に汚染されてしまっていて、極度に発達したマスコミュニケーションの中で、伝達出来ない不満をかこち、人々は日毎に孤独に陥っている。我々はペンを取りながら、原稿を狂気の様に汚し続けながら、なお、何も伝達出来るものを書いてはいないという不安に絶えず苦しめられている。

宗教人達は、それぞれの、すべてを完備した特等席にも例えられるべき教団の組織の中で、エネルギッシュに何かをわめき立て叫び続けているが、言っている事は門外漢にとっては全く沈黙に等しいのだ。その宗教団体の中だけで使われる用語を繰り返しおうむの様にしゃべり続けるだけであって、そうした用語は、すっかり、本来の生命を抜き取られてしまっているのだ。

思想やイデオロギーの組織する牙城の中でもまた然り。彼等の口にする言葉は全く死語であって、その度合いはラテン語の程度よりも甚だしい。通りの看板やネオンサインの中に見られる、窮屈そうにはめ込まれた文字、文字、文字……。あれらは、一体何を訴えているのだろうか。言葉を失いつつ、孤独になっていく人間どもに対する葬送曲が、微風の様に胸の下を吹き抜けていく。

言葉の死は、結局、人間の死の結果である。今まで、まともに生きていると思っていた人々は、こ処で驚きあわてなければならない。自分が、生まれ出ていないか、死に失せてしまっているということ――、とにかく、今、生きていないということは確かだという事に絶望感を抱かなくてはならない。それでもなお何処かに、ヌヴォーロマンの甘さが感じとれるというのは、つまり、言葉の死に対して抱いた危機感であったとしても、それに直結する更に根元的な〝人間の死〟につながったものではないからであろう。文学のための文学とか、詩のための詩、宗教のための宗教等といった甘っちょろいものはこの際、忘れなければ、本格的な〝人間〟の苦闘と苦悩に対決することは出来ない。

もし、この様な表現が許されるとしたら、言葉は、人間にとって、一つのれっきとした偶像であった。人間が動物から訣別し、思考し、惑い、悩み始めるために、言葉は不可欠の存在であった。旧約聖書の中で、ミカの母親は、銀を鋳つぶして、彼に一つの偶像を造ってやった。これが、ミカが親から受け継いだものであった。我々は幾世代にもわたって言葉を受け継いで来た。怒りも嘆きも、つぶやきも、野心も殺意も、色情も、一切がこの偶像の前で体験されてきた。それがペンとインクに依って、紙に書かれたものではないとしても、言葉は人間から忘れられることがなかった。

だが、ミカは、強盗達にその偶像を奪われてしまった。今、所有していると思っている言葉は、原義とは程遠い、おうむがまる覚えした意味のない番号に過ぎない。選挙人名簿に並んだ名前の列、電話番号、信号の乱数表、未だ解読されていない古代文字の刻まれている岩壁と全く変わるところがない。確かに言葉は、宗教や思想の伝統と権威の下で、本来の意義を歪曲させられてしまった。言葉を本来の位置に戻す為に、我々は、今、コリン・ウイルソンの言うアウトサイダーにならなければならない。一切の権威と歴史と伝統と、通念と組織の中から離脱した存在とならなければならない。文学にたずさわる者の主張が何であれ、彼等が、もし真実に苦悩するなら、それは確かに、言葉の中の、失われた機能に対してであることは間違いない。人間は、文学にたずさわる者でなくとも、例えば、手紙を書き、スピーチをする時などに、言葉の中で失われてしまっているものに対して、一種のマイナスの蒼白な怒りと絶望を抱くのである。

人間は、書くあとから意地悪く消えていき、硬直していく、いわば水の様な、セメダインの様な言葉で、必死になって日記をつけ、家計簿をつけ、ラブレターを書き続ける。決して他者に対して伝達出来ない何かを、胸一杯に大きく抱きながら、乾き切った涙を流してものを書き続ける。

彼の声帯はスモッグに痛めつけられ、しわがれ声になっているが、決して言葉を吐く努力を止めようとはしない。あとからあとから消えていくアルコールの様な稀薄な何かを無意味に吐き続ける。人々は、式場とか会場で、理由の確かでない刑罰を受けなければならない。いとも真面目な表情をしてスピーチや講演を聴き、じっと激痛に耐えなければならない。本来、言葉は、信頼と確信を増すものであった。しかし今では、不信と憎悪と軽蔑と冷笑を増す以外の効用を為さないものになり下ってしまっている。言葉の失効の歴史がここにある。

嘘を言わないという嘘や、〝必死である〟という怠惰もあるのだ。年賀状に書かれる文字の一群――一体、あれは何を意味しているのであろう。クリスマスカードに書かれるあの数行の横文字――あれはまさに言葉の葬送を正直に告白している。言葉に対する不信を抱いたのはフランス人だけであるとフランス人自身が言う時、「その通りです」等とうそぶいて、澄ましていられる鉄面皮の奴は何処の何奴だ！

世界中のすべての人間が絶望するに足るだけ、充分に、言葉という言葉は歪曲されてしまっているのだ。文壇も、小説家も、詩人達も、今こそこれに目覚めなければならず、そうなるまで、彼等は、いたずらに妙ちくりんな権威の座に在って猿芝居を続けなければならない。

言葉が万人にとって共通の事しか表わし、主張し得なくなった時、言葉に依る人間の悲劇が始まった、文明という、かなり巨大な牢獄の中で、人間は逃げ場、避難の場を失って、虐待に耐え続けなければならない。

日常生活の中で、「あなたに分かって貰えそうもないわ」、とか、「どうせ俺の事を理解出来る奴なんか居やしないのだ！」と人々がそれぞれの年令で、それぞれの現況を持て余しながらつぶやく時、それは明らかに言葉の効力が失われている事に対する絶望感であって、決して、その人間の置かれている状況が特殊であるからではない。しかし、人々は、そう意識しようとはせず、ただいたずらに、自分の直面している問題を特別のものなのだとしてしまい度い衝動にかられる。事実、言葉が文字に転化され、文法の中において形式化、公式化される以前に具えていたコミュニカブルパワー（伝達能力）は、現代人の生活から消滅してしまっている。親と子の間において、夫と妻の間において、知識人と無学な者の間において、賢い人間と愚人の間において、神と人間の間において、自然と人間の間において、専門家と素人の間において、教師と生徒の間において意志と心情の伝達の可能性は全く絶望的になってきている。そこで人々には、伝達の不可能な事実を、悲しい事に、あたかも、天文学者が遠方の巨大な恒星の爆発を、氷の様に冷静に、タバコの灰一かけら、磨き上げた床の上に落とさずに観察出来る様に受け止める習性がついてしまった。伝達の不可能を嘆くのは、愚かな行為とされてしまっているのである。

だがその愚行を敢えて公衆にさらけ出しているのが、極く一部の宗教人や芸術家達である。果たして、これらの人々は宗教人や芸術家と言えるかどうか分からない。というのは大抵こう言った人々は、死に絶えている宗教団体や芸術グループから追放されたり、自ら離脱しているからである。彼ら真実の宗教人や芸術家達は、いわゆる社会の片隅に御行儀よく座っている宗教や芸術とは全く無関係なのだ。

しかし彼等は、本当の意味では、社会と最も密接につながっているのである。言葉の伝達機能の喪失を悲しみ嘆くのは、つまるところ、他者との関係をも含めた自己に責任を持つからではないのか。多くの人間は、人と肩を突き合わせ、背中を付き合わせている様な生活をしていても、全然、他者との関係における自分には責任を持とうとはしない。この場合、他者との関係においてと言ったが、これは、決して、人間の存在理由や意義を、他者ないしは社会全体に結びつけて相対的に計ったり、記したりしようとしているのではない。

人間は真実、それ自体で〝在る〟存在であって何ら比較対照をする必要はないものである。しかし、それ自体で〝在る〟ものである人間は、その唯一にして決定的な証拠である創造的な気配を、生活の中で示さなければならない。他者への伝達、それは、とりも直さず、最も初歩的な創造の業の一面なのである。

比較対照して、相対的に価値づけられる前に、既に何らかの価値があるものや、その様にして初めて存在する前に、既に存在するものは、それ自体一つの生命であり、生命の根源であるべきなのだ。もし、人間が、それ自体で〝存在〟し、それ自体で〝価値あるもの〟ならば、生命の根源でなければならず、また生命の根源であるなら、人間の周囲のあらゆるものに向かって生命を賦与してやまない存在と価値があるべきではないのか。太陽ですら、それ自体では存在し得ない天体の一つである。しかし、人間は確かに万物を活かせる何かを具えている。これを、創世紀はいみじくも「〝神〟の像《かたち》ににせて造られた人間」と表現している。言葉の伝達不可能な現状を知る時、動物や植物ならいざ知らず、人間は極度の苦痛の中に沈んでいかなければならない。万物に生命を賦与出来る存在が、意志や心情の伝達が出来ないという苦痛に苦悩するのだ。伝達が防げられる時、前述した様に、創造の初歩的行為が拒否されることを意味するのである。単なる組織や伝統の崩壊なら、何も悩む必要のない人間なのだが、皮肉なことに、人間はそっちの方の為には必要以上の苦悩をかこっている。そして、人間の〝存在〟の為に致命的な、伝達不可能というこの状況については、一寸も悩む事がないのだ。

そういう意味では、人間の病状は非常に悪化している。文明の処方箋には、暗号めいた文字でひそかに、出来る限り死期を遅らせる様にと絶望的な暗示が為されているだけである。

一蓮托生は、現代文明の社会的人間にとって、それぞれ人生の何処かで思い当たるふしのある合い言葉になってしまった。文明社会もろとも、人間は何かに向かって進んでいる。誰一人として、これだと説明することの出来ない何かに向かって、一日一日と距離を縮めていく。

だが、中には、そうした危機の中で、一蓮托生をきっぱりと拒否する手合いも居ないわけではない。この一蓮托生を拒否する態度は、社会にとって憎悪の対象となる。再びこ処で、コリン・ウイルソンの言うアウトサイダーを連想しない訳にはいかない。それ故に、一蓮托生を拒否することは、自己に内在する創造性と独創性の確認であり、その為に要する勇気は、壮大さをはるかに超え、尊敬に値するものである。狂える宗教人、神秘的な哲学者、傲慢な、伝統の破壊者等のたどった、栄光に満ちた殉教の道は、まさに、現代文明に抱かれている一蓮托生の危機から離脱した、創造的な、しかも、本来の人間の道であったのだ。

だが現代においては、洗者ヨハネの様な奇異な人物も、パウロの様な狂える人物も、イザヤの様な熱血漢もあらわれてはこないだろう。その代わり、フランスに起こったヌヴォーロマン運動の様な形式において、危機発見の警鐘が打ち鳴らされるのである。宗教や芸術も、今となっては、社会との一蓮托生の契約をしっかり結んでしまっていて、もはや悩みなどありはしない。一切を諦めて、社会との比較対照の中に、束の間の希望を抱くべく汲汲として群がる。

ヌヴォーロマン運動に参加したのは、サロートやロベール・パンジュ等といった、作風や年代の種々雑多な芸術家達であった。丁度、四十人以上もの、社会的地位や教養や時代の異った人々の手に成った一冊の聖書が、彼等に内在する神の意志によって統一されていたのと同様に、ヌヴォーロマン運動が、伝統的な小説概念の一切に対して全面的な反対（果たして全面的な反対であるかどうかは疑わしい。それは、サルトルが定義付けた程、アンチロマン的ではなく、ロブ＝グリエの、言わば修正案的なマニフェストに示されている主張を検討する余地はある）や、小説復興といった背後の動機によって統一されている。

アイルランドで生まれて、最初は英語で小説を書いた事もあるサムエル・ベケットは、ピエール・クロソウスキーやジャン・ルヴェルジイと並んで、批評家、モーリス・ナドーのノートには、小説の一般理念を超越してしまった小説家として名を連ねている。

ベケットは、作品を作ろうとか、名作を世に問おうとする様な、私流に言えば、いわゆる一蓮托生の合言葉の中で安住している人々の態度を、はっきり偽善と断定する。それは平穏無事に生活を送っている人間に向かって、神が、罪と悩みの多い者よ、と呼びかける、あの尊大さと権威に満ちた何かを我々に連想させずにはおかない。

ベケットは言葉に絶望し、すべての言葉は同等の価値しか持ち合わせておらず、従って、名もない毛虫の幼虫にまで自分を引き下ろして、混乱し、交錯し、人間の鼓膜に達することのない腹鳴りの様な音を、ババババババ……と無限に繰り返す他はないという結論に達する。どんなに内容のある演説でも、名文でも、所詮、ババババ以上のことは意味しないという事を絶望気味にベケットは感じる。"nothing is more real than nothing"というデモクリトスの言葉をこよなく愛している彼でもある。無こそ、彼にとって唯一の真実なのか？

ベケットにとって、文学作品は既に埋葬されてしまっていて、墓標さえ、風雨に当たって色あせてしまっている。生命の根元的なレアリテが彼の最初にして最後の目標となり、言葉による伝達は、自分と他者が一体化し、自分の言葉と他者の言葉が絡み合い、共鳴して、一つのリアルな存在となる。彼において読者と作者は、一つの振幅作用の両極であり、同一作用の中に生じる、作用と反作用でしかないのである。神の、人間と大衆の間で行われる風化作用以上に、犯し難い必然性に裏打ちされた行為である。

ジャン・ルヴェルジイーにおいて、文学的な行為（書くこと）は極度の絶望から出発する。そして、もう一つ、彼は、文学を、つぶやきを言葉に変える行為だと、過少評価気味に解釈する。そう言う彼は、多くの真実な作家達がそうであった様に、自分の書いたものを、自分に向かって、心から満足して献呈することが出来なかった。

『白鳥の湖』を作曲したチャイコフスキーは、他の作曲家の手に成った音楽を聴いて、うなだれつつ「私のものは、それにひきかえ、まるでごみ屑みたいな作品だ」とつぶやいた。しかし、その様なつぶやきは、同時に他の面において、アンリ・ルソーが自分の絵画に示した様な、激しいナルシシズムを抱いていることも決して否定してしまう訳にはいかない。

ルヴェルジイーにとって、表情や身振りや、服装から人々を判断することは容易に出来ることであったにせよ、人々の言葉を理解することには極度の困難を感じた。人人が何かを言う時は、言葉のはるか背後の何処か――つまりそこは、その人間の心の領域であって、れっきとした、この宇宙に優るとも劣らない広がりを持つもう一個の宇宙なのであるが、そこで意味しようとする何かを幾かけらかの干涸びた言葉から理解しようと企てることは、明らかな愚行であると判断する。彼は、同じ悲しみと絶望を、自分の側から言葉を媒体として伝達しようとする文学的行為の中に感じないわけにはいかなかった。

書く毎に、彼は、自分の意志や、感じたものを記しているのではなく〝彼の生活〟という全く異った文法と発音と単語を持つ言語から、日々、社会で用いられている、いわば、ベケット流のバババババといった不徹底な言語翻訳、いや、ごく大ざっぱな翻案をやっているに過ぎないことを意識する。そこで、必然的に、ルヴェルジイーは一つの結論にはまり込んでいく。つまり、自分のために、自分に見守られながら自分が書くという意識の中にはまり込んでいくのである。これを〝私の世界観〟と彼は言う。言葉でもって、自己の生活する領域に起こった出来事の一つ一つを記述していく時、どうひいき目に判断しても、やはり、言葉は、殺人以下の行為をしてはいないのだと判る。従って、ルヴェルジイーは、天才等といったものを全く信じ切ることが出来ないのだ。彼は、才能などといったいやらしいものを心から憎む。

作中の人物は、作者のペンから原稿用紙の上に置き去りにされると、途端に、作者の生命からは分離してしまう。そして創造的な読者に出遭えば、再び、今度は、創造者の生命に結合して、一つの生活を始める。時代とともに、時代の生命に合致して復活する作中人物は、作家によって、まず最初に殺されねばならない。

死んでしまった者こそ、生きようと願う欲望が異常に激しいものとなってくるのである。

そして、更に、モーリス・ブランショは、言葉の持っている殺意と、その可能性を正確に嗅ぎ当てる。一つの確かに存在したものに特定の名前を付ける時、名前は、俄然、一つの存在となって人間の中に生き始めるが、名付けられた存在は抹殺されてしまうのである。ヘーゲルが、「旧約聖書の中で、神はアダムに対して、それぞれの動物に対して名を与える特権を授けた時、同時にアダムは一切の動物の現実的な存在としての立場を消してしまった」と書いていることをナドーは引用しているが、ブランショにとって、文学は、そのペンとインクと原稿用紙とタイプライター、メモ帳等の一切を含めて、強烈な屍臭を白々と発散させている。一言書く毎に、書かれたものは確実にその存在を否定されていくのだ。「私が〝この女〟ということが出来る為には、何らかの方法で、この女から、骨や肉を具えている現実を奪い取り、結局、この女を現実には存在しないものとなるまで抹殺しなければならない」と彼が書く時、確かに、言葉は、破壊と謀殺以外の何も意味しない事に気付く。そうした、死を呼び起こす言葉とたわむれなければならない文学的な態度は、ブランショにとって、一つの苦業であり難業なのである。そして、この様な苦業の結果は、バタイユやエチアンブル、そして、ブランショの様な作家を、自己の内部の深奥な世界に追い詰めることとなる。

それはもはや、読者がうかつに近づく事の出来ない厳しい世界であり、ニーチェや、ベーメがかつて「私の作品は心して読まねば、かえって困ったことになる」という様な警告を発したのと相通じ、必死になって、読者に、共犯者になる事を切望する。作者と読者が、しかも一対一で、魂の中の、四つの腕を組み合わせなければ、決してこじ開けることの出来ない禁断の扉を開けることを強要する。そして、それは、いざ実行してみれば、読者が思っていた程厳しい領域ではないのだ。

セリーヌが書いている様に、目を閉じさえすればそれでよい。それでもう彼方に着いてしまうのである。従って、ブランショは作品の価値を云々する批評家達の一切の企てを拒否する。文学作品はもはや、価値の問題ではなくなってしまっているのだ。書く態度と、読む態度が必死である時、一体どの様な次元に両者がたち至れるかということが問題なのである。

そして結論として、彼は、小説には、プロット等はあってもなくても全く問題にならない時代の間近にやってくることを予言する。テレビや映画が観賞者達に与えることの出来ない何かを、小説は豊かに提供するのだと主張する。それは丁度、写真が与えられないものを、絵画が豊かに提供していることとほとんど平行に考えてさしつかえない。故に、手垢のついた地図の上に記されている海域に、平穏無事に、計画通りに漂流している人々にとっては、どう見ても、ブランショは疑問符のついた作家でしかないのである。彼等のビー玉の様な目から疑問符が除かれる時、世の中は、もう少しは気の利いた所となるに違いない。

ジョルジュ・バタイユは更に、文学を厳しい目で凝視する。つまり文学は単なる囮に過ぎないと言うのだ。はるかに重大な何かの達成、ないしは進展の為に、要するに囮なのだと言い切る。ヌヴォーロマンが、文学の為の文学にあくせくしている時、それに外接しているバタイユは、いくらかでも、ヌヴォーロマンが打ち破れずにいた限界を超えた観がある。

セリーヌやD・H・ローレンス、そしてH・ミラー等が、現代に生きる人間の不安や焦燥を生のまま反映させるか、または、行間、句間、語間に息衝かせる目的で、バタイユの様に、文学を単なる手段、または囮の様にしか見立てなかったが、それに対しヌヴォーロマンは、人間の認識態度に関わる苦悩の結果誕生したものであり、ミラー等のそれは、徹頭徹尾コリン・ウイルソンの言う、アウトサイダー特有の主体性を踏まえたところに発生をみた。

とにかくバタイユは、荒々しいばかりの態度でもって、既成の一切の文学的モラルの破壊作業に従う。彼にとって文学は文学の地位を失い、宇宙に対決する求道者の自己確認の一手段であり、表現の一方法に過ぎなくなってしまっている。彼は、苦業に身を甘んじる行者のそれの様に、必死になって虚無の出口に達しようと試みる。今、自分の必死にやっていることが、ほとんど何の意味もないと知りつつ、なお、人一倍精励する彼の姿に、我々は一種の求道者の理想像を実感する。

多くの虚無主義者の生き方は、しばしば自分の人生や真理に対して熱意を燃やし切れず、徹底出来ない故の単なる言い訳に過ぎないのであるが、バタイユの場合には、ベケットと同様に、本格的なニヒリズムを窮うことが出来る。ニヒリストとは、常に真実な虚無思想に満たされている場合に、最も精力的な生活の足跡を示すものである。

彼は、書くという態度について熟考する。そして、この態度は、どの様な人間の場合でも、虚無の領域に至るプロセスにおいて、必要に応じて我々のとらねばならない行為が何であるかをわきまえるための手段に他ならないのだと結論付ける。『新限界』のマニフェストの一節に、「文学作品は、神が人間を導いた痕跡である」とうたったが、バタイユは、文学作品は虚無にまで行き着く人間の行為の残り滓であると説く。痕跡と残り滓との差は一体どれ位のものであろうか。ミラー等は、ベートーヴェンの作曲を、あれは、彼の実生活の脱殻《ぬけがら》だと決めつけているが、関連付けて考えてみると面白い。更にバタイユは、書くことは、未知のものに向かう人間の軌跡に過ぎず、戦いの跡だと言う。痕跡と、軌跡と、戦いの跡、と言った三つの言葉の意味するものの差は果してどれ位であろうか。

信じようと信じまいと、好むと好まざるには全く関係なく、人間は誰でも、未知に向かって生活する様に生まれて来ている。人生とは横の広がり、つまり、間口ではない。従って、地図の上に記されている様な道標も何もありはしない。眼の前にずーっと一直線に突き進んでいく道なのだ。背後にも同じ直線的な、見えない道が続いていて、これは過去なのである。人間は、現在という、自己を任せておく現実ないしは実存の中で、耐えず、理由の判らない不満に満たされる。そして、未来ないしは過去に逃れて行こうとする。事実人間の存在を規定する重要な部分は過去か未来の領域に飛んでしまっていて、実存と思っていたものは、脱殻に等しい空虚な自己なのである。これは自己と言っても、何ともおそまつな自己であって、熱烈な欲望も、願望も何も彼も欠如した、屍体に等しいものなのである。

恐らく、バタイユの文学とは、そうした重大なものの欠如した自分の存在を、まともなものに回復する為に企てられた、何らかの行為の達成の為の囮、ないしは手段に過ぎないのだ。あたかも、金銭を目的とした人生の行為が、軽蔑と悲惨に値するのと同様に、文学のための文学に従い、熱中する人々の行為もまた悲惨なのだ。金銭等を人生の有効な一手段とする時、人間はまともになれるが、文学をも、囮にしない限り、数多くある中の一つの方便にしなければ、人間はまともな人生の生活者になれないのである。

男女の間には、例えそれが親子であれ、兄弟姉妹であれ、師弟であれ、そう言った関係はともかく、白熱した性欲が何らかの形で放射し合い、引き合っている。そして、それは万物についても言えることなのだ。すべての存在には、性欲と同等の何かが具わっていて、相互に引き合っている。そうした相互の動作こそ唯一の、存在理由の確かな証に他ならない。そして、もし、相互間に交わされる何かに挫折があるなら、両者は忽ち生気を失っていく。

人間の間において、言葉が、一般化してしまい、共通の意味を除いては何ら特殊な意味を持ち合わせなくなった時、人間は生気を失い始めた。フランスの芸術家達は、そうした現象を実証的に知った余り、伝達のための伝達、文芸のための文芸に身を任せていった。むしろ、そういった見方からすれば、人生の危機を全体として把握して、これに恐怖する超論理的な人間の方が幸せであるというべきであろう。

論理的に物事を知っていく方法は、平均的な人間の中で、特に物事に徹する人に依って用いられるが、全体を把握して、物事をその根源的状態において看通す人間は、異常な精神力と、自己の主体化に徹底した者でなければならない。論理的な人間にとって、主体化は重大な罪であり、見者にとっては、論理の方が、逆に、重大な罪となるのだ。両者は決して相容れることがなく、それぞれの位置は、万事において其の両極にある。ベケット等、ヌヴォーロマンに拠る作家達を、論理に依存する者と看做し、ミラー等に依って代表される小数の作家達を見者と看做すことは果たして誤りであろうか。しかし、いずれにしても両者は、一般凡衆から比べてみるならば、極度に自己を把握し得た創造的な人々と言う事が出来る。

たしかに、ヌヴォーロマンに拠る人々は、サルトルやミショーの系譜を踏んでいる事には間違いがない。

文学とも哲学とも分かち難い筆致でもって、エネルギッシュに文学の巨塔を打ち砕いていった。時間の問題において、描写の問題において、文学が既に意識出来なくなってしまっている〝文学の大嘘〟について容赦なく断罪をする。そう言ったサルトルさえ、彼の言葉が商品化されていることを、彼の後継者達は賢明にも悟り得たのであった。

ヴォルスの絵画の様に、ミショーの支那墨に依る作品の様に、ヌヴォーロマンの作者達は、言葉をその原形質に至る迄、枝葉をむしり取ることを止めようとはしなかった。それに伴って、サルトルがうつつを抜かしたアンガージュマンということさえ、容易に彼等は吊し上げてしまう事が出来た。それは、北川冬彦等による『時間』のネオリアリズムと相通じるものがあって面白い。彼等は、時代や思想に依って毒され、歪曲されてしまった言葉や、文明のスモッグの中で、気力なく意識している、驚く程多様なニュアンスを、そして通念を全く無視し去ろうと試みた。客観的に在るもののみを受け入れ、他の一切を拒否しようとするのである。それを客観的とロブ＝グリエは説明したが、この客観性をその通りに、客観性と受け取ってはならない。六十一年の『パリ評論』九月号で、当のロブ＝グリエは、ヌヴォーロマンのマニフェストを行い、「この行き方は、完全に主観性しか目標とはしない」と言っている。勿論、これに加えて、サルトルのアンガージュマンが政治であったのに対し、「作家にとって唯一のアンガージュマンは、文学である」と書いた。しかし、ミラーのアンガージュマンは、文学でもないのだ。

ミラーにとって文学は第三芸術である。第二芸術とは、彼が最初に志した芸術のことであって、桑原武夫の書いた俳句の〝第二芸術〟という意味とは全く異なるのだが、それは、音楽、特にピアノであり、彼にとっての第一芸術は絵画である。しかし、それとは別に、ミラーは決して、政治参加はおろか、文学参加さえ行おうとはしない。彼の唯一のアンガージュマンは人生である。人生そのものの創造性を支え、豊かにする為の手段として、文学を含めた一切のものが参加させられる。

それはともかく、ロブ＝グリエが、客観的と言い、主観的と言う時、それは自己矛盾に陥ってしまっているのではない。つまり、彼は、客観性といった一種の主体的状況に入っていった訳である。何故なら、主体性は神秘性の他の表現であって、神秘性の全くない人間といったものは、凡そ人間ばなれしていて、とても信じることが出来ないからである。何かを指して客観的だと人間が言う時、それは、人間に内在する宇宙と同一の神秘性を全く知らずに言う宣言であるか、または、神秘性を客観的に観ているかのどちらかなのである。人間そのものは、極く自然に行動し、生活する時、最も典型的な神秘そのものであることを我々は忘れてしまっているのだ。

ヌヴォーロマンの旗手達が専ら払う関心が、正確に、しかも効果的に伝達されなければならないモラルや思弁的な真理（これは、生活に直結したものでなく、議論の為の議論に用いられる素材を指している）の是非、乃至は価値判断ではなくして、伝達そのものの機能に置かれていることは、この際、忘れてはならない重大なことなのである。それは、美学または伝統的な芸術の在り方の裏面であって、そう言う事実が判明してくると、ヌヴォーロマンも決して伝統に反逆する決定的な運動ではないということが理解出来る。従って、ヌヴォーロマンは、文学的方法論の新規な試みである以外は、これといって取り上げ得る様なものがない事に失望する。果してそれは私一人の特殊な感覚のせいであろうか。

モラルを無視するという点について、ヌヴォーロマンの行き方は、ミラー等のそれと一致している。しかし化学実験を行う様な、一切の思弁的真理を排除する態度において、彼等は、ミラー等と行き方を異にする。「主観性を志向する」と、ロブ＝グリエが書く時、この宣言と、思弁的真理乃至は価値の無視が、或る形式の自己矛盾であることに気付いてはいないのであろうか。

主観性とは、コリン・ウイルソンの言うアウトサイダー特有の主体性であり、ベルジャーエフの言う主体化であり、ショーペンハウエルの言う〝時間を超越した認識の主体〟に通じるものなのだ。予言者や芸術家は、自己に内在するこの主体性に、全面的に信頼を置いて依存することに依って、一つの賭を行う。賭には常に不安と危機感と強力な意志と、ファイテング・スピリットが強要される。例えそれが、全く愚にもつかぬ、金銭に依る賭け事であったとしても、人々は自らを、何らかの形で、一瞬ではあるが窮地に追い込む。日に一度位、何らかの方法で自分を窮地に追いやれない様な人間の生活は、フランス語的な感覚で言う〝アンニュイ〟に満ちたものとなってしまうのである。

人間の血液の中では、赤血球と白血球が常に賭をし、気管の中では、炭酸ガスと酸素が絶えず小競り合いを止め様とはしない。筋肉と骨との関係、視線と対象との関係、精神と舌との関係、意志と感情との関係、苦痛と快感との関係――これら一切の関係において、人間は無意識のうちに血みどろの賭をし続ける。丁か半かと息づまる一瞬が体中に満ち満ちているのだ。

これはもはや賭と言うよりは闘争と言った方が正しい内容のものである。闘争は絶えず繰り広げられる。公式の中にあてはめられ、結果があらかじめ予測出来る闘争ではないのだ。常に結果は、新規な意味を持ってあらわれ、生命そのものの持続の保証となる。人体の中で、数え切れぬ程の細胞が一日のうちに死滅し、それと同時に、数え切れぬ程の新しい細胞が誕生している。そういった人間の意見が、十年前と一寸も変わっていないという事は一体どういう事なのであろう。其の辺りに、重大な命取りのミスのあることを発見しなければならない。

同じ事の繰り返し、それは、そのまま続行されるなら、滅亡以外の事を意味することはないだろう。「反復は常に変異の為に存在する」とタルドがその著書『模倣論』の中で言う時〝繰り返し〟という、軽蔑に値いするものに、一つの突破口を見出したのである。その通りだ。我々は一日一日を通して生活の繰り返しを行っている。しかし、それは、必死になって、何らかの変異を熱っぽく期待しているからなのだ。本人が意識しようとしまいと、確かにそうなのだ。豚の平安よりもソクラテスの苦悩を欲するといった気の利いた人間は一体誰であったろうか。そして、安部公房が、「明日のない希望よりも、むしろ絶望の明日を」といった心境がよく判る。「今日一日何事もなく」と願うあの心境は、死滅してしまったか、或は生まれる以前から化石化してしまっている人間のみが口にすべき言葉であって、生きていて、創造的行為を日常生活に盛り込んでいる人々にとっては全く無縁のものである。

世界中の、一千を上まわる言語は、現代において、何らかのかたちでマスコミの病菌に依って腐蝕させられてしまっているのだ。特定の意味とか、作家自身の〝人間〟を打ち出すには余りにも一般化してしまっていて、それは、再び繰り返すが、ブランショやバタイユの言う様に、言葉が或るものの存在を抹殺し、言葉に依る行為が半ば虚無的な、半ば絶望的な心理を背影としている事実を否めはしないのだ。「草は青々としている」と書く様では、確信に満ちた事は言えないのであるから、ペンを投げ棄てるより仕方がない、とジュール・ルナールが言ったことは真実である。彼等、ヌヴォーロマンに拠る作家達は、それで、勢い、徹底した客観的描写、常套語の世界に逃げ様とする。しかし、それは一種の敗退であって転戦ではない。ましてや彼等の目論む勝利には決して結び付くものではない。

ミラー達は、その逆に、極端に厳しく自己の言葉の中に入っていく。ミーちゃんやハーちゃんに判って貰える様な文章を書かねばならないとしたら、一体、創造的作品等といったものがどうして望め様かとうそぶく彼は、一般大衆との結び付きを、自己の真実な作品形成のプロセスにおいて認める。表現ないしは意志の伝達といった文学的情愛に対して、自己と、自己存在の証に対する熱意の方を敢えて先行させようとする。そして、そう言ったミラー等の態度は、ヌヴォーロマンの文学的態度からは遠く離れた、一つの全人間的態度という事が出来る。それは何もミラーに依ってのみ主張されてきていることではなく、ウイリアム・サロイヤンは、真の文学者が、ただ単に文学的という以上に、予言者的であり、見者的であり、哲人の部類に属し、徹底した宗教人、例えば、バプテスマのヨハネの様な人間像である事を説明しているし、バルザックははっきりと、文学に〝生きている人間〟そのものの実在を先行させている。ヴァージニア・ウルフはまた、小説のあるべき内容等といった既成観念の一切を打破して、万事を小説の内容と見た。そして、更にロブ＝グリエは、小説の真の姿を、詩でもなく、エッセイでもなく、自叙伝でもなく、すべての文学形態を包含しているという。そして、更に彼は、その〝一切〟という事を多少詳しく、論文、覚え書き、回想録等のカテゴリイに入らないものを指していると説く。だが、それで、当のロブ＝グリエもまた、文学のための文学、美学のみに固執した文学の狭い領域からは一歩も脱出することが出来ないでいる様に見える。

彼が、文学とは、既知のどの様なカテゴリイにも入れることの不可能な、また、それらのカテゴリイに依って分類することの不可能な作品であっても、それが小説となるためには、文体――それはどの様な文体でもかまわない、反文体でもよい――が現実に存在するだけで充分であると説く時、私は、この表現に一部付け足して、人間と、人間の創造的生活が実在するだけで充分であるといい度い。ロブ=グリエは一切合切をつめ込む、いわゆる合切袋である文学を直視するには、余りにも、文学のための文学に束縛され過ぎている。しかし、真実の文学は、やはり、合切袋そのものであるべきなのだ。人間が、この宇宙における何でも屋であり、合切袋であるのと同様に、その人間を直接的に反映する文学もまた、何でも屋であり、合切袋でなければならないはずである。言葉の一切の可能性を気軽に用い、精神を押え付け様とする一切の絆を絶ち切り、集団、組織、伝統の一切をあたかも、実在しないものの如く扱い、現在という時制を、しかも直接法でもって大胆に打ち出せる人間は、自己を絶対に自由に振舞わせているという確かな条件の下におかなければならない。

一切の規範から外れ、一切の伝統から解放され、一切の一般化されたものに対する義理関係を捨て去る時に、例えその人間がものを書かなくとも、その生活は、まさに第一級の文学であり、音楽である。例えその人が説教せず、神の名を口にせずとも、第一級の宗教人であり、予言者と呼ばれるにふさわしい。合切袋は、そうした文学者達の、いわば生活の基盤として存在し、其の上の可視的な部分には、合切袋の中の豊かさの結果としての文学があるはずと説くのは、ロブ=グリエだけではなく、日本等では、私の目には、最も可能性に近い文学者と信じて疑わない安部公房など二、三人の作家が居る。しかし、その様な、多少、御上品な文学は、我々の（少くとも私の）頭脳の表面をくすぐってくれることはあっても、血が沸き立ち、心臓が熱くなる様な効果は今のところ期待出来ないのである。愛情を打ち開け、親子がその肉のつながり故に激しく争う時に、一体誰が文法を意識し、作法を意識するだろうか。唯、相向かっている二人は、それが愛情であるにせよ、怒りであるにせよ、言葉よりも何よりも、生命そのものがその人間の全的存在の一切を背負って相手に迫っていく。そういった意味で、我々に息を呑ませる様な作品は、ヌヴォーロマンの運動の中にも未だ顕れてはいない。どうしても、あの罰当たりの、呪われた〝文学〟が、薄汚ない顔をぐいっと突き出してくるのだ。

私にとって、教義や、礼典に束縛された宗教の、薄のろで頓馬な、それでいて、どこか小ずるい表情と、下品な根性をひたかくしに包みこんでいる物腰ほど嫌なものは他にない。それらは私の精神にとって、確固とした一つの強迫観念にまでなり切ってしまっている。そうしてみると、私が、敢えて真実の宗教を求め、真実の文学を求める態度は、この種の強迫観念を除去し度いと願う一心からかも知れない。そうならば、私は文学のために文学をやったり、宗教の為の宗教にたずさわる人々とは、全く赤の他人であることが分かる。

この様な危機感は、ヌヴォーロマンの、いわゆる文学のための文学の侍達に対しても、非常手段をとらせない訳にはいかず、それは、多くの非難をも同時に招来した。ピエール・アンリ・シモンは、これらの一連のヌヴォーロマンの宣言と作品に対して、

「この様な、小説家に依る小説の否定は、恐ろしい症状であって、宗教家の、宗教に対する反対ないしは背信の態度を見る思いがする」

と論難した。

しかし、宗教家の宗教に対する背信は、私において、全く文字通り現実のものとして行われた。しかし、これは、いわゆる背信と混同して貰っては困る。私の場合は、より一層神と純粋に対決し、自己の救済に徹底するために神から遠く離反してしまっている、人為的、地上的権威としての、人間社会の物理的一現象としての宗教組織と伝統に反対するという事情を持っているのである。その点、P・H・シモンのヌヴォーロマンに対する非難もまた、正しくない。本来の小説等といったものに多少でも義理を感じている人に対しては、決して、ヌヴォーロマン以後の文学を論じても、ただ平行線をたどるばかりで意味はないのだ。

自然主義であっても、果してそうした文学的な運動の陰に、どれ程の人間に関わる危機感があったであろうか。本来の小説は、既に自然主義、ロマン主義時代（私はこの場合、ヨーロッパのそれを指して言っているのである）に喪失されてしまっていることを知る。本来、小説とは、

ドウニ・ドルジュモンやロブ＝グリエの言う様に、宗教改革に引き続く宗教上の危機から生まれたのであった。過去百年の日本の現代文学も、間に合わせながら、キリスト教精神と人生上の危機感に絡み合わせてその発足をみた。ラブレーの、笑いを人生に与えようとした行為は、予言者や使徒達の使命に似て、崇高でもあり、厳しいものであった。セルバンテスの、あの白熱化した反逆精神と時代風潮をあざ笑う厳しいシニシズムもまた同様ではなかったか。北村透谷の自殺もまた、そうした危機感が、当時の間に合せ式の文学と宗教の間に立たされて、真実になろうとすればする程、それ以上持続し難く、また、成り立ち難い地上の生活がそこに在ったからである。

確かに、小説は、自己に目覚め自己にまつわる危機感から萌芽した。人間が集団から離れ、一人でもって責任ある態度をとらなければならなくなった時に、小説は生まれたのである。キリスト昇天後一世紀を経ずして、既に、キリスト教はキリストから離れ、別の何かになってしまった。バーナード・ショウ等が、キリスト教とパウロ教を区別する程に極端な変化はなかったとしても、少なくとも教父時代には離反の徴候が見られた。人々は勝手に、自己の学識と権威に依存して、それぞれの教理を打ち立てていった。その業がすぐれていればいる程、卓越し、偉大な教父であったわけである。

ニカイヤ会議に始まる一連の宗教会議、一体あれは何のざれ事であるか。正気の人間は、ああいった投票で決める様な真理には関心を払わぬはずである。そういった真理は、本当に危機感に悩んでいる人々を救ったり、導いたりする資格がないからである。不信仰の作家達は、その状態において、人生に関し熱心であればある程、神のない世界故に、小説の世界と同様、常に独りで自己の情熱と対決する。また彼等は、強烈な独自性をもってその情熱に生きようとするが、私は、独り、自分の情熱に対決する時、神の意志を自己の内に明瞭に意識するのである。理性よりも、一層生命に近づいている感情の実態をそこに見るのである。これは、決して汎神論的な見方で言っているのではなく、人格的、唯一の神、祈りに応える神の反映と、かつて、創造の厳粛な時間において、土くれであった私の鼻から吹き込まれた神の霊の内在を確認するのである。それだけに、私にとって、文学のための文学、絵画のための絵画に熱心な人々は、単なる軽蔑の対象としてしか映ってはこない。〝人間〟そのものに興味のある人のみが私にとって、満足すべき人間として映ってくるのだ。透谷においても、啄木においても、芥川においても、彼等が明確に意識しようとしまいと、確かに、人間に関わる危機が文学に関わる危機を上まわっていたと信じている。もし、彼等の中に、それを意識しない者が居たとすれば、それだけ、当時の日本人の、人間に関わる意識が未開発の状態に置かれていたということなのである。だが、実際のところ現在では、文学はもはやその出発当初の情熱と危機感をほとんど失ってしまっている。本来の文学とは断絶した全く別の文学といった観を呈している。

仏教文化と文学の結び付きを云々する人も多く居るだろうが、それは一、無理がある。仏教的汎神論は、厳密に言って、宗教という用語の狭義に当てはまらないはずだ。一個の人格を有する神と、一つの自由を具えた人間が、一対一で対決する時、真の宗教としての最初にして最後の条件がととのう。仏教は、そういった意味で、いわゆる宗教哲学ではあってみても、決して実践的な宗教ではあり得ない。仏教的汎神論的形而上学においては、キリスト教に見られる、人間個人の魂に関する絶望と救済という、一見幼稚にして、皮相的に思える、断定的な信仰によって得られる魂の限りない平安と、また同時に、不安は、到底与え得ないものであった。そして、そうした仏教的御上品ぶりが、我々を、安易な伝統と技巧に専念させる動機をつくる。しかし、あくまでそれは東洋人の立場について言える事であって、西欧の人々の仏教に対するアプローチは全く別である。キリスト教精神の満ち溢れた環境の中で育まれて来た彼等が、東洋思想や仏教思想に色目を使いだすのは、他でもない、彼等がキリスト教的、神対個人の対決に耐えられず、一つの口実を作ろうとする場合がほとんどなのである。私は西欧人の仏教主張を、そんな訳で、宗教的にみて意義があると思わない。それは、一つの詩のように味わうべきだ。

現代において、未だ吉原の提灯を想像している様な彼等の頭で、どうして仏教精神だけをそのまま把握していると言えるだろうか。我々日本人の場合も、しばしば、一種の逃避の形で西欧の文物を云々するのだが、私とキリストとの結び付きや、ミラー文学との結び付きはそうではなく、私の体質、私の精神が、全くこれに一致する事を要求したからである。もし、仏教世界（例えば、五朝時代の様な）の中で、人間、人生といったものに危機感を抱いたものがあるとするなら、それは、彼等が仏教という枠の中で、期せずして、自己にはっきりと目覚め得たからに過ぎない。『方丈記』、『徒然草』の著者達にその徴候は甚しく濃厚であった様である。彼等は仏教という枠の中で、自分でもよく判らない魂の激痛に耐えねばならなかったのである。

明治以降の日本史を特徴づけるものは、西欧文化と在来文化の融合であると言われているが、その実、西欧文化と言ってもそれは単なる形相に過ぎず、その実体は〝キリスト教的自己の目覚め〟であった。文明の名の下に日本において急速に発達した諸文化は、この実体の単なる方便に過ぎなかったのである。其の明らかな証拠に、明治以後の本格的科学者や芸術家等はすべて〝自己〟と、その様なキリスト教精神に依って直接的、間接的に培われた〝自己の危機感〟を迎え入れるには余りにも未成熟な社会的土壌の上で、枯死してしまった。

ニーチェの唱えるディオニュソス的な芸術の意味も、ユイバー・マンシェ（超人）の意味も、熱意に燃えているにもかかわらず、人々はその通りに受けとることが出来なかった。結局、人間は誰でも自分の見方でしかものを見ることは出来ないのだ。しかし、どう受けとろうともそれでよかったのである。ショーペンハウエルやニーチェを歪曲して納得した木も、ゾラを歪曲した花袋らの自然主義も、それは、それとして立派に存在意義があった。傷付いている人間は、何としてでも痛みを除き、傷口を癒すことに夢中になる。そして、既成の処方も何も忘れて一心に何事かをする。そして、その結果は、意外と、周囲の処方通りに従った冷静な努力よりもより良い効果を顕わすものである。理解よりも熱意の方がよいという危っかしい真理が、かくして、真の宗教人や芸術家の間では立派に通用するのである。いや、通用するだけでなく、彼等のバックボーンとなって、強力に、彼等の反時代的な、そして、同時に、内面においては、全時代的な生き方と創造性を支える。

小説は、もともと本質的に言って、極度の自由と、解放された領域を守り、一見して、気ままに映る思考に結びつくか、たとえそれとは位置を異にしていたとしても、常にそれと連動する関係を保つ。それは小説というより、詩、エッセイ、論文、批評、それら一切を含んだ文学ないしは更に広い意味で、文芸についての一面だと言えることかも知れない。しかしそれは、文芸にたずさわる者の無思想性ないしは超思想性を指すわけではない。一種の流行となっている芸術家、特に小説家の、思想に対する不従順な態度は、日本の過去百年の歩みの中で著しい。しかし、よくよく考えてみれば、生活と芸術が一致せず、常に二重構造の仕組みの中で何かを書く時、思想は、その惨めな実状を暴露するいやなものとなる。生活と芸術的行動が一つのものとして有機的につながる時、思想は有用なものとなる。過去百年の間に、急速に我々日本人の生活に滲透してきた西欧の文物は、結局、生活の上部に固くこびりついたかさぶたとしかならなかった。かさぶたと、生命に直結した皮膚の間には、決して相容れることのない溝が出来ている。これを二重構造と言ったのである。つまり、西欧の文物は、未だ日本人の身にはついていないということである。人々が思想と呼び、自己の生活に滲透していると誤解しているものは、ごくごくありふれた類型的観念であり、流行的観念に過ぎないのである。本物の宗教人や芸術家達は、この様な一切の、安易にして無責任な、類型的なものや流行的なものから断絶を期す。ヌヴォーロマンが脱出したのも、確かに、そういった類型的思想からであった。彼等は、極めて独自な、一見あやふやな実験的手法に、誇らしげに拠ろうとする。

人間は、何も宗教や芸術のみに限らず、常に、独りで自分の情熱に対決する。ぼんやりと対決しようと、どんな対決をしょうと、つまりは、孤独で対決することなのだ。それ故に、豊かな人生とは、個性の強烈さ、好奇心の強烈さに正確に一致する。原点を通って、それが豊かな創造性に満ち溢れているものなら第一象限に直線に、四十五度を保って伸びていく。人間は話をする時、その人間の存在の大半が話の中に移っていくのが自然であり、物を見る場合、視線のぶつかる対象に、人間の重要な部分が移行されていくのが本来の姿なのだ。物を思う時、思っている人間そのものよりも、思考する対象の方に、其の人間の実在を強く意識しなければならない。書くことにおいてもまた、同様であるが、人々は既にその信仰にも近い状態から遠ざかって以来、かなりの年月がたっている。〝人間〟はその肉体の周辺に幽かに存在するののはこの事なのだ。

だが、話すこと、見ること、信じることにおいては全く死に絶えてしまっている。心ある宗教人や、本物の芸術に興味を抱く者が、騒ぎ立て、あわてふためいている

「～らしく」といった類型に当てはめなければ気の済まない現代的感覚に支配されて、我々の思考は一種の奴隷と化してしまっている。自分の行為や思考が行えなくなっているのだ。「～らしく」といった傾向は、創造性の最大の敵であり、個人の破壊を意味し、一人の人間の負担すべき責任の放棄を意味している。作者も読者も、一様に、「～らしく」を期待しているので、世の中は全く絶望的なところとなっていく。類型への服従は、生命の放棄であり、何らかの形で生命を他者に賦与する権利を放棄することとなのである。神は人間に生命を吹き込んだが、今日、人間同士は、互いに生命の交換をすることが可能なのだ。真の宗教的態度は、まさにその典型であると言えるのである。神と人間の対決——それはエデンの園において、アダムとエバが体験し、ホレブの山においてモーゼが体験し、シナイ山頂でモーゼが体験し、真夜中に幼児サムエルが体験した状態においてであるが、今日、作者と読者の間においてそれに類似した経験が為されるのである。ポーの作品に向かったボードレール、エマーソンの作品に接した内村鑑三、ランボーの作品に接したヘンリー・ミラー、これらは確かに、モーゼのシナイ山頂の体験に匹敵していた。真の人間らしい人間は貪欲にこの様な体験を追求する。その為に、しばしば、手段さえ選り好みをしない様な観さえ呈する。人間が、幽かにではあるが、神の座を求め始めている事は事実である。もし、それが、かつて、天使の長、ルセファが神に反逆した様な形で行われ、神の如く或る種の支配権を得ようとするなら、これは冒瀆であるが、自己を神の創造的領域の一部にまで引き上げ様とすることは、むしろ、神の心に叶うことなのだ。自然な人間は、常に、しかも同時に、創造者と被創造者の役を演じる。その事を通して、神が、始めに人間を造った動機がますます活き活きとして人間の内側を支配する様になる。宗教性、本格的な宗教性というものは、斯くして、人間の内側に、極めてプライベートリイに培われ、継続されるものであって、決して宗教的組織とか、礼典の中には成立する見込みのないものである。私は、そう断定する。一切の宗教的伝統

や組織は、私にとって、医者からさじを投げられた絶望的病人に等しいのである。人間が今日、なお、神を忘れてしまわないでいる理由は他でもない、人間そのものが最も神に近い存在であるからなのだ。人間が天や地を仰いで、神は確かに居る等と感じるこっけいな態度を、我々は一体何と説明したらよいだろうか。そうつぶやいて、何か永遠につながるものを突き止めた様な感じを抱く時、実は、自己を失っている最も惨めな状態に置かれている事を痛感しなければならない。

芸術とは結局、人生の核心に最も近い純粋な行為ということであろう。ミラーはこの辺りの消息を「芸術とは、ただ人生の一手段に過ぎない。より豊かな人生の為の手段である」と説明している。更に、「それ自体が豊かな人生なのではない。それは一般大衆が、そして、しばしば芸術家自身も見過してしまっているところの何かを、単にさし示しているに過ぎない」とも書き続ける。現代人にとって、食うという行為も、歌い、演説し、しゃべるといった行為も、自己の存在を証言する為には、余りにも歯がゆく、不完全であることを薄々知り始めてきている。人間は真実にまじめになる時、自己の証言のためには祈らなければならなくなる。この場合、いわゆる〃お祈り〃とは全く無関係である。あれは祈りといった様なものじゃあない。中味のない、自己のない、極めて非創造的な儀式であり、形式に過ぎないのである。私の、今いった祈りとは、その様なものとは全く関り合いのない、真実な人間の証言、告白を指している。

人間は、しばしば書くことに依って祈り、描くことに依って祈る。だから、私の友人である哲学者のフレッド・ジャーヴィスは、哲学者である以上に宗教的であり、「健全な哲学は常に宗教的である」と言い、ミラーは「それを可能にする為に、人間は、信者の様にではなく、創造者の様に、宗教的にならなければならない」と言う。そしてそれは、ベルジャーエフの言う完全な主体化であって、一種の神秘性と直結するのである。とにかく人間は、その本来在るべき立場において神秘性の典型である。ヘンリー・ミラーは、『書く事についての内省』というエッセイの中で、

「心の純粋な人間にとって、一切はベルの音の様に明瞭であると私は信じている。この様な人にとって、常に神秘が存在し、その神秘とは、不思議なもので

はなく、論理的であり、自然であり、決定的であり、絶対的に認めなければならないものである。」

と言う。ベルジャーエフの言う様な主体的な状態に入ると、先ず自らが、それが、まさしく人間であって他の何ものでもない場合、典型的な神秘となり、また、同時に、その人間の眼と心には一切が神秘として映ってくるのである。

神のイメージが人間の中で最も顕著にあらわれるのはこの様な時である。この状態における彼の発言は、すべて、一つの祈りであり、一つの創造の行為であり、一つの証言なのである。斯くして、そうした人間の祈りと創造の行為は果てしなく続けられ、証言は限りない自信と権威をもって、真理の座で繰り返し発言される。不可能なはずの無限は、遂には、一つの可能となって、了る事なく連鎖反応を反復し続ける。そして、それは、タルドの言う様に常に、突然変異を大きく期待しているのだ。これを奇蹟と呼ぶ人もいるし、中には、運命のいたずらという者もいる。

突発的・偶発的

あれは全く突然の事であった。勿論、我々の生活の中の一切は、厳密に言って、万事、偶発的なのだが、神の必然は、我々頓馬な人間どもにとっては、どう考えてみても偶発的であり、突発的である様にしか思えない。もし、必然的だなどと言える様なものがあれば、それで、その事件は人間にとってほとんど意義を持たない位につまらぬものなのである。突発的な事件、それは常に、熱中する人間のみに与えられる充実した瞬間なのだ。その反対に、必然的なものは、創造性と発展性に欠けた人間の敗北の明らかな徴候である。

いつもの通り、私は、生まれて三カ月にしかならない三番目の息子を風呂に入れた。体を洗い了えて、赤く上気した子供を妻の手に渡してから、手にしていたガーゼを何気なしに強く握り締めた。それは子供の柔らかな皮膚を洗ってやったガーゼであって、乳の匂いが幽かに湯気の中に漂っていた。握り締めた手を開いた途端に、ガーゼは私の掌の形通りに凹凸をつくっていた。それぞれの指の関節のくぼみは、鋭く隆起し、丁度、怪獣の背中の様になっていたし、掌のくぼみさえ、微妙な起伏をつくっていた。

私は、今迄、何度、掌に力を入れたことだろう。それはもう、私に何らの新鮮な気分も関心も呼び起こさなくなっていた。だがどうだ。その時は違った。私は、もう一つの掌の存在、否、もっと厳密に言って、掌の中に加えられた力、掌が変質して出来上がった力を私は見たのだ。私は一つの異常なショックに包まれた。裸体のままで、片肢を湯の中に浸けながらこれを眺めた。原始時代に異様な生物達が、自分の細胞に驚きながら、蛋白質臭い体をして、半身を水中から空中にもたげた時の、限りない驚きが私の中に溢れていた。

神を見るショックを味わったのはアブラハムであり、モーゼであり、サムエルでありギデオンであった。私のショックは、恐らく、それに極く近いものと思われる。ガーゼの歪みは、一つの力の、しかも自分の意志に依って発生した力の、一瞬の状態を永遠に伝えるべく化石化して、私の広げた掌の上に載っているのだ。これはまさしく、力の結果であり、力の言葉であり、力の叫びなのであって、力だと誤認していた掌の誇りと、はるか彼方に在る頭脳の誤解と、次元を異にした精神の買いかぶりは、一瞬にして敗北を是認しなければならなかった。掌と、それが伝達した力は、単なる力の動機に過ぎず、力の胎児に過ぎなかった。いわば、「人間ですら、創造的になるまでは、薄暗い子宮の中の羊水に浸っているのに、すでに生まれていると錯覚している」といった意味での、胎児的、出生以前的な人間と比較されてよいものなのだ。掌の中で力は、誕生以前のまま了る事も多々ある。否、ほとんどの場合、力の動機のまま了ってしまっているのが地上二米の範囲における実状なのだ。

私は、このガーゼに、何と名付け様かと迷った。内的凝集力？　瞬間的力の永遠の記念碑？　私には未だ決めてしまう勇気がない。

それはガーゼであった。単なる綿ではなかった。戦事中の想い出が、ふと破れた頭の中の壁に入り込んできて、艦載機の爆音をまき散らす。いい加減な厚さの鉄板を貫通するグラマンの大口径の機関砲の弾も、布団は通らなかった。綿——それは原料であって、ガーゼは縦横に織りなされた人間の意志と汗の結果なのだ。恐らく、綿であれば、掌の中でこれ程に力の造形を示さなかったろう。

単に石ころの様に、ジャガイモの様に歪んだだけに過ぎない。それに、ガーゼは多量の水を含んでいた。それがよかったのだ。まるで安全カミソリの替刃の様に鋭く隆起した面は、心憎いばかりに一つの誇りを語り続ける。この様なプロセスを経て歪んだ粘土の塊を四つ五つ並べた作品はどうだろう。「完全な歪み」というイメージが忙しく左の眼から右の眼に飛び移って水晶体の中に没入していく。だが、これがカンバスの上に表現されたらどういう事になるだろうか。つまり、三次元の一つの完成を、そっくりそのまま二次元の領域に無理矢理移してしまったら？　建築物の平面図を作る様に、三次元的存在を、人間の作った黴の様な法則でもって、御上品に何事もなかった様に、あたかも、盲人が四十年白い杖にすがっている様に、自然な手法でもって二次元の領域に移してしまう事では全くない。完成された三次元の生ける何かを、口を抑え、手足を縛ってそのまま、文字通り生きたまま有無を言わさずに、ポイッと二次元に送り込んでしまう大胆な行為なのだ。

これは一つの奇蹟の要求であるかも知れない。時空を無視した範囲で行われる奇蹟そのものなのだ。英国の芸術家が、古い道路工事用のローラーを購入して、色々な古道具を、それで踏みつぶした作品を制作していると聴いているが、どれ程立派に完成している立体的なものを、スロットルレバーをいっぱいに引いて、勢いよく、喜びに満ちて、自信たっぷりにペチャンコにしたとしても、ああ、何と残念なことだ。その行為は、一種の御上品な平面図や立面図の製図に他ならず、投影法を用いて、如何にパースペクティヴの原理を応用した奥行があり、深みのある投視図を作っても、それは一種のごまかしに過ぎないのだ。真実に対し、人間の心に対しての詐欺行為以外の何ものでもない。透視図は、真直ぐなルールを使い、コンパスを用いて、ほとんど厚味のないトレシングペーパーの上に図々しく行われるのだ。完全な立体が、ローラーの力を借りずに平面の上に移らねばならない。それは、もはや奇蹟以外のものではないのだ。画家は、筆先や、絵の具や、ポピーオイルの粘液体の中で、如何如何にこれが可能かと夢中になっている。力の内的凝集力を一面くまなく表現し得たカンバスは確かに在るに違いない。唯、我々がそれを理解し、新規な方法を発見することなしには信じる事が出来ないので、それ等は存在しないかの様に見えてくるのである。

私は、水の中にガーゼを浸して、力の化石をその湯気の立つ水の中に還元し、再びゆっくりと力の動機を掌一杯に意識してみた。やっぱり、化石があらわれた。むしろ、私の真実に近い方の手がここに在ったのだ。掌の上に、掌のより真実なものが載っているというこの奇蹟を私は全面的に信じなくてはならない。また、人間の動機であるこの意志や五体の、どこか極めて接近している処に、人間より真実なものがあるはずだ。人間の瞬間的存在を表わす記念的な何かが、確かに在るはずである。それは未来につながる一つの化石であって、過去のものではないのである。

木も、花も、空も、地も、山も、川も、そうしてみると、それらは単なる存在と存在の証拠である、力の動機に過ぎず、より真実に近いものがどこかに在るはずだ。内的凝集力――私は熱病患者の様にふらふらとした頭とのぼせた心でそれを求める。それら万物の力の結果は、結局、人間一人一人の心の内に、一つのネガとして出来上がるのだ。心の中に形成された花はネガであって、それ自体、花そのものではなく、花の存在を永遠に記念する歪みであり、亡びゆく、うたかたの様な、花と凹凸を全く正反対にした化石、つまり陰刻なのである。そしてそれは、常に、束の間の花を語り、説明し、主張する。我々は、何千何万と存在するもののネガとしての歪みを、あたかもガーゼの歪みの様に抱いている。実に鋭く隆起し、陥没した歪みが無数にある。人間の智恵も、認識も、アイデアも、宗教も、芸術も、元をただせば、ここからくしゃみの様に発生したものであって、歪曲したネガのマスクの中での酔い心地そのものであり、絶望の叫びであり、怒声であり、悲痛な呻きなのである。

それなら、カンバスの上が平坦であるはずがなく、創造的な人間にとっては、まじめであればある程、歪みに満ちたものでなければならない。そしてその歪みは、人間にとって一種の活性剤であって、生気を漲らせるものなのだ。歪み、複雑さ、混迷さを、気分が悪くなるものと考えている心は、それ自体、一つの悪夢の中の悲しい犠牲者に他ならない。泥にまみれて生きている泥鰌は、その事で、確かな罪の意識を神の前に持たねばならないだろうか。共食いをするカマキリに道徳がないといって非難出来る勇気が聖者に与えられているだろうか。深海魚達を指して、闇の中の呪われた存在だと確信を持って笑える人間が果たして一人でも地上に居るだろうか。

人間は〝自然な人間〟から逃避することに依って幸せにありつこうと必死になる。その傾向は、誰が叫ばなくとも文明自体がよく証明している。本来、泥にまみれ、共食いをし、闇の中にとじ込められているすべての存在に対して、勿論その中には人間も含まれているのだが、我々は苦い表情をしてはいけないのだ。それらに対して心を開かなければならない。泥鱒の生活は、我々人間の生活のミニチュアに過ぎず、カマキリの共食いもまた、その通りである。深海魚の運命もまた、我々人間のものなのだ。

私は、ようやく、体を湯の中に沈める。

恐らくは、この様な意欲の下では、どんな絵画が生まれるにせよ、人間にとって太陽の輝きの色以上には、分析、理解の出来ないものとなってしまうことは明らかである。描かれるものの対象はすべて、無数の凹凸の上で乱反射する光に依って生じる、一つの蜃気楼の様なものであって、形は一切が崩れ、色彩は様々に溶け合い、滲み合って一つの全く別な存在となってしまうに違いない。

創造とは常に、既成のものの否定であり、未知なるものに対しての必死な憧幕に他ならない。創造的な生活の中において、エネルギーはフルに駆使される。

のぼせた頭の中に、更に別の考えが湧いてくる。

一枚の四角なガラス板。それをかなり大きなビニールの敷物の上で、思い切りハンマーで一打ちするのだ。砕けたガラスの破片を丹念に拾い集める。どんな小さなかけらも見過ごしてはいけない。すべて注意深く拾い集め、それから、破片の裏に接着剤を塗りつけながら、楽しみつつ、ベニヤ板か何かの上に貼りつけていくのだ。モザイクの要領で、一片一片敷きつめていく。大小様々な破片を、いちいち神経質に、どれを次にしようかと迷ったりしてはいけない。風が枯葉を一枚一枚吹き落していく様に、極く自然に、大らかな心で貼りつけていく。すき間は絶対にあけてはいけない。びっしりと埋めていくのだ。破片の不規則な、辺という辺は、互に熱っぽく慕い合い、角という角は、意志強く愛し合い、引き合う。

ハンマーの一打ちは確かに人間の意志であり打算であった。しかし、無数に飛び散ったガラスの破片は、もはや、その人間の意志と打算を超えたところで契約され、計算され、欲情された意志であり衝動である。無数の破片には、無数の辺が、無数の角に挟まれて出現する。幾何学の領域でも、決して夢想だにされなかった不等変多角形がそこにあるのだ。一つ一つの多角形それ自体が一つの確かな言葉であり、宇宙であり、宗教であり、芸術であり、ハンマーを振り下ろした人間を最も正確に表現する何かなのである。

人間は自分の意志を超え、理性を離れ、情緒を断絶している破片の一つ一つの欲望を、実にうやうやしく尊重しなければばならない。そして最も激しく引き合い、欲望し合う、辺や、凸角と凹角を結ばせてやるのだ。合わせるといっても、一直線を引いて切り抜いた多角形ではないので、必然的にすき間は生じてくる。唯、最善をつくして結び合わせ、接合させる事が人間にとって許される最高の努力なのだ。破片の密集し、抱き合うモザイクの領域は不規則に広がっていく。鋭角は確かに怒気を全面に顕わし、鈍角は愛情の至上の表現である。極端に長い辺と短い辺は互いに憎み合うか尊敬し合うかのどちらかだ。やがて最後の一片が貼りつけられると、それは生き生きとしたヒマワリの花となり太陽となる。ハンマーを振り下ろす以前の、四角で死に絶えたガラス板はこの様にして復活するのであって、それは、物質以上の何かとして存在を始め、生き始めると言ってもよいものである。

その様なモザイクのガラス面に塗りつけられる絵の具は何と幸せであろう。塗る者の心もまた、少くともその瞬間には、天国からそう遠く離れてはいないのだ。

ドリッピングと呼ばれているあの手法——あれはまさしく、滴ってくる絵の具を、人間の手を離れた自然の力と認め、人間と自然とが生み出す一種の協同作業と言うことが出来る。果たして、ドリッピング以前の二百五十万年間の歴史において、人間は、これ程密接に自然と契約を結んだ事があっただろうか。ガラスの破片をモザイク風に貼り合わせていくのも、実は、この点から言えば、自然と人間の協同作業であると言うことが出来る。一打ちのハンマーで砕けるガラスは、人間の生活からはみ出た自然の作業に属し、一片一片、丹念に人間が貼りつけていく多角形の破片も、貼りつける人間の意志と努力を上回り、人間の霊感も、それぞれの角と辺が示し合う性欲には遠く及びはしないのだ。人間はそれ等の欲望と尊大さの前に在って、実にみじめな幇間《たいこもち》の役目を果さなければならない。それ故に、真実の人間は異常に苦悩する。歴史や伝統の中に御上品に生きようとする人間にとって、自然は一つの絶対的なタブーである。自然は彼等凡衆にとって恥そのものであり、罪であり、無知であり、荒々し過ぎ、生命に溢れてはいないものと見做されてきている。

人間にとって最も誇るべきものは、常に自然を否定し、自然をくびり殺す凶悪犯罪者のイメージである。彼等は必死になってそうなろうと焦り、涙する。従って、宗教の中では儀式礼典がのさばって〝人間〟を踏み付け、芸術の世界では技巧が暗愚の王となって良民を苦しめる。美しい絵や、天高くそびえる塔や、ありそうもない物語は、自然を信じる人間にとって、憎しみや軽蔑の対象にしかなりはしない。生きている人間ないしは目覚めている人間は〝自然〟の様に企てず、巧まず、力まないのだ。そして、神の様に創造し、生み出し続ける。しかし、誕生以前の人間は全くその逆であって、常に企て、技巧を用い、力み続けていて、それでいて、全然創造らしい創造は出来ないでいる。

あくたもくたある宗教団体を見よ。あの力み様はどうだろう。絶えず大層な事を企てていて、そういった宗教的技巧ときたらまさに名人芸である。それでいて、さっぱり創造的な業は見られない。彼等にとって、創造的な言動は、不信仰であり霊性の低下と断定する対象となる。最も非創造的な、味わいのない人間こそ、どんな時代でも、どんな毛色の宗教団体の中でも、常に模範的信者と呼ばれている事実を我々は忘れてはならない。

売れる画家や売れる作家の作品を見給え。一体、あれは何なのだろう。それらは一様に、創造性の一片すら持ち合わせていない結構な代物なのだ。それに反し、過去に生きた、創造的な人物はどうだろう。彼等は皆アウトサイダーであり、アウトロウであり、非常識家であり、変屈者であり、孤独な人間であった。それ等の名を挙げれば、洗者ヨハネ、アシジのフランシス。その他の、彼等に依って代表される一連の人々のことだ。

創造的な人間が最も罪悪視されるこの世の中は、それだけで確かに、一つの否定し難い病根を抱えている情況であることが歴然としている。創造的な人間は、決して英雄視される必要がない。唯、当たり前の人間として、最も平凡な人間として認められなければならない。しかし、創造的な人間が当たり前の人間として認められるという事は、一般の非創造的人間を、虫けらであると呼び捨てるのとほとんど同じ事なのである。それはこの世の大多数の者が決して許すはずのないものであって、当分、地上二メートルの領域では、創造的人間の苦闘が続きそうだ。むしろそうした事実を許容して、我々は、一つの賛美歌を歌おうではないか。儀式も礼典もない天と地の間の居心地のよい所で、壮厳な賛美歌を歌おうではないか。音譜も歌詞もない賛美歌。創造的生活と、生活の間を通り抜けて一つの意志となる絶対的な歌。その時、声帯は沈黙し、唇は固く閉ざされ、肺のみが大きく息を吐く。血液は一層スムーズにめぐる。

そうだ、私は今かなり長い間、風呂に浸っていたのだ。風呂から上っての楽しみは、いつもステレオで聴く音楽。ベートーヴェンのヴァイオリン協奏曲か、ビゼーのカルメン組曲がこんな時は最も好い。フェルトベングラーもワルターもこんな時は引っ込んでおれ。唯、あの豪快な響きや、甘美な旋律に、心を少しばかりこすりつけてみるのだ。

この体験は全く突然のことであった。

9 章

アフォリズム

古《いにしえ》の聖人は決してその教えに
系統をたてなかった。
彼等は、逆説をもってこれを述べた。
というのは、半面の真理を伝えることを恐れたからだ。
彼等の語りはじめは愚者のごとく、
終わりに聞く者は賢くなった。

〈岡倉天心〉

アポロ十一号に「人間《ぼうけん》」や「人類《たんけん》」は乗っていなかった

アポロ十一号が月面に降り立った。しかも、予定された時間に、予定された通り、最初にアームストロング船長が、次いでオルドリン宇宙飛行士が。アームストロング船長は、地上で指示されていた通り、左足から先に、月面に第一歩をしるした。

大統領の声に、二人は、直立不動の姿勢で聴き入り、軍人であるオルドリン飛行士は、最後に、形を崩すことのない態度で、アメリカ軍人の挙手の礼をした。

岩石を拾い集めてポケットに入れる時さえ、彼等は、宇宙服の不便さから、岩石を確実に、膝のところにある横開きのポケットに入れる際、ヒューストンの管制官に、ちゃんと入ったかどうか指示を仰ぎ、その後も、ポケットのボタンが閉められたかどうかを尋いていた。

この世紀の大壮挙も、冒険という用語の正しい定義からすれば、冒険というには、一寸無理があり過ぎる。

たしかに、あれは、勇気のいる壮挙だった。恐ろしく体力の要る旅であった。

だが、すべては完璧な計画のもとに行われた。月面上に降り立った時のアームストロング船長の言葉は、全く、地上で予定されていた通りであって、彼は、心臓の鼓動が、マラソン選手のそれのように激しくなっていたにもかかわらず、精神は全く燃え上がらず、おうむのように、あらかじめ用意されていたことばをくり返えした。

『月へ初めて降りるものは、その場で感じたことを率直に口にしなければならない。地上から用意していった文句は、今度だけは使わないでほしい。』こういったシラー元大佐（アポロ七号船長）の注文は受け入れられなかったようだ。『人間の小さな一歩……人類の巨大な飛躍。』アームストロングの月面〝第一声〟は、地上から用意していった以外のものではなかった。彼等は宇宙飛行士としては非の打ちどころがない操縦ぶりをみせた。

だがハート・ビートが無言で示すあの〝感動〟を語ってはくれなかった。体験を心の中まで、洗いざらいぶちまけてほしかった。

月へ向かう宇宙船。そこに文学者や音楽家、哲学者も乗り組むようになったとき、地球の人間は、初めて〝月世界〟を自らの世界として感じとることができるかもしれない。」

――ヒューストン有人宇宙センターで・**清水特派員**――

彼等宇宙飛行士が、地上から、あらかじめ用意していった言葉しか発言出来なかった理由はよく分かる。彼等は、精神的に、いささかも地上から脱出してはいなかったのだ。地上の文明の支配の下にあって、それを一寸も苦にせず疑わない人間達であった。地上二メートルの領域に生涯這いつくばっていながら、地上の支配に屈しないで自由に生きていける人間が多い。

もし、彼等、宇宙飛行士が、精神的にはっきりと宇宙に飛び立っていたなら、果たして、発狂せずにいられた男達であったろうか。どうも、それほど勇気のある男達とも思えない。

コロンブスは、たかが大西洋に乗り出していった男に過ぎない。

だが、その勇気は、アポロの飛行士のそれよりは、はるかに偉大であり、その決意は厳しいものであった。コロンブスは、出航の時、国中の者から歓送されただろうか。彼の故郷の通りには、「われらの英雄の生家へ三百メートル」などといった立札が立てられたろうか。彼の家族には、一体、どれ位の補償が国家から与えられたであろうか。彼には、一体、どの程度の綿密さで、日本行の計画が立てられていたろうか。

アポロ飛行士は、世界中から歓送の拍手を受けた。月までの往復の一切の航路は、正確に地図に作成され、計画には一秒の狂いもなかった。地球へ帰還の直前、大気圏に突入する際、その突入角度も全く予定通りであった。もし、これほど完璧な飛行計画の中に勇気を必要とするなら、それは冒険家や探険家の抱く勇気とは全く異ったものである。ロボットや飼犬の正確な行動と忠実な態度に見られる勇気なのだ。それは、果たして勇気と呼べるものであろうか。恐らく、勇気といったものではあるまい。自己を失い、忘れ、放棄した人間の、機械的な反応でしかない。条件反射を意識的な精神に見事に盛り上げた、奇術にも似た芸当に、私はうんざりした気分で拍手を送る。三人の飛行士は、能面のような表情で月へ行ってきた。一寸も嬉しくない人間の顔がそこにある。あらゆる努力を払って〝自己〟が自分の精神の中に戻ってこないように必死になって阿呆面を保った、あの苦闘の聖なる時間。文明の非人道的な行為に、私は、ひとり怒りを感じる。

従って、彼等が三十八万キロの行程を往復してきた行為には、冒険的要素が少ない。それよりは、一枚の海図も持たずに、アフリカの南端を廻り、喜望峰に達したヴスコ・ダ・ガマの行為の方がはるかに冒険的である。彼は、喜望峰に達し、もうこれ以上南下する必要のないことを知った時、大声をあげて泣くことが出来た。

今後、火星や金星に宇宙船が行くことがあるかも知れない。

しかし、それでも、もはや地上の文明圏の企ての一切には、冒険、探険と呼べるものはなくなってしまった。すべては、巨大な組織の中で、人間個人は、蟻のように、蜜蜂のように、分担された目の前の職務にかじりつき、組織全体としては、一体、どのように進んでいるのか見当もつかない立場に置かれている。宇宙船に乗り込む人達もまた、歯車の一つに過ぎない。もはや、英雄はあらわれない時代なのか。人間としての肉声をそのまま発言出来る人間は、決して出現することがないのであろうか。

だから、個人的な喜びや誇りは毛頭期待出来なくなってしまった。そういったものは、集団や組織の名のもとに味わい、受ける筋合いのものと納得するよりほかにあきらめようのなくなった不具の時代が、文明の名のもとに、毒花の華やかな開花を見せ始めている。

「私がやったのだ！」と言えることが、我々の周囲にどれくらいあるだろう。全くない。すべては、他人のお陰、社会のお陰、伝統や権威のお陰なのだ。

月面に立った人間の、あの元気のない声はどうだ。人間でありながら、ロボットとして、神の声を聞き分け、祈る。自己の言葉を発言出来る人間でありながら、冷たい金属の精巧なロボットになりきった者の悲しい表情がありありと、テレビの画面によみとれた。ヒューストンに伝えられてくる彼等の声は、なんと気力に欠けていたことか。

月面に降り立って、なお、地上の指令を仰ぎながらでないと行動出来ない人間であるよりは、橋の下で、雨風にぬれながら、食事の時間を自由に延ばし、起床の時間を延ばせる乞食の生き方を、私は望む。

計画して行われる行動は、例えどれほどの危険を伴うとしても冒険とは言えない。冒険とは、徹底した偶然のチャンスに頼る行為なのだ。冒険的要素に裏打ちされた行為のいくつかを挙げれば、発見であり発明である。これらは、一種の奇蹟を期待する涙ぐましい闘いの後にあらわれる。発明家や発見者の出発はひどくみじめだ。誰一人歓送する者はいない。いや、それどころか、狂人か愚か者を眺めるような白い眼で軽蔑の視線を送る者達が群がっている。

本当に冒険と呼ばれるにふさわしい行為は、狂人のみじめさ、乞食の哀れさで始まる。非難の声を背後に聞きながら出航する。それが本当の発明であればある程、発明がなされる前は、狂人としてしか扱われない。それが本格的な発見であればあるほど、発見されるまでは、無法な行為としてしか映りはしない。そこには、何らの計画も立てられてはいない。いや、立てられていないというのはあやまりで、立てることが不可能なのだ。本当の発明家や発見者は、自分自身ですら、一瞬先がどのようになるか分かるわけがない。ただひたすら、精神薄弱者のようなひたむきな心でもって前進するだけである。おそらく、彼等自身その胸中は、説明出来ないほどの不安と怖れと焦りに満たされているはずだ。だが、その不安や怖れが大きければ大きいほど、冒険の旅路は尊く、偉大なものとなる。英雄は、すべて、一人の例外もなしにこういった道を経たものだけである。偉大な者の道は、偉大な人間を試す道なのだ。

当たり前の生活をして、特別な人間になろうとしてもそれは無駄なことだ。当たり前にサラリーマン生活をしていて、たまたま、応募した作品が入選したからといって、それで大作家になれるものでもない。人生をそんなに甘く見てはいけない。

特別な人間であるためには、特別な生き方の裏付けがなくてはならない。偉大な発言をする人間となるためには、偉大な生き方がなければならないし、真実を見る人間になるためには、真実の生き方がなければ嘘だ。

創造的な思想を抱く人間であるためには、先ず、その人の生活が創造的でなければならず、力ある言葉を語り出すためには、力ある生き方が実行されていなければならない。

真実に新しい領域に突き進み、先人未踏の大地に第一歩をしるすためには、先ず、その人の生活が、全く新種のものであって、既成の計画表や、規則が全く役に立たない、型破りの暮し振りをしていなければならない。

そういう意味から言えば、アポロ十一号の搭乗員達は、別段変わった暮し振りをしてはいなかった。全く当たり前の、どこにでもある生き方をしていた。彼等は、それまでの人間の危機感などといったものを、一寸でも抱いたことがあるのだろうか。

おそらくは、あるまい。巨大なアメリカの科学体の一細胞として、いや、広義では、世界全体の文明体の一細胞として、その機能に忠実だったに過ぎない。彼等は三十八万キロの旅で、一寸も、自分の真実の表情を我々に見せなかった。彼等の人間性の中には何も起こらなかった。

月と地球の中間の空間にあって、前後に二つの丸い物体を眺めながら、それでもなお、自分の声で、何かを自由に発言することは出来なかった。月と地球の引力圏から、ずっと離れているにもかかわらず、彼等の心は、しっかりと地球の文明圏に密着していて、離れることはなかった。ヒューストンからの声に対して、何ら疑念を抱かずに応答する文明の奴隷であった。無重力状態の中にふわふわと体を浮かばせながらも、なお、そうであった。

こんな具合では、人間は、太陽が、ポツンと一点の星の大きさにしかまたたかない太陽系の一番外側の星、冥王星に降り立っても、なお、地球からの通信に対して、一挙手一投足に注意する忠実な一科学部員でいることだろう。

自分の声を出すということ、自分の言葉で話をするということ、自分の心のままに感情を表出するということは、地球から隔たる距離とはほとんど関係しないことが分かる。

従って、地球上にべったりとだらしなくへばりつく一生であってもいい、心の方向の変わることが大いに重大なのだ。心の方向が文明に縛りつけられている限り、他の星雲に追いやられても、その人間は何らかの手段でもって、地球の指令を受け、これに無私の心で従うだろう。

文明とは、自己のない人間にのみ適した処である。自己のある人間は、文明の中で腐り果てていくか、さもなければ、全くこれと断絶することに依って、自主的に、生き生きとした偉大な人間の生涯を送ることとなる。

名もない未踏の森、それも、百メートル足らずの距離を、地図もなく、ひたすら向こう側に抜けられることを信じて走り抜ける少年の心の高鳴りの方が、宇宙物理学や、宇宙工学の学位を持っている三十代、四十代の宇宙飛行士、しかも、呆れるほど多くの訓練を経た彼等の、月への往復の三十八万キロの旅よりも意味があるというものだ。

完璧な地上との連絡を保ちつつ、99.9999パーセントの確率を誇るコンピューターの装備をもって火星に着陸するという壮挙を誇る宇宙飛行士達よりも、周囲の無責任な生き方に依って、全然合法化されない五十センチ前方の位置に移動する、たったひとまたぎの行為の方がはるかに自由で、賞讃に価する行動なのだ。

月や火星への壮挙は、単に巨大な科学陣の、理論上予定し、証明し、確認し得たものを実証するモルモットに過ぎない。モルモットは何ひとつ完結したドラマを持たない。人間はそれ自体、それが巨大なドラマであれ、極微の神話であれ、すべて完結することになっている。それが、巨大科学の領域では、人間も一片の雪の粉になってしまっている。淡い雪のフレークだ。ドラマは何ひとつ起らない。何ひとつ完結しはしない。すべては、またたく間に溶け去っていく雪のフレークだ。人間は、アルファとオメガの間で、充分に内容のある神話を展開させる。神話こそ、人間の精神的血液である。神話のなくなった、組織に忠実な人間は、精神的に血液のなくなった人間である。人間の神話とは、欲望だ。涙である。笑いである。喜びである。恋である。祈りだ。怒りである。唄である。望みだ。夢だ。音楽である。食欲だ。怠け心だ。血液の最後の一滴までを献げて尽くそうとする忠誠心だ。知恵だ、限りなく翼を広げて、あらゆる次元の世界に飛び交う知恵だ。

私は、アポロ計画の成功を、綿密な計画に裏打ちされた、およそ冒険とは縁遠いものと言ったが、もうひとつ、「計画」という反冒険的な要素のほかに、コンピューターという反開拓的な要素があることを忘れてはならない。

コンピューターの出現に依って、人間は、この三次元の世界に、真に開拓出来る余裕が全く奪われてしまっている。開拓とは、未知の大地、全く異質の領域に、何らの予備知識なしに踏み込むことである。

サヴァンナに、木の枝から初めて降り立った原始人の勇気は、到底月面に降り立った二人の宇宙飛行士のそれの比ではない。前者は、生命を賭けた開拓者の姿を示し、後者は、一切をコンピューターで計算し尽くされた上で行われた「計算上の答の実証」にほかならなかった。それは、もはや開拓と呼ぶべきものではない。例え、自分達が大変なミスを犯しても、コンピューターの自動誘導装置が働くことになっている。そのコンピューターが万一故障したりしても、第二、第三のコンピューターが用意されていて、第一のコンピューターの故障と同時に、自動的に作動を開始する仕組になっている。

いや、こういった私の言い方は間違っている。本来、アポロ十一号の壮挙は、ヒューストンの科学者達と、彼等がアポロに備えつけた数多くのコンピューターの正確さと、その効果の実験にほかならなかった。それに乗り込んだ三人の宇宙飛行士は、いざという場合の補助的役目しか負わされてはいなかった。精巧な宇宙船の中で、三人の飛行士は、単なる、人語を解する部品だったに過ぎない。

月面上で岩石の採取を行った時は、彼等自身、ヒューストンの人声が誘導する、多少不正確な働きしかしない、二本の肢と二本の手を具え、酸素を消費するコンピューターとなっていた。

コンピューターの働きの前では、正確な論理性、秩序を重視し、これを文化の左証として誇ろうとする傾向の人間は限りない劣等感に陥ってしまう。これはどうしようもないことなのだ。そして、無我夢中でコンピューターに挑戦しようとする。所詮無意味なことなのだ。この、血液と肉塊と骨格から成る人間が、冷たく、硬い金属のコンピューターに太刀打ち出来るはずがない。人間は、金属の特徴である論理性を、そんなにみすぼらしい表情をして追い求めるべきではない。

金属には出来ない永遠的な行為が人間には許されている。コンピューターは自分自身の歌が歌えない。コンピューターは欲情することがない。コンピューターは夢を見ることがない。コンピューターは病むこともない。コンピューターは悲しめない。

コンピューターに依って、現代の文明が、一層飛躍的に進歩するということは、はっきりした事実だ。それだけに、この文明は、人間を中心としたものではないことに気付く。人間中心の文明なら、コンピューターは二次、三次的なものとなり、人間のこの肉塊に分泌する知恵や想像、創造を中心としたものでなければならないはずだ。人間は、このまがった文明圏を自らつくりだし、その中で、コンピューターの裏切りにあい、今となっては、必死になって数字の奴隷となり、はるか後方からこれを絶望的に追い求め、ばん回しようとしている。本当に賢い人間、しかも、それは、ほんのひと握りの人間だけであり、この軽薄で調子のよ過ぎる、中味のない社会からは冷遇されている人々だけだが、彼等はこのことをはっきりと看破る目を持っている。そして、人間本来の道に立ち帰っていく。コンピューターにない感動の嵐の中に、甘美な温泉に身を浸けていくように没入していく。

それ以外の大半の人間は、せっせと、コンピューターの競争に熱中する。彼等は、三十八枚の歯車では、決して三十九枚の歯車の役目は果せないことを知っている。すべては、凍結してしまっている。決して奇蹟など起こるはずがない。いまだに、紀元前のユークリッド幾何学の領域から一歩も踏み出ることのない状態におかれている。

やがて、コンピューターは、人間を完全に征服せずにはおかないだろう。人間は、早晩、名前を持っていても、それに依っては区別されることなく、ABCとか、αβγとか、甲乙丙といった記号で呼ばれることになる。或いは、1号2号3号といった、世界全域に共通の通し番号、で呼ばれる可能性もある。

本来、名前は、固有のものであった。固有であるということは、個性の存在をほのめかしており、個人についてもはっきり意識している。だが、これだけ文明が一種のマスゲームになり、人間の成果を、一にも二にもゲームのうまさで価値づけようとする時、個人の歌や、個人の体操は、全く無価値になってしまっている。個人の行為が重んじられない時、個人の想像力や創造力はじゃまな存在だ。個人の発言は暴言としか聞こえなくなってくる。個我を殺し、一人の人間の歌声を否定し、個人のダンスを軽蔑する時代が、現代文明の主要な特質である。こういった環境にあっては名前は不要だ。かえってじゃまな存在だ。木は、ただ木でありさえすればよく、栃の木であるとしても、桜であっても、樫であっても、そういうことには問題なく、どんな大文豪でも、「裏庭の楓が～」としか書くことはない。楓に、太郎、次郎、ジューン、キャサリン等と、名前をもって呼ぶことはしない。樹木には個性がなく、単一の歌や発言や機能が見られないからである。

炭酸同化作用は、どの楓にとっても、どの樫の木にとっても同じである。化学式ではっきり記述出来るマスゲームである。だから文豪も詩人も、樹木のひとつひとつに名前をつけない。渡り鳥のコースは、一様に定まっている。鮭や鱒の遡ってくる川のコースもまた決まっていて、乱れることがない。この正確さを、どうして、文明に熱中している人間は「もう一つの文明」と呼ばないのだろう。鳥や魚は意識や反省がないというのか。とんでもない。一体全体、人間の意識や反省が、鳥や魚とどれほど違っているというのか。馬の眼に溜まる涙や、猿の顔に刻まれるしわと同じく、無表情で無表現的な人間の反省力は高く買うべきではない。人間の意識など木星の巨大な図体みたいなもので、あれだけ正確に軌道を外れずに運行していながら、それ自体、何を意識しているだろう。

他の星雲を眺め、四十億年前の歴史を考えながら、人間の心も同様に、その意識する度合はおぼろげだ。

人間が通し番号で呼ばれる時代は、もうそこまできている。なかには、さも個性が豊かなふりをして、「私は、そんな通し番号はいやだな。第一、私個人がなくなってしまう。私は、自分の収入の額の、上二桁の数字で呼んで貰いたいな」などと要求して、市役所の戸籍係に押しかけてくる人間もあらわれるだろう。また、「あたしは、あの人と結婚した年の、下二桁で呼んで貰い度いわ」という主婦も出てくるだろう。

彼女の夫はと言えば、生活に疲れ果て、社会との協調に体力をすりへらし、胃を悪くして蒼白になり、絶えずきょろきょろと辺りの動向に気を配る小魚のような、落ち着かない態度を示している。

そういう時代に、はっきりと他から区別された自分の名前を持っていられるのは、コンピューターから離れ、夢と想像力に支えられた独創的な生き方に立つ、極くわずかな人間だけである。彼等は、その存在自体がめまぐるしいコンピューター時代からはっきり離れ、計画時代と明確に断絶していることを自覚する。彼等は、存在するだけで奇蹟そのものと呼ばれるようになる。彼等の発言は、何ら反省をまじえず、何ら技巧をもてあそばず、修練に依らず、知識に依ることなく、ただすなおに、気軽に語り出すだけで、凍結した文明に大爆発を起こす威力を発揮する。瀕死の人間が健康を取り戻し、絶望する者が希望を見出し、力と勇気に欠けていた者が、巨人のように強くなっていく力がそこにある。

彼等、名前を持っている人間だけが、冒険と探険と開拓に身を委ねることが可能なのだ。

人間が今後、火星に行こうと、金星探検という壮挙を試みようと、それは一つのものの成長が示す必然的なプロセスの断面なのだ。昆虫の変態と同じで、それは、驚くべきことでも讃えるべきことでもない。当然なるべくしてなったものなのだ。時が満ちて芽が生じ、枝が伸び、芽が吹き、花が咲き、実が熟し、枯葉が落ちていく変転のプロセスなのだ。むしろ驚かなければならないのは、海王星の一衛星に過ぎなかった冥王星が、衛星としての軌道を外れ、はるか天空の彼方で、太陽系の異端児として、星のまばたきとしての太陽を眺め、二世紀半もかかって太陽を一周している事実である。

正規のプロセスからはみ出し、自らの軌道を確立していく道程は、それ自体奇蹟のドラマである。それは、未知の大地に挑む開拓者の歴史でもある。何一つ前例がないということは、それにしてもまた、何と栄光に満ち、尊厳にあふれていることか。一切の既成のものを破壊した上で行われ、試みられる行為は仏の道だ。『一念往生義』の指し示しているものはこれである。自己以外の一切の権力を無視し、一切の他の宗教をたたきつぶそうとした日蓮の強烈な個性。先祖を「単に先に生まれただけの話しではないか」と言ってのけた法然の、明確な自己。「信じて行えば、汚れたものなど何ひとつありはしない」と言って、一切の行為、生き方を正当化し、タブーのすべてを打破したパウロの本格的なヒューマニズム。

こういった人間像の示すものは、一様に、開拓者的な生き方の尊さであり素晴らしさである。彼等には、何等、予定や計画などありはしなかった。すべてが、その時その折りに応じて臨む、精一杯誠意に溢れた態度であった。そこには、何ら計算乃至は計算に類する行為は見られない。すべて、強烈な個性が打ち出す直観を支えにした、単純にして異常に鋭い主張だけである。主張であっても、それは、冷血な客観意識に裏打ちされたものではないから、観念的な思想や哲学であるはずがない。行動に密着した反省なのだ。

アポロ十一号の乗組員達には、この種の直観は禁じられ、私語も固く禁じられていた。そういった訓練の激しい繰り返しの結果、月面に降り立つという、かなり詩的な一瞬にも、私語は吐けなかった。地上の多くの人々は、彼等が感激の余り、昂奮して何かをつぶやくだろうと期待していた。そしてそれが、どんなにささやかでつまらないつぶやきであったとしても、人類史上の一頁に、不朽のものとなる語句だと心ひそかに信じていた。だが彼等は、遂に、私語を一言も吐かなかった。完全にロボットとも言える彼等の姿が、月面に長い影を残した。

やわらかい月面の砂地に刻みつけられた靴のあとには、全然人間味が感じられない。金属性のひびきをたてながら、一億光年の彼方からの電波に依ってコントロールされている、冷たく無表情な「疑似人間」であり、「準人間」なのだ。余りにも精巧につくられ、調整されているので、疑似人間は、単なるロボットではない。性欲もあるし食欲もある。余りにも複雑に仕組まれているので、涙を流したり、笑ったりもする。それ以上に傑作なのは、彼等が、長い間疑似宗教の訓練も充分に受けているので、時折り、神に祈ったり、聖書を読んだりもするということだ。

こうなってくると、人間と疑似人間の区別はひどくあいまいなものになってしまう。ロボットと準人間の間に引かれる境界線も、はなはだ漠然としたものとなってしまう。

もともと、人間と疑似人間、準人間とロボットの間に明確な区別はなかったのだ。それは、高音と低音の段階的な差であって、同質のものの一連の配列であり、その配列の中に設けられた規則的なずれにほかならない。二万サイクルの高音も、十八サイクルの低音も、音響には変わりがない。そして、なかには、人間の可聴範囲を超えた三万サイクルのメロディ、しかも甘美なメロディは人間にとって無縁だということは何と悲しいことか。文明社会の人間の耳に伝わる音域が制限されていると同様に、人間として現代人に納得される人格は、疑似人間から準人間の間のどこかに位置していなければならない。純粋な人間の存在は、疑似人間という高音を超えて一種の不可聴音となっている。予言者は、常に納得されることがない。冒険する者は、決して歓迎されない。探険を企てる人間は、常に黙殺され、軽蔑の眼でもって見られる。

月面に人間が二人降り立った。しかし、それは、本来の人間ではなく、疑似人間であったから、本当の人間のドラマとは言い切れない。月は、本当の人間には、まだまだ手の届かないところにある。人知れず、徒歩で、てくてくと、弁当を下げて、またある時は、ヒッチハイクで、笑われ、憎まれながら月にたどりつく無法者が出現するまで、人間は、月面上を征服することは出来ない。月は、まだまだ、果てしなく遠方に厳然として存在するのだ。

ふる里の位置

トルストイの精神、現代文明を極度に嫌った精神は、いま、私の中に甦りつつある。ニーチェの精神、人間そのものよりも先んじてしまった文明を、無礼であると手討にした精神が、いま、私の中に芽生えてきている。

こういった私の考えは、もはや、一民族、一国を代表する思想と呼ぶには、余りにも、内在する何かが異質であり過ぎる。かつて、日本精神を代表した『源氏物語』や、『茶の本』的な立場を、私の思想がとることは、決してありはしないのだ。

インドの『ジャイナ教典』、セイロンの『ディーパヴァンサ』、フィンランドの『カレワラ』といった民族の古典、史書的立場は決してとれない。これは、はっきりした動かし難い一つの運命なのだ。

善し悪しの問題ではない。山があるように、川が流れているように、これは、そのまま受けとらなければならない事柄なのだ。私の書くものは、むしろ『万葉集』や『古事記』に依って示されている、あの、超民族的、全人類的な「意味」なのだ。

「人間の意味」こそ、私が、伝達し、記録すべく負わされている神聖にして苛酷な運命なのである。そういう点から言えば、或いは、私は、アナーキスト、それも、極端なアナーキストなのかも知れない。プルードンに依って代表されている、あの流暢なフランス語と、ゴール的発想でもって行われた哲学的論法、また、このアナーキズムが支えとなって行われたパリ・コミューンという行動形式は、それでも、私個人とは全然関係がなさそうだ。文明の末端にちょこちょこと、その御先棒を担いで騒いでいるプチ・ブルジョアなど、私の眼には、人間として、まともな人間としてうつることは全くあり得ないからだ。だからといって、あの重々しい空気の中で、破壊こそわが美徳とばかり、火の破壊力を武器にして革命運動に力を注いだバクーニンや、クロポトキン等のアナーキズムでもない。従来の文明の根拠と証拠を一切地上から追放するために、あらゆる文書、紙幣を焼き払った意気込みは、私にとって分らぬでもないが、興味をそそることはない。ルンペンも、プロレタリアートも、そのままでは、所詮、文明の毒気に汚染された出来損いでしかなく、例えクロポトキン流の革命が成功しても、この世の中が大きく改まるものではない。一つの牢獄から出て、次の牢獄に入って行くだけのことに過ぎない。

そのいい例が共産革命である。今日、帝政ロシアの農奴達は、コルホーズ、ソホーズ、といった、一層苛酷で厳重な牢獄にとじ込められている。彼等の立場は、半世紀前と一寸も変わるところがない。私にもし、アナーキズムの傾向があるとすれば、それは、社会改革とか、政治闘争の意図の全くないものであって、徹底した個人主義的アナーキズムであろう。ニーチェに先行したマックス・シュタイナーが、こういったかたちのアナーキズムを主張した。完全な自我信奉の理想的な姿がここにある。何ひとつ信用しやしない。自分以外には何ひとつ信じやしないのだ。例え、どれほど箔のついた権威であっても、理論であっても、自分を信じ尊敬する以上には決して取り扱わないというところに、この思想と、それに即した生き方の美徳と強味がある。自分を一つの星にしてしまうのだ。物理学的に考えてみても、我々の肉体は、かつては、文字通り、一つの輝ける一個の星だったのだ。人間の肉体とは、それら星々が、長い年月を経て、冷え固まり、凍え、死に絶えてしまった躯《むくろ》なのだから、人間がどんなに感激したり、欲情したり、想ったりしてみても、そこには自ずと限界があって、それ以上に燃え立つことはない。人間はもう一度、単純な初期の物質構成に回帰しなければならない。水素とヘリウムだけの単純な物質に還元されていかなければならない。そして、原始星雲の中に飛び込み、自分自身の体を発光体として、この無限の空間に光り輝く存在となっていくのだ。

人間の肉体は、元々、れっきとした一つの恒星であった。自ら発光し、爆発しつづける太陽であった。空想上ではなく、観念上ではなく、実際にこの体は、光り輝く星であったのだ。もう一度、その星の姿に立ち返るまで、人間は、決して永遠の生命を見ることも、往生することも出来ない。

私がアナーキストであるとするならば、まさにこの点においてである。私は、一切の国境を忘れ、あらゆる国の言葉を無視し、民族そのものの存在を失念し、国歌や国旗を捨て去って、一個の恒星として闇の宇宙空間に遊びたい。いや或る意味では、既に、その軌道に乗っている。エベレスト登頂のドキュメンタリー映画は、この山が高いだけに、激しい迫力を画面一杯に溢れさせる。私の書くもの、考えるもの、行動するものも、その思想や、視野、好みが恒星的なだけに、精神的なその日暮しの人間には、あくが強過ぎ、粒子が荒過ぎて、主張するところがぼやけ、説明する内容が、まとまりのつかないように見えるかも知れない。それだけにショックが強過ぎる。甘美などといったものではない。

私は個人主義的であるという意味で、シュタイナー的なアナーキストであるかも知れない。

現代において、現代を正しく語れるのは、社会菌、経済菌、教養菌、モラル菌などといった細菌類を全く寄せつけない無菌ボックスの中に入っている人間だけである。無菌室に入るということは、今日、容易なことではなくなってきている。何らかの細菌に依って蝕まれることが、一人前の現代的生き方だと信じ込まされ、一種の自尊心の根拠にまでまつり上げられている状況下では、ほとんど不可能に近いことである。ほんのひと掴みの糞度胸と、がむしゃらな気性の人間だけに許される行為である。一寸ばかり気の利いた、村や町に一人ぐらいは居る程度の利口者では、どうしても尻込みしたくなる。「俺は火事が好きだ！」とシャガールが言い、「隣人を機関銃で射殺したい」とミラーは叫ぶ。そして松原新一は、文芸評論家の立場から、「わたしはこの現世の地上に楽園を築こうとする正しい思想に、ほとんど魅力を覚えない」と言う。

人間の心の中には、誰の場合でも、正確にはアナーキストの成分が微量要素として混入している。そうでない人間は皆無なのだ。集団の中で、一国家の中で、一民族の中で、きちんと、ソツなくやっていける人間は、それだけ何かを無理している。自分の生命がいびつになるくらい不自然に無理しているのだ。自分個人になってものを考え、行おうとすることが、万人にとって最もリラックスした時の姿である。誰も、国家というものをひどく負担に思っているからこそ、不自然なくらい国家に忠実な人間になろうとし、民族に対して不満があるからこそ、民族に忠誠を誓う人間になろうとする。人間は、遠心力に支配され、無限の彼方に固有の軌道をえがいて飛び去って行く星屑に似ている。それ自体、恒星に違いはない。自ら光を発している。不断の爆発をしている。生成しつつある流動、変転、燃焼の激しい様相を呈している。こういった星は、冷却し、氷のようにつめたく静かな唖の星になる時、もはや、従来の意味で言われている星ではなくなる。宇宙空間のごみであり、文字通り星屑となる。巨大な星屑より、大豆粒ほどでもいい、激しく燃焼し生成している恒星であり度い。恒星は爆発している。輝いている。歌があふれている。怒りと笑いが漲っている。全く、それ自体で存在する確かな証拠がそこにある。

人間は、本来、誰しもアナーキストなのだ。マスゲームの中ですら、アナーキストの心は、決して、完全に絶えてしまうということはない。あらゆるタイプの独裁者は、それぞれに、タイプの異ったアナーキストの面を遺憾なく発揮している。

ナポレオンも、ルイ十四世も、エドワード三世も、ヒットラーも、カストロも皆そうなのだ。独裁者の道は、自己のアナーキスト振りを、民族や国家の名の下に、一つの正義として打ち出す巧妙極まりない手段である。

そして、このアナーキックな精神こそ、その人間を最も個性豊かなものにしていく。国家を論じ、民族を論じた偉大な予言者が、過去において一人でもいただろうか。偉大な人間は、常に自己を論じる。

マホメットやヒットラーの民族意識、あれは、単なる口実に過ぎない。彼等は、世界を相手にして、もっと大きな欲望を抱いていた男達だった。さし当たって、目の前の凡衆を手なずけるために、便宜上、ああいう口実を使った。日蓮の国体論。あれも、多少はったり気のある、この調子のいい男の一時の方便に過ぎなかった。これらを真に受けて民族論や国家論を本気で考える馬鹿者が、彼等の後継者と自称する阿呆どもの中に数多くいる。何ということだ。

自分を、もう一度、健全なかたちで取り戻すためには、どうしても、目先の障害物を破壊してしまわねばならない。革命家は、本来、建設的な存在であるはずなのに、どうしても、破壊行動をやらざるを得ないという背後の事情は、これでよく分かる。

従って、自己を回復した人間は、しばらくの間、反集団、反社会的な極悪人として取り扱われる。これは止むを得ないことなのだ。それがいやなばっかりに大半の人間は、自分の内側のアナーキストの心を殺し、もみ消している。これはどんな立場から見ても不健康なことだ。だから顔色が冴えなくなる。眼の輝きがにぶくなる。顔の明るさの度合いは、額に依って一番よく分かるが、その額が、陽の光にも当たらないのに、黒ずみ荒れてくる。自分のやりたいことは何ひとつやれない世の中だと意識する時、その人は、人生を台無しにしている。たった一度きりの人生を放棄してしまっているのだ。

健康で目覚めている人間にとって、自分の存在を確かにしている〝民族も〟〝国家〟も、実は、とんだ妄想に過ぎないと分かる。地球儀の上に引かれた緯度や経度の縦横の線と同じく、国境線や、国家別に塗り分けられた色彩が、実際には全く存在しないものであるのと同じである。赤道を、一直線に引かれた赤い色の道と錯覚する位、愚かで無責任な精神の姿勢が、国家や民族を意識する人間のものの考え方に見られる。

キェルケゴールが、その著書『現代の批判』の中で言及している「集団と個人」は、この場合、「私の意味」を最も適確に説明してくれる。現代人は、確かに、ひとかどの、気の利いた、しかも権威ある意味を持つためには、「署名を二十五も集め」なければならない。「たこの吸出し膏」のような名前を二十五も並べ立てれば、それで、何とか世間に通用する意見になると信じ込んでいる。しかも、実際その通りなのだ。

「このうえなく優れた一個の頭脳が、徹底的に考え抜き、そうしたあげくの果てに打ち立てた意見は、常識から外れている屁理屈として採り上げられない」とキェルケゴールは書いている。これは、奇しくも、精神的アナーキストのたどる運命を、十九世紀前半という時点において予言したことになる。

彼の言う「死にいたる病」もまた、この事に深い関係を持っている。一国家、一民族、一地方、一都市、一集団、一組織、一区域、一単位という形のどれかの中で、また、それからの幾つかが重なり合い交錯し合った絆の中で、個人は自己を放棄している。自分自身でいられるということよりは、そんなものは要らないから何かの一分子、一員、一要因であり度いと必死に願う。

「自分自身を失ってしまうということが、人間にとって、最も怖るべき危機であるといったこと等、まるっきり感じていないかのように、人々は、気前よく、自己を放棄している。これくらい、やすやすと失われていくものは他に類を見ない。一本の腕や足、又、いくらかの金銭や妻などを失えば、あわてふためいて騒ぐくせに、自己喪失については無感覚である。」

キェルケゴールは『死に至る病』の中でそう書いている。

彼の生い立ったデンマークは、九州とほぼ同じ面積の雑然とした半島と小島から成る小国である。日本もまた、朝鮮半島の先端から、何ということなしに、無気力に、みすぼらしく雑然と散在している小国である。北から南に、まるで炎天下のコンクリートの上でのた打ちまわるみみずのように、体をみにくく引きつらせたようなかっこうで伸びている日本。デンマークは、さめの鋭い歯牙にかかって喰い千切られて散らばる章魚の体に似ている。

これら二つの小国は、余りにも多くの類似性を持っている。書き言葉と話し言葉の分離という点から始まって、歴史の古さ、それに伴う街路の重々しさと息苦しさ――キェルケゴールは、こういった通りで、ぶったおれ、それから一カ月して死んだ。灰色の風土の中で、どちらの国にも自殺者が多い。小さく、それほど極端に貧しくもなく、かといって、ずば抜けて富める国でもないだけに、きちんと万事がまとまり、小ずるくて、抜け目なく、大きいことは大嫌いで、いつでも、顕微鏡下の問題を取り上げてこれに議論の花を咲かせ、行動し、稼ぎ、愛している。彼等の好む音楽が、明瞭にこの辺りの事情を説明している。どちらの民族も、短調のメロディが大好き。

涙がべとついているデンマークの国家、〝Kong《コング》 Christian《クリステアン》 stod《ストッド》 ved《ウッド》 høen《オイエン》〟

十五歳の時、貧しい靴直しを業とする生家を離れてコペンハーゲンに向かったアンデルセン。母は悲しみに打ちひしがれてうつむき、祖母はおいおいとただ泣くばかりだった。「ハンス、本当にお前は行ってしまうのかい」

孫の出立を前に、老婆は、心の中まで涙でぬらした。

Farvel《ファベル》 mit《ミット》, Hans《ハンス》!

日本の民謡のもの悲しさはどうだ。「五木の子守唄」、「よさこい節」、「南部牛追い唄」――どれも、一様に、胸を締めつけずにはおかない悲しい唄だ。

こういう国であればこそその民族は、一層、集団の中に、我を忘れて飛び込んでしまうのかも知れない。

本来そうであるべき一人の人間の状態――それを私は、「原初的人間」乃至は、「原生人類」と呼んでいるが――そういった状態に至るためには、自分自身に立ち返らなければならない。自分自身に立ち返った瞬間、その人間は、必ず、自分が一種のアナーキストであることに気付く。これは不可避のことなのだ。人間は本来、周囲のどのような集団にも縛られてはいなかった。全く自由にものを考え、行動し、歌うことの出来る存在であった。

だが、歴史の流れの中で、人間の精神の形態と感受性の回路は少しずつ変化してきて、今となっては、もはや、原生人類とは全く無縁な、別種の、社会的人類と化してしまっている。だから、自分自身などこの際どうでもいいのである。彼等にとって、そんなことは単なる夢物語りに過ぎない。それよりは、どうしたら安楽で無難な生活が送れるかということに専念し熱中する。しかも、ふざけていることに、彼等は、そういった、キェルケゴール式に言えば「この社会に身売りをしている連中は、自分の才能を利用して金銭をため込み、世間的な仕事を営み、賢明に打算し、それに加えて、もしかしたら、あるいは自分の名を後世に遺せるかも知れないと言った、宝くじに対する大衆の感覚にも似た淡い期待を抱きつつ」、彼等とは全く別の、原生人間としての道を大胆不敵に歩んだソクラテス、ホーマー、ドストエフスキー、ニーチェ、老子、キェルケゴール、ミラー等を愛読したり研究したり、そういった小数人間の言葉や主張の中から何かを学びとろうと身構える。何ともおかしい。これ以上の冗談はまずあるまい。ニーチェの心を抱くことなく、どうしてニーチェの著作が分かるというのか。ミラーの肌を持たずして、どうしてミラーの文学がぴんとくるはずがあろう。ドストエフスキーの怒りの味に無感覚であって、どうしてドストエフスキーの苦悩が納得出来よう。キェルケゴールの危機感もないくせに、どうして彼の哲学が分かるというのか。だからこそミラーは、「私の書くものは、信じるか信じないかのどちらかである」と言い得たし、ニーチェは、「凡人は、危険率の高い私の作品に軽々しく近寄らないように」と警告しているのだ。

キェルケゴールは、そうした社会人を、次のようにすっきりと言ってのけている。

「世間の目から見ると、冒険をすることは危険なことである。それは一体どうしてかと言えば、冒険をすると必ず、何かを失うことははっきりしているからである。だから、社会の中の人間にとっては、冒険しないことが利口だということになる。だが、冒険をしなければ、その時こそ、冒険を敢えて企てて失うものよりは、はるかに重大なものを、あきれるくらい簡単に、あっさりと失ってしまう。つまり、自分自身というものを、はじめから、そんなものは無かったかのように、きれいさっぱり、すっからかんに失ってしまう。」

もともとこの地上には、ルソーのいうように、私の土地、あなたの土地といったものは存在していなかった。国家も政府も在りはしなかった。支配者も被支配者もいなかった。そういったものが、始めから、人間にとって固有のものであると考えている人間でこの地上がぎっしりと埋っているだけ、この世の中はかなり絶望的な気配が強い。たとえ月の世界に住み着き、火星や金星の世界に開拓民を送り出すようになっても、やはり人間は、国家や権威を一諸にたずさえて行くことになろう。それは目に見えて明らかである。ほんの一握りの人間が、声を大にしてこの事実を叫んでみても、さっぱり通じることのない呪われた時代が、ここ五千年ばかりこの地上に展開してきている。だが、それに対して、真に創造的で、しかも本来の健康を取り戻している人間は、一寸もしょげたり、絶望したりはしない。ホーマーは、そんなことには、一切気を使わずに、心から晴れ晴れとした気分でうたえるだけうたった。それに、この世間の人間は、人間の最も重要な部分がその機能を停止していて一寸も利かなくなっている。一時は、外側から、偉大な人間に依って生気を吹き込まれ、燃え上がり、目覚めを体験するにはするが、それも束の間で、しばらくすると再び冷え込みが始まる。

内部から燃え立ったものでないから、それは、当然起こるべくして起こることなのだ。そういった事実に対しても、予言者や詩人は一寸もへこたれることがない。そういったことは、前々から百も承知しているといった余裕が充分に具わっているからである。

「現代は、分別の時代であり、反省の時代であって、情熱のない時代である。一瞬、感激に燃え上がることはあるにはあるが、しばらくすると、再び、ソツなく、元の無感動な、理性の殻に引き籠ってしまうという、かなしい時代である。」

これは、『現代の批判』の冒頭の文である。

人間のふる里は、その人間の自己の、その一層奥に、まるで「自分自身」の核のように存在する以外にはどこにも見当たらない。国家は亡び、そしてまた興る。新しく興る時には、もう、旧来のモラルや美徳や権威は通用しなくなる。全く別種というよりは、むしろ、旧来のものとは正反対の諸条件が生まれてくる。昔の英雄は今日の大罪人となり、昔の悪人は今日の聖人となる。上が下になり、下が上になってくる。ほんの一握りの人間だけは、こういった国家の中でも慌てふためかない。彼等は、自己のふる里の位置をはっきりと確認しているからである。聖書に書いてある通り、「この世は変わりやすい。だから、この世に余り深入りしてはいけない」。とは言え、私がアナーキストと呼ばれるには、多少問題があるようだ。

アナーキストには政治意識がある。だが、私にはそれがみじんもない。この点で私は、いわゆる無政府主義者ではない。第一、私はそれぞれの国家に固有の政府を倒そうと企てたり、政府批判を、一度も試みたことがない。もし、私が、政府や政治について非難めいたことを言ったとしたら、それは、現代文明一般に対しての非難のついでに行われたことであって、一人の人間の、自己に対する無責任さを非難するのと全く同じ意識で、政府自体の非創造性、非行動性、非人間性をあげつらっていることになる。これは、政府を非難する人間よりもっと悪質かも知れないが、私には、政治に対して何らの関心もなく、政府に対して何らの意義をも見出してはいない。そういったものは、直接、現在の、私の性欲や、いま目の前に置かれている宗教書や、いまペンを走らせている原稿の上の、広大にして無限の荒野の風土に対して何らの影響も与えてはいないことがはっきりしているからである。はっきりしておき度いことは、私は、何ら政府や政治のおかげで生きているわけではないということだ。成る程、日本の社会保障制度も、デンマークやスエーデン、英国などのように徐々に完全なものになりつつある。そして私自身も、私の家族も、何らかのかたちで、その恩恵（果たして恩恵だろうか？）に浴していることは事実である。だが、もし私に、裸で、質素で、税金を払わずに、貧しく、自由に暮していく生活を許してくれるなら、何ひとつ社会保障の世話にならずとも楽しくやっていけるはずである。いや、その方がずっと幸せに違いない。

やがては、生活に余裕が出来るような時代も、私にめぐってくるに違いない。そうしたら、山の奥の、静かな処で、自由に憩う生活に入り度い。国家とか政府のない土地ならもっといいと思う。だが世界地図を広げて見て、一体、国別ごとの色で塗り分けられていない土地が一カ所でもあるだろうか。ありはしない。それなら、こちらで眼をつむるだけだ。私は、国家を見ない。私には、もはや、政府や、一民族、一地方、一集団、一団体、一町村、一区域、一つの主義、一宗教などを見る目を持ってなど、いはしないのだ。私の目はひどく変形してきている。私の目は、「人間」、それも、自分自身を取り戻している人間しか映ることのない水晶体で出来ている。人間だけを求め、人間だけを眺め、人間だけに興味を抱いている、厳しさ限りない眼である。人間の外側にまつわりついているものは、すべて虚飾であり、幻影であり、妄想のイメージを生み出す反射鏡に過ぎないのだ。社会で立派だと言われる人間は、この反射鏡を大げさに身につけた人のことだ。それを、何らかの手段でむしり取ってしまえば、そのあとに残るものは、ただ、自己を失った干涸びた人間の干物に過ぎない。その人間の発言は、常套語で満ちており、彼の笑いはしわだらけであり、笑顔は渋柿のようだ。

昔、ユダヤ教の導師は、その大げさできらびやかな法衣に、聖句を刻み込んだ銅板や石板をつけていた。体中が、行動するごとに、ジャラジャラと金属音を響かせた。その音は、そのまま、神の約束の言葉の響きにほかならないと考えていた。だが、一たんその衣を脱いだらどういうことになるか。突然の火事騒ぎ、それも真夜中の火事騒ぎで飛び起き、着るものも着ないで避難しなければならないとしたらどうであろう。それでも、その男の立居振る舞いの中に神の言葉の響きが聞かれるだろうか。

然り、今日、宗教家は、全くこれだ。法衣をまとい、聖句をやたらと口ずさむだけが能で、それ以外は極端に非宗教的である。宗教的ということは、個人の生活の中で、異常に深々と、神との対決の瞬間を確認していくことである。一切の宗教的形式（儀式や礼典）などとは全く無関係である。

そんなものは、宗教ごとに違うし、Aという宗教で神々しい行為も、Bという宗教にとっては呪いの行為であるかも知れない。宗教性が、本格的にその人物の生活の中に根を据え始めると、その人は、極度にアナーキストの風貌を示し、激しくコスモポリタンな行動に出るようになる。宗教がインチキな程は、宗派争いや、教派に誠実な行為が行われる。真実の宗教人は、一切の宗派的なまがきを破壊していく。一切と合一する境地に入っていく。宗教に徹するということは、共産党に凝ったり、骨董品に夢中になったりするのとは一寸ばかりわけが違う。そういった遊びごとよりは、ずっと奥行が深く、巾の広いものなのだ。

私がアナーキスト的な様相を呈する時、それは、私の中に根ざしている宗教的意識のせいであることを疑ってはいない。

私は神と対決する。だが、キリスト教とは、決して接触しないように努力している。仏教もマホメット教も、ママごとみたいな、幼児達の運動会みたいな新興宗教とも、さらさら縁はない。

私は心を大きく広げ私の神と語り合う。私には私の神がいる。私は、私を強制的に属させようとする一切の国家、民族、社会、宗派、地方といったものから頑固に袂を別つ。私は、私自身の踊りと唄の中で、私自身の祈りを続行する。

私は、聖書を、宗教的な勇気を与えてくれる最良の書物として読みつづける。だが、断わっておき度い。私は、無責任に聖書を乱用する間抜けなキリスト教会とは全く絶縁しているのだ。

私は、そういう意味で、私自身のふる里を、私自身の中に見出しているしあわせな男である。

キリーロフ的自殺

「たった今まで、堅固な不動の秩序のようにそびえたっていたものが、燃えさかる火の中で、突如として悲鳴をあげてくずれ落ちてゆく。そういう火事のイメージがわれわれに与える興奮は、すぐれた芸術がわれわれに与える興奮に酷似しているとわたしはおもう。秩序的なるもの、日常的なるもの、習慣的なるものに対する燃えるような悪意の種子が、一人間の内部におちた時、彼は、ひそかに、芸術と手を結びはじめる。しかも、はなはだやっかいなことに、ひとたび芸術の魔神にとりつかれてしまったものが、その強い魅力からのがれることは、決して容易なことではない。

幸か不幸か、わたしは、この現世の地上に楽園を築こうとする正しい思想にはほとんど魅力をおぼえることがない。

このごろ、文学の世界で、新人作家の不振ということが問題になる。単に、新人作家の場合のみとは限らない。既成文壇の沈滞という事態は、ほとんど慢性的となっていて、だれも、それを正面切って口にしようとはしないだけである。しかし、今は、われわれの住んでいる世界に、崩壊、解体、混乱というような乱世の徴候があらわれはじめているとすれば、文学がこれを好餌として生きようとたくらんでいけないわけがあろうか。

〝もっと崩れろもっと崩れろ〟という邪悪な祈念こそが、実は文学の基本的な武器でなくてはならない。存在をめぐる日常的、習慣的、秩序的な様相の、徐々に崩れおちてゆく乱世の状況を、いわば、想像的現実を、一個の言語世界として表現しようとする文学創造の強い刺激として、どんらんに吸収せずにはやまない情熱こそ、わたしは、今日の日本の文学者に希望したいとおもうのである。」

—『乱世と文学』松原新一—

国境を越え、辺境を超えて、はるか霧の後方、峯々の彼方に進出し、分散し、拡散していった古代の越境者達《ベト》。彼等は、各種各様に、それぞれの習慣や様式の中で暮し、彼等は、その多様性の故に百越と呼ばれていた。まるで蟻のように数が多く、働き者で、熱意にあふれ、集団生活が堂に入っていながら、やはり、蟻のようにたやすく踏みにじられる民族であった。彼等は、中国人の、どんらんで巨大な、ただれた口中にすっぽりと噛みつくされてしまった。この難から逃れて生き残ったのは越南人《ベトナム》だけであった。斯くして、今日、ベトナム人は、世界中の、軽薄で軽率で調子者のモラリストや平和主義者、インテリといった不具者達に依って憐みを投げかけられる民族となっている。

歴史は、それぞれがどんな小径であれ、間違いなく人間を不幸に導いていく。歴史から断絶した、一種名状しがたい領域に立つ者だけが幸運にたどりつく。

大阪の吹田市内に架っている哀れな橋。この橋は、両岸から分離して、流れの真中の架構だけが残されている。まるで、スイスの湖上人達の遺構の復現に似ている。文明もまた同じ。人間と神、乃至は、行動と無限の可能性という両岸から断絶した孤立した姿で、今日、文明は不甲斐ない醜態をさらしている。両岸に接続していない橋が実用的でないのと同じように、人間と神との間をさし渡すことなく、行動と無限の可能性を連絡することなく、文明は、何等の存在理由もない。

炎の魂を持ち合わせた男は、ミケランジェロやゴッホであった。炎の心を持ち合わせていた女性は、ジャンヌ・ダルクやカテリーナ・スフォルツアであった。

キェルケゴールが愛を抱いた美しき女性、レギーネ・オルセンは、その時、わずか十四才であった。ポーが結婚した女性は、十三歳のヴァジニアであった。カテリーナが、ジローラモ・リアーリオ伯爵に嫁いだのは十四歳の時であった。その後の彼女の運命はどうだ。或る時は、子供達のやさしき母として、或る時は、一軍を指揮する城主としての責任があった。しかも八ヵ月の妊娠の身で全軍に号令した。やがて、ぐうたらで、余り気力のない彼女の夫は暗殺された。彼女が捕えられ、城から出ていく時、彼女の背後には、どさっというにぶい地響きがした。彼女は、大きな鉛のかたまりを飲みこんだ。彼女の夫の死体が城の窓から蹴落とされたのだ。彼女の息子達は、敵方に人質として捕えられていた。息子達の喉元には剣が突きつけられていた。彼女はその時、裸足で、髪を振り乱していた。二十五歳の美しい彼女は、その瞬間、パッとスカートをめくって、下半身を兵士達の前にあらわにして叫んだ。

「愚か者奴がっ！　私は、これから先、何人でも、好きなだけ子供を生むことが出来るということが分からないのかっ！」

遂に彼女は勝った。暗殺者達や裏切り者は、男ではとても想像がつかないほどの残忍な方法で処刑された。それが彼女の流儀であった。

彼女は、その間、常に、愛する男を近くに侍らせていた。恋がなくては一瞬たりも生きていけない、文字通り炎の女であった。四十六歳で死ぬ頃の彼女は、再び、国家も家族もすべて失っていた。本当に炎のように燃え尽きて了った女であった。イタリアのルネッサンス期に咲いた美しくも妖しい炎の女。ルネッサンスは、去勢された馬どもの、生白い表情をして語る御上品な思想とは全く関係がない。塩酸の中に投げ入れられた脳味噌の讃歌だ。ローラーで、砂利道の下に押しつぶされた眼球に映じる、美しくも甘美なパラダイスのヴィジョンである。

零下一千度の気温の中で、溶けて流れるマグマのつぶやきにほかならない。トウトンク・アモンのミイラが、アメリカの冒険のニュースを聞きながら胸を痛める初恋の味だ。

九州にある山伏の山、求菩提《くぼて》山。山伏達は、数ある仏教の宗派にこだわらない。それは、キリスト教の無教会派などによく似ている。彼等は、険阻な山々に分け入り、よじ登り、谷川を伝い、人間の体力の限界を押しひろげる実験を試みた。この点から言えば、芸術家の中のアヴァンギャルドに相当する。こうした体力の限界の拡張という努力は、同時に、彼等の精神の拡張にもつながっていった。当時の人々が、山伏を、呪術者、魔術者として観たのもその故である。

天狗の物語りは、山伏の超人的な生活の一面である。彼等は、空を飛び、雲を呼び、風を起こし、雨を降らせると信じられた。求菩提の山伏達は、若い娘達の憧れの的であった。

男の中の男、理想的男性、知性と力と行動性の具った偉丈夫であった。

仙人は、自分のペニスをもって女の病気を癒したと中国の本は伝えている。精をもらす瞬前にぐっと押さえて、体内に還す秘法も仙人の会得していたものであった。

求菩提山には、神秘に包まれた遺蹟が残っている。この際、神秘とは、人間性の異常な拡張の記録である。天狗が工事をしたと伝えられている石段は、けわしい山腹の斜面をぬってどこまでも続いている。天狗の住んだ洞窟が、険阻な断崖のふちにある。大日堂、阿弥陀窟という名がつけられている。

ボスポラス海峡に面したイスタンブールの、東ローマのキリスト教もまた、日本の山伏の一面を示している。聖なる山々は、いたるところで海に突き出している。険しい断崖のふちに修道院が建てられている。一体、このようなところに、どのようにして建築材料を運んできたものであろうか。大阪城の巨大な一枚岩よりも、もっと考えさせられるテーマがそこにある。凪いだエーゲ海に突き出しているアトスの山。白っぽい岩肌の上に、辛うじて緑がへばりついているといった厳しい風景である。アトスの山は、今まさに、海中に転がり落ちようとしている石ころだ。神の命に依り、信仰心の厚い予言者の声に依って、今、海中に没していこうとする山塊の姿だ。一秒を一千年、一万年にまで引きのばし、風化の一瞬のドラマを、特殊撮影の処理法に依って我々の眼前に展開して見せる自然の姿。十四世紀頃に建てられたビザンチン様式の建築、グレゴリウス修道院はアトスの山の突端にある。海に面した窓辺の真下は、エーゲ海の濃紺の海である。

山伏も修道士も、鉛のような世間の付き合いと、水銀のような形式を忘れて、ひたすら自然のやさしさと厳しさの中に帰依した人間達である。だがそこに、果たして、世間から離れたということが一つの明確な意味を持つような体験があっただろうか。世間からは聖者と仰がれ、神秘を行う不思議な人達と言われることはあっても、彼等自身反省して見て、何ひとつ超能力を持ち合わせていないことを知っていたはずだ。いや、むしろどちらかと言えば、自分の凡人であることにひどく悩み、苦しみさえ覚えたはずである。そうでなかったら、どうして山伏が、銀貨を一枚、村の若い娘に見せて、その体を見せてくれと哀願しただろう。どうして修道院の中から、熱烈なラヴレターを別の修道院の尼に書き送ることをしただろうか。

人間が、何か超能力に支配されるか、または、超人そのものとして力と確信に満ちて生きようとする悲願が、山岳仏教や修道院の教理を生み出したのであろうが、その考えは、いずれも、一寸御粗末であり、考え方が甘く浅かった。人間は、今、この場で超人となれるし、この瞬間に、世間と隔絶した特殊な人間となれる知恵を持たねばならない。本当の天狗の飛び交いは人間の心の中に見られるのだ。修道院の、最も素晴らしく理想的なものは、魂の中にのみ建設される。

最もこの世と隔絶した処、それは、太陽から二千九百万マイルしか離れておらず、自転と公転をきっちり合わせて行い、従って、月の地球に対する関係のように、一面だけを常に太陽に向かわせ、永遠の昼と永遠の夜の面を持つ水星の地表ではない。

地球と双生児の関係にあると言われている白い雲のヴェールに包まれた金星でもない。

風が吹き荒れ狂い、九時間五十五分のスピードで自転し、十二個の月を従え、十二年間をかけて公転し、水素、アンモニア、ヘリウム、メタンガス等の死毒のコンデンスされた巨大なかたまり、おそらくは、アンモニアを基調にした、全く別種の生物の存在する可能性がある、馬鹿でかい木星でもない。

海王星のまわりを回る月であったものが、その軌道を迷い出し、はるか天空の彼方で、二百四十六年をかけて公転し、太陽の輝きを一点の星のまたたきのようにしか望見出来ない死の星、冥王星の上でもない。

この世の中と最も隔絶しているところは、人間の心の中なのだ。ここからのぞむ時、もはや、肉眼にまばゆい太陽も全く光を射してくることはない。自転も公転も、永久にその一周期を完了することがない。そこにはアンモニアやメタンガス等といった死毒すら存在しない。そういった有毒ガスですら、全く別種の生物にとっては、生命維持のためになくてはならない栄養であるということは容易に考えられる。死という意味、純粋に生命から隔絶したものは無でなければならない。この際、有に対するアンチテーゼとしての無ではなく、有と無とを含めて、これらにソッポを向く無、乃至は零のことを念頭におかなくてはならない。

だが、人間は、また何と勇気に欠けていることか。敵陣に斬り込んでいく類の勇気や、貧者に恵みを施し、弱者に力を貸す勇気はある。だが、所詮、そういった勇気は、神の前で精密に調べ抜かれれば、蛮勇でしかないことがはっきりしてくる。真の勇気——これは、恐ろしく冷たく、厳しく、同時に激しいものなのだ。自分自身と真正面から、何ら仲介するものを置かずに、直接対決する勇気である。これは、魂にひびわれが生じるほどに、恐怖に近い体験である。大宗教団体が築き上げた聖堂は見上げられても、その中に納っている巨大な偶像とは対決出来ても、百万の兵士達の閲兵が出来ても、核実験に立ち合うことが可能であっても、自分自身との対決はなかなか出来るものではない。何億光年の彼方をのぞける人間でも、自分の心の中をのぞく勇気があるというわけではない。自己と対決するということは、一切の技巧を忘れ、一切の形式を無視し、一切の伝統的、習慣的な価値観を捨てて、真に、自分自身の作法と流儀で行い、処理していかねばならない、妥協する余地の全くない厳しい時間を持つということなのである。こうした時間の中に身を沈める生き方は、自己を失い、ひたすら、自虐的とさえ言いたいほどの態度で、自己を忘れ、社会協調ということに明け暮れている人々の目には、奇異としか映らない。

彼等にとっては、自分がどう思うかではなくて、どの様に言えば周囲の人々が好感を抱いて歓迎してくれるだろうかという問題の方が重大なのであり、自分自身にとって、それを着る必要があるかないかの問題ではなく、どういったものを着ると人はほめてくれたり、羨ましがってくれるだろうかということに重点をおいている。自分に最も似合うものが、他人から見てもよいはずなのに、何ということだ！　他人が見て結構と感じるものは、たとえ、本人にとっては死の苦しみであっても着なければならないものとなっている。太った女に、細い体に合うドレスを着ることを社会が要求すれば、太った女は、何のためらいもなく細いドレスを着込む。胸は圧迫され、首を締めつけられ、一時間もそうしていれば、人に対して挨拶する度に、われ知らず小便をもらして下着をぬらす。現代人の代表であるような面をしている文化人や指導階級は、結局、この類なのだ。精神的に、いつも小便をもらしている情ない奴らである。支配される連中は連中で、彼等なりに小便をもらしている。両者の差は、小便の色と匂いの違いぐらいのものである。

こういった社会に、はっきりと、自分にとって快適であり、自分に好ましいものであると納得した上で着こなす人間が現われれば、これは大変なショックとなる。そういう人間を、一般社会では危険人物とみなして敬遠する。例えばアメリカのマーガレット・ミードという女の学者がそれである。彼女は、厳しく激しいタイプの人間を極端に非難する。いかにも女性らしく、やさしく、調和がとれていて、考え深い人間を賞賛する。年少者は、現代という混乱した時代の中で、模範とすべきものを失っている。だから、いきおい、考えが浅くなり、行動にばかり走ってしまう。今は、賢明に年長者の言葉に耳を傾けるべき時代であるという。

これは、私の意見と全く逆をいく。私は、現代人が、アイデアばかり多くて、しかも頭でっかちの観念的な人間となってしまい、さっぱり行動力がないと判断している。考えなくてよいから行動すべきだというのが私の考えである。

書くためには、先ず書き始めなくてはならないとハンス・アルプが言った時、これは、必ずしも、ダダやシュルレアリスムの芸術主張にばかり意味の内容を限定する必要はない。それ以上に、人間生活の全般に亘って応用されなければならない言葉なのである。

破壊行動こそ自殺者の数を減らしていく。社会保障が適度にととのい、小じんまりとまとまり、みみっちく整理されている国、例えば日本、デンマーク、スエーデン等が最も自殺者が多い。たしかに人間には、フロイト流の「生の本能と死の本能」が共存している。微妙で不気味な構成と法則の下に絡まり合い、つながり合って共存している。生み増していき度いと願う心と、破壊せずにはどうにもがまんのならない衝動が絡み合っている。愛に溺れ、同時に憎悪に燃えたっている不可解な有機物と無機物の微妙な関係である。同調性と攻撃性が不思議な仕組みで結合している。人間の体は、他のどのような生物とも変わるところなく、炭素、水素、酸素、窒素など、およそ、十八種程の元素で出来ている。土壌もまた、大体、これと同じ元素から成っている。こういった土の器である人間の肉体に、宇宙線のような放射能よりも強力な精神が含まれている。十八の元素は土に戻り度いと願うトロピズム(回帰性)の甘い感傷に支配されていて、これこそ、フロイトのいう破壊本能である。と同時に、精神は、宇宙の呼吸のリズムの中に永遠を志向する。これも、精神が本来のまともな状態に立ちかえろうとするトロピズムの作用なのだ。土に還ることを志向し、永遠に還ることを憧れる人間は、もうそのことで、充分に矛盾した存在である。

殺したい、殺されたい、死に度いという三つの願望こそ、自殺という行為において成就されるとした、メニンガーの説が正しいかどうか私には分からない。しかし、これらの、きわどく、怒りを基調にした願望乃至は欲求がその人間の深奥な部分で意識していることは間違いない。すべての自殺者の遺書の文面には、これらメニンガーの三つの願望が例外なしにあらわれている。そして、こういった破壊本能は、関東人の口からもれてくる、稲妻のように鋭い、「むかっぱらがたつ」という表現で具体化され、東北人の、吐息とともにもれてくる、「ごしえっぱらやける」で訴えられ、九州人の、炎のように厳しい、「うぜけんばらがたつ」で説明されている。これらの、それぞれの表現は、いわゆる無指向性の怒りであり、憎悪であり、不満なのだ。何ら具体化しないうっぷんであればこそ、それは、人工的な、不自然な、表面上の欺瞞に満ちた平隠無事な社会に対して、革命、一新、改革、歴史の頁の切り貼りをやらなければ収まることのない行動に移っていく人間を仕立てていく。大化の改新も明治維新もこれであった。薩摩、肥後、土佐、長州の怒れる若者達は、明治改革の強力なメデアとなった。こういった明治維新の際の怒れる若者を、海音寺潮五郎は、「エネルギッシュな天才達」と呼んでいるが、これは正しい。人間は、真に怒れる時、その人なりの活力に溢れた天才を示すものだ。怒ることなくして人間は、自己を充分に展開し、自分自身の言葉を充分な音量で発声することは出来ない。

部屋に飾られているバラは造花、寿司についてくる青笹はビニール製の笹模様、庭石もプリントされたビニール製、テーブルや机の杢目も、すべてプリントされた合成樹脂加工の薄物の貼りつけられたもの、フルーツジュースの鮮かな色も人工着色、デパートの屋上のプラスチック製の断崖からこぼれ落ちてくる、見るからに涼しそうな滝も、汲み上げられた水道の水を落している。

やがて都会の人間は、青空のない頭上にたまりかねて、青い煙を上空にばらまいて、人工着色した青空をつくることだろう。その青い煙の中に、人体に有害な元素が含まれていても、この際止むを得ないと思うに違いない。

こういった状況の中では、人間の怒りさえ人工的なものとなってしまいそうだ。いや、既にそうなっている。江戸時代の頃から、人間の涙は、電気仕掛けの滝のように冷たい無感動なものとなってきている。口唇が真っ赤になるくらいに着色された、真赤なたらこに似ている。自然の色のたらこを店頭に並べると、客は、腐っていて、生きのよくないものだと不安がってそれを買わないと言う。本当のものは不安がられ、真実なものは、信じられず、誠意に満ちたものは恐れられ、実力のあるものは軽視され、本当に心の底から現状に怒りを発する者は敬遠される。

アハスウェルスはさまよえるユダヤ人である。心ある人間の魂は、その時代の曲れることと痛める状態を看破して、限りなく心をさまよわせる。さまよえるオランダ人、さまよえるコロンブス、さまよえるマゼラン、さまよえるハンニバル、さまよえる鮭、ます、うなぎ。

私はよく思う。現代の中学生、高校生、大学生が勉強している姿に、私などの少年青年時代とは比較にならないほど巾の広い可能性をもった将来があることを、半ば尊敬し、半ば羨みながら指導し、傍観する。だが何ということだ。彼等は卒業間近になると一様に萎縮し始め、社会に出ると忽ちみじめな凡人に変貌してしまう。学生時代には、私などのとうてい及ばないほど強力な翼を具えていた彼等も、社会に出たとたんにそれをずたずたに傷付けてしまう。少年達は、学生時代、まるで貴公子のようにふるまい、少女達は、御姫様のように、優雅に、近づき難い輝きと匂いを振りまく。

だが、変貌したあとは、汗臭いサラリーマンや、貧しい家庭の主婦がそこに誕生する。そこには何の魅力も、神秘も漂っていない。学生の頃の彼等や彼女達は、おどおどしたところがひとつもない。のびのびとしている。だが、一たん社会に出ると、周囲の反応をいちいち気にしながら、おっかなびっくり行動するようになる。

十代、二十代にして、既に老人の無気力さ、分別臭さ、消極性が、生活のすみずみにはっきりとあらわれてくる。なによりも、愚かな自分が可愛いいばっかりに、自己を犠牲にまでして社会に順応しようとする哀れな姿がそこにある。小さな餌のために、身を亡す魚のかなしみがよく分かる。

老人は行動がのろい。鈍重である。なにも落ち着いているのではない。夢がないのだ。安定しているのではない。気力が無くなっているのだ。夢と力と気力に溢れている者は、当然、敏捷な行動をする。あわてているというより、意欲に満ちているのだ。わび、さびなどといった、深く幽幻な境地に沈潜していった芭蕉ですら、行動は武芸者のように活発であった。あれはいつのことだったか。そうだ、琵琶湖畔の或る茶亭でのことである。芭蕉は弟子の去来を従えて亭主正秀の招きに応じた。招かれた客は、発句《ほっく》をつくって亭主に見せるのが挨拶であるにもかかわらず、去来には、なかなか名句がひねり出せなかった。芭蕉は既に正秀とは旧知の仲だったが、弟子の去来は初対面。当然、去来が、発句でもってこの家の主に挨拶しなければならない。余りかたくなり過ぎてか、去来がもたもたしているので、気のはやい芭蕉はたまりかねて、脇から、代って発句をつくった。「いや、去来が一句ひねり出すまでゆっくり待とう」などといった気分は、全く芭蕉の心には浮かばなかった。亭を辞し、宿に戻ってから芭蕉は、「夜は短いのだ、発句をつくる位何でもないではないか。それをぐずぐずと貴重な時間をついやし、あのままでは、今夜の会がつまらないものになってしまうところだった。何とお前は不粋で、風流をわきまえない奴なのだ」と言って、去来をなじった。芭蕉は、相当頭にきていたのだ。彼の言葉をそっくりそのまま書けば

「一夜のほど幾ばくかある。今宵の会むなしからん。無風雅の至なり」

ということだった。

風雅とはスピードのあることであって、のろまなことではない。〝わび〟や〝さび〟、〝しとみ〟や〝ほそみ〟もまた、芭蕉に依れば、一種の緊迫感に裏打ちされ、一切を放棄しているような外見をよそおいながら、その実、内面においては、充実し、あふれているのであって、一分のすきもない人間をそこに確認することが出来る。

私もまた、至極風雅に生きようと思う。風雅な一生を充実して送るために、くだらぬことにもたもたしていたくはない。短期間に決戦し、出来るだけ早目に勝利を確認し、あとはゆっくりと自適したいのだ。私にとっては、一日もまたそうである。原稿を、大体、午前九時頃までには、その日の分を一切書き上げ、あとはのんびりすることにしている。

時には、早目に目覚め、朝食前に一日の仕事量の一切を了らしてしまうこともある。一日中、のろのろと煮え切らない態度で、仕事にしがみついている、いわゆる、つかずはなれずの生き方をする人間の気持が私には分か

らない。そういった人間は、信念や、信仰、研究、愛情においても同じことが言える。すべて、つかずはなれずであって、熱しているのか冷え切っているのか判断しにくい。聖書の神が憎むのはこういったタイプの人間である。

「お前は熱中しているのか、それとも徹底的に冷えきっているのか！　お前がなまぬるいから、私は、お前を口から吐き出してしまうのだ！」

これは、聖書の最後の書巻、『ヨハネ黙示録』の一節である。

「わいはもうだめや。生きがいが何もあらへん」とか、「おれはやんだぐなった。人生がさっぱあ分がんねえ」という表現が地方の若者の口から出てくる。高校生達が、既に、老人の特徴を示し始めてきていると誰かが書いていた。

人間は、余りにも分別よく、考えが順序立っていて、すっきりとした幾何学的な図式のようであるだけに、そこには、本来人間に固有のものであった、縦横に飛び交い、交錯することの可能だった精神の飛翔能力がすっかりその機能を停止している。だちょうやペンギンのように、今となっては、全く飛ぶことを忘れた鳥なのだ。翼はある。だがそれは、もはやそれらの体を空中にひき上げていくには力がなさ過ぎる。

人間には心がある。だがそれは、その人間に自由に真実を見させるには余りにもみじめに萎え過ぎてしまっている。ドストエフスキーの描く『悪霊』の中のキリーロフ的人間が余りにも少ない。いや、ほとんど見かけない。

成る程、キリーロフなる人物の立場は、自己を失った没個性的教会内のクリスチャン達にとっては、最も憎むべき人間像を提示しているかも知れない。だが、よくよく目を凝らして見つめるなら、彼こそ、理想的なキリスト者のイメージを具えていることに気付いて一驚するはずだ。

キリーロフは自分自身に帰ることの出来た人物である。キリスト教に限らず、何の宗教でも、組織をつくり上げ、伝統にあぐらをかいている観光地の坊主の心根で支えられているものは、例外なく、人間疎外の大きな力となっている。

彼等は、一歩も新しい領域に踏み出して行くことは出来ない。

もし、そのようなことをしようものなら、「神になろうとする不届きなやつ」とか、「神を冒瀆する不敬虔な人間」というレッテルを貼られてしまう。そこには、考慮するという一片の余裕も見出せない。

だが、人間が、本当に宗教的になるために、先ず、何をさておいても、自分自身に立ちかえらなければならないということは明白だ。ベルジャーエフは、こうした、キリーロフに依って代表される人間の行為を「反逆的な自由」と呼んでいる。しかし、この反逆的という言葉は、自己を失った世間の人々の視点に立って言ったまでであって、本来は「最も真実なる自由」と言うべきであった。

だが、ドストエフスキーは、このキリーロフを、その作品の『悪霊』の中で自殺に追いやっている。そこで、教会内のクリスチャン達は、下痢でひりひり痛んでいる肛門を押さえながら、ほっと救われたような気分になる。「自己を神にまで仕立てようとする人間は、その途上で必ず亡びる」などとうそぶいて、「だから、目をつむって、何も考えずに、ひたすら神に従いましょう」とくる。

くたばれ、クリスチャン！

私は、もはやそのような、如何なる既成宗教とも絶縁した人間である。私は、その途上で自殺することの決してない、神とほとんど同じくらいの楽天性を具え、楽しさに満ちあふれた勝利の人間なのだ。神は、自己を掴み取り、自己を絶対化する人間にのみ、はっきりと顕われる。自己を絶対化する度合は、神を見る度合と比例しているのだ。信仰心の比重は、常に、自己の内部の声に対するその人間の精神的聴力の指数に一致している。神の巨大さは、その人間の自己回復と並行して行われる。

だが、こういうことは言えるだろう。つまり、人間が、自己を絶対化する余り、神と離れ、自分の力のみで立とうとする時、おのずとそこには限られた能力の限界を見、従って絶望の度合が高まって、自殺ということになる。人間が、自分自身に立ちかえるということは、現代においては、人間に与えられた基本的な特権となってきている。

人間が、その自由意志を最高のスケールでもって行使する時、それが自殺という形式だと言うベルジャーエフの考えは正しい。しかし、断っておくが、それは、精神的自殺であって、現実の自殺ではない。その証拠に、ドストエフスキー自身は、あれほど苛酷な一生を送りつつも、自殺はしていない。その代わり、彼の精神性ともいうべき、作品上のキリーロフはピストル自殺をしている。

私は、私の中のキリーロフが、既に自殺し果てていることをよく知っている。しかしそれは、勝利につながるものであって、決して、敗北につながり、亡びにつながるものではない。

誰しも、自己の内部のキリーロフを自殺に追いやるということは、この世間とつながる面をきれいさっぱりとこそぎ落としてしまうことと一致しているのだ。世に対して死を味わった者だけが神の道を歩み出せるのである。聖書の言葉が、実際に音声を伴って聞こえてくるようになるには、先ず、その人間の〝キリーロフ的死〟が確認されていなければならない。

現世に対して飼い馴らされている人間は、決して勝利の人生を歩むことを許されない。責任ある人間にとって現世は、心をこめて、誠意と敬虔さでもって反逆し、噛みつき、斬り込んでいかねばならないところである。

つまり、現代人は、破壊的でない限り、まともな人間になれないという大きな矛盾を負って生まれついている。

だから、心ある人間もまた、破壊的要素の少ない芸術作品や宗教講話を、満足する気持で受けとめることが出来ない。

目覚めつつある人間は、弱気からではなしに、極端な強気に支えられ絶望の渕に立たされて、一大決断を迫られる。

人間の、社会的自己破滅は、永遠の、人間的勝利に直結している。この社会で偉大な奴は、永遠の領域ではくだらない人間であることを公示しているに過ぎない。

キリーロフ的自殺こそ、ドストエフスキーを、一切の、固形化し、死滅した宗教観から離れた目でもって、自然人として見る時、人間に与えられた、至高にして最後的な「創造性」のテストであると言える。キリーロフ的自殺を経て、人間は、初めて自己に生きられるし、神の声を耳にすることが出来る。

胎児に奇蹟は起らない

頭を下げ、首を曲げ、あごを胸板にくっつけ、ひざをかがめ、ひざがしらであごを支え、両腕を組み、投げつけられた毛虫のように体を丸めているのが胎児の姿である。自己放棄をする無責任なポーズ。

胎児は羊水の中で、時間のない純粋な時代の夢を見つづける。胎児には、人間としての自覚も、誇りもない。その証拠に、山羊の胎児も、馬の胎児も、熊の胎児も、その形はさほど変わらない。巨大な頭、小さな手足などが、どれにも共通した特徴となっている。

羊水の中に浮かんでいる生き物は、その存在にどのような異変が起ころうとも、いささかも取り乱すことはないし苦痛もない。自分の存在に全く責任を持つ必要のない、驚くべき特殊状況が、わずかにこの領域にだけ保たれている。驚くべき特殊状況と言ったが、まさしくこれは、そう呼ぶにふさわしいものなのだ。

存在するすべての生命は、それがどれほど下等なものであれ、存在することには責任をとらされている。痛みという感覚さえ持つことが許されていない植物ですら、存在することには、例外なく、はっきりと責任をとらされている。

傷口から樹脂を流してその幹をべとつかせている松の木の肌の姿に、植物が植物なりに味わっている凍えた痛みを私は痛感する。緑の生気を失い、水々しさを失った、赤茶けた枯葉の嘆きが聞こえないはずはあるまい。

踏みつぶされて、ドロドロと、大きく傷口の開いた毛虫や蜘蛛の脇腹から流れ出す鈍重な茶色の血液。赤くないから、我々高等生物の同情を買うことは稀だが、それでも、心ある人間には、尊い生命の流れが体から抜けていく虫達の、五分の魂の悲しみを感じとることは可能なはずである。

どこか遠い時代に、人間と仲違いしてしまって以来、どうしても、人間に嫌な顔をされる蛇は赤い血を流す。赤い血を流しながら、人間に同情されることはめったにない。むしろ、茶色い血を流す蝶の方が、人間に哀れまれる。赤い血でも、蛇の血には、冷血という名がつけられ、冷たいから憎んでもいいと、人間は、自己の心の方向を正当化する。私は、そういった人間の中の典型的な存在である。蛇を見ると、ゾッと背筋を寒くするが、次の瞬間、殺してしまわねば気のすまない、はっきりとした衝動にかられる。スパニール犬とシェパード犬を連れて山径を散策していた頃は、二頭の犬に厳しく命じて、出遭った蛇を八つ裂きにするまで、わたしはその場をはなれなかった。大小二頭の犬の牙にかかってづたづたにされてしまった蛇を、それでも赦せず、今度は、木の枝を折って、それでもってさんざんにたたきのめし、蛇の丸い胴体が、重しの利いた胡瓜の漬物のように変形するまでやめなかった。それから、小径に転っている岩石の大きなかけらを拾い上げ、頭部めがけて打ち据え、ペチャンコにたたきつぶしてしまった。

同じ血でも、人間には、蛇に対して、理由なくこれほどの行為に出られる。そして、一方、枯葉一枚が秋風に舞い落ちるのに、熱い涙をポロポロと流す。

存在するためには、存在するにふさわしい責任がとらされて、それぞれ個性的な責苦を味わわなければならない。

それにしても、存在することの責任をとるということが、痛みに耐え抜くことにほかならないということは、何という悲劇であろう。

存在するということは、それが観念的なものであって、いささかも空間にのさばることがないにしても、何らかのかたちで痛みを負わなければならない。特に、空間を占めている三次元の存在は、三次元の苦痛という分担額を、その出生の当初から負わせられる。

人間は、今、最も厳しく選りすぐられた精巧な生物として生まれてきた以上、負担しなければならない存在に対する責任の度合いもまた、ずば抜けて大である。負担しなければならない苦痛は、例えようもなく複雑で、妖しく、激烈である。だから、この高級な苦痛の故に、人間は、種々の呻き声を発する。呻き声は宗教となり、芸術となり、哲学となり、文学となる。これらは、赤い血、それも、温い血ではなく、熱しきった赤い血が流れ出して、痛み苦しむ際の呻きなのだ。呻きのない人生は、生気の失せたロボットの人生にほかならない。

芸術的に生きること、哲学しつつ暮らすこと、文学的な思索の中で過ごす人生こそ、自己の存在に責任をとって生きる流血の人生なのだ。それにしても、芸術というものを、きれいで調和ある何か、心暖まる何かを制作する喜び、鑑賞する楽しみと考えている人間が何と多いことか。文学が、物語を、言葉巧みに、大衆をうならせ啓蒙するために書かれると思っているのんきな人間が何と多いことか。しかし、これらは全て誤っている。正しくいって、哲学は、教養人の知的なあそびとは無関係である。

万物は、どれもこれも、必死になって、存在する自己の責任を負うけなげな姿なのだ。

現代人は、どこかひ弱になってきていて、こうした激烈な責任の負担に耐えられなくなっている。苦痛は激しい。激しいだけに、見た目は、何と華やかで美しく、雄々しさに満ちていることだろう。この痛み——これこそ、人間を人間らしくする最も効果的な力学作用である。

効くだけあって、痛みは激しい。激しいから、これに耐えられずして放棄しようとする人間も多く出てくる。いや、そういう人間が大半であって、地上は、痛みを回避するためにはどんな代償でも払おうとする人間でぎっしり埋まっている。

この激痛回避の態度、存在することに対する責任逃れのポーズは、人間の生き方の中で独特のものとなる。宇宙人が採集する人間の標本には、この事について書いたレッテルが貼られる。羊水の中に浮かんでいる胎児のかっこうは、このポーズをよく物語っている。自信のない人間が示すあの態度だ。新聞の三面記事を飾っている殺人未遂の男の写真を見給え。悪びれているので、手錠をはめられて椅子にうづくまる姿は、まさに胎児のそれである。猛獣のたけり狂う前で縮みあがってふるえる犬や猫の姿もまた、胎児の姿をとる。

猛スピードでぶっ飛ばす車が、どうかしたはずみでブレーキを故障してしまい、断崖のふちを、いまにも転落しそうになって走っていく。女どもは、大抵、こういう時、精神が先にまいってしまい、めまいを感じ、悲鳴をあげて、ハンドルを放しうずくまってしまう。男の中でも、特に勇気のある男だけが、タイヤの三分の二ほどが断崖の外にはみ出しても、なお、最後のチャンスをみつめ、しっかりとハンドルを握り締め、沈着に行動する。熱狂的な男であればあるほど、危機に直面しては、沈着に行動が出来る。これは、どの人間についても共通な鉄則である。客観的で、冷静で、容易に物事に飛びつかない人間ほど、非常事態に当たっては、あわてふためき、我を忘れ、腰を抜かし、失神してしまうものだ。

高度二千メートルの上空で、どうしたはずみかで、ヘリコプターの小さな車輪の一つに掴まってぶら下がる羽目になったとする。眼下は、目もくらむばかりに広がっている空間だ。恐怖は限りない。この時、勇気のない人間は、思わず目をつむり、胎児のかっこうに身をゆがめて、ほとんど無意識のうちに、両手を車輪から放してしまう。惨死だ。

この時、一瞬のうちに、或る意識がこの人間の心と体をつらぬく。こうして、こんな危険な状態で、ここにしがみつき、恐怖を味わっているよりは、死んでもいい、今、手を放し、一切を放棄して、目をつむり、うずくまってしまった方が楽だと考える。

一切の責任を放棄することによって楽になろうとする心、これこそが、その人間を自滅に引きずっていく悲劇的運命を支配している。最後の最後まで、じっと、大きく目を見開き、対決している状況を見据えていられる責任感を抱いていれば、人間は、それで、充分に自分を救済することが出来るはずだ。この勇気は、平常、一切のことについて、それが大事であろうと些事であろうと、すべてのことに関して、熱狂的に危機意識を抱いて対決する人間のみに与えられるものなのだ。

自信を失う時、我々は先ず最初に、一瞬、目を伏せる。この、目を伏せるという行為は、自分の存在に対する責任を回避して、胎児の姿に戻ろうとする最初の所作なのだ。その次には、首をうなだれ、肩をすぼめ、あごを引き、肢をちぢめ、ひざをあごの下にくっつけるという、より具体的な、一連の敗北的行為に移っていく。

酒を飲み、タバコを喫う態度が、大抵の人の場合、王者のようにではなく、胎児のそれに似ているということは、重大な意味を持っている。ということは、人生の何かに打ち克った結果乃至は証拠として酒を飲み、タバコを喫む人間がほとんどいないということである。あれは、明らかに、敗北的な心境に根ざした動機から出ていることは間違いない。

こうしてみると、その他、人間生活の中に見られる行為全般について言えるのだが、打ち克った結果として行われている行為のなんと少ないことか。大半は、敗北乃至は敗北的要素が原因して行っていることなのだ。

それほどまでして恐怖の中で苦しむよりは、たとえ身は亡んでもいい、その心的苦痛から解放されたいと願う。この願いは、人間が、自壊作用と呼ばれている不幸な力学の法則の下に捕らわれていることを説明している。胎児のポーズは、はっきりと自壊作用を告白している。

これから逃れる道は唯一つしかない。どんな危機に直面しても、胎児のポーズとは逆に、大きく胸を反らせることだけだ。弓のように胸を張る。勇気を抱いて、大胆に、当面している実体を凝視する。

それが崩壊寸前の状態にあってもいい、何らたじろがず、あわてず、焦らず、岩石のようにどっしりと腰を据えて、これから目を離さないことだ。崩壊の危機の大部分は、妄想である。

実際の崩壊のかなり手前で、それに直面している人間の恐怖に包まれた精神が、自壊作用を起こし、崩壊の妄想を目撃する。白虎隊の青年達が、飯盛山からはるか眼下の会津若松の市内に、火煙をあげて燃え落ちていく鶴ガ城を望んだ。そして、一切に絶望して、全員、壮烈な集団自決をすることになるのだが、彼等が自殺しなければならない動機となったものは、火煙をあげて燃えさかる城の姿であった。だがこれは、彼等、気のはやった青年達の心の中に、先ず沸き起こった自壊作用であって、やがてそれが、心の中のものに従って幻影となり燃えさかる城の姿を妄想することとなった。実際、鶴ガ城は、燃え落ちてなどいなかった。

不信の心を抱く人間の目には、すべてが不利にしかうつらないし、臆病な人間の目には、どんな容易なことでも、最大の難関にしか見えないものだ。恐れている人間にとっては、自分の周囲のすべてが、巨大で不動のものにうつって見え、自分の力で何をやろうとどうなるものでもないという意識を抱くようになる。敗北の心に支配されている人間には、目と鼻先、三十センチのところに、れっきとした正真正銘の勝利がつきつけられても、それが勝利としてはうつってこない。万事が、敗北にしか見えやしないのだ。

こうなると、もう、それで、その人間の一生は決ったようなものである。何をやっても絶対に成功はしない。成功や勝利が目の前にあっても、それをつかむ自信と勇気が決して起こらない。すべてが、極度に打ちのめされた敗北としてしか認められず、いきおい、じっとうずくまり、胎児の姿になろうと、出来るだけ体をかがめ、身を縮め、卑屈な表情で目を閉じる。このようにして目を閉じた男は、男らしい覇気を失い、女は、女の美しさにあふれた妖しさを放棄する。

目をしっかりと、最後の最後まで開けていられる責任ある人間だけが、人間としての美しさと強さを発揮する。

猛スピードの車に乗り、岩壁に激突する瞬間まで、かっと目を見開き、しっかりとハンドルを握っている人間には、必ず奇蹟が起こる。それを、大抵は、千メートルも二千メートルも先に、絶望し、あきらめ、精神的苦痛を回避して、ハンドルから手を放し、うずくまり、目を固く閉じてしまう。胎児に奇蹟は決して起こらない。

目を固く閉じる時、その人間は、自己の存在に対して、植物でさえ、それなりのかたちで果たしている責任を負うことを拒否する。目を閉じた瞬間に、千メートル先の破滅が確実に保証される。かなしい保証だ。

自分の死を、自分が華々しく宇宙空間に飛散していく様を目撃出来るのは、なにも天使だけの特権ではないはずだ。まともな人間は、勇気さえ持てば（賢さではない）天使と同格になれるということを、一体どうして今迄の哲人や予言者は、我々に、はっきり教え、さとしてくれなかったのだろう。

目の前のものを、凝視する時、人間は、事実上、魂に翼を生やすことが可能になる。

胎児は、天使の姿からは最も遠い存在なのだ。赤児の背中に翼をつけて〝天使〟とした昔の画家は、最も重大なことに致命的なミスを犯したことになる。天使を描くとすれば、しかも人間に擬して描き表わすとすれば、最も老成した人間であって、しかもなお、幼児の心を抱き、目の前のものに、目を見開いて対決出来る人間の姿でなければならない。

事態がギリギリに切迫するまで、しっかりと目を開いていられるということは、尋常一様の行為ではない。異常な、勇気のエネルギーの燃焼を覚悟しなければならない。平々凡々と四、五十年生きてきた人間は、敢えてこれを試みると、そのショックの激しさの余り、心臓が停止してしまうかも知れない。

それで、その前に、適度の準備運動をすることは大変重要なこととなる。このために必要な適度のウォーミングアップとは、一週間ばかりの断食であり、一カ月ばかりの、社会との断絶生活である。こうしておけば、その人間の魂の皮膚は相当にタフになり、一寸したことにはびくつかなくなる。とにかく、腹の中が空っぽの人間になるということは、万事について非常に有利な条件である。空腹な人間に、飾り立てる気持があったためしがなく、虚勢を張ることに意欲を示した例は絶えてない。自殺したいと言っている人間がいたら、二、三日食を断ってやればよい。自殺などと、かっこいいことは口にしなくなる。つまり、もっと現実的になるということか。

渡り鳥は、嵐を突き破りながら南の国に移動して行く。この鳥達は鳥なりに、存在に責任を持っている。

鮭は、体中を傷つけながら、川をさかのぼって産卵にやってくる。魚は魚なりに、自己の存在に生命を賭けて責任を持つ。

それなのに、人間だけはどうして自己の存在に対する責任を避けようとするのか。出来ることなら、一生、全く血を流さずに了りたいと切望する。かすり傷一つ負いたくはない。そういうことには到底耐えられないのだ。何か奇蹟にも似た、完全に安全な一生を願う。それを願うあまり、余りにも卑屈になり過ぎる。余りにも臆病になり過ぎる。余りにも不自然になり過ぎる。このため、人間本来の特徴は、かなり大きく歪められ、いびつになってきている。もし、宇宙の、他の太陽系の惑星に住む高等な生物が、宇宙開発と研究のため一万年前に、ひそかに、或る巧妙な手段を講じて、地球の人間にはさとられずに、一人、二人の人間の標本を採集し、ホルマリン漬けか何かにして保存していたとする。彼等宇宙人に理解されている一万年前の人間の特徴と能力の知識で持って、ここ五千年ばかりの現代の人間を推し計ろうとするなら、ただ戸惑うばかりだ。全く異った人間として、一万年前の人間とは、別個の進化を遂げた独立した特殊な生物として取り扱われるに違いない。一万年前の人間の標本は、現代人を知る上には、全然役に立たない。だが、こういった状況の中で、わたしは、一万年前、いや、十万年前の人間の意識に戻ろうとする変わり者だ。一万年前の人間の標本を、或る霊妙なヴィジョンを目撃して知り得た男として、はっきりと、一つのことを宣言したい。

人間は、本当に、現在の自分の存在に責任を持とうとする時、今日的な暮し方は絶対に出来ないはずだという厳しい主張である。

よくよく見れば、現代人は、すべて、どこかに胎児のポーズを匂わしている。何かに身を委ねて目をつむり、ぷかぷかと、マンネリズムの日常生活の羊水に漂っている。気力はない。創意もない。新しい道もない。発明も発見もない。ひたすら、古い道、使い古した道具、語り伝えられてきた先祖達の、半ば、おどかしとはったりの、モラルと因習に忠実であろうとする。

ずーっとこうであったのだから、今更、これを改めたり、新しい道に行かなくたっていいと彼等は考える。そう主張する時、彼等の物腰はすっかり胎児のそれになる。いつも、うつむき加減でしょんぼりしている。時間から時間まで、職場につめていれば、あとは、どうであってもいいという人間だけでこの社会は埋っている。最も肝腎なところで、全く無責任極まりない。だから、時間の厳守や、無断欠勤のないことを、依怙地なほどに力説する。

時間から時間まで、上役の顔を盗み見ながら、人目のつかないところでは、適当に、仕事をする手を休め、人に見られている時に限りせっせと働く。だが、その仕事のやり方には、誠意があるわけではない。許されれば、今直ぐにでも手を休められる心境である。

一方、誠意ある社員は、会社を思う余り、帰宅してからでも、仕事の延長としていろんな努力を払う。何も勤務時間外まで働かなくたって、といった気持は、誠意に押されて、全く抱く余地がない。

そういう熱意こそ、時には、こういった人間の出勤の時間や、退社の時間をルーズにさせることもある。陰日向がないだけに、人目につくところの態度は、必ずしも、要領のよい人間のようにすっきりしたものとしてはうつらない。洞察力に欠け、魚の眼のように、論理的にだけ敏感な観察力の持主には、前者のような、無責任で要領のよい人間を立派な社員と判断する。その実、こういった社員は、会社を破壊する因子である。建設的因子は、外見がさほどすっきりと割り切れた様相を呈するとは限らない。そういう場合は、むしろ稀である。

誠意に満ちた人間は、その全体から漂う姿勢と、瞳の輝きを見れば分かる。胎児の印象は全くない。大きく胸を反らし、肩の張り具合に自信が溢れ、腕の動作に張りがあり、肢の動作にリズムが感じられる。語る言葉はバネ仕掛けのようにはずみ、艶を帯び、味わいが深い。こういった人間の笑い声は、聴く者を幸せにし、敗北している者に勇気と希望を与え、閉塞的な人間を解放する力を秘めている。彼の耳と目は、最も感度の高い、高性能の受信機のようなもので、多くの有意義なものを、至る処で、あらゆる時間にキャッチする。誠意に溢れた人間が、最も多くのことを効果的に学び取れるという法則は、今も昔も、また今後も、一寸も変わることがない。

胸を反らして、自分の心と納得ずくで生きている人間は、自分の存在に、一分一秒もおろそかにせず、尊い痛みの血を流している。不文律としての哲学、文学、宗教、芸術といった尊い血が流れている。流れない川が死んでいるのと同じように、血を流すことを止めた人間もまた、最も重大な意味において死んでいる。

言葉が始めにあった
――前体験的な存在としての言葉――

言葉は一種の予言的性質を帯びている。予言を怖れる大半の人間にとって、言葉は、何ら自然の状態で話され、書き表わされることがない。

言葉は、その人間に固有のものでありながら、同時に、その人間とは全く分離した何かなのだ。その人間のコントロールする範囲を超えて、それ自体で、自由な機能を発揮する。自分が考えてもいなかったことが、或る時、或る状況の下で、不思議なくらいすらすらと出てくることがある。このことは聖書もはっきり言っている。神は、一つの目的を持って或る人間の舌に言葉を載せる。その言葉は、その人間の能力をはるかに上廻る機能を持っている。従来考えられていたような言葉が、その人間の経験や教養、知性、信念の量と質に比例した能力を示すということは、誤りである。

そういう考えは、言葉を、単なる筋肉や骨格、脳味噌の類としてしか扱っていない証拠である。

言葉が始めにあった。言葉の表現の一つとして、人間は存在する。人間の表現として言葉が意味を持つのではない。

私は、私の生活の範囲を超え、私の機能の領域を超え、私の経験をはるかに離れ、私の知識から断絶したところで作用する言葉の存在を信じている。そして、この言葉が、ほかでもない、私自身の口臭のこびりついた、れっきとした私の言葉なのだ。

そういうわけで、私自身の内奥の、神秘な場所から発してくる言葉が、私の視野と感触をはるかに超えた、一層大きなスケールを持つ、わたし自身の体験をしていることを知る。

言葉が、魂の発言である時、そのような広範囲な表現をするので、何か神秘めいて感じ、雑然とした内容にうつって見える。

論理的という、このせばめられ、干涸び、化石と化してしまっている石膏のレリーフの上では、さしもみずみずしい言葉も、またたく間に吸収されて、言葉本来のうるおいを保つことが不可能だ。言葉は、もともと、流動してやまない不定形の実体であった。それが、文明に毒された空気の中では、せんべいかクラッカーのように、みすぼらしい定形を示すようになってきている。愛という言葉一つとってみても、それは、石ころが石ころであって、石ころ以外の何ものでもないように何らの神秘性もない、極めてはっきりした固有の意味を具えた言葉でしかない。三十億人の人間が三十億の異った種類の愛を持つように、愛という言葉のニュアンスは最低三十億種類あるべきなのだ。愛という多様性に富んだ体験が、愛という言葉に依って、たかだか十種類程度の固定観念に還元出来るはずがない。むしろ、その逆に、愛の体験を、一層その領域をひろげるために、言葉は、効果的にこれに参与しなければならない。言葉に依って、原体験がますますその体験範囲を増大させるとしたら、言葉の存在は、もはや、この文明圏で説明され、把握され、納得されているものとはかけはなれた全く別の方向をたどっていることに気付く。言葉は、原体験に従属する追体験の再現手段ではない。むしろ、原体験を成立させるところの「前体験」的立場をとる。予言者や詩人の舌にのった言葉は、すべて、一つの例外もなしにこの前体験的言葉であって、これが、信者や読者の生活の中の、最も責任ある生き方の瞬間において、原体験に具体化する。言葉の味わいを、一度として味わったためしのない文士とか、それに類する人間は、言葉の屍臭の中でハイエナの芸術生活を展開する。虚構の小説を巧みにつくり上げて、阿呆面した読者に読ませようとしたのは、屍体処理の専門家どもだ。文学と呼ばれ、芸術と呼ばれているものは、すべて、追体験の領域にとじ込められている死人の祭りなのだ。

私は、生きているが故にこれに参加することがない。私は、生命を持っているので、こういった死人のマスゲームに参加する資格がない。だから、文学も、芸術も、私には、直接的に何の関わり合いも持たない。私は、生きている人間なので、生きている者だけに許されている特権を充分に行使することに熱中する。私は、常に、原体験に帰結する前体験の言葉を吐きつづける。

はじめに言葉があったのだ。

はじめに言葉があるのだ。

論理も、体験も（原体験のことであるが）、すべては言葉に従属する。本当の物書きは、前体験に依って、予言者の役割を担い、宗教人の様相を帯び、巨人の風貌を呈するようになる。文士が、猿の顔付きになった、会社の重役のような物腰になってくるわけは、もうここまで説明すれば、大抵の読者にははっきりと納得がいくはずである。

――嫉妬・この最後的なもの――

怒りや欲望や憎悪の心は、人間を構成している精神的肢体の比較的外層部に位置しているが、嫉妬心は、精神的肢体の心臓にあたる心の肌に密着しているものらしい。嫉妬心は、心そのものの痛みのように、奥深いところで感じるのもそのためだ。

或る男は、失恋し、職を失い、酔いつぶれ、ふらついた足で路傍のどぶに落ち、泥だらけになって、好きな女の家の玄関にうずくまっていた。もう四、五日の間、何も食べてはいなかった。

「この馬鹿者奴！」と私はどなりつけ、「さあ行こう、母親が心配しているぞ！」と表に連れ出した。彼は、よろよろと千鳥足で通りの方に向かった。私は、玄関先で、彼が夢中になっている女と一言二言言葉を交わしていた。ふと、彼は、私が一緒についてこないので不審に思い、背後を振り返った。私が彼女と向き合って話をしている光景が目に入った。

その時の彼の動作の急変ぶりはどうだったろう。まるで、闘牛士のように動作がしゃんとした。物腰に芯が入った。

彼は、半ば走るようにして引き返してきた。

明らかに嫉妬心だ。この時より数時間前、この男は、自殺すると言って私の家を訪ねていた。もう、何ひとつ此の世に未練はないはずなのに、嫉妬心だけはちゃんとある。

空腹な体に、強烈なジンがまわり、肢体の自由が利かなくなっているはずなのに、思考力はおぼろげになっているはずなのに、彼女とわたしが向かい合っていたら、すべてがしゃんとした。

精力の減退した老人の執念深い嫉妬心はどうだ。

体の利かない、身体の不具な中年男の嫉妬心もまた、あぶらぎっていて不快感を与える。

一般に、こういったねちねちとした嫉妬心は、女心に吐気をもよおさせる。精神までからっと秋空のような男もまた、全然魅力に乏しいが、精神力の欠如、体力不足、精力に対する不信からおこる嫉妬心は、男にとっても女にとっても、そば近くいるのが耐えられないくらい嫌なものである。

だが、この嫉妬心こそ、心に最も近いところにある。いや、心の肌にさえなり切っている食い気、色気がなくなっても、この嫉妬心だけは、盛んである。一向におとろえる気配を示さない。神が人間を試み、悪魔が人間を苦しめるのに、この嫉妬心こそ、最も正確かつ効果的な押しボタンである。これをひと押しすれば、人間はのたうち回って苦しむ。

ここをひと撫ですれば、人間は、呻き声をあげて苦悩する。死以上の苦しみがこの嫉妬心の中にあることを、神や悪魔はちゃんと知っている。

——文学からはみ出している——

私は、自分の「言葉に依る作品」が、もはや、文学とは到底呼ばれなくなるような、限界をはみ出たものになることを敢えて意図し、めざしている。もし、そうならないとしたら、私の書く行為は失敗したことになる。私は、美しくて素直な文学を書こうなどとはいささかも思ってはいない。

私の書くものが何であれ、それ自体で全く独立した美しさ、素晴らしさ、力強さを示せることに、充分な自信がある。

私は、一般の常識人達が、自力では決して見たり聞いたりすることの出来ないものを彼等に見せ、眼前二メートルのところにある、出力百ワットのステレオから流れてくるボンゴのリズムを聴くように、聞かせようとする。そのためには、彼等の納得を超えたレベルで物を見、ものを書くことも止むを得ないのである。

私は、こうした激しい書き方に際しては、バウマイスターの「偶然――乃至は、決して自らコントロールすることのない手法で発見する」手段をとる。私にとって、文学（そのような旧式の代物が、今なおあればの話だが）とは、表現の巧拙に関わるものではなく、その作者の体験が深いか浅いか、感動のきめがこまかいかあらいかの問題にかかっている。

ペン先の芸術としての文学は、選ばれた極くわずかな巨人達にとっては、半世紀前に既に処刑されてしまっている。文学が埋められた墓地には、夏毎に雑草が生い茂っている。今となっては、その人間の全生活、全人生がぶっつけられ、ぶち当てられて、初めて文学といったものは成立する。従って、もはや文学にとって、教えたり、真似たり、修業したり、習作を書いて過ごすようなことはナンセンスとしか受けとれない。その人間の顔形のように、その人固有のものを足場にして文学は成り立つ。

他人の作品と比べて、その価値がどうのこうのと評価することは明らかに愚行であって、恥の上塗りをするだけである。

――文章は男性的である――

書かれる文章は、すべて男性的要素を具えていなければならない。我々が書物に向かう時、一人の例外もなしに、女性的要素を帯びるという事実を前提にしてそう言えるのである。読者になる時、我々は、その書物によって魅了され、ひきずりまわされ、魂が激しくもみ上げられることを心ひそかに期待する。その願いなくして書物を開く人はいないはずだ。

それで、名文や常識で埋めつくされた、稀薄できれいな書物には、私は軽蔑の念さえ抱く時がある。これは、力のない美男子に対する女性の軽蔑の念いとぴったりと一致するから面白い。

書物の中の文体は、荒っぽく、ごつごつしていて何らさしつかえない。読者の心を激しく捉えてしまう力さえ充実していれば、それで、充分、一流の本と呼ばれてよいのである。

日本の文学で一流といわれているものを見給え。どれもこれも、みにくい厚化粧をした、力のないやさ男といった感じしか与えない。

文学とは、それほど女性がかったものなのか。女々しいものなのか。生まれつき体が弱く、激しい仕事にたずさわれないから文学を志してよいものなのか。古来、真実、大文豪の名に価する人物は、プロレスラーのように屈強であり、英雄のように、魅力ある多くの面を具えた人間であった。

野武士の荒びた行動、夜叉の激しさ、ゲリラ隊の勇気、レスラーの体力、これらが一つのものと化したのが、本当の文章なのだ。

それは、もはや、旧来の頭で考える時、文学とは呼ぶことが出来ないものなのかも知れない。文学よりは、はるかに力のあるもの、単なる文学よりは、一層リアルなもの、売文業者のプロの手によって生まれる文学よりは数段高度なものとして、それは、自らの立場を確保する。平均的人間に固有な弱さにも似て、文学の枠にはまり込んだ無難な作品は、正直で、勇気ある人間の前では否応なしに弱さを暴露する。

――一つの星になって――

私は、此の地球を脱出しよう。大量の出血は覚悟の上で、自己をこの地球から切り離すのだ。自分を一個の、別な地球として、この体に太陽の光を当ててみよう。自分の生活が夜と昼をつくり出し、四季を生み、時間をかたちづくっていくまで、私が人間として、一人の人間として独立出来ないことをよく知っている。

言葉を地上に栽培するのではない。自分の体、自分の生活そのものを肥えた土壌にして、そこに、思想と行動の種を蒔く。

太陽に体をさらす。芽が出る。成長が始まる。

そうだ、その通りだ。私の言葉は、私という大地にみのった植物群なのだ。

太陽は神である。私の肌に、言葉を生み出す光を当ててくれるのは神である。文学なんかではない。勿論、地上の片隅のあちこちで、チーチーパッパをやっている宗教でもない。

私は、自分の軌道に乗って、固有のスピードで宇宙空間を突走っている。想像を絶するようなスピードなのだろうが、自分にはそれが一寸も感じられない。自分は、そのスピードの中にすっかり同化してしまっているからだ。だが、いつ、他の惑星と衝突して飛散してしまうか分らない。危機感も異常に激しい。

「自分は星なのだ」。一言書く毎に、一言つぶやく毎に、私はこう言いつづける。

友人の一人は私に向かってこうも言った。

「もし、何かの理由で、人間一人一人が星になるようなことにでもなったら、一番最初に輝き出して、地上の人間に、星になる勇気を与えるのは先生でしょう」

私は星である。いや、すくなくとも、星になりかけている。

人間の内側には、かつて火のかたまりだった頃の追憶として、マグマが渦を巻き、噴火口を地表のどこかに求めて荒れ狂っている。

地震もある。地球上にみられる謎の数にもまして、私の内部には神秘が溢れ漲っている。こうなった時、どんな人間でも、自分の内側の声を、他の何ものにもまさって最も権威あるものとして、正当化されるべき第一のものとして扱うことが出来る。

――湾曲せる論理――

私の作品は、一種の宇宙空間を構成している。何ら掴みどころがない。書いている本人がそういうのだからこれは間違いのないことである。すべてが曲った空間である。どんなに直線を引こうとしても、この宇宙空間では曲がった線しか描けない。それと同じく、私の思考、論理、好み、誠意も曲がっている。従って、地上二メートルの領域で、二点間の最短距離が直線だと澄ましていられる頭には、無思考、非論理、邪道、無責任としてしかうつりはしない。だが、それはそれとして、私個人は、自分の正統的な正義を誇り楽しみ、限りなくおだやかになっていく。

一様に曲がった空間であるから、その線は、巨大な弧を描き、果てることがなく、その面は無限に拡がって球面をつくっていく。果てがない。限りがない。十を三で割っていくのと同じ理屈だ。

だから、私には、作品の内側も外側もない。作品の始めもおわりもない。ただ風のように、人間のみに感じる、一つの激しい勢いそのものなのだ。どこから吹いてきてどこに向かっていこうと、そのようなことは、人間の知ったことではない。私の書物の内容がどのような性格のものであろうと、どの流派に近く、どの集団の行き方に似ていようとも、何ら気にする必要のないことである。

読者は、この余りにも、楽々と、流して書かれた私の文章の前で、激しい勢いで二者択一を迫られる。この著者を信じるか信じないかという、はっきりとした決断を強制させられる。

私は、常識家を最も軽蔑して、これを相手にしない。常識は人間を屑にする。多少は能を持って生まれてきた人間も、常識に触れると駄目になってしまう。

私の書くものは、一切の常識を踏みにじったところから出発している。常識から遠ざかる時、どんなに無能な人間でも、多少はましな存在となってくる。これは、私自身の体験上からはっきりとそう言える。

私は文学をやってはいない。既成の文学を認容したり、文学集団の価値を認めたりすることが絶対に不可能な心境でいるだけ、文学からは、かなり遠い辺境の地にいるのだろう。

私は宗教を奉じてはいない。伝統と因習と権威にとらわれた宗教組織を、悪そのものとみなしている。私は、宗教団体にとっては、最悪の敵であるはずだ。私は、神を信じ、神と一層密接に交流するために、自由人として神と兄弟の交わりを保つために、人間のつくった宗教組織を徹底的に憎悪する。

私は学問を否定する。人間が、金銭の奴隷となって人生を不幸にしてしまうように、学問の奴隷になって自己を失っている場合が意外と多い。そして、これら二つのケースを考え合わせてみるのに、学問の奴隷になることの方が一層みじめであり、哀れであることが分かる。私は学問の敵である。

だが、それでも私は、文学や芸術の本質を見分けられる最も正確な、目を持った、現代では数少ない人間からは、文学に徹し、芸術に徹している人間だと評されている。神の目から見れば、私こそ本当に宗教人であるのだ。

私のまわりには、常に奇蹟の匂いがたちこめている。事実、私の生活には、あらゆる意味で奇蹟が起っている。毎日起っている。連続的に起っている。

ギリシャの哲人達なら、この上野こそ、本当の意味で、学問が人生を豊かにする手段として用いることの出来る人間だと言われることに確信を抱いている。この確信にはいささの不安もかげりもない。

私は一個の小宇宙である。私には内も外もない。中央も果てもない。すべてが、それ自体で麗わしく存在する。

私はアンドロメダ星雲のように、二百万年前の光を残しながら無限の彼方に遠ざかって行く小星雲なのだ。私は、星々のきらめきのように思考する。何ら、この文明圏の思考形式や発想ルールにとらわれることなく、あたかも、考えるという行為が、この地上に初めて与えられた瞬間のようにのびのびと行う。文学などどこにも存在しなかった頃の気軽さでペンを走らせる。宗教などといったものが、未だ一度も出現したことのなかった時代に神々に出遭った者の如く、喜びにあふれ、一切の作法を忘れ、感激にあふれて神を見つめる。

私は、一つの作品が本になる頃には、既にずーっと先に前進している。今のところ、美味なものを食い、断食し、恋をし、憎み、信じ、疑い、笑い、泣き、助け、助けられ、与え、貰い、希望し、尊敬し、軽蔑しながら、かなり先の方まで進んでしまっている。引き返して行くことは出来ない。渡り切るたびに、背後の橋は、私の責任ある手に依って爆破されてしまう。そのあとには、決して越えることの出来ない深渕が、口を開けて私をあざ笑っている。私は、そのあざ笑いを、何よりの祝福として受け、勇気百倍前進する。

人間にとって、その人間の健康な人生にとって最も有害なものは、組織と学問である。組織に入って自己を失くすよりは、無人島で孤独な生涯を送る方がまだましな人間として過ごせる。学問の奴隷になって、妙なプライドを抱き人間性を失うよりは、金銭の奴隷となって社会からうとんじられる方が、まだましというものだ。現代人は、ろくな学問もないくせに、学問々々と言い、教養々々と言いたがる。貧乏人ほど、さほど金の必要のない時すら、金々とさわいでいるのに似ている。ろくな協調性もありはしないのに、社会性とか、集団生活ということを、無性にうるさく言いたがる。

——熱狂と憤怒の神々——

俗物をにらみつけている閻魔大王の、火炎にも似た怒りの形相。世の在り方の一切を一喝する羅漢の、厳しい表情。閻魔大王には人間の不徹底ぶりを裁く権利があり、世から断絶した羅漢は、世間を批判する資格がある。

彼等は、人生と深くかかわり合い、真実を熱狂的に探求する人間の代名詞である。彼等の存在を、一桁、我々の現実に引きおろして考えると、旧約聖書の中にあらわれている予言者イザヤやハバククの在り方になってくる。彼等は、我々と同じ人間であった。だが、それでいて、火の様な怒りをもってこの結構な世の中を厳しく、激しく断罪した。

人間の世の中は、百パーセント真実と対決する人間にとって、怒りといきどおりの対象としかならない。この世の中は、本質的に、一たん死を見るまでは甦ることのない、呪われたところなのだ。

地獄を経ずしては天国に入れないのと同じように、大手術なしには回復の見込みのない病人のように、この世の中は、激烈な破壊の後にしか幸福の期待出来ないところである。

それをどう血迷ってか、そういった、生に至るために、死を忘れて、直接、幸福や平和を説く馬鹿者が多い。

一たんは、徹底的に破壊してしまわなければならない。人間性の一切を、その構成を、架構を、その仕組みを、何らためらうことなく、分解し、切断し、千切り、すりつぶし、投げ捨ててしまうのだ。

従来のものの徹底した破壊の後に、新しいものの確実な誕生がある。

サウル王は、降伏してきた敵の大王を赦そうとした。その王は、生かしておけば、自分の右腕になって大いに役立つと考えたからである。だが、彼のブレインであった予言者サムエルは、刀を引き抜いてこの王を殺した。サムエルは、神と対決する人間であるが故にそうすることが出来た。過去のものは一切御破算にしなければ、まともな未来はつくれない。我々にはこの弱さがある。過去のものを幾分でも残しながら、多少なりとも、これらの影響を受けながら新しい領域に飛び込もうとする。古い要素のいくらかでも混入している新しさは、そのことで、厳密には新しさではなくなる。

たくましく新しく、自由に生き度いと思ったら、閻魔大王の怒りを心に抱かなければならず、羅漢の一喝を舌に乗せなければならない。自分の内側を、無人の荒野にしてしまうのだ。心の一かけらも、魂の一かけらも見当たらない位に、徹底的に破壊し尽くすのだ。

これだけ人間がせっぱつまったところに追いやられ、断崖のふちに立たされていれば、もう、この手段以外に人間を救うべき道はない。平和も繁栄も、この際さらりと忘れるべきだ。そして、破壊という、当面せるこの美挙に、全身全霊をたたき込め。家に火を放つことではない。集会所に手榴弾をたたきつけることでもない。線路の枕木をはずすことでもない。自分の内側の繁栄を、バッサリ一刀のもとに斬りすてること、自分の魂の、これでまあまあといった意識を爆破してこっぱみじんにすること、自分の知識、教養というビルを、その地下室の一隅に仕掛けた強力なダイナマイトで一気に吹き飛ばしてしまうことが、この際、何としてでも必要な破壊なのだ。

帝釈天の、やさしさと、客観的で、冷静で、平和と知性と洗練された慈悲を売りものにする態度ではなしに、この帝釈天に喰ってかかり、怒りにあふれた主観に立ち、激しく荒々しく、泥まみれ、汗まみれの意志と知性でもって、憤怒の形相で立つ阿修羅の態度こそ、今日の人間の模範とすべきなのだ。

ギリシャ文化の意識から言えば、東洋の帝釈天に相当するのがアポロであり、これと対立する酔いどれの神デオニュソスは、さしづめ、阿修羅と同一視することが出来る。

日本古来の神話に従えば、帝釈天は、女性であり、引っ込み思案で冷静な天照皇大神に当たり、阿修羅は、彼女の弟であり、彼女とは正反対に荒々しく、力持ちで熱狂的な素戔嗚尊に相当する。

阿修羅といい、デオニュソスといい、素戔嗚尊といい、破壊的で、熱狂的で、話し合いの余地の全くない、激しい神々である。

これらの神々の申し子こそ、現代において最も必要な人間なのである。帝釈天も、アポロも、天照皇大神も、秩序を守り、平和を維持し、冷静で、常に議論の花を咲かせ、友愛の精神にしっかりと支えられ、そのために必要な礼儀を、正しくかつ正確に守っている。こういった神々の生き方は、当然、権威という毒花の咲き競う環境をつくり、伝統と因習というかびの生える温床を形成する。彼等は、秩序正しく礼儀正しいだけに、流動性がない。アメリカの東部十三州は、今日、もはや、新しい国の自由な土地ではなくなっている。建国以来の伝統に囚われて、身動き一つ出来ない重苦しい土地となり果てている。人間は、一つの土地に定着すると、鬼になる。他人をさいなみ、自分をもいじめ抜く非道な鬼となる。ダニエル・ブーンのように、ベーリング海峡を渡り、アラスカからプレイリィのひろがるカナダ、北米に進み、熱帯の中央アメリカ、パンパスの横たわる南アメリカをどこまでも移住してやまなかったモンゴルの先祖達のように、函谷関の奥に消えて行った老子のように、本当に生き度いと思う人間は、絶えず、休むことなく前進をつづけなければならない。

前進しつづけるということは容易なことではない。どうしても、途中で、家をつくり、一つの集団に仲間入りして、定住しようという気になる。全く人気のなかったところを開拓し、そこに一つの村落が出来上ると、「わたしは、もうここに居る必要がなくなった」と、更に奥地に進むことの出来たダニエル・ブーンの開拓精神は、我々の手本でなければならない。

このひたむきな前進は、阿修羅の憤怒が心になければ叶わぬことである。この開拓精神は、デオニュソスの狂乱の生き方が裏付けとなっていることは間違いがない。この自由を愛する生き方は、素戔嗚尊の反逆の精神と、自分の力に自信のある人間だけに許される特権である。

私の中の阿修羅よ、もっと怒りに燃えろ！

私の中のデオニュソスよ、もっと酔いしれて暴れるのだ！

私の中の素戔嗚尊よ、たじろいではいけない。大胆に、天の岩戸を、力をこめてこじ開けるのだ。文明という名のタブーの岩戸を、力一杯こじ開けてしまうのだ。

私の中の羅漢よ、世を裁け！　思う存分、世の中の在り方を批判し、断罪するのだ。遠慮は要らない。

北欧の神話、エッダの中で、ずば抜けて巨大な人間は神々と対等に扱われている。

神という概念は、大きく分けて二種類ある。一つは、永遠、無限といった絶対性の象徴として、人間が無条件に信じなければならない神であり、他は、人間が、自己の生活をドラマ化し、一つの生甲斐とするために、特別にすぐれた人間の存在を想定し、不足の多い自分自身をこれと同一化しようという試みである。

前者はマホメット教、キリスト教の神であり、後者は、ギリシャ、ローマ、北欧などの神話にあらわれてくる神々である。

私はいま、神話の中の神になり切ることに、異常な執念を燃やしている。これは、決して真の宗教に対する冒瀆にはならない。余りにも抒情にあふれ、余りにも夢に満ちている永遠の若者の生き方なのだ。

そして、限りなく激しい怒りと、生命を賭けての闘いのポーズは、やさしさの強力な裏付けとなる。怒りに支えられていないやさしさはなく、生命を賭けずに、真実の愛や喜びはあり得ないのだ。

絶望の海の真只中にのみ、本当の希望は生じる。

納得の形式

(A)　日本へ来たことがあるプロデューサーの奥さんが、日本の子供の兵児帯をマフラーに使っている。「それは兵児帯ですよ」と言っても、これが楽しいんだと言ってきかない。日本では兵児帯はこう、着物はこうと決ってしまっている。だから子供には、人に笑われるなとか、社会からはみ出すな、と言う。子供が規格外のことをやり出したらすぐそれを押さえる。みんながテレビを持てば、テレビを持とう。誰もが車を持てば車を持とう……。ここには何も矛盾がない。

(B)　子供というものは、親に反抗することなしには独立も出来ないというような、親子の原理的なつながりがあるようですが、その辺はどうでしょうか。

(A)　昔、私は小学校で多数の子供に接していたことがありますが、母親の影響を受けた子というのは、どうも力が足りないという印象を受けます。父親の影響というのは、いわゆる教育性というようなことはあまり意識しないで、自分のやっていることをそのまま見せることによる影響ですね。

仕事が忙しくて、一日に二十分しか子供に接する時間がなくても、そこで一言いった父親の言葉が、子供の日記の中などに出て来る。父親の影響というのは、一つの力ですね。普通は、父親が模範を示してやればいいと言いますが、ぼくは、子供には他の人間を見せていく。オレを乗り越えろと言う。

(B)　普通、父親でも母親でも、たいてい、自分を見習え、と言える面と、もう一つ、自分を見習うなという面の、両面を持っているようですが……。

(A)　いいところは見習って悪いところは見習うな、では勝手ですね。(笑い)。ぼくは逆に、オレの悪いところがお前にも出てきても仕方ないよ、しかしオレのよいと思われるところを、真似しちゃいかんと言います。これは全く逆説ですね。それが本当に子供の反抗心を理解した教育かも知れませんね。父親のいい資質を受け継いでいると感ずることほど子供に重荷になることはないでしょうからね。

両者の結論

親が子供を教育出来るなんて気持をまず捨てて、自分自身が社会の中で学んで行くことを考えた方がいいと思います。

欲望は果てしなく広がる。女房族が働かざるを得なくなるわけだ。今後、共かせぎがグンとふえるだろう。夫婦で車を一台ずつ持って共かせぎするという時代がやって来る。いなごのような眼をパチクリして働きつづける。一時間働いて何百円ということになれば〝時は金なり〟というコトワザも、これまで精神論として使われていたのが、実感として受け取られてくる。こうして自動車の所有が増え、既成食品がますます普及する。ロボットの給油作業。具体的な暮しの変わり方を展望して見れば〝衣〟ではレジャー用の服など、趣味や好みによって買う衣服が中心を占め、仕事着や、寒いから着るという衣料はぐんと少なくなる。だから暖冬異変で冬物衣料が売れず、デパートが困るというのは昔話になってしまうだろう。

住宅は高速道路が整備されるから、不便なところでもどんどん家が建つ。所得が増えて皆自動車を持つから「駅から何分」などというのは、住宅地の条件でなくなる。そして所得に合わせた広さの家を持つ。

食べものでは、冷凍食品をさらに一歩進め、すぐ食べられるレディー・フード（既成食品）が中心となる。食堂も、ウエートレスが注文を聞きにきて、テーブルまで運んでくれるようなところはベラボーに高くなり、サラリーマンは、スナックで立食いで昼食を済ますようになる。労働力不足が深刻化するからだ。

その時、仕事にありついているということが、生活が安定し、保証されているような実感を凡俗に与えるだろうが、それは恐ろしい妄想に過ぎない。その妄想は、すでに、今日我々の目の前にあらわれ始めている。すでにわずかながらも、妄想に入り始めている。

知的投資を惜しまなくなる。結婚観も変わってこよう。大学卒業者がワンサとふえるから学歴などは通用しなくなり、むしろ、弁護士、会計士といったようなライセンス（免許）の価値がぐっと高まってくる。財とか、学歴などよりも、健康、信用、コネクション、ライセンスといった目に見えないものが、ぐっと価値が高まる。所得もふえるが消費も大型化するので、消費者金融は飛躍的に拡大するだろうが、個人が金を借りるとき、何を基準にするかと言えば、信用やライセンスなど、目に見えないが価値あるものがモノをいうようになってくる。現に世界の消費金融もこうした方向に進み始めているようだ。

現在、俗に億万長者といわれるハイクラスが一〇％、いわゆるミドル級が四〇％、生活に苦労している層が二〇％、困窮しているのが三〇％という構成だ。これが、今後ミドル級がぐっとふえて五〇％以上を占め、ハイクラスと、苦労している層がその分だけ減るという形をとるだろう。いわゆる中間層の拡大だ。しかし、これを庶民の側から見れば、所得がふえてくるという感じにうってくる。

結局、人間生活の未来とは、物質の豊かさの中で亡んでいく滅亡の歴史以外のなにものでもない。自動車、マイホームを持っても、次から次へと欲望がふくらみ、その金額がかさむので、不足感、貧乏感は抜けそうもない。世の中が進み、生活水準が向上し、価値観が変わり、生活意識は変わっても貧乏感だけはつきまとう。人間の内側が解放されない限り、永久につきまとう。

人物誕生・頼山陽の場合

頼山陽には、いろいろ理解に苦しむ謎がある。彼が、今でいう重いノイローゼにかかっていたことは疑うべくもないが、そうした状態のまま、座敷牢に軟禁されていた満三年間に、『日本外史』の下書きが完了していたということは、一体どういうことなのだろう。彼の、ノイローゼなり、他の神経症は、明らかに、自由な生活を求める余りの、止むに止まれぬ反逆の末端的症状に過ぎなかったのだ。名の通っていた頼家の跡取りでなくなり、代代、学者の家に生まれて、勉強することが一つの義務となっている環境にあっては、全然勉強する意欲が起らなかった。しかし、一たん廃嫡と決まれば、今度は、自分の純粋な願いに従って学ぶことが出来た。

彼は、病気であるということで一切の責任を負わされずに済むようになった。このことは、自由に生きようとするものにとって、決定的な条件である。それまでの彼は、あらゆる点で、非人間的な生き方をし続けてきた。金をくすね、女をだまし、詐欺を働き、学校は中退するといった始末であった。二十代のそうした山陽は、四十代になって示す、あの偉大な生き方の片鱗さえも匂わせてはいなかった。彼は、座敷牢にとじ込められた時、あらゆる意味での未来の可能性をつみ取られてしまった。しかし、このことによって、彼は、一つのことに専念出来るようになった。そうすることによって、彼の神経症もすっかり治ってしまったのである。

どのような創造的な人間にとっても、一切の可能性が奪われて、時間だけが無限に与えられた時期を持つということは何とも幸運なことである。使徒パウロは、アラビヤの砂漠で三年の歳月を過ごし、モーゼは、四十年の歳月をミデアムの砂漠で過した。我々もまた、自分自らになり切るために、こうした、無限の時間の中に飛び込まなければならない。あらゆる可能性の一切見当たらない状態で、くたくたになるまで時間の波間に泳ぎ続けるのだ。

二十五歳の時、三年ぶりに座敷牢を出された彼は、その後、三十を過ぎてもまだ、子供に特有な幼稚さがその生活や行動の中にあらわれていた。そして、彼を教師として雇った学校の先生も、彼をそこに送り出す母も、その異常に子供じみた動作にほとほと閉口している。恐らく彼自身は、無意識のうちにであろうが、大人になることをはっきりと拒否していたのだ。純粋に自分自身であるために、シャカもこれと同じ道を歩んだのではなかったか。そしてこれは、ブレイクにおいても全く当てはまることなのだ。

彼もまた、異常なほどの子供じみた態度を示した。余りにも純粋であるということは、子供じみているということと切り離しては考えられない。しかも、座敷牢を出た山陽は、自分が廃嫡と決まったあとに、養子となって頼家に入った男をそそのかし、ぐるになって放蕩の限りを尽した。山陽の実父、春水は、山陽を大豚と呼び、養子の景譲を小豚と呼んだほどであった。あいつらのやっていることは、大阪でよく見られる不良達のそれとそっくりだとののしってもいる。春水は、若い時分、大阪に留学していたことがあったので、そのころ、そういった不良仲間を見聞していたのであろう。このころの山陽は、侍はいやだ、侍はくだらない、おれは、名もない文士になりたいと口ぐせのように言っていた。当然のことながら、周囲の武士達からは悪く思われていたに相違ない。ところが、このころ、知人宛に次のような手紙を書いている。

「私がノイローゼだということ、これは、実のところ、全くでたらめで、こうでもいわないと世間に謝る方法がないからです。それに、こうでもいわない限り、文士として、好きな道に専念することが出来ませんから」

しかし、これもまた、山陽独特の大嘘かも知れないし、また、真実かも知れない。彼にとっては、嘘も真実も一つのものであって、両者の違いを認めてはいない。可能性の手足をもぎとられた状態で、時間のたゆとう波間を泳ぎ続けるとき、萎縮していた人間は一つの巨大な何かに変貌していく。

社会が公認するものは、すべて、その人間の個人といったものが非であるという立場に立って行っていることを見逃がしてはならない。この世の中に、公的なものなど、絶対的な意味においては一つもありはしないのだ。それに反し、私的なものは、すべてが、満足のいくぐらい絶対性を具えている。私は、それで、あらゆる意味における公的なものをしりぞけよう。それらは、私にとって、M82星雲の爆発と同じぐらい関わりのないことなのだ。

釣師は、決して穴場を他人にもらさないという。しかし、私が身近かに聞いている釣の名人は、そのような固定した穴場などないと言う。鮎がいそうな所は、やわらかい石のところで、水が澄んでおり、流れの速い場所であって、そうした穴場は、一雨ごとに微妙に変わり、その移動を知るのは、直感のみだと言う。一たん、その日の穴場が定まると、金輪ざいそこを離れず、ねばりにねばると言う。その後は、体を弓なりにねじり、渾身の力をふりしぼって竿を振りまわせばよい。本当の釣とは、空手やレスリング以上に体力を消耗するものなのだ。

アベベは、力の限り甲州街道をつっ走り、サム・テイラーは、根の限りにサキソホーンを吹きまくる。ストリッパーは、小便をもらしてしまうほどに、激しく、全裸の腰をふるわしている。穴場は常に移動している。人に教えてやれるような穴場などは絶対にないのだ。あるとすれば、それは、前回の時の穴場であって、惜し気もなく平気で教えてやれる。彼にとって、穴場は常に新しく、砥ぎすまされたような直感のみが嗅ぎ当てる。斯くして、頼山陽には、激しい両極性が働いていた。放蕩の限りを、ほとんど信じられないまでの無責任さで過ごす一面と、情熱を楽しく燃やす一面とがあった。しかも、これらは彼の生活の中で不思議な一致を見せ、両立させていた。彼にとって、両者の価値は全く同等のものであった。このような意識は、徹底した自由人のそれであって、一つの勇気である。生来、こうした羽目に落ち込むように運命づけられていなかった人には、とても考えられないような人生に置かれている者のみに可能なことなのだ。むしろどちらかと言えば、前者よりは後者の方がはるかに大きな要因となっている。とにかく彼の文才はずば抜けていた。こつこつと学んでいる金言居士には到底追い付くことの出来ない何かを持っていた。

一面、あちこちのさむらいの妻女と姦通しては、その女の絵姿を掛物にしてにやにやしている図々しさがあった。神経病やみの彼は、どこまでも健康で溢れるばかりの体力をもて余していた。そして、自分の交わった女を賛える漢詩を書きつづけ、あちこちに持ってまわって見せびらかして歩くという、楽しくも愉快な男であった。

強烈な個性の目覚め・法然の周辺

六、七、八、世紀の時代は、いわゆる文明輸入の時代であった。
大陸の文明が、仏教という宗教形式を媒体にして、この萎縮した小国に流入してきた時、この国が島国だけに、支那紙に描かれた、メスカリン効果に依るミショーの水彩画のようには、滲むことがなかった。まわりが、海という、不連続線、鉄壁の防波堤で囲まれた国である。だから、一たんここに流れ込んできた文物は、決して放流していくことがない。淀み、沈澱し、干上がり、こびりつき、錆となり、亀裂を生じ、やがては、本来、大陸にあった頃の様相とは大分違ったものに変貌していく。小さい国、しかも閉鎖されている国というものは、いつの場合も同じような運命をたどる。立派で、効果的な姿で入ってくるものが、すべて、最後にはみじめなものに変質していく。

インドの、激しく厳しい太陽の下で育てられた、非妥協的で力強く、エロチックで、しかも、あらゆる意味で、超人間的な、なつかしい人間味を具えた仏教も、不毛にちかい中国大陸に及んでは、不具になり、弱者になり、臆病な体裁屋になった。それでも、まだ、仏教としての、本来の威厳はわずかに保っていた。日本に流入してきた仏教は、ほかでもない、まさにこれである。こういった仏教を、好んで身近な生活の要素として消化していたのは平安貴族達であった。貴族の趣好を満足させ、彼等の生活的デカダンが醸し出す退屈さをまぎらわすのには、格好の手なぐさみであった。

南都北嶺の仏教とはこういった仏教である。鎌倉期の夜明けとともに、強烈な個性を発揮して躍り出した人物像は、一様に、鎌倉仏教の燃えるような息吹を発散する不退転の人達であった。彼等は、従来の仏教と、はっきりと縁を切った。南都北嶺の権威、伝統、遊び事と、明確に断絶することに依って、彼等の信仰の第一歩が始まった。

従来の仏教は、極めて客観的な、いわば、どの経典が仏教学的に見て妥当であるとか、正しいとかいった、人間自身とは直接的には何ら関り合いのない他人事《よそごと》に熱中した。即ち、これが「最秀仏教」である。

栄西も、日蓮も、法然も、親鸞も、もはや、そのようなことをかまっている余裕がなくなっていた。彼等は、鎌倉武士のすご味にも似て、激しさ、非情さ、厳しさをもって、自己の問題に、限りなく深く、どこまでも沈潜していった。彼等は、自らを、仏教界の論客、導師とする態度を放棄した。いや、これをきっぱりと拒絶した。自らを求道者の姿として、人間本来の悩みや苦しみの中に溺れている状態でとらえようとした。

キェルケゴールの『あれかこれか』は、既に、鎌倉仏教の志士達に依ってはっきりと提示されていた。まさしく、あれかこれかなのだ。それ以外に何の余裕もない。教理の良し悪しの問題ではない。自分の現況に絡み合わせて、どれが最も効果的かということが、アルファであり、オメガであった。斯くして、「選択仏教」は、日本的形式を具えた、『あれかこれか』にほかならなかった。法然の唱えた専修念仏は、更に『あれかこれか』のもう一つの側面であった。

自分に合ったもの、自分の状況に叶ったものを、何らためらうことなく大胆に選びとるという態度は、徹底した、主観に拠る精神のポーズだ。最秀仏教が、客観性、秩序的論理性や、自力に依る、行為に裏付けられた趣味の宗教の姿を示すのに対して、撰択仏教は、主観性、神秘的超論理性、他力にすがりつく、自己を諦めて放棄した求道者の厳しい態度を示している。

インドに発祥した、生き生きした宗教の念いは、一たん中国大陸の、精神的湿原で腐敗し、組織が分解し、細胞が破壊され、インドを出た時の面影は、見るかげもなく失われてしまったが、これが、その終焉の場所を求めて、弱々しく、さまよい歩くかのように、敗北的な表情で日本にやってきた。だから、南都北嶺の仏教には、始めから屍臭がただよっていた。なかには、魅力あふれる人間が真剣になって、このような老衰した仏教と取り組んだことも再三あったが、それも、一時的な回復しか見られず、歳月とともに、ますます、首をうなだれていった。日本人が、自己を取り戻すまで、その悲しい老衰の死の行進はつづいた。だが、一たん、鎌倉精神に支えられ、あおられた求道者があらわれると、回春の妙薬を得た人間のように、忽ち若々しさが溢れ漲り始めた。彼等は、大胆さにおいて、先ず、他のどのような美徳よりも賞讃されなければならない。明治維新の志士達よりも、更に大きな勇気と自信がなければ、決して示すことの出来なかった美徳であった。過去のいきがかりに対して、一切のためらいを捨て去るということは、本来、予言者のみに許されているものであった。

あの劇的な、大原勝林院の丈六堂での、信仰覚醒運動の大説教を行った法然のことは忘れられない。

「従来の仏教の在り方、信仰の方法も決して悪いというわけではない。こういった信仰のあり方にぴたりと一致した人格にとっては、溢れる恵みと慈悲があるべきだ。だが、わたしのようなろくでなしの人間には、こういった信仰では全く救われる見込みがない。ただひたすら、浄土の一門に依るほかは、迷いの世界から離れることは出来ない。わたしは、わたし自身の力量がどの程度のものかよく分かっている。だから、わたしに出来ないことはやらないのだ。」一切の自技巧、規則、そして、人間が勝手につくり出したそれぞれの宗派の約束を排して、仏の一方的な慈悲によりすがろうとした。これは、一見して、八方破れの構えであり、保守的で無責任な伝統の奉持者たちにとっては、何とも鼻持ちならない嫌味たっぷりな信仰の態度であったろう。それは、いつの時代にも、止むを得ぬことなのだ。本当に、力と、勢いと、愛と、誠意に満たされている人間は、目覚めていない一般大衆から、そういう目で見られる。

大原の里に集った三百人以上の聴衆達は、真正面から自分自身と対決して臆することを知らなかった激しく厳しい法然の前で、本当に、仏の姿を見た。キリストの山上の垂訓、マルチン・ルターのヴォルムスの国会の席上での演説、リンカーンの、ゲッテスバーグの演説は、一様に、その内容がどの宗教のものであれ、また、非宗教的なものであれ、聴衆を魅了してやまなかった。大原での、法然の談義もまた、これに劣るものではなかった。

このように、全く自分に合うものを選んでためらうことのなかった法然の態度は、選択仏教の名に恥じないものだった。聴衆の中には、南都北嶺の旧仏教圏内の僧達も、数多くまじっていた。法然の説教が終るや否や、天台宗門の学者、顕真が先ず最初に口を開き、一同が潮のようにこれに合わせ、一斉に高声に念仏が始まった。大原の里は、周囲の山々にこだまする念仏の声に、酔いしれたようだった。三日三晩、この声はとだえなかった。もはや、何一つ理屈をいう必要はなかった。彼等は、ひたすら、自分の凡夫であることを知り、これをじっと見つめ、どんな乱想の愚人も、そのまま往生出来ることを、確信したのだった。

法然も、その弟子の親鸞も、地獄は一定のすみかなのだと悟った。自分のような凡夫は、地獄に行くよりほかに手がないことをはっきりと知った。これは、宗教組織の中で体験出来るものではない。一人の人間が、自分自身に責任を抱き、自分をしっかり見つめ、自分の全存在が、苦しさと痛みのために粉々に飛散してしまうほどの危機意識に支えられ、密かに自覚することであった。弥陀の本願は、凡夫である法然ただ一人のため、悪人である親鸞ただ一人のためにあるのだと確く信じきった。彼等の周囲の者も、皆そう信じた。

　日本に伝えられて以来、仏教が、これほど、一個の人間の、存在の奥深く滲透したことがそれまであっただろうか。一国家、一民族、一宗派のためなどといった同時代の日蓮や、聖徳太子等の宗教意識とは、全く対立しているのだ。以来、彼等鎌倉仏教の求道者達は、ひたすら個人一個の救いのために、泣くような思いで一生を了った。

　宗教は、もともと、集団のためには存在しなかった。宗教は集団の中ではどうしても腐っていく。誰にとっても共通な救いの道を設けようとする作為こそ、神の道を閉ざし、仏の道を塞いでしまう。人それぞれに依って、宗教的な生き方には微妙な相違があるものなのだ。

　それにしても、大原談義は、キリストの山上の垂訓と何と似ていることか。

　自分には何らの功もない。罪を贖う方法もない。人徳などといったものもさらさらない。全く、こういう点では絶望的な人間なのだ。キリストが十字架上で、罪のない体を苦しめ、痛めつけ、血を流したのは、こういう自覚に立つ人間のためにほかならなかった。各人は、それぞれに、世界中でわたし一人が、神の、奇蹟的で破格の好意に依って救われたと自覚する。キリスト教は従って、個人的な宗教なのだ。法然や親鸞の宗教的自覚もまた、これとひどく似ている。

　それまでの仏教は、学問仏教、祈祷仏教、国家仏教、貴族仏教、伽藍仏教といった特色を示していた。

　こういった精神風土の中に育ち、それから分離した法然の宗教活動は、或る意味において、日本古来の宗教性の復興に力を貸したかたちになった。

　或る仏教学者に依れば、日本古来の罪悪意識が、法然の中ではっきりしているという。そして、こういった罪悪意識と、大陸仏教の巧みにブレンドされたものが浄土仏教の構造であるだろう。

　こういった意味では、法然や親鸞の念仏、栄西や道元の選んだ禅、日蓮の選んだ題目などは、それぞれ、日本的な精神、つまり、在来の日本的な宗教性が、巧みに、大陸思想と融合して成立した新種の潑溂とした「日本人意識」であった。

　グレコ・ローマン文化やヘレニズム文化が示した、あの躍動するたくましさは、期せずして、鎌倉仏教の溌溂さに、イメージが一致していた。それは、両者の、融合文化という体質が一致しているからである。

それに対し、マヤ文化、インカ文化の示す、あの閉鎖文化に特有な灰色の表情は、それまでの仏教のそれにひどく共通していた。

法然のもう一つの特徴は、矛盾に満ちた、彼の宗教生活である。

親鸞や道元、日蓮等は、どこに視点をとって眺めて見ても、さほど、彼等本来のイメージを崩すことはない。同じ革命的人間像であっても、彼等のように、一つの定形、一つの思想パターンに密着した生き方は軽自動車のようなもので、比較的はやくその人物の真髄が世間に吸収され、ブームを起こし、その時代の花形的存在となるが、法然のような、つかみどころのない宗教形式は多くの疑惑をまき散らす。とは言え、こっちの方が長い時代にわたって、半永久的な立場を持続することも事実だ。

定形は、どんな場合でも人為的である。自然ではない。自然に属するものは、すべて矛盾に満ち、不定形である。完全につかみどころがない。天の気も、地の気も、矛盾の最たるもので、決して、数学や物理の公式に当てはまるようなものではない。

法然は、全くつかみどころのない存在であった。九条兼実のような貴族と交わり、同時に、強盗、遊女、陰陽師、百姓、漁師、武士などといった、あらゆる階層の人々とも深い付き合いをしている。

念仏聖《ひじり》としての姿と、それとは全く別な、授戒僧としての姿を具えていた法然。こういった多面性を持った男だけに、彼の弟子達も、それぞれ、その生き方におどろくほどの多様性を見せた。

男性的魅力でもって大衆を魅了し、女達に片っ端から恋心を植えつけていった住蓮と安楽は、旧仏教勢力の、貴族達への圧力と働きかけとによって死罪になったほどだ。美男子であった彼等は、宮廷の女達が病気になってしまうほどに魅力あふれる布教活動を行った。美声でもって、念仏を高らかに謳歌した成願、行願、観阿弥陀仏などはさしずめ、今日のグループ・サウンズに相当するようなセンセーションを巷にまきおこした。彼等は「当世能声輩」であった。

幸西のような弟子は、炎にも似た、全く妥協する余地のない、怖ろしいばかりに革命的で反逆的な教理を唱えた。『一念義』がそれである。既成のものの一切の破壊の後にこそ、本当の宗教体験は可能だと説く。彼は、仏教の中に生まれたバクーニンだ。貴族達や、彼等の背後にいた南都北嶺の仏教勢力の圧力がかかり、法然は、この幸西を破門にしたほどだ。だが私は、この幸西の過激なイメージを通して、法然の自由な叫びを耳にしている。

時代の転換期に立ち、政治と宗教という二つの、巨大で有害な怪物に接近し過ぎていた法然は、当然のことながら多くの不自由を背負っていた。彼は妥協の人間であった。妥協したからこそ、あれまでに自己の信仰を、当時持ちつづけることが出来た。晩年に四国に流されたとは言え、その信仰故に、僧籍を奪われたとは言え、あれだけ極端なことを押し進めたにもかかわらず、あの程度の処罰で済んだということは、彼の異常なまでの外柔な生き方のせいであった。火を吹くような日蓮や、堅っくるしい栄西、せわし過ぎる親鸞などとは違って、周囲には、生ぬるく、ずるいといった印象を与えるほどに外面はやわらかであった。だが、そのような彼も、内面には相当な厳しさを持っていた。古書には、「気色ばみて」などと、彼の激情的であり、短気であった一面が説明されている。

彼の性格の厳しさは、西塔黒谷時代の彼の師である叡空との議論のエピソードが明瞭に物語っている。

二人は、念仏を唱えることが先か、仏を瞑想することが先かで対立した。法然は、『往生要集』の中にある、「念仏の一門に依る～」に拠って、念仏の優先されるべきことを主張したが、師の叡空は、彼の師である良忍も、仏を瞑想することの方が先決であると言ったと言い、法然にゆずらなかった。この時、法然は、

「先生、先生と言われますが、たかが、少しばかり早く生まれただけのことじゃありませんか」

と、叡空に向かって言った。叡空は激昂の余り、

「生意気な若僧め！」

と、傍にあった木枕を投げつけたと『拾遺古徳集』に記されている。

法然の、こういったふてぶてしさは、彼の肖像画からはとても想像出来ない。おっとりとして、底抜けにお人好しといった印象がつよく感じとれる。本当にすご味のある人間とは、大抵、この様に、外柔の条件を具えてい

て、にっこり笑ってバッサリと人を斬り捨てるものなのだ。

内部が厳しさで漲っているから、外面は極端にやわらかになる。「そんなに酒が飲みたいんなら、飲みながら念仏してもいいだろう」といった具合だ。

四国に流された時、室の津で苦悩する遊女に出遭い、次のように言ったものだ。

「もし、君が今たずさわっている以外の仕事でもあれば、出来るだけはやく、仕事をかえた方がよい。よしんば、他に、仕事がないとしても、生命をすてる気になって今の仕事をやめることが出来るなら、思い切って、そうしてみるのもいい。だが、他に生活する道もなく、また、生命が惜しくて、それから離れられないのなら、ただ、そのままの生き方の中でよい。その中で念仏をすることだ。弥陀如来はあなたのような人のためにこそ、本願の救済を用意しているのだ」。

この言葉を私が読んだのは、或る小さな喫茶店の中であった。シル・オースチンのテナーサックスが薄暗い部屋一杯にひろがっていた。私は、遊女のように、まわりの人々に知られないように涙を流した。親鸞のつぶやいた「わたしは、自分のはからいでする行ではないから、非行をしている」が、私の心の中で、一つの大きな叫びとなる。

非行を通してのみ、またキリスト教でいう、行為なく、信仰による義化のみが、辛うじて、この愚かで凡俗の上野を支えているのだ。

マルチン・ルターの書いた『キリスト者の自由』、法然の『撰択本願念仏集』、親鸞の『教行信証』は、ほとんど同等の迫力で私の心を慰さめ、励ましてくれる。この上なく甘美でうるわしい音楽なのだ。これらの著者は、何か立派なもの、偉大なもの、最も正統と思われるものを、脇の方から、棒で指しながら、客観的に、明解な説明をしているのではない。彼等自身にとって、一体、何がどのような意味を持ち、それが、どのように彼等の体内で脈打ち、それが、どのように心の肌に刻みつけられているかということを自分自身にのみ証言し、その証言の声が、雷鳴のように激しく余韻を残して、我々のいじけた耳をつんざくのだ。すくなくとも、私の心臓を破裂させんばかりの激烈な響きとなって、怒濤のように迫ってくる。

こういった人物像には、一種の後光がさしている。周囲の人々の心を魅了してしまうか、さもなければ、怒りと恥らいのため狂い死にさせてしまうほど毒気のこもっている後光なのだ。

法然が、四国に流されて行く時、親交の深かった九条兼実は、既に関白の地位を退いていた。八方手を尽して法然の流罪が赦されるように努めたが、それも効を奏さず、彼は、法然が京都を離れる日が間近に迫っている或る夜、痛む心を押さえながら、法性寺の小御堂にささやかな歓送のパーティを開いた。

だがそれでも、法然の配所が九条家の旧領であったということは、彼の努力の一端がむくいられていたということになるかも知れない。

法然が京都を去って数十日後、兼実は五十九歳で死んだ。

巨人の魂を具えた不世出の文豪ジェームス・ジョイスが死んだ時、意識の流れを、詩人の言葉で豊かに表現し得た女流小説家ヴァージニア・ウルフは川に身を投じた。彼女は彼と同じ年、明治十五年の生まれだった。

兼実の死といい、ウルフの死といい、彼等は、彼等が尊敬し、信じ、いや、それ以上に、自分の心の灯となっていた師友との別れや死に依って生命を縮めてしまった、数少ない恵まれた人達であった。

それにしても、彼等をこれほどまでに心酔させてやまなかった法然やジョイスの人間像の、何ときらめき輝いていることか。道徳や伝統を売り物にしている人間は、こういった人間像と本質的に大分異っている。偉大な人物は、他の人間をその表面の特徴で捉え、感化し、洗脳してしまうのではない、内面の魂の領域で、濃くてどろりとした血液の朱色の中で出遭う劇的な会見を基盤にして立つ、一種の輪廻、一種の変貌の体験、一種の生まれ変わり、一種の死、一種の誕生、一種の奇蹟、一種の風化作用というべきものなのだ。

偉大だと言われる文豪は、人類史上数多くいる。だが、読者をして、これほどまでに奇蹟的転換を促す力に溢れていた者は五本の指で数えるぐらいしかいない。あとの連中は、魚を売る代りに文章を売って暮していた凡俗どもであり、書き屋と呼ばれるにふさわしい代書屋が、法規を多少わきまえ、書式を覚え、文字が上手にかっこよく書ける技術があり、しかも、いつでも硯の中にはすり立ての墨、それに半紙、巻紙、奉書紙、短冊、色紙、大筆、小筆を傍に用意している職業人であるのに対し、文学者とは、文章がうまく書け、へらず口がたたけ、そういったものを書く時間をうまくつくっている要領のよい連中のことを指している。

本当の文学者、つまり文豪と呼ばれるにふさわしい人間とは、予言者の目と、詩人の言葉と、宗教人の魂を具えた巨人であるべきなのだ。原稿も筆も書斎も不要だ。

偉大だと言われる宗教家は、人類の歴史の頁の中に、歴史学者でさえとてもその名が覚え切れないほど多く載っている。だが、それぞれの時代の生活者の心をふるいたたせ、彼等を甦らせ、彼等に永遠の何であるかを見せてくれる宗教人は本当に少ない。彼等宗教家の存在は、八百屋が忙しく立ち働くように、それぞれの宗教や宗派に従い、何らの疑念も心の悩みもなく、ただ、サラリーマンのように、おうむのように、子供電車の上に鎖でくくりつけられている猿のように、何らの自主性もなく、教派独自の教理を喋りつづけ、おみくじをくわえてくる小鳥のような仕草で儀式や礼典を取り行っている。もし、まわりや、教派の上層部さえ黙認するか許容してくれるなら、「南無妙蓬蓮華経」を「南無阿弥陀仏」にしても、彼等個人にとっては何ら問題ではなく、「アーメン」を「かしこみ申さく」にしても別に気にはならない。彼等宗教家がおっかないのは、宗教界や世間の口である。無神論者以上に世間を気にしているのが宗教家であることは、何とも哀れな皮肉である。そのくせ、大衆を感化しようなどと意欲を燃やすのもこういった連中である。馬鹿もいいところだ。

本当の宗教人は、激しく悩む。自分自身の問題として、生と死の間に立って、天と地の谷間に転げ込んで、烈しい自己闘争を繰り展げる。宗教という名で呼ばれるにふさわしい人間は、その求道の道筋で何度も死を味わう。絶望の渕に立って、失神するほどの恐怖と悲しみに身を八つ裂きにする。体全体が、核爆発を誘導した位に、激しいかたちで四方に千切れ飛ぶ。それは、喜びが原因だったり、怖れ、恥らい、怒り、嘆き、痛み、が原因だったりする。表現しようのないエクスタシーの一瞬なのだ。本当の宗教人は、それ故、或る意味では、狂える人間であり、常識とか通念の領域をとうにはみ出してしまったアウトサイダーである。真の宗教人は、同じものを見ても、それに、永遠の意味、神の声、人間そのものの存在価値を、予言者の目で敏感に嗅ぎ分ける。それに加えて、そういった体験を、詩人の言葉で、豊かな表現をすることが出来る。

本格的な芸術家、文豪や宗教人だけが、人間を変質させる奇蹟を行うことが許されている。

法然は、まさに、こういった類の人物であった。

難業に依るのではなく、易業《いぎょう》に身を沈めたまま、高度な思想を通しての悟りではなく、極くありふれた、素朴で、しかも矛盾に満ちた心で、往生出来るという弥陀の本願は、十字架上のキリストの、贖いの血に依る救済と全く一致する。洗者ヨハネは、ヨルダン川のほとりで、向こうからやってくるキリストを指し、

「見なさい、この方こそ、万民の罪を取り除いてくれる神の羔《こひつじ》なのだ」

と説明した。弥陀の本願といった人間救済の形式は、キリスト教の場合、受肉したキリストの十字架に依って集約され、受け止められている。

人間は、もはや、何をしなくてもいい。何らの努力も精進も意味がない。その代わり、自分を、救い難い罪人、絶望の渕にあえぐ悪人として、はっきりと、真正面からこれと対決しなければならない。

これに比べて、何かを行い、何かに励むことの方が、特権階級の人々にとってはずっと容易なことであった。彼等にとって、自分が何様かであり、何を持ち、どのような肩書があり、どのような地位にあるといったことを一切忘れ去るということは、或いは死ぬこと以上に辛いことなのかも知れない。だが、それはそれとして、無一物の、乞食にひとしい、無教養で、ふしだらで、無能で、意志が弱く、脳のしっかりしていない人々にとっては、奇蹟以上にありがたい約束であった。キリストのまわりにガリラヤの漁師達が集まったように、夜、羊の群れを番する羊飼達が天使の声を聞いたように、法然のまわりに群がった人々も強盗や遊女達であった。例え、れっきとした政治家、九条兼実に依って代表される上流人や、旧仏教界の僧達であっても、精神的には英雄のみに与えられたドラマチックな勇気を抱いて、ずっと下に降りていった。僧の中には、本格的に、法然の教えに依って往生出来るようにと、僧籍を離れた者もあらわれた。天台宗の僧であった遠江の禅勝房は、法然の教えを聞いて一

念発起し、僧籍を離れ、大工になって一生を安らかに過した。これなど、そのよい例である。

「わたしの主張したいのは、人間が本当の愚人、阿呆に立ち返る時、初めて極楽に生まれることが出来るという、この秘訣だ」

禅勝房は、法然のこの言葉に心打たれたのであった。また、名門に生まれながら、念仏聖として、一般の僧侶よりも低いとみなされていた社会的地位に、誇らしげに身を置いた多くの人間がいる。

右大臣藤原行隆の長男であった信空、内大臣久我通親の猶子となった証空、藤原通憲の息子の遊蓮房、平師盛の息子の源智などがそれである。

それにしても、法然の弟子の空阿弥陀仏が唱えた「父母をいわず、本宗を名乗らず」という、『明義進行集』の中の言葉に依って象徴されている激烈な宗教運動意識には胸のすく思いがする。

いわば、バクーニンのアナーキズムにも似て、烈火のような破壊力を誇示してやまなかった幸西の、従来の宗教的要素の一切を踏みにじった『一念義』的信仰のポーズと並んで空阿弥陀仏のそれは、法然リヴァイヴァルの生んだ火の車の双輪ということが出来よう。

父母は無視するに限る。つまり、シャカが三十六年間苦しみ抜いたのは〝両親の子〟であって、シャカ自身になり切ることが出来なかったからだ。

キリストは、「先生、今、死んだ父親の葬儀を済ませて直ぐに戻ってきます。そうしたら、先生についてどこまででもまいりましょう」といった信仰心あふれる若者に対し、

「いや、行かなくともよい。死んだ者は死んでいる人達の手にまかして、お前は、今直ぐ、この場で、わたしについてきなさい」

と言った。

また、同じキリストは、カナの婚礼の席上で、自分の母マリヤに対して、

「あなたは、いつも、そのように、命じるようなことをいうけれど、一体、あなたは、わたしとどんな関係があるのですか。わたしは、天の父の声に従って動くのであって、そのことは、あなたと無関係なことです」

と言った。

いいかげんなモラリストなら、このような一連の対話

を聞いて胆を冷やすに違いない。ここに、空阿弥陀仏の言う、「父母をいわず」の意味が出てくる。勿論、彼は、此の場合、意識的には、前歴を問わないとか、家柄や家系が問題ではなく本人次第なのだ、と言っているわけなのだが、この事自体、本人本位、個人単位といったものの考えに立てば、やはり、キリストの発言と対立することはない。ナポレオンは、「私自身が私の先祖である」と言ったが、この意識も、そこから余り遠いところに位置づけられてはいない。こういった意識は、すべて、自分自身に責任を持とうとする人間が必然的に立ち至る領域である。

「本宗を名乗らず」と空阿弥陀仏が言う時、ここに含まれているニュアンスが、ひどく現代的な匂いを発散していることに気付く。いわゆる教条主義に陥ってしまう危険を重大視する余りに、こういった意識と、それに伴う決意が生まれてくる。何々教、何々宗であろうとする場合、神や仏との、一対一の、個人的対決や、その人の全人格をぶっつけた上での宗教的体験は出来なくなる。真実であろうとする時、どのようなセクトにも入らず、党派主義にも陥らず、純正な独自の立場を保持しなければならない。この純正な独自の立場は、しばしば、片意地な人間の態度と見誤られがちである。日和見的だと誤解されることもある。だが、真実の人間にとって、一宗一派にかたよらないことは必須の条件である。

集団が個人を殺し、組織が「人間の意味」を薄めてしまうと分かっている時、一宗一派の縄目に捕らわれにこのこと入って行く馬鹿な純粋人間がどこの世界にいるというのか！

法然は、個人を生かすために、南都と北嶺の、旧仏教勢力のどの傘下にも加わらなかった。その代わり、南都北嶺の分子と交際のあったことは、法然が、東大寺勧進上人であった俊乗房重源との深い交わりをしていた事実からも、その片鱗をうかがうことが出来る。

北嶺勢力との接触を証明しているのは、何といっても前述した、大原の信仰覚醒運動《リヴァイヴァル》である。これを計画し、実現させたのは天台宗の、元法印であった顕真である。彼はその頃は、木曽義仲を法性寺に襲撃した彼の師、明運の戦死の後、平家の運命とともに進退に窮し、大原別所に隠居していた。彼だけではない。北嶺系の高僧、碩学として名高い笠置の解脱房貞慶、大原の本成房、天台宗の宗教学者であった智海や証真などが肩を並べてこの集会に参加している。南都系からは、法然の親友、重源を始め、光明山の明遍などがいた。

四国に流刑された時も、途中の大阪に滞在中は、天台宗の勝尾寺に逗留していた。

こういった法然の柔軟な生き方は、同時代の日蓮や、少し時代は前に戻るが、最澄などと比べる時、全く対照的である。彼等は断呼として他宗を排撃してひるむことがなく、その姿は、夜叉のイメージを彷彿《ほうふつ》とさせる。つまり、常に戦闘的な身構えを棄てないのだ。それに反して、法然の姿は柔和この上ない。肖像画もその通りである。

だが、本来の法然は、いささかも引っ込み思案なところなどはない果断な人物であった。

法然が四国に流されると決まった時、弟子の一人、信空が、門弟一同を代表して言った。

「住蓮や安楽は既に死刑になってしまいました。先生もまた、老令の身で西海に流されることになり、我々は、もはや、先生と会って真理について学ぶこともかなわなくなりました。こうなったからには、表面的には、信仰を棄てるように見せかけて、地下運動として、布教活動をつづけるつもりです」。

これを聞いた法然は、ゆっくりと口を開いて次のように言った。

「わたしは八十歳近くにもなった。だから、どこに流されても、そのようなことは恨みではない。どのみち、この世を去るのも間近いのだから。どこに住んでいても、浄土では必ず再会する我々ではないか。拒んでみたところで、死ぬ時は死ぬ。住むところと、死の到来は無関係だ。この正しい仏の道が京都ばかりに広められていた今迄のことを考えれば、今度、この機会に、地方の人々にも布教出来るとなれば、かえって願ったり叶ったりである。この教えは、人間の力でとどめようとしても、押しとどめられるものではない。だから、世間を考えて、真意をかくして地下運動などする必要は全くないのだ。堂々とやり給え」。

正面から堂々とぶつかれと言う。そこには、いささかのためらいもない。不安も戸惑いも見られない澄み切った見者の心が横溢している。

それだけではない。法然は、同時に、夢見る男でもあった。夢の中では、彼の尊敬してやまない中国の名僧、善導が、その姿をしばしばあらわし、「お前の念仏を唱えるのが立派なので、わざわざやってきたのだ」と口を利いている。善導のあらわした、『観経疏』は、若き日の、法然の心を開いてくれた書物であった。

本居宣長には賀茂真淵との出遭いがあり、ホイットマンにはエマーソン、エリシヤにはエリヤ、親鸞には法然、上野にはミラー、そして、法然には善導との、魂の出遭いがあった。

人間にとって、他の人間との出遭いは、何と神秘的であり、甘美な感激に満ち溢れた劇的なものであろう。

どんなつまらない人間の出遭いであっても、それが本当の出遭いであれば、神話のように美しく、昂奮に包まれている。それには一つの例外もない。人と人の出遭いは、その人間にとって生死を超える体験となり、永遠を味わうエクスタシーに身心の全存在が打ちふるえる。毎日の、行きがかり的な暮しの中では、人間とすれ違うことはあっても、出遭うことはほとんどない。百人の人とすれ違っても、感激も、高揚も、向上も、感謝も、喜びも味わうことがない。千人の人間と話し合っても、そこには、対話は行われない。心と心が溶け合う会話は生まれてこない。人間は、ここ五万年ばかり、言葉を覚え始めて以来本当の会話を行っていない。

ここ五千年ばかり、文学を覚えて以来、本当のことを書いたり記録したりすることが不可能になってしまった。いや、ここ二百五十万年ばかり、人間は、同類、同種、同胞、同族を認識する魂の視覚を持ちながら、それを正しく使いこなせない不能者になり下がってしまった。熱帯魚達ですら同種を識別出来るというのに、一体、これはどうしたことだ！

ネオンテトラは、どんなに多くの熱帯魚の中を泳いでいても、ネオンテトラ以外の魚に興味を示さない。グッピーは、千匹、万匹のスマトラの中に、たった一匹のグッピーを探し出す。だが人間には、これが不可能になっている。二人の人間が、わずか七十糎へだてて向かい合っていても、両者は、その精神において、出遭うことがないのだ。百万人が競技場のスタンドを埋め尽して熱戦を観ていても、人間達は出遭うことがない。千万人の民衆が、独立記念日の祝賀行進に整然と参加しても、そこに、魂と魂の触れ合いはない。一億人が、同じテレビ番組を見て熱狂し、同じ新聞を読んで、何か、地球や太陽系の病状を納得しても、人間同志の納得はあり得ない。

法然は、時代をへだて、空間をへだてて、はるかなる大陸の巨人、善導に出遭った。この上野と出遭う名誉を担う人間は、今何処にいるのか。そういった人間は一人しかいないのか？　十人しかいないのか？　百人だけか？。たった千人だけか？　わずか一万人だけか？　ほんの十万人だけか？　たかが百万人だけか？　ちょっと千万人だけか？　せいぜい一億人だけか？　ざっと十億人だけか？

ヘンリー・ミラーは、何年も前に私に言ったことがある。

「わたしは今迄に多く小説を書いてきた。だが、世界中の誰一人として、わたしを、本当に正しく理解してくれた者はいなかった」。

そうだ！　私もまた、まだ、一人の理解者にも、満足なかたちで出遭ってはいない。人々は一様につぶやく。

「上野は特別だ、我々とは違う。全然異っている。だが、あの男の生き方は、我々、全く異質な人間の生き方に大いに示唆となることは事実だ」。

人々、それも、私に好意を寄せ、支援してくれるわずかな人々が、このように言う。

「上野の生き方、ものの考え方、感じ方は、全く自然だ。あれは、最も人間らしい生き方だ」

このように胸を撫でおろしながら溜息まじりに言う人物は、今後何年先に出現するのか。しかも、一体、地球上のどの辺りにだろうか。五百年先かも知れない。

土星の十個の衛星の中で、最も明るいチタンは、月の約二倍の大きさだが、その表面は空気でおおわれている。おそらく、このチタンの地表に、上野という、恣意のかたまりで、常に夢を見、怒り、笑いつつ、いかなる時でも自由に、気軽に、と同時に、激烈に、あたかも神話の中の恋人のように、ロマンチックに欲情し、愛し、泣き、叫び、走り、じっとうずくまり、百万年位、死んだようになって眠りこけ、一兆年位、狂ったように行動しつづける奇怪で不思議な男を理解し、納得出来る生物が出現するのかも知れない。私は、ゆっくりとそれを待とう。

法然は、今なお未知の存在だ。彼のように多くの賞讃と非難を、激しいかたちで一身に浴びた者はそう多くはいない。いるとすれば、そういった人物は、一様に、神に近いほどの巨大なスケールの人格を具え、天使に近い心と、悪魔に近い行動力を持った人間であるはずだ。

　承安五年、法然は四十三歳で、本願他力の信仰に目覚めた。

　ヘンリー・ミラーがパリで『北回帰線』を処女出版したのも、千九百三十四年、彼が四十三歳の時であった。

　フロストが詩人としてアメリカに戻ったのも、四十を過ぎてからであった。

　モーパッサンがノイローゼで狂死したのも四十三歳であった。

　法然や、ミラーは、この年に本格的な誕生をむかえ、モーパッサンは自滅していった。

　一口に四十三歳というが、これは長い歳月だ。人生の半分は、はるかに過ぎている。法然やミラーやフロストは、この年になるまで、無我夢中であったのだろうか？

　そうではない。彼等は、二十代の頃、既に小じんまりと完成してしまう凡俗どもとは違って、激しい意識を抱いていた。この年になるまで、彼等の魂は、雪に打たれ、風に打たれ、飢え、凍え、痛み、苦しみ、絶望しながらも必死になって生きのびてきた。そして、その後の人生は、前にも増して厳しいものであったことは言うまでもない。彼等は、遂に、求道者としての立場から一歩も他に移ることはなかった。

　彼等は、それぞれ、自分の生きた時代に末世を目撃した。

　彼等は、自分のふところの中に末法思想をつくって、これを抱かなければならないところに追いやられていった。

　法然は、『康頼宝物集』の中で、

　「げにや嵯峨の釈迦（法然）こそ、天竺へ帰り給なんずるとて――」

と言われているように、末世の日本の国状に愛想をつかし、京都の郊外、嵯峨の、栖霞寺の釈迦堂に籠って社会に背を向けたのは、彼が二十四歳の時であった。

　ミラーは、その処女作『北回帰線』の始めに、

　「とにかく歌うつもりでいる。お前達が世迷い言をいっている間に、わたしはうたうのだ。お前達の不潔な屍体の上でダンスとしゃれこもう。」

と書いている。この文明社会を、屍体が作り上げている死のマスゲームとみなし、それを踏みにじりながら孤

独なダンスを踊ろうと宣言している。そして、その通り、彼は今なお、ダンスの最中だ。
フロストは、西に流れる川を眺めながら、ヴァーモントの丸太小屋でつぶやいた。
「地球は愛にとってぴったり似合ったところ
これ以上にいいところは一体何処にいったらあるのだろう
わたしは樺の木によじのぼる
雪のように白い幹から黒い小枝に至り、
天をめざし、樺の木が重みでたえられなくなり
その梢を傾け、わたしを下へ戻すまで」。
フロストが、「地球は愛にとってぴったり似合ったところ」とつぶやく時、それは、彼が此の世に対して、そうあってくれと願う悲痛な叫びではなかったか。
『一枚起請文』と呼ばれている、法然の筆になる念仏に関する短い覚書がある。これは、彼の、念仏に依る、易業に支えられた本願他力のマニフェストにほかならなかった。
「もろこし、我朝のもろもろの智者たちの沙汰し申さるる観念の念仏にもあらず、また学問をして念の心をさとり申す念仏にもあらず、ただ往生極楽のためには、南無阿弥陀仏と申せば、うたがいなく往生するぞと思いとりて申す以外には、別の子細候わず。但三心四修なんど申す事の候は、皆決定《けつじょう》して南無阿弥陀仏にて往生するぞとおもう内にこもり候なり。このほか、奥ふかきことを存せば二尊の御あわれみにはずれ、本願に洩れ候べし。念仏を信ぜん人は、たとい一代の法をよくよく学問すとも、一文不知の愚鈍の身になして、尼、入道の無智のともがらにおなじくして、智者のふるまいをせずして、ただ一向に念仏すべし。」
これを、現代風に言いかえてみると次のようになる。
「中国大陸や日本の宗教学者達がいろいろ議論している観念的、抽象的な念仏ではなく、そうかといって、学問に依って念仏の意味を悟るといった種類の念仏でもない。ただ、ひたすら、往生極楽のために南無阿弥陀仏と口ずさめば、間違いなく往生出来ると断言しているほかには、何ら、くどくどと、むづかしいことは言っているつもりはないのだ。だが、心を鎮めて念仏出来るように、また、その成果が上るように、三心と呼ばれている至誠心《まごころ》、

深心《確信》、廻向発願心《ひたむきな求道心》や、四修と言われている、長時修《時間をかけ》、恭敬修《うやうやしく》、無間修《やすむことなく》、無余修《力をそそぎ》などは、勿論、南無阿弥陀仏と口ずさんで念仏する行為の中に含まれている。

もし、これ以外に、妙な色気を出して、奥深い真理を知ろうなどとするならば、釈迦と弥陀二仏のあわれみからはずれてしまい、本願の救済から洩れてしまう。いやしくも念仏を口ずさもうとする人は、例え現代の先端を行く宗教哲学などを研究し、身につけていたとしても、敢えて無学文盲の粗野な人間の如くなり、仏門にも加えられていない俗人が、勝手に尼や入道と名乗って宗教三昧の生活に入るように、決して、学識のある様子を見せず、誇らしい態度に出ることなく、ただひたすら念仏を口ずさむ素朴な生活に精進すべきなのだ」。

法然の仏教意識は、この時点で、もはや従来の仏教とは、はらわたの質までが違ってしまって、再び同化することのない状態に転進している。

文明を悪となし、文化を退化と心得、現代生活を非人間的な人間の在り方ときめつけ、教養を障害と知り、文明の財産にほかならないあらゆる組織や集団、格式、序列を不善と信じ、宗教や哲学、その他全般に関わる学問を、妄想を生み出す毒の温床と感じた、予言者、哲人の反社会的な生き方がここにある。そういった意味では、法然の意識は、現代社会に持ってきても、何ら遜色なく、現代の欠陥と疾病を、余すところなく、ためらうことなく、大胆に、そして明確にあげつらい、告発していくに違いない。

法然の外柔な性格の内面には、こういった、白熱した厳しさと、非妥協的な精神が息づいていた。

こうした、法然の断固とした内面を、最も理想的なかたちで受け継いだのは、弟子の一人、成覚房幸西であった。このことは、前にも一言ふれておいたが、改めて詳しく述べてみよう。

彼は三十六歳まで宗教とは無関係な男であった。幼い息子の死に依って、人生の無常をつぶさに味わい、世をはかなんだ純情一徹なこの男は、自殺にも例えられるひたむきな気持で、法然のもとにやってきた。

念仏一点張りの法然の激しい宗教観が彼の心を捉えたことはいうまでもない。その変身ぶりが〝自殺〟に例えられるほど激しいものであっただけに、彼の宗教心も極度に非妥協的なものになっていった。それは、さすが師の法然ですらたじたじとなるくらいであった。南都北嶺の仏教勢力と、これに加担する政治家達の弾圧に遭った時は、さすがの法然も、少し極端過ぎるといって彼を破門しているほどである。

法然にとってみれば、自己の内面性を、何ら虚飾することなく、そっくりそのまま反映したような幸西を見て、人間誰にもある、恥と戸惑いを感じた結果、思わずとった不覚の処置だったのだ。人間法然の弱さがここにある。我々は、誰でも、自分の真実の姿を真正面から見る辛さをよく知っているはずだ。

そういった行動をとった法然ではありながら、その実、彼自身、幸西の中に、最も真実な自己の姿をはっきりと見ていたことは間違いない。

幸西のひたむきな烈火の如き信仰は、旧仏教勢力をして彼を最悪の不隠分子と思わせ、マークさせてやまなかった。その結果、彼はあちこちに流されている。法然の流された四国や、親鸞の流された新潟などは、流刑といってても軽い方だ。幸西は、一度、四国徳島に流され、後に、怒濤さかまく荒波の彼方、壱岐島に追いやられた。彼は、そういった仕打ちを受ける位に激しく、天台、真言宗等の、聖道門と呼ばれていた、仏教の周辺をかたちづくっている、余り意味のないきれい事に対しては、一分の妥協も示そうとはしなかった。

幸西の唱えた宗教マニフェストは『一念義』であった。これは旧仏教勢力からは、

「忽ち一念往生の義を立て、故《ことさら》に十戒毀化の業を勧め、恣《ほしいまま》に余仏を謗《そしり》、還りて念仏の行を失う」

と非難を受けるもととなった、革命的内容の信仰要義であった。

その主張するところは、徹底して、既成の事物に対する反逆と破壊の念に満ちている。

余計な宗教説話に耳を貸さなくてよい。ただひたすら一念でもって間違いなく往生が出来ると説き、金持よりは貧しい者の方が、学のある利口者より無学な者の方が、物知りより知らぬ者の方が、宗教的徳のある人物より堕落者の方が、一層、弥陀のあわれみに浴しやすいと主張する。これが乱世の絶望の中にあえぐ人々の心をゆさぶらないはずがなかった。

こう書いてくると『一念義』の内容が『新約聖書』のそれと何と似ていることか。

キリストは言っている。

「旧約聖書の戒律は、来たるべき本体の影に過ぎなかった。わたしこそ、その本体である」。

パウロは言っている。

「戒律を守ることに依ってではなく、ただ十字架のキリストの贖罪を信じる心に依ってのみ人間は、救われ、義人とされる」。

『一念義』の内容が指し示しているものもまた、これであった。一切の難業、苦業、戒律、知識、修養などを排して、ただ、信じて、まことの心をさらけ出して念仏を口ずさめば、その場で往生出来るのだ。「成仏出来る」という言葉の中には、何か、立派なもの、きらびやかなものになるという響きがこめられているが、「往生出来る」という言葉の中には、もう、何であってもいい、ただ、こうして生きているからには、安心した人間として過したいというせっぱつまった、全く他のことには余裕のない人間の、真実をこめた心の底からの叫びと訴えの響きがこめられている。

為政者達が、今迄、多くの政敵をだし抜き、巧みに正当化して合法的殺人を行ってきた過去と現在と、更には、これと同じことが展開されるであろう未来を予測して、良心が、いやが上にも苦しみ痛むが、それをまぎらわしごまかしてしまう手段として、仏教はこの上なく都合のよいものであった。仏教が為政者達のそういった便利な道具であったり、手習いの道具だったり、趣味であったりしていたことに対する怒りの声が、期せずして『一念義』の中に込められている。仏教とは、そんなつまらぬものではないのだ、人間を救済出来る、霊妙な力にあふれたものなのだとして、仏教の威信の回復を願う声も込められていた。

こういった運動は、勿論このように、はっきりと意識されて行われたものではない。自分個人の悩みと苦しみを解決しようとして、それと真正面から取り組んだ、誠意と責任感にあふれた人間に依って、あたかも、一つの中心的行為の副産物として、副次的結果として、仏教リヴァイヴァルが達成されたのであった。

どんな人間でも、例え力がなく、知力が劣り、教養が不足し、ヴィジョンを抱く程澄みきった心がなくとも、もし、自分自身の問題に真正面から全力を傾けて取り組めば、必ず、人間の歴史の頁に大きな感銘深い足跡を刻みつけ、遺すことが出来る。

社会のためにと励んだ人間で、本当に社会のためになれた人間の例を聞いたことがない。人類のためにと一身を投げ出した人で、人類のためになれたという人も皆無だ。文明発展のためにと意気込んで、文明の踏台になれた人の話も聞いたことがない。

平和運動という美しい行為も、じっと見つめて見給え。もう一つの醜い戦争でしかないことにがっかりさせられる。自由を与えよという雄々しいスローガンの下にスクラムを組む連中も、あれでけっこう、戦争のかもし出す独特の混乱に酔っているだけの話だ。自由など、どこかに落としてきてしまっている。

平和も自由も、何も彼も、その本格的な出発は、一個人の心の中の神話にも似た美しいドラマから始まる。人間が、自分自身と対決する時、何事か本格的なことが起こるのだ。

現代人は何もしようとはしない。数多くいる医者の中の一医師として、数多い商人の中の一人として、教師の一人として、運転手の一人として、作家の一人として、ただ何となく、特定の職業のプロであることを誇り、それに自信を抱き、ぼんやりと弱々しく暮している。多数の中の一人であるから、いざ、自分のたずさわっている職業に支障があるとなると、充分に責任のがれの口実と方法を口にする。わたし達医者は、とか、我々教師は、わたし達の宗教では、といった具合に、自分の属している組織に責任をなすりつけてしまう。グループの中の誰も彼も、一様に、自分一人で責任を持てるほど強くもなく、勇気と心意気もないから、魚心に水心で、お互い暗黙のうちに、そういった男らしくないやり方を認め合う。

「ああ、君は今、それを恐れているんだね。分かる、分かるよ。わたしだって、そうなれば、君みたいにするより仕方がないからね。お互いに家族もいることだし、世間体ということもある。それに、我々の商売はこれでなかなか辛いもんだ。お互いに、うまく助け合っていこうじゃないか。よしよし、君はもう何も心配しなくていいんだ。我々の団体の責任なんだからこのことは」

この弱虫奴！

人間はこのようにして、自分の行為、生き方、考え方に対して、いざとなった時、全責任をとる気持は全くない。だが、それが出来る人間のみが、今日、まともに生きられるのだ。その他の人間は、生きながらとうに死んでしまっていて、我々目覚めている者とは、話し合ったり、挨拶したりする資格さえもない。

利口であることが生きている人間であるというのではない。教養のある人間が生きているというわけでもない。宗教的戒律を守ったり、善行を守り続けている人間が生きているとも言えない。

生きている人間とは、何がなくてもいい。愚かであっても、無知であっても、宗教的には完全な破戒者であっても、悪業の限りを尽くすとんでもない人間であってもいい。ただ一つ、自分自身に、百パーセント責任の持てる人間であれば、それで、その人間は生きられる。

法然が善導の『観経疏』の中から発見して狂喜し、親鸞が法然から教えられ、幸西が熱狂的にあらわした『一念義』などに依って集約されたこの一事「念仏を口ずさむ行為」は、まさしく、自己の生き方に対して全責任をとろうとする、最も素朴にして、最も高揚された人間の姿なのである。自分は、自力では、もう何一つまともなことが出来ない、自分の行く先は、はっきりと地獄だと分かっていると自覚する時、これこそ、自己に全責任を持つ勇気ある人間の姿なのだ。念仏を口ずさむことは、その外的なあらわれに過ぎない。

念仏は、仏教の荒廃と腐敗の中から不死鳥のように甦った奇蹟の光景を展開して見せてくれた。

法然は、永遠の視点から眺める時、何も、事更に仏教徒でなくてもよかった。医師であっても、八百屋であっても、井戸堀人夫であっても、マホメット教の布教師であっても、女郎屋のおやじであってもかまわなかった。

彼の偉大さは、人間回復のため、実存主義的プロセスを、力一杯、彼なりの方法と手段でもって歩み行ったことにある。それ以外の何ものでもない。

日本化して甦った仏教――それは、日本人の、強烈な個性の目覚めにほかならない。

人間意識の激しい目覚め、凍結した人間の、炎のような目覚めにほかならない。

法然は、仏教をメデアとして甦った、原始日本人の理想的なイメージである。

――了――

◇解説

上野霄里《うえのしょうり》・言霊《ことだま》に憑《つ》かれし巨人
――その出版人の挑戦と夢――

佐藤　文郎

　本書の出版は只事ではない。ただ通りいっぺんの、儲けを第一義にした常識的な、頼まれ仕事ではない。内部に一つの種子を有していて、それがやがて大きくなり、ある巨大な力に膨れあがることを確信してのことなのだ。只の一人も今まで手を触れようとしなかった分野、余りにも、障害ばかり大きく益の小さい、ある意味では大それた途方もないことと、見識家方には思われる種類の行為であると承知している。

　それは、あらゆる意味でそうである。出版界の常識をわきまえないのではない。わきまえる余裕もないほど熱に浮かされたように、夢と力に憑かれてしまっているのだ。

　こういう時の予見者の眼には、現実の、瓦解寸前の腐敗した姿が、不吉な茜の空を背にくっきりと見えているのだ。著者と同じに、その出版人もまた同質の怒り、同質の夢を分かち合えるというのは奇蹟としか呼びようがない。出版人は、ただひたすら内奥の声に突き動かされながら、烈しい信仰者のような念いで、著者と歩みを共にするだけだ。

　何時か、新聞の学芸欄に某出版人のことが、怖るべき人物として紹介されていた。その人は、ある文士に、出版社の創立を記念して、野心的な大冊の作品を依頼したが、受取って見たら、初めに考えた三分の一ほどのものであった。しかたなく、企画を変更し、というよりもこのことがヒントになって、小形の本にすることにしたらしいのだが、これが大当たりしてそれから現在の厖大な販売部数を誇る××ブックスが誕生したというのである。怖るべき人物とは、なんのことはない、時代の風潮、流行の機を見るに敏な、何処にでもざらにいる、少々頭の切れる男であったに過ぎなかったのだ。出来るだけ安価に、外見だけは気のきいたものにするという、出版に限らず各界で取り入れられている、現代社会の便宜主義――情熱や夢の燃料となる温かい血の一滴もない、かさかさの萎びた精神のしからしめることであった。何が怖るべき人物なのかぼくには一向に分からなかった。

　一滴の温かい血は、怒りに燃え、真実に飢え、創造の念いに沸き立っているものなのだ。既成出版界の通念や、固定概念を、ガラリと変える程のエネルギッシュで冒険心にあふれた行動でなくてはならぬはずだ。変革の夢も、冒険の意欲も、勇気も失せ、ただ、惰性と虚勢と、欲の皮だけが突っ張った出版界に対する挑戦でなくてはならぬはずだ。失敗とか成功を意に介さない純粋性に貫かれた誠意だけが、事を決行する力と、火蓋を切るという、最も損失の多い代わりに、誇りに満ちてもいる役割をあえて担う者の特権となるのだ。その日常は、戦場のような危機感に漲っているが、一方、すがすがしい夢と精気に満ちてもいる。そして、その心の網膜には、すでに充分に、ある意味での成算に対する確信が焼きついているのだ。

　ぼくにとって、『単細胞的思考』という表題だけは五年も前に、はっきりと大脳皮質にこびり付いてしまっていた。また、本書に収められている文章のほとんどは、ここ三年の間、著者と師弟以上の血のつながりさえおぼえる親交を一層深めるようになってから、「館」と我々がよんでいる、もう一人の我等の仲間の家で談論（ほとんど毎日に及んだ）しに集った折、包装紙の裏にその朝書いたばかりという二、三十枚の原稿を読んでもらっていた。話題は万般に関したものであったが、何れも強烈な個性を持つ自分を覗かせているものばかりだった。獅子のごとく吠え、王者のごとく笑い、また怒り、予言者のごとく確信に充ちていたから、それを聴く二人も、ある時はふんぞり返り、感動で、互いの眼に涙を認めるときもあれば、あまりの激烈さに、あたかも自分が言われているかのように悪びれ、口中がカラカラに乾くのであった。

　季節の移ろいに眼を止める余裕もない程、ひたすら内面の劇に眼を据えるという、思えば幸せな数年であった。不安と落胆の極にのめり込む時もあった。しかし、その直後には予期せぬ歓びが待ち受けてもいた。我々は、本当に互いを信じられたから、奇蹟は事実となって現われた。予言は適中し、神話のような毎日であった。すべて嘘のような事ばかりが、現実に起きたのだ。真実に触れるごとにぼくらは、巨きく自由になっていった。

　著者のお宅で、お茶を頂いている時、配達夫が航空便を置いて行く。もう今ではさして珍しいことでもなくなった光景なのだ。著者の外国の友人達からの便りである。絵葉書、横長の大型封筒、小包がドサッと来ることもある。中でもヘンリー・ミラーのものが一番多い。なぜなら、「ポーレーさんからですよ」、とか「ヘンリーさんからお便りですよ」と、奥様の明るく弾んだ声がして、即刻もたらされるから分かるのである。

十代の頃、ランボーと、ポーの区別もつかぬぼくに、熱心にミラーのことを話してくれた友人がいたが、もう数年も音信を絶ったままだ。その、ミラーの小説、『北回帰線』という幻の本を求めて古本屋という古本屋を捜し歩いたが、ついに見つからなかった。やっと市立図書館で、いろんな作家のさわりの部分を集めた本の中に、数頁、ミラーの文章を見つけたといって、彼は、ぼく等の何時も溜まり場にする喫茶店の片隅で、声を立てて読んでくれた。その時の感動は今思っても身ぶるいする。『心情の知恵』(鮎川信夫訳)というのがその文章のタイトルだった。

その中の聞き所は、こういう具合だった。それは、ぼく等にとって、戦慄であり、印象深く、忘れがたい、まさに、それは事件だった。

《――しまいに私は行き止まりにぶつかった。絶望と自暴自棄に突き当たった。私は作家としても、人間としても失敗したのである。私は自分がゼロである――ゼロ以下のマイナス数であることを悟った。私が真に書き始めたのはこの瞬間いわば死の藻の海のただ中においてであった。――中略――私の大失敗は、人類の経験の要点の再演にも似ていた。だから私は、知識と衝突し絶縁し、すべてを粉砕して自暴自棄になり、卑屈になりそして自分の真正なるものを回復するためには、あたかもスレート板から海綿で自分自身を吸収するようにしなければならなかった。私は断崖のふちまで進み、それから暗黒の中へ跳躍しなければならなかったのである――》。

誰がその頃、ミラー本人の肉声を含んだ書翰に、こうも度々親しく接しられると予知したろうか。

上野師は、特に話に熱中している時ででもなければ、その場で封を切り読んでくれる。ある時、パリから送られて来た絵葉書に眼を通しながら「珠玉の文章とは、ミラーの文章のことですね」と言ったことがある。何げなく書かれた言葉も、まるでダイヤをちりばめたようだと言うのである。ぼくは、それはそのまま上野師にも言えると思った。また、かなり長文の手紙を読んでいる時であった。インクの薄くにじんだ箇所を示し、「これ、これはきっと、ミラーの涙に違いない……」と言った。それまでも、度々そういうことがあったそうだ。ぼくはその話を聞くだけで目頭が熱くなるのだった。

当然、ミラーへ送る便りを書いている場に立会っている。原稿を書く時と同じで、一気に書き上げてしまう。ぼくが見た限り、考えあぐむという事をしなかった。全く話すように書き、書くように話す人なのだ。下書きや、誤字脱字以外の訂正も見たことがない。

丁度、ぼくが居合わせている時であった。ある男が、批評を請いたいと分厚い小説の原稿を抱えてきた。「感想ならいいですが、人に評を聞いてどうするのだろう……。評というのは、人に見せる前に自分で済ませちゃうものでしょう……」。とその男が帰った後で呟いた。他人に意見を聞いて、自信を得たり動揺したりする精神というものを解しかねるという風だった。文明人の特徴である予行演習ということを、一切否定することを書き、また現実に実行している師である。未熟、稚拙で結構。なまのもの、作為のない、赤裸々な姿に人の心をふるい立たせ、心と心を結びつける何かが、まだわずかに残されていると信じている。師の怒りは、一切が見せかけで、行動の伴わない、そういった奇麗事を本分としている連中に向けられるのだ。

現代の思想家や、文学者達も、深刻な表情で、残された問題を示唆するだけであって、かんじんの処では利巧に身をかわしてしまう。カミュの〈不条理の哲学〉、サルトルの〈実存主義哲学〉さえ、もし読物以上の何かを期待するなら、上野の〈行動〉から見れば一種の、試行錯誤でしかなかったことが分かる。現代に生きるぼくらに、バルザックや、スタンダール、ドストエフスキーなどがなおも関心を持たれるとすれば、その作品を成り立たせた作者達の、情念のたぎりを決して匿《かく》そうともしない、それぞれの実人生に感動を覚えるからなのだ。

ヘンリー・ミラーや、アルチュール・ランボー、上野霄里などの、作家と作品の関係を、熱烈に恋愛をしている男女に例えれば、日本文壇の作家達と作品の関係は、さしずめ倦怠期を迎えた中年の夫婦といったところであろうか。人前では、必要以上に仲のよいところを見せるが、一見して無理をしていることが分かるのだ。

冷え切った二人が以前のような状態に還るには、慣習《テクニック》を捨て、初心に戻ることなのだが、これほどむずかしいことはない。ぼくは文壇作家人の悪口を言って喜ぶほど粋狂な男ではないし、もう一寸視線を遠く上の方に注いでいるつもりである。一出版人として、彼等の魅力のなさを、売れる売れないに関係なく、読む読まれないを考慮に入れずに言えるのだ。

フランツ・カフカは死の直前、自分の全作品を死後焼却してくれるように友人に頼んだ。ぼくは一時カフカに夢中になり、書翰、日記、長短編は勿論、友人との対話集にまで目を通したが、やがてそれら一切に嫌悪をもよおし、友人に全部貸したまま五、六年になるが、こればかりは返却を迫る気になれずにいる。二度と眼にしたくない気持だ。カフカ自身、現在のぼくのような心境から言ったとすれば、カフカの頼みを聞き入れず出版した友人の仕打ちを、地下のカフカは恨んでも恨み切れない気持だろうと思う。

作品自体に難があるのではない。むしろ作家としては、他の追従を許さぬ、独自の世界を構築して見せた希有の存在だろうと思う。もしカフカ自身、自分の作品に技術上の難点や不充分な点、つまり瑕瑾を理由に全作品を破棄してくれるように頼んだのなら、聞き入れる必要などないのは分かり切っている。しかし、どうやらそうではないように思う。カフカに代わって言わせてもらえば、一人の〝男〟としても〝息子〟としても非生命的に生きた己《おの》が〝擬態〟を許せなかったからなのである。だが、ごまかしの自分を見つめることの出来た勇気は、やはりカフカだから出来たのである。カフカの名は、その勇気と共にぼくの記憶に残るであろう。

ともあれカフカ文学は、現代の文学の限界を象徴的に提示しているようだ。袋小路の文学なのである。現代の文学的方法が、複雑な現実を反映して、一層、手の込んだ巧緻な手法を生みだしている。反面、人間の文学からはますます遠のきつつある。人間こそ火である筈であった。太陽のごとく輝ける存在であった。

カフカ的〝状況の文学〟では、火である人間を語ることは出来ない。火である人間には、「状況」の明暗も陰陽も問題ではないのである。火の文学、火の思想こそあらゆる時代の底流をぬって、精神の氷河期に対する警鐘の役目をはたして来たのではなかったか。

火の男上野は、ふらりとこの町にやって来た。何処からか？　分からない。山奥で開拓でもしようという気持であったと聞く。

この町に居住して間もない上野師に、ぼくが初めて出会えたのは骨董屋のおかげであった。父の事業の失敗で、家を売り、同じ町の繁華街にある、バラック建てのマーケットに引っ越す日、古物を買いに来ていた骨董屋から「ギリシャ語も出来る、偉い先生がいる！」と教えられ、のこのこ古物を積んだリヤカーの後からついていって会った。十九歳であった。「練馬鑑別所《ねりかん》」から受け出されて来たばかりで、自宅で謹慎中の間の出来事だった。この頃のぼくの毎日は、一切が白々として、踏みつぶされた風船のような心には、虚しさしか感じられなくなっていた。

初めは聖書の話、やがてドイツ語なども教わるようになったが、ノイローゼ気味の頭には耐えられず、一週間ほども通ったあと、どうにも行く気がしなくなってしまった。とにかく、圧倒されんばかりの気迫のこもった講話であったので、室の隅で押し黙り、質問しようにも、ついに、一声も発しられなかったように覚えている。美しい声で讃美歌を歌っておられた、若く、清楚な美しさを湛えた奥様も印象的であった。まさか師の一家が、この頃十円玉一個に一喜一憂するような極貧の状態にあるとは当時思ってみるすべもなかった。師の周辺に漂うあの迫力と明るさから、そういったことは想像出来なかったのである。最近ぼくは偶然、その頃に記した師の手記を目にする機会を得て初めて知った。

奥様と言えば、もう足も向かなくなって大分経ってからのことであったが、新しく越したマーケットのぼくの家では中華ソバ屋を始めていたので、その出前などをしていたある日、街角で一人の女性に挨拶をされたが、全く見知らぬ人のように思えて、ろくに返礼もせずに過ぎた。こんな明るい笑顔の人など、この町にめったにいるものではないなどと独りごち、誰かと間違えたのだろうと思いながらどうも気になった。

「あっ、上野先生の奥さんだ！」気が付いたのは一町も走り過ぎたころであった。この頃のぼくの様子は、この世の不幸を一人で背負ったような冴えない表情をしていたに違いない。女性には殊に縁が薄かったのだ。

再度、上野師を訪ねたのは、数年後の夏、ぼくが山奥のヘキ地の分校に勤めていた頃で、その夕、教員の資格取得のためスクーリングを受講しに上京しょうとしている時であった。師を中心にした仲間が発行している季刊誌『新限界』を書店で立読みしているうちに、上野霄里のペンネームで書かれた師の文章（第Ⅱ巻・第2号所載『矛盾に就いて』）、に眼が触れるや、そこに書かれている真実の、力強い言葉に心臓が潰れてしまうほどのショックを受けた。ぼくは今日までの無沙汰の気まずさを思う間もないほど、心を踊らせて師を訪ねた。

玄関で五年ぶりに見る師は、一周り大きく、がっしりとした感じで、眼光も鋭さを増していた。師の後についていて書斎に入ったぼくは、そこに突然異様な図を目撃した。部屋一杯に十枚程の画用紙を並べて何かを描いていたのだ。そう言えば絵筆のようなものを、玄関に迎え出た師は指に挿んでいた。画用紙に描かれているものは、幾本かの鋭い曲線を重ね、まわりを大胆に、鮮やかな色彩が走っている。どうやら人間の面貌、それも師自身の貌《かお》ということがその特徴から一目で分かる。あとで知ったことだが、我々が普通、見知っている画家が絵を描く時の様子とはずいぶん異なり、一気に、あたかも気迫張る剣の達人同士の勝負のように、一瞬、筆が走るか走らないうちに事は決するのであった。その日、二千枚もある中から、幾枚かをダンボールから取り出して見せてくれたが、まさしくそれは師の貌であった。

「描くとすべて自分の顔になるのです」と師は言った。二千枚も自分の面貌を描かずにはいられぬ師の心の中を思ってみた。瞬間、ぶるっと悪感のようなものがぼくの背筋を走った。もう、自分という形をとどめてはいないかも知れぬ、のっぺらりんの自分の顔を思い浮かべたからである。数時間後には、空虚な時間を費しに上京する。今後、教師を続ける気の全く失せてしまっているぼくにとって、拷問にも等しい時間であった。そんなやり切れない思いも手伝って、無我夢中で、胸中の煮えくり返らない感懐を述べた。師も昂奮してるらしく、傍に転がっているぼくの麦わら帽子を、太い足の指先に挿んでは、話に力が入る度にギュウと折り曲げるのには、正直気が気ではなかった。

上京したぼくは師から早速次のような便りを頂いた。それは、一人の人間の人生を決定的に変革するに充分な勇気をふるい立たせずにはおかぬ、エッセンスに満ちたものだった。

「—略—私の書斎で語ってくれた君の言葉は、宝石にも等しい輝きのあるものでした。ゴーゴリが、かつて母親に宛てた書翰の中で、人々は精神の輝きのない言葉で話しているとほのめかしていますが、人の数は多く、そういった言葉は、逆に、ますます稀になってきています。心と同じ様に原稿が書けたら素晴らしいと思います。余りにも、形式、固定観念、伝統、常識、通念が我々人間の純粋な行為を汚しすぎています。それは、創造的な日常生活の行えない、何よりの左証でありましょう。とにかく当面せる問題と取り組んで下さい。それに克たねばなりません。世の中に問題の大小はないと思います。問題の如何を問わず、それに打ち克てる人間がすばらしいと思います。

地方に居ますと、どうしても刺激がありませんので、此れは大変なハンディキャップです。しかし、それ等の人々と足並みを揃えることなく、自らの内奥の世界の要求に応じて、ペースを乱すまいと心に決めています。此の内奥の戦いが余りにも激烈なので、世の中の戦争や政治に関心を抱く余裕が全くありません。

私は恐らく、或る意味において狂っているのかも知れません。しかし、此の世の中にあっては、狂っている方が正常なのかも知れませんね。一日一日を太く、荒々しく、涙しつゝ、笑いつゝ、怒りつゝ、祈りつゝ、恥じつゝ、誇りつゝ、生きるつもりです。

私の包み紙の原稿の上には涙のあとが点々としみになっています。とにかく、がんばりましょう。元気で、御便り下さい。うえの」

ぼくは、熱烈に師を求めていたが、それは、モラリスト、人格者、としてのイメージで受け取られがちな師ではなかった。たとえごろつきでも、もし、真の指針と生命《いのち》を与え、甦らせてくれる人であったら、喜んでその人の前にひれ伏したろう。ぼくはまさしく、そういう人にめぐり会い、絶大な教化を受けることになったのだった。

上野師は、集団や組織を一切認めぬ人であり、実際にそのように行っていた。現代において、何か気のきいたことを言い行おうとする人間は、集団や、組織となんらかの関係を持っている。しかし、そういう人間に限って、組織から独り引き離されると、別人のごとく、なんとも頼りない存在と化してしまうのが普通だ。弱い者にかぎって依存し、徒党を組むと強がるものだ。

東西古今、集団組織に抗し背を向けた勇者、賢人はいたが、組織づくりに懸命になった賢人偉人はいなかった筈だ。それでも長い年月には黴や蛆虫のような集団となってふくれ上がる時があるかも知れない。しかし、その場合、単独、少数で行っていた輝きや威力は失せているから、その集団組織そのものに背を向ける勇者が出るし、出なくては嘘だ。組織は個人を弱くする。文明という大組織は、個人を息も絶え絶えにしてしまっているのだ。その大組織の下に、中組織、小組織がまるでガン細胞のようにのさばり、単細胞の存立を不可能にしている。

個人は皆、組織に対する借りや負担で心を病んでいる。不都合の事には口を閉ざし、都合の悪い方向からは視線を逸らして、あたりさわりのない言を弄する。あの、人を勇気づけ、ゆさぶり、歓喜させてやまない肉声を、こういう人達からは決して聞くことは出来ない。あの危機感のピンと張りつめた、自足した生存を続ける原生動物だけに肉声は吐けるのだ。

マスコミというガン細胞の中には、毒舌家と呼ばれている人たちが何人かいる。しかし、その毒なるものは、生命に別状のないように調節されているので、破壊力を秘めていないかわり、創造する力も持ち合せてはいない。人を殺すことも出来ぬ文章に、人を回復させ、人を克服させ、人を新生《うまれかわり》へと導く力は含まれてはいないのだ。

ぼくは〝性交時の絶頂の表情を持つ文章〟だけが現代の深部の断層に切り込むことが出来、鮮やかに捉え得るのだと思っている。肉声を吐くためには、虚礼や文法に囚われず、芸術が、諸象の真態を表現するためには技巧を忘れ、人が真に蘇生するためには、モラルやタブーといった世間の常識を敢えて無視することなのだ。

力は矛盾であり善悪を超えており、無知、有知に限らず万人が内に潜めているものと思っている。力は、混迷の極みから、絶望の底から、断絶した孤独の足下からも人を起死回生へと導き得るとぼくは信じたい。

世の中が乱れていると言うが、まだまだ乱れ方が足りないのだ。もっと本格的に、芝居じみたものなどではなく、徹底的に乱れる時が来なくてはならないし、またそれは、ある必然性の糸にたぐられて、間違いなく近い将来やって来る筈だ。それだけがこの文明という氷河期から、人間を救出出来る唯一の機会なのだ。

しかし、世の中が乱れているという言い方からして『単細胞的思考』の著者の言葉を借りて言えば、母親の胎内の羊水の中で、いまだ心地よげに眠りこけている者の寝言でしかないということになろう。もし、個人が本気になって目覚めを欲し、救済を請う時、世の中などという客観的な視点を無くするはずだ。世の中、世間、社会、などという観点でしか物事を考えられなくなっている人達がいる限り、逆に世の中の乱れは了る時がないと言える。

春は単に希望の結果でしかない。冬はまたそれらの予兆、証しに過ぎないのだ。真の約束は秋の凋落の真只中で行われている。芽は春に芽生えるのではない。秋の木の葉の散り落ちた直後に生命を持ち始めると言う。そしてそれが、ぜひ、冬という試練を経る必要があるのだ。

すべてに雲行きの異状を感じ始めている今、そうだ、今こそ、新しい生命が芽生える秋にさしかかっている。

理論、観念の世界において、真理はとうに、行く所まで行き着いてしまったとも言える。思想家達は、まだ若いというのに精神がめっきり老け込み、楽隠居をきめ込みたがっているかに見える。そういう方々は、離れの陽当たりのいい縁側で、ゆっくり、うたた寝でもしていることである

上野師を最も際立たせているもう一つの特質は、一方づかないということにあるように思う。「専門家」の不具性を、文明組織のしからしめる害毒として反射的に厭悪する。このメカニカルな大組織の機構の中では、原生人の存立は言語道断なのだ。師の日常の根幹をなしている思考は、原始人の好奇心と、危機意識と、健康な責任感に裏打ちされている。文明人の専門づいた傲慢さ、不健康さを徹底的に嫌い、だからといって、趣味性や日曜画家的な無気力な没個性をも避け、一切の事柄のどれにも自由に、むしろ専門家以上の純化した好奇心と遊びの精神で熱中する。自ら称して、ホモ・ルーデンス（人生を楽しむ人間）と呼び、義務感や、冷えた心でしか事を行えなくなっている現代において、かなり異質な希有な存在なのだ。何を感違いしてか変人と見られたりもする。

ぼく如きには、とうてい窮めつくせぬほど、師は深く巨きい。三十代の覇気を覗かせるかと思うと、百歳を超えたごとき透徹した心境をも見せる。はたして幾歳になるのか、ぼくは尋ねもしない。現在には勿論、過去にも、このような、不思議としか名付けようのない精神を有した人物は現われなかったのではあるまいか。まさに二十世紀の空間にそそり立つ偉容である。

普通我々が小説家と考えている範疇からは、あらゆる意味ではみ出している。宗教家というには毒気が有り過ぎ、哲学者というには行動力に溢れ過ぎている。かといって、決して人に怪異感を抱かせるような人でないから不思議だ。人に畏敬の念を感じさせることはあっても、内容のない、小心者にありがちなトゲトゲしさ、威圧感といったものを周囲に感じさせることはない。逆に、傍に居あわせるだけで硬張《こわば》りはほぐれ、負担は軽くなり、無限の勇気を奮い起たせてくれる真の巨人の特徴を具えている。もし相手が女性であるなら、宇宙の核心さえ手に入れたような、無心の境地にいざなわれること必定である。

髪の毛一本までが生気で濡れ輝いている。師にかぎっては、書かれた文章より、会話の方がより感動的であり、作品から受けるイメージよりも、現実に接している日常の師の方が迫力と魅力に富んでいるように思う。

本書『単細胞的思考』の基調になっているのは、ここ数年に亙《わた》るこのような男の行動の記録なのだ。奥様が切り揃える包装紙や広告紙の裏に、訂正箇所もないかわり、段落もなく端から端までびっしり書き込まれた生原稿を見て圧倒されない人はいまい。歓喜、涙、怒気、手脂、痰のしみ、体臭等で息もつまるほどなのだ。編者としては、むしろ生原稿のままでの、前例のないような本にしたかったくらいである。

師は、海の向こうの友人達がやきもきするぐらい悠然と構えていた。事実、発表する意思は、今の今まで考えてもいなかったようである。

この拙稿を、幾度目かの上京の宿（ステレオ装置が部屋の三分の一を占めていて、たえず音楽が反響している、弟の小さな下宿だが、こんな居心地のよい所は世界中探してもないだろう）で書いている。出版人として、実績も経験もないぼくの言葉を信じて引き受けて下さった「東販」の堀氏の勇断は、一生忘れることは出来ない。へンリー・ミラー氏との奇縁で、上野師とも相識る間柄の古賀孜氏の的確な助言は、万事に不案内なぼくにとって〝闇夜の杖〟とさせて頂いた。故郷を同じくする友人、「集英社」勤務の島地氏は、この悪魔の町で、ともすればあてどない思いに陥りそうなぼくを励まし、相談相手になってくださった。「行動社」社長夫妻の、世と次元を異にした観点と心の大きさは、たえずぼくの胸中に押し寄せる不安を断ち切ってくれた。これら総ての方々に、心から感謝申し上げたい。そして『新限界』の気のおけない仲間たちの奇蹟を信ずる純粋な心が背後にあったればこそ、このとほうもない夢を行為に移せることが出来た。幸い万歳！　今ぼくは悪魔の腹の真ん中に立っている。この都会にも夜明けが近い。ぼくが上京している間、夜空には、一晩も一つの星もなかった。不夜城の明かりが晩秋の空に妙に冷く、不気味なほどの沈黙をつづけ、耀いているだけであった。

夜明けは間近い。師についてもう一言つけ加えよう。師は、ある時誰に言うともなく「私は言霊に憑かれた男である」と言ったことがあった。数ケ国語に通じていて、しかも各国人を前にして、自由自在にそれぞれの国語に直してやることが出来る。日本語一つ話すにも、文章のひな型を復誦するようにしてしか話せぬ者が、何十ケ国語で書き話せたとしても別段驚くには価いしないのだが、師はそれら九官鳥達と違って、外国語を話している時こそ、日本語につきまとっているタブーからの開放感を味わうことが出来るのだと言う。彼等九官鳥達が、かつて書かれたことや、言われたこと以外は、もはや一言半句といえども書いたり語ったりすることが出来なくなってしまっているのに対し、師は、言霊という字義通り魂の深奥から、噴きこぼれるように、生命のしずくのような言葉を語り歌ってくれる。

九官鳥達が、生きた言葉をも石塊《いしくれ》にしてしまうのとは反対に、師は、どんな使い古された言葉をも、たった今誕生したかのごとき琥珀の輝きにしてしまうのだ。言葉とは人の魂の姿なのか。人が書き、語るとき、そこにその人の魂が姿を現わす。形としての言葉を忘れるとき、初めて魂が素顔を覗かせるようだ。ぼくは思うに、師を神秘にさせている精髄がここにあるようである。一体、上野霄里という男は、何処から来た、何者なのか。ぼくに出来たことは、只その存在を信ずることだけだった。

（千九百六十九年）

著者おぼえ

私がものを書こうとする時、私は、従来の文学の在り方を軽蔑する思いにあふれている。

私がものを考えようとする時、私は、一切の論理に対する不信の気持をかくしおうせないで戸惑う。

私がものを言う時、それは、一つの例外もなしに、私自身の怒りの声であり、訴えの叫びである。

私が自分自身について語る時、それは、徹底して骨の髄にしみこんだ言葉であって、現代人の妄想を吹き飛ばそうとする意欲に燃えている。私は私自身を語ることに依って生きのびる。

私が愛と崇拝の思いをこめて神を語る時、私の内部には、一切の既成宗教組織に対する絶望的な意識をどうすることも出来ないでいる。私の祈りの香気は、現代社会に対して向けられる怒声の中にくゆらいでいる。

私が自著を出版し、世に問おうとする時、マスコミやジャーナリズムの急所に寄生している癌細胞にも似た、ほとんど快癒不可能な病根に対して、限りない怖れをおぼえる。それらは完全に化石と化してしまっている。

私はここではっきり言っておきたい。孤立してもいい、人間は何としても生きなければならない。

私の書いたものは、既に、二、三十巻の大全集になる位の厖大な量になっている。そして、その中の一行半句ですら、私の血を沸き立たせずに書いたものはなかった。背後で出版社からの人間がせきたてているようなせわしさと意気込みで、猛スピードで書きつづった。私は、全く出版するあてのない時点において、短距離走者のような勢いで、しかも、期待と喜びにあふれた心で書きつづっていけるしあわせな男である。出すあてがなくては一行もペンの進まない大文士と大いに違っているこの自分を心から喜びたい。私は一度として、商売気を出して書いたことはない。また今後もないであろう。

私は一度として、自分の作品を本にしてほしいと出版界に頼み込んだことはなかった。

私は固く信じていた。やがて私自身の「人間」に熱中する出版人があらわれて、私に、出版するように依頼してくることを毫も疑ったことはなかった。長年一度として疑ったことはなかった。そしてそれは見事に実現した。

私は文士ではない。だが、文士達には真似の出来ない次元で書きつづける。

私は宗教家ではない。だが、宗教家達にはおよそ想像もつかない効果と影響力を伴って、人間を回生に導いている。私は、私自身の中に、れっきとして存在する権威に自信がある。

私は教師ではない。だが、どんな教師達よりも、はっきりと教えることの出来る人間である。

私は今、自分独りで、現代という原始林に生きる原生人間であることを、もう一度、はっきりと確認しよう。すべては、神話のように展開し、美しく過ぎていく。日々は美しくも華麗な奇蹟に依って飾られている。

佐藤文郎は、私の誇るべき共謀者であり、出版人であり、次の時代を代表する巨大な人間像だ。彼は、私の、亡き弟の再来である。あれは、一瞬前のことであり、百万年前の出来事だったが、私の処女出版の本を手にした時、彼は突然、大声をあげて泣いた。私も、心の中で、彼以上に大声を張り上げて泣いた。

東明社が出してくれた私の処女出版は、他でもない、この出版人の手に依って世に出されたのだ。

こういう神話の中の神々の関係を、私とこの出版人は持ち得たのだ。面と向かっては、けっこうなことを言い、陰にまわっては、それと反対の態度をとって生きている、油断もすきもない、三十億人の現代の善人や良識人の中で、こういう得難い存在は偉大と呼ばれるに、充分価する。

シーザーの決断にも劣らぬ果敢な意志と、ソロモンの知恵にも似た賢明さをもって本書の出版に踏み切ってくれた、「行動社」社長立山夫妻の現実ばなれした行為を、私の手で摘んだ真心の花々で飾り度い。オリュンピヤの優勝者の頭には月桂冠がおかれた。

私の書きなぐった、狂気のような、包装紙の裏を利用した読みにくい原稿を書き直してくれた七人の方々の名を私の心に記しておき度い。

なお、この出版のために陰ながら協力と励ましの手をのばしてくれた世界各国の友人の名も挙げておき度い。

フランス在住のライヴス・チャイルズ、アメリカのジョージ・ポーレイ、エドワード・シュヴアルツ、ノールウェイのアントニオ・ビバロ、そしてその筆頭に、ヘンリー・ミラーを挙げなければならない。彼等は文豪であり、外交官であり、文学研究家、音楽家、宗教家、実業家などであって、それぞれに、全く別な道を歩いているが、私の著書について、わがことのように期待していてくれる人々である。

最後に、常に私の励ましとなってくれている妻を忘れることはできない。ヘンリー・ミラーは彼女を指して、Elle doit être une ange!（彼女は天使にちがいない！）と書いてくれた。

（千九百六十九年九月　一関）

新版へのあとがき

「文章がその人にとって役に立つ為に」

私が書き上げた七百頁に近いこの作品が、世に出たのは三十年余も前のことで、その時私自身が自分の書いたこの作品によって励まされ、日本中の若い多くの読者達が田圃の中を走り続け、止まることが出来ない位に、何かに対して勇気づけた。この作品はそれで充分何か大切なこの作品だけの責任を果たしたように私は思った。再版の形で、明窓出版の増本社長や、様々の方々が、この作品を出そうとしている今、並々ならない増本社長や、これに手を貸してくれている中川氏や新井氏、そして麻生さんをはじめ編集スタッフみなさんの働きは、既にこの本の全頁に乗り移って生き生きと、或る種の大きな力となって、はるかに初版の勢いを凌駕している。

今日受けた佐藤氏の手紙の中に、増本社長の、夢を見ている力一杯の働きが、私にも伝わって来た。当たり前ならば、生活の為にはどうしてもやらなくてはならない仕事感覚が先に立つものだが、それはそれとして、それに勝る言葉の勢いに憑かれた人間の姿は、出版人であろうとも、作者そのものを凌駕することを私は知っている。

その昔『葉隠』の著者は狂にならなければ何かが武士の中でどうしても本物にならないと書いている。出版人もまた、その意味から言えば、もう一人の狂える夢の中に生きる幸せな人間なのかも知れない。誰にも負けぬほど熱い夢の中に生きている私は、夢追い人の心はよく分かるつもりである。

著者

付記

本書は、行動社による初版（昭和四十四年発行）、及び第四版（昭和四十六年発行）を基に、再発刊するものです。

出版に際し、この混迷する現代にこそ是非本書を、という各方面からの熱い要望が口火になり、呼び水となったこと、その声援を励みに再刊に向かって、一丸となり試練という山や谷を乗り越え実現できたことを記しておきます。新版発刊に当たって、内容の復刻を重視しておりますが、造本を含めそっくりの、所謂、翻刻を意図してはおりません。しかし、内容に関しては、最小限、字句の入れ替えや、誤字の訂正だけに留め原型を保持することに努めました。

（編集部）

当社出版以外の

上野霄里《しょうり》著作案内

当社にても取り扱っています

誹謗《ひぼう》と瞑想《めいそう》

新価格2.500円

これは単なる宗教書と呼ぶにはあまりにも不遜な書である。それでいて、行間に表れている敬虔さは否定できない。過去十余年間、宗教内部の荒廃した死の領域で苦悩した著者は、現代のあらゆる宗教に共通した悪と不実を告発する。宗教の没落、宗教界の堕落、神の死を訴える。著者が鋭く宗教の在り方を責めるとき、不思議とそれは、現代人一般に対する厳しい警鐘の言葉ともなっている。これほどの自信を、この著者はどのようにして手に入れたのだろうか。その不敵さの秘密も、本書がくわしく解き明かしている。新しい時代のバイブル。

ヨブの息子達

新価格1.500円

16人の人間像を象徴的に捉え、大胆な視覚から現代文明の絶望と希望を確認する預言的洞察のエッセイ！

「本を世に送り出すにしてもピンからキリまであるものだ。ワックスで磨き立て、上げ底の化粧箱に入れ、名の通っている人物の虚言による推薦文を書き立てて、つまらない商品を客に売りつけてしまう類の氾濫する中で私も、私の同志である出版人も、堂々と胸を張っていられるのは何とも幸いなことだ。日本中の読者達も世界の果てに住む読者達も、このことを喜んでほしい。文学や哲学や宗教は捨て、自分らしく、足下から内発の感動に支えられて出発するのだ」あとがきより

単《たん》細《さい》胞《ぼう》的《てき》思《し》考《こう》

上野《うえの》霄《しょう》里《り》

明窓出版

昭和四十四年十二月十日　初版発行
平成十四年三月二十一日　復刻初版発行
発行者――増本　利博
発行所――明窓出版株式会社
〒一六四―〇〇一二
東京都中野区本町六―二七―一三
電話　（〇三）三三八〇―八三〇三
FAX　（〇三）三三八〇―六四二四
振替　〇〇一六〇―一―一九二七六六
印刷所――モリモト印刷株式会社
落丁・乱丁はお取り替えいたします。
定価はカバーに表示してあります。

ISBN4-89634-091-4

ホームページ http://meisou.com　Eメール meisou@meisou.com

星の歌　上野霄里　1.800円

初めに、尾崎放哉と三頭火が対比されている。山頭火の《**鉄鉢の中へも霰**》と言う句に対し、放哉は

《**入れものがない両手で受ける**》

放哉は、身支度して托鉢をやっている余裕などまったくなかった。詩のエスプリという点で放哉の句は、山頭火の比ではないという。はるかに高く、はるかに深い。

句語の重々しさ、輪郭の鮮明さは、はるかに山頭火の小綺麗な句を凌駕している。同じ風物の描写にしても、山頭火の余韻のない平板な美しさに対して、放哉のそれは鋭い切り込みさえ見せている。

《**水を呑んで小便しに出る雑草**》とうたう山頭火に対し《**のんびり尿する草の実だらけ**》又、山頭火の《**おちついて死ねそうな草枯るる**》に対して《**墓の裏に廻る**》である。《**仏にひまおもらって洗濯している**》放哉は既に《**こんな大きな石塔の下で死んでいる**》自分をはっきりと見ていた。山頭火のように、《**しぐるるやまだ死なないでいる**》という意識とは全く対照的なものであった。という風に、自由律俳句運動で共に『層雲』の同人でもあった二人について、著者は、放哉も山頭火も、生き方通りに歌うことのできた幸せな人々であったと言い、言葉と一致しない生活にとらわれている人間は、生きながらの屍体であり、著者上野は、この点に関するかぎり二人と同じだと語る。この後、石川啄木、村上昭夫、北川広夫等について、いちいち作品世界を検証しながら、著者が究明せんとする特異なモチーフ『**みちのくのうたまくら**』について、とっくりと聞かせてくれる。

第3章　奇蹟のかけらより